ADONIS

아도니스

ADONIS vol.4
아도니스

초판 1쇄 인쇄일 | 2015년 7월 24일
초판 1쇄 발행일 | 2015년 8월 6일

지은이 | 남혜인
편 집 | 이은미
기 획 | 이예희
펴낸이 | 박성면
펴낸곳 | (주)동아

출판등록 | 제396-2007-00071호

주소 | 경기도 파주시 문발동 535-7 세종출판벤처타운 203호
전화 | (031)8071-5201
팩스 | (031)8071-5204
E-mail | bear6370@hanmail.net
홈페이지 | http://blog.naver.com/lion6370

정가 | 11,800원

ISBN 979-11-5511-401-8(04810)
ISBN 979-11-5511-397-4(SET)

REMINISCENCE
ADONIS
아도니스

Part 01
vol.04

남혜인 장편소설

동아

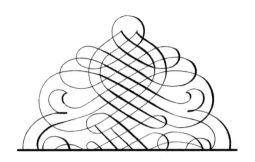

13. 충돌 편

13. 충돌 편

10월 1일이 되었다.

이아나와 아르하드의 관계는 변하지 않았다. 예전처럼 미묘한 선후배 관계에 불과했다. 하지만 달라진 점도 있었으니, 바로 이아나의 신중해진 태도였다. 하고 싶은 말을 다 하고 사는 건 같았지만 요즘 들어 아르하드를 조심스레, 조용히, 꼼꼼히 관찰하는 시간이 많아졌다.

아르하드는 저를 품평하는 듯한 이아나의 시선을 즐기고 있었다. 이아나가 그렇게 쳐다볼 때면 가만히 있거나 그녀를 향해 웃어 주었다. 그러면 이아나는 그와 가만히 시선을 마주하다가 고개를 돌렸다.

이아나는 아무것도 묻지 않았다. 카마트로스의 활동을 한 번

한 이후에 아르하드의 과거와 비밀을 캐내기로 결정했기 때문이다. 그래서 관찰의 시간 동안 듣고 싶은 이야기들을 정리했다.

가문의 정체와 아르하드의 정확한 정체.

아르하드의 야망과 전반적인 계획.

그의 과거와 그의 상태.

크게 여섯 가지로 나뉘는 질문의 대답은 깊은 관계를 위한 중요한 주춧돌이 될 것이다.

10월 1일, 이아나와 아르하드는 검은 로브를 눌러쓰고 슬럼의 입구로 향하고 있었다. 사람들의 시선이 수상쩍은 그들에게 잠시 머물렀지만 이내 관심을 접고 다시 제 할 일을 했다.

슬럼의 입구에 도착한 순간 아르하드가 말했다.

"가면과 반지를 착용해라."

이아나가 반지를 검지와 약지에 착용했다. 이아나의 머리카락과 눈동자가 불꽃이 약해지는 것처럼 칙칙한 갈색이 되었다. 동시에 목이 꿈틀거렸다. 벌레 한 마리가 속에서 꿈틀거리는 듯한 느낌에 이아나가 인상을 찌푸렸지만 변형은 오래 걸리지 않았다.

"아, 아."

안정하게 자리 잡은 성대는 그녀의 목소리를 완전히 바꿔 놓았다. 목소리가 아주 허스키해졌다. 바뀐 목소리는 여자인지 남자인지 분간할 수 없는 어중간한 음역에 위치했으며 목이 갈라진 사람의 것처럼 걸걸했다.

이미 몇 번 실험해 봤지만 여전히 어색했던 이아나가 목을 어루만졌다. 아르하드는 그런 그녀를 보며 눈을 접어 웃었다.

"익숙해질 거다."

다음으로는 흰 가면을 썼다. 가면은 피부에 접촉하자마자 접착제를 붙인 듯 강하게 달라붙었다. 이아나의 외모가 완전히 가려졌다. 두꺼운 로브가 몸을 감싼 탓에 성별도 오리무중이 되었다. 그나마 오른쪽 눈구멍 밑의 투박한 검 문양만이 그녀가 이아나, 이제는 '안'임을 알려 주는 유일한 표식이었다.

들어가면 들어갈수록 빛은 사라지고 어둠이 내려앉았다. 슬럼 특유의 퀴퀴한 먼지 냄새와 역한 쓰레기 냄새가 만연했다. 이아나는 아르하드를 따라 빠르게 걸으며 건물들의 특징을 이용해 길을 기억해 두었다.

"크크, 가진 것 다…… 히이익!"

가는 도중에 몇몇 불량배 무리가 날카로이 빛나는 단도를 겨누며 길을 막기도 했다. 하지만 아르하드와 이아나의 특이한 옷차림을 확인하는 순간, 특히 아르하드의 가면 속에서 빛나는 금안을 발견하는 순간 돼지 멱따는 소리와 함께 부리나케 도망쳤다. 그것이 몇 번이나 반복되자 이아나는 혀를 찼다.

"과연. 카마트로스가 암흑가에서 유명하긴 한가 보군요. 당신은 특히."

이아나는 아르하드를 빤히 쳐다보다 물었다.

"외양을 바꾸지 않아도 됩니까?"

아르하드는 목소리 외에는 외양에 변화를 주지 않았다. 머리카락은 드러나지 않으니 그렇다 쳐도 눈 색은 괜찮은 걸까? 학술원의 모범생일 때도, 노예상의 학살자일 때도, 지금도 아르하드의 눈동자는 황홀하리만치 밝은 금색이었다. 금안은 흔치 않기 때문에 비밀스런 활동을 하기엔 부적합한 색인데도 어째서 금안을 고집하는가?

"내 눈동자 색은 무슨 짓을 해도 변하지 않아."

"마법이 통하지 않는단 말입니까?"

"그래. 어째서인지는 나도 잘 몰라. 추가로 정신 계열 마법도 통하지 않아. 물리적인 충격을 주는 마법은 통하고."

이아나는 생각에 잠겼다. 몇몇 마법이 통하지 않는 이유가 뭘까? 마나를 제 것처럼 제어하던 아르하드. 그것이 유전이라던 아르하드. 마법이 통하지 않는 것과 유전적인 재능 사이에 어떤 관계가 있는 게 아닌가 하는 생각이 들었다.

"아마 다들 부하들과 차이를 두기 위해 금색으로 물들였다고 생각할 거야. 설마 가장 비밀스러워야 할 카마트로스의 보스가 외양 변화 없이 나왔을까 싶겠지. 그래서 난 지금 상태가 아주 마음에 들어. 최종 보스니 부하들과는 다른 뭔가가 있어야 하지 않겠나?"

아르하드의 농담에 이아나는 고민하던 것도 잊고 쿡 웃었다.

타다다닥!

길을 계속 가고 있는데 양 갈래로 나뉜 골목에서 스무 명가량의 사람들이 갑자기 쏟아져 나왔다. 무기며 갑옷이며 꽤 그럴싸하게 무장한 그들의 허리나 허벅지에는 비도와 수상한 주머니를 주렁주렁 매단 싸구려 가죽혁대가 있었다.

건물의 허름한 창에서도 사람이 하나둘 나타나기 시작했다. 이아나와 아르하드를 향해 겨눠진 무기들의 뾰족한 빛이 어둠 속에서 은밀하게 번쩍였다.

전투에 앞서 말이 많은 놈들과는 다르게 그들은 급습을 노렸는지 고함만 지르며 달려들었다. 아르하드의 신분을 인식하고 세운 전략인 듯했다.

이아나는 옆에 있는 아르하드를 슥 쳐다보았다. 그는 무심한 눈으로 그들을 보고 있었다.

쐐애애액!

이아나는 귀 옆으로 날아온 화살을 얼굴을 젖혀 피하며 말했다.

"일상입니까?"

아르하드가 고개를 끄덕이자 가면 속에서 이아나의 눈썹이 꿈틀거렸다. 실전 감각이 남다른 이유가 이건가 보다. 이 남자는 언제나 살벌하게 노려지는 상황 속에서 살고 있었다.

긴말은 필요 없다. 이아나가 아르하드에게 뒤로 고갯짓을 해 보이며 앞으로 나섰고, 달려오는 이들과 이아나를 번갈아 본 아르하드가 고개를 끄덕였다.

"야아아압!"

일단 부하부터 처리하자는 생각인지 겁 없는 승냥이 떼는 이아나에게 집중적으로 달려들었다. 이아나의 눈이 살기로 번뜩였다. 그녀는 왼쪽 허리에 매고 있던 검집에서 검자루를 엄지로 철컹 쳐올렸다.

왼손은 검집을 붙잡고 오른손은 검자루를 쥔다. 검집을 뒤로 잡아당기면서, 허리를 튼다. 이아나의 검은 로브가 빙그르르 도는 것과 동시에 예리한 빛이 반월을 그리며 허공을 찢었다.

붉은 피가 튀었다. 앞장서서 달려가던 이들이 모조리 쓰러지자 뒤에 있던 사람들 대부분이 놀라서 멈칫했다. 이아나는 그들 사이를 파고들어 학살하기 시작했다. 창문에서 화살이 날아올 때는 눈앞의 적을 잡아당겨 방패막이로 삼았다.

"으악!"

짚단인형처럼 풀썩풀썩 쓰러지는 이들을 보며 공포에 질린 몇몇 이들은 결국 등을 돌려 도망쳤다.

"이 괴물아아!"

비명을 지른 누군가가 혁대의 주머니를 뜯어 내 이아나에게 던졌다. 주머니는 개봉된 입에 흰 거품을 물고 있었다. 수상해 보이는 하얀 가루가 주머니에서 펑펑 쏟아져 나오자 이아나는 옆에 있던 남자의 멱살을 잡아 올려 날아오는 주머니를 향해 집어 던졌다. 날아간 남자는 허공에서 얼굴에 주머니를 맞고 땅에 떨어졌다.

"커, 헉."

남자는 부들거리며 경련하더니 금방 잠잠해졌다.

서걱.

시선을 빼앗긴 틈을 타 이아나의 앞에 있던 남자도 주머니를 몰래 풀어냈지만 이아나는 남자의 손을 그대로 잘라 냈다. 독가루를 뿌리게 놔뒀다가는 골치만 아팠다.

상황은 순식간에 정리되었고 서 있는 놈들은 없었다. 죽어서 나뒹구는 시신과 숨이 간신히 붙어 있는 부상자만 현장에 즐비했다.

ADONIS
아도니스

이아나는 벽 쪽에 쌓여 있는 상자 뒤에서 인기척을 느끼고 그쪽으로 걸어갔다. 발걸음 소리가 점점 커지자 숨어 있던 자가 모습을 드러냈다. 곱상한 얼굴의 여자였는데, 헐벗은 옷차림으로 보아 슬럼에서 몸을 파는 창부인 듯했다.

"살려 주세요! 저는 그냥 저놈들 중 한 명이 끌고 와서……!"

"가라."

이아나가 검을 검집에 넣으며 고갯짓을 했고 여자는 환해진 얼굴로 허리를 굽실굽실 숙이다가 이아나의 옆을 빠르게 지나가려 했다.

비명과 함께 여자의 팔이 꺾여 올라갔다. 그 손에는 이아나의 심장을 노린 작은 단검이 쥐어져 있었다. 이아나가 손목을 확 잡아당기자 여자가 균형을 잃고 휘청거렸다. 이아나는 여자의 얼굴을 내려다보며 웃었다.

"보잘것없는 년이라 살려 주려 했더니 감히?"

"놔, 이 망할 자식아!"

표독스러운 여자의 얼굴을 느긋하게 감상하던 이아나가 뺨을 세게 내리쳤다.

"꺄아악!"

몇 번이나 얼굴을 사정없이 치던 이아나는 여자가 비틀거리며 바닥에 쓰러지자 머리채를 세게 휘어잡아 올려 귓가에 무심하게 속삭였다.

"어떻게 죽여 줄까?"

"자, 잘못했어요. 잘못했어요."

이아나는 무심했다지만 여자에게는 사신의 목소리였다. 바로 죽였다면 모를까 이렇게 머리가 잡힌 채로 어떻게 죽고 싶냐는 질문을 받으니 엄청난 공포가 밀려들었다. 동공이 풀린 여자의 눈에서 눈물이 펑펑 쏟아져 나왔지만 이아나의 얼굴은 싸늘하기만 했다.

"약자에게는 자비를 베푸는 게 아니었나?"

다가와서 상황을 지켜보던 아르하드가 꺼낸 말에 이아나는 미간을 좁혔다.

"무슨 그런 어이없는 소릴."

"어이없다고?"

"사, 살려 주세요! 살려 주세요! 다시는 안 그럴게요! 돈이 급해서 그랬어요!"

여자가 무릎을 꿇고 이아나의 로브를 움켜쥐었다. 하지만 이아나는 공포에 질려 덜덜 떠는 여자를 더럽다는 듯 털어 내고는 발로 얼굴을 세게 걷어찼다. 입에서 부러진 이가 후드득 튀어나오고 여자는 그대로 쓰러졌다. 죽었는지 살았는지 미동이 없는 여자를 발로 대충 옆으로 치워 낸 이아나는 앞으로 걷기 시작했다.

"전 자비로운 용사 놀이를 하고 있는 게 아닙니다. 강하든 약하든, 저를 노린다면 모두 적입니다."

"그렇군."

아르하드는 조용히 납득하며 이아나가 만드는 길을 뒤따랐다.

얼마 후, 낡고 허름한 건물 앞에 섰다. 삼 층 높이의 건물은 싸구려 벽돌로 지어진 데다 세월까지 끌어안아서인지 금방이라도 무너질 것처럼 위태위태했다.

낡아 빠진 나무 문짝을 잡아당기자 바로 건물의 위층으로 올라가는 계단이 나왔다. 사람이 살지 않는 건물이라서 공기와 먼지가 반반인 데다 거미줄까지 덕지덕지 껴 있었다.

아르하드가 망설임 없이 계단을 오르자 이아나도 뒤따랐다. 2층에 도달한 아르하드는 좁은 복도에 늘어진 여덟 개의 나무문 중 다섯 번째 문을 열었다. 문에 달린 작은 방울 소리는 건물과 어울리지 않게 몹시 맑았다.

"오셨습니까?"

직사각형의 테이블 주변에 앉아 있던 여섯 사람이 자리에서 일어났다. 아르하드가 고개를 끄덕이고는 옆으로 조금 비켜섰다. 그러자 뒤에 있어 보이지 않던 이아나가 노출되었고 그들의 시선이 쏠렸다.

"새로운 카마트로스, 안이다."

이아나는 고개를 살짝 숙였다. 익숙한 눈물 가면은 이아나에게 마주 고개를 숙일 뿐이었지만 가면 밑에 원과 별 문양이 있는 두 사람을 제외한 나머지 세 사람은 주인이 데려온 새로운 인물에 대한 호기심으로 기세를 일으켰다.

검자루에 절로 손이 갔다. 주변에서 쉬이 볼 수 없는 대단한 실력자들이었다. 아르하드가 이런 인재들은 또 언제, 어디서, 어떻게 모았는지 궁금했다.

"이 사람들은 카마트로스의 간부들로 카마트로스가 출범할 때부터 함께했던 사람들이다. 모두 특기를 하나 이상 가지고 있는데, 각 분야에서 최고의 스페셜리스트들이지."

카마트로스의 초기 멤버.

아르하드가 바하무트의 황제가 되는 데 한몫 거들었을 테니 훗날 공신으로 인정받은 바하무트의 귀족들일지도 모른다. 제가 심장에 검을 맞고 죽을 때 주변에서 속 시원하다는 듯 쳐다보던 이들 중에 저들이 있을 수도 있었다.

아르하드 휘하의 무장들과 살벌하게 싸운 적이 아주 많았기 때문에 좋든 싫든 눈에 익어 있는 이들이 많았고 세월은 흘렀지만 가면만 벗겨 낸다면 알아볼 수 있을지도 모른다. 하지만 지금은 하나같이 가면을 쓰고 검은 로브를 뒤집어쓰고 있어 생김새 확인이 불가능했다.

"너희, 안은 앞으로 우리를 도와줄 대단한 실력자니 그만둬."

"하하, 안, 잘 부탁합니다."

모두 기세를 풀고 텃세 없이 이아나를 받아들였다. 카마트로스의 입단 조건은 까다롭기 때문에 인원이 절대적으로 부족했다. 그 와중에 보스가 직접 데려와 칭찬까지 늘어놓는 자라면 부족한 인원을 양이 아닌 질로 메꾸어 줄 훌륭한 실력자일 게 분명했다.

"안은 내 직속으로 활동할 테니 누구의 명령도 받지 않는다. 션의 지령도, 힐의 명령도 받지 않아. 알아 두도록."

모두 조용히 고개를 끄덕였다. 굴러 온 돌이 박힌 돌을 빼낸다는 생각이 들 수 있음에도 그들은 조용히 복종했다.

아르하드는 이아나에게 멤버들을 소개해 주었다.

"이쪽은 션, 이미 봐서 알고 있겠지? 전략과 암습을 담당하고 있다."

"안, 정말 환영합니다."

걸걸한 목소리에 기쁨을 잔뜩 묻혀 낸 션이 이아나를 끌어안을 것처럼 팔을 쫙 벌리고 다가왔다. 아르하드가 노려보자 금방 팔을 거두고 뒤로 물러나긴 하였으나 그는 기쁜 감정을 숨기지 못하고 싱글벙글 웃었다.

"골드. 폭탄과 트랩에 일가견이 있고 전반적인 재무 관리를 하고 있다."

"급히 돈이 필요하면 저한테 말씀하시면 됩니다. 새로운 던전을 발견하시면 바로 연락하시고요."

가면에 원이 그려진 사람이 눈을 찡긋했다.

"이쪽은 근거리 공격수들을 관리하는 간부들이다. 시저는 체술과 강화술 전문이고. 러스트는 창이 주 무기지만 세상에 존재하는 모든 무기를 다룰 수 있다."

"……."

말없이 고개를 숙이는 시저의 가면에는 새 한 마리가 그려져 있었다. 체구는 그리 큰 편이 아니었지만 몸이 아주 다부졌다.

"반갑습니다. 검은 좋은 무기지요."

반면에 드래곤 문양의 러스트는 몸이 아주 컸다. 아까 전 이아나를 향해 기세를 일으켰던 세 사람 중 가장 강한 호승심을 보였던 사람이 그였다. 키가 2미터는 훌쩍 넘어 보이는 그의 등에는 거대한 창이 단단하게 매여 있었다.

"이쪽은 원거리 공격수들을 관리한다. 전에 봤던 힐은 전투에 참가하지 않지만 마법과 아티팩트를 담당하고 있고, 반은 궁술과 원거리 엄호에 주력한다."

"안녕하세요. 공격에 집중하실 수 있도록 뒤에서 최선을 다해 엄호하겠습니다."

가면에 짧은 줄 세 개가 새겨져 있는 반이 일어나서 허리를 살짝 숙여 인사했다. 이아나가 마주 인사하자 살짝 웃어 보이곤 다시 느릿하게 앉으며 자세를 바로 했다. 그의 행동 하나하나에서 우아함이 묻어났다. 이아나에게 아주 익숙한 로안느 식 귀족 예절이 배어 있었다. 귀족인 걸까?

"지젤."

아르하드가 가면에 별 문양이 그려진 이를 불렀다.

"네."

지젤이 자리에서 일어났다.

"반가워요, 안."

다른 다섯 명은 직접 소개를 해 주더니 지젤에게는 소개를 명령했다. 무슨 의미일까? 궁금해진 이아나가 지젤을 쳐다보았다.

"저는 지젤."

지젤이 천천히 두 손을 모았다. 지켜보고 있던 이아나가 지젤의 몸에서 스멀스멀 흘러나오는 익숙한 기운과 그 기운을 먹어 치우고 있는 익숙한 존재를 깨닫고 눈을 크게 떴다.

휘이이이이—

공기 덩어리들이 모이더니 지젤의 주변을 웅웅거리며 돌았다. 공기 덩어리 주제에 지젤의 주변을 반갑다는 듯, 또 즐겁다는 듯 뱅뱅 도는 것이 어째 익숙했다.

"자연과 함께하며 정령술을 담당하고 있습니다."

'어떻게 정령을?'

여태껏 정령을 불러내는 이들은 핀과 첸델프밖에 보지 못했다. 그리고 그들은 인간이 아닌 다른 종족이었다. 설마 지젤은 이종족인 걸까.

아니다. 이종족이라고 확신할 수는 없었다.

'나도 정령을 불러낼 방법을 모를 뿐이지 정령에게 신력은 제공할 수 있으니까. 정령을 부를 수 있는 인간이 있을지도 몰라.'

정령은 신력을 먹고 물질계에 현신한다. 어떤 생물이든 신력을 제어할 수 있고 정령을 불러내는 방법만 알고 있다면 정령을 이 세계에 현신시킬 수 있었다. 하지만 그렇다 한들, 말로만 듣던 엘프처럼 가냘프고 긴 지젤의 몸에 시선이 계속 가는 건 이아나로서도 어쩔 수 없었다.

이아나의 시선에 지젤이 싱긋 웃었다.

"반과 함께 후방지원을 맡고 있답니다. 앞으로 잘 부탁해요."

이아나는 다른 간부들을 돌아보았다. 다들 감흥이 없어 보였다. 마법과는 궤를 달리하는 세상의 기적임에도 그들은 익숙하게 받아들이고 있었다.

카마트로스에는 서로에 대해 아무것도 묻지 않는다는 규칙이 있다. 이아나는 여기서 관심을 거두기로 했다. 인간이든 이종족이든 흰 가면과 로브를 착용한 이상 카마트로스의 조직원에 불과했다. 이종족이라고 해서 무슨 짓을 하고 싶은 것도 아니었다. 그들은 인간과 다를 바 없었다.

이아나는 그냥 지젤의 존재가 반가웠다.

'잘하면 정령을 주제로 이야기를 나눠 볼 수도 있겠어.'

주변에 정령에 관해 대화를 할 수 있는 지인이 전무했다. 핀은 물 덩어리 정령밖에 몰랐고 아르하드는 꽤 많이 알고 있는 듯했지만 정령을 몹시 싫어했으니까.

정령 소환 방법도 알아내야 한다. 신력 제어가 가능해졌으니 핀을 거치지 않아도 스스로 정령을 소환할 수 있을지도 모른다. 물론 소환 방법 정도야 정령들이나 핀에게 언제든지 들을 수 있지만 피소환자와 어린아이보다는 성숙한 소환자에게 직접 들어보고 싶었다.

그러나 이는 모두 지젤과 어느 정도 친분을 쌓아야 가능한 일이다.

생각을 마친 이아나는 아르하드를 흘끗 보았다. 그가 불같이 화를 내는 바람에 이전처럼 가볍게 정령왕을 부르는 것은 꺼려졌지만 그들과의 인연을 완전히 끊어 내고 싶지는 않았다. 그들은 몹시 유익했고, 유익함을 차치하더라도 그녀에게 순수한 애정과 친절을 쏟아부어 주는 귀여운 존재들이었다.

"시월의 회의를 시작한다."

소개가 끝나고 아르하드가 상석에 앉자 다른 이들도 자리에 앉았다. 이아나도 의자 하나를 끌어와 아르하드와 떨어진 자리에 앉으려는데 션이 아르하드의 옆을 가리키며 말했다.

"안, 당신은 로의 직속이니 앞으로 로의 가장 가까이에 계십쇼."

"그렇게 해."

아르하드의 옆자리가 비어 있다는 건 알고 있었다. 하지만 신입이 모든 간부들을 제치고 가장 윗사람의 옆에 앉는 것은 좋지 않다고 판단해서 아르하드와 떨어진 자리에 앉으려 했었다. 하지만 아르하드와 션이 그러라고 하고, 살펴보니 다른 간부들도 불만 없이 고개를 끄덕이는 것을 보아 하극상은 아닌 듯해서 이아나는 아르하드의 옆에 앉았다.

이아나까지 자리에 앉자 션은 아르하드의 옆에 서서 목을 가다듬었다.

"흠흠. 시월의 계획은 다음과 같습니다. 이때까지는 치고 빠지는 식의 전투를 구사했지만 이제는 다릅니다. 슈나이더 왕자와의 접선에서 그의 후원을 성공적으로 얻어 냈고, 이제 블랙폭시와 정면에서 싸워 흔적을 남겨도 상관없습니다."

이아나가 순간적으로 움찔했다. 슈나이더. 익숙하고 그리운 이름이었다. 회귀 전의 주인이었지만 이번 생에서는 그와 연관될 일이 없다고 생각해서 잘 떠올리지 않았던 이름.

이아나는 아르하드를 흘끔 쳐다보았다. 그는 눈을 감은 채 션의 말을 듣고 있었다.

'회귀 전에도 이러했을까.'

아르하드의 카마트로스가 왕자와 연관될 줄은 꿈에도 몰랐다. 제가 슈나이더 왕자의 기사가 되는 것은 지금으로부터 몇 년이나 뒤의 일이었기 때문에 지금의 왕자와 아르하드의 관계를 알 리가 없었다.

"우리는 내년부터 블랙폭시 지부들을 완전히 파괴하는 작업을 시작합니다. 하지만 동시에 왕자의 요구 하나를 들어줘야 하는데, 왕자가 블랙폭시의 시선을 받는 위험을 부담하는 대신 카마트로스의 모든 업적을 왕자에게 돌리는 겁니다."

"왕자에게 필요한 건 '선량한 왕국민을 괴롭히는 블랙폭시를 내가 가만두지 않겠다.'라는 타이틀이니까."

처음부터 말이 없던 사람 중 하나, 반이 조용히 말했다.

"결국 왕자의 개로 활동한다는 말씀이십니까?"

아르하드가 피식 웃었다.

"블랙폭시의 시선을 피하면서 세력을 줄일 수 있다는 게 얼마

나 큰 혜택인지 모르겠나? 왕자의 이름만 얻을 수 있다면 그에게
어떤 이득을 안겨 줘도 상관없다. 왕자는 자기가 어떤 부담을 졌
는지 아주 오랜 시간이 흐른 후에야 깨닫게 되겠지."

"반, 로안느 왕실에 반감을 가지고 있는 건 알고 있지만 참아
요. 타인의 눈에는 우리가 왕자의 개로 보이겠지만 실상은 다르
지 않습니까?"

"……납득했습니다."

반이 고개를 끄덕이자 만족스레 웃은 션이 두꺼운 종이 뭉치를
간부들에게 하나씩 건네주고 회의를 진행했다. 이아나는 업무 파
악을 위해 종이를 펄럭펄럭 넘기면서 간부들의 대화에 집중했다.

블랙폭시 지부 파괴 건수와 사상자 수 보고, 자금과 지원 요청,
연합 제의 수락과 거절, 월간계획 작성 등 온갖 주제가 다 나왔
다. 하지만 간부들 간에 적극적인 의견 교환이 오가면서 안건은
막힘없이 척척 처리되었다. 간부들 모두가 개인의 이득이 아닌
집단의 이득을 추구했기 때문에 회의는 큰 의견 충돌 없이 빠르
게 진행되어 한 시간쯤 지나자 끝났다.

"이상으로 시월 회의는 끝."

결과적으로, 이아나는 카마트로스가 아주 마음에 들었다. 역시
아르하드의 조직이랄까.

"자, 뒤풀이 시간이 찾아왔습니다아."

션이 커다란 종이 두루마리 하나를 테이블 위에 펼쳤다. 뒤풀
이? 이아나는 호기심을 가지고 종이를 들여다봤다가 깜짝 놀랐다.

테오도르의 지도였다. 그냥 평범한 지도가 아니라 모든 시가지
와 비밀통로들이 기록된, 왕실과 왕당파의 최상위층 귀족들에게만

공개되는 군사 기밀의…….

'이건 또 어디서 구한 거야? 슈나이더 왕자가 준 건가?'

그런데 자세히 보니 군사 기밀 지도보다 더 심했다. 이 지도에는 노점상이나 거주자까지 전부 표시되어 있었다. 적에게 넘어간다면 그 어떤 것보다 유용하게 쓰일 수단이다. 왕실이 이 지도의 존재를 안다면 지도를 불태우고 제작자를 역모죄로 참수해 버릴 터였다.

골드가 호들갑을 떨며 지도에 달라붙었다.

"션, 이런 건 대체 어디서 알아오는 겁니까? 언제 봐도 놀랍습니다."

"후훗. 이게 바로 제 능력입니다."

"언제 봐도 때리고 싶게 하는 것도 션의 능력인 모양입니다."

블랙폭시에 대한 정보를 샅샅이 꿰고 있는 것만으로도 충분히 놀라운데 이런 최고급 정보까지. 카마트로스의 정보력은 대체 어디까지 뻗어 있단 말인가?

새삼 정보 담당자인 션이 다시 보였다. 블랙폭시의 간부라더니 정말 정보력이 대단했다. 저자는 무엇을, 얼마나 알고 있을 것인가?

이아나는 속으로 한숨을 푹 쉬었다. 회귀 전 로안느 왕국이 바하무트 제국에 변변찮은 저항조차 하지 못하고 물러날 수밖에 없었던 이유 한 가지를 더 알게 되었다. 션은 아르하드의 사람, 션의 정보력은 즉 바하무트의 정보력이었다.

"여러분, 오늘은 대충 하지 마세요. 신입에게 실력을 보여 줘야 할 것 아닙니까? 여기 있는 사람들이면 큰 지부도 금방이니까 오늘은 정말 큰 곳만 골라서 갑시다."

"오, 재밌겠네요."

션이 싱글벙글 웃으며 손가락으로 지도를 가리켰다.

"오늘 처리할 예정인 곳은 이곳, 이곳, 이곳…… 세 곳입니다."

붉은 점으로 표시된 건물 세 개의 위치를 가늠해 본 간부들이 켁, 하고 목 졸린 소리를 내더니 션이 진짜 오늘 날을 잡았다면서 호들갑을 떨었다.

"블랙폭시는 다 죽여야 합니까?"

이아나는 의미 없는 살생은 어느 정도 지양했다. 오기 전 습격자들 중 부상을 입고 쓰러져 있던 자들은 많았지만 일일이 죽이지 않은 이유도, 자신을 노렸던 여자를 확실히 죽이지 않은 이유도 그 때문이었다.

그들과 여자는 살해 대상으로서의 가치가 없었다. 언제든지 죽일 수 있는 날파리 같은 존재들. 여자가 살려 달라고 애원하는 것과 관계없이 검집에 넣은 검을 다시 꺼내 베기가 귀찮았다. 그래서 뺨을 있는 힘껏 몇 번 때리고, 얼굴을 걷어차는 것으로 끝냈지만 그것 때문에 죽는다면 그것도 제 팔자였다.

물론 베풀어 준 은혜를 알지 못하고 또 한 번 덤벼든다면 정말로 죽일 터였다.

어쨌든 의미가 있든 없든 다 죽여야 하는 거라면 미리 확실히 해 둬야 했다. 션이 손을 내저었다.

"아, 수틀리면 죽이셔도 되지만 안 죽이셔도 별 상관없습니다. 블랙폭시의 숫자가 너무 많아서 그렇게 하시면 금방 지칠 거예요. 뒤처리하는 것도 힘들고요."

"그렇습니까."

"블랙폭시의 진정한 주인을 모르는 하급 조직원들은 블랙폭시가 당하는 게 많아질수록 많이 이탈할 겁니다. 그들은 필요 없습니다. 하지만 간부들은 달라요. 지부 습격 전 제가 언급하는 간부들은 반드시 생포해 주시고 나머지는 되도록 떨거지들이 보는 앞에서 죽여 주십시오."

이아나가 고개를 끄덕이자 션과 이아나의 대화가 끝나기를 기다린 아르하드가 테이블에 손을 짚으며 자리에서 일어났다.

"그럼 갈까."

아지트의 허름한 문을 천천히 나선 그들은 나들이를 나온 사람들처럼 여유롭게 떠들어 댔다.

"션 님, 이번에 빌려 가신 돈 언제 돌려주실 겁니까."

"아, 갚는다니까요. 골드 님, 저 못 믿습니까?"

"못 믿겠습니다만. 워낙 떼먹힌 게 많아서. 얼굴도 모르는데 부하들을 보낼 수도 없고, 차라리 기부를 하라고 하시죠."

"위대하고 돈 많은 골드시여, 기부하십시오."

"닥쳐요."

러스트가 옆에서 골드에게 동조하며 투덜거렸다.

"기부는 개뿔이. 급하다고 빌려 가 놓고는 안 갚은 지 어언 일 년이요. 조직 밖에서 만났으면 댁은 나한테 술병으로 맞아서 몇 번이나 머리가 깨졌을 거요."

"어떡하지? 저는 진짜 몸밖에 없는데요."

"에라이, 맨날 그 소리지. 나중에 용 사냥할 때 미끼로 던져 주기라도 해야겠구먼."

"몇 년간 함께해 온 동료에게 너무하시는 거 아닙니까? 그런데 드래곤은 저처럼 삐쩍 마른 미청년은 잡아먹지 않을 텐데. 아무래도 러스트 님처럼 두툼한 육질을 가진 사람을 선호하지 않겠어요?"

"지랄……."

션과 골드, 러스트는 서로 죽이 맞아서는 경박하게 떠들어 댔고 지젤과 반은 둘 다 독서가 취미인 듯 최근 읽었던 도서에 대하여 대화를 나누었다. 아지트에 있을 때부터 계속 말이 없었던 시저는 조용히 그들의 대화를 들으며 뒤따랐다.

주종 관계가 있는 집단에서는 언제나 상하 관계가 존재하는 법이다. 그리 생각하여 마음을 단단히 먹고 왔던 이아나는 간부들이 친목모임 같은 분위기를 잔뜩 흩뿌리자 어색함을 느꼈다. 심지어 이 사람들은 지금 일반인은 이름만 들어도 줄행랑을 친다는 블랙폭시의 아지트를 작살내러 가고 있는 중이었다.

하지만 유쾌하기도 했다. 블랙폭시를 짓뭉개는 행위를 여러 번해 본 자들만이 보일 수 있는 여유였다.

이아나의 옆쪽에서 걷고 있던 지젤은 희한하다는 눈빛으로 자신들을 관찰하고 있는 그녀를 발견하고 천천히 접근했다.

"친한 것 같죠?"

"그렇습니다."

"실제로 친해요. 벌써 몇 년이나 된 사이니까. 하지만 친하게 지내긴 해도 서로에 대해서는 아무것도 몰라요. 우리가 서로에 대해 아는 건 단 하나, 조직명뿐이죠."

"그래야 붙잡혀 고문당하더라도 동료에 대해 발설할 수 없을 테니까. 조직을 총괄하고 있는 로와 션만 우리의 정체를 모두 알고 있죠."

지젤의 옆에서 걷고 있던 반이 첨언했다.

"우리는 흰 가면을 얼굴에 쓰고 검은 로브를 둘러쓰는 순간 원래의 신분은 뒤로하고 카마트로스의 일원이 됩니다."

"우린 우리가 따르는 로가 누군지 몰라요. 목소리와 실력으로 보아 삼십 대 중반쯤이 아닐까 추측중일 뿐이죠. 물론, 카마트로스의 모두가 로의 신분은 잘 알고 있답니다. 그런 우리의 뇌에는 무서운 금제가 걸려 있어요."

지젤은 제 머리를 톡톡 두들겼다.

"누군가에게 로의 신분을 발설하려는 의도를 가지는 즉시 제 머리는 미쳐 버릴 거예요. 힐의 정신 마법은 장난이 아니거든요."

힐은 열 명의 대마법사 중 한 명인 하인리히고, 그가 정신 계열 마법에 능하다는 건 이 시대의 상식이다. 오죽하면 하인리히가 머무르는 회색의 마탑이 정신의 마탑이라 불리겠는가.

하인리히는 왜 블랙폭시와 바하무트를 제거하려 할까? 생각해 보니 아르하드의 모친을 구해 아르하드의 탄생을 주도한 사람도, 그를 바하무트로부터 숨겨 주고 있는 사람도 하인리히였다. 바하무트에 엄청난 원한이라도 있는 건가 싶었다.

"로의 신분은 그만한 가치가 있다는 것, 안도 알죠?"

이아나가 긍정도 부정도 없이 침묵하자 옆에서 지젤과 반이 이아나에게 카마트로스에 대해 이야기해 주는 것을 가만히 듣고 있던 아르하드가 입을 열었다.

"지젤, 안은 아직 거기까지는 모른다."

가면 속 지젤의 눈이 동그래졌다.

"정말요? 로의 직속 부하라면 당연히 알고 있을 줄 알았는데."

"안은 내가 북부 대귀족의 서자라는 것밖에 몰라. 아직 꼬드기고 있는 중이라서."

"그렇군요. 그런데 로가 회유하고 싶어 안달이 난 실력자라니, 오늘 블랙폭시 다 죽었네요. 후후!"

상냥하기만 하던 지젤의 웃음소리에는 맹렬한 악의가 담겨 있었다.

"어서 그 더러운 자들을 악마가 잠들어 있다는 지옥에 되돌려 보내고 싶어요. 신께 귀의할 자격도 없는 악마의 자식들 같으니."

지젤이 카마트로스에 들어온 이유가 블랙폭시와 바하무트에 대한 원한 때문이라는 건 지금의 태도만 봐도 알 수 있었다.

"카마트로스는 다들 블랙폭시에 원한이 있는 모양이군요."

"그런 사람들도 있고 재밌어서, 혹은 순수하게 로 님의 강함을 따라 들어온 사람들도 있습니다. 하지만 사연이야 많지요."

"저는 블랙폭시가 끔찍하게 싫어요. 그리고 그들의 주인은 미치도록 증오하죠."

지젤의 목소리는 이아나처럼 목소리를 변조시켰다기엔 믿을 수 없을 정도로 맑았다. 노래하는 카나리아의 지저귐, 맑은 숲속을 지나치는 바람의 속삭임과도 같았다. 그러나 아름다운 목소리가 품은 악의는 지독할 정도로 짙어 간부들이 카마트로스에 들어온 경위가 궁금했지만 이아나는 더 이상 아무것도 묻지 않기로 했다.

대신 처음부터 반과 지젤의 뒤에서 말없이 따라오는 시저에게 시선을 돌렸다. 가면 밑에 새를 한 마리 새겨 넣은 그는 처음부터 말을 한마디도 하지 않았다. 이아나는 시저가 무척 과묵하다고 평가했다.

"시저 님은 계속 말이 없으시네요."

"그분은 말을 하지 못하십니다."

반이 차분하게 말하자 시저는 그렇다며 고개를 끄덕였고, 이아나는 제 성급한 판단과 그에 대한 실수를 깨닫고 정중히 사과했다.

"죄송합니다."

시저는 개의치 말라는 듯 손을 내저었다. 그사이 악의를 깊숙이 갈무리한 지젤은 상냥하게 웃었다.

"하지만 안심하고 뒤를 맡길 수 있는 믿음직스러운 분이시죠. 무척 강하세요."

"그렇습니다."

시저가 아니라는 듯 손사래를 쳤지만 반과 지젤은 겸손하시기까지 하다며 그저 웃을 뿐이었다.

이아나는 일행을 한 번 쭉 훑었다. 흰 가면에 검은 로브뿐이었다면 누가 누군지 구분할 수 없었을 것이다. 하지만 가면에 그려진 문양은 모두 달랐다. 션은 눈물, 시저는 새, 반은 세 개의 짧은 선, 러스트는 드래곤, 골드는 원, 지젤은 별.

"궁금해서 그런데, 가면의 문양에 뜻이 있습니까?"

"후후. 그냥 자기에게 가장 중요한 걸 문양으로 그려 넣는 거예요."

지젤이 제 별 문양을 가리키며 말했다.

"저는 아름다운 별을 좋아해요. 취미도 풀벌레가 노래하는 들판에 누워 친구들과 밤하늘의 별을 구경하는 거였죠."

키가 크고 로브 너머로 보아도 아주 마른 듯한 지젤은 가면 안에서 빙긋 웃었다.

"당신의 문양은 검인가요? 멋져요. 검술 실력이 몹시 기대돼요."

"발군이지."

아르하드가 이아나를 진심으로 칭찬했다.

"오오. 러스트, 경쟁자가 나타났네요. 당신이 이기고 싶어 하는 로가 무려 대칭찬을 했습니다. 안의 검과 용을 때려잡을 당신의 검 중 뭐가 더 셀까요?"

멀찍이서 그들의 대화를 듣고 있던 골드가 능글맞게 웃으며 러스트를 툭툭 치자 러스트가 가면 속에서 함박웃음을 짓고는 두꺼운 손으로 골드의 멱살을 꽉 잡았다.

"못해도 댁을 때려잡을 정도는 될 겁니다."

이아나는 다시 한 번 일행을 살폈다. 션은 뒷골목의 시정잡배처럼 허리춤에 단검 두 자루를 매고 있었지만, 이전에 미행하던 이아나의 기척을 눈치채고 마나를 실어 비도를 날린 것을 보면 두툼한 로브 속에 비도 몇 자루도 숨겨 놓았을 것이다.

골드도 션처럼 허리춤에 얄팍한 단검을 한 자루 차고는 있었으나 그것이 주는 아닌 듯, 커다란 가방을 등에 메고 있었으며 러스트는 집 한 채를 두 동강 낼 수 있을 정도로 거대한 창을 등에 둘렀다.

반은 딱 봐도 범상치 않아 보이는 활과 화살을 등에 둘렀고, 지젤은 가냘픈 몸 외에는 지닌 게 없어 마법사의 일반적 특징과 비슷하다. 바람에 휘날리는 로브 밑으로 드러난 시저의 발은 맨발이었는데, 딱딱한 굳은살이 박인 발은 평생 수련을 해 온 무도인의 것이었다.

"도착했습니다."

션의 나지막한 말과 함께 모두 건물의 그림자 속에 기척을 숨겼다.

아지트는 허름한 건물들 사이에서 유독 번듯하고 거대했다. 미로처럼 얽힌 뒷골목을 이리저리 돌고 돌아 도착한 이곳은 수도 테오도르의 동부에 잔뜩 널려 있는 하급 조직원들이 상부로 보낼 금품을 모아 놓는 중요한 창고였다. 돌아다니는 경비는 몇 없지만 틀림없이 안쪽에 실력자들이 다수 대기하고 있을 터였다.

그러고 보니 무작정 쳐들어오기만 했지 아무런 지시도 전달받지 못했다. 이아나는 옆에 서 있는 아르하드를 보았다가 션을 다시 보았다.

"음, 여기에 찾아올 간 큰 놈들이 없다 보니 외부 경비가 두 명밖에 없네요. 밖에서 광범위 마법으로 싹 쓸어버리면 딱이겠어요."

션은 아지트의 외부를 요리조리 살피고 있었는데, 순간 그에게 겹쳐 보이는 한 남자의 이미지에 이아나는 하려던 질문도 잊고 그의 뒷모습을 관찰했다.

익숙한 체구, 익숙한 말투.

목소리도, 눈동자 색도 다르지만 자신이 잘 알고 있는 한 남자와 몹시 닮았다고 생각하는 건 허황된 추측인걸까.

암흑가의 사람, 정보상, 알라카모라숲의 아르하드. 그리고 그의 정체와 약을 알고 있는 듯했던, 그 남자는 위험하다고, 가까이하지 말라고 경고했던⋯⋯.

"⋯⋯?"

션이 시선을 느끼고 힐끔 쳐다보자 그를 집요하게 보고만 있던 이아나는 그제야 물었다.

"무작정 쳐들어가면 됩니까?"

"아, 편하실 대로 싸우시면 됩니다. 여기 있는 사람들, 제 앞가 림은 다 하니까요. 그런데 이번엔 지젤 님께서 나서실래요? 아까 말하시는 거 들어 보니 장난 아니던데."

가면 속 지젤의 갈빛 눈이 가느다랗게 휘어졌다.

"영광이에요."

"안에 있는 물건은 챙겨 주세요. 아, 시저 님도 지젤 님을 거들 어 주시죠."

지젤은 건물 벽에서 삐죽삐죽 튀어나와 있는 벽돌을 밟으면서 하늘로 솟구치듯 옥상으로 올라가 아지트를 싸늘하게 주시했다. 뒤따라 올라온 시저도 옆에 섰다. 지젤은 조용히 읊조렸다.

"저들은 악마를 따르는 나쁜 인간들이에요. 그렇죠, 시저 님?"

시저는 말이 없었다. 하지만 동조하듯 지젤의 떨리는 어깨에 손에 얹었다. 지젤의 떨림이 멎고 맑디맑던 안구에 핏발이 섰다.

"그러니까, 감히 라오스께서 부여하신 생명을 헛되이 낭비하는 저들을 죽이는 저는, 옳은 일을 하고 있는 거예요."

지젤이 두 손을 모으자 바람이 그녀를 향해 불기 시작했다. 지 젤의 주변을 빙글빙글 돌던 공기 덩어리가 하나둘 합쳐지더니 마 지막에는 하나로 압축되면서 뚜렷한 형태가 되었다. 그것은 조그 마한 새였다. 강한 바람이 몰아쳤다.

"저놈들의 건물을 완전히 망가뜨리고, 안에 있는 물건과 사람을 분류해 줘. 물건은 건물 옆에 쌓아 두고, 사람은 그냥 네가 들고 있으면 돼."

정령은 휘파람소리를 내며 지젤의 머리를 한 번 빙글 돌더니 쏜살같이 건물로 달려들었다. 공기를 일그러뜨리며 날아가던 작은 새는 파공성과 함께 작은 바람으로 흩어졌다. 산들바람처럼 미약했던 공기의 흐름은 점점 크기를 불리더니 아지트의 중심에서 하늘을 꿰뚫는 커다란 소용돌이가 되었다.

쿠아아아아앙─!

"아악!"

"뭐, 뭐야!"

정령은 지젤의 뜻대로 물건들은 건물 옆에 얌전히 두고 건물의 잔해와 삼사십 명의 사람은 소용돌이 속에서 한데 섞어 빙글빙글 돌았다.

짜악!

상황을 지켜보고 있던 시저가 두 손을 모아 박수를 크게 한 번 쳤다. 시저가 엄호하기 위해 지젤을 뒤따라갔다고 생각했던 이아나가 뜬금없는 박수에 의아해하는 사이, 시저의 몸에서 신력이 쏟아져 나오고 이글거리는 불꽃이 앞에 생겨났다. 시저가 불러낸 불꽃도 정령이었다.

시저는 엘프라기엔 근육질이었고 드워프라기엔 장신이었다. 그럼? 이아나는 흥미롭게 지켜보았다.

시저가 말없이 건물로 손가락질하자 불의 정령은 몸을 한 번 길게 늘어뜨리더니 바람의 소용돌이에 몸을 실었다. 바람과 불은 서로를 도와 몸을 더 크게 불렸고 불의 소용돌이는 완전히 건물을 집어삼켰다.

쿠과아아아앙!

정령 둘이 힘을 합친 결과는 어마어마했다. 소용돌이가 지나간 후 커다랗던 목조건물은 온데간데없었다. 심지어 바람에 실려 있던 인간들도 모두 사라졌다. 아무것도 없는 빈 건물이었던 것처럼 남은 것은 오로지 사라지는 소용돌이에 휘날리는 검은 재뿐이었다.

션이 품에 손을 넣으며 정령이 쌓아 둔 물품 더미로 느긋하게 걸어가더니 그 앞에서 금패 하나를 꺼내 들었다. 마나를 주입하자 금패가 반짝반짝 빛나기 시작하며 위로 거대한 마법진이 생겨나더니 물품들을 그대로 빨아들였다.

이아나는 호오— 하고 션의 아티팩트를 관찰했다. 공간 마법인지 이동 마법인지는 모르겠지만 둘 다 기능 마법에서 초고난이도에 속하니 둘 중 뭐라고 해도 대단했다.

지젤과 시저는 식후 운동이라도 한 양 가볍게 2층에서 뛰어내렸다. 지젤이 속이 시원하다는 듯 기지개를 한 번 폈다.

"수고하셨습니다."

"뭐야. 두 분만 오셔도 됐을 것 같은데."

느긋한 걸음걸이로 도착한 두 번째 지부에는 이미 경비원들이 모여서 술렁거리고 있었다. 이리저리 불안하게 뛰어다니던 그들 중 하나가 어둠 속에서 불길하게 움직이는 검은 로브 자락을 발견하고 고함을 내질렀다.

"카마트로스다!"

"가자."

아르하드와 러스트가 선두에 서고 다른 이들은 그 뒤를 따랐다. 이아나도 후방에서 따라갔다. 그녀는 숨어 있다가 뒤를 치는 적들을 향해서만 검을 휘두르며 카마트로스의 간부들을 관찰했다.

아르하드는 역시 아르하드였다. 제 앞을 가로막는 적들을 손으로 키 큰 풀을 옆으로 치워 내는 것처럼 가볍게 슥슥 베며 지나갔다.

"으랍!"

러스트의 동작은 몹시 컸다. 그의 창은 괴물을 베기 위해 만들어진 것처럼 거대하고 투박했다. 단순히 위에서 아래로 떨어지기만 해도 소의 목을 벨 수 있을 것 같았다. 러스트가 쏟아지는 블랙폭시 조직원들 앞에서 도끼로 나무를 찍듯 창을 옆으로 힘껏 휘둘렀다.

"으악!"

"아아악!"

휘둘린 창의 궤적에 있던 적들은 하나같이 상하가 분리되거나 동료의 시신에 맞고 나가떨어졌다. 힘이 나무를 통째로 뽑아내 휘두르는 상위 몬스터인 오우거와 비등해 보였다.

시저는 조용하지만 빠르게 조직원들의 몸을 맨손으로 박살 내고 있었다.

쐐액— 퍼억!

어디선가 날아와 블랙폭시의 신체를 정확하게 꿰뚫는 화살은 활을 메고 있던 반의 것일 터다. 화살은 이따금 파괴적인 강기를 싣고 적의 신체 일부분을 아예 날려 버렸다.

지젤은 정령으로 다른 이들을 엄호하거나 날카로운 바람의 칼날을 일으켜 조직원들을 베었다.

골드는 가방에서 여러 종류의 폭탄을 꺼내 블랙폭시가 밀집되어 있는 곳에 사정없이 던져 댔다.

션은 존재감이 없었다. 어디 있나 찾아봐야 간신히 찾을 수 있었다. 그는 기척을 없애고 돌아다니다가 뱀이 아킬레스건을 물듯이 갑자기 조직원들 뒤에 불쑥 나타나서 푹 찌르는 행위를 반복하고 있었다.

가볍게 식후 산책을 나온 사람들처럼 건물과 사람을 부수는 간부들을 보며 새삼스레 깨달은 것은 이들이 블랙폭시를 처리하는 데 몹시 흥겨워하고 있다는 사실이었다.

타닥, 타닥.

이아나는 순식간에 박살이 나서 이제는 불타고 있는 두 번째 아지트를 질린 눈빛으로 보았다. 왜 블랙폭시가 초반에 카마트로스에게 과감하게 손을 쓰지 않았는지 의문이 들었다. 마지막 아지트로 향하면서 앞으로의 계획에 대해 묻자 션이 신이 나서 떠들어 댔다.

"정체를 드러내지 않고 블랙폭시를 없애고 다니는 사람들이 꽤 많아서 놈들의 아지트가 아작 나는 건 늘 있는 일이에요. 보복이 두려워 참는 사람들이 많긴 하지만 원한이 있는 사람들이 한둘이 아니거든요. 그리고 우리는 이제껏 블랙폭시의 상부가 손을 쓸 필요를 느끼지 못할 정도로만 이름을 알리면서 놈들을 괴롭혔습니다. 우리가 놈들에게 입힌 피해는 어마어마하지만 놈들은 잘 모르죠. 제가 정보를 교묘하게 빼돌렸으니까."

"블랙폭시의 세력이 크긴 큰가 보군요."

"그렇죠. 사람 수도 엄청나게 차이 나고, 블랙폭시 간부들이 경계하기 시작하면 로의 가문에 보고가 올라갈 가능성이 있었거든요. 하지만 이제 카마트로스도 어느 정도 구색을 갖추었고, 로안느 왕실이라는 방패막이를 얻었으니 그냥 부수고 다녀도 됩니다. 이것 때문에 블랙폭시를 거느린 로의 가문과 로안느 왕국 사이에 마찰이 생겨도 우리는 알 바 아니죠."

즉 로안느 왕국의 이름을 빌려 블랙폭시를 척살하다가 성이 난 바하무트 제국이 나서기 시작하면 뒤로 빠지겠다는 소리였다.

얌체 같긴 해도 나쁘지 않은 전략이다. 어차피 로안느 왕국은 바하무트의 황제로 등극할 아르하드에게 있어 적이었다.

"로안느에서 블랙폭시를 정리하고 난 이후에는 우리가 준비한 다른 사업들로 채울 겁니다. 그러기 위해 있는 사람이 여기 골드 님입니다. 골드 님은 손만 댔다 하면 사업을 성공시키는 황금손으로 유명하시거든요."

"어험."

골드는 부러 통통한 배를 내밀며 품에서 담배를 꺼내 입에 물었다. 션은 골드의 배를 툭툭 치면서 장난스레 웃었다.

"싸움은 젬병이지만 폭탄에 대한 지식은 전문가 뺨칠 수준입니다. 트랩 쪽으로도 또 기가 막히죠. 모은 돈 지키려고 트랩전문가를 초청해서 직접 공부한 사람은 이분밖에 없을걸요?"

"뭐요?"

대화를 나누며 세 번째 아지트에 도착했을 때, 가장 선두에 있던 아르하드의 발걸음이 경직되었다.

"션, 이리 와."

"얘기 잘 하고 있는데 왜 사람을 개 부르듯……."

투덜대며 아르하드의 옆에 선 션의 몸도 딱딱하게 경직되었다. 이제껏 누구보다 여유롭게 걷던 그들이 긴장하여 몸을 굳히자 간부들도 따라서 긴장하여 뒤에서 최종 목표물을 보았다. 그리고 자기도 모르게 인상을 확 찌푸렸다.

세 번째 아지트의 앞에는 침을 질질 흘리는 징그러운 생물들이 잔뜩 돌아다니고 있었다. 그것들의 정체를 딱 꼬집어 정의하기는 어려웠다. 사자의 몸에 새의 날개와 염소의 머리를 가진 생물, 한 몸에 머리 두 개가 달린 늑대 등등 이 특이한 생물들을 한데 묶어 이름 붙인다면, 키메라라고 말할 수 있을 것이다.

션이 혐오스럽다는 듯 중얼거렸다.

"설마 케이거스 드미트리?"

아르하드가 생각에 잠긴 채 손가락으로 벽을 툭툭 두들겼다.

"블랙폭시도 나름 준비를 했군. 아주 큰 지부에는 키메라들을 지원받은 모양이다. 그런데 케이거스가 왜 남부 대륙에 있지? 늘 히마라페 빙원에 있는 제 연구실에 처박혀 있는 늙은이가."

"으으......."

션이 이마를 짚었다.

"정말이지, 그자만 떠올리면 머리가 찌그러질 것 같고 온몸이 아파......"

션이 한숨을 쉬었다.

"그 늙은이가 저한테 무슨 짓을 해 놓은 게 분명하다니까요."

"힐은 괜찮다고 했는데."

션이 실소를 머금었다.

"몸에 새겨진 기억일지도 모르겠네요. 개자식. 아무튼 케이거스의 동선은 나도 몰라요. 연구비를 뜯어낼 때 말고는 블랙폭시와는 접선을 하지 않는 인물이니까. 내가 자길 싫어하는 걸 아니까 나랑은 더욱이 인연이 없고."

"케이거스가 남부로 내려왔다면...... 블랙폭시가 문제가 아니다."

"그렇습니다. 기회예요."

"사냥할까?"

"두말하면 잔소리."

-컹! 컹!

-크와아앙!

아르하드와 션이 말을 마침과 동시에 개 짖는 소리와 표범의 포효가 한데 섞인 괴이한 울음소리가 위에서 터졌다. 어기적어기적 돌아다니던 키메라들이 고개를 들더니 비명과도 같은 울음을 내지르며 그들에게 달려왔다.

"이거 갑자기 위험해졌는걸."

골드가 슬슬 뒷걸음쳤다.

"로, 어찌할까요?"

"저 키메라들은 한번 적을 인식하고 냄새를 맡으면 죽기 직전까지 적을 추적하기 때문에 여기서 다 죽여야 해. 그리고 놈들의 피는 극독이니 피를 맞는 건 금물이다. 강기는 쓰지 말고 죽이려면 타살하거나 교살하되 어렵다면 기절을 시켜 멀리 치워 둬. 그리고 지젤과 시저는 적극적으로 정령을 활용해라."

종을 알 수 없는 징그러운 키메라 한 마리가 입을 쩍 벌려 이아나에게 달려들었다. 이아나는 허리에서 풀어낸 검집으로 키메라의 머리를 후려쳤다.

-깨갱!

이아나가 때린 키메라는 벽에 처박혔다가 반동으로 튕겨 나왔다. 이아나는 검집에 날을 감춘 검을 쥐고, 면으로 키메라의 머리를 세게 갈겨서 머리뼈를 박살 냈다. 옆에서 기습한 목이 긴 키메라는 그대로 다리를 휘둘러 쳐 낸 다음 목을 붙잡아 구십 도로 꺾었다. 키메라는 땅에 허물어지더니 버르적거리다 축 늘어졌다.

이아나는 할 만하다고 생각했다. 징그럽게 생겨서 긴장하고 있었는데 속도가 빠르고 힘이 세다는 것을 제외하면 사나운 몬스터와 비슷했다. 지젤과 시저가 정령을 이용해 키메라의 수를 착실하게 줄이고 있었기 때문에 처리는 점점 더 수월해졌다.

이아나가 멀리 도망가는 키메라를 포착하고 빠르게 달려들어 검집의 면으로 키메라의 옆구리를 후려치는 순간이었다.

퍼어어엉!

"……!"

갑자기 폭탄처럼 터진 키메라의 검은 피가 이아나를 그대로 덮쳤다. 검은 안료가 섞인 것처럼 새까만 피는, 이아나가 빠르게 뒤로 물러나긴 했지만 그녀에게 거세게 튀었다.

이아나는 인상을 찌푸렸다. 저렇게 폭탄처럼 터져서 폭포수처럼 피가 터져 나올 줄 어찌 알았겠는가.

'아르하드와 션도 몰랐던 특이 종인가.'

어쨌든 실책이었다. 모든 돌발 경우를 대비하고 있었어야 했는데 방심했다.

"안에게 튀었어!"

정신없이 몰려드는 키메라들 사이에서 우연히 그 상황을 목격한 션이 고함을 질렀다. 키메라의 머리를 검집으로 쳐서 으깨고 있던 아르하드의 날 선 시선이 션의 비명을 뒤따랐다. 이아나의 검은 로브를 눈에 띨 정도로 빠르게 침투하는 검은 피가 그의 동공에 화살처럼 박혀 들었다.

"안, 호흡하지 말고, 피가 피부에 닿기 전에 로브를 벗어!"

이아나는 로브를 내려다보았다. 검은 피가 연기를 뿜어내며 로브를 태우고 있었다. 검은 비수가 살점을 찢어발기기 위해 옷을 헤집는 듯한 섬뜩한 광경에 이아나는 냉큼 로브를 풀어 땅에 내팽개쳤다.

"그런데 여기 폭발형 키메라가……."

이아나가 다른 이들에게 경고를 하려고 할 때였다. 폭발한 키메라를 시작으로 독한 피 냄새를 맡은 키메라들이 이아나 하나는 반드시 잡겠다는 건지 틈 하나 없이 산사태처럼 몰려들었다. 이미 긴장하고 있던 이아나는 달려드는 키메라들의 뒤가 텅텅 비어 있는 것을 확인하고 눈을 날카로이 빛냈다.

"합!"

이아나는 기합과 함께 움켜쥔 검집에서 검을 뽑아 가로로 길게 쭉 그었다. 그리고 검날에서 생겨난 날 선 검기는 달려들던 키메라들을 모조리 베어 냈다. 키메라들은 달리고 있었으니 피는 당연하게도 뒤로 튀었지만, 개중에 폭발형 키메라가 몇 섞여 있었는지 핏줄기가 앞으로도 길게 뻗어졌다.

이아나는 빠르게 뒤로 물러나다가 등이 벽에 닿자 준비하고 있던 말을 외쳤다.

"실드!"

반구형의 투명한 마나 벽이 이아나를 감쌌다. 혹시나 해서 차고 왔던 하니넬프의 팔찌였다.

예전에 호기심에 실험해 본바 팔찌에 기록된 마이마예의 실드 마법은 최고였다. 마나가 깃들지 않은 공격은 단단한 절벽처럼 모두 막아 낼 수 있었고, 마법이나 검기도 쿠션처럼 잘 막아 냈다. 한 번 펼친 후에는 대여섯 시간의 마나 충전 시간이 필요했지만 간단한 말 한마디로 사용할 수 있다는 점에서 몹시 훌륭한 아티팩트였다.

이아나는 핏방울 정도는 당연히 막을 수 있을 거라고 믿어 의심치 않았다. 그런데 또다시 돌발 상황이 발생했다.

"……!"

투두두둑.

핏방울이 실드를 뚫었다. 이아나는 실드를 뚫고 들어오는 핏방울을 노려보았다. 그리고 피가 실드에 닿는 순간 실드가 집주인을 들이는 것처럼 핏방울이 지나갈 자리를 만들어 준 후 다시 벽을 만드는 기이한 현상을 목격했다.

'마법도 아닌 핏방울 따위가 검기도 손상시키지 못한 대마법사 마이마예의 실드를 아무 방해 없이 뚫고 들어온다?'

깊게 생각할 시간은 없었다. 이아나는 몸을 옆으로 거칠게 굴렸고 피가 튄 벽은 치익 하며 검게 녹아내렸다.

"칫."

잘 피하긴 했지만, 아직 끝이 아니었다. 이아나는 꾸역꾸역 끝없이 밀려드는 키메라를 보며 검을 바로잡았다.

차라리 실드를 쓰지 말걸 그랬다. 피 정도는 검막을 사용하면 충분히 막을 수 있다. 하지만 검막은 꽤 많은 체력을 소모하기 때문에 효율적으로 방어한답시고 실드를 썼건만 이렇게 흙바닥에 구르는 신세가 될 줄 어찌 알았겠나.

멀리서 검기를 날려 공격하는 것이 최선의 공략법이지만 등 뒤는 이미 벽. 몰려드는 키메라들을 뚫고 지나가기에는 폭발형이 마음에 걸렸다. 상대하기 영 번거로웠다.

등 뒤의 벽을 부수고 멀찍이서 상대하는 게 낫다고 생각한 이아나가 검집을 들어 올려 뒤의 벽을 강하게 내리쩍었다. 허름한 건물의 벽은 검으로 내리쩍힌 부분을 중심으로 거미줄처럼 금이 가며 무너져 내렸고, 경계하며 슬금슬금 다가가던 키메라들은 큰 소리가 나며 목표물인 이아나가 뒤로 사라지자 한꺼번에 달려들었다.

당연하게도 그 거슬리는 광경은 키메라를 치우면서도 이아나를 주시하고 있던 아르하드의 시선에 닿았다. 그의 눈매에 날이 선 것 또한 당연했다.

"……."

평소처럼 주변의 마나를 잠재우고 검술로만 키메라를 처리하고 있던 아르하드의 주변이 숨 막힐 정도로 무겁게 가라앉았다. 그가 만들어 낸 엄청난 중압감은 말려 있던 카펫이 펼쳐지듯 그를 중심으로 공기를 빠르게 잠식했다. 이아나에게 달려들던 키메라들 중 아르하드가 만들어 낸 공간에 닿은 키메라들이 움찔하여 굳었다.

주변에 둥둥 떠다니던 마나는 주인을 만난 개처럼 살랑거리며 아르하드에게 다가갔고, 그의 감정과 동조하자마자 흉포한 괴물이 되었다. 아르하드가 키메라들을 향해 손을 뻗자 마나는 아가리를 벌리고 달려드는 것처럼 순식간에 불어닥쳐 놈들을 움켜쥐었다.

션이 경악해서 아르하드의 어깨를 붙잡아 당겼다.

"미쳤어요! 놈이 주변에 있을지도 모르는데! 그렇게 마나를 제어하는 모습을 보이면 어떡해!"

"주변에 있었다면 내가 벌써 죽였어. 꼼꼼하게 살펴봤지만 그자는 없다."

션이 답답하다는 듯 주먹으로 가슴을 두들겼다.

"패밀리어가 감지했을지도 모르잖아요!"

정신 마법과 생체 마법을 기본 이상 배운 마법사들은 패밀리어를 하나씩은 가지고 있다. 패밀리어는 몸이 허약한 마법사가 앞으로 나설 수는 없으니 숨어서 적을 관찰할 때나 대화를 엿들을 때 이용하는 생물이었다. 패밀리어는 마법사에게 정신을 지배당한 생물로, 마법사와 오감을 공유한다.

션의 심장이 불안으로 쿵쿵 뛰었다. 아르하드는 고개를 저었다.

"케이거스의 피가 내게 묻지만 않으면 돼. 영혼을 감지하는 건 오감이 아닌 육감. 소유자와 공유자가 아닌 이상, 아무리 케이거스의 피를 주입받은 패밀리어라고 해도 파편을 감지하지는 못해. 봤더라도 바람 계열 마법으로 판단했을 거다."

"그래도 불안해요. 평소에 마나 제어 안 하면서 갑자기 왜 이렇게 나서요? 그것도 케이거스가 등장해서 몸을 평소보다 더 사리면 사렸지 나서면 안 될 이때에. 다른 사람들한테 맡겨요."

아르하드는 션을 무시했다. 그가 펼치고 있던 손으로 주먹을 꾹 쥐자 키메라들은 우드드득거리며 하나같이 짓이겨진 고깃덩이가 되었다. 그러나 아르하드의 시선은 무참하게 죽어 가는 키메라들에게서 미묘하게 비껴서 있다. 션은 그가 무엇을 쳐다보고 있나 싶어 시선을 천천히 따라가 보았다.

"감히 이아나를 위협하니까……"

잔혹한 행위를 아무렇지도 않게 저지르는 아르하드는 서늘하게 중얼거렸다. 가면의 구멍 사이로 보이는 금안은 그의 손에 죽어 가는 키메라가 아닌 이아나가 사라진 벽만을 올곧게 담고 있었다.

그녀에게 뻗어지는 시선은 소름이 끼칠 정도로 일직선이라서 섬뜩하기까지 했다.

션은 고개를 돌려 아르하드를 물끄러미 바라보았다. 이 남자는 이아나가 위험해지는 것이 꺼리던 행동을 거리낌 없이 저지를 정도로 싫은 걸까.

그때 아르하드가 말을 덧붙였다.

"저 여자가 내가 아닌 다른 놈에게 위협당하는 꼴이라…… 최악이다."

아르하드의 말은 이상했다. 그의 말은 사랑하는 소녀가 위협을 당하는 게 싫다는 남자의 단순한 보호욕구에서 이상한 방향으로 한 발자국 더 나가 있었다. '내가 아닌'이라니? 대체 무슨 말을 하고 있는 걸까?

"뭔 소리예요."

"위협을 하더라도 내가 해."

"뭐요?"

"죽이더라도 내가 죽인다."

"……."

냉기가 뚝뚝 떨어지는 아르하드의 대답을 되씹어 본 순간 션의 피부가 쭈뼛하고 곤두섰다. 그는 그냥 입을 다물기로 했다. 아르하드의 말은 핀트 한 군데가 어긋나 있었다.

아르하드는 입꼬리를 끌어 올려 웃었다.

"……너는 이해 못 해."

아르하드의 말대로였다. 평생 가도 그의 말은 이해할 수 없을 것 같았다. 아르하드는 이아나를 그냥 좋아하는 게 아니었던가?

전에 노예 경매장에서도 알 수 없는 말을 지껄이더니 이번에도 마찬가지다.

"그런 단순한 단어로 정의가 되는 감정이 아니야."

그때는 그냥 넘어갔지만.

지금 션은 어렴풋하게나마 그 감정을 실감했다. 언제나 무감각하다고 생각했던 이 남자가 이아나에게 품은 감정은 늪처럼 집요하고 무저갱처럼 깊으면서도 어딘가가 비틀려 있다고.

사랑한다면 상대를 어느 정도 구속하고 소유하고 싶어 하는 게 당연하다. 사랑하는 여자가 다른 남자와 노닥거리는 것을 보고 싶어 하는 남자는 없다. 그러나 아르하드의 소유욕은 어쩐지 섬뜩한 구석이 있었다. 위협을 하더라도 자신이 한다니. 죽여도 자신이 죽인다니. 순 미친놈이다. 도대체 이 남자에게 이아나는 무슨 의미일까?

펑! 콰앙!

이아나에게 달려든 키메라뿐만 아니라 간부들이 상대하고 있던 다른 키메라들도 이곳저곳에서 터져서 주변을 검게 물들였다. 이미 이아나 쪽에서 펑음과 함께 검은 피가 광범위하게 튀는 걸 목격하고 경계하고 있었기 때문에 간부들은 키메라의 몸에 부글거리며 기포가 생기는 순간 빠르게 몸을 피할 수 있었다.

간부들이 지금까지 몸에 피 한 방울 묻히지 않고 무사할 수 있던 이유는 이아나에게 키메라들이 몰려가서 현장에 폭발형이 몇 마리 되지 않았던 것도 한몫했다.

아르하드가 진심으로 나선 지 얼마 되지도 않아 상황은 빠르게 정리되었다. 키메라들은 도망친 놈 하나 없이 모두 처리되었다.

"우욱."

징그러운 사체가 바닥에 잔뜩 깔려 있어 눈 뜨고 보고 있기 어려웠다. 게다가 사체에서 뿜어져 나온 유독가스가 역하게 하늘을 채웠다.

"정말 독하군요. 정령들이 닿기 꺼려할 정도예요."

"젠장. 내 창도 닳았어."

간부들은 코를 막고 뒷걸음질 쳤다.

아르하드는 밖의 상황이 어느 정도 정리되자마자 사라졌다. 이아나에게 갔을 것이다. 달려가던 뒷모습을 떠올린 션이 미묘한 표정을 지었다. 이아나만 보면 실실 웃는 꼴이나 안색을 뒤집고 달려가는 걸 보면 영판 사랑에 빠진 남자인데…….

션은 이아나가 키메라에게 당했을 거라는 생각은 전혀 하지 않았다. 이아나를 데려오는 것은 아르하드에게 맡기고, 션은 간부들과 함께 그 장소에서 멀리 떨어진 곳으로 이동했다. 간부들은 매캐한 연기를 뿜어내는 아지트에서 멀찍이 떨어져 안도의 한숨을 내쉬었다.

"저 키메라는 뭐죠?"

션이 머리를 헤집었다.

"급해서 제대로 설명을 못 했는데 저 피는 북부의 미친 마법사, 케이거스 드미트리가 만들어 낸 결과물입니다. 극독이라 피부에 닿자마자 상대를 중독시키고 수초 안에 사망에 이르게 하죠. 그리고 키메라의 피에는 특수한 물질이 섞여 있어 마법과 검기를 파훼합니다. 그러니 피하는 게 상책이에요. 그런 면에서 시저와 지젤이 마법과 상극인 정령을 다룰 수 있어 다행입니다."

"그런 괴이한 물질도 있습니까?"

"세상에는 아주 괴이한 현상들이 많죠. 그런데 케이거스가 아주 은밀하게 단독으로 행동하고 자신의 연구물을 은폐하는 성향이 있어 방금 말씀드린 것 외에는 정보가 없습니다. 하지만 이번에는 반드시 잡아야 합니다."

션이 주먹을 꽉 쥐었다.

"케이거스는 위프헤이머의 다섯 직계 제자 중 하나."

눈이 살의로 번뜩였다.

"반드시 죽여야 할 인물인데 이렇게 먼저 모습을 드러내 준 게 고마울 뿐."

"이아나!"

건물 안은 시체의 산이었다. 건물 안에도 키메라가 잔뜩 있었는지 외부의 키메라 수와 비견될 정도였다. 심지어는 키메라뿐 아니라 인간의 사체도 있었다……. 하지만 이아나가 무사하지 않을 리가 없다. 아르하드는 이아나를 찾았다.

"여기."

침착한 목소리가 어둠 속 어디선가 들렸다. 아르하드는 목소리가 들린 곳으로 빠르게 걸어갔다.

"……!"

그리고 어둠 속에서 드러난 몸에 흠칫 놀랐다. 이아나를 보자마자 당황해서 아르하드는 얼굴을 확 붉힌 채 곧장 고개를 돌렸다.

"골치 아프군요. 피가 일직선으로 튀는 것도 아니고 사방으로 튀니."

이아나의 웃옷은 검게 물든 채 타들어 가며 바닥에 널브러져 있었고 창가 앞 층층이 쌓여 있는 상자 위에 앉아 있는 이아나는 바지는 그대로 입고 있었지만 위에는 가슴을 감싸 주는 속옷만 착용하고 있는 상태였다.

"실수로 옷에까지 묻어서 일단은 벗었는데. 이대로 나갈까 말까 고민 중이었습니다."

아무리 이아나라도 남에게 맨몸을 드러내는 것에 거리낌은 있었다. 그러나 전투 중 갑주나 옷이 찢어지는 상황에는 이골이 나 있었고, 지금은 그처럼 불가피한 상황이었다. 어쩔 수 없었다.

"그런데 당신이 여기까지 올 줄이야. 민망함을 따질 때가 아니었군요. 위험하니 빨리 나가죠."

이아나가 고민을 접고 바닥으로 뛰어내리려는데 무언가가 던져졌다. 이아나는 반사적으로 날아오는 그것을 잡았다. 아르하드의 로브였다.

"입어."

"아닙니다."

단호하게 거절한 이아나는 상자에서 뛰어내려 키메라의 피가 없는 바닥에 사뿐히 착지했다. 그리고 아르하드의 앞에 천천히 다가가 받은 로브를 내밀었다.

"보스는 비밀스러워야지요. 드러나는 부분은 눈동자까집니다."

"……."

"저는 괜찮습니다. 가시죠."

아르하드는 로브를 받지 않았다. 시선을 이아나에게 두지 못했다. 노출하고 있는 건 저인데 더 민망해하는 그를 보며 이아나는 설핏 웃었다. 작은 웃음소리를 들은 아르하드가 그녀를 흘끔 보았다.

"저 먼저 갈까요?"

이아나는 로브를 품에 억지로 안겨 주고는 그를 뒤로하고 앞장 서서 걸으려 했다. 그런데 뒤쪽에서 부스럭거리는 소리가 한차례 들려왔다. 로브를 입는가 싶었다.

그때 어깨 위로 천 한 장이 툭하고 내려앉았다. 이아나는 의아 한 표정으로 제 어깨에 걸쳐진 천을 끌러 손에 쥐었다. 그녀의 몸에 비해 커다란 사이즈의 천은 바로 아르하드의 셔츠였다. 이 아나가 걸음을 멈추고 몸을 돌려 물끄러미 쳐다보자 아르하드는 한 손으로 제 얼굴을 덮었다.

"내가 안 괜찮아. 그러니 빨리 입어."

아르하드는 그 말을 끝으로 로브를 걸치며 밖으로 성큼성큼 걸 어 나갔다. 이아나는 고개를 갸웃했다. 부끄러움을 타는 걸까. 저 얼굴로 저 나이가 되도록 여자의 몸 한번 보지 못한 건가. 이아 나는 제 몸을 보았다.

태생부터 담대한 남자인 줄 알았더니 겁도 많고, 부끄럼도 많 이 타고. 보면 볼수록 새롭다. 피식 웃은 이아나는 그의 배려를 얌전히 받아들이고 셔츠의 단추를 하나하나 잠갔다.

이아나와 아르하드가 건물에서 걸어 나오자 간부들의 시선이 그들에게 향했다. 간부들은 커다란 아르하드의 옷 너머로 여지없 이 드러나는 굴곡에 자연스럽게 이아나의 성별을 알게 되었다.

속으로 놀란 이들이 꽤 되었지만 아무도 표현을 하지는 않았다. 카마트로스는 실력주의인 집단이므로 대단한 실력자인 그녀가 남자든 여자든 성별은 관계없었다.

원래라면 뒤풀이 후 바로 헤어졌겠지만 그들은 다시 아지트에 왔다. 테이블에 둘러앉아 긴급회의를 열었다.

"아시는 분들도 있겠지만 케이거스 드미트리는 키메라 연구에서 독보적인 행보를 보이는 생체 마법 전문 대마법사입니다. 엄청난 악행 탓에 욕은 있는 대로 얻어먹지만, 어쨌든 전 대륙의 마법사들이 인정하는 열 명의 대마법사 중 한 명이라는 소리죠."

거물의 등장이었다. 이아나의 눈치를 본 션은 케이거스가 블랙폭시의 진정한 주인들과 협력 관계에 있다고 말했고, 아무래도 블랙폭시가 카마트로스에게 된통 당하고 있다 보니 보스 중 하나가 도움을 요청한 것 같다는 말을 덧붙였다.

"케이거스는 연구에 쓰기 위한 사체들의 부패를 막기 위해 북부의 히마라페 빙원에 거처를 두고 있었지만 지금은 남부에, 그것도 이 근처에 있습니다. 키메라에게 명령을 내리기 위해서는 키메라의 주변에 있어야 하기 때문입니다."

"제거 난이도를 최상급, 상급, 중급, 하급, 최하급으로 나눴을 때 케이거스는 최상급에 속한다."

"……아주 강하군요."

"대마법사니까요. 하지만 최상급인 이유는 강함보다는 놈이 절대 모습을 드러내지 않기 때문입니다. 키메라들을 패밀리어로 이용해 그것들로 오감을 대신하죠. 그래서 잡기가 까다로워요. 본인을 볼 수 있다면야 난이도는 상급으로 내려갑니다."

"하지만 반드시 잡아야 한다. 놈의 소재를 조금이라도 확인할 수 있다는 건 아주 좋은 기회야. 그리고 되도록 빨리 제거해야 해. 이 대로라면 위험해서 활동을 제대로 하지 못해. 피해가 클 거야."

반이 조심스레 손을 들었다.

"키메라의 양이 한정되어 있진 않습니까? 카마트로스 전체가 빠르게 움직이며 키메라를 없애는 게 나을 것 같습니다만."

아르하드는 고개를 저었다.

"키메라를 없애는 건 근시안적인 전략이다. 잡으려면 케이거스를 잡아야 해. 케이거스는 평범한 짐승들로도 키메라를 빠르게 뽑아낼 수 있으니까. 심지어는 인간으로도 키메라를 만들 수 있지. 실제로도 있고."

"욱."

골드가 토 나온다는 듯 손으로 입을 막았다.

"케이거스를 잡을 전략이 나올 때까지 카마트로스는 동결한다. 조직원들에게 주의사항을 확실히 전하고 키메라를 마주치더라도 상대하지 말라고 해라."

"유독물질이 남아 있을 수도 있으니 집에 돌아가서는 몸을 깨끗이 씻어요. 피가 묻은 물품은 모두 버리고 가시고요. 오늘로 이 아지트는 폐기합니다."

정체 모를 검은 피, 그것도 옷이고 벽이고 다 녹여 버리는 피는 냄새마저 썩은 시궁창 냄새가 났고 구역질이 날 정도로 끔찍했다. 간부들은 꼼꼼히 살핀 후 로브를 아지트에 마련되어 있던 보급품으로 갈고 대부분의 물품을 벽난로의 불에 던져 버렸다. 그리고 유유히 그 장소를 떠났다.

이아나와 아르하드는 함께 학술원으로 돌아갔다. 돌아가는 길에 아르하드는 피가 묻은 곳은 없느냐, 아픈 곳은 없느냐, 눈에 띄게 걱정스러운 표정으로 몸 상태에 대해 여러 가지를 캐물었다. 이 아나는 뻐근한 몸을 이리저리 풀어 보며 몸 상태를 점검했다.

"피곤하긴 하지만 이상한 곳은 없습니다. 그 지독한 냄새 때문에 기분은 나빴지만 딱히 아프지도 않고. 그 피는 벽이든 쇠든 녹여 댔으니 닿지 않은 게 확실합니다."

"다행이다."

이아나는 안도의 숨을 내쉬며 얼굴을 펴는 아르하드를 흘끗 쳐다보았다. 무인은 상처를 달고 산다. 훈련을 하다 보면, 전투를 하다 보면 상처가 생기는 건 당연한 수순이다.

이아나는 몸을 함부로 해서 심하게 다친 자신에게 화를 내던 그를 떠올리고 마음이 가라앉았다. 이번엔 실수긴 했지만, 그래도 부주의하게 피를 묻혀 다칠 뻔한 자신에게 내심 화가 나진 않았을까.

"죄송합니다. 실수로 피를 묻히는 바람에……."

"네가 왜 사과하지? 폭발형이 있다는 걸 미리 알리지 못한 내 잘못이지 네 잘못이 아냐. 그리고 다치지 않은 걸로 충분해."

여자 기숙사가 회색의 마탑으로 가는 방향에 있긴 했지만 그래도 기숙사에 들렀다 가려면 더 걸어야 했다. 이아나는 아르하드가 가는 길에 몸에 이상이 있을지도 모르니 데려다 주겠다는 호의에 처음엔 빨리 들어가서 쉬라고 하며 우회적으로 거절했다. 하지만 안 된다는 아르하드의 고집에 두 번은 차마 거절하지 못했다.

서늘한 향을 품은 가을바람을 맞으며 대화를 나누면서 걸은 것도 잠시, 어느새 여자 기숙사에 도착했다.

"일찍 자. 몸에 이상이 있으면 바로 말하고……."

그 말을 하고 아르하드는 들어가라는 듯 손짓했다. 하지만 이아나는 들어가지 않고 그를 물끄러미 바라보았다. 아르하드가 의아해하며 손짓하던 손을 천천히 내렸다. 말을 할까 말까 고민하던 이아나는 나쁜 말도 아니고, 솔직한 게 낫겠다 싶어 눈을 내리깐 채 조용히 말했다.

"저를…… 걱정해 주셔서 늘 감사합니다. 예전에 팔을 다쳤을 때도 제가 화는 냈지만 저를 걱정해 주신 것, 기뻤습니다. 이 말을 그때부터 계속 하고 싶었습니다."

"……."

"그때 말씀드렸듯, 저도 당신이 무리하거나 다치는 건 바라지 않습니다. 그러니까 다음부터는 오늘처럼 데려다 주지 마세요. 당신도 쉬어야 할 테니까."

"하하."

말을 끝내자마자 웃음소리가 들렸다. 말을 끝내고 조심스레 아르하드의 표정을 살핀 이아나는 눈을 크게 떴다. 아르하드는 정말로, 행복한 얼굴을 띠고 있었다.

서늘한 바람 때문일까, 벅찬 감정 탓일까. 이번 생에서 아르하드가 기뻐하는 건 여러 번 보았지만 이렇게 뺨 언저리까지 슬쩍 붉힌 채 이를 드러내며 웃는 아르하드는 처음 보았다. 그리고 정말로 행복해 보였다.

"당연한 거니까 감사할 필요 없어. 나는 네가 옆에서 함께 걸어 준다는 것만으로도 충분해."

아르하드는 말을 끝내고 무슨 생각을 하는지 눈을 내리뜬 채 한참이나 조용히 웃었다. 이아나는 그런 그를 물끄러미 쳐다보며 그의 말을 기다렸다.

얼마 지나지 않아 아르하드가 눈꺼풀을 들어 올려 이아나를 가만히 응시했다. 그는 손을 뻗어 이아나의 오른손을 쥐었다. 이아나는 손길을 피하지 않고 가만히 잡혀 주었다. 아르하드는 입가에서 미소를 지우지 않은 채 말했다.

"오늘 데려다 준 건 다분히 너와 대화를 하면서 함께 걷고 싶었기 때문이다. 조금도 피곤하지 않아."

아르하드는 이아나의 손을 끌어당겼다. 바람이 불었다. 그녀의 손을 움켜쥔 아르하드의 손이 떨렸다. 달을 닮은 아르하드의 금안이 이아나를 똑바로 담았다. 이아나도 그의 시선을 피하지 않았다.

그리고 아르하드의 메마른 입술이 이아나의 거친 손등에 그 무엇보다 진하게 닿았다.

"이아나 양! 학술제가 이제 이 주일 남았어……라?"

이아나가 문을 열고 들어오자마자 달려들던 프리실라가 이아나가 입고 있는 옷을 보고 고개를 갸웃했다. 그녀가 입고 나간 옷과 지금 입고 있는 옷이 달랐다. 눈썰미 좋은 프리실라는 이아나가 입은 옷이 단순히 큰 옷이 아니라 남성의 체격에 맞추어 제작된 의복이라는 걸 바로 알아챘다.

"남자 옷? 이아나 양……?"

음흉한 표정의 프리실라가 주변을 분주하게 맴돌며 몸 이곳저곳을 살폈다. 고개를 바짝 들어 이아나의 입술도 살피고, 드러난 목덜미 쪽도 훑었다. 이아나는 프리실라를 가만히 내버려 두다가 입을 열었다.

"무슨 생각을 하는 겁니까."

"음. 실망. 뭐, 아무것도 아니에요. 그런데 이아나 양 머리 끝이 조금 그슬렸잖아?"

그 말에 이아나는 묶여 있는 머리칼을 앞으로 잡아당겨 끝을 보았다. 과연 프리실라는 눈썰미가 좋았다. 그녀의 말대로 자세히 보지 않으면 눈에 띄지 않을 정도로 불에 탄 것처럼 검게 물들어 있는 곳이 있었다.

"내가 잘라 줄까요?"

프리실라가 냉큼 제안했다. 그러나 이아나는 바로 고개를 내젓고는 화장실로 들어갔다. 프리실라는 아쉽다는 듯 입을 쩝쩝거렸다.

"에잉. 저런 차가운 여자. 나, 머리도 잘 자를 수 있는데. 아무튼 빨리 씻고 나와 줘요. 이아나 양한테 보여 줄 게 있거든요!"

쿵.

이아나는 화장실에 들어가자마자 문을 꼭 닫고 거울을 보았다. 머리카락이라서 눈치채지 못했다. 깨끗하게 다듬는 거라면 프리실라에게 맡겨도 좋지만 이 더러운 독을 만지게 할 수는 없었다.

피가 묻은 것은 머리가 길기 때문인가. 그러고 보니 1학기 초에 비해 많이 자랐다. 머리카락이 어느새 허리까지 자라 있었다. 자르고 싶지만 학술제가 2주밖에 남지 않은 상황에서 프리실라가 가지고 있던 이미지와 달라진다면 민폐도 그런 민폐가 아닐 수 없다. 이아나는 일단 검게 묻어 있는 부분을 잘라 낸 후 나중에 프리실라에게 잘라 달라고 하든 제가 자르든 해야겠다고 생각했다.

이아나는 차가운 물을 받아 세수를 했다. 몇 번이나 얼굴을 씻다가 머리를 쓸어 올리며 거울 속의 자신을 다시 한 번 보았다. 그리고 중얼거렸다.

"못났구나."

아르하드의 진심을 마주할 때마다, 기뻐서 어쩔 줄을 몰라 하는 그를 볼 때마다 이아나가 하는 생각은 자신이 못났다는 것이었다.

사람이 어찌 그리 기뻐할 수 있을까. 회귀 전, 그렇게 절망하던 남자가 그런 행복한 표정을 지을 수도 있었구나 싶었다. 단순히 걱정해 줘서 고맙다는 말 한마디였을 뿐이었는데, 그것만으로도 아르하드는 무척 행복해했다. 그리고 이아나의 손등에 조심스레 입술을 가져다 대었던 아르하드는 이아나가 그것을 거부하지 않자 또 한 번 행복해했다.

이아나는 세면대를 양손으로 꽉 붙잡고 고개를 숙였다.

"후……."

"나는 너라는 검에 반한 거다."

심장을 후벼 파고들어 자리 잡은, 평생 잊지 않을 강렬한 한마디였다. 그 말은 떠올리기만 해도 심장이 강하게 옥죄이며 발밑까지 쿵 떨어지는 듯한 기분이 들곤 했다.

이아나는 입술을 깨물며 고개를 들었다. 거울 속의 자신은 꼴사납게도 뺨 언저리를 붉히고 있었다.

날이 갈수록, 그 말을 되새길수록 심장에서부터 조용히 숨을 쉬기 시작하는 감정은 쾌감이었다.

인생은 자신이 만들어 가는 것이다. 그래서 이아나는 이제껏 자신의 인생에 누구의 인정도 필요 없다고 생각했다. 자신만 만족한다면 충분했다.

그러나 검을 쥐는 자신이 누구보다 멋지다고, 무척이나 매력적이라고…… 반했다고, 그러한 말들이 결코 싫지 않았다. 손에 힘이 꾹 들어갔다. 그가 하는 말들은 빼도 박도 못 할 진심이었기에 더욱 와 닿았다.

그래서 회귀 전의 아르하드에게 미안했고, 자신이 못났다는 생각이 들었다. 왜 몰랐을까. 이렇게 진심으로 자신을 바라 주고 누구보다 자신을 똑바로 봐 주는 사람이 있었는데, 왜 그렇게 아집에 사로잡혀 독불장군처럼, 혼자서…….

"그만."

계속 그에게 미안해하다가는 끝이 없을 터였다. 회귀 전의 그는 더 이상 이 세계에 존재하지 않으므로 미안함을 표현할 대상은 없었다.

"구분하지 마. 미안해하지도 마. 그 시절의 나를 못났다고 생각하지도 마."

이아나는 스스로에게 경고했다. 그에게 미안해할 필요가 없다. 과거의 그와 지금의 그를 구분해서는 안 되었다. 미안해하는 건 망상일 뿐이다. 그리고 쓸데없이 망상을 하는 건 저답지 않았다.

이아나는 심장에 자리 잡은 미묘한 묵직함이 싫었다. 심장에서 타고 올라와 목을 조르는 것처럼 숨통을 막는 그 묵직한 서글픔의 정체를 알고 싶지 않았다.

그렇게 거울 속의 자신을 노려본 이아나는 생각을 그만두었다.

"……?"

몸을 깨끗이 씻은 이아나는 머리를 수건으로 털고 나오다 특이한 형태의 의상 한 벌이 떡하니 눈앞에 세워져 있자 멈칫했다. 옷의 어깨 부분을 작은 손 두 개가 쥐고 있는 것을 보아 프리실라가 자신이 나올 때까지 이 상태로 기다리고 있었던 모양이었다.

"이게 제가 입을 옷입니까?"

"응, 응! 어때요? 여기서 장식을 좀 더 할 거예요."

프리실라가 옷 옆으로 활짝 웃으며 고개를 내밀었다.

"흐음."

이아나는 수건으로 머리카락을 닦아 내며 옷을 위에서부터 아래까지 쭉 감상했다. 처음 보는 형태였지만 나쁘지 않았다. 아니, 생각했던 것보다 꽤 괜찮은 편이었다.

하지만 대답하지 않고 머리를 쓸어 올리며 창가로 다가갔다. 창 너머의 밤하늘에는 별들이 빛을 총총 발하고 있었다.

"이거, 이아나 양에게 최고로 잘 어울릴 거예요! 어때요? 어때요?"

프리실라가 쫄래쫄래 따라와 묻고 있는데 갑자기 이아나가 주먹으로 유리창을 내리쳤다.

와장창창!

"꺄아악!"

요란한 파열음에 깜짝 놀란 프리실라가 비명을 질렀다. 옷을 감싸며 몸을 웅크렸다. 놀라서 몸을 한 번 바르르 떤 프리실라가 눈에 눈물을 머금었다.

"이, 이아나 양? 왜 그래요? 옷이 마음에 안 들어요? 유리창을 깰 정도로? 엉엉."

이아나는 물컹한 무언가를 움켜쥐었다. 손에 상처가 났지만 벗어나려는 생명체를 세게 움켜쥔 채 천천히 안으로 들었다. 이아나의 손에 있는 것이 고막을 찢을세라 비명을 질러 댔다.

─끼이이이익! 끽!

"그게 뭐, 뭔가요?"

이아나는 눈물을 눈에 대롱대롱 매단 채 얼떨떨해하는 프리실라에게 무심하게 대답해 주었다.

"박쥐네요."

"으으, 박쥐? 처음 보는데 되게 징그럽게 생겼네. 내 주변에 가져오지 말아 줘요. 그나저나 이아나 양 정말 터프하구나, 그 이상한 거 잡으려고 유리창을 다 깨고……."

이아나가 움켜쥐고 있는 생물을 혐오스럽다는 듯 쳐다본 프리실라가 주름이 생긴 이아나의 옷을 탁탁 폈다. 침울한 표정으로 침대 옆의 마네킹에 다시 드레스를 입히더니 침대에 풀썩 누워 이불을 머리끝까지 뒤집어썼다. 그녀는 내심 충격을 받은 상태였다.

그때 이아나가 말했다.

"옷은 무척 예쁩니다, 프리실라."

프리실라가 이불 너머로 빼꼼히 고개를 내밀었다.

"정말?"

"네. 마음에 듭니다. 열심히 만드셨군요."

"헤헤. 그런 징그러운 것 들고 그런 말해도……. 히히. 빨리 그
거 밖에 버리고 와요. 이아나 양 특이한 구석이 있다니까. 아이
참, 유리창 깨서 춥잖아. 훌쩍."

프리실라는 눈물을 흘렸던 게 언제냐는 듯 몹시 기쁜 듯 생글
생글 웃으며 다시 이불을 머리끝까지 뒤집어썼다.

"……."

이아나는 프리실라에게서 시선을 떼고 손에서 꽥꽥거리며 퍼덕
이는 괴이한 생물체를 노려보며 방 밖으로 나섰다.

파아악!

이아나는 기숙사 뒤쪽 숲의 깊숙한 곳까지 나와서 손에 쥐고
있던 미물을 바닥에 있는 힘껏 내팽개쳤다. 미물은 강한 충격에
깨액— 하며 날개를 파르르 떨었다. 이아나의 매서운 눈초리가
살벌하게 그 미물을 향해 쏟아졌다.

이아나는 검을 뽑아 생물의 다리를 푹 찔렀다. 미물은 또다시
끼액 하고 괴로이 울었다.

치이이익—

그러나 다리에서 쏟아진 검은 피를 본 이아나는 일말의 동정심
도 가지지 못했다. 역시나 키메라였다.

그녀는 화장실에서 나오자마자 기이한 마나의 흐름과 함께 집
요한 시선을 느꼈고, 눈치채지 못한 척 프리실라가 귀찮아서 대
충 상대하는 체하며 창문으로 다가갔다. 그리고 밖에서 그녀를
주시하며 날고 있던 생물을 낚아챘다.

키메라는 냄새를 맡으면 상대를 끝까지 쫓아온다고 했다. 하지
만 그곳에 있던 키메라는 모두 정리했다. 아지트 밖에 있던 키메

라부터 안에 숨어 있던 키메라까지, 이아나는 오감을 최고조로 곤두세워 도망가는 존재 하나 없이 모조리 살해했다. 아르하드 또한 도망가는 키메라를 가만두었을 리가 없었다.

'어떻게 쫓아온 거지?'

어디서부터 잘못되었을까. 이아나의 두뇌가 맹렬하게 회전했다. 키메라가 블랙폭시의 아지트에서부터 미행했지만 눈치채지 못했던 건가? 설마 데려다 준 아르하드의 정체까지 들키고 말았는가?

아니다. 아무리 미물이라 하더라도 이런 특이한 마나의 흐름을 가진 키메라가 졸졸 따라오는 것을 자신뿐만 아니라 아르하드까지 눈치채지 못할 리가 없었다.

분명 아르하드와 함께 걷던 순간은 아니다. 마나의 흐름과 시선을 느낀 것은 샤워를 하고 난 직후였다. 그럼 기숙사에 도착한 후 샤워를 하고 있을 때 저 알아서 찾아왔다는 말.

이아나는 괴로워서 깩깩 거리는 키메라를 발로 터뜨릴 기세로 세게 짓밟았다.

―키이이이이……

키메라가 갑자기 버둥거리는 것을 멈추었다. 신발 밑에서 저를 살벌하게 내려다보는 이아나를 조용히 응시했다.

이아나는 미간을 좁혔다. 번들거리는 시선이 몹시 거북했다. 본능에 몸을 맡기고 살아가는 미물이 가질 법한 눈빛이 아니었다. 실험대에 놓인 대상을 샅샅이 해부하는 듯한 시선.

이에 머리를 한 대 얻어맞은 듯했다.

'마법사와 시선을 공유하는 패밀리어.'

발버둥 치는 걸 그만두고 흥미롭다는 듯 빤히 바라보는 눈동자에 추측은 사실로 귀결된다. 이아나는 키메라에게서 발을 치웠다.

"……하!"

욕이 튀어나올 것 같다. 고개를 젖혀 허탈하게 한 번 웃은 얼굴이 금세 무표정해졌다. 이아나는 키메라를 물끄러미, 아주 물끄러미 보았다. 키메라가 아닌 마법사를 들여다보듯.

이아나의 주변에서 유령처럼 둥둥 떠다니던 마나가 회오리치는 살심에 반응하고 수백 자루의 검이 되어 날이 섰다. 살기에 닿은 푸르른 나무들은 부르르 떨었고 풀벌레들은 찌르르 울지도 못하고 허겁지겁 도망쳤다. 스쳐 지나가던 부드러운 바람조차 날 선 마나에 베여 스산하게 쪼개졌다.

살기를 한껏 머금은 마나가 그대로 발밑에 깔린 키메라에게 작렬했다.

─키이이이이…….

키메라는 제대로 된 비명도 내지르지 못하고 눈을 뒤집었다. 몸을 들썩이며 발작으로 금방이라도 죽을 것 같았다.

그러나 이아나는 키메라의 피가 실드를 통과하던 기이한 현상과 비슷한 현상을 지금도 볼 수 있었다. 찌부러뜨릴 생각이었는데, 키메라는 살기에만 반응할 뿐 마나의 영향은 받지 않았다. 마나가 키메라가 흘리는 피를 미묘하게 피하고 있었다.

대마법사의 실드를 통과하는 피. 살기를 한껏 머금은 마나가 주춤거리는 이 피의 정체는 대체 무엇인가?

─키이익! 끼익!

키메라는 괴로움에 몸을 비틀어 대는데 흘러나오는 피만이 이아나와 대치하였다.

대치 상태를 견디지 못하고 키메라가 축 늘어졌다. 몸에 존재하는 모든 구멍에서 피가 줄줄 흘러나왔다. 이아나는 사체를 노려보다 위에 흙을 잔뜩 끼얹고는 숲을 나섰다. 걸음걸이가 몹시 거칠었다.

'마법사가 내 정체를 알았다.'

패밀리어가 아닐지라도 마법사의 명령을 받아 움직이는 키메라가 이곳까지 왔다는 것은 그녀의 신분과 위치가 완전히 노출되었음을 의미했다. 이아나는 지끈거려 오는 이마를 손바닥으로 신경질적으로 문질렀다.

뭐가 문제였을까. 현장에서 뱄을 고약한 피 냄새? 아니면……머리카락에 튀어있던 핏방울? 키메라는 무엇을 따라왔을까.

차라리 핏방울 때문이라면 다행이지, 냄새라면 카마트로스 모두에게 배었을 터이니 심각한 문제다.

이아나는 신경을 곤두세우고 주변을 민감하게 살폈다. 주시하는 시선은 없었다. 학술원을 몇 바퀴 빙글빙글 돌았지만 따라오는 시선도 없었다. 아까 그 키메라를 죽인 이후 다시 따라붙은 패밀리어는 없는 듯했다.

이아나는 아르하드에게 이 사실을 알리기 위해 그가 기거하는 마탑으로 향하려다 발걸음을 멈추었다.

'정말로 몰래 지켜보고 있는 패밀리어가 없나?'

확신할 수 없다. 분명 키메라를 모두 죽였다고 생각했었다. 그러나 마법사는 추적해 왔다. 그러니 오늘 아지트에서 키메라를 놓치지 않았다고도, 지금 자신을 지켜보는 키메라가 존재하지 않는지도 확신할 수 없었다.

과열되는 생각들은 판단을 제대로 할 수 없게 만든다. 이아나는 머리를 식히기 위해 근처의 벤치에 주저앉았다. 이마에 손을 얹고 가만히 생각을 정리했다.

'원인이 뭐든 간에, 활동 첫날부터 정체를 들켰어.'

이아나의 숨이 거칠어졌다. 허리를 숙이며 눈을 꾹 감았다. 머리를 손으로 감싸 쥐며 이를 악물었다.

이게 대체 무슨 꼴이냔 말이다. 첫날부터 일을 제대로 수행하지 못했음에 자존심이 미치도록 상했다. 자신만만하게 군 주제에 이따위의 실수라니. 철저하지 못해서고, 실력이 부족해서다. 이아나는 누군가가 뺨을 세게 쳐 주고 모질게 질타해 주었으면 좋겠다고 생각했다. 들킨 원인이 뭐든 간에 스스로에게 엄벌을 내리고 싶은 기분이었다.

물론 여태 살면서 실수 한번 하지 않은 건 아니다. 하지만 그럴 때마다 반성한 후 스스로를 몰아세우며 만족할 때까지 완벽하게 갈고 닦았다. 이는 그 누구도 아닌 자신의 인생을 위해서였고, 이아나는 실수로 인한 결과를 저 혼자 모두 감수하며 스스로를 발전시켜 나갔다.

그런데 이건 자신만의 문제가 아니었다. 현 상황을 돌아보면, 원래 없던 미래에 제가 끼어든 격이다. 이것이 현재 정체를 철저히 숨기고 활동하는 아르하드에게 어떤 영향이 있을지 전혀 예측할 수 없었다.

뿌득…….

머리를 잡은 이아나의 손에 힘이 세게 들어갔다.

지금 당장 학술원에서 나가고 싶다. 아르하드와의 연락 수단을 모조리 끊고 마법사를 찾아 죽이러 가고 싶은 기분이었다. 하지만 아르하드가 납득할까. 걱정해 주어 고맙다는 말 한마디에도 모든 것을 다 가진 것처럼 행복하게 웃던 그 남자가.

"정신 차려."

이아나는 강하게 말했다. 어찌 되었든 정체를 들킨 것은 확실했고 마법사를 잡기 전까지 행동지침을 정해야 했다.

두 가지 경우가 있다.

첫 번째, 저 혼자만 들킨 게 아닐 경우. 그럼 키메라들이 모든 간부들을 미행했을 테고 카마트로스에서 어떻게든 손을 써 올 것이다. 그러면 카마트로스의 지시를 따르며 마법사를 죽이면 된다.

이아나는 일단 며칠간 카마트로스의 지령을 기다려 보기로 했다. 따라붙은 키메라는 발견하는 즉시 죽이되 아르하드와 마주치는 것을 피한다. 그러면서 삼사 일 내에 반응이 없다면 혼자 들켰다는 말일 터였다.

두 번째, 저 혼자만 들켰을 경우.

'만일 그렇게 되면…….'

이아나는 주먹을 꼭 쥐었다. 패밀리어가 따라붙는다면 죽이면 될 일이다. 키메라가 찾아오면 제거하면 될 뿐이다. 블랙폭시 조직원들이 찾아온다면 모조리 베어 넘기면 될 일이다. 다만 그녀가 경계하는 상황은 자신이 아르하드의 짐이 되는 상황이었다.

키메라가 언제 따라붙을지 알 수 없는 상황에서 아르하드를 눈에 띄게 하는 것만큼은 피하고 싶었다. 학술원의 아르하드는 평범한 남학생일지라도, 저 때문에 블랙폭시의 시선에 들어가면 일단 '카마트로스 조직원의 친한 친구'로 주목받을지도 모른다. 그

주목이 훗날 어찌 변할지 알 수 없었다.

'그 남자가 이제껏 몸을 숨겨 온 이유가 무엇인데!'

아직 준비가 되지 않았기 때문이다. 그런데 저 때문에 블랙폭시에 노출된다?

이아나는 속에서 치밀어 오르는 욱한 감정에 입술을 꽉 깨물었다.

'일단, 상황을 지켜보자. 일단은.'

그리고 패밀리어의 시선에 익숙해지고 그 기운과 패턴을 완벽하게 파악하기 전까지는 어쩔 수 없이 아르하드와 대화는 물론이고 마주치는 것도 피해야 했다. 마법사의 시선이 어디까지 닿을지 알 수 없기 때문이다. 케이거스는 카마트로스의 보스를 찾기 위해 신상을 밝혀낸 조직원의 주변에 있는 모든 것에 초점을 둘 터였다.

이번에는 절대로 실수하지 않으리라. 이아나는 이를 갈았다.

이아나는 그날 밤 잠들지 못했다. 기숙사에 돌아오자 키메라 한 마리가 다시 나타났다. 죽이고 돌아오면 다시 나타나고, 죽이고 긴장하고 있다가 살짝 긴장을 풀 때면 다시 슬쩍 나타나던 각양각색의 키메라들은 새벽 내내 그러한 행태를 보이다 아침에 완전히 종적을 감추었다.

쓰레기통에 담겨 있던 머리카락은 당장에 돌아와 불로 태워 버렸음에도, 이미 드러난 신상은 다시 감출 수 없었다.

그리고 하루가 더 지났다. 지금까지는 카마트로스의 지령이 없었다.

"……."

이아나는 강의실 의자에 앉아 지끈거리는 머리를 두 손으로 짚었다. 항상 기감을 최대한 확장한 상태로 키메라를 찾고 있는 데다가 주변의 모든 것이 신경 쓰여서 오감을 강화해 모든 정보를 받아들이고 있고, 그에 더해 이틀간 잠을 제대로 자 본 적이 없어서 이아나의 상태는 최악이었다.

그러나 몸보다는 제 실수가 아르하드에게 폐를 끼칠지도 모르는 상황에 대한 정신적인 스트레스가 극심했다.

'키메라…….'

강의를 듣는 동안에도 이아나는 강의 대신 키메라의 기운을 살피는 데에 집중했다. 창문 밖을 서성이는 생명체가 느껴질 때면 여지없이 고개를 돌렸다. 새뿐만 아니라 산들바람이 부는 것, 심지어는 벌레가 왱왱거리며 지나가는 것에도 의미를 부여할 정도로 민감해져 있었다.

이아나는 키메라들이 펼쳐 놓은 기감의 공간에 들어오는 순간을 한 번도 놓치지 않고 포착했다. 마법사의 눈의 역할을 하는 패밀리어는 마법에 걸려 있기 때문에 자연스러운 생물들과는 확연히 달랐다.

'아무것도 느껴지지 않는 지금은 키메라가 존재하지 않는다고 생각해도 되는 걸까.'

좀 자고 싶다. 그러나 정말로 없다고 여겨도 되는가? 대마법사의 이름을 무시할 수는 없었다.

대마법사들 중에서도 가장 은밀하게 행동한다는 케이거스. 아르하드와 션도 그에 대해 아는 게 거의 없다고 했었다. 키메라의 피가 기이한 성분이 섞여 있는 독극물이라고만 언급했을 뿐이다.

그들도 모를진대 기운을 완전히 감추는 키메라가 있을지 알 게 뭔가.

평소의 그녀였다면 제 뛰어난 감각을 온전히 신뢰했을 것이다. 그러나 미행을 허용한 그날 이후, 신뢰가 무너졌다. 그녀를 더욱 의심케 하는 요소는 키메라의 특이한 피였다. 그 피가 또 무슨 기능을 할지 알 수 없었다.

마법사의 집요한 집착은 이아나에게 강박증에 가까운 경각심을 심었다. 그녀는 이 사태에 이르게 한 가장 유력한 원인인 제 머리카락을 아예 송두리째 잘라 내 태워 버리고 싶다는 과격한 충동에 휩싸였다.

"이아나 양? 어디 아파?"

어쨌든 정체가 드러난 건 확실했다. 제거한 비행형과 설치류의 패밀리어가 열셋. 방심했다가는 언제 따라붙을지 모른다.

"이아나 양!"

생각에 빠져 있던 이아나는 큰 목소리에 그제야 정신을 차리고 고개를 들었다.

"강의 끝났는데 왜 그래? 아픈 거야?"

바로 앞에서 에이지가 그녀를 걱정스럽게 보고 있었다. 이아나는 말없이 에이지를 물끄러미 쳐다보았다.

션. 블랙폭시에 침투한 첩자이자 카마트로스의 최고 간부. 블랙폭시에 강한 적대심을 가지고 있고, 바하무트 제국에서 아르하드를 황제로 옹립할 때까지 그와 함께할 듯했던 정체 모를 사내.

그리고 한순간 션과 겹쳐 보이던 한 남자…….

"왜 그렇게 쳐다봐?"

"아무것도. 잠시 생각을 좀 했을 뿐이야. 아주 멀쩡하다. 그것보다 에이지."

"엉?"

이아나는 책상을 짚고 일어났다.

"최근 부족함을 느껴서 아무도 모르게 비밀 수련을 할 생각이라 나를 잘 보지 못할 거다. 공강과 휴식 시간, 점심시간까지 포함해서."

"헤에."

"그런 의미에서 당신이 아르하드 선배에게 당분간 대련을 하지 못할 것 같다고 전해 줄 수 있겠나."

에이지가 알 듯 말 듯한 묘한 표정을 짓다가 저도 모르게 켈룩, 하고 기침을 했다.

"직접 말하지 그래? 난 그 선배랑 안 친해. 이아나 양이 더 친하잖아. 그리고 그분도 이아나 양을 아주아주 좋아하는 것 같던데……."

에이지는 안색이 창백하게 질린 채로 고개를 절레절레 저었다.

"나같이 엉덩이 가벼운 놈이 앞에서 이아나 양 얘기 꺼냈다가는 눈빛으로 토막 날걸. 그냥 이아나 양이 말해."

"선배와 내가 친한 건 맞지만 그 정도는 아니야."

이아나는 미리 챙겨 온 가방에 책을 구겨 넣다시피 하며 에이지의 말을 딱 잘랐다.

ADONIS
아도니스

"선배와 나는 연인이 아니고, 당신이 엉덩이가 가벼운 건 선배와 관계없다. 그리고 겨우 말을 전하는 정도로 토막을 낸다면 내가 사람을 잘못 본 거겠지. 아무튼 나는 내 수련에 대해 선배와 대화도 나누고 싶지 않아. 마주치고 싶지도 않고."

가방을 어깨에 둘러메고 이아나는 에이지를 보았다.

"그러니 되도 않는 헛소리하지 말고. 부탁한…… 왜 그런 얼굴을 하고 있지?"

에이지는 웃지도 울지도 못하는 표정을 한 채 중얼거렸다.

"……왠지 불쌍해졌어."

"뭐? 누가. 내가?"

"아니야, 헛소리였어. 무시해."

에이지는 피곤한 기색의 이아나의 얼굴을 살피고는 조심스레 말했다.

"아픈 건 아니지?"

"그래. 정말로 멀쩡하다."

"알았어, 이아나 양은 거짓말을 하지 않으니까. 이아나 양이 부탁한다고 했으니까 전해는 줄게. 그런데 무리는 하지 마. 최강 이아나 양이 아프면 이상하잖아?"

농담을 하면서도 그녀를 걱정하는 기색이 역력한 에이지를 보며 이아나는 또다시 션을 떠올렸다. 피곤한 친구에게 아프냐고 묻는 건 어찌 보면 당연한 맥락임에도, 그녀가 강력한 독극물질인 키메라의 피를 뒤집어썼다는 걸 아는 션이라면…….

이아나는 눈을 감으며 생각을 접었다. 감은 에이지가 션이라고 집요히 말하고 있었으나 이아나는 함부로 에이지에게 의혹을 제기하지 않았다. 션이 누구인들, 에이지가 누구인들 무슨 상관일까. 모두 우호적인 동료일진대.

맞더라도 숨기는 이유가 있을 것이며 언젠가는 제 입으로 밝히리라. 신경은 쓰이겠지만 묻지는 않을 것이다.

그리고 정말로 아닐 수도 있다. 과도한 망상이 빚어낸 추측일 수도 있다.

"고맙다."

어깨에 가방을 메고 강의실 문을 빠르게 나서는 이아나에게 에이지는 손을 흔들며 말했다.

"다음 대련을 기대할게. 아르하드 선배님을 이기는 거지? 그 잘생긴 콧대를 확 꺾어 버려."

그 말을 들은 이아나는 어설프게 입꼬리를 늘어뜨렸다.

……사흘이 지났다.

그동안 이아나는 강의 시간을 제외하고는 학술원에서도 인적이 드문 곳에 혼자 우두커니 책을 펼쳐 놓고 앉아 있었다. 학술원 일정을 모두 마치고는 슬럼에서도 가장 음습한 건물 지붕에 앉아 있었다.

키메라가 학술원에 은근슬쩍 나타났을 때는 강의 시간이든 뭐든 무작정 잡아 죽였다. 아르하드를 그 눈에 담는 것을 용납하지 못했기 때문이다. 그러나 밤에는 찾아온 키메라를 죽이지 않았다.

밤에만 관찰에 관대하다는 것을 깨달았는지 키메라는 이제 낮에는 찾아오지 않았고 밤에만 그녀에게 접근했다. 그녀에게서 멀리 떨어지지 않은 주변에 자리를 잡은 채 유리알 같은 눈동자로 그녀를 조용히 바라보았다.

그리고 사흘 동안 아무 일도 일어나지 않았다.

이쯤 되자 육체는 한계에 달했고 정신력으로만 버티게 되었다. 이아나는 잠을 제대로 자지 못해 거칠어진 얼굴을 손으로 덮었다.

키메라와의 길고 긴 신경전이었다. 케이거스나 블랙폭시가 일을 벌이기 쉽도록 계속 으슥한 곳에 혼자 앉아 있었는데도 그들은 조치를 취하지 않았다. 만일 케이거스가 카마트로스에게 이를 가는 블랙폭시에게 그녀의 존재를 알렸다면 고문을 하기 위해 잡아갔어도 모자라지 않을 시간이었다.

'키메라를 통해 나를 집요하게 추적하면서도 아무런 행동도 하지 않는 이유는 카마트로스의 머리를 잡기 위해선가? 아니면 다른 목적이?'

아르하드와는 학년이 달라서 그와 마주칠 일이 없었다. 에이지가 말을 잘 해 주었는지 사흘 동안 아르하드와 만나지 않을 수 있었다. 시간이 비기만 하면 휑하니 사라졌기 때문에 찾아올 시간도 없었겠지만.

만약 키메라 때문에 이변이 있었다면 아르하드든 션이든 반드시 자신을 찾아왔을 터였다. 그럼에도 아르하드는 아무 말도 없었다. 카마트로스에서 몸을 피하라는 지령도 없었다.

케이거스는 다른 이들의 위치는 파악했으나 그들에게 붙지 않고 제게만 따라붙은 걸까, 아니면 제 정체만 알아낸 걸까.

피 냄새라면 아르하드에게도 당연히 배었을 터. 그런데도 키메라는 먹잇감을 노리는 하이에나처럼 저만 쫓아다녔다. 그렇다면 결론은 머리카락에 묻었던 핏방울이 문제라는 뜻이었다.

이아나는 조용히 무릎에 이마를 묻고 헝클어진 머리카락을 꾸욱 움켜쥐었다.

회귀 전의 이맘때와는 다르게 이번 생은 사는 재미가 있었다. 좋은 사람들도 많이 만났고, 번번이 패했던 아르하드와의 승부에서는 감격스럽게도 무승부를 기록했다. 늘 무시하고 검만 겨누었던 그와 긴 대화를 나누고, 아르하드 때문에 저답지 않은 고민도 해 보고, 그의 진심을 제대로 확인하며 이전에는 없었던 유대감과 친밀감을 느꼈다.

오만하고 자기중심적이기만 했던 회귀 전의 정체된 자신으로부터 한 발자국 한 발자국 나아가고 있는 이아나는 스스로도 그것을 느끼며 보람을 느끼고 있었다.

그렇게 인생이 술술 잘 풀려 가는 줄 알았더니 이따위로 엉킬 줄은 몰랐다. 지금 현재 그녀를 심각하게 괴롭히는 것은 그 무엇도 아닌 회귀 전 자신이 없어도 문제없이 황제가 되었던 아르하드의 미래에 악영향을 미칠 수도 있다는 점이었다.

회귀 전 첫 만남을 가졌던 열아홉 살까지, 아르하드와 접점을 만들지 않으려 노력하는 게 옳았을까? 그가 먼저 손을 내밀었던 스물 중반이 되기만을 기다리며 수동적으로 살아가야 했을까?

'그건 절대 아니야.'

이아나는 고개를 저었다. 그대로 답습하다니, 그만큼 재미없고 쓸모없는 짓이 또 어디 있을까. 더 나은 미래를 위해 다시 사는 의미가 없었다.

이미 벌어진 일에 괴로워하는 것 또한 소용이 없었다. 이 문제를 해결할 수 있는 방법이 어딘가에 분명히 있을 테고, 이를 해결함으로써 아르하드의 미래에 좋은 영향을 미칠 수도 있다.

이렇게 머리가 터지도록 고민하고 스트레스를 받을 바에야 다 때려치우고 일을 저지르는 것도 좋은 선택이었다. 카마트로스에 들어가 활동한 지는 얼마 되지 않았다. 학술원을 말없이 떠나 케이거스 드미트리를 잡아 죽일 때까지 여행하는 건 어떨까—라는 극단적인 선택지가 이아나의 마음속에 자리 잡았다.

로베르슈타인 가문의 제적 조건이나 아르하드의 반응 등 여러 가지 문제가 얽혀 있지만 이 이상 정신적 스트레스를 받았다가는 돌아 버릴지도 모르므로 검토해 볼 만했다. 로베르슈타인 가문에서는 그 조건이 아니더라도 빠져나올 수 있고, 아르하드도 훗날 다시 만나면 분명 사정을 이해해 줄 터였다.

제멋대로인 그녀의 성격이 어디 가지는 않았다. 다만 자기중심적인 성격에 책임과 의무가 더해지고 남을 조금은 생각할 수 있게 되었을 뿐이었다.

아무튼 마법사가 눈앞에 나타난다면 문답무용으로 그 목을 치고 말겠다는 각오를 다진 이아나는 날이 밝아 오자 지붕에서 벌떡 일어나 성큼성큼 걸어갔다.

—끼이이익—!

이아나를 조용히 지켜보던 까마귀 키메라가 눈을 깜빡이고는 이아나를 따라가지 않고 하늘 너머로 사라졌다.

그리고 다음 날.

"아."

강의와 강의 사이에 끼어 있는 짧은 휴식시간, 강의실로 학생들로 북적이는 복도에서 이아나는 정말로 우연히 아르하드와 마주치고 말았다.

같은 검술학부지만 학년이 다르고 듣는 강의가 달라 이아나가 시간이 빌 때마다 사라지기만 하면 마주칠 이유가 전혀 없었다. 그러니 정말이지 운명의 장난이라고 할 수밖에 없는 마주침이었다.

"이아나!"

아르하드가 누가 봐도 반가운 표정으로 이아나를 향해 발을 앞으로 내딛었다. 평소에 미동이 잘 없는 얼굴 근육이 느슨해지고 입가가 활짝 폈다. 물먹은 모래처럼 가라앉아 있던 금안에는 화사한 빛이 돌았다. 주인 만난 강아지처럼 얼굴이 반짝거렸다.

언제나처럼 아르하드를 흘끔거리던 여자들은 깜짝 놀라 입을 가렸다. 그의 시선이 똑바로 향하는 곳을 보았다. 그곳에는 그와 핑크빛 소문으로 유명한 소녀가 서 있었다.

잘생겼지만 감정 표현이 거의 없는 것으로 유명한 아르하드가 저런 반응을 보이니 실제로는 평범한 선후배 관계인 데다 심지어는 살벌하게 대련을 하는 대련 파트너 관계라 할지라도 달콤한 소문이 돌 수밖에 없다. 그래서 둘이 사귄다고 사실이라 믿음직함에도 소문이라 치부하는 이유는 철벽으로 소문난 이아나의 설렘 없는 반응들 때문이다. 지금도 그녀는 얼굴을 활짝 편 아르하드를 보면서도 눈썹을 찌푸리고나 있었다.

'낭패다.'

이아나는 그의 시선을 피하며 한 발자국 뒤로 물러났다.

"……?"

뜻밖의 태도에 아르하드의 발이 멈칫하고 제자리에 섰다. 싸한 감각이 발끝부터 그의 심장까지 몰려들었다.

"얘기 들으셨을 겁니다."

"무슨, 아, 에이지……."

아르하드는 납득한 듯 작게 고개를 끄덕였지만 그래도 내심 마음에 들지 않는지 미간을 좁혔다.

"그런 말은 이렇게 보면서 해도 돼. 왜 굳이 에이지에게."

"선배를 마주치고 싶지 않아서."

이아나가 흘끔 창밖을 보았다가 얼굴에서 순식간에 웃음이 사라진 아르하드를 다시 보았다.

"……라고도 전해 달라고 했는데."

이아나는 그 말을 마치고 성큼성큼 걸어서 아르하드를 지나치려고 했다.

"잠깐!"

팔이 거세게 붙들렸다. 이아나의 온몸에 소름이 돋았다. 아르하드와 접촉한 제 몸을 보자마자 불가사의한 마법사의 추적 능력이 떠올라서 거부감이 머리끝까지 치밀었다.

파악!

이아나는 그의 손을 아주 세게 떨쳐 냈다.

그 직후, 심했던 것 같아서 움찔했다가 슬쩍 고개를 드는데, 이제까지와는 다르게 무척이나 불안해 보이는 시선과 마주하고 다시 한 번 움찔했다.

"왜……?"

온통 불안으로 물들어 창백해 보이기까지 하는 아르하드가 입술을 달싹이며 물었다. 이아나는 그 얼굴을 보고 저도 모르게 이 자리에서 통째로 사실을 말할 뻔했다가, 마법사를 떠올리고 입을 꾹 깨물었다.

"비밀 수련 중입니다. 훔쳐볼 생각하지 마세요."

그래서 그녀답지 않게 변명을 하고 자리에서 벗어났다.

이변은 그날 밤 일어났다.

그날 밤도 이아나는 학술원 일정이 끝나자마자 인적이 드문 숲 속에 홀로 있었다.

저녁이 다가올수록 구름이 하늘에 낀다 싶더니 차가운 비가 잘게 내렸다. 숲의 녹음은 물기에 젖어 짙어졌다. 가을이 깊어 옴에도 아직까지 잎을 떨어뜨리지 않아 우산 역할을 톡톡히 하는 나무들은 숲에 즐비했고 작은 짐승들은 나뭇가지나 잎사귀 틈새로 비집고 들어가 몸을 누였다. 그중 한 그루에 기대앉은 이아나는 눈을 천천히 깜빡였다.

"왜?"

즐거운 웃음 뒤에 숨겨져 있던 아르하드의 속내를 훔쳐본 듯한 기분이었다. 늘 보아 왔던 웃음은 분명 거짓이 아니었지만 오늘 보았던 그 표정도 거짓은 아니리라.

신기루처럼 사라진 웃음, 하얗게 번져 오르던 공포에 가까운 불안.

이아나는 무릎에 뺨을 묻고 곰곰이 생각했다. 왜 아르하드는 그런 표정을 지었을까? 겨우 당분간 보고 싶지 않다는 말 한마디를 하며 팔 한번 세게 쳐 내었을 뿐이다. 이아나는 당혹감과 동시에 강한 이질감을 느꼈다.

'싫어할 거라는 건 알았지만 그런 표정을 지을 줄은……'

회귀 전, 초반부에 몇 번이나 거절당해도 자신감을 보였던 당신은 어디로 간 거지? 왜 한 번도 거절당해 본 적 없는 당신이 그런 표정을 지어.

이번 생에 아르하드에게 호감만 보인 것이 변수였을까? 호감만 보이다가 갑자기 그런 행동을 보여서 불안함을 느낀 걸까?

나뭇잎 사이로 새어 들어온 빗방울이 머리카락을 축축이 적셨다. 이아나는 눈을 내리깔며 머리를 뒤로 쓸어 올렸다.

정말이지 회귀 전이나 회귀 후나 지겨울 정도로 일관적인 남자였다. 대체 뭐가 그리 좋다고. 스스로만을 위해 휘두르는 검과 이기적인 자신이 무에가 그리 좋다고 저리 일희일비할까.

당연하다고 생각했던 무조건적인 집착에 대해 의문이 생겼다. 이아나는 또다시 아르하드의 하얗게 질린 얼굴을 떠올렸다. 그리고 당혹감과 더불어 죄책감까지 느꼈던 자신도 떠올렸다.

이아나는 스스로가 이상하게 여겨졌다. 이 모든 게 결과적으로는 아르하드를 위한 것일진대, 잘못한 것 같은 기분이 드는 이유는 무어란 말인가.

잘못한 건 없었다. 모든 게 아르하드를 위한 합리적인 선택이었다.

—키이이이이.

또 지겨운 키메라인가 싶어 고개를 들고 괴음이 들려온 방향을 바라본 이아나는 빠르게 자리에서 일어났다. 검손잡이에 손을 올렸다. 이때까지처럼 작은 짐승 형태의 키메라가 아니었다. 아무도 없는 숲에 귀신처럼 다가온 그것은, 실밥으로 가득한 얼굴을 하고 있는 거무죽죽한 괴인이었다.

남자는 꼭두각시 인형처럼 끼기기긱거리며 입을 벌렸다.

—안녕하신가? 카마트로스의 예쁜 아가씨…… 아니, 이아나 양.

이아나는 그 말을 듣자마자 섬광처럼 검을 뽑았다. 검집에서 모습을 드러낸 검날에서 살벌한 검기가 곧장 날아갔다. 날 선 검기는 바로 남자의 왼쪽 어깻죽지를 베고 지나갔다. 검은 피와 함께 떨어져 내린 왼팔이 푸르른 풀 위에서 퍼덕였지만 남자는 킬킬거리며 웃을 뿐이었다.

이아나는 당장 베어 죽이고 싶다는 살심을 간신히 가라앉혔다.

"역시 마법사 본인이 아니군."

—흥분하지 말아 주게. 나는 대화를 하고 싶을 뿐이니까.

"더 이상 다가오지 마라. 대화는 이 거리에서 충분하다."

—킬킬.

마법사의 인간형 패밀리어로 추정되는 남자는 알겠다는 듯 남은 한 손을 들어 보이고는 멈춰 섰다. 이아나는 팔에서 쏟아지는 패밀리어의 검은 피를 경계하며 신중히 입을 열었다.

"무슨 의도냐."

—나? 키킥. 아가씨와 대화를 나눠 보고 싶어서. 하지만 거친 아가씨를 상대하기엔 허약한 몸뚱이라 일부러 내가 아끼는 이 녀석을 보냈지. 키킥.

"나와 대화를? 그렇다면 묻지."

이아나는 당장에라도 목을 칠 수 있도록 검을 패밀리어에게 겨누고 말했다.

"나를 어떻게 추적한 거지?"

─아가씨의 머리카락에 묻었던 키메라의 피 덕분이지. 피에는 개조한 키메라들만이 맡을 수 있는 특별한 향이 섞여 있거든. 다른 놈들은 냄새가 너무 희미해져서 실패했어.

패밀리어는 순순히 대답했다.

"왜 블랙폭시에서 내게 손을 쓰지 않는 거냐. 너는 분명 블랙폭시의 협력자일 텐데? 나를 이용해 카마트로스를 잡지 않고 키메라를 통해 지켜보기만 한 이유는 뭐냐."

패밀리어는 이아나를 지그시 바라보았다. 이아나는 짐승의 번들거리는 눈동자보다 더 흉악한 그것에 눈살을 찌푸렸다. 패밀리어는 기괴하게 웃었다.

─뭐, 그건 맞지만 카마트로스보다 더 흥미로운 대상이 생겨서 말이야. 잔챙이들 때문에 대어를 블랙폭시에게 넘겨줄 순 없지. 날 알고 있겠지? 내 이름은 케이거스 드미트리. 위대한 키메라 마법사다.

"네놈의 더러운 자랑 따위는 듣고 싶지 않다. 내 질문에 답해라."

─얘기를 좀 들어 보지 그러냐? 아가씨는 내 영광스런 실험체가 될 예정이니, 실험자에 대해 알아 두는 게 좋을 듯한데.

패밀리어가 내뱉은 어처구니없는 소리에 이아나는 잠시 침묵했다가 대답했다.

"지금 나를 네놈의 실험체로 쓰겠다고 말한 거냐?"

-그래, 그래. 아가씨처럼 내 호기심을 자극하는 실험체는 없었어. 영광으로 생각하라고.

패밀리어는 이아나를 보고 흥분한 듯 부르르 떨더니 아무런 반응 없이 잠잠히 서 있는 이아나는 아랑곳 않고 제 감정에 심취했다.

-키메라의 피에는 내 특별한 피가 극소량 들어가 있지."

케이거스의 피. 이아나가 눈을 번뜩였다. 저를 이토록 귀찮게 하는 것의 정체였다. 이아나는 대꾸하지 않고 패밀리어가 떠들어 대는 것을 내버려 두었다.

-여러 생물의 피와 독을 섞은 것에 내 피를 조금 가해 키메라의 피를 합성하는 거야. 그렇게 하면 마법이나 검기 저항력이 올라가거든, 킬킬. 내 피는 최고야!

패밀리어는 제 연구를 자랑하고 싶다는 케이거스의 마음을 그대로 품어 검은 동공을 번뜩거렸다.

-그런데 그게 중요한 게 아니야. 들어 봐. 내 피가 아가씨의 머리카락에 묻는 순간에 말이지. 내 피가 심하게 요동치지 뭔가? 아주 멀리서 숨어 있던 내 심장이 날뛰어 댈 정도로 말이야.

패밀리어는 기괴하게 낄낄대며 웃었다.

-그래서 아가씨도 '악마의 파편'을 품고 있는가 싶었지. 그런데 아니로군? 절대 아니야. 아니고말고! 그렇다면 내 심장이 뛰어 댄 이유가 대체 뭘까? 이번 연구 주제는 그것이다!

패밀리어는 눈을 섬뜩하게 빛냈다.

-너를 해부해 보고 싶어졌어. 단도직입적으로 말하마. 이틀 후, 모든 것을 마무리해서 학술원에서 나와라. 그리고 이곳에서 만나도록 하지. 학술원에 갔던 키메라들을 모조리 죽이는 것을 보아 학술원에 무언가가 있는 모양인데 만약 나오지 않는다면 블랙폭시 놈들에게 말해 학술원을 뒤

짐은 물론 너와 관련된 연놈들을 모조리 죽여 버릴 테다! 알아들었나?

이아나는 기가 차다 못해 어이가 없어서 잔뜩 비틀린 어조로 읊조렸다.

"너 따위가 뭔데."

─뭐?

짧은 의문과 함께, 패밀리어는 붉은 검기에 그대로 목이 달아났다.

"검기에 강화되었다더니, 헛소리."

이아나는 그 모습을 싸늘히 내려다보다 검집에 검을 넣고 등을 돌렸다. 비가 추적추적 내렸다.

이아나는 그대로 기숙사로 들어와 짐을 쌌다. 마음을 정했다. 지금 당장 학술원을 나간다. 마음을 정하니 행동은 빨랐다.

짐을 싸는 손길이 거칠었다. 실험체로 삼고 싶다고? 주변 사람들을 모두 죽이겠다고? 학술원을 뒤져?

'나를 감히 협박하다니……'

온몸에서 잔인한 살심이 들끓었다. 냉정해지려 해도 냉정해지지 않았다. 그때, 비에 젖어 치렁치렁하게 내려오는 제 머리카락을 발견했다. 순간 머리끝까지 화가 치민 이아나가 검을 홱 빼 들었다.

서걱!

이아나는 머리카락을 홱 잡아당겨 있는 힘껏 잘라 냈다. 손가락에 뒤엉킨 긴 머리카락이 허공으로 산산이 부서졌다. 매달려 있을 곳을 잃고 힘없이 고개를 떨어뜨렸다.

이아나는 가방을 메고 벌떡 일어났다. 쓰레기통에 제 머리카락을 집어 던지고 방을 성큼성큼 걸어 나갔다. 쓰레기통에 걸쳐진 붉은 머리카락이 처연했다.

머리 꼴이 엉망이었지만 눈이 뒤집힌 이아나는 그에 관심도 없었다. 머리가 터질 것 같았다. 이 상태로는 학술원에 머무를 수 없었다. 케이거스 드미트리를 잡아 죽일 때까지 돌아오지 않을 테다. 그리 결심한 이아나가 살벌하게 여자 기숙사의 문을 나설 때였다.

"......어디 가는 거지?"

벽 한쪽 구석에서 들려온 익숙한 목소리에, 이아나의 걸음이 멈추었다.

익숙한 목소리의 주인은 역시나 아르하드였다. 이아나는 앞이 잘 보이지 않는 어둠 속에서도 어딘가 비틀려 있는 그의 목소리를 듣자마자 아르하드임을 알아챘다. 잠적 계획은 처음부터 틀어졌다.

이아나는 어깨에 멘 가방을 꼭 쥐고, 담벼락에 기댄 채 그녀를 관찰하듯 쳐다보는 아르하드를 노려보았다.

"이 시간에 여기서 뭐 하는 겁니까."

"내가 묻고 싶은 말이야."

아르하드는 이아나의 날 선 질문에 조용히 반문했다.

"한심한 일이지. 저녁까지 계속 아무것도 할 수 없었어. 아무리 생각해도, 아무리 납득하려 해도 이해가 가질 않아서 너를 찾아왔는데, 없더군."

어둑한 밤하늘 아래, 추적추적 내리는 비. 그리고 음산한 길을 겨우 밝힐 정도의 빛이 내리는 지상에서 조용히, 그러나 어딘가 꾹꾹 눌린 채 퍼지는 아르하드의 말은 이아나에게 제대로 전달되지 않았다. 이아나는 지금 초조했다.

아르하드와 이렇게 접선을 하면 안 된다. 마법사가 괴이쩍은 마법을 이용해서 이를 지켜보고 있다면? 접근하지 않았다지만 방금 전 만난 키메라가 제게 무슨 수작을 부려 났다면? 눈치채지도 못하고 당해 버렸던 피처럼.

최악이다. 최악 중에서도 최악이다. 이아나는 정말로 최악이라고 생각했다.

이아나는 짐이 되고 싶지 않았다. 제 실수 때문에 마법사가 아르하드를 발견하게 하고 싶지도 않았고, 이를 알려 부담을 주고 싶지도 않았다. 부하는 잘했든 못했든 주인에게 상황을 보고하는 게 옳지만, 이아나는 그러고 싶지 않았다. 아르하드가 알기 전에 모두 처리하고 싶었다. 마치 실수는 존재하지 않았다는 것처럼. 공적으로 덧칠해 실수를 없애 버리는 것이다.

"……!"

제 마음을 제대로 깨달은 순간 이아나의 뺨이 극렬한 수치와 치욕 때문에 붉게 물들었다.

'아르하드가 마법사에게 들킬지도 모른다고? 그러니 그를 피해야 한다고?'

이아나는 속으로 스스로를 비웃었다. 그건 핑계일지도 몰랐다. 나는 너라는 검에 반한 거다. 여과 없이 목도한 강렬한 진심. 가슴이 먹먹해질 정도로 짙고, 짙은…… 집요하기까지 한 순수. 그것을 마주하기 전까지 이아나는 그의 마음을 얕봤었다. 그리고 지금은, 절대로 그 마음에 가볍게 대응할 수가 없었다.

그런데 자신은 그 진심에 어울리는 인간일까? 그가 바라던 것만큼 훌륭한 인간이냐는 말이다. 처음부터 이따위 실수를 해 버린 자신이 그의 진심에 걸맞은 대단한 사람일까?

얼굴에서 온기가 가셨다. 그녀의 마음에 솟아나는 건 또다시 자신을 이따위 기분을 느끼도록 몰고 간 마법사에 대한 극렬한 살의와, 아르하드의 앞에서 도망치고 싶다는 마음이었다.

"네 룸메이트에게 듣자하니 뭘 하는지는 몰라도 밤늦게 혹은 새벽에 들어올 때가 허다하다고 해서 계속 기다렸지. 그런데 방금 전 아주 살벌한 얼굴로 뛰어 들어오는 것을 미처 잡지 못했는데, 다시 나오는군. 그것도 머리는 산발로 해서, 어디로 떠나기라도 하는 것처럼 가방까지 메고."

담벼락에서 등을 뗀 아르하드가 다가오자 이아나는 온몸을 사로잡는 거부감에 뒤로 크게 물러났다. 현재 극에 달한 긴장감과 머리끝까지 치솟은 마법사에 대한 분노와 살의, 마법사가 아르하드의 존재를 발견할지도 모른다는 초조함, 그리고 미칠 것 같은 자괴감은 그녀를 비이성적인 상태로 몰아갔다.

"오지 마!"

거부감이 흥건히 묻어나는 외침에 아르하드는 걸음을 멈추었다.

"……."

걷다 만 채로, 아르하드는 더 가까이 갔다가는 금방이라도 어디로 뛰어가 버릴 듯한 이아나를 주시하며 팔짱을 꼈다. 그의 표정은 어둠에 가려져 잘 보이지 않았고, 이아나는 실루엣밖에 없는 그를 살필 여유가 없었다. 그저 빨리 이 상황을 벗어나야겠다는 생각밖에 없었다.

"왜? 비밀 수련? 좋아. 그건 상관없어. 하지만…… 왜 나를 피하지? 나를 보는 것도, 대화를 하는 것도 꺼리는 이유가 대체 뭐야.

일방적인 무시는 나를 아주 당황스럽게 해. 대체 왜야."

"피한 적 없."

"웃기지 마. 지금도 피하고 있잖아."

아르하드가 이아나의 말을 끊었다.

"이 짧은 대화에도 집중하려 하지 않고, 내 얼굴을 제대로 보려고 하지도 않아. 지금도 자리를 뜨고 싶어 안달이 나 있군. 넌 분명 닷새 전만 해도 괜찮았어. 그래, 키메라를 만난 날 이후라? 그날 튄 피가 네 자존심에 상처 입혔나?"

이아나는 경악했다. 혹시라도 주변을 맴돌고 있을지도 모르는 패밀리어가 저 소릴 들었다면. 이아나가 눈썹 끝을 확 올렸다.

"미쳤습니까! 그 얘길 왜 지금!"

"왜. 그 얘길 지금 하면 안 되는 이유라도 있나?"

"외부니까!"

"알 바 아냐."

이아나는 어이가 없어서 입을 열었다 닫았다를 반복했다. 누가 듣든 말든, 들키든 말든 상관없다는 식의 태도는 아르하드와 어울리지 않았고, 그가 보여서도 안 되는 태도였다.

"난 분명 사고라고 말했어. 네가 미안해할 일도, 네 잘못도 아니었어. 너도 괜찮았어. 하지만 그래, 네가 부족함을 느껴 수련을 하고 싶다면 해. 안 말릴 거고, 그럴 권리도 내게는 없어."

아르하드가 다시 천천히 걸음을 옮겼다. 머리 구석구석까지 펄펄 끓는 열로 차올라 있던 이아나는 서늘한 바람에 실려 온 냉막한 목소리에 잠시 정신을 차렸다.

"그런데 왜 피해."

오롯이 제 감정과 생각으로만 온 정신이 사로잡혀 있던 이아나는 그때서야 아르하드가 지금 평소와 다르다는 것을, 이상하다는 걸 알아챘다.

"왜 닿는 것도 꺼림칙하다는 것처럼 굴어. 왜 눈도 제대로 마주치려 하지 않아."

이아나는 담벼락 밑의 어둠에서 벗어나 희미한 빛에 드러난 얼굴과 똑바로 마주쳤다.

"왜?"

그리고 순간, 등줄기에 싸늘한 한기가 흐른 건 이아나가 아니라도 누구나 마찬가지였을 것이다.

빛에 드러난 아르하드의 얼굴은 무표정했지만, 결코 아무 감정도 담지 않은 건 아니었다. 일자로 뻗은 입매, 날카롭지만 매섭지는 않은 눈매. 평소의 그와 같았지만 가장 눈에 띄는 특별한 금안은 온갖 것이 이지러진 듯, 온갖 색채의 다양한 감정이 섞이고 섞여…… 광기에 가까운 것을 띠고 있었다.

슬퍼 보이는 것 같기도, 화가 난 것 같기도, 절망한 것 같기도 하며 이대로 무슨 짓이라도 저질러 버리고 싶다는, 충동적이기까지 한 감정의 끝은 한 사람에게 광적으로 향한다.

이아나는 혼란을 느꼈다.

왜?

그냥 피한 것뿐인데. 대체 왜, 어째서 그런 얼굴을?

이아나가 생각지도 못한 그의 모습에 놀라 모든 생각을 멈추고 그를 바라보는 새, 손이 우악스레 붙잡혔다.

"이것 봐!"

"싫어."

소스라치게 놀란 이아나가 신경질적으로 손을 뿌리치려는데 이번에는 낮처럼 쉽사리 뿌리칠 수가 없었다. 아르하드의 손이 이아나의 손을 으스러뜨릴 기세로 세게 붙잡고 있었기 때문이다. 이아나는 아파서 이를 악물었지만, 알 수 없는 수작을 부리는 마법사의 키메라가 쫓아다니는 제 몸이 아르하드에게 맞닿아 있는 것이 끔찍하게 소름 끼쳐 고개를 들고 아르하드와 똑바로 눈을 마주쳤다.

"그래요, 당신을 피하고 있습니다. 당신을 보면 성급히 승부를 내고 싶은 마음을 참을 수 없어지니까, 가까이 오지 말라고!"

아르하드는 말이 없었다. 이아나는 다시 한 번 손을 뿌리치려 했다. 하지만 풀려나지 않았다. 억지로 팔을 잡아당겨도 도저히 벗어날 수 없었다.

"놔!"

"……네 머릿속은 온통 승부뿐인 모양이군."

겨우 튀어나온 말에는 작은 웃음이 묻어 있었다. 그러나 웃음은 쓰디썼고, 비틀릴 대로 비틀려 있었다.

"너는 나를 대체 뭐로 보는 거지? 너는 나를 한 사람, 아르하드로 보는 거냐, 아니면 쉽사리 이겨지지 않는 승부의 대상으로만 보는 거냐. 후자인가? 그래, 내 감정은 아랑곳 않고 말 한마디 없이 피해 다닌 것도 후자이기 때문이고, 예전에 나에게 호감이 있다고 한 것도, 나를 걱정한다고 한 것도 후자이기 때문이겠지."

아르하드의 무표정한 얼굴은, 마치 가면이기라도 했다는 것처럼 일그러졌다.

"너에게 나는, 단순히 그뿐이야?"

아르하드의 금안이 흔들렸다. 이아나는 서글픔과 분노가 뒤범벅 된 시선을 마주하고 움찔했다. 그녀의 적안도 그와 함께 흔들렸 다. 당연히 그뿐만 아니다. 현재의 이아나에게 있어 이 남자의 가 치는 그녀의 인생을 바칠 대상이었다. 그러나 아르하드는…….

"그럼, 당신에게…… 나는 뭔데."

"누누이 말했을 텐데. 반했다고. 잊었다면 다시 한 번 말해 줄까. 내 생에 최초로, 최고로 곁에 두고 싶은 사람이라고. 그래서 네가 그렇게 날 싫어하는 것처럼 굴 때마다 난 돌아 버릴 것 같아져."

이아나는 그 순간 생각했다.

이 남자는 바보인가?

그리고 지금, 내가 무엇을 하고 있는 거지?

강렬한 의구심에 사로잡혔다.

무엇이든 맡길 수 있는 유능한 사람. 온전히 신뢰할 수 있는 동 반자…… 그것이 이아나가 아르하드의 열렬한 감정에 보답하는 길 이었다. 그래서 그에게 폐를 끼치기 싫어 고민하고, 불안해하고, 답답해하고 그에게 아무 말하지 않고 혼자서 해결하고자 했었다.

그런데 그것이 정말 옳은 선택이었을까.

'아닌 것 같아.'

이아나는 숨을 거칠게 몰아쉬었다. 이때까지 엄청난 강박관념 때문에 잘못된 선택지로 가고 있었다는 걸 깨달았다. 그리고 왜 자꾸 아르하드의 손을 쳐 낸 행위 따위에 죄책감이 드는지도 깨 달았다. 아마도, 이 남자에게 정말로 짐이 되는 행위는 정체를 들 키는 것 따위가 아니라는 생각이 들었다.

이아나는 고개를 내린 채 작게 입을 열었다.

"……제게 키메라가 붙었습니다."

"뭐?"

"머리카락에 피가 묻었는데, 그걸 추적해 왔어요."

이아나는 한 걸음 물러섰다. 하지만 손의 힘은 풀리지 않았다. 이아나는 고개를 들어 고요히 가라앉은 눈으로 약간 멍해 보이는 아르하드를 물끄러미 쳐다보았다.

"그러니 제게 접근하지 마십시오. 대화도 금물입니다. 다가오지도 마시길. 키메라가 혹시라도 당신을 발견할 수도 있으니까……. 그렇게 되는 건, 제게 있어 최악의 일입니다. 나는 이때까지의 당신의 노력을 허사로 만들고 싶지도, 당신에게 폐를 끼치고 싶지도 않습니다."

"……."

"키메라가 낮밤 가리지 않고 내내 찾아왔어요. 학술원에서는 당신을 보지 못하도록 기척을 느끼는 족족 죽였지만 거기서 마법사가 수상함을 느꼈습니다. ……그리고 오늘, 저를 실험체로 삼고 싶다고 마법사가 인간형 키메라를 보내왔습니다. 이틀 후, 만약 수도의 숲에 나오지 않는다면 제가 민감하게 반응하는 학술원을 뒤지겠다고 했습니다."

"……."

"저는 절대 그걸 바라지 않습니다. 그래서 마법사를 죽일 때까지만 잠적할 생각이니까 그렇게 알……!"

아르하드가 이아나의 손을 세게 잡아당겼다. 이아나의 시야가 뒤흔들렸다. 그녀는 균형을 잃고 아르하드의 턱 밑에 머리를 박고 말았다. 아르하드는 이아나를 세게 끌어안았다. 단단한 팔이 어깨를 끌어안고 허리를 옭아맸다. 숨 쉬기가 힘들 정도로 세게 휘어 감고, 머리를 툭 떨구어 이아나의 어깨에 묻었다. 절대로 놓치지 않을 것처럼 힘을 주었다.

아르하드의 어깨너머로 겨우 시야를 튼 이아나는 귓가에서 들리는 엇박자의 숨소리에, 확실하게 알았다.

예전에 자신을 끌어안았던 검은 로브는 분명 아르하드였다.

"고작 그런 이유로 날 피해 다녔다는 말?"

고작. 자신의 모든 걱정과 불안이 고작으로 끌어내려지는 순간 끌어안긴 이아나의 팔에서 가방이 툭 미끄러졌다.

"나는 훗날 바하무트 제국의 황제가 된다."

아르하드는 선언했다. 이아나는 갑자기 자신의 신분을 노출하는 그에게 놀라 눈을 크게 떴다.

"네가 무슨 짓을 하고 다녀도, 네가 아르하드가 바하무트의 숨겨진 황자라고 사방에 고래고래 떠들어 대도 반드시 돼."

"황자…… 아니, 그건 둘째 치고 그렇게 하면 그냥 짐인데."

"너 같은 대단한 검사가 내 곁에 있어 준다는데, 짐일 리가 없지. 힘이 돼. 아니, 넌 절대 짐이 될 수 없다. 나를 피하지 않고 옆에 있어 주는 것만으로도 넌 내게 최고의 도움을 주는 거야."

이아나는 열없이 중얼거렸다.

"숨어 다닐 거라면서요. 모습을 드러낼 때가 아니라고 했지 않습니까. 그런데 고작이라고……?"

"들켜도 상관없어. 다 죽이면 되니까."

"바하무트 황실, 괴물이라고 했으면서."

"어떻게든 죽이면 돼. 아니, 죽일 수 있어. 네가 걱정할 바 아냐. 그리고 네가 있으니까, 지금 쳐들어가도 상관없을 것 같은걸······."

아르하드의 손에 힘이 들어갔다.

"나는 반드시 황제가 된다. 이변은 없어. 네가 바라는 건 모두 이뤄 줄 테니 그냥 내 곁에 있어. 네가 뭘 해도 상관없고, 네가 재화를 펑펑 쓰고 다녀도, 타국 귀족에게 패악질을 부려서 전쟁을 일으켜도 상관없으니 그냥 내 곁에 있어."

이아나는 아르하드에게 꽉 끌어안긴 채 눈을 깜빡였다. 그리고 생각했다.

이 남자, 진짜 바보다.

"네 덕분에 케이거스 드미트리 그 쥐새끼를 생각보다 빨리 잡을 수 있게 됐어. 이게 어째서 실수야."

덕분에. 그 단순한 세 음절의 단어가 그렇게 달콤한 말인지 처음 알았다.

"그리고 그놈의 수작질은 여기 없으니까, 걱정 마라."

"어떻게 아시는 겁니까."

"나만 아는 방법이 있지. 그리고 케이거스 드미트리는······."

이아나의 어깨에 기대 있던 그의 두 눈에 광기인지 분노인지 모를 빛이 이상한 물기와 함께 번들거렸다. 끌어안은 팔에 힘이 더욱 들어갔다. 이아나는 숨이 막힐 정도로 끌어안기며 또다시 생각했다.

"더 이상 네가 나를 피할 필요가 없게 이틀 후, 내가 반드시 죽인다. 그러니까 걱정하지 마."

이 남자는 어딘가······ 심각하게 뒤틀려 있다고.

그저 어린 아르하드라기엔 이질감이 느껴질 정도로.

황제. 감히 누가 그 말을 함부로 입에 올릴 수 있으리. 황제가 지배하는 제국이라 함은 왕국보다 상위에 존재하는 개념이다. 그리고 이 대륙에서 스스로를 황제라 칭하는 사람은 바하무트 제국의 지배자밖에 없었다.

바하무트 제국은 북부 대륙에 존재하는 주변 왕국에게 조공을 받음으로써 그들에게 역사를 이어 가는 것을 허락했다. 그리고 왕국들은 황실을 제왕으로 떠받들며 그들에게 감히 대적할 엄두조차 내지 못했다.

오랜 시간 바하무트 제국과 겨뤄 온 로안느 왕국은 최근 들어 스스로를 제국이라 칭하고픈 욕심을 드러냈으나, 남부 대륙에 존재하는 수많은 왕국들이 불편한 심기를 표현해 아직 왕국에 머무르는 실정이었다. 이러한 상황 탓에 황제란 이 세상에 단 하나밖에 존재하지 않는 고귀한 칭호였다.

그런데도 아르하드는 어찌 자신이 황제가 되리라고 단언할 수 있을까, 미래도 알지 못하는 주제에. 그 어떤 방해에도 관계없이 황제가 된다는 말은 오만일까, 자만일까, 확신일까.

"후……."

끌어안는 힘은 강했고 안도의 숨소리는 길었다. 맞닿은 심장에서 전해져 오는 심장소리가 거칠었고 긴장이 풀려 노곤하게 처지는 무게는 애잔했다.

무례하게 끌어안아 온 남자를, 이아나는 도저히 뿌리칠 수가 없었다.

차가운 빗물이 머리카락을 타고, 뺨의 굴곡에 길을 그리며 흘

러내렸다. 이아나는 시선을 들어 검은 하늘을 보았다. 비는 초저
녁부터 내렸다. 마법사 때문에 제정신이 아니었기 때문에 하늘에
끼는 먹구름을 보고서도 우산을 챙길 정신이 없었고 덕분에 비에
홀딱 젖었다. 아르하드의 차가운 체온을 느끼면서, 이아나는 그가
대체 언제부터 이 어두운 담벼락에서 자신을 기다리고 있었을지
궁금해졌다.

"언제부터 이러고 계셨습니까."

"수업이 끝난 직후부터."

지금은 새벽이었다. 이아나는 입술을 꽉 깨물었다.

"겨우 한 번 외면한 것 가지고."

"외면 한 번에 미치는 줄 알았지. 하지만 이제 됐어. 이렇게 끌
어안아도 밀쳐 내지 않는걸 보니 정말 안심이 돼."

"……"

"이제는 무슨 일이 있어도 제발 그러지 마. 마음에 안 드는 일
이 있더라도 차라리 화를 내."

진짜 바보인가.

푹 퍼진 목소리와 함께 울리는 낮은 웃음소리에 어쩐지 심장
부근이 시큰하게 울컥했다. 이아나는 그에게 세상에서 제일 멍청
한 놈이라고 욕하고 싶었다. 하지만 그럴 수 없었다. 찬 비 때문
에 얼어붙은 입술 때문이다. 아니, 불안으로 차게 식은 체온이 애
잔해서다.

……아니, 심장을 쥐어짜듯 차오르는 애틋함 때문이다.

이아나는 얼굴을 내려 지끈거리는 이마를 아르하드의 어깨에
묻었다.

"피곤할 텐데, 내가 밖을 봐 줄 테니 오늘은 들어가서 푹 자라. 찾아오는 키메라는 내가 바로바로 제거할 테니까."

"안 됩니다. 제가 왜 이때까지 고생을 했는데 당신이 망을 본다는 겁니까."

"그런가. 그렇지. 나를 지켜 주기 위해서였지."

아르하드가 기분 좋게 낮게 웃었다.

"그럼 하인리히 님의 탑으로 가자. 이틀 동안 거기서 지내. 거긴 그자도 함부로……."

이아나는 축 처져 있던 팔을 들어 아르하드의 등을 마주 안아 주었다. 자기가 먼저 끌어안은 주제에 놀라서 하던 말도 멈추고 움찔한 아르하드가, 이아나는 웃겼다.

이아나는 혹사한 몸이 몹시 무거워져서 절대로 자신을 놓아주지 않을 듯한 힘에 그냥 추욱 기댔다. 아르하드의 옷깃을 붙잡은 손에 힘을 세게 주었다. 손이 부들부들 떨렸다. 온 마음에 얼룩졌던 자괴감이 비와 함께 줄줄 흘러내리며 잔흔을 남기고 있었다.

"이번만…… 실수는 이제 다시는 하지 않아……."

다시는, 다시는. 이아나는 몇 번이나 되뇌었다. 이 끔찍한 스트레스를 다시는 받고 싶지 않았다. 그러기 위해서는 더욱 완벽해지는 수밖에, 더욱 강해지는 수밖에 없다.

"아니."

깜짝 놀라 굳었던 아르하드의 팔에 힘에 더욱 들어갔다. 이아나는 그의 품에 푹 묻혔다.

"네가 실수해서 나를 의지해 준다면 더 기쁘니까. 문제가 있으면 바로 말해. 내가 해결할 테니까."

"정말 멍청인가."

결국 입 밖으로 내뱉고 말았다. 분명 문제는 아무것도 해결되지 않았음에도 이아나 너는 절대 짐이 될 수 없다고, 곁에 있어 주는 게 제일 큰 도움이라고, 차라리 폐를 끼쳐 달라고, 제발 외면하지만 말아 달라는 태도에 이아나는 멍청이냐고 욕을 하면서도 극에 치달은 강박감과 자괴감 대신 마음속에 정체 모를 뭉클함이 자리 잡는 것을 느꼈다.

낮은 웃음소리와 함께 차가웠던 체온이 열기로 차오르는 걸 느끼며 이아나는 눈을 감았다.

"네가 내 곁에 있어 주겠다면, 아무래도 상관없어."

제 생에 이토록 자신만을 바라고 위해 주는 사람이 있을까 싶었다. 도대체 제 검이 뭔데, 도대체 자신이 뭔데 아르하드는 회귀전이나 회귀 후나 다를 바 없이 자신만을 바라는가.

인생의 노선이 달라져도 그는 변하지 않는다. 시간의 흐름이 바뀌어도 그는 변하지 않는다. 마치 자신을 원하기 위해 태어나기라도 한 것처럼 그는 언제나, 항상 그래 왔고 지금도 그랬다. 그리고 미래에도 변함이 없을 것이다. 영원히…….

이아나가 이런 확신을 하게 만드는 아르하드는 수상하다. 아니, 예전부터 생각해 왔던 바지만 그는 어딘가 이상했다.

아르하드는 기괴하게 느껴질 정도로 한결같았다. 마치 그가 품은 마음은 시간의 흐름에 영향을 받지 않는 것처럼.

'왜일까.'

아르하드를 마주할 때마다 그가 아주 오래전부터, 아주 기나긴 시간 너머부터 자신을 바라 왔다는 기분이 든다. 지금 절대로 놓치지 않겠다는 듯 자신을 꽉 끌어안고 있는 강한 힘은, 밤하늘의 달을 닮은 두 금안이 품었던 광기는…… 겨우 몇 개월 만에 완성될 수 있는 게 아니었다.

예전에, 처음으로 이 남자에게 끌어안겼던 날, 남자는 우울한 목소리로 말했었다.

"……지금 내 품에 있는 너는 환상이 아닌가……?"

내 검에 첫눈에 반했다고 했었나?
그렇다면 대체 언제부터?
심장에 조그마한 의문의 싹이 텄다.

하인리히는 야심한 밤에 홀딱 젖은 채로 불쑥 찾아온 둘을 반가이 맞이해 주었다. 이아나는 탑에 도착하자마자 빈방에서 옷을 갈아입었다.

생각할 게 많은 밤이었다. 아르하드는 바로 자라고 했지만 그럴 수 없었다. 피로에 지친 정신을 다잡고 그에게 물어보아야 할 것들이 있었다.

방을 나온 이아나는 탑의 같은 층에 있는 접객용 방의 문 앞에 섰다. 창을 통해 들어온 달빛이 어렴풋이 서린 어둠 속, 소파에 등을 기대앉아 있는 아르하드가 살짝 열려 있는 방문 틈 사이로 보였다. 그는 마디 굵은 손가락으로 소파의 팔걸이를 천천히 두들기고 있었다.

툭, 툭.

고요한 방에 울려 퍼지는 기묘한 간극의 타음과 흐릿한 빛 때문에 얼굴 위로 굴곡진 명암은 어둠 속에서 섬뜩함을 자아냈다. 이아나는 방문 뒤에서 잠시 그 모습을 지켜보았다. 무표정해서 생각을 짐작할 수 없었다. 저밖에 없는 외딴 방에서, 아무 말 없이 아무것도 없는 허공을 응시하는 아르하드는 무슨 생각을 하고 있을까.

이아나는 천천히 다가갔다. 아르하드가 그때서야 두드림을 멈추고 쳐다보았다. 그녀의 방문에 놀란 아르하드가 잠시 눈을 크게 떴다가 이내 의아한 표정을 지었다.

"안 자?"

"대화를 좀 하고 싶어서 왔는데…… 방해입니까?"

"방해는 무슨. 옆에 앉아. 아, 감기에 걸리면 안 돼."

자리에서 일어난 그는 방 한구석에 있는 벽난로에 가더니 옆에 쌓여 있는 장작 하나를 들었다.

화르륵.

손가락 끝에 간단한 마법으로 피워 낸 작은 불씨를 가져다 대자 장작에 불이 붙었다. 아르하드는 장작을 벽난로 안에 집어넣고 다른 장작들도 한 개 두 개 던져 넣었다.

이아나가 다소 엉거주춤한 자세로 서서 부산스레 움직이는 그를 쳐다보는데 아르하드가 잠시 기다리라는 말과 함께 방 밖으로 나가 버렸다.

이아나는 벽난로 앞에 앉았다. 따뜻하고 나른하다. 그녀는 두 무릎을 모아 턱을 괴었다. 따뜻한 불에 식은 몸을 쬐인 지 얼마 되지도 않아 빠른 발걸음 소리를 내며 아르하드가 방으로 들어왔다.

"마셔."

이아나는 그가 내민 것을 물끄러미 쳐다보았다. 투박한 컵 안에서 모락모락 김을 피워 내는 것은 갓 끓인 밀크티였다. 이아나는 컵에서 시선을 떼고 아르하드를 보았다. 생기가 도는 얼굴이다. 아까 전에, 어두운 방에서 거무죽죽하게 죽어 있던 눈동자는 대체 어디로 갔을까. 빗줄기 속에서 본 지독한 감정은?

"밀크티를 별로 안 좋아하나?"

비를 맞은 건 마찬가지면서 자신이 올 때까지 뭘 하고 이제 와서 벽난로에 불을 때고 밀크티를 끓여 오는지.

모르겠다. 점점 아르하드를 알 수 없어진다. 저를 끔찍하리만치 바란다는 것만큼은 알겠지만, 단순히 저를 이해해 줄 동반자를 원한다는 말로는 자신에게 향하는 이 모든 감정이 설명이 되지 않았다.

대체 언제부터 자신을 봐 온 건지?

"아니요. 좋아합니다. 감사합니다."

이아나는 저도 모르게 그의 걱정스러운 시선을 피하며 컵을 받아 들었다. 그런데 이아나가 컵을 받자 그의 두 손이 텅텅 비었다.

"당신 컵은?"

"아, 잊었다."

이아나는 속으로 바보라고 읊조렸다. 이아나가 바닥에 엉덩이를 대고 앉아 있자 아르하드도 옆에 주저앉았다.

"마시지 않아도 괜찮아. 나는 잘 앓는 편이 아니니까."

"심장 약하면서."

"그건 관계없어."

"이상한 소리를 하시네요."

이아나가 벽난로 안에서 점점 몸을 키워 가는 불씨를 바라보고 있자 아르하드도 그곳을 보았다. 말 한마디 오가지 않았지만 둘 다 침묵이 불편하지는 않았다. 이는 아르하드가 이아나의 옆에 앉아 있는 것만으로도 만족해서 평온한 얼굴로 늘어져 있는 탓이기도 했고, 이아나가 그것을 알고 있는 탓이기도 했다. 온기가 그들을 포근히 감쌌다.

밀크티를 홀짝이며 마시던 이아나는 마침내 입술을 달싹였다.

"바하무트 제국의 황자라는 말을 너무 쉽게 하셔서 놀랐습니다."

"못 믿겠나?"

"당연히 그런 걸로 거짓말을 하지 않을 사람이라는 걸 아니까 믿지만."

"너라서 한 말이야."

아르하드는 웃음 섞인 한마디로 이아나가 입을 다물게 만들었다. 하지만 아직 할 말이 많았다. 우선, 제일 묻기 쉬운 것부터.

"마나는 악마의 기운이지요. 케이거스는 자기 피에 악마의 파편이라는 것이 깃들어 있다고 말했습니다. 키메라의 피에 자기 피를 섞었다고 했는데, 키메라의 피는 아티팩트에 각인되어 있던 대마법사 마이마예 레비아제의 실드 마법을 뚫었습니다. 키메라를 마나로 압사시키려고 했지만 마나가 키메라의 피를 피해 갔고요. 그리고 예전에 악마의 파편에 대해 첸넬프에게 들은 기억이 있습니다. 첸넬프는 블랙폭시의 간부에게 악마의 파편의 행방에 대해 심문을 받았다고 했습니다. 케이거스의 피에 들어 있는 것, 마법을 무시하는 것, 마나가 피해 가는 것, 블랙폭시가 찾는 것, '악마의 파편'이라는 게 대체 뭐죠?"

아르하드는 연달아 이어지는 말을 말없이 듣고만 있다가 마침내 이아나의 말이 의문으로 끊기자 눈을 감았다.

"너는 뭐라고 생각하는데?"

"저는 아무것도 모릅니다. 다만 그 악마의 파편이라는 게 마나에 영향을 준다는 것만큼은 알죠."

"복잡하게 생각할 거 없어."

툭—

아르하드가 벽난로에 장작을 던져 넣었다.

"말 그대로야. 신성시대를 살아간 악마의 파편, 정확히 말하자면 악마의 영혼의 파편이지."

"악마의 영혼이요?"

이아나가 눈을 깜빡였다.

"하인리히 님께서 해 주신 이야기들을 기억하고 있나?"

"네."

"그때 하신 말씀들은 모두 사실이다. 영혼은 보이지는 않지만 정말로 존재해. 그런데 우리가 영혼을 간접적으로 볼 수 있는 경우가 있는데……."

"영혼은 영계에서만 볼 수 있지만, 신력을 머금으면 간접적으로지만 그 존재를 확인할 수 있다는 거지요?"

아르하드가 이아나를 응시했다.

"맞아. 어떻게 알고 있지?"

"정령들이 말해 줬습니다. 대체적인 것들은 모두 알고 있어요. 계라든지, 영혼의 성질과 기능이라든지."

아르하드가 인상을 찌푸렸다.

"······빌어먹을 놈들. 마음에 안 들지만 알고 있으면 말하기 쉽겠군. 악마는 죽지 않았어. 신성시대의 끝자락에 한 신에 의해 영혼이 수백 개로 쪼개졌을 뿐이지."

놀라운 얘기다. 악마가 아직 살아 있다니. 그리고 아르하드가 말한 신은 틀림없이 로베르슈타인일 것이다.

"수백 개로 산산조각 난 악마의 영혼. 이 파편 하나하나를 악마의 파편이라고 한다. 이 파편들은 무의식 상태로 온 세상을 부유하고 있지만 영혼은 영계에서만 보이니 악마의 파편도 눈에 보이지는 않아."

"그렇겠지요."

"계에 대해 알고 있다고 했지? 얼마나 알고 있는지 말해 봐."

"계는 같은 공간에 존재하는 시각과 영향력의 경계입니다. 물질계에서는 물질끼리만, 영계에서는 영혼끼리만 서로를 보거나 서로에게 영향을 미칠 수 있죠. 그리고 한 요소의 활동은 그 요소가 속한 계에서만 볼 수 있습니다. 그리고 신력은 물질계, 영계, 정령계 등 전 계를 의미하는 원기계에 속하죠."

아르하드가 이아나가 보는 앞에서 팔을 움직였다.

"맞아. 우리는 물질적인 요소, 눈을 가지고 보기 때문에 이렇게 팔을 움직이는 물질적인 활동을 하면 팔이 움직이는 게 보인다. 신력이 활동을 하는 데 소모되는 건 알고 있지?"

"네."

"이때 신력에 집중하면 팔 움직임에 신력이 소모되는 것도 볼 수 있어. 영계에서도 마찬가지다. 한 생물이 분노와 같은 정신적인 활동을 하면 그 활동이 다른 영혼에게 보이고 신력이 소모되는 것도 보여. 체감하기 어렵겠지만."

아르하드가 팔을 내렸다.

"악마의 파편은 신체와 신력을 가지고 있지 않기 때문에 무의식 상태로 떠돌아다니고 있다. 그냥 둥둥 떠다니는 연기 같은 상태지."

불이 기름이 있어야 타오를 수 있는 것처럼, 심장에서 떨어져 나온 영혼은 신력을 제공받아야 각성 상태를 유지할 수 있다. 그러니 신력이 없는 영혼은 정신적 활동을 전혀 할 수 없다. 조각난 파편들끼리 반응하는 것도 불가능하다.

"하지만 강한 마이너스 감정을 발산하거나 힘에 대한 갈망을 표출하는 어떤 생물의 근처에 닿았을 때 그 생물의 정신 활동에 감응하고 신력을 공유 받는다. 물질계에 모습을 드러내서 생물을 강력한 힘으로 유혹하고, 생물이 유혹을 받아들이면 피에 스며들어 기생하면서 신력을 제공받아."

마나는 악마의 기운이다. 기운은 주인인 악마에게 지배를 받되, 영향을 줄 수는 없는 법이다. 그래서 악마의 파편을 피에 품은 자들은 마법이나 검기에 거의 위협을 받지 않는다. 마법사가 직접 시전한 것도 아니고 아티팩트에 기록된 마법 따위는 파훼하는 게 당연하다.

"흡수된 파편은 생물에게서 공유 받은 신력을 토대로 의식 상태를 유지하면서 악마의 특성을 제대로 발휘하고, 마나 제어력의 재능 중 두 가지, 엄청난 친화도와 변화력을 제공한다. 수용력과 의지력은 당사자에게 달려 있기 때문에 만일 이 재능들이 부족하면 악마의 파편을 감당하지 못하고 죽을 수도 있어."

"양날의 검이군요."

"그렇지. 그리고 이 파편은 공유되고 이전될 수 있다. 먼저 공유에 대해 말해 주지."

첫 번째, 악마의 파편은 피를 통해 공유된다. 파편의 혜택을 받는 자는 악마의 파편을 진짜로 가지고 있는 소유자와 소유자에게 파편의 능력을 공유 받는 혈족, 공유자로 나뉜다. 소유자는 한 명뿐이지만 공유자의 수는 제한이 없다.

두 번째, 소유자가 가장 강력한 능력을 발휘한다. 공유자는 소유자의 피와 비슷한 피를 가지고 있을수록 강한 능력을 발휘한다. 즉 공유자는 소유자와 촌수가 가까울수록 친화도와 변화력이 강하다. 공유자가 많으면 많을수록 파편의 능력은 떨어진다.

세 번째, 공유자도 소유자와 마찬가지로 지속적으로 파편에 신력을 제공해야 한다. 비슷한 피일수록 소유자와 비슷한 양의 신력을 제공한다.

네 번째, 재능이 부족한 공유자는 악마의 파편 때문에 사망하는 경우가 많다.

"다음은 파편이 어떻게 이전되느냐……. 소유자의 사망, 파편 강탈, 잉태 세 가지 경우로 나뉜다."

첫 번째, 소유자의 사망. 소유자가 사망하면 파편은 가장 비슷한 피를 가진 혈족에게 소유권이 이전된다. 공유자가 없는 소유자가 사망 시 파편은 소유자의 심장에서 벗어나 더 이상 물질계에서 보이지 않게 된다.

두 번째, 파편 강탈. 소유자와 공유자는 다른 악마의 파편을 가진 소유자에게서 파편을 빼앗을 수 있다. 소유자 A와 소유자 B가 있을 때 A가 B의 파편을 빼앗는 방법은 제 신체의 한 부분을

B의 심장에 닿게 한 채 심장을 파괴하는 것이다. 머무를 장소를 잃은 B의 파편은 A의 파편에 이끌려 A에게 흡수된다.

공유자 A도 같은 방법으로 B의 파편을 빼앗을 수 있다. 공유자는 실제로 파편을 가지고 있지 않으므로 공유자에게서 파편을 빼앗을 수 없다. 하지만 공유자가 새로운 악마의 파편을 빼앗을 경우, 공유자는 새로운 악마의 파편의 소유자가 된다. 공유 받던 악마의 파편도 계속 공유 받는다. 즉 공유자이기도 하고 소유자이기도 하다.

"파편 강탈의 경우, 소유자가 파편을 강제로 빼앗기면 소유자는 물론이고 소유자와 사촌 이내의 관계에 있는 공유자도 모두 사망하지. 하지만 공유자는 다른 악마의 파편을 소유하고 있을 시엔 죽지 않아."

"섬뜩하군요. 사촌 이내로 한정되는 건 왜입니까?"

"사촌까지가 파편의 영향력이 아주 강하게 미치는 범위이기 때문이야. 사촌 이상은 파편이 주는 마나 제어력도 약하고 파편에 얽매여 있는 정도도 약해. 그리고 마지막 경우로 소유자가 사망하지 않고도 파편의 소유권을 넘겨줄 수 있는, 잉태."

세 번째, 잉태. 소유자가 다른 이와 몸을 섞어 모체가 태아를 배고, 태아에 심장이 생겨나면 태아가 소유자가 된다. 영혼은 심장이 생겨나고 얼마 지나지 않아 탄생하는데 파편은 아직 영혼이 탄생하지 않은 깨끗한 태아의 심장에 이끌린다.

만약 파편에 의식이 있었다면 영혼이 태어나기 전에 심장을 빼앗았겠지만 의식이 없기 때문에 그럴 수 없고 영혼이 탄생해서 심장을 각인하면 자연스럽게 태아의 피에 스며든다.

"이렇게 일족의 피에서 긴 시간을 살아가다가, 일족의 대가 완전히 끊기는 순간 다시 세상 밖으로 튀어나온다. 어떤 한 사람이 받아들이는 순간, 그 사람의 혈족은 대가 끊어지지 않는 이상 영원히 악마의 손아귀에 있는 거지. 자, 이제 설명 끝이다. 궁금한 게 있나?"

"신력이 없는데 영혼의 파편이 어떻게 유지될 수 있습니까? 소멸하지 않나요? 악마는 지금 정확히 어떤 상태입니까?"

아르하드는 이아나를 흘끗 쳐다보았다. 그냥 궁금해하는 듯한 그녀를 보고 다시 벽난로의 불로 시선을 돌렸다.

"시간이 정지한 차원의 틈에 악마의 심장이 갇혀 있기 때문에 가능한 거다."

이해할 수 없는 말에 이아나가 되물었다.

"차원의 틈?"

"순행과 역행의 틈, 탄생과 소멸의 공간…… 대혼돈, 판데모니엄에."

이아나가 눈을 크게 떴다.

'판데모니엄…… 성서의 1장 1절!'

이아나는 성서의 1장 1절을 빠르게 떠올렸다.

나의 황금의 악마여.

나는 구슬피 통곡한다.

약속의 증표, 페임드라의 생명은 마르고

낙원에는 종말밖에 남지 않았구나.

오늘, 너는 나의 검을 받들고 스러지리라.

탄생과 불멸의 끝에 위치한 판데모니엄.

그곳에서 너는 잠들라.

나 또한 너의 곁에서 함께하노라.

그리고 마침내 세상에는 태양의 눈이 빛나는 순간이 오리니…….

이아나는 중얼거렸다.

"탄생과 불멸의 끝에 위치한 판데모니엄. 그곳에서 너는 잠들라……."

"그래, 거기. 시간이 정지한 곳에 본체인 심장이 있기 때문에 영혼도 어떤 영향을 받는 거겠지."

"그것에 대해 좀 더 자세히 설명해 주세요. 아니, 그런데 당신은 어떻게 이런 걸 알고 있는 겁니까?"

"다 어디서 주워 들은 거다. 나도 이 이상은 몰라."

아쉽다. 하지만 이것만으로도 충분한 소득이다. 이아나는 머리를 열심히 굴려 가며 정신없이 암기했다.

"다만 악마는 죽지 않았고, 파편에 자발적인 의지는 없다는 건 확실해. 퍼즐을 맞추는 것처럼 뿔뿔이 흩어진 것을 한데 모아 주기만을 본능적으로 바랄 뿐이지. 서로 공명하면서."

"공명이요?"

"악마의 파편은 다른 파편이 근처에 있으면 강한 울림을 발생시키는데, 그걸 공명이라고 한다. 그래서 소유자든 공유자든 일단 마주하는 순간 서로가 파편과 관련 있다는 걸 알게 된다. 하나가 되고 싶다는 파편의 의지지. 뭐, 굳이 그런 성질이 없었더라도 힘에 갈망하는 자들이 알아서 모아 줬을 거다. 왜냐하면 파편이 크면 클수록 마나 제어력이 더 강해지니까."

"아……."

"바하무트 황실이 대표적인 경우다. 놈들은 권력과 힘에 미쳐 가장 적극적으로 악마의 파편을 모으고 있어. 다른 피는 배제하고 그들끼리 근친혼을 하면서. 무려 수백 년 동안."

"……!"

"황족의 목적은 악마를 완성하는 것이기 때문에 근친혼 외에도 아주 특이한 관습을 행하지. 잉태 과정에서 파편이 이전되기 때문에 황태자는 반드시 황제와 황후가 모두 죽기 전에 아들과 딸을 낳아야 해. 물려받은 후 아이를 낳으면 그 아이에게 파편이 가 버리니까."

놀라운 사실이다. 바하무트의 근친혼에 이런 비밀이 숨겨져 있었다니, 생각도 못 했다.

"황제와 황후가 서거한 후, 거대한 파편을 물려받은 첫째, 황태자 혹은 황녀는 차기 황제가 된다. 황족들은 세계 곳곳을 돌아다니면서 파편을 모으기 때문에 모두가 후천적인 소유자지만, 황실 대대로 내려온 파편의 소유권은 황제가 독점하고 있지."

아르하드가 후, 하고 한숨을 내쉬었다.

"그리고 나는 다른 피가 섞여 태어난 사생아. 황제에게서 파편 소유권을 이전받았다. 이 정도면 놈들이 나를 왜 죽이려 드는지 알겠지?"

아르하드가 말을 마치고 다물었다. 잠시 들은 이야기를 정리해 본 이아나는 아르하드를 획 돌아보았다.

"저, 엄청난 얘기들을 들은 것 같은데."

"당연하지. 이건 정말 아는 사람만 아는 극비니까."

아르하드는 극비를 말한 것치고는 아무렇지도 않은 표정으로 불꽃을 쳐다보고 있었다. 이아나는 이야기를 듣고 나서야 바하무트 황실와 아르하드의 비상식적인 마나 제어력을 완전히 이해했다.

"그럼 당신이 마나를 잘 다루는 이유가."

"내 피에 악마가 존재하기 때문이다."

아르하드가 손을 들어 올리자 마나는 금세 손가락 사이에 엉켜들며 그의 의지를 따랐다. 이아나는 무릎에 뺨을 묻으며 마나가 뭉글뭉글하게 뭉쳐 있는 아르하드의 손바닥을 물끄러미 쳐다보았다.

마나는 제게 좋아서 달려들긴 하지만 의지에 복종한다기보다는 일대일의 타인의 개념으로 원하는 건 뭐든 해 주겠다는 느낌이었다면, 아르하드는 그냥 무슨 생각만 하면 마나가 그의 몸처럼 수동적으로 움직이는 느낌이었다.

"바하무트 황실이 파편을 모으면 모을수록 당신은 강해지겠군요."

"그래. 그래서 나도 파편을 모아야 해. 내가 모으면 놈들도 강해지겠지만 소유자가 가장 강한 힘을 가지니까. 이제 부유하는 파편은 몇 개 없어. 대부분 누군가의 피에 흐르고 있기 때문에 강제로 빼앗아야 하지."

"케이거스도?"

"그래, 이번에 그 과정을 볼 수 있을 거다."

이아나는 아르하드의 손을 물끄러미, 아주 물끄러미 쳐다보았다.

"파편을 한 사람이 모두 모으면 어떻게 되는 거죠."

"그 사람의 혈족이 세상을 지배하겠지. 지금 이 시대는 마나로 모든 게 이루어지는 마도시대魔道時代니까."

지금 이아나를 온통 사로잡고 있는 생각은 신기하다는 생각도, 악마에 대한 궁금증도 아니다. 회귀 전, 아르하드에게 그토록 이기고 싶었음에도 이길 수 없었던 이유였다.

악마의 파편은 사기다. 노력 여하에 관계없이 힘을 부여하다니? 치사하다. 아르하드가 파편을 모으면 모을수록 그는 점점 더 강해질 것이다. 지금은 무승부를 기록하고 있다지만 끝끝내는 지고 말 것이다.

이아나는 그런 생각을 하는 자신이 싫어 팔로 무릎을 감싸고 이마를 묻었다. 끝없이 치졸하고 한없이 졸렬하다. 아르하드가 원해서 가지고 태어난 것도 아닌데, 그 탓에 바하무트 황실에 추격당하는 입장인데, 떳떳하게 살아가지도 못하는데.

그의 검이 될 것이다. 하지만 그것만으로 충분할까? 곁에 있어 주기만을 바란다고? 이런 졸렬한 자신이? 아르하드는 만족할지 몰라도 자신은 아니었다. 이건 절대로 그녀가 바랐던 승리와 승리의 삶이 아니었다.

이아나는 눈을 빼꼼히 내밀어 활활 타오르는 벽난로의 불을 응시했다. 불은 어떤 것에도 미련을 두지 않고 앞만 보고 달려간다. 제게 방해되는 것을 모조리 태우고 지나가는 불은 다른 것에 구애받지 않고 스스로만을 생각하는 이기적인 삶을 살아간다. 이아나는 자신이 여태 불과 같은 삶을 살고 있다고 생각했다. 아니, 불을 닮고 싶었다.

그런데 그런 삶이 이제는 슬퍼 보이는 건 왜일까. 그렇게 살았던 자신이 불쌍해 보이고 비참해 보이는 건, 왜.

이아나는 팔에 다시 머리를 푹 묻었다.

"왜 그래. 아파?"

아르하드의 진심을 정면에서 마주한 이후, 이아나는 자주 그녀답지 않은 생각에 빠져들곤 했다. 자신이 아르하드의 진심에 걸맞은 인간인가— 하는 자신감 없는 생각.

물어보려 했었다. 신전에서 살기를 쏘아 보냈던 남자가, 불한당처럼 뒤에서 끌어안은 남자가, 미노타우로스에게서 구해 준 남자가, 손에 입을 맞춘 남자가— 당신이냐고.

하지만 그 남자가 아르하드이건 말건 무슨 상관인가. 그가 자신을 열렬히 바라고 있다는 건 바뀌지 않는다. 그런데 그의 과거를 알아서 무엇 할까. 어차피 지금 마음으로는 그에게 어울려 줄 수도 없는데.

피곤해. 이아나는 그렇게 생각했다.

아르하드는 팔에 머리를 묻은 이후 한참이나 일어나지 않는 이아나를 뚫어져라 바라보았다. 피곤한 듯 웅크리더니 십 분이 지나도 미동이 없었다. 등이 규칙적으로 움직이고, 숨결이 고르게 퍼지자 아르하드는 그녀가 잠들었다는 것을 알았다.

"……."

아르하드는 손바닥에 턱을 괴고 그 모습을 물끄러미 바라보다 손을 들었다. 뻗을까, 말까. 결국 유혹을 이기지 못하고 손을 뻗어 붉은 머리카락을 제 손가락에 담았다. 길었던 머리가 어깨에 닿을락 말락 한 길이에서 엉망이 되어 있었다. 분을 이기지 못해 잘라 낸 모양이다.

"바보."

아르하드는 어느새 물기가 말라 부드러워진 머리카락을 조심스레, 그러나 강하게 꾹 움켜쥐었다. 손가락 사이에 이아나의 머리카락이 엉켜 있다. 그것만으로도 충분히 만족스러워서 작게 미소 지었다.

"피곤하면 들어가서 자면 될 텐데 못 말리겠군."

자리를 털고 일어난 아르하드가 이아나를 가뿐하게 안아 들었다. 잠에 빠진 이아나의 팔이 축 늘어졌다. 아르하드는 길쭉한 소파에 이아나를 눕히고 담요를 끌어와 그 위에 덮어 주었다. 그리고 자신은 그 옆에 앉았다. 팔꿈치를 무릎에 괴고, 손에 턱을 묻은 채 이아나의 잠든 모습을 또다시 물끄러미 쳐다보았다.

그 철저한 이아나가 외간 남자 앞에서 저도 모르게 잠이 들 정도라니. 안아 들어도 깨지 않을 정도라니. 정말 많이 피곤했던 모양이다.

그럴 수밖에 없다. 닷새 동안 키메라가 쫓아다녀 제대로 잠도 자지 못했을 테고, 저를 피해 다니느라 마음고생을 톡톡히 했을 테니 말이다.

"……."

부드럽게 풀려 있던 아르하드의 입매가 일자로 굳었다. 벽난로의 따스한 불 앞에서도 음영으로 굴곡진 그의 얼굴은 싸늘하기만 했다. 훈훈했던 공기가 겨울의 찬바람이라도 맞은 것처럼 순식간에 냉랭하게 얼어붙었다.

어떻게 잡은 기회인데, 별 같잖은 쓰레기가 감히 저 여자를 위협하고 그를 피해 나닐 짓을 종용한단 말인가.

"자네, 밤부터 분위기가 살벌하더니 역시나 그 아가씨 때문이었군."

"조용히 말씀하십시오."

"이런. 미안하네."

아르하드의 경고에 목소리를 줄인 하인리히가 방문에 어깨를 기대고 섰다.

"무슨 일이 있었지? 가면이 벗겨졌어. 그런 얼굴이면 여자들이 기겁해서 도망갈게야."

"필요 없습니다. 그것보다 케이거스 드미트리의 머리가 필요합니까?"

밥은 먹었냐는 질문을 하는 것처럼 무덤덤한 어조였지만, 뜻을 이해하고 하인리히가 눈을 크게 떴다. 한참이나 할 말을 찾지 못하던 그가 조용히 물었다.

"찾았나? 어떻게?"

"아직 찾은 건 아니지만 이틀 후에 죽일 거라 필요하다면 가져 다드리려고."

"자네가 그렇게 말한다면 확정이로군. 하지만 갑자기 그런 거물을 잡다니…… 그래도 되는 건가?"

"빨리 잡으면 잡을수록 좋습니다. 내버려 뒀다가는 카마트로스의 활동에 지장이 있을 테니까. 그것보다 필요합니까?"

아르하드는 다시 한 번 똑같은 어조로 그에게 물었다.

"산 채로 심장을 뜯어 낼 생각이었지만 필요하다면 베어 드리겠습니다."

"잔인한 말을 정말 아무렇지도 않게 하는구나. ……그런 것, 나는 필요 없다. 에이지라면 필요할지도 모르겠지만."

"그렇군요. 에이지가 진짜로 노리는 건 제가 황제가 되어서 베어 낼 위프헤이머와 바하무트 황족들의 목이지만…… 놈에게도 보통 원한을 가진 게 아닐 테니."

하인리히와 대화를 하면서도 농밀하게 가라앉은 금안은 이아나에게서 떨어질 줄을 몰랐다. 그런 그를 보고 있던 하인리히는 오싹함을 느꼈다. 이제는 섬뜩할 지경이었다.

아르하드는 여태껏 모든 게 부질없다는 태도로 흘러가는 물에 흐름을 맡기고 둥둥 떠다니듯 살아왔다. 아주 어린아이일 적, 하인리히가 너는 황제가 되어야 하고, 그러니 숨어 살아야 한다고 말했을 때도 아무런 의문 없이 수긍하며 탑에 저 알아서 갇혀 살았다. 에이지가 찾아와 바하무트 황실을 모두 죽여 달라고 했을 때도 아무런 감흥 없이 고개를 끄덕였을 뿐이다. 당연하다는 것처럼. 미래를 알고 있는 사람처럼.

그런데 그가 이아나라는 소녀를 만나고 나서 돌변했다.

"자네는 무엇을 하고 싶은 건가?"

아르하드 로이긴. 그의 겉껍질 안에 있을 존재는 아직도 의식하면 두렵기만 했지만 이제는 조금 익숙해졌다. 그래서 하인리히는 이따금 이런 질문을 던지곤 했다. 궁금했다. 그는 어떤 것에도 관심을 보이지 않으며 상황에 순응하며 살아가고 있었다. 그는 무엇을 위해 살고 있는 걸까?

단순히 파편을 모두 모으기 위해서? 아니면…….

"정말 황제가 되고 싶은 건가?"

지금처럼 살아가면 그가 도착할 종착지는 황제의 자리밖에 없었다. 내심 황제가 되고 싶은 게 아닐까 싶어 하인리히는 종종 물었다. 그리고 아르하드는 언제나 대답해 주지 않았다.

"아니요."

그러나 오늘은 달랐다. 하인리히는 되돌아온 대답에 놀라 눈을 크게 떴다.

툭.

이아나가 뒤척거리자 담요가 떨어졌다. 자리에서 일어난 아르하드가 조심스럽게 다시 담요를 덮어 주고는 곤히 잠든 이아나의 뺨을 손등으로 살짝 건드렸다. 그럼에도 잠든 그녀는 미동도 없다. 비싼 귀중품에 욕심을 내는 도둑처럼, 아르하드의 손이 이아나의 뺨을 감쌌다. 아르하드는 제 손에 닿은 감촉에 만족했다.

"딱히 되고 싶은 건 아니지만 이 여자가 겨우 제 옆에 있는 것으로 만족할 여자가 아니라는 걸 알고 있으니 황제가 되려는 겁니다. 재미없고 부질없는 자리지만……."

즉 이아나 때문에 황제가 되겠다는 것?

황제의 길을 걷기 시작한 건 이아나를 만나기 한참 전이건만 마치 그녀를 위해 그러한 결정을 내린 것처럼 말하는 아르하드를 보고 하인리히는 어이가 없어 입을 벌렸다.

"……자네를 보고 있자면 이 세상은 온통 장난감투성이 같아. 이아나 양을 제외하고는. 저 소녀는 대체 자네에게 어떤 의미란 말인가?"

"말해 봤자 이해할 수 없을 겁니다."

"나는 사람을 아주 많이 봐 왔지만 자네만큼은 무슨 생각을 하고 있는지 도통 모르겠네. 역시 악마는…… 인간과는 다른 건가?"

"그럴지도."

아르하드는 웃었다.

이아나는 아침부터 심기가 불편했다.

쑥덕쑥덕.

아르하드가 학술원 수업은 빠지지 말라며 신신당부했기 때문에 결국 거칠게 빠져나올 때와는 달리 힘없이 기숙사로 돌아가 교복을 입고 수업에 참여할 수밖에 없었다. 그런데 쳐다보는 눈들이 아주 요상했다.

"어젯밤에……."

"응, 응. 나도 봤어."

"대박."

시작은 오늘 아침 방에서 마주한 프리실라부터였다.

프리실라는 사실 이아나가 마귀 같은 표정으로 머리를 자르고 짐을 쌀 때 깨어 있었다. 잡고 싶었지만 잡지 못했다. 이아나가 쓰레기통에 던져 놓은 머리카락을 꼭 껴안고 모든 것을 다 잃은 표정으로 밤을 지새우다가, 오늘 아침 다소 평온한 얼굴로 돌아온 이아나를 보고 나서야 겨우 안심했다.

이아나는 머리가 이렇게 돼서 미안하다고 사과했지만 프리실라는 고개를 휙휙 저었다. 자신의 뮤즈는 짧은 머리도 예뻤다. 그런데…… 그런데……. 사랑싸움이었구나.

이아나의 머리카락을 예쁜 단발로 다듬어 주고 난 후, 그녀가 어제 나갔을 때와는 다른 옷차림을 하고 온 것에 초점을 둔 프리실라는 이상한 상상을 한다는 게 눈에 보일 정도로 촉촉이 젖은 눈동자를 했다.

"이아나 양……. 결국. 아아, 나의 아름다운 이아나 양이……."

"무슨 생각을 하는 겁니까."

"괜찮아요. 나에게는 숨기지 않아도 돼요. 다 알아요, 응."

"헛소리를……."

"아프지 않아요?"

이아나는 결국 프리실라를 무시하고 문을 박차고 나왔다. 이아나의 나이 열여섯, 물론 이 나이에 결혼하는 소녀들이 없는 건 아니다. 어린 나이에 사내와 관계를 가지는 여인들 또한 없는 건 아니다. 게다가 그녀는 정신만큼은 마흔 넘게 살아온 성인이었다. 하지만 그렇다 하더라도 못 하는 말이 없다.

그런데 프리실라가 끝이 아니었다.

"결혼하실 거예요? 소문이 파다하던데."

리키젠은 오랜만에 보는 주제에 갑자기 검술학부에 쳐들어와서 하는 소리가 이 소리였다.

"무슨 소문."

"이아나 님이 야밤에 짐 싸서 아르하드 님이랑 꼭 끌어안고 사라졌다는 소…… 꽥."

이아나는 결국 참지 못하고 리키젠의 뒤통수를 손바닥으로 딱 때렸다.

"아, 정말! 저만 보면 뒤통수 때리실 겁니까?"

"너는 치고 싶게 생겼어."

"아씨."

"아무 일 없었으니 그에 대해 한 번 더 언급했다간 한동안 음식을 씹지 못할 줄 알아라."

"폭력배……."

불만스레 뒤통수를 몇 번 문지르던 리키젠은 이아나의 주먹에 핏줄이 서는 것을 보고 입을 다물었다. 그리고 그녀를 조심스레 살폈다. 이아나는 평소의 냉랭한 표정을 깨고 수치스러움으로 뺨 언저리를 붉히고 있었는데, 온몸에서 살벌한 살기가 스멀스멀 새어 나오는 것이 몹시 불쾌해 보였다.

"어떻게 그따위 소문이……."

"그런데 정말 무슨 일이에요? 어제 복도에서 이아나 님이 아르하드 님이랑 한바탕하고 나서 아르하드 님이 여자 기숙사 앞에서 거의 반나절 동안 기다렸다면서요? 그런데 야심한 밤에 심하게 말싸움을 하는가 싶더니, 서로를 부둥켜안고 있다가 어디론가 사라지는 바람에 역시 사랑싸움을 한 후 뜨겁게 화해한 게 아니냐는 말이……."

"닥쳐."

들으면 들을수록 태산이었다. 확실히, 오해를 살 만한 행동이긴 했지만 아무리 그렇다 하더라도 어떻게 그와 저 사이에 그런 외설스러운 소문이 돌 수 있단 말인가. 또 사람들은 그 시간에 잠이나 잘 것이지 창밖은 왜 보고 있었는지…….

이아나는 지끈거리는 이마에 손을 짚었다.

"너는 왜 그렇게 남의 일에 대해 아는 게 많지?"

"애들 떠드는 거 듣고 있으면 다 알게 되어 있어요. 그러니까 제가 알고 있을 정도면 다른 애들도 다 그 소문을 알고 있단 말이죠."

그 뒤로도 흘끔거리는 시선들이 이어졌고 이아나의 불쾌지수는 점점 높아졌다. 평소 같았으면 씨알도 안 먹히는 헛소문에 반응하지도 않았을 것이다. 학기 초 불미스러운 소문들에 휘말려 욕을 바가지로 들어먹을 때도 아무렇지 않았다. 그런데 지금은 너무 화가 났다.

빠자자자작—! 퍼억!

"히익!"

경악성이 터졌다. 수련 도중 이아나가 목검으로 허수아비의 목을 박살내다 못해 허수아비의 머리를 자신을 힐끔거리며 수군거리고 있던 곳에 날려 버렸기 때문이다.

허수아비의 목이 얼굴 옆을 바로 스쳐 지나가다 못해 벽에 거세게 처박히기까지 하는 걸 보고 소문을 주제로 이야기하고 있던 사람들이 아연실색했다. 허수아비의 머리 다음에는 살벌하다 못해 죽일 듯한 시선이 얼굴을 쑤셔 버릴 듯 꽂히자 그들은 어색한 웃음을 지으며 뿔뿔이 흩어졌다.

이아나는 목검을 내팽개치고 수련장을 빠져나왔다.

그의 라이벌이나 동료로 여겨지는 게 아니라 남자에 정신 팔려 밤을 지새운 여자 따위로 전락한 꼴이 한심했다. 안 그래도 어제 이후로 좋지 않던 기분이 바닥으로 처박히는 것 같았다. 마음 같아서는 헛소문을 퍼뜨리고 다니는 인간들의 입에 목검을 처박아 입을 함부로 놀리지 못하게 싶었다.

아르하드가 걱정된다면서 이틀간은 기숙사에서 잠을 자지 말고 탑에서 오라고 했기 때문에 수업을 마치자마자 바로 탑으로 향한 이아나는 입구에서 그녀를 기다리고 있던 아르하드와 마주쳤다. 그는 딱 봐도 분노의 가시가 잔뜩 돋쳐 있는 이아나를 보고 곤란한 표정을 하더니 손으로 얼굴을 짚었다.

"다 나 때문이다. 내가 어제는 너무 당황해서 제정신이 아니었어. 주변을 못 봤어."

"……."

이아나가 빤히 쳐다볼 뿐 말이 없자 눈치를 살피던 아르하드의 얼굴이 새빨개졌다.

"미안."

"당신이 잘못한 게 아닙니다. 왜 사과를 하시죠."

이아나는 아르하드가 아주 붉은 얼굴을 한 채 미안해서 어쩔 줄을 몰라 하자 미간의 주름을 펴고 한숨을 내쉬었다. 그가 사과하는 것도 마음에 들지 않는 건 마찬가지였다. 버림받은 개처럼 불안해서 온종일 기숙사 앞에서 기다렸을 뿐인 이 남자가 죽을죄를 진 사람처럼 굴 이유가 대체 뭐가 있단 말인가? 애초에 행동의 빌미는 자신이 제공했다.

이 남자는 정말 멍청이인가? 얼굴은 또 왜 붉힌단 말인가? 속이 부글부글 끓어서 사고방식이 비뚤어져 있던 이아나는 제가 모시고자 하는 이에게 품기엔 아주 불경한 생각을 한 번 하고는 마음을 다잡았다.

그래, 어이없는 소문은 무시하는 게 답이다. 평소처럼 굴면 헛소문도 알아서 사그라질 것이다. 그리 생각하니 속이 한결 편해졌다.

평소의 얼굴로 돌아온 이아나가 주변을 휘휘 둘러보았다.

"키메라는 주변에 없겠죠."

"그래."

"대화를 좀 하시죠."

탑의 꼭대기 층에 도착한 이아나는 아르하드를 따라 들어가며 방문을 닫았다. 아르하드는 벽에 기대서서 이아나를 보았다.

"밤에 대화를 제대로 못했는데…… 케이거스, 어찌하실 겁니까? 내일 밤입니다."

"너는 어찌할 생각이었는데."

"약속장소에 나온 게 놈이라면 바로 목을 베어 죽이고, 키메라라면 순순히 따라가서 놈이 모습을 드러내는 순간에 바로 죽일 생각이었습니다."

"케이거스는 아주 철저하고 조심스러운 놈이다. 만약 약속장소에 나온다 하더라도 수십, 수백 마리의 키메라와 함께 올 거고, 나온 게 키메라라면 너에게 약을 쓰든 기절을 시키든 무슨 술수를 부려서 제가 있는 장소에 데려가려 하겠지."

일리가 있었다. 이아나는 고개를 떨어뜨린 채 발끝을 보았다.

"그 상황에서 몸은 뺀다 하더라도, 그자가 화가 나 학술원을 뒤지기 시작했으면 일이 더 커졌겠군요. 확실히 제가 어제는 제정신이 아니었습니다. 죽여 버리겠다는 일차원적인 생각만 했습니다……."

어째 갈수록 한심해진다. 이아나는 고개를 푸르르 저었다.

"혼자서 미친 망아지처럼 날뛰다가 더 큰 폐를 끼칠 뻔했습니다. 어제 저를 잡아 주셔서 감사하고, 신경 쓰시게 해서 죄송합니다. 다시는 이런 일이 없도록 하겠습니다."

생각하기 시작하면 끝도 없다. 일단 잘못한 건 잘못한 거고, 이제 다시는 실수를 하지 않으면 된다. 정말로, 다시는. 절대로! 매사에 경계하고, 자만하지 않으며, 언제나 아르하드를 상대하듯 최선을 다해 적을 마주하리라.

이아나는 불편한 자괴감을 마음 한편에 밀어 넣어 두었다. 그리고 스스로를 각오로 활활 불태우며 주먹을 꽉 움켜쥐었다.

그런 이아나를 물끄러미 보던 아르하드가 후— 하고 작게 한숨을 내쉬었다.

"네가 좀 더 무능하면 좋을 텐데."

"예?"

이아나는 농담으로 받아들이고 픽 웃었다.

"이상한 소리를."

"아무튼 걱정하지 말고. 너는 약속장소에 나가면 돼. 내가 너를 몰래 뒤따를 테니까."

그날 하루, 키메라는 이아나의 기감에 한 마리도 잡히지 않았다. 이아나가 무언가를 했냐며 아르하드에게 물었지만 그는 '알게 된 이상 가만있을 수는 없지.'라며 웃을 뿐이었다.

케이거스가 나오라고 한 밤이 되었다. 이아나와 아르하드는 검은 로브를 뒤집어쓰고 탑을 나섰다. 이아나가 로브로 몸을 꼭꼭 싸매며 물었다.

"행동지침이 있습니까?"

"목표는 케이거스의 죽음이지만 별다른 행동지침은 없다. 그냥 케이거스가 본체를 드러내게만 하면 돼. 하지만 네게 약을 쓰려 하거든 그냥 몸을 빼라."

"알겠습니다."

"난 지금부터 너를 뒤따를 테니 너부터 가."

아르하드가 어둠에 녹듯 모습을 감추었다.

이아나는 사박사박 걸으면서 뒤를 흘끔 돌아보았다. 바람이 불고 마른 잎사귀가 사각거리며 바닥에 굴러다녔지만 인기척은 느껴지지 않는다. 물론 기감을 극대화한다면 무엇이 있다고 느낄 수는 있겠지만…… 역시 대단한 남자였다.

이아나는 빠르게 발을 놀렸다. 아르하드가 뒤에 있다는 사실에 어느 정도 마음이 편해졌다. 이런 마음가짐이 딱히 마음에 드는 건 아니지만 안심이 되는 건 사실이다. 그는 이아나가 인정한 최고의 실력자이기 때문이다.

도착한 숲에서는 인간형 키메라가 기다리고 있었다. 키메라는 케이거스의 감정을 반영한 듯 부리부리한 눈빛으로 이아나를 노려보았다.

─무슨 술수를 부린 거냐.

"갑자기 무슨 헛소리지?"

─왜 내 키메라들이 학술원의 벽을 넘자마자 다 터져서 죽느냐고!

아르하드가 학술원에 들어오는 키메라의 기척이 느껴질 때마다 죽인 모양이다. 원거리에 있었을 키메라들을 제거하다니 아르하드는 마법에도 일가견이 있는 걸까?

하긴, 마나는 악마의 파편 혜택자들을 수족처럼 따른다고 하였다. 못 할 것도 없었다.

이아나는 순간 울컥했다가 그런 스스로가 싫어 고개를 획획 저었다. 키메라가 이상한 눈초리로 쳐다보자 이아나는 입 한쪽을 말아 올려 케이거스를 비웃었다.

"나는 모르는 일. 뭔지는 몰라도 꼴좋군."

케이거스는 신경질적으로 혼자서 주절거렸다.

─역시 하인리히 그 작자가 무슨 수를 쓴 게로군. 망할 놈, 늘 스승님의 앞길을 가로막는 것도 모자라 내 귀여운 키메라들까지 죽여? 게다가 이런 재밌는 실험체를 저 혼자 독차지하고 있었다니! 빌어먹을 자식. 언젠가는 갈기갈기 찢어죽일 테다.

케이거스는 하인리히에게 원한이 있는 듯 한참이나 중얼거리다가 이아나와 눈을 마주쳤다. 주변을 한 번 살피고, 그녀를 한 번씩 훑어보고는 헤벌쭉 웃었다.

─그나저나 역시 최고의 실험체야. 보기만 해도 두근거리는군. 직접 보면 어떨지. 이제 너는 내 거다. 아무도 못 줘. 크크.

이아나의 눈썹이 꿈틀거렸다. 푸르뎅뎅한 손이 정체불명의 검은 액체가 든 병을 내밀었다.

─크크크. 자아, 이 약을 마셔라.

"꺼져."

이아나는 약을 손으로 세게 쳐서 떨어뜨렸다. 병이 데굴데굴 굴렀다.

퍼억!

키메라가 예상치 못한 상황에 놀라서 딱 굳어 있는데 이아나가 키메라의 가슴을 있는 힘껏 발로 걷어찼다. 키메라의 충격이 마법사에게는 영향을 주지 못하는지 가슴뼈가 으깨지는 와중에도 키메라는 신경질적으로 소리를 질렀다.

-뭐냐!

이아나는 널브러진 키메라에게 다가가 얼굴 위에 발을 올렸다. 부츠의 굽으로 얼굴을 비벼 짓이겼다. 키메라의 얼굴이 찌그러지는 모습을 보며 이아나는 눈을 휘어 웃었다.

"내가 워낙 자존심이 세서 말이야. 오늘 온 건 나를 이렇게까지 몰아간 네놈의 면상 한번 보러 온 것뿐이다."

-……

"내가 실험체가 된다고 해서 네놈이 내 조직에 어떤 위해도 끼치지 않는다고 어떻게 믿지? 어차피 들킨 것, 나는 카마트로스에서 나왔고 카마트로스는 이제 나와 상관없어. 학술원에 뭐가 있냐고? 난 나 때문에 다른 이들에게 피해를 주고 싶지 않았을 뿐이야. 한번 뒤져 보지 그래? 그리고 하인리히? 학장님과 넌 적대 관계인 모양인데, 그분이 가만있을까? 너보다 훨씬 대단한 분인데."

-뭐……!

순간 분노로 고함을 지르려던 키메라가 입을 꾹 다물더니 입꼬리를 올려 기괴하게 웃었다.

-크크. 마음대로 지껄여 봐라. 좋아, 내일 당장 네가 친하게 지내 온 모든 이들을 죽여 주마!

"그러든가. 딱히 유대감은 없으니."

한 치의 거짓도 없는 진실을 말하듯 떨림 하나 없는 그녀의 말에 키메라는 당황한 눈초리다. 이아나는 감정을 감추며 담담한 태도를 일관했다. 약점을 감추고 역으로 협박할 때는 정말로 아무렇지도 않다는 태도가 중요했다.

－허세는 훌륭하군!

"입만 산 놈은 너다. 난 분명 내일 죽이라고 했다."

－내, 내 실험체가 되지 않는다면 로베르슈타인 가문을 멸문시켜 버릴 테다!

"그러라지. 그 빌어먹을 가문을 네가 알아서 치워 준다니 고마울 노릇이다. 내 과거는 안 알아봤나?"

케이거스는 말문이 막힌 듯 말을 잇지 못했다.

"내가 지금 눈에 뵈는 게 있을 것 같나?"

키메라의 얼굴을 짓밟은 다리에 힘이 들어갔다. 터지지는 않을 정도로, 그러나 찌그러질 정도로 구겨 밟으면서 이아나는 입가에서 미소를 지웠다. 살벌한 살기가 몰아쳤다.

"나를 감히 협박해……? 네놈 때문에 스트레스 받은 걸 생각하면 자다가도 검을 휘두를 정도야. 난 네놈을 죽이기 위해 오늘 모든 걸 버리기로 했다. 네놈이 내 인생을 망쳤으니 앞으로 무슨 수를 써서라도 네놈만큼은 죽이고 말 터!"

－…….

"그런데 이 개새끼가. 감히 나를 실험체로 삼으려 하는 주제에 키메라 하나만 보내?"

정말로 화가 났다. 얼마나 무시했으면, 제 약점을 잡았다고 얼마나 회회낙락했으면…….

이때까지 받았던 스트레스가 이성의 끈을 끊으려고 하고 있었다. 하지만 간신히 붙잡고 당장에라도 키메라를 난도질하고픈 마음을 가라앉힌 이아나가 발로 얼굴을 꾹꾹 밀었다.

"기대했던 나만 우습게 됐어. 하긴, 나 같은 어린 여자 하나를 직접 상대도 못 할 만큼 늙어빠진 쭈그렁탱이에 약골인 네가 어찌 앞에 나서겠나? 뒤에 쥐새끼처럼 숨어서 낄낄대는 것밖에 못 하겠지. 그런데 네놈이 그렇게 자랑하는 키메라들은 나 하나도 어쩌지 못하는 쓰레기들인가? 이렇게 내 발밑에서 찌그러져 있을 정도로 말이야. 악취만 나는 구정물 쓰레기. 응?"

키메라의 얼굴이 일그러졌다.

"허접해. 최하급 중에서도 최하급의 싸구려로구나. 아이가 쌓은 둥근 흙더미보다 비루하다. 추잡하고 불결한 너 같은 놈이 대마법사의 반열에 들어 있는 게 믿기지 않아. 마법의 추악함이 단연 으뜸이라 올려 준 게 아닌가?"

이아나가 키메라를 내려다보며 기분 나쁘게 비웃었다.

"사람들이 설마 이 쓰레기더러 대단하다고 하진 않았겠지. 내 발밑에 깔려서 벌레처럼 꿈틀거리는 이 쓰레기가 대체 뭔데? 움직이는 쓰레기? 오, 놀라워라."

자랑스러워하는 키메라들과 그의 드높은 자존감에 이아나의 악담과 조롱이 거센 비바람처럼 몰아치자 케이거스가 감정 조절을 하지 못하고 분노로 부들부들 떨었다.

―이년…… 좋다! 내가 직접 네 머리채를 잡고 실험실로 끌고 가는 것도 괜찮을 성싶구나!

주변에 마나가 휘몰아치자 공기의 흐름도 덩달아 빨라졌다. 이아나는 앞에서 휘몰아치는 바람 때문에 먼지와 흙이 튀자 인상을 찌푸리며 손등으로 눈가를 가렸다.

"빌어먹을 년. 주둥아리부터 틀어막아 주마."

케이거스 드미트리는 왜소한 체격의 남자였다. 코 밑에 난 갈색의 염소수염과 얍삽하게 삐쩍 마른 얼굴은 쥐새끼를 연상시켰다. 온종일 골방에 처박혀 있을 법한 인상이었다.

—끼이이이!

—그어어!

케이거스의 주변에는 추악하게 생긴 키메라 수십 마리가 득실거렸다. 블랙폭시의 아지트에서 본 키메라들과는 확실히 느낌이 달랐다. 대형 키메라도 있고 인간형 키메라들도 있었는데, 인간형의 경우 검까지 쥐고 있었다.

키메라들은 침을 뚜욱 뚝 흘렸다. 침이 닿은 어린 잔디들은 파르르 한 번 떨고 독기에 시들어 갔다. 썩어 가는 음식물 쓰레기처럼 고약한 냄새가 숲 전체를 오염시켰다.

"저 계집을 잡아와라!"

케이거스가 이아나를 가리키자 키메라들이 슬금슬금 다가가기 시작했다. 악취가 바람을 타고 흘러들어 오자 이아나는 눈살을 찌푸리며 소매로 코를 막았다. 케이거스 드미트리를 폄하하긴 했으나 마법 실력 자체는 훌륭했다. 텔레포트는 정말 최상급 중에서도 최상급의 마법인데 자신뿐만 아니라 대량의 키메라까지 함께 이동시켰다. 악마의 파편 덕분일까?

하지만 상대 못 할 것도 없다. 이제껏 아르하드도 일대일로 상대해 온 자신이었다. 이아나는 검을 뽑아 달려드는 키메라들을 향해 겨눴다.

"방심……."

이아나는 중얼거렸다. 이 모든 게 방심이 문제였다. 그때도 정신만 똑바로 차리고 키메라를 어떤 변수를 만들어 낼지 모를 대적으로 생각했다면 피가 몸에 튀는 일은 없었을 거다.

이아나의 눈썹이 거꾸로 솟은 산처럼 날렵하게 휘었다.

쿠과과과…….

검 주변에 마나가 폭풍처럼 몰려들어 투명한 검기로 압축되었다. 그리고 기름에 불이 붙듯 순식간에 붉어진 검기는 모든 것을 집어삼킬 듯한 기세를 뿜어내며 공기를 빳빳하게 긴장시켰다.

-크왕!

긴장의 끈이 한 키메라의 울음소리로 끊어지는 순간, 검에서 검기가 폭발적으로 터져 나왔다. 달려들던 키메라들에게 그대로 쏟아진 검기는 키메라가 이아나의 근처에 오기도 전에 그들을 고깃덩이로 난도질했다. 키메라들이 접근하기 전에 그 숨통을 끊어 놓는다면 피에 맞을 염려도 없었다.

이아나가 붉은 검기를 인정사정 볼 것 없이 날려 대고 있는데 멀리서 거친 숨소리가 귀를 더럽혔다. 얼굴이 벌게진 채 왼쪽 가슴의 옷자락을 쥐고 숨을 헉헉 몰아쉬는 케이거스의 상태가 영 이상했다.

"직접 보니 더해. 정말 멋지다. 심장이 아주 미친 것처럼 날뛰어 대는군! 으하하하! 너를 이 손으로 해부하면 얼마나 즐거울까?"

"미친 놈."

"파편이 없는데도 마나를 이 정도로 제어하는 데다 내 심장을 뛰게 만드는 넌 일반인과는 뭔가가 다른 게 분명해……! 크크크크. 하지만 마나 제어는 내가 한 수 위!"

쩌엉!

공기가 얼어붙는 굉음이 터졌다. 케이거스의 주변에서 거대한 원뿔형의 고드름이 하나, 둘…… 수십 개가 생성되는 모습은 기이했다.

이아나는 고드름을 베어 낼 생각으로 검을 두 손으로 다잡았다. 그때, 소스라치게 놀란 이아나가 제 검을 보았다.

"마나는 내 말을 따를 수밖에 없다. 네가 아무리 마나 제어를 잘한다고 해도 주인의 일부를 가진 자의 명령을 거역할 수 없는 법이지!"

이아나는 검기에서 마나가 조금씩 이탈하는 것을 보고 인상을 확 찌푸렸다.

'이미 제어당하고 있는 마나를 빼앗아 가?'

악마의 파편 혜택자는 상대방이 제어하는 마나도 쉽게 빼앗을 수 있나 보다. 악마의 기운인 건 알고 있음에도, 마치 제 것을 빼앗기는 듯한 그 기분 나쁜 감각을 이아나는 현재 몸소 체험하고 있었다.

마나는 케이거스에게 계속해서 흘러들어 갔다. 이아나가 검기 형성에 집중하자 갈팡질팡 어쩔 줄을 몰라 하던 마나의 일부는 떠나고 일부는 곁에 머물렀다. 완전히 붉게 물든 마나는 검에 계속해서 달라붙어 있었다. 이아나는 제 검을 보았다. 검기의 밀도가 확연히 줄었다.

"대단한 년."

케이거스의 표정이 약간 굳어졌다.

"파편도 가지고 있지 않은 주제에 이 정도라니…… 쉽지 않겠어."

그리고 이아나는 이 순간, 어떤 사실 한 가지를 깨달았다.

심장이 쿵 하고 내려앉았다. 둑이 터져 강물이 범람하듯 생각하지 않으려 했던 생각들이 머릿속의 다른 모든 생각들을 익사시켰다. 그녀가 마음 한편에 밀어 두었던 감정이 물밀듯이 심장으로 차올랐다. 머리에 번개를 맞은 것과 같은 깨달음이었다.

아, 그랬구나.

회귀 전의 그는 단 한 번도 전력으로 싸워 본 적 없어.

당연히 이기는 싸움에 놀아 주듯 어울려 주었을 뿐이다.

그리고 지금도.

이아나의 검에서 검기가 사라졌다.

"뭐냐, 갑자기! 하하! 포기라도 한 거냐!"

검을 축 늘어뜨린 이아나를 보며 케이거스는 눈에 띄게 안심하며 즐겁게 웃었다.

"병신. 웃지 마."

갑자기 뒤에서 터져 나온 싸늘한 목소리에 케이거스가 흠칫 놀라 뒤를 돌아보았다.

퍼어어어어어어억!

"……!"

그리고 그대로 뻗어져 나온 커다란 갈퀴 같은 손에 얼굴을 붙잡혀 나무줄기에 뒤통수부터 거세게 부딪쳤다. 얼마나 세게 부딪쳤는지 마른 나무줄기에 붉은 피가 묻어날 정도였다.

케이거스는 뒤통수가 깨진 충격에 처음에는 아무 말도 하지 못하고 부르르 떨었다. 얼마 지나지 않아 으어, 으어어 하고 괴이한 신음을 흘렸다.

"끄아아아악!"

그 후에는 목청이 찢어지도록 비명을 지르기 시작했다. 발이 땅에 닿지 않아 허공에서 발버둥을 쳤다. 생전 처음 겪어 보는 고통이었다.

이아나는 어두운 표정으로 고개를 들었다. 상황을 지켜보던 아르하드가 마침내 나섰다. 그는 케이거스의 얼굴을 잡고 발악을 감상했다.

주변에서 키메라들이 아르하드에게 크르렁거리며 덤벼들었지만 발을 바닥에서 떼자마자 모조리 터져 나갔다. 우물쭈물하다가 도망가려는 키메라들도 하나둘 찌부러지거나 터져서 바닥에 널브러졌다.

"아아악!"

케이거스는 비명을 질렀다. 얼굴뼈가 으스러질 것 같았다. 제 얼굴을 잡아챈 손목을 잡고 비틀어 보려 했지만 늙은 힘이 감당하기엔 불가능했다. 얼굴을 잡힌 손의 악력이 너무 셌다.

아르하드는 아파서 계속해서 비명을 지르는 케이거스의 귓가에 대고 친절하게 속삭였다.

"안녕하신가. 버러지."

아르하드의 손에 힘줄이 서고, 마디는 굵어졌다. 금안은 눈앞의 케이거스를 향한 살기로 뚝뚝 흘러내렸다.

"끄악, 아아악! 아파아악! 놔아아악!"

"우습군. 겨우 손목 하나 비틀지 못하는 늙은 놈이."

아르하드는 케이거스의 머리를 놓아주었다. 케이거스는 피가 쏠려 벌게진 눈으로 아픈 얼굴을 부여잡고 신음을 흘렸다.

"감히 저 여자를 위협하고. 실험체로 삼는다는 말을 입에 담고……."

아르하드는 고통으로 덜덜 떠는 늙은 케이거스를 꿈틀거리는 구더기를 보는 것처럼 혐오스럽게 내려다보며 싸늘히 말했다.

"네놈의 주둥아리에 저 여자의 이름이 오갔다는 것 자체가 미치도록 불쾌해. 운 좋게 파편을 손에 넣은 쓰레기가."

"네, 네놈은 뭐야. *끄*윽, 커헉."

"네 눈에는 내가 뭐로 보이지?"

케이거스는 주저앉은 채 컥컥거리며 위쪽을 보았다. 눈물로 인해 앞이 잘 보이지 않았지만 이아나에게 홀딱 빠져 있던 정신이 고통으로 되돌아오자 동류를 마주칠 때마다 느꼈던 익숙한 심장의 울림으로 인하여 알 수 있었다.

"네놈……! 악마의 파편을 가지고 있구나!"

케이거스는 조금 선명해진 눈으로 그림자 속에서 아르하드를 올려다보았다. 하늘에 떠 있는 달처럼 둥글고 노란 두 동공을 마주했다. 눈이 초승달로 휘어졌다.

"그뿐인가? 난 바하무트의 피를 이은 사생아인데."

"허억!"

케이거스는 기겁했다.

"네, 네 녀석이 바로 피를 훔쳐간! 히익!"

케이거스가 벌떡 일어나 도망쳤다. 헐레벌떡 텔레포트를 시전하자 주변의 마나가 요동쳤다.

아르하드는 피식 웃더니 전혀 급하지 않은 몸짓으로 케이거스의 등 뒤로 손을 뻗었다. 그러자 케이거스를 감싸던 마나가 순식간에 흩어졌다. 케이거스의 눈이 경악으로 물드는 순간이었다.

파악!

"아아아아아아악!"

"훔쳐갔다니? 무단으로 쓰고 있는 건 너와 놈들이다."

케이거스가 끔찍한 비명을 지르며 넘어지더니 두 손으로 눈을 감싸고 발버둥 쳤다. 그의 손가락 사이사이로 붉은 피가 주르륵 떨어졌다.

"으윽, 흑."

케이거스의 두 안구가 터져 나갔다. 텅 빈 안와에서는 피와 안구였던 것의 찌꺼기가 진물처럼 흘러 내렸다. 아르하드가 꽉 쥐었던 주먹을 펼친 후 발을 앞으로 내딛었다.

"다시 한 번 묻지."

풀이 발에 밟히면서 내지르는 비명소리가 점점 다가오자 케이거스는 엄청난 공포에 질렸다. 방향감각을 잃고 손으로 땅을 이리저리 짚으면서 허우적거리다가, 멈칫했다.

"내가 뭐로 보이나."

뭘까, 저것은.

케이거스는 덜덜 떨었다. 온통 암흑인데, 분명 눈이 터져서 아무것도 안 보여야 하는데, 뭔가가 보였다. 아주 밝디밝은 황금빛이다. 그리고 자신의 심장이 저 황금빛에 공명하여 터질 듯이 뛰고 있었다. 처음 겪어 보는 현상이었다. 바하무트 황족을 앞에 뒀을 때도 이런 기분을 느껴 본 적이 없었다.

그 순간 케이거스의 주변에 어둠이 더욱 무겁게 내려앉았다. 실제로는 그저 모든 이에게 동등한 밤의 어둠이 그의 주변에 스쳐 지나갔을 뿐이지만, 그의 시야에는 칠흑 같은 어둠 속에서 빛나는 한 쌍의 거대한 눈밖에 보이지 않았다.

두근.

두근.

저것이 대체 무엇일까. 저 황금빛으로 가득한…… 괴물의 눈은.

케이거스의 얼굴에서 혈관이 울긋불긋하게 솟았다. 케이거스의 앞에 서 있던 아르하드가 천천히 무릎을 굽히고 앉았다.

"그륵, 극."

"탐하는 건 어쩔 수 없지. 그것이 본성이니. 하지만 돌려줘야겠어."

아르하드의 손이 그대로 케이거스의 심장으로 파고들었다.

푸우우우욱!

"커억!"

케이거스가 면전에서 단말마를 내뱉었다. 그러나 아르하드의 시선은 흔들림 없이 냉혹하기만 했다. 당연한 행위를 하고 있다는 것처럼 표정에는 조금의 뒤틀림도 없었다.

흥분인지, 공포인지, 환영인지 모를 과격한 감정에 미친 듯이 펄떡대며 뛰어 대는 케이거스의 심장을 아르하드의 손이 움켜쥐었다. 그리고 그의 손에서 심장이 터져 나갔다.

우우웅—

"……."

아르하드의 금안이 소름 끼치게 번뜩이고 그의 팔 주변에서 이상한 문양들이 금빛으로 두둥실 떠올랐다. 문양들은 서로서로 얽히고 얽혀 기하학적인 금빛의 마법진의 형태를 만들어 냈다. 밤하늘의 빛처럼 은은한 빛을 내뿜는 그것은 마나를 빨아들이기도 했고 토해 내기도 했다. 마나의 바람이 아르하드의 팔로 휘몰아쳤다.

팔에 혈관이라는 혈관은 모조리 도드라져 꿈틀거렸다. 아르하드의 얼굴 곳곳에도 굵은 핏줄이 돋아 올랐다. 무언가를 혈관을 통해 빨아들이는 모습이다.

입가에서 핏줄기가 주르륵 하고 흘러내리는 순간 금색의 마법 진이 깨졌고, 마나가 사방으로 터져 나가며 키메라와 케이거스의 피 냄새가 묻은 바람 또한 불어 나갔다.

아르하드는 제 손을 케이거스의 왼쪽 가슴에서 뽑아냈다.

화르륵!

케이거스의 왼쪽 가슴에서 검은 불이 피어났다. 따스한 빛이 아니라 주변을 더욱 어둡게 만드는 검은 안개가 뿜어져 나왔다. 검은 불은 순식간에 케이거스의 몸을 덮더니 사라져 버렸다. 그렇게 순식간에 케이거스를 태워 버리고 사라진 불꽃은 흔적조차 남기지 않았다. 마치 케이거스라는 인간은 존재하지 않았던 것처럼.

"가자."

아르하드는 우두커니 서 있는 이아나의 팔을 피가 묻지 않은 손으로 붙잡아 당겼다. 그들은 참혹한 살생으로 난장판이 된 장소를 벗어나 피 냄새가 나지 않는 숲에 이르렀다. 그곳에는 깨끗한 시냇물이 졸졸 흐르고 있었다.

아르하드는 이아나를 주변의 바위에 앉혀 놓고 손을 깨끗하게 씻었다.

"후……."

손을 씻고 다가온 아르하드는 로브를 벗었다. 드러난 그의 얼굴은 굳어 있었다.

"왜 갑자기 검기를 없앴지? 지켜보고 있다가 정말 놀랐어. 위험했잖아."

"……왜 그랬을 것 같습니까."

고개를 숙인 이아나의 목소리는 어두웠다. 아르하드는 말없이 이아나를 응시하며 말을 기다렸다. 그러다 이아나의 로브 위로 물기 한 방울이 떨어지자 흠칫 놀라 어깨를 들썩였다. 설마.

"울······어?"

아르하드는 이아나의 앞에 조심스레 주저앉았다. 그렇게 올려다 본 이아나의 눈가에는 눈물이 방울방울 맺혀 있었다.

저 여자의 피는 파란색일 게 분명하다는 소리를 들어올 정도로 좀처럼, 아니 평생토록 어릴 적을 제외하곤 눈물 한번 흘려 본 적 없었던 이아나였다. 소중한 부하가 죽을 때도, 심지어는 죽임을 당할 때조차 울지 않았다. 어미인 르보니에게 널 죽이고 싶다는 소리를 들었을 때조차 억울한 눈물 한 방울만 흘리고 말았다. 그런데 그 이아나가 지금 눈물을 뚝뚝 흘리고 있었다.

"아······."

처음 보는 그녀의 모습에 당황해서 어쩔 줄을 몰라 손을 폈다 가 접었다 하던 아르하드의 얼굴이 이내 새하얗게 질렸다. 아르하드는 손으로 제 얼굴을 덮었다.

"내가 한 짓이 혐오스러웠나? 미안하다. 내가······."

"차라리 그것 때문이었으면 좋겠습니다."

이아나의 중얼거림에 패닉상태에 이르기 직전이던 아르하드가 얼굴에서 손을 내렸다. 인상을 조금 찌푸리며 맺혀 있던 눈물을 슥 닦아 내는 이아나를 올려다보았다. 이아나는 입술을 꾹 깨물었다.

"추합니다, 정말로. 이깟 일로 눈물까지 나올 줄은."

"내가 한 짓 때문이 아니면 왜 우는 거야."

"분해서."

"뭐가 분한데."

이아나는 말을 잇지 못했다. 말하기엔 너무나 치욕스러웠다. 수치스러워서 돌아 버릴 것 같았다. 이렇게 패배감에 젖어 있는 자신이 싫었고 인정하고 싶지 않았다.

추했다. 죽으면서 분명 패배를 인정했다. 하지만 이번 생에는 반드시 이기겠다는 목표가 또다시 바람에 나부끼는 깃발이 되어 마음의 정상에 꽂혀 있었다. 그런데 시작하기도 전에 꺾인 기분이었다. 너덜너덜해졌다.

이아나는 두 손바닥에 제 얼굴을 묻었다. 아르하드에게 이 추한 감정을 내비치고 싶지 않았다. 하지만 밖으로 내지 않는다면 이대로 독이 되어 속이 썩어 들어갈 것 같았다. 평생 분하고 억울한 마음으로 아르하드를 마주할 것 같았다.

"아무리 노력해도, 당신을 이길 수 없다는 사실이 분합니다……."

이아나는 제 안의 얼룩을 완전히 드러냈다.

"지금도 절 봐주고 있는 게 아닙니까?"

마도시대의 진정한 승부는 순수한 무기술에 마나까지 이용한 싸움이다. 그중에서도 강기는 쇠붙이도 자르는 강력한 이능이다. 같은 검술 실력이라도 강기의 세기 차이로 승부가 나는 경우가 많았다.

그러니 회귀 전의 그는 제 검을 한 번도 제대로 받아 준 적이 없다는 말이 된다. 황제가 되어 이 세상의 모든 마나를 자기 통제 하에 둔 아르하드였다면 제 검기를 바로 파괴할 수 있었을 텐데 그러지 않았다. 적당한 검기로 놀아 주듯 저를 상대했다.

그리고 지금도, 앞으로도 마찬가지다. 케이거스도 잔뜩 흩트린

제 검기를, 케이거스를 죽인 아르하드라면 단숨에 파훼할 수 있을 것이다.

이아나는 이때까지 그의 어릿광대가 된 기분이었다.

손가락 사이로 눈물이 뚝뚝 흘러내리는 걸 보던 아르하드가 조용히 말했다.

"나를 그렇게 이기고 싶어?"

"그래요. 당신을 실력으로 제 밑에 아예 꺾어 눌러놔야 제 더러운 성질머리가 만족할 거 같습니다. 거짓말은 못 하겠네요."

"그렇다면 나를 이기면 돼. 이기면 되잖아."

손바닥에서 얼굴에서 떼어 낸 이아나가 그를 노려보았다.

"저를 놀리십니까? 파편을 모으면 모을수록 당신은 사기에 가깝게 강해질 거고 제 검기를 없애는 건 일도 아닐 것 아닙니까?"

"아니라고는 말 못 해."

"……."

"하지만 지금 너와 내 검술 실력은 별반 차이 없지. 문제는 마나 아니야?"

"……그런데?"

이아나가 눈물을 그치고 반문하자 아르하드가 그녀의 손을 붙잡았다. 흔들리지 않는 눈으로 이아나와 눈을 마주쳤다.

"마나가 아니라 네 심장을 중심으로, 네 온몸에 퍼져 있는 네 신력을 제어해라."

"……!"

"그건 온전히 너의 힘. 빈껍데기만 남은 마나보다 훨씬 강력한 완전한 힘이다. 네가 다룰 수만 있다면 마나는 신력의 발끝에도 미치지 못해."

"전에는 쓰지 말라고 했지 않습니까?"

아르하드는 고개를 저었다.

"내 말은 사용하거나 잃어서는 안 된단 말이다. 제어와는 다른 개념이야."

"……."

"네 안의 신력을 다루는 게 절대 쉽지는 않아. 회수를 하는 것도 쉬운 일이 아냐. 위험해서 하지 않길 바랐지만, 너는 충분히 제어를 할 수 있다. 네가 할 수 있다고 믿기에 이런 말을 하는 거야."

아르하드가 어쩔 수 없다는 듯 웃으면서 이아나의 눈가에 맺혀 있는 눈물을 손가락으로 닦아 주었다.

"그런 거 때문에 이렇게 울 거면 내일부터 당장 나한테 배워. 정말 못 말리겠군. 다른 때는 어른스럽더니 이런 부분은 또 어린애 같구나."

이아나는 아르하드를 물끄러미 쳐다보았다.

"그리고 오해하는 게 있는데 너를 상대할 땐 대충 할 수 없어. 마나? 네가 좋다고 떡하니 들러붙어 있는 걸 어떻게 억지로 떼어 내. 그건 아주 비겁한 일이야."

"……."

"또, 나도 지는 건 싫기 때문에 너를 상대할 때는 최선을 다할 수밖에 없어. 일부러 져 주는 건 상상도 안 한다. 너를 우습게 본 적도 없어."

이아나의 손을 쥔 아르하드의 손에 힘이 들어갔다.

"그러니까…… 내 곁에 머무르면서 실력을 쌓아. 내 곁에 있으면서 내 약점도 찾아보고, 무작정 덤벼도 보고…… 그렇게 하다가 나를 온전히 꺾어. 네 실력으로……."

─충돌 편 終

14. 반성 편

14. 반성 편

"야, 다 돼 가냐?"

"여기만 망치질하면 돼!"

"저기요, 선배! 여기 좀 도와주실래요?"

사방에서 망치질 소리와 활기 찬 고함소리가 울려 퍼졌다. 단 조로웠던 건물은 온갖 색깔의 장식물로 꾸며지고 가건물과 천막이 여기저기 세워졌다. 학술원은 이틀 뒤에 있을 학술제 준비가 한창이었다.

학술제는 일주일간의 거대한 축제 겸 평민들의 출세의 장이었다. 학생들은 제 재능을 선보이기 위하여 준비에 총력을 기울이고 있었다.

학술제에는 로안느 왕국의 귀족뿐만 아니라 타국의 귀족들도 많이 왔다. 학술제는 평범한 축제가 아니었다. 제 세력을 늘리고 자 인재를 찾는 귀족들에게는 구인의 장이었다.

학술원에는 평민 인재가 산더미처럼 쌓여 있었고 선후배간이나 6년간 함께 지내는 동기들 사이에는 일종의 인맥이 형성되어 있었다. 만일 학술원 내에 나쁜 소문이 나면 훗날 인재를 포섭하는 데에 문제가 발생할 수 있었기 때문에 귀족들은 조용히 학술원의 축제를 즐기는 편이었다.

물론 제가 구경하러 와 놓고 더럽다는 눈으로 주변을 훑거나 천박하다며 문제를 일으키는 허영심 많은 귀족들도 없는 건 아니었지만.

보유한 무력이 가문이 가진 힘의 척도 중 하나인 마도시대에서 검술학부의 검술제는 가장 인기 있는 행사다. 전 대륙적으로 검을 선호하는 풍조와 인재를 미리 눈여겨보는 목적이 아니라 하더라도 날선 검들이 격렬하게 부딪치는 전투는 손에 땀을 쥐게 하는 긴장감과 훌륭한 몰입도를 선사했다. 살벌한 대치를 두려워하는 여인들에게도 건장한 몸의 청년들이 가득한 검술대회는 꽤나 인기가 있었다.

그런데 이번 학술제에서는 검술학부가 홍보하고 다니는 한 가지 행사가 더 있는데, 무척 자극적인 소재라 학술원의 학생이든 귀족이든 그냥 손님이든 모두 관심을 가지고 있었다.

이름하야 '오늘 하루 주인님으로 모십니다!'.

검술대회가 진행되는 7일 동안 매일매일 대회에서 패배하는 이들을 차례대로 경매에 올려서 팔아먹고 마지막 날 우승자까지 경매에 올려서 파는 행사였다.

이 행사는 개최될 거라고 소문이 돌 때부터 학술원을 술렁거리게 만들었다. 고된 수련에 지쳐 늘 퀭한 눈을 하고 있는 검술학부생들이지만 그들과 인맥을 쌓고 싶어 하는 사람들은 많았다. 검술학부생들은 귀족의 기사가 되는 건 기본이요 왕실의 근위기사로 뽑혀 가기도 했다. 게다가 몇몇 성격파탄자들을 제외하고는 대부분이 6년간 고된 수련을 감내하고 선배들과 교수들에게 호되게 당해 가면서 인격 수양이 잘 되어 있었다.

그런 이들을 낭군으로 삼고 싶은 여인들이 얼마나 많을 것이며 또 그런 이들을 부하로 삼고 싶은 이들은 얼마나 많을 것인가?

그러나 한 학년당 80명도 안 되는 수는 대륙의 수많은 여인들과 귀족들을 모두 만족시키기엔 심하게 적었다. 검술학부생들과 인사라도 한번 나눠 보고픈 이들이 대다수일 수밖에 없었다.

특이하게도 이번에는 여성도 한 명 있다. 이아나 로베르슈타인. 최근에도 암암리에 그녀를 여전히 못마땅해하고 꺼림칙해하는 사람이 없는 건 아니지만 인식은 차차 바뀌어 나가고 있었다. 옛날에 비하면 아주 많이 나아졌다. 이아나에 대한 좋은 소문들은 귀족들에게도 흘러들어 그들이 가지고 있던 나쁜 인식을 살짝 밀어 두고 호기심을 품게 하였다.

"아아, 부럽다……."

열심히 준비를 하고 있던 여학생이 한숨을 폭 내쉬었다. 최근 들어 두 유명인의 소문을 모조리 섭렵하고 있던 여학생은 이아나가 부러워서 배가 아팠다.

"아아, 정말. 아르하드 선배님 같은 남자 한 명 더 없나. 꿈의 남자야, 정말. 이아나 님 정말 부러워. 정말정말정말!"

소문에 둔한 남학생이 물었다.

"싸웠다는 말은 들었는데, 화해했나 봐?"

"응. 아르하드 선배님 대박이라니까 진짜?"

여학생이 두 손을 모아 꿈에 그리는 듯한 표정을 지었다.

"둘이 싸운 날, 비가 오는데도 꼼짝도 안 하고 이아나 님을 기다렸잖아. 그날 여자들이 두근거려서 잠도 못 자고 창밖을 지켜보고 있었다니까? 우산을 가져다줄까, 뜨거운 차라도 한잔하시라고 들일 수는 없을까…… 하고 설레발치고 그랬어."

"설레발? 그런 여자 없었냐?"

"있었는데 선배님이 전부 무시해서 울면서 다시 들어왔어. 그런데 그런 매정한 분이 이아나 님이 오니까 말다툼 몇 번 하다가 뿌리치려 하는 이아나 님을 계속 붙잡고, 끝에는 잡아당겨서 꽈아악…… 꺄아악. 완전 순애보야. 나도 그런 남자 만나고 싶다아아."

두 팔을 감싸고 설렘으로 몸을 비틀어 대는 여학생을 보며 남학생은 혀를 쯧쯧 찼다.

"꿈꾸고 있네."

"닥치지 못해? 아으, 아무튼 이아나 님 너무 부러워. 정말 너무너무 부러워."

이아나를 볼 때마다 웃음을 주체하지 못하는 아르하드에 비해 이아나는 너무 무뚝뚝했다. 게다가 그녀가 아르하드에게 해 온 행동들이 모두 사랑의 속삭임이 아닌 이글거리는 대련 신청이었기 때문에 사귄다는 소문은 다소 사그라졌다.

최근에 있었던 가장 큰 이슈는 사람들이 다 보는 앞에서 이아나가 아르하드를 피하며 손을 뿌리쳤고 아르하드는 밥도 제대로 못 먹고 여자 기숙사 앞에서 그녀가 올 때까지 장장 반나절을 기다렸다는 소문이었다.

이아나의 격렬한 분노와 아르하드의 부정으로 인해 그들이 화해한 날 뜨거운 밤을 보냈을 거라는 외설스런 소문은 줄어들었다. 그러나 요즘에는 아르하드가 이아나를 열렬하게 짝사랑하고 있다는 소문이 돌고 있다.

"흐흑."

예전부터 아르하드를 짝사랑하던 소녀들은 손수건을 꾹 물어뜯을 뿐이다. 그들은 이아나에게 뾰족한 말을 내뱉고 괴롭히고 싶었다. 그러나 예전에 말을 함부로 한 남자 넷의 대를 끊어 버린 이아나의 앞에 감히 나설 수는 없었다.

이아나는 프리실라가 요청할 때마다 틈틈이 치수를 재고 옷을 입어 주었다. 그리고 마침내 옷이 완성되었다.

"난…… 천재야!"

완성된 날 프리실라는 온몸에 휘몰아치는 자부심과 자기애에 몸을 부르르 떨며 눈물을 펑펑 쏟아 냈다.

이아나가 학술제에서 특별히 할 것은 없었다. 제일 신경 쓰이는 프리실라의 부탁은 의외로 간단했다. 학술제 4일째에 프리실라의 의상을 입은 상태에서 무대로 나가 힌 비퀴 휙 돌고 오면 끝이다. 그리고 6일째, 즉 의상학부 6학년의 순서까지 끝나는 날 다시 그 옷을 입고 시상식에 참가하면 그만이었다.

첫날부터 7일째 되는 날의 결승전까지 매일매일 개최되는 검술 대회는 꼬박꼬박 참가하기만 하면 된다. 토너먼트 식의 경기라서 첫째 날에만 난투전을 벌이고 둘째 날부터는 하루에 한 번만 경기를 하면 되었다. 검술제와 연계되어 결승전 우승자까지 팔아 치우는 노예 경매의 문제는 간단하게 해결해 줄 사람이 있었다.

"이아나 양, 오랜만입니다!"

"누나!"

이아나는 얼마 전 남부 상행에서 돌아와 핀과 함께 휴식을 취하고 있던 무르시를 찾아갔다.

이아나는 제게 강아지처럼 엉겨 붙는 핀을 안아 올렸다. 작고 왜소한 아이였던 핀의 무게가 제법 묵직해졌다. 하지만 아직 어린 아가다. 핀의 반짝반짝 빛나는 녹안을 마주한 이아나가 생긋 웃었다.

이아나는 무르시에게 사정을 설명하며 경매에서 자신을 사 주기를 부탁했고 그는 청을 들어주기로 흔쾌히 약속했다.

"그 정도야 어렵지 않습니다. 그밖에도 필요한 게 있으시면 무엇이든 말씀하세요."

"감사합니다. 든든하네요."

이아나가 작게 웃었다. 무르시는 핀을 안고 있는 이아나를 호의가 묻어나는 표정으로 바라보았다.

"그런데 딱히 그 돈을 갚지 않으셔도 됩니다만…… 그냥 제가 검술학부에 기부하는 셈 치면 안 되겠습니까? 이아나 양에게 드리는 선물로 생각해 주시지요."

무르시는 제 능력이 닿는 한에서는 최대한 도움을 주고 싶었다. 이아나와의 인연이 깊어질수록 훗날 제게 돌아올 이익이 어마어마할 것이라는 노련한 상인의 직감 때문이기도 했지만 외롭게 자란 아들 핀이 친누나처럼 따르는 소녀를 물심양면으로 후원해 주고 싶은 아버지의 마음도 있었기 때문이다.

"아니요. 그건 좀."

"하하, 알겠습니다."

하지만 이아나가 곤란함을 표하자 제안을 선뜻 거두었다. 이아나의 성격을 익히 알고 있는바, 그녀가 원하지 않는 호의는 불쾌함을 불러일으킬 수 있었다.

"흐음. 이아나 양의 가치만큼 부를 생각이니 잘하면 이아나 양을 제 상단에 빚으로 평생 묶어 둘 수도 있겠군요."

"통이 큰 거부가 부를 금액이 부담스럽지만…… 기대가 되는군요. 무르시 씨가 절 어떻게 평가하고 있을지."

무르시가 눈을 찡긋하며 내뱉은 농담에 이아나도 농담으로 받아쳤다. 무르시는 손을 내저었다.

"어이쿠, 농담입니다. 최대한 낮은 가격에 낙찰 받아 드리면 되겠지요?"

"그래 주시면 감사하지요."

"알겠습니다. 그런데 말입니다. 사람들이 가격을 아주 높게 부르면 어쩌지요? 이아나 양에게 부담이 되지 않았으면 좋겠는데요. 가격이 높으면 차라리 제가 입찰을 포기하는 편이 낫지 않을까 싶습니다."

"그 부분은 걱정하지 않으셔도 됩니다. 저를 아주 꺼림칙하고 혐오스러운 인간으로 여기고 있는 귀족들은 물론이고, 손속이 잔인하고 성격이 좋지 않다고 소문난 저를 사서 부려 먹을 만한 평민도 없을 테니까요."

"누나는 정말 좋은 사람인데 어른들은 왜 그러는 거예요?"

이아나가 제 처지를 아주 냉정하게 평가하자 핀이 시무룩하게 눈꼬리를 늘어뜨리고는 이아나의 목을 꼭 끌어안았다.

"누나는 정말 착한데. 진짜진짜 착한데."

맹목적인 호감이다. 이아나는 저를 한없이 좋은 사람으로 격상시키는 핀을 고쳐 안으며 민망한 표정을 지었다.

"글쎄. 나도 내가 착하다고는 생각하지 않는다만."

"아니에요! 전 진심이에요. 누나는 지인짜로 좋은 사람이야!"

핀은 속상했다. 당사자인 이아나가 아무렇지 않게 자신을 깎아내리는 게 싫었다.

핀은 땅이 울릴 정도로 거세게 돌진해 오던 미노타우루스가 넘어진 저를 짓밟기 직전, 앞을 막아서서 지켜 주었던 이아나의 강렬한 뒷모습을 마음 깊은 곳에 간직하고 있었다. 또, 이아나는 하프엘프인 탓에 함부로 집 밖으로 나서지 못하던 핀의 손을 잡고 시내를 돌아다녀 주고, 아무에게도 말할 수 없는 친구, 정령의 비밀을 공유해 주었다.

"사람들 나빠. 못됐어."

그런 이아나가 무서운 사람일 수는 있어도 나쁜 사람일 수는 없었다. 이아나가 다른 사람에게 무슨 짓을 하더라도 핀에게는 영원히 좋은 사람이었다. 이아나를 욕하고 손가락질하는 사람들은 나빴다.

"힝……."

아직 어려서 감정을 잘 조절하지 못하는 핀이 훌쩍거리기 시작하자 이아나는 입을 다물었다. 조그마한 핀의 따끈한 온도와 솔직한 옹호의 말들은 마음을 부드럽게 만들었다.

"그래. 알았어. 핀이 그렇게 말한다면 나도 조금은 괜찮은 사람이겠지."

핀을 토닥이던 이아나는 고개를 들어 그런 둘의 모습을 물끄러미 바라보고 있던 무르시와 눈을 마주쳤다.

"아무튼 무르시 씨. 저는 제 의지에 관계없이 누군가에게 질질 끌려다니는 걸 아주 끔찍하게 싫어합니다. 그러니 얼마를 부르더라도 저를 낙찰해 주십시오."

이아나가 딱 봐도 싫다는 게 느껴질 정도로 꺼려하자 무르시는 팔짱을 끼며 어쩔 수 없다는 듯 후— 하고 웃었다.

"사람들이 보는 눈이 없군요. 만약 이아나 양을 살 수 있다면, 그러니까 정말 돈으로 이아나 양을 제 사람으로 부릴 수 있다면 저는 돈을 아끼지 않을 겁니다. 만금도 아깝지 않아요."

연속으로 쏟아지는 핀 부자의 강한 호감에 핀을 안고 있던 팔에 저도 모르게 힘이 들어갔다. 이아나의 낯빛이 조금 어두워졌다. 이아나는 부드럽게 웃고 있는 무르시를 가라앉은 눈으로 바라보았다.

"저를 이리 귀히 평가해 주는 사람은 거의 없습니다."

"그런가요?"

"그래서 여쭈고 싶은 것이 있는데…… 무르시 씨는 어째서 저를 이리 높게 평가하십니까? 핀을 구해 준 것에 대한 고마움 때문입니까?"

"이런, 이아나 양. 제가 그렇게 감정에만 휘둘려 앞뒤 못 가리는 사람이었다면 상인으로 성공하지 못했을 겁니다. 하지만 제게는 사람 보는 눈이 있어서 말입니다."

무르시는 제 눈가를 톡톡 두들겼다.

"저는 이아나 양에게서 미래를 보았습니다. 이건 날 적부터 상인으로 살아온 제 직감이에요. 이아나 양은 반드시 누구도 무시하지 못할 대단한 사람이 될 겁니다. 이유를 굳이 생각해 보자면 재능과 성품일까요? 아무튼 이아나 양은 훌륭한 사람입니다. 왜 그렇게 어두운 표정을 하고 있는지는 모르겠지만, 그런 표정은 이아나 양과 어울리지 않네요."

이아나의 기분이 그다지 좋지 않음을 일찌감치 느끼고 무르시는 핀을 건네받았다. 이아나가 쓰게 웃었다.

"저는 그렇게 훌륭한 사람이 아닙니다."

이아나는 사람들이 북새통을 이루는 거리로 나왔다. 테오도르에는 분위기상 귀족들이 주로 다니는 거리와 평민들이 주로 다니는 거리가 나뉘어져 있다. 값비싼 장신구와 고급 의상을 판매하는 살롱, 비싼 식재료를 취급하는 음식점, 아주 호화스러운 여관이 몰려 있는 깨끗한 거리가 사실상 귀족지구였고 그 외 격식 없이 왁자지껄하고 자유로운 거리는 평민지구라고 볼 수 있었다.

파엘라 상단 건물은 여러 개가 있었는데, 상단주인 무르시가 머무르는 사무실은 평민지구에 있었다. 상단이 중소상인들을 대거 수용하고 있기 때문이다.

그러나 학술제가 열리는 10월만큼은 귀족지구 평민지구 할 것 없이 귀족들로 빡빡하게 넘쳐났다. 로안느 왕국의 지방 귀족뿐만 아니라 타 왕국의 귀족들까지 몰려들었던 탓이다.

물론 콩나물 시루 같은 평민들 사이에 하나둘 끼어 있는 정도지만 평소에는 눈을 씻고 찾아봐도 없는 귀족들이기 때문에 평소에 비하면 여기 가도 귀족, 저기 가도 귀족이 있는 희귀한 진풍경을 연출했다.

엉덩이가 무거운 귀족들도 색다른 유흥거리이자 인재시장인 학술제에 시간을 내어 구경하러 온다. 물론 경박한 것을 싫어하거나 세력이 있는 대귀족들은 제 저택의 집무실에서 움직이지 않는다. 굳이 나서지 않아도 올 인재는 오기 때문에, 아랫것을 부려쓸 만한 놈이 없나 눈여겨보라 일렀을 뿐이다.

즉, 가문의 주인보다는 호기심 많은 귀족 자녀들이나 인재를 포섭할 필요가 있는 중소 귀족들이 학술제에 열을 올렸다.

테오도르는 과포화 상태라서 테오도르 주변의 도시에 체재하는 귀족들이 많았다. 로안느의 중앙 귀족들과 인연이 있는 이는 그들의 저택에서 편안히 머무를 수 있었지만 나머지는 빈방이 없어싸구려 여관에라도 묵을 수밖에 없었다.

여기서 예상할 수 있듯, 생활반경이 충돌하다 보니 귀족들과 평민들의 충돌이 잦았고 로안느의 병사들은 치안문제 때문에 골치를 썩였다.

보석가루를 묻힌 듯 반짝이는 마차들이 스스로를 뽐내며 거리를 느릿하게 지나쳤다. 값비싼 레이스로 테두리를 감싼 양산을 쓰고 외출한 레이디들이 깃털부채로 입을 가린 채 총총걸음으로 지나쳤다.

거리에 나선 귀족들의 호화와 사치가 포화되어 눈 호강을 넘어서 혼란까지 주는 학술제 전야. 이 시기에 평민들은 밖에 나서기를 꺼려한다. 학술제 기간에는 다들 간소한 복장으로 외출하지만 이 시기에는 다른 귀족에게 재력과 품위를 뽐내기 위해 한껏 치장한 상태이기 때문이다.

우당탕탕!

누군가가 쌓아 둔 상자에 몸을 부딪치며 쓰러졌다. 금줄 장식을 주렁주렁하게 단 사내가 얼굴을 붉히며 날 선 검을 머리 위로 들어 올렸다.

"내 이놈의 목을 치리라!"

"히익, 나리! 살려 주십시오!"

대부분의 귀족은 주변에 널린 사람이 귀족이라는 것과 유동인구가 많은 것을 감수해서 조용히 거리를 거닐었지만 신분 차를 중시하는 귀족들은 말썽을 부리기도 했다. 평민으로 보이는 이가 제 옷깃만 스쳐도 검을 뽑아 호통을 치는 것이다.

하지만 지나가던 귀족이 보기 불편하다는 듯 헛기침을 하거나 소란에 로안느의 병사들이 몰려오면 언제 난리를 쳤냐는 듯 콧방귀를 뀌고 휘적휘적 사라졌다.

"커허헉. 시방 쳤냐? 잉?"

쩌렁쩌렁한 목소리가 저 멀리서 터져 나왔다. 이아나는 뒤를 돌아보았다. 고만고만한 키의 사람들 사이로 산처럼 우뚝 솟은 사내하나가 있었다. 뒤통수를 덮은 주황색 머리카락이나 구수한 사투리가 익숙했다. 이아나는 고개를 갸웃했다. 타로는 지금쯤 라랏슈아에게 붙잡혀 그녀의 요구를 이것저것 들어주고 있을 터였다.

타로와 비슷한 사내는 한 남자의 멱살을 잡은 채 험악한 분위기를 형성하고 있었다.

"아, 안 쳤는데요……."

"쳤잖여! 네놈이 내 배를 어깨로 세게 깠잖여, 어디서 구라질이여?"

"죄송합니다! 사람이 많아서…… 용서해 주세요!"

주변 사람들이 귀를 막고 사내에게서 슬금슬금 물러났다. 그러자 사내의 우람한 근육과 구릿빛 피부가 이아나의 눈에 들어왔다. 가을이라 날이 쌀쌀한데도 팔을 시원하게 드러낸 사내는 사막 사람인 듯 얇은 천 옷 복장이었다.

그때 이아나의 눈에 잡혀 있던 남자가 사내의 허리춤에 매달린 작은 주머니에 슬그머니 손을 뻗더니 뜯어내는 모습이 보였다. 소매치기였다. 타로와 비슷한 촌사람이 당하는 게 불쌍했던 이아나는 혀를 차며 현장으로 다가갔다.

그때 저 멀리서 머리가 산발이 된 한 여인이 허우적거리며 뛰어오더니 왜소한 남자를 손가락질했다.

"그놈, 그놈 좀 잡아 줘요! 소매치기예요! 내 돈!"

"엉?"

"젠장! ……히이익!"

소매치기가 도망치려는데, 그의 몸이 허공에 떴다. 사내가 방패만 한 손으로 소매치기의 뒤통수를 붙잡아 올린 것이다. 공중에 대롱거리는 성인남자의 모습에 겁에 질린 사람들이 비명을 질렀다.

사내는 소매치기의 손에 들려 있는 제 주머니를 발견하고 혀를 찼다.

"야, 이것 참, 이 겁대가리 없는 시부럴 놈이 내 주머니도 뽀렸네."

"악! 내 머리!"

"읏차."

사내는 소매치기를 허공에 던져 띄웠다. 공중묘기라도 하는 것처럼 하늘 높이 떠오른 소매치기를 보며 사람들이 입을 쩍 벌렸다.

"아악!"

사내가 비명을 지르며 떨어지는 소매치기의 두 발목을 잡았다. 그러고는 보는 사람이 안쓰러울 정도로 소매치기의 몸을 위아래로 탈탈 털어 댔다. 남자의 품에서 주머니와 지갑 두세 개가 툭툭 떨어져 내릴 때쯤 남자의 눈도 희게 뒤집혀 버렸다.

그때 사람들 사이로 주황색 머리의 남자가 또 하나 나타나 꽥 소리를 질렀다.

"아부지! 아, 혼자 배 꺼뜨리러 나간다고 할 때부터 알아봤당께요. 그 인간 봐주고 그냥 돌아가죠, 잉?"

"뭔 소리냐? 난 아직 아무것도 안 했는디? 걍 니들 애기 때 놀아 줄 때처럼 팍팍 털었는디?"

"여기는 사막이 아니랑께요. 사막에 있을 때처럼 하시면 픽픽 죽어 부린당께요?"

"그르냐? 오랜만에 나와서 감이 안 잡혀잉."

"무슨 일입니까!"

소란을 듣고 달려온 로안느의 병사들이 우락부락한 사내 둘과 기절한 상태의 마른 남자를 번갈아 보았다. 사내가 소매치기를 놓자 소매치기가 떨어진 돈주머니들처럼 바닥에 널브러졌다. 사내가 쪼그리고 앉아 제 주머니를 주웠다. 딱 봐도 건달이 병약한 남자의 돈을 빼앗는 장면이었다. 병약한 남자가 겁도 없이 몸집이 두 배는 차이 나는 사내에게 나쁜 행위를 했으리라는 생각은 들지 않았다.

한 병사가 호통을 쳤다.

"이 작자가! 대낮에 이 테오도르에서 파렴치한 행동이라니!"

"기사님! 이놈이 소매치기예요! 이런 빌어먹을 놈."

소매치기라고 비명을 질렀던 여인이 냉큼 달려와 뾰족한 구두로 남자의 얼굴을 걷어찼다. 소매치기가 끅, 하고 소리를 내더니 천천히 눈을 떴다. 정신을 차리자마자 황급히 몸을 추스르더니 악에 받쳐 소리를 빽 질렀다.

"내, 내가 누군지 알아?"

"뭘디?"

사내가 소매치기의 당당한 태도에 호기심을 가지고 물었다. 소매치기는 흐흐거리며 눈을 빛냈다.

"블랙폭시다! 이놈, 이 상황을 본 내 동료들이 가만있지 않을……."

"염병할 소리하고 있네."

퍽!

"꽥."

사내가 소매치기의 배를 가볍게 걷어차자 소매치기는 벽까지 날아가 처박혔다. 병사들과 구경꾼들이 저 멀리서 경련을 일으키며 피를 토해 내는 소매치기의 모습을 아연한 얼굴로 쳐다보았다. 사내는 병사들 중 하나를 툭툭 두들기더니 소매치기를 손가락질했다.

"알아서 처리 잘하슈."

"……예, 오해해서 죄송합니다."

"별로 미안해할 필요는 없응께. 카자르! 가자!"

"어휴, 진짜."

위풍당당한 걸음걸이로 걷는 사내와 민망한 듯 얼굴을 가린 그의 아들이 구경하고 있던 이아나 쪽으로 왔다. 사람들이 그들이 지나가는 길에서 한 걸음씩 물러났다. 이아나도 한 걸음 물러나 정면에서 보이는 사내의 얼굴을 훔쳐보았다.

이마에 살짝 주름이 잡혀 있지만 나이를 추정할 수 없다. 눈, 코, 입 빠짐없이 굵직굵직한 생김새였다. 오른쪽 눈썹 위에서부터 콧등을 가로지르고 왼쪽 뺨까지 이어진 큰 흉터는 사내를 사나운 야수처럼 보이게 했다.

아무렇지도 않게 걷고 있지만 사내에게서 뿜어지는 기세는 쳐다보는 사람을 주춤하게 할 정도였다. 아주 강한 사람이었다. 사내의 주머니를 털려고 한 소매치기가 병신이었다.

'……그런데 타로와 닮았어.'

주황색 머리카락이라든가, 생김새라든가, 성격이라든가.

학술제에 온다던 타로의 가족이 아닐까 싶었지만 아는 척을 할 생각은 없었다.

그때 사내와 이아나의 눈이 마주쳤다.

"오호?"

사내가 성큼성큼 다가오더니 그녀의 앞에 떡 섰다. 이아나는 갑작스런 상황에 당황했다. 사내가 얼굴을 쭉 내밀어 이아나의 얼굴을 뜯어보고는 눈을 가늘게 좁혔다.

"느낌 묘한 처자네……?"

"아따, 아부지!"

아들이 달려와 사내의 어깨를 뒤로 세게 잡아당겼다.

"애먼 처자헌티 왜 그런대요, 잉? 고만하고 가장께요, 좀!"

"타로……."

"잉?"

이아나가 엉겁결에 내뱉은 말에 그들이 흠칫하며 반응했다. 이아나는 그들이 타로의 가족이라는 걸 완전히 확신했다.

"혹시 타로의 가족분들 되십니까?"

"오메, 처자가 내 아들놈을 우째 아는겨?"

이아나는 역시, 하고 중얼거리고는 그들에게 고개를 숙여 인사했다.

"같은 검술학부로, 학술원의 친한 동기입니다. 이아나라고 합니다."

"아, 검술학부? 그런디 이아나 처자? 거시기, 우리가 그 무식한 놈 가족이란 건 우째 알았디야?"

이아나는 호기심에 반짝거리는 두 쌍의 눈동자를 흘끗 보았다가 솔직하게 말했다.

"그거야…… 똑같으니까요."

"뭣이여! 그 무식한 놈이랑 똑같다고!"

"이 처자 말 함부로 허네!"

타로네 가족들이 펄펄 날뛰며 부정했지만 이아나의 눈에는 타로 두 명이 눈앞에 있는 것처럼 보였다. 생김새는 조금씩 달랐지만 하는 짓이 영 타로였다.

그때 이아나의 팔이 덥석 붙잡혔다. 이아나가 고개를 드니 타로의 아버지가 펄펄 날뛰던 것도 잠시 그녀를 잡아끌며 씨익 웃고 있었다.

"우리 타로 동기라니, 생각지도 못한 처자일세? 내 가족들도 가까운 식당에 있응께 한번 보는 게 어떤가그려? 바쁜데 붙잡은 거 아니여?"

"특별히 할 것도 없으니…… 그리하겠습니다."

이아나는 사내의 제안을 승낙했다. 이 둘을 보고 나니 타로의 나머지 가족들이 어떤지 궁금하기도 했지만…… 학술원으로 돌아가 봤자 할 것도 없었다. 막바지에 이른 축제 준비에 거들 것은 없었을뿐더러 요새는 마음이 뒤숭숭해서 수련장에 가지 않은 지도 오래되었다. 평소였으면 지금도 열심히 수련을 하고 있었을 텐데.

이아나는 가라앉는 심정으로 가만히 서 있다가 윽, 하고 미간을 좁혔다. 사내에게 붙잡힌 팔이 욱신거렸다.

"그런데 이 팔 좀……."

"가자!"

타로의 아버지는 이아나를 끌다시피 해서 한 식당에 도착했다. 거기서 이아나는 눈에 확 튀는 무리를 발견할 수 있었다. 헤레이스처럼 갈색 머리카락이 일반적인 머리색인 이 로안느 왕국에서 옹기종기 모여 있는 주황색 머리들은 돌멩이들 사이에 커다란 금 한 덩이를 섞어 놓은 것 같았다.

아니, 주황색 머리가 아니었더라도 눈에 띄었을 것이다. 커다란 덩치들이 모여 있는 테이블은 아주 시끄러웠다.

사내는 이아나를 그리로 끌고 갔다. 사내를 발견한 쾌활해 보이는 청년이 손을 번쩍 들었다.

"오메, 아부지 뭐랑께요? 바람이요?"

"겁나 예쁜 처자네. 사납게 생겼긴 혀도 우리 쪽 여인네들보다 허연기…… 뭐요, 아부지? 며느릿감이요?"

눈가가 축 늘어진 또 다른 청년이 히죽 웃으며 이아나를 품평했다. 그 옆에 있던 청년이 쯧쯧 혀를 찼다.

"형님헌티는 저 처자가 아깝제. 지금 있는 처자헌티나 잘혀."

"뭣이여? 시방 우리 세시를 깐 거여? 우리 세시가 부족하다는 말이더냐고! 니놈이나 잘혀. 쯧쯧. 밤에 소박이나 맞은 놈이."

"지금 나랑 한판하자는 거여?"

"아 입 좀 다무시오들! 형수님들헌티 다 일러 버릴 텡께!"

두 청년이 싸우고 있자 타로에 비해 체구가 작은 소년이 청년들에게 면박을 주었다.

"시끄럽다, 이 짜슥들아!"

그리고 사내는 그들에게 호통을 쳤다.

"이아나 처자는 우리 타로랑 동기라 이 말이여! 처자, 아까 떠들어 대는 놈들이 차례대로 첫째, 셋째, 넷째, 막내. 그리고 우리랑 같이 온 놈이 둘째, 타로는 다섯째구먼."

"그라고 지가 이 염병할 놈들 어미랑께요."

이아나는 목소리가 들리는 쪽으로 시선을 주었다. 덩치 큰 청년들 사이에는 자그마한 여인이 앉아 상냥하게 웃고 있었다. 이아나는 얼떨떨하게 고개를 숙였다. 이 무지막지한 사내를 남편으로 두고 커다란 여섯 형제를 낳았으리라고는 생각할 수 정도로 나긋나긋하고 가냘픈 여인이었다.

모래처럼 옅은 황토색의 머리카락은 강렬한 주황색 머리카락들에 비해 너무 옅어 존재감이 없었고, 그래서 있는지도 몰랐다. 하지만 일단 눈에 들어오자 눈코입이 오밀조밀하게 예쁜 비율로 배치된 여인은 토끼처럼 귀여웠다.

타로의 아버지라 소개한 남자가 이아나에게 속삭였다.

"무시하지 말어. 이 여편네가 실세여. 꼼짝도 못 혀."

"여봇."

"알았으, 알았으. 처자, 여기 앉어!"

"으억!"

사내는 잘 앉아 있던 막내의 뒷덜미를 잡아채 제 옆구리에 끼고는 이아나를 거기에 앉혔다. 한 쌍의 부드러운 눈동자를 제외한 총 일곱 쌍의 형형한 눈동자가 제게 집중되자 이아나는 잘못한 것도 없는데 어쩐지 목이 타는 기분이었다.

"그래, 우리 타로 녀석은 잘하고 있는가? 가기 싫다고 하는 놈 살살 꼬드겨서 보내 놨긴 혔는디. 이쁜 처자랑 친하다고 허니 잘 지내고 있는 것 같기도 허고."

잘하고 있다고 해야 할지, 못하고 있다고 해야 할지. 수련을 안 하는 건 아니지만 라랏슈아에게 흠뻑 빠져서 정신을 못 차리고 있는 타로를 알면 이들은 뭐라고 할까.

남의 애정사에 참견할 수는 없었다. 잠시 고민을 한 이아나는 대충 얼버무려 말하기로 했다.

"열심히 하고 있습니다. 너무 열심이라서 탈이라고 해야 하나……."

"열심히만 하면 됐지 뭘. 짜슥, 역시 내 아들이여. 그나저나 처자, 검술학부라고?"

"……!"

사내가 갑자기 이아나의 손목을 잡더니 그녀의 손바닥을 뚫어져라 쳐다보았다.

"예쁜 손이구먼. 아주 어려서부터 열심히 노력을 한 손이여."

사내는 아무 뜻 없이 한 말일 텐데도, 이아나는 순간이지만 울컥해 버렸다. 하지만 동요는 겉으로 드러내지 않았고, 속에서 사라졌다. 사내는 이아나의 손을 놓고 하얀 이를 드러내며 씨익 웃었다.

"웬만한 놈팽이들은 죽도 밥도 안 되겠구먼. 앞으로도 열심히 하면 크게 되겠어. 내가 사람 보는 눈은 있는디 처자를 보자마자 야리꾸리 한 기분이 들면서 이 처자는 덜 큰 암호랭이라는 생각이 팍—!"

"아따, 아부지. 어디서 솜털 난 어린 처자헌티 작업이랑께요? 그것도 어무니 앞에서?"

"씁! 이 짜슥이 아부지가 모처럼 분위기 잡고 있는디! 싸물어라, 잉?"

"근디 우리 언제까지 여기 있을껴? 이제 밥 다 묵었으니 무르시 아재 집에 쳐들어 가야재? 나는 핀 보고 싶은디."

아까 소동이 일어났을 때 사내를 찾으러 왔던 둘째 아들, 카자르가 사내를 툭툭 두들기자 사내가 눈을 동그랗게 떴다.

"아차! 빨리 우리 귀여운 핀을 보러 가야⋯⋯!"

"핀⋯⋯ 무르시 씨? 파엘라 상단주님 말씀이십니까?"

그들의 입에서 나온 생각지도 못한 이름들에 이아나가 요상한 표정으로 되묻자 카자르가 깜짝 놀라 뒤로 물러섰다.

"무르시 아재를 알고 있단 말여요?"

"무르시 씨라면 방금 만나고 오던 길인데⋯⋯."

"오메, 이 처자 대체 뭐요. 무르시 아재는 또 어째 알고 있다요?"

"우리 아부지가 아재랑 친해 브러요. 아부지는 무르시 아재가 부탁하는 건 다 들어준당께요. 무르시 아재가 아부지 첩이여, 첩."

히죽거리는 셋째의 머리로 사내의 주먹이 날았다.

꽝!

"끄악!"

"이놈 새끼가 여펴네 앞에서 못 하는 말이 없네!"

"끄으으으, 농담도 못 하나? 대갈빡 깨지겠네."

웬만한 돌덩이보다 큰 주먹을 아무 방어 없이 맞고도 투덜거리기만 하는 셋째를 보면서 이아나는 침묵했다. 타로의 힘을 물려준 사내…… 저 주먹에 맞으면 웬만한 사람들은 뼈가 부러져 나갈 터인데 참 튼튼하다 싶었다.

이아나는 사내를 물끄러미 바라보았다. 참 강한 남자다. 이런 남자가 세상에 있었던가?

사막…… 무르시의 친우…… 황금패 용병 벤포메…… 샤우부 대우림에 무르시와 함께 들어갔던……?

여러 가지를 떠올리다 말고 갑자기 무르시에게 들었던 한 사내의 이름이 떠오른 이아나가 설마 하고 중얼거렸다.

"혹시…… 압실롯 님?"

"잉!"

사내의 표정이 창백해졌다. 다른 청년들도 이아나를 경계하며 뒤로 슬금슬금 물러났다.

"이 처자 귀신 들린 게 틀림없다. 어쩐지 느낌이 요상하더라니."

"무서워질라고 하는디요."

"처자가 아니라 첩자 아니여?"

"……용병왕 압실롯? 정말로?"

"뭐여! 우째 안겨?"

대륙을 질타했던 용병왕. 타이거 용병단의 단장이자 전 세계 용병들의 우상인 압실롯.

그가 이십 년 전쯤에 기로하이 사막 깊은 곳에 칩거를 시작하면서 외부로 통 나오지 않는 탓에 이아나 나이 또래는 그를 잘 모르지만, 그를 모르는 부모 세대는 없었다.

이아나는 그를 만나 본 적은 없지만 그의 소문은 알고 있었다. 활동 당시 대륙의 패자로 다섯 손가락 안에 손꼽히던 압실롯은 엄청난 액수의 돈을 벌어들이며 온 전쟁터를 쓸고 다녔던 걸로 알고 있다.

그런데 전생에는 인연이 닿을 일이 없었던 거물이 지금 눈앞에서 동기의 부친이자 지인의 친우로 서 있었다.

'뭔가 잘못 말한 걸까? 압실롯이라는 게 알려지면 안 되는 거라도?'

하긴, 그들 입장에서는 갑자기 나타난 어린 여자가 타로도 알고 있고, 무르시도 알고 있고, 이십 년 전에 은거를 시작한 압실롯의 정체도 알고 있는 게 이상할 법도 했다.

이아나는 흉흉하게 돌아가는 분위기를 무마하기 위해 두 손을 들었다.

"무르시 씨에게 들은 게 있어서 알고 있는 겁니다. 설마 타로의 아버님일 줄은 몰랐지만……."

"그놈이 내 이야기를 했단 말여? 함부로 내 이야기를 할 놈이 아닌디?"

압실롯이 의심의 눈초리를 보내자 이아나는 말을 덧붙였다.

"상단에 있는 벤포메 씨도 압실롯 님께서 보내신 걸로 알고 있는데요. 핀과 무르시 씨를 지키기 위해 보내셨다고."

"……아…… 아? 그렇구먼!"

압실롯이 납득한 듯 손바닥을 주먹으로 쳤다. 새삼스럽다는 눈으로 그녀를 보는 압실롯의 표정은 이미 사르르 풀려 있었다.

"처자가 꺼먼여우 놈들 족치고 다닌다는 대단한 검사였구먼?

이리 어린 처자일 줄은…… 생각보다 더 대단한 처자인가 보네. 얘기를 좀 더 하고 싶은디, 무르시헌티 같이 안 갈텨?"

"방금 갔다 왔는……."

"가자!"

그녀의 의사와는 상관없이 그길로 이아나는 압실롯의 손에 붙들려 다시 파엘라 상단 건물로 끌려갔다.

문을 지키던 상단의 직원들은 이아나를 알아보았지만 바로 문을 열어 주지 않았다. 뒤에 있는 우락부락한 사내들을 내부로 들여보내기 꺼림칙했기 때문이다. 그때 문이 안쪽에서 벌컥 열렸다.

"여, 대장!"

"벤!"

"익숙한 목소리다 싶더니 대장이었구먼."

이 층의 집무실 옆방에서 상주하며 핀과 무르시를 지키던 벤포메였다. 벤포메가 직원들에게 괜찮다고 손짓하자 직원들은 쉽게 길을 터 주었다.

무르시의 집무실로 쿵쾅거리며 걸어간 타로의 가족은 이아나를 문 앞으로 불쑥 들이밀었다. 이아나는 장난기 넘치는 표정을 한 그들을 돌아보고는 한숨을 내쉬며 노크를 했다. 무르시가 들어오라고 하자 이아나는 문을 벌컥 열었다.

핀은 소파에 앉아 책을 읽고 있었고, 무르시는 서류를 처리하고 있었다. 핀은 고개를 살짝 들었다가 이아나가 멋쩍은 표정으로 서 있는 걸 보자마자 책을 던지고 활짝 웃으며 뛰어갔다.

"누나!"

"아니? 이아나 양, 왜 다시…… 헉!"

이아나의 재방문이 의아했던 무르시는 그 뒤에 주르륵 나타나는 주황머리들에 기겁을 했다. 그리고 선두에 서 있는 익숙한 거구를 발견하고는 입을 떡 벌렸다.

"압실롯! 어떻게 이아나 양과 같이……가 아니라 왜 여기 있는 겁니까!"

"헛허허. 오랜만이여."

"무르시 아재 안녕하쇼잉."

"안녕하셨슈."

"허……하하."

압실롯을 비롯한 형제들이 반갑게 인사하자 무르시는 황당함을 감추지 못했다. 그때 압실롯의 부인이 뒤에서 모습을 드러냈다. 무르시는 그녀를 보고 화들짝 놀랐다.

"무르시, 오랜만이여!"

"란카 누님까지 온 겁니까? 온 가족이 단체로 어떻게 여기까지…… 어디 큰 전쟁이라도 났습니까? 이아나 양은 또 어떻게……."

무르시의 시선이 어색한 표정의 이아나에게로 향하자 압실롯이 이아나의 등을 팡팡 때리며 웃었다.

"아, 방금 전에 우연히 만났는디, 오메. 이런 우연이 다 있나. 내 아들놈 동기더라고.!"

"아들? 동기? 누구 말입니까?"

"다섯째 말여. 타로! 네가 로안느 왕국으로 간다 혀서. 타로 놈 꼬드겨서 학술원에 보내 났지. 글고 난 학술제 때 와서 네놈 놀래 주려고 혔지."

"허, 설마, 정말로 이러려고 제게는 아무 말도 안 하고 이날만 기다린 겁니까…… 타로 녀석도 제가 여기 있는 거 모르죠?"

"물론. 그놈은 네 녀석 찾아가서 입을 털 가능성이 높았거덩. 놀랐쟈?"

"놀란 걸 넘어서 경악할 정도입니다."

"캬, 보람 넘치네잉?"

무르시는 놀란 심장을 달래며 타로의 가족들과 이아나를 응접실의 소파에 앉혔다.

"핀! 요놈!"

"압실롯 아저씨!"

볼을 붉히며 방실방실 웃는 핀을 잡아 올리는 압실롯의 두 손에 경련이 일었다.

"우, 우째 내 자식놈들이랑은 요로코롬 다른 겨? 마, 무르시! 잘 먹이고 있는 거냐, 잉? 그냥 붙잡기만 해도 몸이 우그러질 것 같네."

"……그런 끔찍한 소리하지 말아 줄래요."

"핀아, 그냥 아재 팔 위에 앉어라. 못 잡고 있겠다."

"네!"

키가 성인 남자보다 반은 더 큰 압실롯은 팔뚝도 무척 굵었기 때문에 핀은 압실롯의 팔에 안정되게 앉을 수 있었다. 압실롯은 제 팔 위에 앉아 꼬물거리는 핀을 보며 헤벌쭉하니 웃었다.

"아이고 귀여운 것. 요정이네 요정."

이아나는 움찔했다. 라랏슈아를 보고 있을 때의 타로와 똑같았다. 그런 이아나를 발견한 첫째가 낄낄대며 말했다.

"암사슴처럼 가냘프고 예쁘장한 것들헌티 우리 가족이 사족을 못 쓴당께요. 고 앞에 서면 힘이 쭉 빠지고 실없어진다고 해야 허나…… 우리 어무니가 딱이재."

타로가 라랏슈아에게 폭 빠진 이유를 알 수 있는 가족 내력이었다.

"만약 우리 아부지 피를 받은 딸내미가 있었으면 편을 핥고 빨았을 것이여. 납치헌 뒤에 키워서 잡아먹었을지도 모르제?"

"그러던 어느 날, 둘을 닮은 자식 열댓 명은 데리고 오는디……."

빡! 빡!

"……."

"……."

압실롯이 질 나쁜 농담을 하는 첫째와 셋째의 뒤통수를 토닥여 주었다. 거의 이 년 만에 보는 익숙한 모습에 무르시는 굳어 있던 표정을 풀고 결국 웃고 말았다.

무르시는 빵과 과자가 잔뜩 든 바구니에 시원한 과일 주스 통을 방으로 가지고 왔다. 압실롯의 부인, 란카는 아들들을 못마땅하게 바라보고는 회포를 푸는 데 방해된다면서 아들들을 이끌고 방을 나가 버렸다. 풀이 죽은 채 작은 체구의 여인을 순순히 따라 나가는 우락부락한 사내들의 모습은 정말 우스웠다.

"저 녀석들은 여전하네요."

"여전해서 문제여. 몸은 크는디 뇌가 안 커. 머리를 때려서 그러나."

"그나저나 이렇게 사막에서 나와도 되는 겁니까?"

테이블에 바구니를 내려놓은 무르시가 걱정스레 물었다. 압실롯은 아무렇지도 않은 표정으로 바구니의 빵을 집어먹으며 말했다.

"상관없으. 테라 님도 괜찮다고 하셨응께. 내가 귀찮어서 안 나온 거지 돌아댕겨도 돼."

"그렇습니까……."

고개를 주억거린 무르시가 아무 말 없이 듣고만 있는 이아나를 흘끗 보았다.

"이아나 양의 동기라면 타로는 검술학부군요. 녀석, 어려서부터 검을 좋아하더니…… 거길 들어갔네요. 세상 참 좁습니다. 인연이 이렇게 이어지다니."

"나도 놀랐제. 무서운 호랭이 처자가 날 떡하니 관찰허고 있어서 관심을 가졌을 뿐인디, 설마 네가 편지에다가 허벌나게 칭찬하던 검사에, 아들놈 동기일 줄 어찌 상상했겠어?"

"후후. 이아나 양은 대단한 아가씨예요."

무르시는 이아나에 대한 호감을 숨기지 않았다.

"나이가 아직 열여섯밖에 되지 않았는데도 미노타우루스를 일 검에 베었을 뿐만 아니라 검술대회 우승에, 검술학부 학년 수석에."

"무르시 씨."

이아나는 그만두라는 뜻을 담아 그의 이름을 불렀지만 무르시는 그만할 생각이 없었다. 그의 친우이자 서부에서 최강으로 칭송받는 사내에게 이아나의 좋은 점을 모조리 알리고 싶었다.

"블랙폭시 그 음흉한 놈들의 아지트에 가서 핀을 노리는 이유까지 알아오셨단 말이죠. 사람 됨됨이도 훌륭합니다."

"무르시 씨, 그만……."

"뭐 워뗘, 이아나 처자. 난 듣고 싶은디 들으면 안 되는 거여? 무르시, 계속혀!"

"……."

"핀이 아까 이아나 양을 보자마자 활짝 웃는 거 봤지요? 핀 녀석, 파엘라가 죽은 이후부터 늘 축 처져 있었던 데다가 울보였는데 이아나 양을 만난 이후에는 이렇게 밝아졌어요. 핀이 누나, 누나, 노래를 부릅니다."

"이아나 누나 좋아요! 착하고 엄청 강해요!"

"헤……."

흥미롭게 듣고 있던 압실롯은 이아나가 좋다고 재잘거리는 제품의 핀을 한 번 내려다보았다. 다음으로는 얼굴을 손으로 덮은 채 고개를 숙이고 있는 이아나를 보았다.

"그뿐만 아닙니다. 카란켈 바위산맥의 드워프 마을에도 갔다가 오셨다고요."

"……엉? 인간이 오지 깊숙한 곳에 갔다가 살아나왔단 말이여?"

"그래요. 블랙폭시의 노예 경매에 드워프가 한 명 잡혀 있었는데 이아나 양이 그 드워프를 마을까지 데려다 주었습니다. 인간을 무척 혐오하는 드워프였지만 이아나 양만큼은 처음부터 무척이나 따랐습니다. 구해 주어서 그런 걸까요?"

"흐음…… 드워프가 그랬다고. 이상허네. 인간에 대한 이종족의 증오는 그리 쉽게 풀어지는 게 아닌디 말이여."

압실롯이 고개를 갸웃했다.

"오지를 왔다 갔다 혔다고? 워메, 생각보다 훨씬, 훠어얼씬 더 대단한 처자인디? 인간 맞나? 아니여, 아무리 강하다고 혀도 저 나이에 오지를…… 분명 다른 뭔가가 있는 게 분명혀."

"이아나 양은 정령왕의 도움도 받을 수 있습니다."

손가락으로 집은 과자를 씹으려던 압실롯의 행동이 경직되었다.
인상이 찌푸려졌다.

"······뭐여? 무르시, 지금 나랑 말장난하자는 건 아니겠지? 왕?
잘못 말한 거겠지?"

처음에 이아나는 무르시의 입을 막으려 했다. 하지만 압실롯의
분위기가 심상치 않은 걸 보아하니 평소 입을 함부로 놀리지 않는
무르시가 압실롯에게 정령왕에 대해 말한 이유가 있을 것 같았다.

'정령왕에 대한 정보를 들을 수 있을 것 같아.'

"정말이에요. 처음 봤을 때의 드워프는 두 팔이 잘린 상태였는
데, 어느 날 갑자기 팔이 생겨나 있더군요. 이아나 양이 불러낸
정령왕들이 만들어 낸 겁니다."

"정령왕이라니······? 어처구니 없구마잉. 진짜여?"

압실롯이 믿을 수 없다는 표정으로 쳐다보자 이아나는 고개를
끄덕였다.

"소환하는 방법을 몰라 직접 부를 순 없지만 다른 사람이 소환
한 정령이 저에게 닿으면 정령왕이 알아서 소환되더군요."

"······뭔지는 모르겠는데 이 처자헌티 뭐가 있는 건 분명허네.
워떤가, 이아나 처자."

압실롯이 이아나를 쳐다보며 이에 걸린 과자를 와그작— 씹었다.

"나랑 한 판 싸워 보지 않을텨?"

이아나는 뜻밖의 제안에 잠시 멈칫했지만 이내 고개를 절레절
레 저었다.

"솔깃한 제안이지만······ 죄송합니다."

"왜?"

제안 받는 순간 심장이 두근거렸지만 이아나는 거절했다. 용병왕 압실롯과의 대련은 아주 혹하는 제안이었다. 평범한 이들로는 만족할 수 없는 이아나의 눈높이에서, 한때 전 대륙을 휩쓸고 다녔던 절대적인 강자는 아주 훌륭한 상대였고 소중한 가르침을 내려 줄 수도 있었다. 하지만 지금은 대련을 할 기분이 아니었다.

"요즘 생각이 좀 많아서 다른 이와 대련하는 건 가급적 피하고 있습니다. 이틀 후에 있는 검술제에도 나가야 하고요."

"그래요, 압실롯."

무르시가 옆에서 이아나를 거들었다.

"이아나 양의 사정도 사정이지만, 여기는 공간이 무한대에 가까운 사막이 아닙니다. 전 세계에서 인구밀도가 가장 높다는 테오도르라고요. 당신이 마음 놓고 날뛰어 댈 장소가 없습니다."

"흐음……."

압실롯은 못마땅한 표정으로 과자를 입에 밀어 넣고는 맥이 풀렸다는 듯 소파에 널브러졌다. 핀은 기분이 좋아 보이지 않는 압실롯의 팔에서 조심스레 내려와 그의 옆에 앉았다. 이아나는 그런 압실롯의 표정을 살피며 조심스레 말했다.

"압실롯 님과 대련을 한다면 제 최상의 상태로 임하고 싶습니다."

압실롯은 그런 이아나가 마음에 들어서 씨익 웃고는 소파에 턱하니 팔을 걸쳤다.

"그려. 언제 한번 사막에 올 일이 있으면 오드라고. 외부인은 출입금지지만, 처자라면 환영이여."

"감사합니다."

압실롯은 옆에 앉아 있는 핀의 작은 머리통을 사랑스럽다는 얼굴로 슥슥 쓰다듬다가 갑자기 움찔했다.

"······아, 그려!"

압실롯이 환한 표정으로 벌떡 일어났다. 이아나는 반짝거리는 눈으로 자신을 쳐다보는 압실롯의 의중을 알 수 없어 어리둥절했지만 그의 눈을 피하지는 않았다.

"처자, 내가 여기 오면 하려고 했던 것이 있는디, 같이해 줄텨?"

"제가 할 수 있는 것이라면요."

"그럼 되겠구먼. 어이, 무르시. 처자가 입을 수 있는 로브 하나만 빌려 주지 그러냐."

"압실롯? 뭘 하려고 그럽니까."

"있으. 비밀이여."

무르시는 수상쩍은 눈으로 압실롯을 흘끗흘끗 쳐다보면서도 순순히 방을 나가더니 로브 하나를 가져왔다. 압실롯은 이아나에게 로브를 던져 주었고 이아나는 로브를 입었다. 압실롯도 그의 가족들이 집무실 한구석에 던져 놓고 간 짐꾸러미를 뒤지더니 커다란 로브 하나를 꺼내 걸쳤다.

"잠깐 이아나 처자와 산보 좀 다녀올 테니 지금쯤 퍼질러져 있을 마누라랑 새끼들헌티 잘 말해 두랑께."

"뭘 하든 상관없지만 이아나 양에겐 피해를 주지 마세요."

"알았으, 알았으."

무르시의 말에는 압실롯에 대한 절대적인 신뢰가 담겨 있었고 압실롯도 당연하게 받아들이고 있다. 이아나는 묘한 얼굴로 둘을 번갈아 쳐다보았다. 이 둘의 뿌리 깊은 유대감은 어디서부터 온 걸까?

"이아나 양, 괜찮겠습니까? 대체 무슨 짓을 하려고······."

이아나가 걱정하는 무르시를 향해 괜찮다는 뜻으로 고개를 끄덕였다. 용병들의 왕으로 추앙받으며 이 세상을 원 없이 쏘다녔을 압실롯이 대체 무엇을 하고 싶었기에 이렇게 들뜬 기색인지 궁금했다.

"가자!"

압실롯의 손에 이끌려 상단의 건물에서 나온 이아나는 압실롯을 뒤따랐다. 사람으로 북적이는 거리였지만 다른 남자들보다 머리가 서너 개는 더 큰 압실롯에게 위축된 사람들이 그를 슬금슬금 피했기 때문에 이아나는 압실롯이 만드는 길을 따라 편히 갈 수 있었다. 이아나는 혀를 찼다.

"소매치기의 간이 무척이나 컸군요. 용병왕의 신분은 차치하고 다른 사람들이 전부 피하는 압실롯 님께 부딪쳐 물건을 훔칠 생각을 하다니⋯⋯."

"엉? 아, 그놈. 나랑은 우연히 부딪친 거여. 앞 안 보고 도망치다가 부딪쳐서 겸사겸사 내 물건도 훔치려 한 거 같은디 그 꼴 난거제. 하여간 검은여우 새끼들, 신경 거슬리게 하는 데는 도가 트였으. 우리 귀염댕이들을 노리는 것도 그렇고⋯⋯."

이아나는 압실롯의 등에서 풍기는 날 선 분위기에 움찔했다. 그녀도 모르게 압실롯으로부터 한 발자국 물러났다. 뾰족하게 세워진 바늘들로 빈틈없이 뒤덮인 사람을 보는 것 같았다.

하지만 그도 잠시 다시 원상태로 돌아온 압실롯은 한 건물 안으로 쏙 들어갔고 이아나도 조심스레 뒤따랐다.

"마, 그래서 내가 말이야. 이렇게 챙— 하고 샤벨타이거의 발톱을 막았단 말이다."

"내가 꺼지라고 밀치니까 그 못생긴 오크년이 눈물 콧물을 다 쏟더라고. 어디서 그런 게 붙어 가지고."

"와하하! 대박 의뢰다!"

"몬스터의 울음소리보다 더 무서운 게 귀족들이 불평하는 소리라고! 호위로 고용한 주제에 노예로 부려 먹고 있어, 빌어먹을. 내 다시는 케시어트 가문 의뢰를 받나 봐라!"

무슨 건물인지도 모르고 따라 들어온 이아나는 그제야 주변을 살폈다. 그녀가 서 있는 곳은 오래되어 못질이 어긋난 나무판자 바닥 위였다. 술의 알싸한 냄새와 푹 찌는 땀 냄새는 공간을 가득 메웠고, 자욱한 회색 담배 연기가 눈앞을 가렸다. 비치된 동그란 테이블에는 수염이 거뭇거뭇하게 자란 사내들이 아무렇게나 걸터앉았다. 왁자지껄한 웃음소리와 걸쭉한 고함소리가 뒤섞여 온통 어지러웠다. 통째로 게시판이 된 벽의 한쪽에는 형편없는 필체의 글자들이 쓰인 종이들이 이리저리 난잡하게 붙어 있었다.

〈롯소산 푸트키버섯 열여섯 송이 구함. 의뢰비 3골드.〉
〈10월 카르시바 왕국 셸더 백작령으로 향하는 호위인력 보충 중.〉

이아나는 이곳이 어딘지 알 것 같았다. 게시판 앞에서 종이들을 눈여겨보던 사람들은 종이를 한 장씩 떼어 내 관리인으로 보이는 사람 앞으로 줄을 섰다. 관리인의 뒤쪽에는 기개가 뿜어져 나오는 거친 필체로 '로안느 왕국 테오도르 용병지부'라고 쓰인 커다란 판넬이 걸려 있었다.

압실롯은 오늘 소매치기가 훔치려 했던 작은 주머니를 허리춤에서 풀어내더니 황금빛으로 번쩍이는 패를 꺼냈다. 줄을 무시하고 업무를 보고 있던 관리인에게 성큼성큼 다가가 패를 보였다.

"헉!"

웬 개념 없는 놈인가 싶어 인상을 찌푸린 관리인은 패를 보자마자 낯빛이 바로 흙빛이 되었다. 관리인은 자리에서 벌떡 일어나 2층으로 향하는 계단을 통해 사라졌다. 잠시 후 쾅하고 문이 벽과 부딪치는 소리가 나더니 한 배불뚝이 사내가 쿵쾅대며 계단을 내려왔다. 거슬리는 소음에 용병들이 고개를 들었다가 사내를 보고 깜짝 놀랐다.

"어, 저 엉덩이 무거운 인간이 웬일로 밖으로 나온 거지?"

"길드장이 직접? 거물급 의뢰인이라도 왔나?"

사내는 압실롯의 앞에 서자마자 두 손을 모으고 허리를 굽실거렸다.

"아이고, 오셨습니까!"

"나가 말한 건 준비해 놨냐."

"물론입지요."

사내는 압실롯에게 두 손으로 공손히 종이 두루마리 하나를 건넸다.

"여기 있습니다. 제 능력이 되는 선까지 정말 열심히 조사했어요."

"수고했다."

종이를 받은 압실롯이 이아나를 밖으로 데리고 나갔다. 압실롯이 둘둘 말린 종이를 펼쳐 그 내용을 보았다. 이아나는 옆에서 걸으면서 종이 안쪽을 흘끗 보았다. 종이가 뭔지는 바로 알 수 있었다. 익숙한 수도 테오도르의 지도였다.

카마트로스가 가지고 있던 지도 수준은 아니고, 여행자들이 테오도르를 탐방할 때 쓰는 평범한 지도였지만 곳곳에 진한 붉은 점으로 표시되어 있는 게 여행자들의 지도와는 또 달랐다. 이아나는 호기심을 보였다.

"붉은 점은 뭡니까?"

"블랙폭시 놈들 아지트 지도."

"……."

이아나가 말을 잇지 못하고 입을 뻥긋거리고 있는데, 압실롯의 분위기가 갑자기 손바닥을 뒤집기라도 한 것처럼 달라졌다.

"수도에 온 김에 한번 털라고."

이아나는 살벌한 기류를 두른 그의 옆모습을 살짝 긴장한 채 훔쳐보았다. 어째서일까. 지금까지만 해도 딱히 신경 쓰이지 않던 압실롯의 큰 흉터가 매섭게 도드라져 보였다. 이전의 압실롯이 털털하고 사람 좋은 시골아저씨 같았다면, 지금은 수많은 전투에서 살아남은 야수의 왕 같았다.

껍질을 한 꺼풀 벗어 던진 압실롯이 하얀 송곳니를 드러내며 싸늘히 웃었다. 송곳니가 평범한 이들보다 날카로워서일까? 그 모습은 영판 호랑이 한 마리가 낮은 울음소리를 내며 사냥을 준비하는 모습이었다.

"감히 무르시와 우리 귀염댕이 핀을 노린다고? 이 빌어먹을 새끼들. 똥만 가득한 그 대갈빡들 싹 다 벽에 갈아 피떡으로 만들어 부린다."

압실롯이 수염으로 까칠한 턱을 손으로 슥슥 문지르며 툭 던지듯 말했다.

"이아나 처자, 아까 보니께 생각이 좀 많은 것 같던디. 검술제는 핑계지?"

정곡을 찔린 이아나가 흠칫했다. 압실롯이 이아나를 내려다보며 씩 웃었다.

"검술제에는 별로 관심 없는 듯허고? 생각이 많다던 부분에서 울컥하는 것 같던디, 아녀?"

"……."

"위험할 거 같으면 내가 보호해 줄 터니 맘껏 때리고 부수는 건 워뗘? 좀 나을 턴디. 속으로만 끙끙 앓으면 마음 병난다."

그렇게 티가 난 걸까? 이아나는 조용히 뺨을 손으로 감싸 주물거렸다. 표정을 관리하는 데에는 도가 텄다고 생각했는데, 그날을 생각하기만 하면 속에서 용암이 분출하듯 욱하는 바람에 저도 모르게 감정이 밖으로 튀어나온 모양이었다.

아니면 압실롯이 상대의 미세한 표정 변화까지 관찰할 수 있을 정도로 괴물이든가.

"……그런가요. 그럼 그렇게 하죠."

이렇게 대놓고 콕 집히자 이제껏 눌러놨던 마음이 물이 끓는 것처럼 부글거리며 올라왔다. 이아나는 로브의 모자를 꾹 눌러썼다. 로브를 쥔 손에 힘이 들어가 핏줄이 솟았다. 로브 아래에서 가라앉은 붉은 눈동자가 음울하게 번뜩였다.

"보호는 괜찮습니다. 제 몸은 알아서 건사할 테니까요. 이딴 일에서까지 누군가의 도움을 빌려야 한다면…… 저는 앞으로 발전할 수 없을 겁니다."

"그려?"

압실롯과 이아나는 뒷골목으로 슥 빠졌다. 해변의 파도처럼 쏟아지는 인파에서는 두 사람이 슬쩍 빠져도 티가 나지 않았고, 사람들도 관심을 두지 않았다. 골목 안쪽으로 들어가면 들어갈수록 소음은 잦아들었다. 그때 압실롯이 툭 말을 던졌다.

"참말로 정령왕을 소환할 수 있다고?"

"아니, 말씀드렸듯 제가 소환할 수 있다기보다는, 이미 소환된 정령이 저를 만지면 그 정령이 신력……."

이아나는 압실롯이 심장에 머무르는 신력의 존재를 알고 있는지 모르는지 알 수 없어 입을 다물었다.

"처자도 신력을 알고 있고만? 정령왕이 말해 줬나 보지? 신력, 나도 알고 있으니께 얘기 계속혀."

이아나는 묘한 눈으로 압실롯을 쳐다보았다.

압실롯은 전 세계를 질타했었던 용병 중의 왕이다. 현재 사막에서 살아가는 많은 종의 이종족들을 보호하고 있는 수호자로 알려지기도 했다.

동부 오지에는 엘프가, 남부 오지에는 드워프가, 북부 오지에는 어떤 이종족이 사는지 알려지지 않았지만 서부 오지는 전 세계에 숨어 살던 많은 종의 이종족이 터를 잡은 이종족만의 구역이었다. 그런 곳에 살고 있는 압실롯이기에 정령에 대해 알고 있음은 이해했다. 그러나 신력의 존재까지 알고 있을 줄은…….

"알아서 제 몸을 파고들어 와 신력을 먹고 소환됩니다."

"처자의 몸이 어떻게 된 구조인지는 모르겠지만 왕을 부르는 걸 남용하지 않는 게 좋을 것이여. 정령왕은 보통의 방법으로 소환할 수 있는 존재가 아니거던. 어쩌면 정령은 마도시대에서 가장 악마에 가까운 존재일지도…….”

“네?”

“작은 정령은 애교 수준이여. 하지만 본체인 정령왕은 기적을 대가로 엄청난 양의 생명을 앗아 먹지.”

“…….”

“정령왕의 소환 대가에 대해 감을 잘 못 잡는 것 같구먼. 좋아.”

압실롯이 뺨을 긁적이더니 결심한 듯 팔짱을 끼고 고개를 끄덕였다.

“내 처자를 만난 기념으로 정령왕을 소환하는 아주 쉬운 방법 하나를 가르쳐 줄 텡께 어떤 정령왕을 소환하고 싶은지 말해 봐. 불, 물, 땅, 바람 중에서 하나만 골라 보드라고.”

압실롯의 말은 이상했다. 대가가 엄청나다고 하더니 이제는 아주 쉽게 소환할 수 있다고? 그러나 절대 농담이 오갈 만한 분위기는 아니었기에 이아나는 조심스레 말했다.

“불의 정령왕으로 하죠.”

“가장 부르기 쉬운 왕을 골랐구먼. 그 왕을 소환하기 위해서는 제물 백 명을 산 채로 나무 장작더미에 집어넣고 불태우면 돼. 그리고 제물들이 불타 죽으면서 한 번에 쏟아져 나오는 신력을 한데 뭉쳐 정령을 소환하면 불의 정령왕이 소환되지. 쉽쟈?”

“…….”

“물의 정령왕이라면 비슷하게 제물 백 명을 산 채로 수장시키면 되고.”

압실롯이 장난기를 쏙 뺀 채 말을 이어 나가서 이아나는 아무 말도 할 수 없었다.

"나가 극단적으로 말하긴 했지만 그렇게 하면 정말로 왕이 소환돼. 무슨 말하는지 알아듣갔어? 뒤집어 생각하자면 정령왕을 소환하기 위해서는 그만큼의 신력이 필요하다는 소리여. 그런디 처자는 천 년을 살아가는 이종족도 아니면서 정령왕을 소환할 수 있다고 허니 증말 이상하구먼."

이아나는 심장을 짚었다. 두근두근 박동하는 심장은 별다를 게 없는 것 같다. 그러나 이 심장이 품고 있을 신력은 분명 타인과는 다를 터다.

신성시대를 넘어 마도시대까지 억척같이 살아온 신이자 어미인 르보니가 넘겨준 붉은 신의 신력의 양이 아주 많았을지도 모른다. 하지만 그것보다는 붉은 신의 이름을 딴 가문의 피가— 과거에, 아주 머나먼 과거에 붉은 신이었을지도 모를 자신의 전생이— 모든 의문을 해결할 수 있는 핵심인 게 분명했다.

하지만 가문의 역사에는 별다를 게 없고 전생이 어떤 원리로 성립하는지 알 수 없기 때문에 현상을 구체적으로 설명할 수 없다.

"그러니께 처자가 처자의 몸이 어떻게 생겨먹었는지 알기 전에는 정령왕을 부르는 건 자제하드라고. 갑자기 픽 죽을 수도 있으니께."

이아나는 압실롯이 정말 이상하다고 생각했다.

"압실롯 님은 어떻게 그런 걸 알고 계신 겁니까?"

"나?"

압실롯이 대답을 하려던 그때 갑자기 길을 가로막는 다섯 명의 우락부락한 사내들이 있었다. 그들은 하나같이 무기를 들고 있었다.

"이히히, 내놔. 다 내놔!"

"전부 다 벗어 놓으면 몸은 보내 주마! 크하핫!"

"안 그래도 기사 놈들 때문에 수입이 없어 쫄쫄 굶었는데 여길 둘이서 들어오다니…… 겁대가리를 상실했구만! 키킥!"

이아나는 슬럼 쪽으로 올 때마다 빠지지 않고 벌어지는 해프닝에 한숨을 내쉬었다. 불량배들은 뺏는 게 일상이구나 싶었다. 이러니 음습한 뒷골목을 사람들이 꺼리는 것이다. 그래도 카마트로스의 로브와 가면을 착용하고 있을 때는 알아서 몸을 사리더니 평범한 로브를 입고 압실롯과 둘이 왔더니 이 꼴이다.

휘익!

그때, 압실롯이 눈 한 번 깜빡할 사이에 남자들 사이로 깊숙하게 파고들었다. 그의 속도를 따라가지 못한 남자들은 상황 파악을 하지 못하고 여전히 낄낄대고 있는 중이었다. 압실롯은 꽉 틀어쥔 주먹을 한 남자에게 뻗었다.

뻐어어억!

"크아악!"

거대한 주먹을 그대로 맞은 남자의 입에서 이빨이 우수수 튀어나오고 얼굴이 함몰 직전까지 이르렀다. 압실롯은 주먹을 맞고 기절해서 옆으로 화살처럼 날아가려는 남자의 머리를 잡아채더니 바닥에 강하게 패대기쳤다.

"으, 으흐."

곤죽이 된 남자는 피를 줄줄 흘리며 경련을 일으켰다. 다른 사내들은 꿀 먹은 벙어리가 되었다. 압실롯이 굉소를 터뜨렸다.

"내놔. 다 내놔! 전부 다 벗어 놓으면 몸은 보내 주마! 크하핫!"

압실롯은 남자들이 처음에 했던 말을 그대로 흉내 내더니 남자들을 쳐다보았다. 사납게 뻗쳐 오른 눈매 아래에서 빛을 품고 번뜩이는 눈은 사내들의 오금을 저리게 하기에 충분했다. 호랑이는 턱을 쳐든 채 손만 뻗어도 잡을 수 있는 쉬운 사냥감들을 오만하게 내려다보았다. 남자들이 하얗게 질린 채 손을 휘휘 내저었다.

"잠, 잠깐! 벗겠습니다요! 벗을게요!"

"필요 없다!"

압실롯은 쩌렁하니 고함을 지르고는 남자들에게 쇄도했다. 그리고 그가 네 명의 남자를 정리하는 데는 1분도 걸리지 않았다. 타로가 검을 좋아하는 것과는 달리 압실롯은 체술의 달인이었다. 압실롯은 꽉 움켜쥔 두 손과 발로 겁에 질려 무기를 휘두르는 자들을 말 그대로 개 패듯 팼다.

"끄으윽."

퍼버벅거리는 둔탁한 타격음이 연쇄적으로 이어진 후, 이아나의 앞에는 압실롯이 신음을 흘리며 널브러져 있는 남자들의 품을 뒤져 주머니를 챙기는 진풍경이 펼쳐지고 있었다.

압실롯은 품에서 큰 주머니를 꺼내더니 거기에 불량배들의 주머니를 털어 넣었다. 배부른 산적처럼 주머니를 어깨에 메고 일어나는데, 이아나가 빤히 쳐다보고 있자 압실롯은 당당하게 말했다.

"돈은 좋은 것이여."

그 후로도 아지트로 향하는 길에 불량배들과 몇 번이나 마주쳤지만 압실롯은 그들을 묵사발로 만들어 놓고 주머니를 빼앗은 후 유유자적하게 길을 지나갔고 이아나는 옆에서 그를 조용히 관찰했다.

얼마 지나지 않아 압실롯은 작은 건물 근처에서 걸음을 멈췄다.

"음, 여기 맞구먼."

첫 번째 사냥터가 될 아지트에 도착했다. 안에서는 사내들이 도박을 하고 있는지 '스트레이트!', '풀하우스다, 새꺄!'와 같은 대화 소리와 걸쭉한 웃음소리가 섞여 들렸다. 압실롯은 씩 웃으며 이아나에게 속닥거렸다.

"처자, 나가 다 책임질 거니께 맘껏 깽판 쳐도 돼, 알겠지?"

"그러죠."

압실롯이 먼저 뛰쳐나가고 이아나가 그의 뒤를 따랐다. 압실롯이 달리던 그대로 도약하여 닫혀 있는 문을 걷어찼다.

콰아아아아앙!

"우왓!"

"뭐냐!"

압실롯의 힘에 걸쇠와 경첩이 막대과자처럼 얌전히 부러졌고 문은 거의 두 동강이 나서 안쪽으로 대포처럼 날아갔다. 안에 있던 이들은 우레와 같은 굉음과 함께 문이 반쯤 접혀서 날아오자 경악했다.

빠악! 빡!

"커헉!"

날아온 문에 맞고 기절한 이도 속출했다. 하지만 문은 속도를 전혀 늦추지 않으며 날아가 원래 제가 있던 벽의 맞은편 벽에 부딪히며 박살이 났다.

블랙폭시들이 헐레벌떡 무기를 손에 쥐며 먼지가 풀풀 이는 문 쪽을 보았다. 안으로 들어선 압실롯이 엣헴, 하고 기침을 했다.

"여그가 대 블랙폭시 조직원님들 아지트요?"

"뭐냐!"

"네놈은 누군데 우리를 찾는 거냐!"

"맞구먼."

그 직후 아지트는 박살이 났다. 온갖 물건들을 부수며 날아다니는 압실롯과 마찬가지로 이아나도 사정 봐주지 않고 사내들을 무자비하게 패며 쌓인 스트레스를 풀었다.

이아나는 잘린 팔다리가 날아다니는 꼴은 딱히 보고 싶지 않았기 때문에 검집을 각목으로 삼아 신체 부위를 부러뜨리는 식으로 패고 다녔다. 하지만 연장을 들고 달려드는 이들을 베는 것을 거리끼진 않았다.

살아남은 자들은 압실롯과 이아나의 앞에서 무릎을 꿇고 살려 달라고 싹싹 빌었다. 이 아지트는 블랙폭시 조직원들이 도박을 하고 노는 장소였기 때문에 높은 계급의 조직원은 없었고 죄다 피라미들이었다. 하지만 그중에서도 대장 격의 남자는 있었다. 그는 덜덜 떨며 외쳤다.

"뉘신데 우리를 이렇게 괴롭히시는 겁니까?"

"아ㅡ앙? 이 몸이 왜 네놈에게 정체를 밝혀야 허는디?"

"이, 이런 비겁한!"

"비겁? 헛소리하고 자빠졌네."

"카마트로스냐! 네놈들은 이제 끝났어! 마법사님이 네놈들을 끝까지 추적해서 척살할 테니까!"

마법사라는 소리를 듣는 순간, 심사가 심하게 뒤틀린 이아나의 눈썹이 쓱 올라갔다. 저들이 말하는 마법사가 열흘 전에 죽인 케이거스 드미트리인가? 아직 그의 죽음이 조직에 알려지지 않은 모양이었다.

하긴 아르하드가 악마의 파편을 빼앗는 과정에서 케이거스의 몸은 검은 불꽃에 불타 완전히 사라졌었다. 블랙폭시가 그의 죽음을 알 턱이 없었다.

"카마트로스는 모르겠고 여우 잡는 사냥꾼이긴 허다, 이 새끼들아. 그런디 척살알? 감히 나를?"

남자가 당황해서 움찔했다. 압실롯이 두 손에 깍지를 끼고 뻐근한 뼈를 뚜둑거리며 한차례 풀더니 남자의 얼굴을 주먹으로 휘갈겼다. 목뼈가 나가는 소리가 들림과 동시에 남자는 벽까지 날아가서 등을 부딪쳤고, 그 이후 몸을 움직이지 않았다. 무릎을 꿇은 사내들은 겁을 잔뜩 먹고 부르르 떨었다. 바지를 축축하게 적시는 사내들도 있었다. 압실롯은 껄껄 웃었다.

"나가 궁금혀? 그럼 블랙폭시 놈들 잡으러 다니는 화이트폭시라고 허자! 으흠흠, 수입이 좋구먼."

사내들을 무릎 꿇리기 전에 강제로 돈을 쓸어 담아 놓게 해서 묵직해져 있는 제 주머니를 들어 본 압실롯이 흐뭇하게 웃었다. 그러다 노려보고 있는 한 남자를 발견하고 발로 그의 얼굴을 세게 걷어찼다. 남자가 옆으로 넘어지면서 부러진 이빨들이 사방으로 튀었다.

"……."

알게 모르게 압실롯을 노려보고 있던 이들은 이제는 눈도 내리깔았다. 압실롯은 테이블에 걸터앉은 채 한 사내에게서 빼앗았던 담뱃갑에서 담배를 한 대 꺼내 입에 물었다. 간단한 마법으로 자그마한 불을 일으켜 담배에 불을 붙였다. 압실롯의 입술 틈으로 거뭇한 연기가 흘러나왔다.

"잘 들으라, 아그들아. 나가 이제 앞으로 수시로 느그 아지트 부수고 느그들 잡아 죽이러 다닐거거던? 죽기 싫으믄 앞으로 블랙폭시에는 얼씬도 안 하는 게 좋을 것이여? 요것을 소문 좀 내라고 내가 느그 살려 주는 거여, 잉?"

사내들은 정신없이 고개를 끄덕였고 압실롯은 만족해서 씩 웃었다. 그리고 뒤에서 상황을 지켜보던 이아나에게 고갯짓하여 아지트에서 빠져나왔다.

멀끔했던 아지트는 완전히 엉망이 되었다. 벽 여기저기가 금이 간 것은 물론이요 유리창은 모조리 깨져 있었다.

"캬아, 오랜만에 빠니까 죽여브러."

압실롯은 담배연기를 푹푹 빨아 대며 그의 옆에서 걷고 있는 이아나에게 말했다.

"처자가 들어간 조직, 카마트로스지? 블랙폭시를 상대하는 간 큰 놈들은 거기밖에 없거던."

"카마트로스를 알고 계셨습니까?"

"그려. 암흑가 쪽에서 블랙폭시랑 카마트로스 모르면 간첩이쟈. 내가 알고 있는 놈 하나도 거 들어가 있고 말여?"

이아나는 순간 시저를 떠올렸다. 정령을 다룰 수 있는 대단한 체술인. 하지만 조직원의 사생활을 캐는 건 금물이다. 그리고 알아봤자 단순한 호기심 충족밖에 되지 않았으며 시저에게도 엄청난 실례였다.

"그렇습니다. 그런데 왜 저들에게 소문을 내라고 하셨는지 여쭈어도 되겠습니까? 경계가 더욱 삼엄해지고 아지트를 처리하기 힘들어질 텐데요."

"상관없어. 나는 나으 실력을 믿으니께."

이름만 들어도 벌벌 떨고 피해 간다는 블랙폭시 조직을 단신으로 상대하는 것치고는 광오한 말이었다. 압실롯이 피식 웃었다.

"나가 살아온 세월이 얼만디 저것들은 그냥 밥이지. 저놈들이 뭔 발악을 하든 상관없으."

중년의 얼굴을 한 주제에 말만 들으면 나이를 먹을 대로 먹은 할아범 같다. 압실롯은 무척 자신만만해 보였다.

"근디 저런 깡패 놈들을 죽여서 세력을 줄인다는 건 아주 저차원적이고 효과 없는 방법이란 말이제. 깡패는 세상에서 절대 사라질 수가 없으. 없애도 어디선가 비슷한 놈들이 꾸역꾸역 나타나서 죽은 놈들의 빈자리를 채우거던. 그리고 우리 목표는 깡패 말살이 아니라 블랙폭시라는 집단이잖여?"

압실롯은 후— 하고 담배연기를 뱉어 냈다.

"블랙폭시가 카마트로스 땀시 많이 위축됐다지? 그런데 이때 또 다른 세력이 나타나서 놈들을 못 잡아먹어서 안달이라고 허면 심약한 놈들은 빠져나갈 거란 말여. 막강한 두 세력이 블랙폭시만 노리고 있다고 하믄 신입도 줄 것이고. 그러면 블랙폭시라는 조직은 더 흔들리는 거여."

대화를 하는 도중에 두 번째 아지트에 도착했다. 이번에는 아까 전보다 더 큰 아지트였다.

"나가 바라는 건 나가 아끼는 것들의 안전뿐이라 저것들이 빨리 정리됐으면 혀. 이제부턴 본격적으로 나설 생각이고."

압실롯이 성큼성큼 문으로 걸어갔다.

"서쪽에는 이 빌어먹을 놈들을 거의 다 정리했건만 여기는 아직 활개를 치고 있구먼? 이런 데서 우리 귀염댕이가 잘 살겄냐. 이 말이여."

두 번째 아지트에는 운 좋게도 간부 하나가 있었다. 고위급 인사는 아니었지만 자신이 맡은 조직원들을 관리하고 상부의 명령을 조직원들에게 전달하는 나름 중요한 역할을 맡은 간부였다.

압실롯과 이아나는 마찬가지로 떨거지들은 반 죽여서 주변에 널브러뜨려 놓고 간부는 꿇어앉혔다.

"나가 우리 여편네랑 무르시를 만난 이후에는 약이고 뭐고 다 끊었는데 말이여……."

압실롯은 무표정한 얼굴로 겁에 질린 남자의 앞에 쪼그려 앉아 그의 얼굴에 담배연기를 후— 하고 뱉었다.

"드러운 성질머리로 참기도 잘 참는데 말이여…… 딱 하나 못 참는 게 있쟈. 뭔지 알겄냐?"

압실롯의 눈이 형형하게 빛났다. 그는 불이 붙은 담배를 사내의 이마에 비벼 지졌다. 사내는 고통스러운 비명을 내질렀다.

"니눔들 같은 쓰레기들이 내 소중한 것들 앞에서 나대는 것이여. 알겄냐, 잉? 확 죽여 불랑게. 앞으로 블랙폭시 느그는 다 죽었어."

두 번째 아지트도 성공적으로 박살을 내고 세 번째 아지트로 향할 때였다.

"웬 이상하게 생긴 멍멍이들이 쳐다보고 있나. 느낌도 안 좋고."

압실롯이 고개를 갸웃하며 말했다. 이아나는 압실롯의 뒤에서 나와 그가 가리킨 것을 보았다. 순간 피부가 곤두섰다. 추악한 모습과 괴이한 기운. 키메라였다.

케이거스는 죽었지만 그가 블랙폭시에 남겨 놓은 키메라들은 건재했던 모양이다. 이아나의 눈썹 끝부분이 확 치켜 올라갔다.

요즘 이아나는 우울했다. 그리고 케이거스는 그 우울증에 한 발을 걸치고 있었다. 그가 근본적인 원인을 제공하진 않았다. 하지만 그녀에게 엄청난 무력감과 자괴감을 불어넣었으며 그녀가 깨닫지 못하고 있던 사실을 인식시켜 현재의 구렁텅이에 밀어 넣었다.

그런데 케이거스의 흔적이 바로 앞에 있었다. 화풀이 대상을 찾는 순간, 블랙폭시 조직원을 패면서도 해소되지 않던 갑갑함이 뚜껑을 열고 튀어나와 머리끝까지 치솟았다. 이아나는 압실롯의 옆을 바람처럼 뛰어나갔다.

"엉?"

압실롯이 어벙한 소리를 낼 때쯤, 이아나의 검에 순식간에 마나가 밀려들어 극도로 짙은 붉은 검기가 맺혔다.

쫘아악!

이아나는 그대로 검을 대각선으로 강하게 휘둘렀다.

쩌억—

검에서 터져 나간 초승달형의 검기는 키메라들을 그대로 베고 지나갔다. 검은 피가 튀었다. 점점이 튀는 검은 피를 보는 이아나의 얼굴은 표출할 곳을 찾지 못하는 답답함으로 뒤덮여 있었다.

압실롯은 처음에는 놀란 얼굴로 그녀의 강한 검기를 주시했지만, 이내 이아나의 상태에 주목했다.

검기는 키메라를 베고 지나가다 못해 뒤에 있던 아지트도 통째로 베어 냈다. 아지트는 단단한 벽돌 건물이었음에도 검기의 통과를 허용하며 일직선의 균열을 제 몸에 그려 냈다.

쿠르릉…….

균열을 중심으로 두 동강 난 건물의 윗부분은 경계선을 타고 미끄러져 내려 와르르 무너졌다. 안에 있던 이들이 비명을 지르며 튀어나왔고, 이아나는 그들에게 무자비하게 검을 휘둘렀다. 압실롯도 가세하여 세 번째 아지트는 가장 빠르게 무너졌다.

"후우, 후우……."

압실롯은 줄곧 차분하던 이아나가 분에 겨운 표정으로 숨을 몰아쉬고 있자 가만히 지켜보았다. 이상하게 생긴 개들을 본 이후의 변화, 이상하게 여길 법도 하다. 하지만 아무 말도 하지 않고 이아나를 데리고 다음 아지트로 향하고, 향하고, 또 향했다.

마법사의 키메라는 이따금씩 아지트에 나타났다. 눈에 불을 켜고 키메라를 긋고 베어 내리던 이아나는 마음이 천천히 가라앉는 걸 느꼈다. 분노와 답답함을 풀어내고 비어 버린 심장에, 이번에는 답답해했던 스스로에 대한 씁쓸함이 꾸역꾸역 차올랐다.

박살 낸 아지트가 열 개가 다 되어 갈 쯤, 압실롯은 하늘을 보더니 이아나에게 말했다.

"여편네가 기다리겠네. 오늘은 이쯤에서 그만해야겠어."

이아나는 다른 의견 없이 고개를 끄덕였다. 압실롯은 이아나를 옆에 두고 골목길을 이리저리 걷다가, 스치듯이 툭 말했다.

"워뗘. 마음은 좀 풀렸어?"

이아나는 멈칫했다가 조용히 말했다.

"……네."

"아닌 것 같은디? 내일도 나랑 여우놈들 패러 다닐 텨?"

거짓말은 취향이 아닐뿐더러 압실롯 앞에서는 거짓말을 하기도 어려웠다. 이아나는 픽 한 번 웃고는 내일도 함께 움직이겠냐는 제안에 조용히 고개를 저었다.

"때리고 베어서 기분을 푸는 건 오늘만으로도 충분합니다. 덕분에 답답한 게 많이 사라졌습니다. 감사합니다."

"싫지 않다면 뭐가 그렇게 불만인지 물어도 되겠나? 다른 사람이 고민을 들어 주면 해결까진 되지 않더라도 기분이 많이 풀리거던."

일리가 있는 말이지만, 이아나는 입을 쉽게 열지 않았다. 제 속에 든 생각과 감정은 열여섯 어린 계집이 가질 만한 것이 아니었고, 또한 듣는다고 해서 쉬이 이해할 수 있는 것도 아니었다.

"옛날부터 미치도록 이기고 싶은 상대가 있었습니다."

하지만 조금은 내보여도 괜찮지 않을까? 그녀의 입술이 조금씩 달싹였다.

"그 사람을 이기는 게 제 목표였고 인생의 전부였습니다. 늘 지긴 했지만 그래도 한 번 싸우면 수십 분은 기본이었습니다."

무기가 상대방을 무력하게 만드는 즉시 끝나는 대결은 승패가 결정 나는 시간이 생각 외로 짧다. 수십 분은 긴 편이었다. 그래서 이아나는 스스로가 부족한 건 알았지만, 아르하드의 강함의 끝이 보이지 않았지만…… 그래도 아슬아슬하게 져 온 거라고 생각했었다.

"하지만 어느 날, 상대가 저를 단 한 수에 꺾어 놓을 수 있음에도 계속, 계속…… 봐주었다는 사실을 알게 되었습니다."

그가 봐준 거라고는, 한 번도 생각해 본 적이 없었다.

"수치심이 치솟고 자존심이 상하고…… 제가 장난감에 불과했다는 생각과 제 인생이 온통 기만당했다는 생각에 속상해서 울어 버렸습니다. 모종의 이유로 그 사람을 절대 이길 수 없다는 사실까지 알게 되어 패배감을 주체할 수 없었습니다. 그런데 이번엔 상대가 자기를 이길 수 있을 정도로 강하게 만들어 주겠다고 하더군요."

이아나는 그 말을 듣는 순간 비참함을 느꼈다.

"이기기 위해선 그 방법밖에 없습니다. 도움을 받을 생각이고요. 하지만 그 사람을 이기기 위해서 그 사람에게 도움을 받아야한다는 우스꽝스러운 상황에 스스로에게 아주 실망했고…….”

더 많지만 압실롯이 납득할 수 있을 정도만 대충 말해 보면 이랬다. 이아나는 신경질적으로 눈을 감으며 머리카락을 헤집었다.

“지금도 심란합니다. ……이제 열일곱이 되어 가는 어린애가 무슨 소리를 하고 있나 싶으시겠지만.”

“그래서, 처자는 노력하지 않았나?”

말의 의미를 이해할 수 없었다. 이아나가 머리에서 손을 떼고 압실롯을 보았다. 압실롯은 앞만 쳐다보며 말했다.

“놈이 기만한 지난 시간 동안 처자가 놈을 이기기 위해 노력하지 않았느냔 말이여. 그놈을 이기기 위해 노력하지 않았다면 처자는 할 말 없어. 고민할 자격도 없어.”

“아니요!”

이아나는 욱하는 기분에 반박했다.

“전 노력했습니다. 전 그를 이기기 위해 정말 최선을 다했고, 모든 시간을 강해지는 데만 쏟아부었습니다. 그랬기에 이렇게 답답하고 화가 나는 겁니다!”

“그러면 처자에게 지난 시간들은 의미가 없었나? 놈이 기만한 지난 시간들이 처자헌티는 쓰레기였냔 말이여. 놈을 이기기 위해 노력했던 시간을 후회하는 겨? 차라리 그렇게 노력하지 말고 일찌감치 포기할걸 그랬어?”

순간 이아나의 숨이 턱 막혔다.

“……아니요. 절대…… 후회 안 해.”

“그럼 됐으. 그런데 처자는 그놈에게 정말로 이기고 싶은 겨?

놈이 기만했다는 걸 알면서도 아직 이기고 싶어?"

씩 웃은 압실롯이 나지막한 어투로 물었다. 얕보는 느낌은 없었다. 이아나는 고개를 푹 숙인 채 중얼거렸다.

"……물론입니다. 깨끗하게 포기를 할 수 없으니 이렇게 답답해하는 거겠죠."

"정말로 이기고 싶다면, 수단과 방법을 가리지 말어. 상대의 무시까지 감수하고 강해져 브러. 완전히 길이 안 보이는 건 아니잖여? 강해질 수 있는 수단이 떡 하니 있잖여? 그게 상대에게 머리를 조아리고 다리 사이를 기어서 지나가는 거라도…… 마지막에 이기면 그만이니께."

압실롯이 담담하게 말했다.

"……."

"스스로에게 실망하면서 괜히 스트레스 받을 시간에 '이놈, 두고 보자! 나가 지금은 이렇게 고개를 숙이지만 나중에는 그 높은 콧대를 부러뜨릴 테다!'라는 마음으로 노력혀. 몸을 숙인 채로 처자를 괴롭게 만드는 놈을 넘어설 정도로 강해져. 강해져서 놈이 진심으로 처자를 상대하게 만들어. 그때쯤이면 놈을 진심으로 만든 스스로에게 실망은 허지 않겠지. 거기서 더, 더 노력해서 완벽한 승리를 거둬. 처자를 무시했던 그 인간을 완전히 씹어 먹어 버려."

"……."

"이기고 싶은디 수단이 뭔 상관이여? 고개를 숙여서 놈을 넘어설 정도로 강해질 수 있다면, 놈을 완전히 이길 수 있을 때까지 자존심 죽여. 그리고 강해져서 이기는 순간 줄곧 무시했던 놈을 무릎 꿇려 놓고 비웃으면서 얼굴을 발로 차 버리랑께."

압실롯은 말이 없는 이아나를 내버려 두고 깍지를 낀 채 기지 개를 쭉 폈다.

"뭐, 나라면 그러겠다는 말이여. 허긴…… 나가 좀 막 살긴 허지. 평범한 사람은 이렇게 생각하기가 어려울 수도 있었어.!"

골목길에서 빠져나오자마자 쏟아지는 빛에 눈이 부셨던 압실롯이 얼굴을 찡그리고 손바닥으로 빛을 가렸다. 태양이 하늘을 주홍빛으로 물들일 준비를 하고 있었다. 이아나는 왕성의 꼭대기에 걸려 하늘 저편으로 기울고 있는 태양을 보았다.

그들은 천천히 걸어서 파엘라 상단 건물 앞에 도착했다.

"이아나 처자. 오늘 나랑 같이 움직여 줘서 고마우잉!"

이아나는 압실롯을 말끄러미 쳐다보다 허리를 숙였다.

"저야말로 감사합니다."

"음."

압실롯은 조금은 가벼워진 이아나의 목소리에 만족스럽게 고개를 끄덕였다. 그러고는 묘한 눈으로 쳐다보았다.

"내 처자를 오늘 지켜보니 절대 평범한 인간이 아님은 알겠어. 인간이 맞나 싶을 정도로 이상하거던? 올 수 있으면 사막으로 꼭 한번 와 줬으면 허는디……."

이아나는 압실롯의 제안이 반가웠다. 오지에는 중앙 대륙에서는 알 수 없는 비밀들이 아주아주 많은 것 같았다.

"꼭 그렇게 하겠습니다. 그런데 압실롯 님이야말로 사람이 맞습니까?"

"엉?"

"정령도 알고 있고, 신력도 알고 있고, 정령왕을 소환하는 대가도 알고 있는 사람이 평범하다곤 할 수 없지요. 오늘 지켜보니, 근력도 너무 강하십니다. 비정상적일 정도로."

이아나가 보기엔 그랬다. 타로에게까지 이어지는 괴력은 성장한 아르하드라도 마나를 사용하지 않으면 절대 감당할 수 없을 터였다.

"사람이라기엔, 사람과는 너무 다르군요."

듣는 사람 입장에서는 불편할 수도 있는 말이었다. 그러나 압실롯은 이를 드러내며 웃었다.

"사람이 아니라면 처자는 나가 뭐로 보이는디? 사람이 아닌 것 같으면 한번 알아서 맞혀 보드라고."

"아니, 이 인간이?!"

그때, 란카가 건물에서 튀어나와 삑 소리를 질렀다.

"밥때가 다 됐는디 타로 놈 친구분을 어델 질질 끌고 다니다 온 겨? 잉? 담배 냄새? 담배 핀 겨?"

"아. 임자. 아퍼!"

이아나는 블랙폭시 조직원들을 무자비하게 패던 압실롯이 자그마한 체구의 어여쁜 란카에게 짝짝 소리가 날 정도로 얻어맞고 있자 어색한 표정을 지었다.

학술원 근처에는 높이가 낮지만 정상에 앉아 멀리 내다보면 학술원의 전체적인 모습이 보이는 언덕이 하나 있다. 이름은 없었

지만 녹색 잔디로 뒤덮인 언덕은 숲과 더불어 수도 테오도르의 외곽에 푸르름을 더하는 요소 중 하나였다. 하지만 노을이 지자 녹색 잔디는 황혼에 젖어 주홍빛으로 흔들거렸다.

언덕에 뿌리박은 나무그루에 기댄 이아나는 시원한 가을바람을 맞으며 평소의 고풍스러움에 축제 분위기를 덧입은 학술원건물들을 내려다보았다. 이틀 후에 시작될 학술제 준비가 끝난 오늘은, 케이거스를 제거한 밤 이후로 닷새가 지난 날이었다.

이아나는 마법사를 처리한 날 이후 한동안 아르하드를 찾아가지 않았다. 강의만 듣고 바로 기숙사의 방으로 돌아갔으며 대련은커녕 수련도 하지 않았다. 아르하드도 그런 이아나를 찾지 않았다.

그러던 어느 날 이아나는 아르하드의 강의실 앞에 불쑥 찾아갔다.

"그때는 못난 꼴을 보였습니다."

평소와 같은 얼굴을 한 이아나는 사흘 만의 만남에 긴장한 낯빛의 아르하드에게 말했다.

"신력 제어를 배우고 싶습니다. 그런데 배우는 입장에서 할 소린 아니지만…… 배우는 시기를 조금만 미뤘으면 합니다. 대련도 당분간은 하지 않을 생각인데…… 괜찮겠습니까?"

이아나는 그리 부탁했다. 그리고 아르하드는 이유를 묻지 않고 그저 눈에 띄게 안심한 낯으로 승낙했다.

"물론. 배우고 싶을 때 언제든지 말해."

"감사합니다."

배우는 시기를 늦춘 까닭은 곧 시작될 시끌벅적한 학술제는 둘째 치고 마음을 정리하고 싶어서였다.

압실롯의 말이 아니었어도 이아나는 이미 아르하드에게 신력 제어를 배우려고 결심한 상태였다. 아르하드와 영영 안 보고 살 것도 아니었고, 신력 제어도 반드시 배워야만 했다. 다만 온전히 제 힘으로 이길 수 없고, 이기기 위해서는 라이벌인 그에게 반드시 신력 제어를 배워야 한다는 사실에 스스로에게 끝없이 실망하여 우울했을 뿐이었다.

이아나는 기억을 더듬었다.

닷새 전, 마나와 아르하드의 관계를 깨달은 그날, 이아나의 안에서는 엄청난 감정적 동요가 있었다.

처음에는 자존심이 미치도록 상했다. 회귀 전이나 지금이나 제가 맹수 앞에서 주제도 모르고 짖는 하룻강아지밖에 되지 않았다는 생각에 엄청난 분노와 수치심이 온 정신을 사로잡았다.

'단번에 이길 수 있음에도 호각을 이루는 것처럼 연기를 하며 나를 상대했어.'

'나는 이 남자 앞에서 바보 놀음을 한 거야.'

'그런 나를 보며 무슨 생각을 했을까?'

'우스웠겠지. 속으로 비웃었겠지.'

이때까지 무승부가 날 때마다 날듯이 기뻐했던 제 뺨을 치고 싶어졌다.

그다음에는 아르하드를 영원히 이길 수 없다는 사실에 대한 억울함과 허탈함이 치밀었다. 희망조차 가지지 못하도록 처음부터 싹이 밟히는 심정은 아주 참담했다.

다음으로는 깨끗하게 포기하지 못하는 자신의 승부욕이 지긋지긋해졌다. 아르하드를 완전히 이길 수 없음에 참담함을 느끼는 자신도 지긋지긋했다. 검 외에는 스스로를 증명할 수 있는 수단이 없는 것도 지긋지긋했다. 아르하드에게 어차피 질 수밖에 없는 검을 쥐고 한평생을 살고, 또 살아갈 자신도 지긋지긋했다.

그리고 이아나는 스스로를 지긋지긋하다고 여기고 있는 자신에게 미치도록 짜증이 났다. 스스로가 초라하고 못나 보였다. 치졸하고 옹졸하고 답답했다.

당신이 뭔데 나를 이렇게 만들어. 내가 왜 이런 감정을 느껴야 해. 당신은 늘 나를 흩트려 놓지. 언제나, 항상……

마지막으로 치민 감정은 우습게도 서글픔이었다. 눈물이 핑하고 돌았다. 이아나는 평생토록 라이벌 의식을 불태워 온 상대가 자신을 한 번도 진심으로 상대해 준 적이 없다는 사실이 서글펐다. 너무 분하고 서러워서 펑펑 울고 말았다. 평생 쏟은 눈물보다 더 많은 눈물을 쏟아냈다.

"오해하는 게 있는데 너를 상대할 땐 대충 할 수 없어. 마나? 네가 좋다고 떡하니 들러붙어 있는 걸 어떻게 억지로 떼어 내. 그건 아주 비겁한 일이야."

궤변이라고 생각했다. 어쨌든 떼어 낼 수 있는 걸 떼어 내지 않았다는 말이 아닌가? 자존심을 지켜 주려고 한 걸까? 만일 정말 그런 거였다면 더 자존심 상한다고 생각했다.

이런 상태로 닷새가 흘렀다.

"하아."

이아나는 한숨을 내쉬었다.

오늘 있는 대로 분풀이를 하고 나니 속이 조금 개운해졌다. 생각의 방향을 전환해 볼 여유도 생겼다.

이아나는 입장을 바꾸어 생각해 보았다. 아르하드에게도 그녀는 마찬가지였을 것이다. 아니, 더 심했다. 이아나는 그의 진심을 봐주기는커녕 상대해 주지도 않았기 때문이다. 그러니 이렇게 우울해할 필요도, 자격도 없었다.

"나도 지는 건 싫기 때문에 너를 상대할 때는 최선을 다할 수밖에 없어. 일부러 져 주는 건 상상도 안 한다. 너를 우습게 본 적도 없어."

지금에 와서는 아르하드의 말들도 꽤 긍정적으로 여겨졌다. 곰곰이 생각해 보니 검술로는 봐주지 않았다는 말이었다.

아르하드가 진심이 아니었다면 실력으로 진심으로 만들면 된다. 검술을 더 열심히 갈고 닦고, 노력해서 신력 제어에 능숙해지면 이길 수도 있다. 라이벌에게 배움을 청한다는 사실에 자존심 상할 이유도 없다. 어쨌든 이기면 그만이니까.

'이렇게 쉽게 해결될 고민이었는데 뭘 그리 끙끙 앓았을까.'

쏴아아아…….

바람이 불어 잔디가 흔들거렸다. 이아나의 붉은 눈동자도 흔들렸다.

마음은 어느 정도 정리되었다.

하지만 마음 한구석에 남아 있는 불편함과 찜찜함⋯⋯.

"강해져서 이기는 순간 줄곧 무시했던 놈을 무릎 꿇려 놓고 비웃으면서 얼굴로 발로 차 버리랑께."

그럴 생각은 없지만, 그럴 수도 없다. 왜냐하면⋯⋯.

이렇게 생각하면 안 되는데, 이렇게 생각해서는 안 되는 걸 알고 있는데⋯⋯.

수십 년간 그녀의 자존심을 상처 입힌 그는 이 세상에 없었다.

"⋯⋯."

이아나는 몸을 빙글 돌려 나무줄기를 꽉 붙잡았다. 그리고 심호흡을 했다.

쿵!

이아나는 나무줄기에 머리를 세게 찧었다. 강한 충격을 받은 나무에서 나뭇잎이 퍼석퍼석 떨어져 내렸다. 이마가 벌게졌다. 껍질에 긁혀 생채기도 났다.

이아나는 눈을 반짝 떴다.

"반성 끝."

자신은 좋은 사람도 아니고, 훌륭한 사람도 아니다. 이기적인데다가 자존심 덩어리에 못났고 치졸하기 짝이 없다.

그래, 지금 이 순간까지만 그렇다고 하자. 못났지만 노력해 온 삶은 결코 헛되지 않았다. 못났다고 해서 후회할 만한 성질의 것이 아니었다. 제 인생은 여기까지 도달할 수 있는 토대가 되었다.

그러니 이제 달라지도록 하자.

아르하드는 아르하드다. 지금의 아르하드를 이기면 그만이다. 아르하드가 없는 검술제에서는 무조건 우승할 것이다. 그 말고는 누구에게도 지지 않을 것이다.

"나는 너라는 검에 반한 거다."

그리 말하던 아르하드의 목소리가 아직도 선연했다.

소유와 승리, 이 두 가지는 진심으로써 한 길로 통한다.

나는 최강의 검사가 되어 진심인 당신을 전력으로 꺾는다. 그리고 나는 당신의 진심을 받들어, 진심에 걸맞은 검이 되어 당신의 것이 된다.

"아……."

이아나가 이마를 붙잡고 신음을 흘렸다. 있는 힘을 다해 찧어서인지 이마가 너무 아팠다. 손바닥이 축축해져서 손을 보니 피가 묻어 있었다.

이아나는 욱신거리는 머리를 진정시키기 위해 눈을 감고 나무에 등을 기댔다.

"피장파장이야, 당신도, 나도."

끊임없이 충돌한다고 생각하였으나, 사실은 평행선을 그리며 결코 마주치지 않았다. 진심이 존재하지 않았기 때문이다. 그렇게 패배와 패배로 끝이 나 버리며 종결되어 버린 지난 시간.

……그러나 정말로 종결된 걸까?

이아나는 눈을 떴다. 그녀의 눈은 가라앉아 있었다.

당신은 어째서 회귀 전과 전혀 다를 바 없이 나에게 집착하는 거지? 당신이 말한 환상은 무엇이지?

당신의 그 감정은 대체 어디서부터 이어져 온 것일까…….

－반성 편 終

15. 학술제 편

15. 학술제 편

건물 꼭대기에서부터 내려온 알록달록한 깃발들이 하늘을 수놓았다. 여기저기서 무지개색의 폭죽이 빵빵거리는 파공음과 함께 터지며 하늘에 아름다운 꽃을 피웠고 폭죽의 연기가 내려앉는 곳곳마다 생기를 더하는 조경물들이 자리 잡아 축제 분위기를 더하였다. 그러나 사람들의 활기찬 웃음소리와 흥분으로 가득 찬 목소리들이 축제의 분위기를 형성하는 가장 중요한 요소였다.

학술제의 첫째 날 아침, 학술원의 공터에는 펄럭이는 갖가지 깃발들처럼 각양각색의 사람들로 빼곡히 들어차 있었다. 축제의 시작을 알리는 개회사가 끝나야 축제가 시작되기 때문에 사람들은 연사들의 연설을 들으며 지루한 개회사가 끝나기만을 기다렸다. 후원자들이나 학술원의 간부, 학생회장 등 연사들의 긴 연설에 이어 하인리히 학장의 개회사가 시작되었다.

[지루하셨지요? 저는 짧게 하겠습니다. 제875회 학술제를 시작합니다. 우리 학생들이 열심히 준비한 이번 학술제에서 모든 분들이 많은 것을 얻어 가시길 바랍니다.

입학식 때도, 방학식 때도, 개학식 때도— 언제나 그랬듯 형식적인 인사를 싫어하는 하인리히는 이번에도 몇 문장 안 되는 개회사로 지루함을 끝내 버렸다.

그가 마지막으로 나서기 전 이미 많은 이들이 겉치레가 덕지덕지 묻은 연설을 늘어놓았기 때문에 똑같은 뜻의 다른 말을 반복할 필요가 없긴 했다. 그렇다 한들 학장의 체면에 그의 연설은 짧아도 너무 짧았다.

"우와아아! 축제다!"

"어머나, 한 단체의 수장치고는 말에 품위가 부족하시네요. 뭐, 아무래도 좋아요. 폰타나 영애, 어디로 갈까요?"

그러나 대부분의 학생들과 평민들은 지루한 개회식이 드디어 끝났다며 시끄럽게 환호했고 귀족들은 하인리히의 개회사가 품위 없다며 소곤소곤 헐뜯으면서도 만면으로 반기는 기색을 풍겼다. 하인리히의 연설은 성공적이었다.

"빨리, 빨리 가자! 어디 갈까? 먹으러 돌아다닐까?"

"바보야. 그건 나중에 해도 돼. 검술제에 자리 잡으러 가야지!"

"먼 훗날 우리를 보좌할 기사가 되어 줄지도 모를 사람들을 보러 가는 건 어때요?"

"어머, 좋은 생각이에요. 두 시간 뒤에 행사가 있네요."

대부분 사람들의 관심사는 검술학부의 행사, 검술제로 쏠렸다.

여타 학과의 경우 전공을 살려 제작한 물건을 판매하는 가게를 열거나 찻집을 열어 작품들을 전시하는 둥, 하루 종일 계속되는 행사를 하는 경우가 대부분이었지만 검술학부는 하루에 두세 시간 정도를 소요하는 검술제와 그 직후 시작되는 특별행사를 제외하고는 축제 내내 벌이는 행사가 없었다.

또 타 학과는 이벤트를 하더라도 가장 인기가 많은 검술학부의 행사와 겹치지 않도록 시간을 조율했기 때문에 곧 벌어질 검술제와 겹치는 이벤트는 없었고 사람들은 검술제가 개최되는 제1 경기장으로 몰려들었다.

학술제의 입장표의 가격은 20실버다. 표는 빨주노초파남보의 일곱 가지 색이 있는데 첫째 날에는 빨간색 표, 둘째 날에는 주황색 표…… 무지개 색의 순서로 각각 날짜에 맞는 색의 표를 가진 이들만 입장할 수 있었다.

또한 판매하는 표의 장수도 제한되어 있었다. 즉 하루에 입장할 수 있는 인원이 제한되어 있다는 소리다. 이는 먼 옛날 공짜로 학술제를 개방하자 관람객들이 산더미처럼 쏟아져 들어와 학술제가 엉망진창이 되었기에 내린 특단의 조치였다.

그 바람에 암표상들이 가격을 몇 십 배 높여 표를 판매하는 웃지 못할 해프닝도 벌어졌지만, 학술제는 그만큼 볼 가치가 있는 축제였기 때문에 암표상에게 표를 사는 사람들도 많았다.

표를 사람들이 학술원 전체를 자유롭게 돌아다닐 수 있을 정도의 양만 풀었기 때문에 한곳에 사람이 몰리지 않는 이상 북적여서 발 딛기도 힘든 경우는 거의 없다. 하지만 예외들은 있기 마련이고, 대표적인 예가 바로 검술제였다.

검술제가 벌어지는 제1 경기장은 중간의 둥그런 회갈색의 경기장을 계단식의 관람석이 층층이 둘러싼 거대한 원형 구조다. 이렇듯 2만 명을 수용하는 아주 큰 행사장이었지만 인기 행사인 검술제가 열릴 때는 복도로 들어가지도 못하고 입구에서 아쉽게 발걸음을 돌리는 사람들이 많았다. 발걸음을 돌리려 해도 들이닥치는 인파에 쉽게 빠져나갈 수도 없었다.

하지만 귀족의 분위기를 풍기는 이들과 그들을 지키는 날카로운 기세의 장정들이 지나갈 때면 어떻게든 작은 길이 만들어지곤 했다. 지금 북적이는 복도를 지나가는 한 일행들의 상황이 그러했다.

테오도르 아카데미의 제복을 착용한 훤칠한 청년과 품위 있는 부인, 그리고 그녀를 깍듯이 모시는 하녀와 푸른 외양의 위엄 있는 중년 남성— 중년 남성의 왼쪽 가슴에 그려진 가문의 문장은 무시할 수 있을 만한 성질의 것이 아니었다.

"어머니, 아버지. 이쪽으로."

"그래."

"페질라, 너도 이리로 와라. 자리는 잘 잡아 놨겠지?"

"네, 도련님. 겐스 경이 자리를 맡아 두고 있어요."

사락거리며 흘러내리는 모래빛의 머리카락을 동그랗게 올려 묶은 여인, 사라체가 한숨을 후, 하고 내쉬었다.

"난 아직도 믿을 수가 없어."

"무엇이 말입니까?"

"이아나 그 아이가 학술원의 검술학부의 수석을 할 정도로 검을 잘 다룬다는 사실 말이야. 내 기억 속의 이아나는 검을 좋아하긴 했지만…… 세상에. 수석을 할 정도라니. 아들, 대체 그게 어느 정도로 검을 잘 쓰는 거니?"

테오도르 아카데미의 제복 차림을 한 하르첸은 옅게 웃어 보였다.

"아마…… 이대로 졸업한다면 왕실의 근위기사는 기본이겠지요. 물론 이아나가 바란다면요."

"여자아이도 검을 그렇게 잘 쓸 수 있는 거였니? 난 몰랐어. 그 아이가 보내 준 성적표를 보고 얼마나 놀랐는지……."

"이아나가 특별한 경우지요. 여성은 보통 남성보다 육체적으로 약하니까요."

복도를 지나 경기장에 들어선 그들은 페질라가 안내한 곳으로 갔다. 그곳은 경기장 전체가 아주 잘 보이는 명당자리였다. 자리를 차지하고 있던 덩치가 큰 기사가 벌떡 일어나 그의 주인들에게 고개를 숙이고는 자리를 비켰다.

체르노와 사라체, 그리고 하르첸은 자리에 앉아 드넓은 경기장을 내려다보았다. 검술제가 시작될 시간이 다 되었기 때문에 그들뿐만 아니라 모든 사람들의 시선이 경기장으로 쏠려 있었다. 그리고 어느 순간 경기장의 출입구에서 검술학부생들이 하나둘 등장하기 시작했다.

제게 맞는 진검을 허리춤에 하나씩 매고 등장하는 검술학부생들은 관중의 피를 들끓게 하기에 충분했다. 검술학부생 총 432명이 모두 등장하자 사람들은 벌건 얼굴로 주먹을 움켜쥐었다.

그들은 오늘 1일 차에 무슨 일이 벌어질지 알고 있었다. 확성 아티팩트를 든 사회자가 검술제의 시작을 알렸다.

[귀빈 여러분, 저희 검술학부의 검술제에 열화와 같은 성원을 보내 주셔서 감사드립니다. 시원한 바람이 선선하게 불어오는데, 지금부터 더운 땀을

흘리며 살벌하게 싸울 우리 학생들에게는 자연의 축복과 같네요. 하하. 주신 라오스 님께서도 검술제를 기대하고 계신 모양입니다.]

"짜샤, 빨리 시작해라!"

"빨리 하라고!"

관중들의 야유가 쏟아졌지만 사회자는 준비한 대사와 관객들이 알아야 할 안전수칙을 꿋꿋하게 입으로 읊고는 숨을 들이키며 외쳤다.

[지금부터 검술제 1일 차, 난투전을 시작합니다!]

1일 차에는 검술학부생 전원이 난투전을 벌인다. 난투전은 입학시험 때 폐쇄적으로 치러졌던 단체전과 비슷했지만 진검으로 전투를 한다는 점에서 다르다. 또한 난투전답게 사방이 적이고 같은 편이 없으니 더 위험하고 짜릿한 장면이 연출되곤 했다. 일학년부터 육 학년까지 골고루 섞여 있어 고학년이 말 그대로 학살을 벌일 수도 있다는 점이 또 흥미로웠다.

와! 와!

관중들은 신이 났다. 검술학부의 단체전처럼 수준 높은 난투전은 평생에 걸쳐 한 번 보기도 어렵다. 왜냐하면 검술학부생 대부분은 혼잡한 전쟁이 아닌 이상 난투전에 끼지 않는 상위급 전력이기 때문이다. 여기에는 못하더라도 백부장 이상으로 출세할 학생들이 수두룩하게 있었다. 그런데 그런 이들이 한데 모여 난투전, 그것도 소규모 전쟁에 가까운 전투를 벌이니 구경꾼 입장에서는 이보다 재밌는 구경이 없다.

난투전 실격 조건은 다음과 같다. 목에 검이 겨눠지면 실격. 검이 부러지면 실격. 검을 놓치면 실격. 지닌 방패가 파괴되면 실격. 상대의 신체 부위를 잘라 내거나 죽음을 이르게 할 경우 실격인데,

이때는 강도 높은 징계가 내려지거나 심하면 퇴학까지 당한다.

마지막으로 일 대 삼 이상의 대결은 허용하지 않는다. 한 명에 세 명 이상이 붙을 경우 공격당한 한 명을 제외한 모두가 실격된다.

실격자는 경기장을 바로 나가야 하고, 경기장 위에 총 64명이 남을 때까지 난투전이 계속된다.

[실격당하면 알아서 바로 뛰어나오도록 하십시오. 매의 눈을 가진 교수님 들께서 경기장 전체를 살피고 계실 테니 실격되어도 경기장에 계속 남아 있 는 행위가 적발될 경우 엄청난 벌점을 받습니다. 하지만 명예로운 검술학부 학생들이 비겁한 짓은 하지 않으리라 믿겠습니다. 그리고 의무반은 흰 옷을 입고 있으니 공격하지 않도록 주의해 주세요.]

사라체의 눈이 432명의 검술학부생들 사이에서도 눈에 띄는 붉은 머리칼의 이아나에게 걱정스레 향했다. 이아나의 주변에 있 는 사내들은 모두 우락부락하여 상대적으로 가냘파 보이는 이아 나는 그들에게 한 대만 맞아도 죽어 버릴 것 같았다.

"하르첸, 이아나가 위험하지 않을까? 진검으로 하는 거잖니."

하르첸의 푸른 눈이 멀어서 잘 보이진 않지만 어쩐지 담담해 보이는 이아나를 훑었다.

"위험하겠지만…… 위험하진 않을 것 같네요. 이아나는 검술학부 의 수석에 저학년 검술제의 우승자니까요."

둘의 대화를 들으면서, 체르노는 눈에 아프도록 들어오는 이아 나를 가라앉은 눈으로 바라보았다.

검술…… 언제 그렇게 열심히 수련했던 걸까. 검술학부의 수석까 지 할 정도면 정말 열심히 수련했을 텐데 전혀 몰랐다. 이아나가 호르비틀 세 손으로 죽일 때까지 검을 잡았다는 사실도 몰랐다.

그리고 지금도 아는 게 아무 것도 없었다. 뭘 좋아하는지, 뭘 바라는지…….

깍지를 낀 체르노의 두 손에 땀이 고였다.

[그럼 이제 정말로 시작하겠습니다!]

채쳉!

사회자의 말과 동시에 경기장 위에 있던 모든 이들이 검을 뽑아 들었다. 햇살 속에서 더욱 번쩍번쩍 빛나는 수백 개의 검날에 사라체의 얼굴이 창백해졌다. 난투전의 시작을 알리는 나팔의 굉음이 경기장 전체에 퍼졌다.

"아악!"

"짜샤, 나가!"

"이야아앗!"

"젠장! 아! 짜증나! 씨!"

"우와앗!"

검이 살벌하게 맞부딪치는 소리, 비명소리와 고함소리가 폭발적으로 쏟아져 나와 경기장 전체를 덮쳤다. 개중에는 검기까지 만들어 내어 공격하는 학생들이 많았기 때문에 날붙이들이 댕경댕경 잘려 떨어지는 소리도 부지기수였다. 주먹과 발도 휘둘렀기에 둔탁한 타격음도 쉴 새 없이 허공을 울렸다.

시각적으로도 무척 자극적이었다. 붉은 피가 후드득 떨어져내려 경기장을 적셨다. 햇살을 받아 번쩍이는 검들은 피와 어우러져 살벌한 빛무리를 만들어 냈고 관중은 그에 반응하여 광기 어린 고함을 질러 댔다.

실격자들이 붉은 피를 질질 흘리며 경기장에서 쏟아져 나왔다.

그중에는 고통을 호소하며 의무반의 치료를 받는 이들도 있었다.

이때까지 묵묵하게 경기장만 바라보던 체르노가 경기장에 가득한 살기와 투기에 벌벌 떠는 사라체의 어깨를 감싸 안았다. 사라체는 덜덜 떨리는 입술을 열었다.

"여보, 무서워요. 이아나가 저기 안에 있단 말인가요? 이아나가 다쳤으면 어쩌죠?"

"……걱정하지 않아도 될 것 같소."

그 말대로 사라체의 걱정은 쓸데없는 기우였다. 난투전 종료를 알리는 나팔소리가 길게 울려 퍼진 후, 먼지구름이 걷힌 경기장 위에는 이아나가 손등으로 볼에 묻은 피를 닦아 내며 아무렇지도 않게 서 있었다.

"미안하다, 후배야!"

"아악!"

고학년은 저학년을 집중적으로 노렸다. 예외도 있지만 훈련받은 기간이나 나이로 봤을 때 저학년이 고학년보다 상대적으로 약할 수밖에 없었다.

난투전에서 살아남는 자는 세 종류다. 운이 좋거나, 검술이 월등하게 훌륭하거나, 마나를 능숙하게 다루거나.

이아나는 학부생에게 공통으로 제공되는 쇠방패를 왼손으로 꽉 쥐고 오른손으로는 검을 틀어쥐었다. 방패술을 포함한 방어술은 1학년 2학기 전공과목이었고 학부생들 전원이 익혔다. 이런 혼잡한 상황에서는 피부가 철괴가 아닌 이상 방패는 필수였다.

이아나는 경기가 시작되자마자 챙챙거리는 쇳소리 사이로 파고들었다. 방심할 생각도, 실수를 할 생각도 없었다. 목표는 우승!

챙!

이아나는 소란 속으로 뛰어들자마자 제 어깨를 향해 떨어지는 검을 힘껏 쳐 냈다. 그리고 반동을 끌어당겨 눈을 동그랗게 뜬 남자의 목젖을 쏜살같이 찔러 들어갔다.

"으아악!"

휘둘렀던 검이 거세게 튕겨나가는 바람에 팔이 벌어져 있던 남자는 비명을 지르며 눈을 질끈 감았다. 그녀의 검이 쇄도해 오는 속도라면 그대로 목이 꿰뚫릴 것 같았다.

피잉—

남자의 목에 검끝이 닿는 순간 이아나의 검은 기적처럼 멈추었다. 뾰족한 검끝이 남자의 둥글게 솟은 목젖의 정상을 바늘구멍만큼 찌르고 끝난 것이다.

남자는 턱밑에 닿은 쇠의 예리한 냄새를 먼저 맡고, 그 후 바늘로 찔린 듯한 따끔함을 느꼈다. 날 선 예기가 물러나자 눈을 찔끔 뜬 남자는 놀랍다는 표정으로 제 목을 어루만졌다.

"나가시죠."

뻐어어억!

이아나의 말을 듣고 고개를 든 남자의 눈에 어느새 등을 돌린 그녀가 다리를 뻗어 부츠의 딱딱한 굽으로 한 학생의 배를 한 대 건

어차는 모습이 보였다. 균형을 잃고 뒤로 넘어진 그 학생을 도륙할 듯 아래로 내리치는 검이 무척 매서워 남자는 한차례 떨었다.

넘어져 있던 학생도 남자가 그랬던 것처럼 비명을 질렀다. 하지만 그의 몸을 베기 전에 날붙이는 마법처럼 멈추었다. 그가 눈을 꾹 감고 있는 사이 이아나는 나가라는 말을 내뱉고 바로 다른 이에게 덤벼들었다.

"저게 여자야? 괴물이야?"

남자가 경기장 밖으로 나가면서 투덜거렸다. 난투전이지만 서로에게 큰 상해를 입히지 말아야 하는 만큼 어느 정도 힘 조절을 할 수밖에 없다. 그러나 이아나는 힘 조절을 전혀 하지 않는 듯했다. 정말로 상대를 죽일 기세로 검을 휘두르다가, 상대가 비명을 지르면 단지 겁을 주려 했다는 것처럼 뚝 정지했다. 관성 때문에 그렇게 하는 건 정말 어려운 일인데 이아나는 했다. 즉 몸의 통제력이 극도로 뛰어나다는 것.

아니, 통제력의 문제가 아니라 근력이 아주 세다. 남자는 충격으로 덜덜 떨리는 제 손을 미간을 좁힌 채 내려다보았다. 먼저 휘둘렀던 검이 그렇게 세게 튕겨 나가 상체가 그대로 노출될 줄은 몰랐다. 그런데 이아나는 검을 튕겨 내고도 그 힘을 그대로 유지하며 찔러 들어왔다. 남자는 힐끗 뒤를 돌아보았다.

"으아악!"

"우왓!"

다른 이들의 검에서 흩뿌려지는 피와 붉은 머리카락, 냉정한 적안 덕택에 정작 그녀의 검은 딱히 피를 보지 않음에도 이아나는 피를 뒤집어쓴 것처럼 보였다.

남자는 이아나를 싫어하는 편도 좋아하는 편도 아니었지만 그녀가 꽤 예쁘다고는 생각하고 있었다. 검술학부의 하나밖에 없는 여자 후배이기도 하고 귀족이어서인지 도도한 고양이처럼 예쁘장한 외모를 가진 이아나가 싫지만은 않았다. 태양 아래에서 열심히 훈련하는 걸 볼 때마다 대단하다 싶기도 했었고, 너울지는 불꽃을 닮았다고 생각하며 감탄하기도 했었다. 그러나 실전에 들어갔을 때는 달랐다. 그냥 무서웠다.

상체를 조금 숙인 채 목표물을 정하고 날렵하게 달려드는 이아나는 상대의 목을 금방이라도 벨 듯한 귀신같은 모습을 하고 있었다. 몸에 소름이 쭈뼛하고 돋아났다. 남자는 한숨을 푹 내쉬고는 다시 등을 돌려 경기장에서 터덜터덜 내려갔다.

"핫!"

스걱!

이아나는 검에 검기를 순식간에 두르고는 앞서 상대하고 있던 남자의 검을 한 번에 부러뜨렸다. 남자의 눈에 경악한 감정이 서렸다. 검기를 만들어 내는 걸 보지도 못했다. 남자도 검기 정도는 만들 줄 아는 고학년이었다. 하지만 누구나 그렇듯이 검기를 모으기 위해 집중할 시간이 필요했다. 누구나 그랬다.

그러나 이아나의 검기는 갑자기 생겨난 것도 모자라 검기의 밀도도 높았다. 검 주변에서 일렁이는 두툼한 검기를 보라. 저 검에 자신의 검은 저항도 없이 두 동강 나 버렸다.

"괴물……."

검술학부생들 대부분이 이제 이아나를 인정하는 편이었지만 여전히 그녀를 못마땅해하는 사람도 있었고, 내색하지는 않지만 시기하는 이들도 꽤 있었다. 여자에다가 귀족인 주제에 출세를 위해 발버둥치는 그들보다 더 나은 성적을 얻는 꼴을 보기 싫어하는 사람도 있었다. 체격 차 때문에 그녀가 1학년 수석에 저학년 검술대회 우승자라 할지라도 얕잡아 보는 사람도 많았다. 직접 상대하여 체감하기 전에는 이겨 볼 만하다—라고 생각하는 것이다.

그런 와중에 혼잡한 상황까지 겹치니 체구가 작은 그녀가 다른 이들에 비해 아주 쉬운 먹잇감으로 보이는 건 당연했다. 하지만 그런 이들은 이아나에게 단 몇 수만에 패배하여 경기장 아래로 힘없이 내려갔다.

웬만큼 검을 볼 줄 아는 사람은 이아나를 피했다. 검술학부의 상위권 학생들은 눈치껏 적수가 될 만한 실력자들을 피하고 있었기 때문이다.

그렇게 총 64명이 경기장 위에 남자 난투전 종료를 알리는 나팔소리가 길게 퍼졌다. 이아나는 검을 늘어뜨리고는 찝찝한 제 뺨을 손등으로 대충 닦아 냈다. 손등에는 피가 묻어 있었다.

경기장에서 내려오자 몇몇의 눈이 심상치 않았다. 뭐 저런 여자가 다 있냐는 듯한 시선이었다. 이아나는 뭘 보냐는 식으로 미간을 험악하게 좁혔고, 그들은 찔려서 고개를 돌렸다.

사회자가 피가 튀는 난투전을 지켜보느라 이마에 맺힌 땀을 닦아 내고는 확성 아티팩트를 붙잡았다.

[검술제의 시작을 알리는 개막행사, 난투전이 종료되었습니다! 남은 육십네 명의 학생은 자동으로 삼 일째에 본선 128강전에 진출하게 되고요. 오늘과 내일에 걸쳐 치른 예선을 통해 본선에 출전할 나머지 육십네 명이 결성됩니다. 이틀간외 예선에서 탈락해 본선에 출전하지 못하는 학생들은 매

일매일 순위 결정전을 치르게 됩니다. 많이 응원해 주세요! 음, 또…….]

사회자가 진행 내용이 적혀 있는 종이를 내려다보고는 장난스러운 웃음을 지었다.

[이번 학술제에서는 검술학부가 특별히 개최하는 행사가 있습니다. 이름하야 오늘 하루 주인님으로 모십니다! 오늘부터 바로 시작되는데요. 매일매일 육십 명의 튼튼한 검술학부 하인들이 준비된답니다! 오늘 예선에서 탈락한 학생부터 시작해서 마지막 날의 우승자까지! 관심 있으신 분들은 오늘 오후 세 시, 제2 소강당에서 열리는 하인 경매에 참가해 주십시오!]

경매가 열리는 제2 소강당은 연극이나 오페라를 위한 공간이었다. 소강당은 말만 소강당이었지 실제 무대와 같은 연습공간을 위해서 수도의 공연장과 비슷한 인테리어로 지어졌다. 커튼을 치면 외부의 빛을 완전히 차단해 완전히 어두워지기 때문에 낮이었지만 실제 노예 경매가 벌어지는 불건전한 장소처럼 어두컴컴한 분위기를 연출하기에는 충분했다.

[오늘 하루 주인님으로 모십니다 이벤트, 시작합니다! 주의하셔야 할 점을 먼저 알려 드리겠습니다. 하루에 낙찰 받을 수 있는 하인의 수는 주인 한 명당 하인 한 명! 하인의 유효기간은 딱 그날 자정까지고요. 학생들에게 무리한 요구를 하거나 수치를 주는 행위는 불가능하다는 점 알아주십시오. 그 부분에 대해서는 필리거 교수님의 말씀이 있겠습니다.]

필리거 교수가 무대 위에 올라와 확성 아티팩트를 잡았다.

[검술학부의 교수, 필리거입니다.]

그를 알아본 귀족들이 술렁거렸다.

"필리거 애슐턴트 님이다."

"로안느 왕실의 근위대장과 애슐턴트가의 가주직에서 물러나신 이후 인재를 키우기 위해 학술원으로 가셨다더니…… 그래, 세상에, 저분을 여기서 다 보는구나."

"테오도르 아카데미에서 교수로 초청했는데도 본인이 발젠타 학술원으로 보내 달라 국왕전하께 청을 올리셨다는군."

"사실상 왕국 최고의 기사가 저분이시지. 훌륭한 분이시고."

[이번 행사는 땀내 나는 같은 학부 놈들 외에는 만날 일이 없는 검술학부생들을 다양한 분들과 인연을 맺어 주기 위해 여는 첫 행사입니다. 우려의 말씀을 보내 주신 분들도 계셨지만 좋은 의도로 기획한 만남의 장이라고 생각해 주시면 감사하겠으며, 만약 불미스러운 일이 발생할 경우 일의 경중을 따져 제가 나서서 책임을 지도록 하겠습니다. 이 행사가 아무 일 없이 끝나기를 기원하며, 이만 물러나 보겠습니다.]

필리거는 담담한 어투로 말을 마쳤고 귀족들은 뒤로 물러서는 그에게 환호하며 박수를 쳤다.

"지금도 국왕전하께서 필리거 님을 아주 신임하고 계신다던데. 저분이 책임자시라면 함부로 못 하지."

"저분의 아래에서 훈련한 학생들도 아주 훌륭한 이들이겠구나."

그리고 경매가 시작되었다.

[떠오르는 샛별, 2학년의 미헤일 군입니다! 오늘은 이 자리에 나와 있지만 항상 상위권 성적을 유지하고 있는 준수한 학생이지요. 미헤일 씨, 취미가 뭡니까?]

이아나는 별일 없으면 항상 함께 다니는 일행과 함께 귀여운 이름으로 위장한 노예 경매를 구경하러 왔다. 그들은 동기들이 팔려 나가는 과정을 보며 질린 표정을 지었다.

[독서입니다.]

[무슨 책을 주로 읽으시죠?]

[역사 기반 창작 소설을……]

[좋아하는 음식은 뭔가요? 애인은 있으신가요?]

"모욕적이군."

이아나는 현 상황을 그리 평했다. 에이지는 옆에서 메스껍다는 표정을 지었다.

"우웨에엑. 저렇게 신상을 읊어 줘야 하는 거야? 별로 안 그러고 싶은데…… 우리 학부 애들 잡아서 팔자 펴고 싶어 하는 여인네들은 참고할 만하겠네."

사회자는 여기저기서 수신호를 보내면서 소리를 꽥꽥 지르는 이들을 훑으며 올라가는 가격을 중계했다.

[일 골드 팔십 실버! 네, 예쁜 아가씨, 이 골드 나왔습니다. 삼 골드! 사 골드…… 네, 오 골드까지 나왔습니다. 더 없으신가요?]

결국 미헤일이라는 남학생은 7골드에 낙찰되었다. 미헤일은 자신의 하루가 꽤 높게 평가되자 안도의 한숨을 내쉬었다. 그리고 자신을 낙찰 받은 여인을 보고 긴장하여 얼굴을 빳빳하게 굳혔다. 에이지는 그 모습을 보고 혀를 쯧쯧 찼다.

"하루만 지내는 주제에 더럽게 비싸네. 하루 종일 일해도 일 골드도 못 버는 인간들이 수두룩하구만…… 귀족들이 참여해서 그런가?"

난간에 팔을 괴고 경매장 전체를 둘러보던 헤레이스는 두 손을 모은 채 얼굴을 홧홧하게 붉히고 있는 소녀를 주목했다.

"학술원 학생들이나 평민들도 경매에 열을 올리는 것 같은데요. 방금 미헤일 선배를 낙찰 받은 사람, 저랑 같은 교양 듣는 평민이에요."

"흐음…… 그래? 하긴 검술학부는 약간 폐쇄적이라서 교양을 따로 듣지 않는 이상 만날 일이 없지. 그런데 전공이 너무 힘들어서 교양 안 듣는 애들이 많으니까 친해지기도 어렵고. 아마 이번 기회에 인맥을 만들어 두려는 것 같네. 이번 경매, 말이 나왔을 때부터 학술원에서 꽤 화제였잖아? 이날을 위해 모아 놓은 돈을 쏟아붓는 게 분명해. 하루에 한 명만 낙찰 받을 수 있으니 귀족들은 서로 눈치를 보는 것 같고."

경매에 올라온 대부분의 학생들이 자신이 1일 차에 올라왔다는 수치심과 많은 사람들이 자신을 보고 있다는 상황이 부끄러워서 고개를 똑바로 들지 못했지만, 그들의 몸값은 꽤 비싸게 치러졌다.

일찍 탈락한 하위권 학생이었지만 대부분이 저학년인 데다가 고학년에 비해 젊고 파릇파릇했다. 또한 지금은 모자란 부분이 있어도 모든 훈련과 실습을 마치고, 학술원을 졸업하고 사회로 나가면 몸값이 천정부지로 치솟는 남부러울 게 없는 인재들이었다.

에이지는 소강당을 꽉꽉 채운 사람들을 보며 감탄했다.

"사람이 넘쳐나네. 나중에 본선에 진출한 최상위권 선배들 경매할 때는 볼 만하겠어."

에이지는 이아나를 슬쩍 보았다.

"이아나 양은 무르시 씨랑 잘 말해 봤어?"

"그래. 부탁을 들어주기로 하셨다."

"잘됐네. 그게 제일 좋은 거지. 돈 깨지는 건 별로지만 말이야. 아무튼 본선 진출 축하해!"

헤레이스와 에이지는 난투전에서 일찌감치 떨어졌다고 했다.

"나는 치고 박고 싸울 생각 없어. 내 취향 아냐."

"저도 아직 선배들에 비하면 많이 부족하니까요. 마나도 제대로 다루지 못하니까, 가문에서도 많이 걱정해서 그냥 제 능력 안에서 무리하지 않을 만큼만 하기로 했어요."

"가족들은 온대? 츠레비스 녀석은 어떻게 된 거야? 2학기가 되어도 학술원에서 얼굴을 볼 수가 없네."

헤레이스가 어색한 표정을 지었다.

"……가족들은 오는데요. 츠레비스 형님은 아직도 방에서 나오지 않으셔서."

이아나와의 결투에서 지고 난 이후 무슨 일인지 츠레비스는 휴학계를 내고 2학기까지 학술원에 나오지 않는 상태였다. 이아나는 제 소관이 아니라고 생각했기 때문에 대화에 끼지 않았고 에이지와 헤레이스도 그것을 알고 있기에 츠레비스에 대한 주제는 거기서 끝냈다. 그리고 옆에 멍하니 앉아 있는 타로에게 관심을 돌렸다.

"너는 어쩌다가 떨어졌냐?"

타로도 분발했지만, 그는 마나를 다루는 데에 익숙하지 않았고 그 덩치에 상대에게 상해를 입히지도 못하는 상황에서 쩔쩔매다가 결국 떨어졌다. 타로는 투덜거렸다.

"차라리 날 없는 몽둥이였으면 더 잘혔을 틴디. 나는 진검으로 하면 뭐든 퍽퍽 베어 버린단 말여. 이거이거, 체면이 안 서는구면. 허이고."

"인마, 우린 일 학년이니까 적당히 해, 너한테 한 대 맞았다가는 골로 가는데 선배들 불쌍하잖아."

"그런가? 그래두 라랏슈아 님헌티 잘 보여야 허는디……."

축 처져 있는 타로를 보며 에이지는 혀를 쯧쯧 찼다.

"너도 진짜 징하다, 징해. 그런데 네 여신님께서는 뭘 하시기에 네놈은 여기 있냐? 오늘도 하루 종일 따라다니고 있어야 하는 거 아냐?"

"이번에 우리 가족이 단체로 학술제에 온다고 했잖여. 근디 우리 가족이 막말은 기본에 엄청 짓궂은 인간들이라 라랏슈아 님헌티 뭔 말을 할지 몰러. 그래서 학술제 때는 얌전히 있으려구……."

타로가 두 손으로 얼굴을 가리며 울먹거렸다.

"근디 벌써 보고 싶어잉."

"미친놈. 네 덩치에 그러고 있으면 징그러우니까 그만해. 그런데 가족은?"

"아마 미친 듯이 돌아댕기면서 처먹느라 바쁠 거구면. 검술제도 안 본 것 같던디. 그 덩치들이 아무리 사람이 많아도 눈에 안 띌 리가 없거던. 나도 아직 못 봤으."

"진짜 뭐 하는 사람들인지 궁금하다."

"내일이나 모래에 정식으로 소개해 줄 텐께 기다리드라고."

"하여간, 뭘 그렇게 숨기냐? 웬 정식? 친구면 그냥 인사하는 거지."

"보면 알어."

타로가 에이지의 핀잔에 머리를 긁적였다.

에이지에게 타로가 쪼이고 있는 와중에 이아나는 입을 묵묵히 다물고만 있었다. 타로가 왜 가족에 대해 말하기를 꺼려했는지 조금은 알 것 같았다. 아버지가 서부 사막에 은거하는 용병왕이라니, 입을 다물 만도 했다.

이아나는 타로가 직접 소개해 주기도 전에 아는 척하고 싶지 않았다. 헤레이스도 타로가 곤란해하는 걸 느끼고 화제를 돌릴 필요성을 느꼈다. 헤레이스는 모두가 외면하고 있던 이아나의 우스꽝스러운 이마에 시선을 두었다.

"……이아나 양, 이마는 정말 괜찮아요?"

"이거?"

이아나는 이마에 붙어 있는 커다란 반창고를 손으로 문질렀다.

"문제없어. 상처에 아주 좋다는 최상급 연고도 발라 놨고…… 며칠 후면 나을 거다. 프리실라는 속상해서 울어 댔지만."

일행은 한동안 잘 보이지 않던 이아나를 오늘 아침에서야 제대로 마주했다가 깜짝 놀랐다. 타인이 제게 상처 입히는 것을 용납하지 않는 이아나가 이마에 큼지막한 반창고를 붙이고 온 것이다. 걱정이 되어 이마가 왜 그러냐고 물었더니, 그 이유가 또 가관이었다. 여러 가지를 반성하는 의미에서 스스로 머리를 나무에 박다니.

에이지는 입을 삐죽 내밀었다.

"반성 한번 무섭게 하네. 무슨 반성을 머리가 깨질 정도로 한대."

"반성의 의미도 있지만, 스스로에게 기합을 준 거다."

"역시 이아나 양이여. 사나이다워."

그렇게 대화를 나누기도 하고 경매 진행 상황을 지켜보기도 하는 동안 오늘자 경매가 끝났다. 마지막으로 치달을수록 가격이 오르는 현상이 있었지만 학생들 모두 스스로에게 부끄럽지 않은 값어치로 귀족, 평민에게 고르게 낙찰 당했다.

낙찰된 학생들은 목에 하인이라는 큼지막한 팻말을 단 목걸이를 달았고 이아나는 그 우스꽝스러운 꼴을 보며 미간을 좁혔다. 무르시에게 부탁하길 정말 잘했다는 생각이 들 정도로 수치스러운 꼴이었다.

경매가 끝나고 소강당에서 나오면서 일행은 헤어졌다. 에이지는 미리 약속한 오페라 학부의 미녀와 데이트가 있었고, 타로와 헤레이스는 가족을 만나러 가야 했기 때문이다.

그들을 떠나보내고 이아나는 사람이 북적이는 길을 천천히 거닐었다. 그런 이아나를 알아본 사람들이 그녀를 흘끔거렸다.

"저 사람이 그 유명한……."

"아까 난투전에서 봤어? 세상에. 무슨 여자가…….…."

"남자들을 발로 차고 베고……."

"여자 맞아?"

"남자들이 봐준 것 아닐까……."

"품위 없어……."

"평민들과 함께 지내다니……."

"첩의 딸……."

"자기 외조부를…… 패륜……."

정말이지 지겹다. 평민들 사이에 섞인 몇몇 귀족들이 입 냄새를 풍기며 떠들어 대는 말들이 아주 지긋지긋하게 잘 들렸다. 요일 년간 말을 함부로 하지 못하는 평민들 사이에서 지냈더니 더 잘 들리는 듯했다.

귀족들은 자신보다 약한 자에 대하여 험담하는 것에 거리낄 것이 없었다. 특히 하는 일 없이 비슷한 것들끼리 모여 떠들어 대는 귀족 여자들이 더했다.

그런 소리를 가만히 들으면서, 이아나는 회귀 전의 자신을 더 들어 갔다. 이때쯤, 이아나는 테오도르 아카데미에 있었다.

"제 어미를 쏙 빼닮은 저 천한 생김새 좀 봐."

"여러분, 저 계집에게 시선을 주지 말아요. 언제 독살을 당할지 몰라요, 깔깔깔!"

"내가 돈을 좀 줄 테니 한번 잘 테냐?"

"그만두시게. 그러다가 제 어미처럼 들러붙으면 어쩌려고 그러나?"

"나에게 말 걸지 말아 줄래? 내 귀가 더러워지는 것 같으니까."

"너, 명망 있는 귀족 가문에 이름을 올리고 있는 네 자신이 부끄럽지도 않니? 빈민굴로 가서 몸이라도 파는 게 어떠니? 깔깔!"

"첩년의 딸 주제에 어디서 눈을 마주해!"

그곳에서 행해졌던 악독한 괴롭힘과 악의 어린 말들. 뺨을 맞고 땅을 구르는 건 기본이었다. 어린 귀족들에게 이아나는 평민보다 못한 쓰레기 취급을 받았다.

열여섯, 가족의 사랑을 갈구하느라 독립은 생각지도 못하던 나약한 그때 이아나는 타인에게 무던히 많은 상처를 받았었고, 또 무뎌졌었다.

기억하지도 못하는 어릴 적에 어미의 달콤한 말에 넘어가 아무것도 모르고 독을 사라체의 찻잔에 털어 넣었지만, 스스로가 생각했을 때도 용서받을 수 없는 죄였거니와, 그녀를 무자비하게 상처 입히는 상위 귀족들에게 대들었다가 가문에 누를 끼치고 더욱 미움 받을까 싶어 이아나는 그들에게 아무 말도 하지 못했다.

주변에서 아무리 욕을 들어먹어도 상처받지도 않고 표정 변화도 전무한 이아나는 그 시절부터 천천히 만들어졌다.

그 시절, 그녀를 이해해 주거나 대신해 화를 내 주는 사람은 아무도 없었다. 가문에서 엄청난 미움을 받는 그녀에게 손을 내밀어 주는 사람도, 곁에 있어 주는 사람도 없었다. 검만이 그녀의 감정을 받아 주고 놀아 주는 유일한 친구요, 그녀를 다독여 주는 가족이었으며, 그녀가 살아 있음을 느끼게 해 주는 모든 것이었다. 그랬기에 사람과 멀어지면서도 외로움을 느끼지 않을 수 있었다.

그렇게 이아나는 사람에 대한 정을 죽이고 사람을 죽이는 데에 거리낌이 없는 붉은 검귀가 되어 갔다.

그래 놓고 사람들은 그녀가 로안느 왕국의 실세인 슈나이더 왕자의 기사가 되어 반대 세력의 숙청에 앞장서고 그의 총애를 받아 공작위에 오르자 뒤에서는 욕하면서도 앞에서는 모든 걸 잊었다는 척, 잘못했다는 척 머리를 수그렸다. 뇌물을 바치고 아양을 떨어 댔다.

이아나의 충성을 얻기 위해 왕자가 내건 조건들 중에는 누구에게도 모욕 받지 않게 해 주겠다는 약속이 있었다. 그 순간부터 이아나는 비겁자들이 뒤에서 파도처럼 쏟아 내는 험담은 감내하되, 정면에서 당하는 모욕은 결코 참지 않았다. 뒷담은 많이 당해 익숙해졌을 뿐더러 하나하나 상대하면 끝도 없었기 때문에 넘겨 들었지만, 면전에서 당하는 모욕은 더 이상 참을 이유가 없었기 때문이다.

그렇게 반대 세력뿐만 아니라 함부로 말을 내뱉는 자들은 왕자의 약속을 내세운 그녀의 검에 모조리 죽어 나갔다. 그러자 이아나를 두려워하게 된 이들은 뒤에서도 점차 입을 다물어 갔고 이아나의 주변에는 고요가 찾아왔다.

"역겨운 놈들……."

이아나는 그렇게 중얼거리고는 멋대로 떠들어 대는 그들에게 신경 끄고 길을 지나갔다.

수련을 하고 싶었지만 학술제 때는 단체 수련장 개인 수련장 할 것 없이 일반인에게 공개되기 때문에 집중해서 수련하기에 부적합했다. 구경을 하러 다니기에는 자신에게 향하는 시선들이 거슬리는 데다가 딱히 보고 싶은 행사도 없었다. 그렇다고 기숙사에 돌아가 쉬자니 날이 무척 밝았다. 그냥 도서관에 가서 공부나 할까 싶었다.

그 와중에 지금쯤 탑에 틀어박혀 있을 누군가가 생각났다.

이아나는 무의식중에 이끌리듯 하인리히의 탑으로 향했다. 하인리히가 이아나에 한해서 언제든지 탑을 오를 수 있도록 허가를 내려놓았기에 탑에 쉽게 들어갈 수 있었다.

학술제 기간이라서 그런지 입구를 지키는 직원들 외에는 사람이 없었다. 기숙사를 제외하면 유일하게 일반인 출입금지인 장소였기에, 이아나는 계단을 오르며 탑의 조용한 분위기를 누릴 수 있었다. 이아나는 눈을 감았다.

"조용해."

그녀의 목소리만이 탑을 울렸다. 이아나는 제 몸을 휩싸 안는 고요가 아주 마음에 들었다.

"이아나?"

그리고 탑의 위쪽에서 그녀의 이름을 부르는 익숙한 목소리를 들었다. 이아나는 눈을 뜨고 고개를 들었다. 난간에 상체를 기울인 채 그녀를 물끄러미 내려다보고 있는 아르하드가 있었다. 그의 손에는 책이 한 권 쥐여 있었는데, 안에서 책을 읽고 있었던 모양이었다.

"역시. 네 목소리가 들려서 나와 봤더니……."

"안녕하세요."

이아나는 고개를 꾸벅 숙여 인사를 했다. 아르하드의 눈썹이 찌푸려졌다.

"안녕은 둘째 치고 네 이마……."

"아."

수치스러움에 얼굴을 살짝 붉힌 이아나는 이마를 짚었다. 제 자신이 너무 못나서 나무에 머리를 박으며 반성했다는 사실을 아르하드에게 들키고 싶지 않았다.

"올라와."

아르하드는 못마땅한 표정으로 이마를 쳐다보다가 난간에서 사라졌다. 계단을 올라간 이아나는 문이 열려 있는 방에 들어섰다. 그곳은 서재인지 벽의 양옆으로 책이 잔뜩 꽂혀 있었고, 중앙에는 소파와 테이블이, 방의 모서리 부분에는 책상이 있었다. 그러나 아르하드는 방에 없었다.

방을 두리번거리며 주인이 없는 방의 소파에 앉아도 되는 건지 고민하고 있는 와중에, 인기척을 느끼고 뒤를 돌았다. 아르하드였다. 얼굴과 얼굴 사이가 무척 가까워서 이아나는 한 발자국 뒤로 물러났다. 아르하드는 문간에 손을 짚은 채 큼지막한 반창고가 붙어 있는 이아나의 이마를 뚫어져라 쳐다보았다.

"이마에 그 반창고는 뭐야."

이아나는 딱히 말을 하고 싶지 않아 입을 다물려다가, 반성을 한 스스로에게서 회피하는 기분이 들어 그냥 창피해하며 말했다.

"스스로에게 기합을 주는 의미에서 나무에 머리를 박았습니다.

그런데 너무 세게 박았는지 이마가 깨져서…….”

“뭐?”

아르하드의 얼굴에 만연했던 못마땅함이 어처구니없다는 감정으로 변모하자 이아나는 민망함에 이마를 손으로 덮었다.

“그런 눈으로 보시지 마시죠. 딴에는 진지했으니까.”

“아무튼 넌…… 일단 소파에 앉아.”

주인의 허락에 이아나는 소파에 앉아 몸을 편히 기댔다. 아르하드도 바로 옆에 앉아 테이블에 정체불명의 작은 병과 핀셋, 솜뭉치, 깨끗한 천을 올려놓았다. 영문을 몰라 고개를 갸웃하는데 그가 병의 뚜껑을 열고 핀셋으로 솜뭉치를 잡아 병 속의 액체를 묻혔다. 이아나는 그제야 병의 정체가 약임을 알았다. 아르하드는 이아나를 향해 손을 까딱했다.

“약이다. 반창고 떼.”

“약은 발랐습니다만.”

“아는데, 이건 시중에 나온 저질스런 약 따위와 비교가 되지 않을 정도로 좋은 약이니 발라.”

아르하드의 단언에 그녀는 호의를 사양하지 않기로 했다. 망연자실한 프리실라를 위해서라도 상처는 하루빨리 낫게 하는 게 좋았다.

이아나가 머뭇거리며 조심스레 반창고를 떼는 순간, 아르하드가 움찔했다.

“얼마나 세게 박았으면 그 지경이지?”

매끈했던 그녀의 이마는 자잘한 상처투성이에 한가운데는 돌팔매질을 당한 것처럼 찢어져 벌건 살을 드러내고 있었다. 허연 연고가 이마에 듬뿍 묻어 있었지만 그렇게 금방 낫지는 않을 상처였다.

이아나는 이마에 공기가 닿자 이마가 따끔거려서 미간을 좁혔다. 아르하드는 한숨을 내쉬고는 연고부터 닦아 내기 위해 깨끗한 천을 조심스레 가져갔다. 그의 큰 왼손이 오른쪽 얼굴을 붙잡았지만 이아나는 거부하지 않고 제 이마에 집중하는 아르하드를 물끄러미 올려다보았다.

"넌 네 자신을 좀 아낄 필요가 있어."

그렇게 잔소리를 한 아르하드는 천으로 톡톡 두들기듯 조심스레 연고를 닦아 내고는 핀셋으로 약을 묻힌 솜뭉치를 상처에 가져다 댔다. 이내 시원한 액체가 축축하게 이마 전체에 퍼졌다. 이아나는 눈을 감았다. 연고처럼 질척거리지도, 답답하지도 않은 액체 형태의 약은 이마를 청량하게 감싸 안았고 상처에 깨끗하게 흡수되었다. 따끔거리는 통증도 사라졌다.

기분이 좋아진 이아나가 눈매를 늘어뜨리고 입가에 옅은 미소를 띠웠다. 순간 아르하드의 손에 힘이 들어갔음을 느끼지도 못하고 청량한 느낌을 기분 좋게 만끽하던 이아나에게 아르하드의 말이 들려왔다.

"기분은 풀린 모양이군."

"기합이 효과가 있었지요."

"그 기합, 두 번 하다가는 사람 죽을 것 같은데. 다음에 또 반성할 일이 있더라도 이런 짓은 그만둬."

"……네."

아르하드는 상처에 약을 듬뿍 묻혀 주고는 반창고를 덮었다. 이아나가 눈을 반짝 떴다. 그 바람에 제 얼굴을 빤히 쳐다보고 있던 아르하드와 눈이 마주쳤다. 제 모습으로 꽉 차 있는 이아나의 눈동자를 들여다보던 아르하드가 감싸고 있던 그녀의 뺨을 문지르고는 만족스레 웃었다.

"그래도 기분이 풀린 것 같아서 다행이다."

손을 떼어 낸 아르하드는 물건을 대충 정리하여 일어났다. 이아나는 아르하드의 손이 닿아 있던 제 뺨을 만지작거렸다. 잔뜩 삐쳐 있던 애 취급을 당한 듯해도, 딱히 기분은 나쁘지 않았다. 아르하드는 물건들을 서재의 책상서랍에 대충 밀어 넣고 다시 소파로 되돌아와 앉았다.

"그런데 탑에는 어쩐 일로 온 거지? 무슨 문제라도 있나? 문제가 있으면 바로바로 말해 줘. 저번처럼 혼자서 해결하려 하지 말고."

아르하드의 물음에 그제야 이아나는 아무 목적도 없이 탑에 왔다는 것을 깨달았다. 왜 이곳으로 왔을까. 이제껏 한 번도 용건 없이 아르하드를 찾아온 적은 없었는데. 자신도 궁금하여 그 이유를 곰곰이 생각하다 소파의 팔걸이에 팔을 괴고는 손에 뺨을 묻었다.

"그냥…… 수련도 할 수 없는 데다 딱히 갈 곳도 없다 보니 발이 이쪽으로 향하더군요. 딱히 이유는 없습니다."

"……."

대답에 아르하드는 말이 없었다. 그냥 말없이 그녀를 쳐다보았다. 이아나는 어설프게 웃었다. 어이가 없겠지? 아무래도 그럴 것이다. 자신도 어이가 없으니 말이다. 이아나가 소파에서 몸을 일으켰다.

"처음에는 도서관에 갈 생각이었는데, 어쩌다 보니 당신이 있는 여기로 와 버렸습니다. 왜일까요?"

"……."

"아무튼 약은 감사드리고, 실례했습니다."

"가지 마."

이아나가 고개를 숙여 인사를 하는데, 아르하드가 불쑥 말했다.

"책은 여기에도 있으니 할 일 없으면 여기서 책이나 같이 읽지. 나랑 이야기도 좀 하고…… 혼자 있으면 심심하거든."

이아나는 테이블 위에 뒤집어 놓은 책을 보았다.

"딱히 심심하지는 않았던 것 같은데요."

"이제부터 심심해질 것 같아. 여기 있어."

아르하드가 기분이 좋은 듯 입매를 둥글게 말아 올려 웃으며 말했다. 이아나는 영문을 모르겠다는 얼굴로 그를 보았다. 이제부터 심심해질 것 같다니, 우스운 말을 하고 있었다. 하지만 저렇게까지 말하니 할 일도 없는데 거절하고 나가기도 뭣했다. 그래서 소파에 다시 주저앉았다. 아르하드가 읽고 있던 책을 붙잡아 제목을 한 번 본 이아나가 책장을 팔락거리며 넘겼다.

"축제가 재미없어?"

"즐기는 편은 아닙니다. 저는 노는 것을 좋아하지 않으니까요. 당신은 학술제 동안 무엇을 할 생각이었습니까? 나가 보지 않을 겁니까?"

"네가 오기 전까지는 탑에 틀어박혀서 책이나 읽을 생각이었지. 병결로 검술제에 불참했는데 멀쩡한 낮으로 밖에 나돌아 다니면 안 되니까."

"애초에 어떻게 학술원에 계속 다니시는 겁니까? 들어 보니 병결을 밥 먹듯이 하시는 것 같던데요. 학술원은 결석을 하면 안 된다고 들었는데……."

아르하드가 어깨를 으쓱했다.

"수업을 못 들으면 제가 손해지 학술원의 손해는 아니니 무단

결석이 아닌 이상 사유가 있다면 삼분의 이 이상만 출석하면 돼. 시험은 무조건 쳐야 하고. 또, 학술원에는 외부 요청으로 인한 비밀 파견 제도가 있는데…… 학장이신 하인리히 님께서 승인해 주시면 출석했다고 처리해 줘. 그렇게 빠진 적도 많아."

"불량학생이군요."

"그런가? 하지만 어쩔 수 없는 상황이 아니면 출석은 무조건 해."

검술학부는 한 기수가 80명이다. 6학년까지이므로 총인원은 480명이어야 하지만 이번 검술제 참여인원이 432명인 이유는 퇴학이나 자퇴, 휴학 혹은 병이나 부상으로 인한 불참 탓이었다. 아르하드도 그 인원에 한몫을 했고 자동으로 경매행사에서도 제외되었다. 그가 이렇게 학술제 내내 탑에 틀어박혀 있으리라는 얘기는 이미 들은 바였다.

"아무튼 체면 문제가 아니더라도 외부인이 많은 시기에 맨얼굴로 돌아다니면 귀찮아져."

하긴 그의 외모가 보통 눈에 띄는 것이 아니니 아름다움을 탐하는 몰상식한 귀족의 눈에 띄었다간 입장이 곤란해질 것이다. 눈에 띄는 외모 때문에 그는 평소에도 밤이 아니면 밖을 잘 나가지 않는 편이었다.

이아나는 납득하여 고개를 끄덕이다가 의문을 품었다.

"그럼 탑 말고 밖에 있다는 저택에 계셔도 될 텐데. 시끄럽지 않습니까?"

아르하드가 소파에 등을 폭 기댔다.

"검술제는 계속 보러 갈 생각이었으니까. 검술제는 네가 있어서 꽤 재밌을 것 같거든. 오늘 난투전은 사람이 가장 많은 행사인 데다 경매도 실력 좋은 녀석들을 노리는 고위 귀족들은 참여하지 않을 것 같아 보러 가지 않았지만……."

경매에 참여하는 고위 귀족이 그와 무슨 상관일까? 관심을 두고 있는 귀족이 있는 걸까? 이아나는 의문이 들었지만 대충 넘기고 고개를 주억거렸다.

"그렇습니까? 다른 날은 잘 모르겠지만 마지막 날에는 꼭 보십시오. 우승을 노려 볼 생각이거든요."

아르하드가 멈칫하더니 눈을 가늘게 좁혔다.

"……그래? 전에는 귀족들의 눈에 띄기 싫다고 그냥 최선을 다한다고만 하더니."

"마음이 바뀌었습니다. 우승할 겁니다. 당신이 없는 검술제에서 질 수는 없는 노릇이지요."

"흠……."

아르하드의 얼굴이 진지해지자 이아나가 의문을 표했다.

"왜 그러시죠?"

"……아냐. 그런데 경매는 어쩔 거지? 내버려 둘 건가? 네 성격에 그런 행사는 딱 질색일 듯한데."

"지인에게 대리 경매를 부탁하여 제가 저를 사기로 했습니다. 저는 억지로 누군가에게 끌려다니는 걸 정말 싫어하니까요. 생각만 해도 기분 나빠."

"그래? 좋은 선택이야. 너다워."

아르하드가 별 동요 없이 끄덕거렸다. 이아나는 의심스러운 표정으로 쳐다보았다. 아르하드는 조금도 놀라는 구석이 없었다. 이럴 거라고 예상하고 있었던 걸까, 아니면…… 과한 추측이지만 어디선가 정보를 얻은 걸까.

이아나는 제 계획을 부장인 라이언, 무르시, 그리고 친우들에게
만 말해 뒀었다.

'혹시 에이지?'

아르하드의 반응이 너무 평화로워서 그녀의 촉이 그의 주변인
물, 션으로 의심되는 에이지에게로 향했다.

"그래서 너는 이번 학술제에 검술제를 제외하고는 아예 아무것
도 하지 않을 생각인가? 축제에 정말 관심이 없는 거야?"

아르하드의 물음에 이아나가 정신을 차렸다.

"하나 있긴 합니다. 사 일 차에 의상학부 학생의 모델이 되어
주기로 했습니다. 검술제를 마치고 의상학부 건물에 가야 해요."

"모델?"

아르하드가 뜻밖이라는 시선을 보내자 이아나가 한숨을 내쉬었다.

"정말이지…… 어울리지도 않고 욕만 먹을 게 뻔하지만 의상학
부인 룸메이트가 해 달라고 울고불고 난리라서 한 번만 도와주기
로 했습니다. 의상대회라는데…… 아무튼 거기서 그녀가 만든 옷
을 입고 무대에 한 번 나왔다가 들어가기만 하면 되니 별로 어려
운 일이 아닌 듯해 그냥 수락했습니다. 육 일 차에도 가서 무슨
시상식에만 참여하면 되고요."

아르하드가 말없이 무언가를 골똘히 생각하고 있자 이아나가
딱 잘라 말했다.

"보러 올 생각은 하지 마시죠."

"싫은데. 무슨 꽃이 좋지?"

아르하드가 올지 말지 고민하는 걸 넘어서서 무슨 꽃을 사 가야

할지 고민하고 있었다는 걸 알고 어이가 없어진 이아나는 첫 부분을 대충 훑어보고 있던 아르하드의 책을 그에게 툭 던졌다. 아르하드는 그 책을 쉽게 잡아채며 조용히, 그러나 즐겁게 웃었다.

2일 차까지는 예선이고, 3일 차부터 본선이 시작된다. 3일 차에는 128강과 64강, 4일 차에는 32강과 16강, 5일 차에는 8강, 6일 차에는 준결승전, 7일 차에는 대망의 결승전이 벌어진다.

예선과 본선에서 탈락한 학생들을 대상으로 랭크 결정전이 먼저 진행되고, 마지막에 주요 이벤트인 본선이 진행된다.

그리고 떨어진 학생들은 차례대로 경매에 올라간다. 예선에서 떨어진 학생을 한꺼번에 경매에 올리기에는 인원이 많았기에 하루에 60명 정도로 골고루 섞어서 올리기로 되어 있었다. 예를 들면 4일 차에는 순서가 밀린 예선 탈락 학생들이 먼저 경매에 올라가고 그 후에 32강과 16강에서 떨어진 학생들이 경매에 올라간다. 5일 차에도 마찬가지로 순서가 밀린 학생들이 먼저 경매에 올라간 후에 마지막에 8강의 탈락자들이 올라간다.

이아나는 첫째 날 아르하드의 탑에 와서 주구장창 책만 읽다가 기숙사로 돌아갔다. 하인리히의 서재에 있는 책은 모두 살면서 꼭 읽어 봐야 할 필독서에 꼽혀 도서관에는 늘 없는 명작들이었기에 책을 읽으며 시간을 보내기에는 최고였다.

평소처럼 수련을 하지 않으니 몸이 근질거렸지만 늘 혹사하기만 하다가 모처럼 편안한 소파에 기대 책을 읽으니 그녀의 몸에는 좋은 휴식이 되었다.

그리고 이틀째, 오늘도 할 일이 없는 이아나는 또 탑에 왔다. 아르하드는 반갑게 맞이해 주었다.

"앞으로도 할 일 없으면 여기에 와."

아르하드가 차를 끓여 왔다. 방 안에 진동하는 따스한 허브 향은 마음을 느슨하게 만드는 구석이 있었다. 이아나는 아르하드가 김이 모락모락 피어오르는 찻잔을 밀어 주자 사양하지 않고 받아 들었다.

"저번에는 밀크티를 타 주시더니…… 의외로 여성스러우시군요."

"내 호의를 그런 식으로 생각하면 곤란해."

아르하드가 불만스레 말하자 이아나는 쓸데없이 민감하게 반응하는 그가 우스워서 픽 웃었다.

이아나는 아르하드에 대한 분노와 질투, 자격지심과 자존심을 내려놓았다. 비효율적인 감정 소모를 그만두고 마음정리를 끝마친 지금, 그의 곁에서 무척이나 편안히 있을 수 있었다. 놀랍게도 그 누구와 함께 있을 때보다도 편안했다.

아직 그와 모든 것을 터놓고 지내는 건 아니지만 그의 앞에서는 어떤 모습으로 있어도 괜찮을 듯했다. 이아나는 자신이 무슨 짓을 해도 아르하드가 자신을 경멸하지도, 거부하지도 않을 거라는 걸 잘 알고 있었다. 그가 그녀를 바라는 마음은 결코 변하지 않는 진리일 터였다.

이아나는 우스워서 실소를 머금었다. 결코 들여다볼 수 없는 누군가의 마음을 이렇게 확신하는 스스로가 이질적이었다.

이아나는 차 향기를 맡으며 눈을 감았다. 그녀를 감싸고 있는 평온이 무척이나 마음에 들었다. 종이 냄새와 차 냄새, 몸이 축 늘어졌다. 아르하드는 잠시 이아나를 쳐다보았다가 휴식을 즐기는 듯한 그녀를 내버려 두고 책을 펼쳐 다시 읽기 시작했다. 그렇게 몇 분가량 눈을 감고 안온을 만끽하던 이아나가 눈을 떴다.

"신력 말입니다만."

차를 홀짝이며 책을 읽던 아르하드가 고개를 들어 그녀를 보았다.

"학술제가 끝난 후부터 배워도 되겠습니까?"

이아나의 맑은 눈이 그를 향했다. 이제 그녀의 눈에 망설임이나 굴욕, 꺼리는 기색과 같은 부정적 감정의 응어리는 없었다. 안심한 아르하드가 고개를 끄덕였다.

"물론이다. 신력 제어를 배우는 건 보통 일이 아니니 학술제 같은 큰 행사가 끝나고 집중해서 배우는 게 좋지."

"그럼 제어법은 학술제 후에 배우고, 이론에 대해 궁금한 점은 지금 물어봐도 괜찮겠습니까?"

"뭐든 물어봐도 좋아."

승낙이 떨어지자 이아나는 곰곰이 생각하다가 입을 열었다.

"남부 대륙에서 당신은 몬스터의 신력을 심장에서 빼앗았었죠."

아르하드는 조용히 수긍했다.

"신력 제어가 가능하다면 다른 이의 신력을 빼앗는 것도 가능한 겁니까?"

"신력 제어만 가능하다면야 누구나 그렇게 할 수 있어. 심장을 으깨서 뭉쳐 있던 신력이 심장이라는 중심점을 잃는 순간을 노려 강탈하는 거지."

이아나는 아득한 신성시대에서 혼자 살아남았다고 주장하던 르보니를 떠올렸다. 그녀는 로베르슈타인의 신력을 끌어안은 채 봉인 당했다고 했었다. 그리고 이십 년 전쯤에 깨어나 로베르슈타인의 신력을 지키는 대신 다른 이의 신력을 빼앗아 생존해 왔다고 했었다.

"만일 다른 이의 신력을 빼앗으면서 산다면 영원히 살 수도 있습니까?"

"아니. 한계가 있어. 불로는 가능하지만…… 불사는 불가. 신력이 꽉 붙잡혀 있는 심장은 어떤 수단을 써도 재생될 수 있는 게 아니거든."

이아나가 아리송한 표정을 짓자 아르하드가 책을 덮고 테이블에 올려 두었다.

"좋아, 오늘은 신력의 순환에 대해 가르쳐 주도록 하지. 일단 눈을 감고 네 몸에 존재하는 신력을 느끼는 데에 집중해. 저번에 직접 꺼내도 봤으니 할 수 있겠지? 그걸 다룰 생각은 하지 말고 그냥 느껴. 그리고 네가 느끼는 대로 말해 봐."

이아나는 아르하드의 말대로 눈을 감고 제 몸 안에 존재할 신력의 흐름에 집중했다. 예전에는 너무나 당연해서 있으리라고는 생각도 못 한 기운이었다. 그러나 한번 존재를 인식하고 나니 그 흐름을 인지할 수 있었다.

"심장에서 튀어나온 신력이…… 피와 함께 온몸을 돌면서 몸의 각 부분에 전달되고, 피는 심장으로 다시 들어가는군요."

"잘 느꼈어. 신력은 심장을 중심으로 빽빽하게 뭉쳐 있긴 하지만 피를 매개체로 하면 몸 구석구석을 돌아다닐 수 있다. 우선 알아 두어야 할 것은 순환에서의 심장, 신력, 피 이 세 가지의 연관성이야."

아르하드의 말에 의하면 이랬다. 심장은 흩어지려는 신력과 영혼에 강한 인력을 작용하는 신체의 핵심, 신력은 심장 주변에 뭉쳐 신체와 영혼을 유지하는 기운, 피는 신력이 뭉쳐 있는 심장을 관통하며 신력을 싣고 온몸과 영혼에 신력을 전달하는 매개체였다

"신력은 심장에 너무 세게 붙잡혀 있어서 신체에 직접적으로 영향을 주지는 못해. 하지만 심장을 유일하게 관통할 수 있는 피에는 신력이 소량 녹아들어 간다. 이 소량의 신력은 피가 순환하는 과정에서 신체에 전달되어 몸의 생기를 유지해. 이 말이 이해가 가?"

이아나는 고개를 끄덕였다.

"영혼의 본체, 신력의 저장소……. 심장은 아주 중요한 역할을 하지. 이 심장은 흙, 물, 불, 바람, 즉 모든 물질로 이루어진 물질의 총합체다. 그래, 너 정령을 통해 드워프의 팔을 만들었지."

아르하드가 비워진 찻잔에 아직 열기가 남아 있는 주전자의 차를 따르며 말했다. 이아나가 눈치를 살짝 보면서 긍정하자 아르하드가 담담하게 물었다.

"그럼 정령이 심장도 복구하거나 생성할 수 있을까?"

"그렇……지 않습니까?"

"심장은 영혼에 각인된 순간부터 오로지 그 영혼의 관할이라 정령들이 손을 댈 수 없는 구역이다. 심장에 문제가 생겼을 때 정령이 드워프의 팔처럼 심장을 원상태로 복구하려면 아주 까다로운 조건들이 필요해. 거의 불가능에 가까운."

이아나는 전에 제 심장에 대해 물어봤을 때 살피는 게 불가능하다고 고개를 젓던 토우를 떠올렸다. 아르하드가 차를 들이켰다.

"하지만 영혼이 없는 새 심장을 생성하는 건 얼마든지 가능하다.

심장도 자연물로 이루어진 물질이니까. 혹시 정령에게 영혼이 기억의 보관소라는 말을 들었나? 영혼이 기억을 되새길 수 있는 조건은?"

이아나는 토우가 했던 이야기를 금방 떠올려 냈다.

[영혼에는 중요한 성질이 세 가지 있다. 첫 번째, 영혼에는 신체로 활동해서 얻은 정신적인 결과가 쌓인다. 예컨대 영혼은 기억을 간직하는 보관소와 같다.]

[스스로 자각하여 신체까지 만들어 낸 신은 움직이고, 감각과 감정을 느끼고, 생각을 한다. 신체를 거쳐 사고와 감각과 감정을 거듭할수록 만들어진 기억은 영혼에 영원히 축적된다. 이로써 회상을 할 수 있게 된 것이다.]

[회상을 하려면 영혼에 쌓인 정보를 읽어 들어야 하므로 영혼은 자각 상태여야 하고, 영혼의 본체인 혼돈의 조각도 있어야 하며, 물질적 매개체인 뇌와 같은 신체가 있어야 한다. 마지막으로 회상도 영적 활동의 일종이니 신력이 반드시 필요하다.]

이아나가 고개를 끄덕거렸다.

"모두 들었습니다."

이아나는 제가 정령에게 들었던 모든 정보를 아르하드에게 말해 주었다. 그러자 아르하드가 손을 들어 지끈거리는 이마를 짚었다.

"하아……. 그놈들은 대체 어디까지 얘기한 거야. 아무튼 그래, 그 신의 혼돈의 조각이 심장이라고 생각하면 된다. 영혼은 기억의 보관소지만 심장이 없으면 아무것도 기억하지 못해. 그런데 잘 생각해 봐. 이때까지의 너의 생애를 기억하지 못하는 너를 이아나라고 할 수 있을까?"

"……아닙니까?"

"난 단순히 이름 같은 걸 묻고 있는 게 아니야. 네가 기억을 잃었다고 생각해 봐. 나를 만났던 것도, 친구들과 즐겁게 지냈던 것도, 네가 검을 아주 좋아한다는 사실도…… 모두 기억하지 못하고 텅 비어 버리는 거다."

순간 이아나의 몸에 소름이 돋았다.

"이아나, 너는 기억을 뭐라고 생각하지?"

이아나는 두 손을 꽉 모아 쥐었다.

"……저를 저로서 있게 해 주는 것……."

기억하지 못하면, 이전의 이아나는 없는 것이나 마찬가지다. 다른 사람은 기억할지 몰라도 자신에게서는 한 생애를 살아온 이아나라는 존재가 송두리째 사라지는 것이다.

"그래. 정령은 새롭게 심장을 만들어 낼 수 있고, 생에 대한 집착이 엄청나게 강하면 영혼은 그 심장에 깃들 수도 있어. 하지만 순백의 심장에 깃드는 순간 영혼은 더 이상 '그 존재'가 아니게 돼. 그냥 그 시점부터 새롭게 기억을 쌓는 거다. 본질적으로 같은 영혼이지만 새 삶을 시작하게 되는 거야."

이아나가 멈칫했다. 본질적으로 같은 영혼, 새 삶. 아르하드가 말한 것은 왜일까, 제가 생각해 온 전생의 개념과 비슷했다.

"만약 심장만 멀쩡하다면 신력이 충분할 경우 영생을 누릴 수 있을 거다. 하지만 라오스가 무슨 수를 썼는지 심장의 수명이 신력과 관계없이 따로 정해져 있다. 그래서 인간의 영생은 불가능하다. 단지 전생轉生을 할 수 있을 뿐이지. 새로운 심장으로 다시 태어나는 순간 이전의 삶은 전생前生이 되어 버리는 거다."

……전생轉生과 전생前生.

빼도 박도 못 하게 되었다. 사라지지 않은 로베르슈타인의 영혼. 태어나면서 새로 생겨난 심장. 이아나로서 새 삶을 살면서 변이한 영혼의 색.

이아나가 진지한 표정으로 생각에 잠겨 있자 아르하드는 손등에 턱을 괴고 조용히 기다렸다. 아르하드의 이야기를 모두 암기한 이아나가 고개를 번쩍 들었다.

"예전부터 궁금한 게 있었습니다. 당신은 어떻게 이런 것들을 알고 있습니까? 신성시대나 그 시대에 통용됐다던 지식들을 너무 잘 알고 계시네요. 예전에 하인리히 님이 북부에 신성시대의 흔적이 꽤 남아 있다고 하셨는데 정말 그렇습니까?"

아르하드는 순수하게 호기심으로 가득한 이아나의 눈동자를 가만히 들여다보았다. 그가 천천히 입을 열었다.

"바하무트 황실 쪽 사정은 내 쪽의 첩자가 알려 준 거고…… 영혼이 기억의 보관소라는 건 이해했겠지."

"네."

아르하드의 표정이 가라앉았다.

"영혼이라는 건 즉…… 생각하고, 경험하고, 느낀 것들이 모조리 집약되어 저장되어 있는, 말 그대로 고유한 정신체다. 쉽게 말하자면 영혼은 전생을 거듭하며 영원에 가까운 시간 동안 쌓아 온 지식과 기억, 그리고 감정이 기록된 두꺼운 책들이 보관된 보관고와 같은 것이라고 할 수 있지."

아르하드는 눈을 내리뜨며 차를 홀짝였다.

"나는 악마의 파편을 가지고 있고 파편에는 고대 악마의 지식과 기억이 있어. 그래서 아는 거다."

이아나는 놀랐다.

"심장이 있어야 영혼의 기억을 떠올릴 수 있다고 하지 않았습니까?"

"그래. 그렇지. 하지만 가끔씩, 아주 가끔씩 자물쇠는 굳건히 잠겨 있지만 안의 내용물을 훔쳐볼 수 있을 정도만 보관고의 문이 조금 열릴 때가 있어. 파편을 가진 자들은 그에 영향을 받아 꿈속에서 악마의 기억을 얻거나, 문득 생각해 낸 것처럼 악마의 지식을 얻거나, 아무 일도 없는데 갑자기 화가 나거나 슬프다는 등의 악마의 감정을 느낄 수 있어. 하지만 완전한 건 아냐. 그게 악마의 것이라는 걸 모르는 놈들도 많을걸."

"그렇습니까…… 잠시 종이와 펜을 좀 빌릴 수 있을까요?"

아르하드는 주저 없이 종이와 펜을 가져다주었다. 이아나는 그에게 들은 내용을 꼼꼼히 정리하기 시작했다. 아르하드는 차를 마시며 그런 그녀를 조심스레 관찰했다. 이아나는 종이를 들어 올려 제가 쓴 것을 꼼꼼히 읽어 보다 감탄했다.

"악마의 지식이란 건 대단하군요. 다른 건 없습니까?"

"뭐…… 딱히."

"딱히라면 더 있다는 건가요?"

"자질구레한 건 있지만 정확하지도 않고, 이 시대에서 알아봤자 군더더기밖에 되지 않는 잡지식뿐이다. 궁금하다면 가르쳐 주겠지만 머리만 아플걸."

이아나는 속이 시원한 것처럼 보이는 아르하드의 표정을 보고 그가 거짓말을 하지 않고 있다는 걸 알았다. 아르하드가 가르쳐 준 내용들을 정리하고 암기하는 것만으로도 벅찼기에 고개를 끄덕이며 넘어갔다.

"악마의 기억은 없습니까? 신성시대의 이야기요."

그가 가르쳐 준 것들은 신력 제어를 배우기 위한 배경지식으로 충분하고도 넘쳤다. 궁금한 건 악마의 기억이었다. 이아나는 신성시대의 이야기를 듣고 싶었다. 아르하드는 그녀를 물끄러미 쳐다보다 고개를 저었다.

"없어. 있다 해도 나와는 상관없잖아? 별 관심 없다."

"그런가요……. 아쉽습니다. 전에 하인리히 님께서 해 주신 이야기들이 꽤 재밌었는데."

"……."

아르하드는 말없이 차를 들이켰다.

3일 차, 드디어 본선이 시작되었다. 이아나는 몸을 쭉쭉 펴며 수련을 하지 않아 찌뿌둥한 근육들을 풀어 주었다. 그녀는 온 사방에서 시끌벅적한 웃음소리가 터져 나오는 거대한 관중석을 쭉 돌아보았다.

알록달록한 모자를 쓴 남자 하나가 피리를 삑삑대며 불어 댔다. 우스꽝스러운 가면을 쓴 무리들은 어깨동무를 하고 즐거운 듯 노래를 불렀다. 아이들이 빨리 시작 안 하냐고 부모에게 칭얼거리며 손에 쥔 동그란 풍선을 흔들었다. 온갖 색의 물감을 쏟아 놓은 것처럼 관중석은 알록달록했다.

속이 타는 듯 음료를 벌컥벌컥 들이키는 사람, 손에 요깃거리를 움켜쥔 채 게걸스레 먹는 사람, 손에 커다란 바구니를 들고 이곳저곳 돌아다니며 튀긴 감자를 사라고 고래고래 소리 지르는 사람…… 긴장감이 안개처럼 내려앉은 경기장과는 달리 관중석은 축제 분위기가 한창이었다.

축제 구경은 안 하고 탑 안에서 아르하드와 함께 조용히 틀어박혀 있어서일까. 새삼스레 북적거리는 분위기가 낯설었다. 그리고 오늘, 저 분위기 속에서 혼자 우중충하게 앉아 있을 한 남자를 상상하자 웃음이 나왔다.

오늘은 128강전과 64강전을 치르는데, 예선전에서 고학년들을 상대하게 된 에이지와 헤레이스는 오늘 자 경매에서 팔릴 예정이었고 타로는 운 좋게도 마나 제어에 서투른 저학년들과 맞붙어 128강전에 진출했다. 128강전에 진출한 1학년은 전무하다시피했고 다른 학년과는 말을 섞어 본 적이 거의 없기에 타로와 이아나는 둘이서 붙어 있었다.

"뭐 헌다고 어제는 아예 코빼기도 안 비친겨?"

"책을 좀 읽었다."

"어이고. 참 부지런도 허다. 근디 울 아부지랑 학술제 전에 한탕 했담서?"

압실롯에게 이야기를 들은 모양이다. 이아나는 고개를 끄덕였다. 타로는 머리를 벅벅 긁었다.

"뭐…… 속일라 한 건 아닌디…… 우리 아부지가 보통 인간이 아니잖여? 나는 느그가 내를 타로가 아니라 용병왕의 아들로 볼까 싶어서 쪼께 불안했으. 거다가 아부지가 사막에 틀어박혀서 뭘 허고 있는지 말하지 못하는 사정도 있었고…… 보통 용병왕이라고 허믄 아부지 요새 뭐 하시냐 하고 물어보거던. 근데 나가 한번 입을 트기 시작허면 싹 다 불어 버리는 멍충이라…….”

타로가 우물쭈물하며 말하자 이아나는 등을 두들겨 주었다.

“이해한다.”

“역쉬. 이아나 양! 다른 녀석들도 이해해 주겠지?”

“그럴 거다. 에이지와 헤레이스는 속이 좁지 않으니까.”

“그려그려, 크하핫. 자자, 이아나 양, 관객석에 조오기 좀 봐라.”

우중충하던 타로의 얼굴이 활짝 폈다. 이아나는 타로가 가리키는 곳을 보았다. 타로가 가리킨 관중석은 사람도 많고 멀기도 멀어서 누가 누군지 구별이 가지 않았지만, 확실히 눈에 띄는 무리가 있었다. 덩치가 산만 한 타로의 가족들이 단체로 그녀를 향해 손을 흔들었다. 이아나는 얼떨결에 마주 손을 흔들고 말았다.

[본선 128강, 시작합니다!]

128강과 64강이 본선이라고는 하나, 사실상 32강부터가 진짜배기라고 할 수 있었다. 32강부터는 검술학부의 엘리트 중에도 엘리트들만 모여 있다. 드넓은 공간에서 딱 한 시합씩 치러지기 때문에 온 관중들이 집중하여 수준 높은 검술과 검기를 맛볼 수 있다.

하지만 오늘은 본선의 이름을 내세운 예선인 128강과 64강이고, 제한된 시간 내에 치러야 할 시합 수가 많았기에 넓은 경기장에서는 세 시합씩 동시에 벌어졌다.

[29회전, 시작합니다. 1학년의 이아나 학생과 4학년의 폰스 학생 올라

와 주십시오.]

이아나는 제 이름이 호명되자 경기장 위에 올라왔다. 옆쪽을 흘끗 보자 두 학생이 비등하게 검격을 나누며 64강전 출전권을 놓고 필사적으로 싸우고 있었다. 치열한 예선을 통과하고 올라온 이들이어서인지, 그들은 검에 검기를 덧씌운 채 검을 맞부딪치고 있었다. 검기의 빛 조각이 사방으로 튀었다.

"저렇게까지 할 필요는 없겠지……."

그리 중얼거린 이아나는 고개를 돌려 반대편에서 잔뜩 얼어 있는 4학년 선배를 향해 고개를 숙였다.

"잘 부탁합니다."

"잘 부, 부탁해요, 후배님."

관중석에 앉아 있던 사람들의 시선이 시합을 준비하는 붉은 머리칼의 소녀에게 향했다. 우락부락한 남자들이 많은 검술대회에서 상대적으로 가냘픈 소녀가 등장하자 그녀를 모른다 해도 시선이 쏠릴 수밖에 없었다.

검술학부의 유일한 홍일점.

"시작하겠습니다. 두 학생, 준비해 주세요."

나쁜 소문이든 좋은 소문이든 검술학부 최고의 화제는 그녀였다. 귀족 영애면서 학술원의 남자들의 성지인 검술학부에 들어가 1학년 1학기 수석에 저학년 검술대회 우승이라니.

그녀와 관련된 소문들은 믿기지 않는 정보들로 가득해 사람들은 이아나의 실력을 두 눈으로 직접 확인하고자 눈을 부릅떴다. 개중에는 망원경을 눈에 가져다 대는 사람도 있었다. 그리고.

"시자!"

채앵!

순식간이었다. 시작이라는 말과 동시에 눈에 보이지도 않는 빠르기로 폰스의 곁에 접근한 이아나는 온 힘을 다해 폰스의 검을 쳐 냈다. 폰스의 검은 호선을 그리며 튕겨 나가 경기장 밖에서 댕그렁 하는 소리를 냈다. 사람들이 그녀의 실력을 평가할 겨를도 없었다.

폰스는 어벙하니 욱신거리는 제 손과 뒤로 튕겨 나가 바닥에 나뒹굴고 있는 검을 번갈아 보았다.

"시합 종료! 이아나 승!"

화들짝 놀란 폰스가 교수에게 항의를 하려고 다가갔다.

"잠깐만요, 교수님! 이건 좀……."

"폰스 학생. 잘못된 건 없네. 시합은 이미 시작되었고, 폰스 학생은 검을 떨어트렸네."

관중석에서 이아나의 경기를 보고 있던 사람들이 술렁거렸다.

"뭐야? 뭔데?"

"기습한 거야?"

"비겁하네. 예의도 없이 시작하자마자 그러는 게 어디 있어."

아무것도 모르는 사람들이 투덜대며 이아나를 욕하는 사이, 중간중간에 섞여 지루한 하품만 쩍쩍 내뱉던 실력자들은 타박타박 평화로운 걸음걸이로 경기장을 내려가는 그녀를 눈을 날카로이 빛내며 주시했다.

[64강에 출전하는 학생들은 모여 주십시오.]

이아나의 경기를 본 학생들의 반응은 가지각색이었다. 비겁한 수를 썼다며 욕하는 이들도 있었고, 그녀의 공격이 너무 빨라 무슨 일이 일어났는지 모르겠다며 중얼거리는 이들도 있었고, 강적으로 인식하고 긴장한 눈으로 바라보는 이들도 있었다.

타로도 128강전을 통과했다. 64강전을 기다리는 도중에 그는 이아나를 향해 엄지를 척 들었다.

"한 마리의 날렵한 암호랭이 같았어. 사냥을 하려믄 그 정도는 돼야제."

"당신도 무자비하던데. 상대가 검에 검기를 두르기도 전에 검을 박살 내는 게 인상적이었어."

"가족이 보고 있는디 망신당할 수는 없는 노릇 아니여?"

"그렇긴 하지만…… 64강전은 대다수가 검기를 쓸 줄 알 테고, 당신의 공격 패턴을 알고 있어 방심하지 않을 텐데. 당신, 아직 마나를 잘 제어하지 못하지 않나?"

"아까처럼 힘이랑 속도로 승부하믄 돼."

큰소리를 땅땅 치던 타로는 64강전에서 5학년 에이스를 만나서 무너졌다. 그는 풀이 죽어 땅을 툭툭 걷어찼다.

"제기럴."

"오늘 에이지, 헤레이스, 당신 전부 팔리겠군. 지금 바로 경매장에 가야 하나?"

"뭐…… 팔리기 전에 땀을 씻어야 하니께 일찍 가야지. 아무래도 오늘 에이지랑 헤레이스헌티 가족 소개는 못 하겠구먼. 바로 경매장으로 가야 하잖여."

예선에서 떨어진 에이지와 헤레이스의 경매 순서가 오늘이었는데, 결국 타로까지 덤으로 얹어 오늘 싹 다 팔리게 되었다. 이아나는 터덜터덜 출구로 나가는 타로의 뒷모습을 보며 웃었다. 오늘 경매는 꽤 재밌을 것 같았다.

[12회전, 1학년의 이아나 학생과 5학년의 산체스 학생!]

잎사귀 한 장을 이에 물고 질겅질겅 씹고 있던 산체스는 경기장으로 올라가는 입구에서 이아나와 마주치자 퉤하고 찢어진 나뭇잎을 뱉어 냈다. 그리고 그녀를 나무라며 경고했다.

"어이, 이봐요 후배님, 저는 쉽지 않을 겁니다. 128강전 같은 꼼수는 안 통해요."

산체스는 이아나가 비겁한 수를 썼다고 생각하는 부류였다. 이아나는 못마땅한 얼굴의 그를 지그시 응시했다.

"꼼수로 보였습니까?"

"당연하지요. 시작하자마자 기습하는 게 꼼수가 아니면 뭡니까?"

"그렇게 보였다면 그런 거고……."

그리 말한 이아나는 먼저 경기장에 올라가 자신의 자리에 섰다. 산체스도 그녀를 따라 올라가 맞은편에 섰다.

탁, 탁.

제자리뛰기를 하며 다리 근육을 푸는 이아나를 노려보며 팔짱을 꼈다. 이아나는 팔목도 풀어 주기 위해 검을 횡으로 한 번 베었다. 검풍이 일어 산체스에게 혹하니 풍겼다. 산체스는 코로 흥, 하고 맞바람을 풍겨 냈다.

'보통이 아니군.'

제 공격이 꼼수라고 폄하 당했으면서도 무척 담담한 이아나의 태도에 산체스는 건들거리는 태도를 버리고 두 손으로 검을 굳게 쥐었다. 128강전에서 기습을 해서 64강전에 올라왔다고는 하나 그녀는 결코 쉬운 상대가 아니다. 아니, 어려운 상대였다.

검은 손목을 풀기 위해 스트레칭을 하는 그녀의 손에 이끌려

한참이나 빙글빙글 춤을 췄다. 유연한 손목이 돋보였다. 검끝이 산체스를 향하는 순간, 검의 춤은 사라졌다. 검을 보고 있던 이아나의 적안이 그를 슥 훑는 순간 산체스는 움찔했다.

'쳇, 어린 계집애한테 긴장하는 꼴이라니!'

산체스가 거칠어지는 숨을 가다듬으며 미간을 찌푸렸다.

"시합 시작!"

시작이라는 말에도 두 사람은 움직이지 않았다. 이번에도 선수를 쳐서 기습해 오지 않을까, 그리 생각하며 잔뜩 긴장하고 있던 산체스는 그냥 정자세로 올곧게 서 있는 이아나를 향해 삐죽거렸다.

"먼저 오시지?"

"준비되셨습니까?"

이아나의 질문에 무시당한다고 생각한 산체스의 얼굴이 벌게졌다.

"후배님은 그걸 말이라고 하는 거요? 와요!"

"그럼 사양 않고."

그리고 또다시 순식간이었다.

후욱—

검을 쥔 채 천천히 걷는다 싶던 이아나의 모습이 갑자기 눈앞에서 사라졌다. 산체스의 얼굴로 갑작스레 강한 바람이 쏟아졌다.

산체스는 이아나가 사라지자 너무 놀라서 눈을 크게 뜨고 두리번거리다가 사각지대인 몸 옆구리 쪽에서 너울거리는 붉음을 간신히 감지했다. 그러나 이미 늦었다. 이아나는 도약을 준비하는 사자처럼 무게중심을 잔뜩 낮춘 채 산체스의 목을 겨냥했다.

쐐애애애액!

산체스가 눈동자를 굴려 이아나를 확인하는 찰나의 순간에 이아나의 검은 아래에서 위로 벼락처럼 그의 목으로 쇄도했다.

"우왓!"

산체스는 고개를 치켜들었다. 엉거주춤한 자세로 검을 가로로 휘두르고 말았다. 이아나가 빈틈 많은 공격 사이로 검을 비집어 넣는 건 간단한 일이었다. 검은 속도를 늦추지 않고 산체스의 옷자락을 베어 내며 분수처럼 솟아올랐다. 검의 끄트머리가 산체스의 머리를 꿰뚫을 듯 턱과 목 중간사이를 찌르는 순간, 죽는다는 생각에 산체스의 눈에서 초점이 사라지는 순간, 기적처럼 검이 멈추었다.

피잉―

"허억, 허억."

쿵쾅대는 심장이 제대로 호흡하지 못해 숨을 잔뜩 몰아쉬는 산체스의 얼굴에서 식은땀이 주룩 하고 흘러내렸다. 이아나는 그의 목에서 검을 떼었다.

"이래도 기습입니까?"

"……."

산체스는 아무 말도 하지 못하고 경기장에서 내려왔다.

이로써 이아나는 내일 32강과 16강을 치르게 되었다. 당연한 결과였다. 그녀는 뿌득거리는 목을 돌려 풀어 주었다.

이아나는 경기장에서 내려오면서 자신을 멍한 표정으로 쳐다보고 있는 학생들의 무리를 흘끗 보았다. 손가락질하며 비겁하다 말하던 이들이었다. 그들은 이아나의 시선이 닿자 민망함에 얼굴을 벌겋게 물들이곤 고개를 돌렸다.

이아나는 그들에게서 시선을 떼고 출구를 향해 걸어갔다. 출구로 걸어가는 와중에도 관중석에서 따끔거리는 시선들이 쏟아졌다.

케이거스 드미트리 사건으로 인해 깨달은 바가 있다. 검을 쥐고 적을 겨누는 상황에서는 방심을 하여 긴장을 풀어서도, 힘을 아껴서도 안 된다는 사실이다.

키메라 사건 때만 해도 징그러운 생김새에 잔뜩 긴장했다가 생각보다 상대하기가 쉬워 그냥 패면 된다는 생각으로 몸에서 긴장을 풀었었다. 그 바람에 피가 튀는 순간 즉시 몸을 뒤로 빼지 못했다.

만일 키메라를 상대할 때도 아르하드가 상대라고 생각했었다면 아무 문제없이 빠르게 피할 수 있었을 터였다.

한순간의 방심 때문에 며칠 전까지만 해도 평생 겪어 본 적 없었던 부정적 자괴감에 휩싸여 꼴사납게 허우적거렸다. 그래서 이아나는 굳게 다짐했다. 제 손에 검을 쥐고 누군가를 겨누는 이상, 상대가 가냘픈 여인이라 하더라도 아르하드를 상대하는 것처럼 최선을 다하겠다고 말이다. 검술제에서도 대충 할 생각은 없었다.

학술원을 다니면서 귀족들의 눈에 띄기 싫어 열아홉 살 때까지 몸을 웅크리고 있으려 했다. 하지만 아르하드가 여기에 있는데 몸을 웅크려 숨어 있을 필요가 뭐가 있는가? 아르하드는 그녀를 결코 놓지 않을 테고, 그녀는 그의 기사가 될 터인데.

또한 이아나는 주군이 될 이 앞에서 스스로의 가치를 증명하고 싶었다. 그의 깊은 감정에 어울리는 사람이 되어, 스스로를 초라하게 여기거나 부끄러워하고 싶지 않았다.

이것 봐, 나는 당신이 절실히 바랄 만한 가치가 있는 강한 사람이다. 어때, 부족하지 않지? 당신의 감정에 어울리지? 부족하지 않지? 바랄 만한 가치가 있지? ……이렇게.

이아나는 손으로 제 얼굴을 덮었다. 아이 같은 기분이다. 나이는 먹을 대로 먹어 놓고 이 무슨 치기 어린 마음이란 말인가.

이아나는 출구의 어둠 속으로 들어갔다. 들어가기 전 빛에 비친 그녀의 귀는 붉었다.

"야− 이아나 처자, 오랜만이여?"

친우들이 팔리는 걸 구경하기 위해 경매장의 와글거리는 인파에 몸을 묻은 이아나를 익숙한 목소리가 불렀다. 사람을 꽉꽉 헤치면서 앞에 선 목소리의 주인은 싱글벙글 웃었다.

"오랜만인 겁니까? 일주일도 되지 않았는데."

"아, 시방 왜 이리 딱딱혀? 볼짱 다 본 사이에."

압실롯이 크크 웃으며 이아나의 등을 톡톡 두들겼다. 말이 톡톡이었지 그의 큰 손은 퍽퍽 소리를 내며 북 터지는 소리를 냈다. 압실롯은 반가움에 두들기는데 아프니 그만하라고 말하기가 자존심 상했던 이아나는 입을 다물었다. 타로의 형제들과 란카도 뒤에서 나타났다.

"여, 처자, 오랜만이요! 어무이, 일로 오시랑께요."

"오냐. 어어, 타로놈 친구분 아니여?"

이아나가 타로의 가족들과 인사를 나누고 나자, 3일 차 경매가 시작되었다.

[아, 에이지 군은 취미가?]

"엄청 많은데요? 일단 수도에 있는 맛집 탐방하기…… 맛집은 아무래도 엘로냐의 낙원이 최곱니다. 또 술 마시고 노래 부르기, 예쁜 아가씨들이랑 놀러 다니기, 가방 메고 목적지 없이 여행 떠나기, 단검으로 과녁 맞추기…… 저 가운데 정말 잘 맞춰요."

이아나는 신상을 팔기 싫다며 징징대던 에이지가 사회자와 기가 막힐 정도로 즐겁게 수다를 떨어 대자 혀를 쯧쯧 찼다. 에이지는 밝은 인상의 준수한 청년인 데다 말솜씨도 좋았기에 예쁜 외모의 여귀족이 12골드에 낙찰해 갔다.

"헤레이스 도련님이 저 따위의 명패를!"

헤레이스도 경매에 올라갔지만 벤덤가의 사람들은 그들의 소중한 도련님이 하인 명패를 목에 거는 걸 두고 볼 수 없었던 모양이다. 전에 봤던 벤덤가의 집사가 15골드를 주고 낙찰해 갔다. 그리고 얼마 지나지 않아 타로가 뻘쭘한 표정으로 나왔다.

1학년 주제에 64강에 올라 상대의 철검을 검기는 사용하지 않고 순수한 힘으로만 내리쳐 두 동강 내는 모습은 강렬했다. 타로를 낙찰받기 위해 귀족들이 가격을 조금씩 올렸다. 압실롯의 얼굴이 창백해졌다.

"오메, 불쌍한 타로. 왜 이렇게 싼 겨? 10골드? 누구 코에 붙이겠냐? 쯧쯧."

"뭔 헛소리요? 금화에서 목욕하는 아부지헌티는 푼돈이지만 큰돈이요."

"거다가 사내새끼들밖에 안 부르잖여. ㅇㅇㅇㅇㅇ. 불쌍한 내 새끼. 내가 살까."

"아, 이 양반아."

안절부절못하는 압실롯의 옆에 있던 첫째가 무슨 어처구니없는 소리를 하나며 압실롯에게 잔소리를 했다.

"재미없게스리 우리가 사면 뭐 혀? 누구헌티 팔리던 지 팔자니께 놔두쇼. 잉?"

"30골드."

[30골드! 30골드 나왔습니다!]

30골드라는 큰 금액이 나왔다. 금액을 부른 목소리는 나긋나긋하고 고왔다. 긴장하고 있던 타로의 날카로운 눈매가 30골드를 부른 이의 얼굴을 보고 순진하게 처졌다. 눈망울이 놀라움으로 흔들렸다.

"어…… 어?"

지금까지의 경매 중에 가장 큰 금액이었다. 사람들의 시선이 30골드를 부른 이에게 시선이 쏠렸다.

영근 포도알처럼 탐스러운 보랏빛의 머리칼이 풍성하게 흘러내렸다. 이지적인 눈동자가 보석처럼 영롱하게 빛났다. 여인은 펼치고 있던 부채를 하얀 장갑을 낀 손으로 탁 접었다. 붉고 도톰한 입술을 끌어 올려 웃었다.

"난 내 거에 남이 손대는 거 못 보거든……."

타로의 목에 하인 명패가 걸렸다. 타로는 라랏슈아가 자신을 사 주었다는 게 믿기지 않아 입을 뻐끔거리다 사회자가 잘됐다며 등을 팡 쳐 주자 주춤거리며 그녀의 앞에 다가갔다. 라랏슈아는 팔짱을 낀 채 타로를 새초롬하게 올려다보았다.

"볼썽사납게, 마나 제어를 아직도 못 하는 거니?"

"검술제 보, 보러 오셨어요?"

"내 실험 당하고 죽었나 살았나 보러 간 거야…… 흥."

라랏슈아는 고개를 돌리며 콧방귀를 뀌었다. 그것조차 너무 예뻐 보여서 타로는 헤벌쭉하게 웃었다. 라랏슈아는 한쪽 눈을 살짝 뜬 채 타로의 익숙한 얼굴을 보고 다시 팽하니 고개를 돌려 버렸다.

"아아—"

"라랏슈아 님?"

라랏슈아가 하얀 장갑을 낀 손으로 현기증 난다는 듯 이마를 짚었다. 하얀 얼굴로 그러고 있으니 정말로 아파 보였다. 타로가 기겁을 해서 부축하려는데 그의 손을 탁 쳐 낸 라랏슈아는 한숨을 폭 쉬었다.

"아아아, 피부가 타 버렸어. 양산을 들기엔 팔이 너무 아파. 아야."

"제가 들겠습니다!"

타로는 냉큼 라랏슈아의 손에 들려 있는 양산을 넘겨받아서 펼쳐 들었다. 라랏슈아는 머리카락을 뒤로 쓸어 넘기고는 우아한 걸음걸이로 경매장의 문을 나섰다.

"헤헤……."

타로는 정말로 행복해하며 그녀를 따라 나갔다.

"……."

이아나는 라랏슈아가 애완동물을 다루는 것 같다고 생각했다. 회귀 전 그녀의 말이라면 뭐든지 따르던 타로의 모습이 여기서 보였다.

"뭐여, 저 이쁜 처자는? 타로 저 짜슥은 왜 저러는 겨? 경매에 팔리면 저래 굽실거려야 하는가? 어이구, 어이구 저거 봐라. 유전이다, 유전. 하여튼 간에 이눔이나 저눔이나 가늘고 하야면 정신을 못 차려 가지고."

라랏슈아 외에는 아무것도 보이지 않을 타로의 뒤에 대고 압실롯이 잔소리를 해 댔다. 그래도 아들이 예쁜 여자에게 팔려서 기분이 좋은 듯했다.

"그건 아부지 아니요?"

"시끄러."

"우리 타로가 이쁜 아가씨헌티 팔려서 다행이여. 저눔이 위에 놈들이랑은 다르게 숙맥이라 결혼은 할 수 있을까 걱정했는디…… 예쁜 아가씨가 사 간 걸 보면 나름 가능성은 있는 거 아녀?"

란카가 손수건을 꺼내 눈의 눈물을 찍어 냈다.

"근디 저 아가씨는 진짜 왜 타로놈을 사 갔디야? 하인으로 쓸라고?"

"그럴 수도 있겠구먼. 학술제에 뭐 살 거 많잖여? 옷도 맹글어서 많이 팔던디."

"아니믄 타로 같은 녀석 좋아하는 특이 취향이든지."

"헉, 진짜로 특이하구먼."

이아나는 타로의 가족들에게 라랏슈아는 타로가 좋아해서 쫓아다니는 여인이라고 말해 줄까 잠시 고민했다. 하지만 타로가 풀이 죽어 제 가족은 막장이라 그녀를 만나면 무슨 말을 할지 모른다며 라랏슈아를 한동안 쫓아다니지 않았던 것을 떠올리고 입을 다물었다. 얼마나 막장인지는 모르나 지금 앞에서 수다를 떠는 걸 보고 말을 하지 않기로 판단을 내렸다. 가족인 타로가 그리 말할 정도라면 말하지 않는 게 좋을 듯했다.

이아나는 경매가 끝나고 탑으로 향했다.

아르하드는 경매에는 관심 없다고, 이아나의 시합만 보고 늘 탑으로 돌아간다고 말했다. 은둔자처럼 탑에 틀어박혀 있는 주제에 제 시합만은 보러 온다는 말에 이아나는 이번에 반드시 우승하고 말겠다고 다시금 의지를 불태웠다. 이아나가 우승에 과도하게 집착하는 모습을 보이자, 그녀가 그리 결심하게 된 동기를 모르는 아르하드는 영 불편한 기색을 보였다.

첫째 날부터 탑에 발을 들여놓자 다음 날도, 그다음 날도 이아나의 발은 자연스레 탑으로 향했다. 온통 시끄러운 분위기 속에서 탑은 조용히 제 모습 그대로 자리를 지키고 있었고, 탑 내부의 고요하면서도 차분한 분위기는 안온을 선사했다.

"어서 와."

무슨 짓을 저질러도 저에 대한 마음이 변하지 않을, 무슨 일이 있어도 제 편이 되어 줄 사람까지…….

최근, 이아나는 정말 오랜만에 늘 차고 다니던 검을 옆에 세워 두고 노곤하게 휴식을 취하고 있었다. 마음고생을 시킨 사람 옆에서 이렇게 편하게 쉴 수 있다니, 이아나는 마음가짐의 중요성을 새삼 깨달았다.

"내일이 의상대회인가? 룸메이트가 4학년인 모양이군."

아르하드가 차를 내려놓으며 확인 차 묻는 말에 이아나는 그가 테이블 위에 듬뿍 가져다 놓은 쿠키를 집어 먹다 돌이라도 씹은 것처럼 인상을 찌푸렸다.

"정말 오실 겁니까?"

"당연하지."

"왜요?"

"내가 보고 싶으니까."

아르하드는 단호하게 선을 그었고 더 이상의 불평은 듣지 않겠다는 듯 책을 펼쳐 들었다. 이아나는 그런 아르하드를 물끄러미 쳐다보다가 툭 내뱉었다.

"아마 분위기가 좋지 않을 텐데."

이아나가 아무리 바뀐다고 해도 출생 배경과 그녀가 저지른 친족 살해는 꼬리표처럼 따라붙는다. 검술학부의 유일한 여학생이라는 사실은 이런저런 얼토당토않은 소문을 만들어 낸다. 그리고 그에 대해 입방아를 찧어 대는 사람들은 줄어들지언정 없어지진 않는다. 길을 지나갈 때마다 힐끔거리는 시선들과, 아무것도 모르는 주제에 자신을 화제에 올려 멋대로 할퀴고 씹어 먹는 대화가 그랬다.

욕을 바가지로 먹는다 해도 아무렇지 않을 자신이 있었고 싸늘한 분위기는 아무래도 좋았다. 하지만 단 하나, 그 분위기 속에 있을 아르하드가 이아나는 무척 신경 쓰였다. 그는 그녀를 향한 악의 어린 대화들에 파묻혀 무슨 생각을 할까.

이아나의 거부를 무시하려고 책에 시선을 두었던 아르하드였지만, 다시 고개를 들어 미간을 좁혔다.

"왜 좋지 않은데."

"······뭐, 저에 대한 소문 아시지 않습니까?"

"쓰레기들이 멋대로 떠들어 대는 게 나랑 무슨 상관이야."

쓰레기들이라니. 불쾌함이 역력한 아르하드의 평가에 이아나는 속이 시원해졌다. 그런데 왜인지 그는 조금 화가 난 것처럼 보인다.

"너는 내가 쉽게 보여? 그따위 할 짓 없는 놈들의 말에 휩쓸려 널 보는 눈이 달라질 것 같나?"

이아나는 고개를 조용히 저었다. 다 알고 있다. 당신이 변하지 않으리라는 것은······.

"너도 그런 거에 신경 쓰지 않잖아? 그러면 나도 신경 쓰지 않아. 네가 싫다면 그놈들을 패 죽여 버리겠지만······."

"······."

"아무튼 분위기라니. 왜 그런 말을 하는 건지 모르겠군. 내가 오는 게 그렇게 싫어?"

"그건 아닙니다."

그게 아니라, 그리 말하며 속내를 털어놓으려다가 입을 꾹 다물었다. 민망해진 이아나가 이마를 짚었다.

이아나는 자신이 아이 같아졌다고 생각했다. 누군가에게 멋지고 좋은 모습만 보여 주고 싶다는 마음은 자신과 어울리지 않았고, 있을 거라고도 생각해 본 적 없다.

그러나 아르하드를 상대로 그런 마음이 드는 걸 어찌하란 말인가.

"갈 거니까 이상한 소리하지 마."

아르하드가 저렇게까지 말하며 고집을 부리는데 오지 못하게 막을 권리가 이아나에게는 없었다.

4일 차. 32강을 손쉽게 통과하고 16강전을 치르는 이아나는 이번에 제대로 된 상대를 만났다. 16강에 이르니 정말 남을 만한 사람만 남아 있었다. 저학년은 전무했고 모두 5학년 혹은 6학년이었다.

그녀의 상대는 우수한 성적으로 늘 상위권에 드는 6학년 졸업반의 니카타였다. 그는 이아나와 비슷하게 힘보다는 속도를 우선시하는 날렵한 공격이 장기였고, 이아나를 처음부터 무시하는 멍청한 짓은 저지르지 않았다. 그는 이아나의 공격을 먼저 받아 주는 선배의 관용을 베풀지 않고 먼저 공격했다. 이아나는 그 공격을 잘 막아 냈고, 바로 공격에 들어갔다.

둘은 치열하게 공방을 주고받았다. 밀고 밀려나고, 치고 막고, 휘두르고 찌르고…… 쇳소리가 무척이나 요란했고, 관중들은 홀린 듯이 수준 높은 공방을 지켜보았다.

채애애애애앵!

키긱, 키긱.

검이 맞부딪치고 승부는 대치상황으로 들어갔다. 열여섯 살 소녀와 성인 남성, 누가 봐도 성인 남성의 완승이었다. 그러나 이아나는 보통 소녀가 아니었다.

'큭! 무슨 여자애가!'

니카타는 덜덜 떨리며 뒤로 밀리는 제 검을 보고 이를 악물었다. 힘을 쓰며 더욱 검기를 끌어모았다. 하지만 이아나의 검기의 양도 그에 맞춰 똑같이 늘어났다. 오로지 힘의 승부였다.

니카타는 결국 검기로 승부를 보는 걸 그만두고 힘을 더 꽉 주며 그녀의 검을 밀어내는 데에 집중했다. 이아나는 눈을 반짝 빛내고는 검에서 갑자기 힘을 쭉 빼며 검을 옆으로 흘렸다. 그 바람에 힘을 주고 있던 니카타의 무게중심이 앞으로 쏠렸고 순식간에 팔과 가슴 사이가 비었다.

퍼어어억!

그 사이를 비집고 들어가며 올려친 이아나의 검손잡이가 니카타의 턱을 강타했고 그는 뒤로 쿠당탕 하고 넘어졌다. 그가 정신을 차리기도 전에 이아나의 검이 그의 목을 겨누었다. 심판이 침을 꿀꺽 삼키고는 외쳤다.

[이아나 승!]

와아아!

관중들 사이에서 환호성이 터져 나왔다. 이아나는 검을 집어넣고는 손을 내밀었다. 니카타는 욱신거리는 턱을 어루만지며 이아나의 손을 붙잡고 일어났다. 니카타의 표정에는 아쉬움도 남아 있었지만, 그보다는 그녀에 대한 경탄으로 가득 차 있었다.

"이아나 후배님, 정말 대단하네요. 라이언 녀석에게 말만 들었는데, 장난 아니에요."

니카타는 검술부장 라이언의 친한 친구로, 그에게 이아나에 대한 칭찬을 많이 들어왔다. 라이언이 거짓말을 하는 사람도, 허황된 말을 늘어놓는 사람도 아니라서 처음부터 경각심을 가지고 있었는데도 졌다. 이아나는 다른 이들을 상대했을 때와는 달리 작은 미소로 인사해 주었다.

"선배님도 대단하십니다. 오랜만에 기분 좋은 승부였어요."

관중석에서 박수가 흘러나왔다. 그들은 이제 이아나 로베르슈타인이라는 여자의 실력을 의심하지 않았다.

이아나의 시합은 항상 너무 빨리 끝나서 이상한 술수를 부리는 게 아닌가 하고 의심하는 사람들이 많았다. 하지만 검술학부의 엘리트로 유명한 니카타와의 승부를 보고 의심하는 마음은 접었다. 그녀는 진짜배기였다.

이아나는 출구를 나서며 욱신거리는 손을 쥐었다 폈다를 반복했다. 아르하드와 비등한 건 검술이지, 검기가 아니었다. 그래서 일부러 상대의 검기와 양을 맞추며 최대한 검술로만 승부를 보려 애썼다. 멍청한 오기였지만 검술만큼은 아르하드에게도, 누구에게도 지지 않겠다는 마지막 자존심이었다.

이아나는 그길로 바로 의상학부 건물로 향했다. 의상대회는 검술제의 일정을 피해 몇 시간이나 뒤인 늦은 오후에 열리지만 프리실라가 땀도 씻어야 하고, 옷도 입어야 하고, 화장도 해야 하고, 머리도 해야 한다며 검술대회가 끝나자마자 빨리 오라고 극성이었기 때문이다.

이아나는 땀은 묻어 있지만 흉터 하나 남아 있지 않은 매끄럽고 동그란 이마를 만지작거렸다.

'대단한 약이야.'

아르하드가 발라 준 약은 엄청난 치유 능력을 보였다. 약을 바른 다음 날에 상처는 완전히 아물어 있었고 그다음 날에는 흉터까지 완전히 사라졌다.

'무슨 약을 발라 준 걸까?'

이아나는 자신이 보관하고 있는 작은 유리병을 떠올렸다. 검은 로브를 입었던 아르하드가 준 약도 그 약일까? 팔이 만신창이가 되었을 때 주고 간 약이었으니 똑같은 약일 것 같았다. 어떻게 만든 약인지는 모르겠지만 값이 어마어마할 건 분명했고, 그런 걸 아무렇지도 않게 툭툭 던져 주는 아르하드가 어이없기도 하고 고맙기도 했다.

이아나가 도착한 의상학부 건물은 우아하면서도 고풍스러운 아름다움을 풍겼다. 하얀 건물을 유지하는 일은 쉬운 일이 아닌데 신전처럼 지어진 건물은 빛나는 유백색이었다. 입구에서부터 왕이 더러운 거리에 행차했을 때 길에 깐다는 레드카펫이 길게 펼쳐져 있었다.

건물 내부에서는 양산을 펼쳐 든 귀족 여인들이 웃으며 왔다 갔다 거렸다. 학술제에서 귀족 여인에게 가장 인기 있는 행사는 의상학부의 의상대회가 단연 1위다. 검술제도 인기는 있었지만 전쟁이 나도 저택에 가만히 앉아 있는 아가씨들에게는 지나치게 사납고 거칠었고 꺼리는 여인들도 꽤 많았다.

귀족 여인들의 최고 관심사는 사교계. 사교계에서는 아름다움과 재력을 과시할 수 있는 드레스와 보석이 중요하다. 그러니 훗날 드레스를 제작하는 디자이너들이 될 의상학부의 인재들을 눈여겨 보는 건 당연하다.

의상학부의 학생들이 제작한 소품이나 의상을 싼값에 사는 것도 큰 즐거움이었다. 이는 귀족 여인뿐만이 아니라 평민 여성과 남성에게도 해당되는 바였다.

의상대회의 순위는 남성복과 여성복 구분하지 않고 최하위부터 대상까지 쭉 매겨진다. 의상대회의 심사 기준은 옷이 얼마나 완성도 높고 아름다운지도 평가했지만, 그 옷이 모델의 매력을 얼마나 이끌어내느냐가 관건이었다. 옷이 아무리 비싸고 멋져도 모델과 어울리지 않으면 소용이 없었다. 무미건조한 평상복이든, 괴팍한 옷이든 모델과 조화롭게 어울려 보는 사람들의 마음을 최대한 이끌어낼 수 있는 의상이 우승이었다.

세상에 아름다움을 추구하지 않는 인간은 없다. 여인이든 사내든 간에 의상대회를 보며 의상과 치장만으로 모델의 매력이 최고로 뿜어져 나오는 순간을 목격하게 되면, 그들은 평범한 옷이 아니라 스스로에게 가장 어울리는 옷을 추구하게 되고, 그런 옷을 제작해 줄 능력 있는 이들을 찾게 된다. 의상대회는 검술제와 더

불어 학술제 내 인기행사의 다섯 손가락 안에 들었다.

"어머머, 지저분해. 먼지 묻은 것 좀 봐. 게다가 여자가 옷차림이 사내처럼 저게 뭐니?"

"검을 들고 있네…… 설마 여자 용병? 천박해."

이아나가 의상학부의 건물에 들어서자 소문만 들었지 그녀의 생김새를 모르는 다른 국가의 여자 귀족들이 부채를 팔락이며 쑥덕거렸다. 알아본 이들도 흘끔흘끔 쳐다보며 다른 이들과 대화를 나누었다.

검술대회를 마치고 곧장 오는 바람에 이아나는 평소의 깔끔한 그녀와는 거리가 멀었다. 대충 묶은 단발머리는 헝클어져 삐죽삐죽했고 먼지 묻은 옷은 잔뜩 더러워져 있었다. 이아나는 그들에게 관심을 주지 않고 프리실라가 말한 방으로 갔다. 노크를 하고 문을 열자 프리실라가 밝은 얼굴로 뛰쳐나와 이아나를 방 안으로 잡아끌었다.

"왔어요? 8강 진출?"

"당연합니다."

"대단해요! 그것보다 얼굴에 상처 없죠?"

프리실라의 관심은 8강 진출이 아니라 이아나가 상처를 입었냐 입지 않았느냐였다. 얼굴을 이리저리 뜯어보던 프리실라가 만족스레 웃었다.

"자, 자, 빨리빨리 깨끗이 씻고 나와요! 여기, 옛날부터 의상대회 준비하는 대기실이라서 있을 건 다 있어요."

세면도구와 가운을 안겨 주고 세면실에 이아나를 밀어 넣은 프리실라는 두근거리는 심장을 부여잡고 나오기만을 기다렸다. 얼마

후, 이아나가 수건으로 머리를 털며 나왔다.

"아이참, 이리 와요!"

프리실라는 어슬렁거리는 이아나를 잡아끌어 의자에 눌러앉힌 후, 얼굴에 촉촉한 기초 화장품을 발라 주고 팩을 올렸다. 프리실라는 정말 기대된다는 둥 조잘대며 수건을 붙잡고 이아나의 머리카락을 말렸다.

"어—머."

그때, 누군가가 문을 벌컥 열고 들어왔다. 여자는 높은 구두로 또각거리는 소리를 내며 들어오자마자 깔깔대며 웃었다.

"뭐니, 프리실라. 설마 정말 그 지저분한 여자가 네 모델이니? 호호호."

이아나는 감고 있던 눈을 떠서 흘끔 쳐다보았다. 짙은 초콜릿 빛 머리카락을 찰랑거리며 옅은 색소의 눈동자를 거만하게 빛내는 여자의 몸은 장신구로 화려하게 뒤덮여 있었다.

"뭐 하러 온 거야? 꺼지셔."

프리실라가 똥 밟았다는 표정으로 화려한 여자에게 나가라고 손짓했다.

"수업시간에 술이나 처먹고 들어오는 네가 모델을 찾았다는 말을 듣고 대체 누군가 싶었더니. 과연, 너랑 어울리는 여자야. 내가 오면서 그 여자에 대해 들었는데, 관리가 안 돼서 볏짚처럼 푸석푸석한 빨간 머리카락에 햇볕에 탄 피부를 가진 여자라지? 깔깔깔, 어디서 농부의 딸이라도 데려온 거니?"

"야, 렌나리스."

프리실라가 여자, 렌나리스를 노려보았다.

"너 눈 삐었니? 아니면 내가 이번에 너보다 성적이 잘 나와서 배알 꼴려서 그러는 거니? 어느 쪽으로나 형편없구나. 헛소리할 시간에 연습이나 더하지 그러니? 네 자수실력 말야, 너무 형편없어서 꽃인지 똥인지 구분도 못 하겠더라, 얘."

렌나리스의 하얀 얼굴이 벌게졌다.

"이…… 이게. 난 그래도 상위권에 드는 실력이야, 이 빌어먹을 년아! 조…… 좋아. 매년 의상대회에는 참가도 안 하더니 무슨 심보야? 의상대회는 내 구역이야! 내 모델이 누군지 알아? 알카린 귀족 영애시라고! 알지? 사교계에서도 아름답다고 정평이 난 백합 같은 아가씨! 네 모델의 돼지털 같은 머리카락과는 차원이 다른 햇빛에 녹아내릴 듯 부드러운 금발과 투명하고 맑은 피부……."

"하다못해 모델발을 내세우는 거니? 그런데 이를 어쩌니? 내 모델은 최고 중에서도 최고의 모델인데."

프리실라는 콧방귀를 뀌며 뒤에서 이아나의 목을 꼭 끌어안았다.

"금욕적이면서도 섹시한 얼굴. 빵빵하고 우월한 몸매. 귀족 고양이처럼 어여쁘면서도 넘쳐서 폭발하는 카리스마. 활활 타오르는 불꽃같은 머리카락과 눈동자! 피부? 너 말 다했니? 이 아가씨의 피부가 비비적거리면 얼마나 탱글거리는 줄 알아? 허옇게 병자처럼 뜬 여자들보다 피부가 얼마나 탄탄하고 색이 예쁜 줄 아냐고. 연약한 귀족 영애가 이분께 상대가 될 것 같니? 마주쳤다가 다리에 힘 풀려서 주저앉지 말라고 주의나 드리렴."

렌나리스는 머리카락과 팩, 수건에 가려 얼굴이 보이지 않는 여자를 훑었다. 확실히 프리실라에 대한 악감정으로 혹평을 해댔으나, 직접 보니 여자는 훌륭한 몸과 아름다운 머리색을 가지

고 있었다. 입을 다물고 차분하게 머리를 숙이고 있는 것만으로
도 가녀린 여자들과는 다른 위험한 매력이 풍겼다.

"……그 여자가 누군데?"

"너 따위한테 알려 주고 싶지 않아. 이 아가씨는 내가 독점할
거거든. 우후훗. 아하핫."

프리실라가 귓가에 대고 흘리는 웃음소리에 이아나는 소름 끼
쳤지만 참았다.

"빌어먹을 년! 끝나고도 그 망할 주둥아리가 살아 있나 보자!"

소리를 지른 렌나리스는 문을 쾅 닫고 나가 버렸다. 프리실라
는 흥 하고 콧방귀를 뀌었다.

"쟤는 날 못 잡아먹어서 안달이라니까요."

"……잡아먹히는 쪽은 저 여자인 듯합니다만."

"아, 몰라, 몰라요. 저런 애 신경 끄고 난 우리 이아나 양을 꾸
며 줘야지!"

프리실라는 이아나의 머리카락을 정성스레 말려 주고는 가위와
빗을 가방에서 꺼내 들었다. 이아나가 썩둑 잘라 버리는 바람에
손질은 해 줬지만, 이 주 전에는 짧아서 제대로 다듬어 줄 수 없
었던 머리가 지금은 조금 길어 있었다.

프리실라는 이아나에게 어울리는 가르마의 가장 예쁜 비율을
찾아내기 위해 머리카락을 잔뜩 헤집다가, 만족스러운 비율을 찾
아내자 콧노래를 부르며 빗으로 정성스레 빗었다.

이아나의 머리카락이 찰랑거리자 이번에는 가위를 들고 집중해
서 거칠고 비뚤비뚤한 머리카락 끝을 신중하게 잘라 냈다. 머리
카락은 어깨를 겨우 넘겼다.

머리 손질을 마친 프리실라가 앞의 거울을 아무 생각 없이 쳐다보고 있는 이아나에게 칭찬을 바라는 강아지처럼 머리에 뺨을 비비적거렸다.

"어때요, 이아나 양? 머리 예쁘죠?"

"깔끔해지긴 했네요."

"이아나 양한테는 소녀의 감성이 남아 있질 않은 것 같아."

투덜거리며 어디론가 사라진 프리실라는 화장품이 잔뜩 들어 있는 가방을 들고 다시 왔다. 그녀는 이아나의 깨끗한 이마를 사랑스럽게 바라보았다.

"이마가 다 나아서 정말 다행이에요. 약을 줬다는 아르하드 군에게 잔뜩 뽀뽀라도 해주고 싶은 기분이라니까요. 물론 우리 이아나 양을 위해서 참겠지만."

"아직도 그분과 제 사이를 오해하는 겁니까? 제가 아니라고 몇 번을……."

"이아나 양, 스펀지로 머리카락 좀 털어 낼게요."

이아나는 입을 꾹 다물었다. 아무리 생각해도 이 조그마한 여자는 간이 없는 게 분명했다. 깡말라서 쥐뿔도 없는 주제에 자신의 말을 몇 번이나 끊고 제멋대로 구는 것이, 세상물정 모르고 호랑이에게 덤비는 하룻강아지 같았다. 물론 보통 강아지가 아니라 독기를 있는 대로 품은 강아지지만…….

스펀지를 치운 프리실라는 이아나의 머리카락을 걷어 올린 후 화장을 시작했다.

"이아나 양은 피부가 정말 좋아요. 보통 여자들 피부 좋아 보여도 가까이서 보면 잡티도 많고 뽀루지도 많거든요? 이아나 양은 운동을 해서 그런가…… 탄력이 넘치고 매끈매끈해요. 평소에 분 같은 거 안 발라도 되겠는걸? 아참, 안 바르지. 하지만 오늘만큼은!"

프리실라는 그다음부터 말이 없었다. 이아나의 앞에서 이렇게 오래 입을 다물고 집중하는 건 처음이었다.

프리실라는 이아나의 얼굴색보다 조금 더 화사한 색의 분을 부드러운 퍼프로 톡톡 두들겨 꼼꼼히 발랐다. 눈을 감고 있는 이아나의 눈썹을 조각하듯 섬세하게 대각선으로 그려 올렸다.

눈매 위에 크림슨색의 액체를 얇게 덧그려 바르고, 반짝거리는 가루와 아주 연한색의 복숭아빛 분이 섞인 화장품을 눈두덩과 눈가 전체에 펴 발랐다. 쌍꺼풀 라인과 눈썹 뼈 밑까지 반짝거리는 산호색의 반짝이는 분을 바르고, 속눈썹 사이를 꼼꼼히 채워 넣으며 눈꼬리까지 길게 스칼렛의 분을 짙게 발랐다. 불에 달군 바늘을 가져와 속눈썹을 위로 둥글게 말아 올리고 속눈썹 하나하나에 반짝이는 액체를 찍어 발랐다.

그다음에도 프리실라는 이아나의 얼굴에 이것저것 발랐다. 뺨도 한 번 어루만지며 톡톡 두들기고, 이마와 코도 부드러운 브러시로 쓸었다.

조금 어색한 기분이라서 이아나는 얌전히 눈을 감고 화장이 끝나기만을 기다렸다. 전생 현생 통틀어 정말 오랜만에 해 보는 화장이었다. 회귀 전 사교계에 데뷔하고 삼사 년까지는 파티에 참석할 때만큼은 화장을 하고 다녔다. 하지만 귀족 영애로서의 삶을 완전히 버리고 검사로 살아가기로 한 순간부터 화장을 단 한 번도 해 본 적이 없었다.

블랙폭시의 노예상에 끌려갔을 때에 싸구려 분에 대충 문질러진 것은 화장이라고 할 수도 없다. 그러니 이것이 젊은 시절의 마지막 파티 이후로 처음해 보는 화장이었다.

마지막으로 프리실라가 이아나의 턱을 붙잡아 올려 앵두빛의 진득한 립스틱을 발랐다. 프리실라는 상기된 표정으로 야릇하게 웃었다.

"뽀뽀해 버리고 싶은 입술인데?"

"……."

"이아나 양, 미안해요. 농담이었어요. 화내지 말아요."

주변의 공기가 따끔해지자 프리실라는 바로 사과했다.

"다 됐다. 눈 떠 볼래요?"

이아나는 눈을 뜨고 앞의 거울을 보았다. 거울에는 한층 더 날렵하고 날카로워진 자신이 있었다. 짙은 눈썹은 대각선을 그리며 올라갔고, 평소 고양이 같던 눈매는 더욱 또렷해졌다. 숱이 많아진 속눈썹은 말려 올라가 강렬한 인상을 주었다. 눈 주변은 붉은 계열로 화장되어 이아나의 붉음이 더욱 도드라졌다. 얼굴 전체가 빛이 나는 것처럼 은은하게 반짝거렸다. 거울 속의 여자는 매섭고 강렬하면서도 아름다웠다.

"……."

이아나는 거울 안의 자신이 무척이나 낯설었다.

"으허헝. 예뻐. 예쁘다구."

프리실라는 훌쩍거리며 방 한편의 마네킹에 입혀 밀어 두었던 의상을 조심스레 들고 왔다.

"자, 이아나 양. 이제 드레스도 입읍시다."

이아나는 가운을 벗고, 예정한 대로 우선 아주 연한 아이보리 계열의 딱 달라붙는 위사르드를 입었다. 위사르드는 승마복, 기사복, 제복의 기본 바지였다. 옛날부터 즐겨 입었던 디자인의 바지는 아주 편하면서도 익숙했다. 프리실라는 이아나에게 준비한 드레스를 입혀 주며 종알거렸다.

"이아나 양은 몸매가 워낙 좋아서 코르셋으로 허리를 조여 맬 필요가 없어요. 지금이 가장 이상적인 몸매인걸요. 그래서 코르셋과 드레스를 합친 코르셋드레스를 만들어 봤어요. 코르셋이 아니라는 걸 보여 주기 위해 앞부분을 끈이 아니라 은단추로 장식했지만요. 그래서 조끼처럼 보이기도 하죠? 그리고 위에 상체 부분은 이아나 양이 평상시에 입는 디자인이랑 비슷해서 익숙하지 않아요?"

이아나는 드레스 자락을 살짝 들추어 보았다. 새로운 형태의 드레스는 정말 독특했다. 앞이 완전히 트인 드레스는 처음 보았다. 드레스 자락은 코르셋의 옆쪽에서 양 옆과 뒤쪽으로 길게 늘어졌다. 그런데 드레스 자락 원단이 정말 특이했다. 앞에서 봤을 땐 살짝 투명하고 뒤에서 봤을 땐 불투명한 붉은색이었다.

"이 원단 예쁘지 않아요? 보자마자 홀딱 반했다니까. 마법 원단이래요."

이아나는 등이 허전하게 느껴져 손을 더듬거려 등을 만져 보았다. 두 어깻죽지 사이의 등 부분이 아예 없었다. 이아나가 설명을 요구하는 눈으로 보자 프리실라가 눈을 얄밉게 찡긋거렸다.

"앞은 강인한 기사님처럼, 뒤는 관능적인 여왕님처럼! 아앙, 망토는 걸쳐 줄게요."

프리실라는 이아나에게 발목까지 내려오는 반투명한 원단의 코트를 입혀 주었다. 변형된 르댕코트였다. 상체 앞부분은 르댕코트 형태지만 팔 부분은 풍성하게 팔을 덮었고 발끝까지 덮는 아랫부분은 드레스 위로 원단이 겹쳐지면서 드레스 자락을 더욱 풍성하게 만들었다. 하지만 동시에 코르셋과 드레스의 접합부위를 가림으로써 옆으로 퍼진 기사복의 코트가 되어 버리는 특별한 효과를 가했다.

프리실라는 마지막으로 어깨에 반짝거리고 투명한 커다란 베일을 망토처럼 걸쳐 주었다.

디자인이 정말 특이하다. 앞에서 봤을 땐 드레스라기보다는 그냥 제복에 긴 코트를 입은 것 같았다. 하지만 뒤에서 보면 뒤가 완전히 파인 드레스 위에 베일을 걸친 것 같았다.

"자, 이제 신발도 신으시고…… 네, 좋아요, 마지막으로 머리 장식을 합시다!"

프리실라는 이아나의 머리카락에 윤기와 생기를 더해 주는 장미유를 살살 묻히고는 동그란 빗으로 찰랑거리는 머리카락을 더욱 탐스럽게 만들어 주었다. 거기에 머리카락을 고정시켜 주는 액체를 조금 뿌려 주고, 거기에 반짝이는 가루를 살살살 뿌렸다.

마지막으로, 자신이 매일 밤을 지새워 제작한 비즈와 얇은 끈을 얼기설기 엮은 장식을 부들거리며 머리 위에 얹고 고정시켰다. 이아나가 아무 말 없이 앉아 있자 프리실라는 화살처럼 뛰어가 샤워실 옆에 놓여 있던 이아나의 검을 가져와 그녀에게 안겨 주었다.

"자, 이걸로 완성."

이아나가 검을 건네받자 프리실라가 털썩 주저앉았다.

"나 지금 너무 기뻐서 죽을 거 같아요."

프리실라가 벌게진 두 뺨을 제 손으로 감쌌다.

"의상대회에 작품을 출품할 때는요, 작품명이 있어야 해요. 그런데 저는 이아나 양을 봤을 때부터 생각난 작품명이 있거든요…… 유치하지만 이것 외에는 생각나지 않더라고요."

"뭡니까?"

"검의 여왕!"

프리실라가 이아나의 두 손을 꽉 쥐었다. 눈이 초롱거렸다.

"나는 이아나 양을 봤을 때 심장이 뛰었어요. 웬 내 취향을 직격하는 도도한 여왕님이 제 방에 있나 싶었어요. 그리고 이아나 양이 검을 매만지는 순간마다 제 머리 속에 이 의상이 스쳐 지나갔답니다. 그런데 정말 완벽하네요."

프리실라는 멍한 얼굴로 이아나가 비친 거울을 물끄러미 쳐다보다가 벌떡 일어났다.

"이아나 양 하면 검이죠. 검도 쥐고 나가야 해요? 한 손으로는 검을 쥐고, 한 손은 검손잡이에 올리고 걸어 나가면 돼요! 지금 해 보실래요?"

이아나는 의자에서 일어나 프리실라의 말대로 하며 대기실 내부를 대충 걸어 다녔다. 프리실라는 완벽하다고 소리를 질렀다.

"이렇게 한 바퀴 빙글 돌고 오기만 하면 됩니까?"

"음…… 저기, 한 3초 동안 앞에 서서 자세를 취해 주면 되는데……."

자세라는 말에 이아나가 불편한 기색을 내비쳤다. 꼴사납게 자세라니? 프리실라는 허우적거리면서 손을 내저었다.

"이아나 양은 그냥 평소처럼 서서 주변을 슥 훑어보기만 해도 돼요. 하지만 제 욕심은 발검을 한 번 해 주시는 거예요. ……그렇게 해 주시면 안 될까요?"

위협하지 않을 사람들 앞에서 발검을 해 본 적은 없지만 어려운 건 아니었다. 프리실라가 눈을 초롱초롱하게 빛냈다. 무리한 자세도 아니고, 어차피 원하는 대로 해 주기로 한 이상 끝까지 그녀가 원하는 걸 해 주는 것도 나쁘지 않았다.

"알겠습니다."

"후…… 후후후…… 이아나 양은 정말 최고야! 세상에, 검술제 8강 진출자라는 엄청난 스펙까지……? 난 정말 운이 좋아요. 아참, 한 가지 더 해 주셨으면 하는 게 있는데요. 히히."

"뭐죠?"

"무대에 나갔을 때요, 예전에 저 울렸을 때처럼 위압적으로 굴어 주시면 안 될까요? 저 그때 진짜 죽는 줄 알았다니까요."

"뭐…… 바라신다면……."

"얏호!"

이아나의 승낙에 환호성을 지른 프리실라가 시간을 가늠하고는 나갈 때가 다 되었음을 알고 벌떡 일어섰다. 프리실라는 황홀한 표정으로 이아나를 돌아보았다.

"자, 이아나 양. 이제 관객들을 죽이러 갑시다!"

들은바, 의상대회의 관객들은 대다수가 옷을 한껏 차려입은 상태라고 했다. 아르하드는 그들의 분위기에 섞이고 싶은 마음은 없었지만 이아나에게 꽃을 건네줄 때 다른 이들에 비해 초라해

보이고 싶지는 않았다. 그렇다고 해서 화려한 옷을 입어 눈에 띨 생각도 없었고, 그런 옷을 좋아하지도 않았다.

그래서 정장은 아니지만 자수가 살짝 들어간 하얀 셔츠와 검은 바지를 입었다. 기본 의상이라 간소하지만, 나름 초라함은 면한 듯하여 검을 허리에 차고 축제에 쓸 법한 가면을 대충 쓰며 탑을 나왔다. 귀찮은 일은 딱 질색이었다.

축제에는 가면을 쓰고 다니는 사람들이 무척 많았기에 아르하드는 자연스레 그 분위기 속에 녹아들었다. 그 특유의 큰 키와 균형이 멋지게 잡힌 탄탄한 몸이 뭇 사람들의 시선을 끌었지만 얼굴이 보이지 않자 '저 사람 잘생겼을 것 같다.' 정도의 반응이 끝이었다.

"어서 오세요."

아르하드는 일찌감치 화훼학부의 건물에 들렀다. 거기서는 학생들이 열심히 가꾼 꽃을 팔고 있었다. 사람들은 누군가의 전시회에 갈 때마다 꽃을 사 가기에, 화훼학부의 꽃집은 학술제에서 매출 순위 5위 안에 반드시 들었다. 특히 의상학부의 의상대회, 음악학부의 음악제 등은 화훼학부의 꽃다발로 넘쳐나는 행사였다. 그래서 그런지 오늘 자 의상대회를 위해 꽃을 사러 온 사람이 많았다.

아르하드는 다른 이들이 사 가는 꽃다발을 보았다. 그다음에는 가게의 벽에 달려 있는 꽃다발을 물끄러미 쳐다보았다. 전시를 위해 꽃뿐만 아니라 레이스와 비즈, 보석까지 사용해 만들어진 비싼 꽃다발이었다,

아르하드는 결정했다. 마음 같아서는 외부에서 엄청난 꽃다발을 준비하고 싶었지만 이아나가 부담스러워할까 봐 꾹 참고 솜씨 좋

기로 유명한 화훼학부의 꽃다발을 사가려고 했었다. 하지만 아무리 생각해도 이아나에게 처음으로 선물할 거고, 이아나가 처음으로 받아 주는 선물이 될 텐데 최고가 아니면 성에 차지 않았다. 남들이 하나씩 들고 있는 꽃다발을 그녀에게 줄 수는 없었다.

"무슨 꽃을 드릴까요?"

여학생이 어느 때보다 상냥하게 말했다. 그녀는 가면을 써서 보이진 않지만 잘생긴 아우라를 잔뜩 뿜어내는 눈앞의 남자에게 심장이 쿵쾅대고 있는 중이었다. 꽃이라면 연인에게 주려는 걸까? 어떤 꽃을 사려는 걸까?

"붉은 장미를 메인으로 하고 다른 꽃들을 서브로 해서, 이때까지 제작한 꽃다발 중에서 가장 크고 화려한 꽃다발을 만들어 주십시오. 저기 벽에 달려 있는 꽃다발처럼 장식물도 많이 써 주시고…… 아니, 저것보다 더 많이 사용해 주십시오. 돈에 구애받지 말고 가장 예쁘게."

"……네?"

벽에 달려 있는 꽃다발은 아주 비쌌다. 화훼학부의 부장이 만든 데다가 재료비도 만만치 않았다. 값비싼 비즈, 보석, 레이스 탓에 거의 30골드는 하는 꽃다발이었다. 그런데 그것보다 더 화려해도 된다고?

아르하드는 여학생이 멍한 얼굴로 그를 쳐다보자 품에서 주머니를 꺼내 건네었다.

"부족하다면 더 드릴 테니 만들어 주시겠습니까? 의상대회에 참가하는 아가씨에게 줄 생각인데, 붉은 계열로 부탁드립니다."

여학생이 얼떨결에 받은 묵직한 주머니를 조심스레 펼쳐 보았다. 그리고 컥 하고 목 졸린 소리를 냈다. 주머니 안에는 누런빛이 번쩍거리는 금화가 가득했다.

'이, 이게 다 얼마야?'

여학생은 금화 하나를 꺼내 보았다가 기겁했다. 1골드도 아니고 무려 10골드짜리였다. 그녀는 금화의 숫자를 세어 보았다. 열 개. 눈에 뒤집혔다.

"모자랍니까?"

아르하드는 여학생이 움직일 생각을 하지 않자 품에서 무언가를 더 꺼내려고 했다.

"아, 아니…… 저기, 잠시만요, 잠시만 기다려 주세요. 부장 언니에게 당장 갔다 올게요!"

화훼학부는 모처럼의 큰 손님에 소란스러워졌다. 꽃다발이 보통 50실버 안팎이라는 걸 감안했을 때, 100골드라면 꽃다발은 사치다 못해 자체만으로도 예술품인 꽃다발을 만들고도 남았다. 그런데 그 이상 써도 상관없다니…….

장식용 꽃다발을 만드는 데만 해도 예산이 부족해 얼마나 힘들었던가. 이건 기회였다. 화훼학부의 부장은 소리를 꽥꽥 질러 대며 후배들을 시켜 예산 때문에 써 보지 못했던 장식물을 잔뜩 조달해 오게 했다.

아르하드는 화훼학부가 기다려 달라며 안내한 대기실에 앉아서 차를 마시며 기다렸다. 그리고 두 시간 정도 지났을까? 화훼학부의 부장이 얼굴을 벌겋게 한 채 꽃다발을 들고 왔다.

"좋은 기회를 주셔서 감사합니다. 중앙은 붉은 장미 백 송이, 주변은 저희 화훼학부가 열심히 키운 꽃들로 최대한 조화롭게 장식해 봤어요. 가게에서 가장 상태가 좋고 비싼 꽃들만 사용했고요. 레이스, 비즈…… 최고급 가게에서 공수해 온 재료들을 정말 아끼지 않고 사용했습니다. 붉은 계열로 주문하셔서 루비를 메인으로 해서 크리스털과 진주로 장식을 했어요."

부장은 마음에 들지 않는 점이 있냐고, 있으면 당장 고치겠다고 말하며 꽃다발을 건네었다. 대회까지 시간이 얼마 남지 않았다. 그리고 꽃다발은 마음에 들었다. 제 역작을 아르하드가 마음에 들어 하자 부장이 활짝 웃었다.

"감사합니다! 그런데 보석 때문에 가격이 좀…… 총 89골드가 들었는데 잔금은 지금 바로……."

"팁입니다."

"컥."

아르하드는 컥컥거리는 화훼학부의 부장을 뒤로하고 화훼학부에서 빠져 나왔다. 사람들의 시선이 그의 손에 들려 있는 엄청난 꽃다발에 쏠렸다. 한 남자가 40실버짜리 꽃다발을 사 다가 호기심에 물었다.

"학생, 저런 건 얼마나 합니까?"

"저기…… 90골드 정도요……."

"케헥."

아르하드는 이 꽃다발을 끌어안을 이아나를 생각하며 옅게 미소를 지었다. 기뻐해 주면 좋을 텐데.

그는 이아나가 학술원의 교복을 입을 때가 아니면 팔랑거리는 치맛자락을 입은 걸 본 적이 없었다. 그래서 의상대회를 보고 싶은 마음도 있었지만, 사실 다른 마음이 더욱 컸다.

아르하드는 그녀에게 의상대회의 모델 이야기를 듣자마자 꽃다발이 생각났다. 의상학부의 모델들은 하나같이 지인에게 꽃다발을 받아 안고 서 있었다. 그리고 아르하드는 그 꽃다발을 자신이 이아나에게 주고 싶었다. 다른 이가 준 꽃다발 따위는 용납할 수 없었다.

제일 중요한 점은, 의상대회에서 주는 축하 꽃다발이라면 이아나도 거절할 명목이 없으리라는 것이었다. 이아나와 사이가 나쁘지 않았고, 오히려 좋은 편이니 받아 주리라.

생애 처음으로 이아나가 받아 줄 첫 선물이었다. 선물, 이것이 의상대회에 가겠다고 고집을 부린 이유 중 핵심이었다. 아르하드는 가면 아래에 상기된 뺨을 숨겼다. 이보다 더 좋은 꽃다발을 해 주지 못하는 게 아쉬웠다.

대회가 시작할 때가 다 되었기 때문에 의상학부의 건물은 사람들로 북적이고 있었다. 가면을 쓰고 있었지만 반짝반짝 빛나는 화려한 꽃다발 때문에 아르하드는 사람들의 시선을 한 몸에 받았다.

"세상에, 저 꽃다발을 받는 사람은 대체 누구야? 진짜 좋겠다."

"꽃다발 주변에 보석들 좀 봐. 미쳤어. 목걸이로 써도 되겠다. 저런 거 얼마쯤 할까?"

"나도 받고 싶다……."

"저 남자는 누구지?"

감탄, 경악, 부러움 등을 담아 그의 꽃다발을 보는 사람들은 제가 든 꽃다발을 뒤로 숨기고 싶은 부끄러운 기분이 들었다.

아르하드는 이아나에게 꽃을 줄 생각에 즐거워하며 어두컴컴한 관객석으로 들어갔다. 이미 무대 주변의 앞줄은 가득 차 있었다. 비어 있더라도 누군가 자리를 맡아 놓았다. 뒤에 앉을 바에야 서는 게 낫다고 생각한 사람들이 뒷자리는 비워 뒀었고, 아르하드는 비어 있는 뒷자리에 대충 앉았다. 뒷자리라 해도 무대는 잘 보였다.

4학년의 의상대회가 시작되었다. 의상학부가 도움을 요청한 음악학부에서 음악을 연주하기 시작했다. 관객석은 깊은 어둠에 잠겼고 무대만이 밝게 빛났다. 거추장스러운 가면을 더 쓰고 있을 필요가 없었기에 아르하드는 가면을 벗어 대충 던져 놓았다.

학생들이 준비한 모델이 나오기 시작했다. 모델은 한 사람씩 차례대로 나와 무대의 가장 앞까지 나왔을 때 간단한 자세를 잠깐 취한 후 다시 들어갔다.

모델의 개성을 잘 살린 의상들에는 아낌없이 환호성과 박수가 아낌없이 터져 나왔다. 다만 아르하드만이 시큰둥했다. 그는 다른 이들에게는 관심 없었다. 아르하드는 손바닥에 얼굴을 괸 채 이나가 나오기만을 기다렸다.

[렌나리스 양의 이시스.]

렌나리스가 입이 발리도록 칭찬한 알카린 자작 영애가 나왔다. 금빛으로 부서지는 머리칼에 가냘픈 하얀 팔은 미인의 조건을 충족시키고도 남았다. 그녀의 아름다움에 관객석에서 휘파람이 잔뜩 터져 나오고, 와 하는 감탄성이 절로 튀어나왔다.

그녀를 감싼 부드러운 매끄러운 재질의 화이트 드레스는 알카린의 가냘픈 외모를 더욱 부각시키고 순수미까지 더해 주었다. 프리실라가 렌나리스를 비하하긴 하였으나, 렌나리스의 실력은 의상학부의 톱에 들 정도로 수준급이었다.

알카린은 무대 앞에서 허리에 손을 잠시 올렸다가, 관객석에서 가장 큰 박수가 터져 나오자 만족스러운 표정으로 돌아왔다.

'이번에도 나와 렌나리스가 우승이야. 후후, 자랑거리가 하나 더 생기겠는걸.'

늘 그래 왔고, 오늘도 그럴 것이다. 그러나 알카린은 무대의 문을 나서자마자 어둠 속에서 나가기를 조용히 준비하고 있던 한 모델을 보고 흠칫해서 휘청거렸다.

[프리실라 양의 검의 여왕.]

"검의 여왕?"

"재밌는 작품명이네. 어떤 모델이 나올까?"

"프리실라…… 어디서 들어 본 것 같은데……. 어? 그래, 로안느에서 손꼽히는 자수의 장인 아냐? 학생이었어?"

또각.

어둠 속에서부터 그녀가 내딛은 발부터 빛에 드러나기 시작했다. 사람들은 처음에 그녀의 신발이 붉은 하이힐인 줄 알았다. 그러나 하이힐과 연결된 금속장식이 다리를 타고 올라가 모델의 무릎 중앙의 붉은 보석을 감싸고 날개처럼 펼쳐졌다. 금속 장식에 의지하며 하이힐에 접붙여진 장착형 부츠에는 자타공인 자수의 천재인 프리실라가 붉은 하이힐로부터 아름답게 피어오르는 불꽃을 섬세하게 수를 놓았다.

연한 아이보리색의 위사르드가 다리에 쫙 달라붙어 모델의 각선미를 드러냈다. 사람들은 그때까지만 해도 그냥 바지를 입은 여인인 줄 알았다. 그러나 아름다운 레이스가 달린 붉은 천 자락이 스윽 하고 바닥을 끄는 소리가 들리고, 모델의 상체까지 노출되는 순간, 사람들은 흡, 하고 숨을 들이켰다.

상체만 보면 드레스는 코르셋 드레스의 형태를 띠고 있었다.

코르셋 드레스는 자체가 코르셋이기에 따로 내부 코르셋으로 몸을 조여 맬 필요가 없다.

그런데 이번 모델의 드레스는 코르셋 드레스라고 하기엔 미묘했다. 코르셋은 검은 레이스가 덧대어진 두툼한 천으로 제작되었다. 그런데 잘록한 허리와 볼륨 있는 가슴을 감싸고 있는 검은 코르셋이 끈으로 모델의 몸을 꽉 조여 매는 게 아니라 여섯 개의 은단추로 잠가져 조끼 같기도 했다.

그럼에도 모델의 몸은 아름답게 굴곡졌다. 코르셋의 형태지만 코르셋이 아니라는 걸 과시하듯 순수하게 그녀의 몸매만을 드러내고 있었다.

코르셋에 덧대어진 시스루 망사 셔츠가 살을 은밀하게 비치면서 목과 팔을 온전히 감쌌다. 등 뒤쪽은 팔 부분을 제외하고 모조리 노출되었다. 도드라진 날개 뼈와 탄탄한 피부로 덮인 잘록한 허리선은 여인에게도 드문 아름다운 곡선이었다.

몸에 길게 걸쳐진 반투명한 코트는 앞에서 봤을 때는 제복 코트 같고 뒤에서 봤을 때는 드레스 자락 같다. 뒤로 늘어진 베일은 기사의 망토 같기도 하고, 여왕의 잠옷 자락 같기도 하다. 사람들은 침을 꿀꺽 삼켰다. 그냥 전부 살을 드러내는 것보다 훨씬 관능적인 디자인이었다.

목은 중앙에 루비브로치를 단 하얀 크라바트로 감싸졌고 시스루 망사 셔츠 소매와 이어져 손등을 덮은 장갑에는 부츠처럼 자수의 불꽃이 피어올랐다. 그리고 불꽃이 피어오르는 두 손은 검한 자루를 쥐고 있었다.

작품명이 검의 여왕이어서 일까? 모델은 한 손에 검집을 쥐고, 다른 한 손은 검손잡이에 손을 올린 상태였다. 앞에서 보면 기사 같고, 뒤에서 보면 아리따운 여인 같다. 어떤 사람일까? 사람들은 두근거리는 가슴에 손을 얹고 모델이 완전히 빛에 등장하기를 기다렸다.

그리고 마침내 이아나가 빛에서 완전히 모습을 드러냈다.

"……."

아르하드는 손바닥에서 얼굴을 떼었다. 눈도 깜빡이지 않고 그녀를 응시했다. 흔들리지 않는 금안은 다른 것은 모두 배제하고 오로지 그녀만을 향했다.

빛의 축복을 받은 것처럼 이아나는 조명 아래에서 온통 반짝거렸다. 자연스럽고 탐스럽게 흘러내린 붉은 머리카락은 화려한 불꽃이었다. 고양이처럼 도도한 눈매에 덧칠해진 붉은 계열의 화장은 너무 잘 어울려 사람들을 매혹하면서도, 날렵한 눈매 속에서 빛나는 강렬한 적안은 경외감을 선사했다. 일자로 굳게 다물린 입술은 그녀의 고집과 자존심을 톡톡히 표현했다.

사람들은 감히 휘파람을 불 생각도, 박수를 칠 생각도 하지 못했다. 관객석은 죽은 듯 조용했다.

저 사람은 대단한 기사일까, 아름다운 여왕일까, 뜨거운 불꽃일까. 아니면 그 모든 것일까…….

높은 하이힐을 신었음에도 전혀 흐트러지지 않는 자세에서 감히 거스를 수 없는 위압감과 고귀함이 풍겼다. 고위 귀족을 독대한 것처럼 숨이 막혔다. 가느다란 턱 선, 오뚝한 콧방울과 어우러진 아름다운 얼굴은 그녀가 여인이라는 걸 강조했지만, 그녀에게서는 위압적인 검사의 분위기가 풍겼다. 어떻게 보면 너무나 뜨거워서 모든 것을 불태워 버릴 듯한 불꽃같기도 했다.

무대의 조명 아티팩트 아래에서, 이 모든 게 어우러진 이아나는 관중을 압도하며 온통 반짝거리고 있었다.

스르릉……

무대의 앞으로 나오면서 검이 검집에서 조금씩 모습을 드러냈다. 여왕의 권위를 드러내는 지팡이가 아닌 검이 그녀를 쳐다보고 있는 사람들의 긴장감을 드높였다. 그리고 무대의 가장 앞에 선 순간, 이아나의 검이 둥근 호선을 그리며 새처럼 맑게 빠져나왔다. 조명에 비친 검날은 섬뜩한 감각을 주었다. 사람들은 혹하고 풍겨 오는 칫바람에 숨을 들이켰다. 그러나 주인의 곁을 떠나고 싶지 않다는 듯 검이 부드럽게 다시 들어가자 저도 모르게 후…… 하고 안도의 한숨을 내쉬었다.

"……"

아르하드는 그녀를 응시했다. 그녀에게서 눈을 떼어 놓을 수가 없었다. 그때, 이아나의 시선이 또렷이 그에게 향했다. 어둠 속에서도 그를 알아본 것이다. 아르하드가 제게서 시선을 떼지 못하고 있는 걸 아는지 모르는지 이아나는 그를 향해 엷게 웃어 보였다.

"……!"

아르하드의 얼굴이 순간 경직되었다가, 그것도 잠시 화르륵 달아올랐다. 이아나가 문으로 사라지자 아르하드는 입을 막았다.

두근, 두근……

심장이 튀어나올 것 같았다. 이아나가 문으로 들어가 더 이상 보이지 않음에도 그는 빛을 흩뿌리고 사라진 이아나의 잔상을 좇았다.

프리실라가 이아나가 문에서 나오자마자 그녀의 품에 뛰어들었다.

"이아나 양, 자기이이이이! 정말정말 고마워요!"

"분위기가 싸늘하던데…… 정말로 괜찮은 겁니까?"

"괜찮고말고요. 이아나 양은 오늘 최고로 멋졌고 최고로 예뻤어. 아, 잠깐. 나 진짜 너무 좋아서 미칠 것 같애. 어허허허헝……
내 생에 이렇게 마음에 들었던 옷이랑 모델은 처음이야……."

프리실라는 눈물과 콧물을 다 쏟아 냈다. 이아나는 프리실라의 소중한 의상에 더러운 액체가 묻으려 하자 그녀가 나중에 후회할 것 같아 그녀를 떼어 내었다.

"프리실라 언니, 비겁해요."

이아나 뒤 순서의 모델이 쥐죽은 듯 조용해진 무대로 나가고, 모델의 담당자인 여학생이 불만을 토로했다.

"검술학부의 공주님이라니? 이번에 또 8강에 올랐다고 유명하시던데, 대체 어떻게 섭외한 거예요? 소문으로는 이런 데에 절대 나오지 않을 분으로 알고 있었는데……."

"운명이었지!"

프리실라가 울음을 억지로 멈추고 빨개진 콧대를 세웠다.

"언니의 옷, 아무도 소화하지 못할 거라고 비웃었던 애들이 불쌍해지네요. 그걸 누구한테 입히나 싶었더니…… 정말 대단해요."

"예쁘지? 멋지지?"

"말이라고 하는 거예요? 언니 모델, 시골 농부의 딸이라고 한 년 대체 누구야? 미친 년, 입을 꿰매 버릴라. 아무튼 언니 때문에 난 망했어요. 저 분위기 안 보여요? 아, 정말."

여학생은 썰렁해진 무대를 슬픈 눈으로 보았다.

"이걸로 끝난 겁니까?"

"크흑, 크흐흑. 마무리 인사할 때 나랑 같이 있어 주기만 하면 돼요. 학년 베스트드레서를 뽑거든요. 흐응, 흥흥. 오늘의 베스트드레서는 틀림없이 우리야. 훌쩍."

의상학부는 한 학년에 30명인데, 한 학년당 학년 베스트드레서를 뽑는다. 그리고 마지막 날 시상식에서 최종적으로 모든 의상을 한데 모아 학년 베스트드레서에 상관없이 다시 순위를 매기고 1등부터 10등까지 한 명에게 대상을, 두 명에게 금상을, 세 명에게 은상을, 네 명에게 동상을 수여한다.

프리실라의 말대로였다. 모든 무대가 끝나고 4학년 학생들과 모델들이 모두 모인 커다란 무대에서 베스트드레서는 이아나와 프리실라로 뽑혔다.

"꺄아악!"

프리실라가 기뻐서 방방 뛰어 대며 이아나에게 안겼다.

"이…… 이……."

렌나리스가 얼굴을 시뻘겋게 붉히고 주먹을 꽉 움켜쥐었다. 알카린도 자존심이 잔뜩 상해서 옆에서 눈물을 뚝뚝 흘리고 있었다. 이제껏 학년의 베스트드레서 콤비는 늘 그들이었기에 패배감은 더욱 심했다.

관중의 박수가 아낌없이 이아나에게 향했다. 그렇게 4학년 의

상대회는 마무리 지어지는 듯했다.

"렌나리스!"

"알카린 영애!"

관객들이 하나둘 퇴장하고 있는데 두 무리의 계집애들이 렌나리스와 알카린에게 몰려들었다. 한 무리는 렌나리스와 친한 학생들이었고, 한 무리는 알카린과 친한 귀족 영애들이었다. 렌나리스와 알카린이 우승할 줄 알고 꽃다발을 잔뜩 챙겨 왔던 그녀들은 민망한 얼굴로 꽃다발을 전해 주고 그들을 위로했다.

"난 네 드레스가 제일 예뻤어."

"응응. 솔직히 여자인 우리가 봤을 때는 알카린 영애의 외모를 두드러지게 해 주는 화이트 드레스, 정말 입고 싶을 정도였다니까."

렌나리스의 친구들은 이아나가 귀족 영애였기 때문에 말을 함부로 하지 못하고 렌나리스를 그저 위로할 뿐이었지만, 알카린 영애와 친분이 있는 귀족들은 이아나에게 모욕을 줄 수 있을 만한 위치에 있었다.

"저 여자, 로베르슈타인 백작가의 서녀 아니니? 그, 남자들 등쳐 먹고 다녔다는 여자의 딸 아니야?"

"아아…… 그래서…… 흥. 알 만하네. 저 곱상한 얼굴과 몸은 제천한 어미에게 물려받았겠지."

"애, 저 얼굴이 예뻐? 난 까무잡잡해서 잘 모르겠는데?"

"어쩜…… 저 독사 같은 얼굴 좀 봐. 너무 무섭다."

"……저 미친년들이."

당사자인 이아나는 관심을 주지 않고 누군가를 찾아 주변을 두리번거리고 있는데 옆에 있던 프리실라가 화가 나서 욕설을 내뱉었다. 프리실라가 지인들에게 받은 꽃다발들을 옆에 있던 테이블에 올려 두고 그들에게 다가갔다.

"이보세요, 당신들이 이아나 양에 대해 뭘 안다고 그렇게 함부로 떠들어요?"

"어머머, 애 좀 봐."

"하아? 평민 아냐? 이게 어디서 감히……."

"아주 끼리끼리 모여 노네. 버러지 같은 평민, 버러지 같은 반쪽짜리 귀족."

프리실라가 부들부들 떨었다. 한 귀족이 그녀를 비웃었다.

"심사위원들 눈이 삐었어. 어떻게 저런 옷을……."

"별것도 아닌 게 어디서 큰소리야. 너 영원히 매장당하고 싶니?"

프리실라는 눈에 독기를 품었다. 프리실라는 자신의 옷과 아름다운 뮤즈인 이아나가 모독당하는 걸 눈뜨고 참을 수 없었다.

"안 그래도 당신네들 같은 호박……!"

"그만들 하시죠."

이아나가 프리실라의 입을 막았다. 프리실라가 발버둥을 치며 길길이 날뛰어 댔지만 이아나의 힘을 이길 수는 없었다. 귀족들 사이의 소문이란 무서운 것이라, 프리실라가 자신 때문에 장래가 막히거나 해코지 당하는 건 두고 볼 수 없었다.

"당신들의 말, 한 번은 넘어갈 테니 그만하고 볼일 보세요."

귀족들은 고고하고 위압적인 분위기를 풍기는 이아나를 정면에서 보자 움찔했다가, 애써 아무렇지도 않은 척 콧방귀를 뀌었다. 그리고 알카린과 렌나리스가 들고 있는 아름다운 꽃다발들에 비해 이아나의 품에는 아무것도 없음을 발견하고 비웃었다.

"베스트드레서가 꽃도 하나 못 받고……."

그때 누군가가 그들의 뒤쪽으로 다가왔다. 다른 사람들의 시선도 그를 뒤따랐다. 이것들을 쳐, 말아, 하고 고민하고 있던 이아나는 익숙한 실루엣에 고개를 들었다.

"알 만하…… 꺅!"

그는 앞을 가로막고 있는 여자의 어깨를 거슬린다는 듯 옆으로 확 밀었다. 밀쳐진 여자뿐만 아니라 함께 있던 여자들까지 강한 힘에 꺅, 하며 옆으로 밀쳐졌다. 넘어질 뻔하다가 간신히 몸을 바로 한 여자가 벌게진 얼굴로 소리를 빽 질렀다.

"뭐얏, 이 작자는!"

"이 무례한!"

"호박들은 닥치고 꺼져."

"뭐, 뭐."

여자들은 발끈해서 고개를 들다가 그녀들이 가져온 꽃다발과는 비교가 되지 않을 정도로 화려하고 아름다운 꽃다발을 보고 멍해졌다. 그들도 나름 비싼 꽃다발을 사 왔지만, 이 꽃다발에 비하면 그들이 가져온 건 잡초 뭉치였다.

"눈알 치워."

그들은 싸늘한 목소리에 담긴 경고에 다시 발끈해서 고개를 들다가 자신들이 겨우 어깨에 닿을까 말까 할 정도로 남자의 키가 무척 크자 먼저 움찔했고, 시선을 마저 올려 남자의 얼굴을 노려보았다가 금세 멍해졌다. 남자는 벌레를 보듯 경멸을 담아 자신들을 쳐다보고 있었지만, 여자들은 그것을 바로 인식하지 못했다. 세상에, 이렇게 잘생긴 남자는 처음 봤다.

그도 잠시, 살을 저밀 듯한 살기가 휘몰아쳐 그들의 몸을 쥐어
짰다.

"......!"

여자들은 살면서 처음 받아 본 살기에 얼어붙었다. 숨이 거칠
어졌다. 온몸의 피부가 곤두섰다. 그의 금안이 살아 있는 것이 아
닌 이미 죽은 사체를 보듯 무심했다.

"아...... 아......."

본능적으로 알았다. 이 남자 우릴 죽일 거야. 그들은 달달 떨며
주변을 돌아보았다. 그런데 사람들은 멀뚱멀뚱 쳐다만 보고 있었
다. 왜, 왜 아무도 도와주지 않지? 왜 모르지?

"허억!"

눈을 까뒤집고 기절해 버리기 직전, 목을 조르던 살기가 거둬
졌다. 그 즉시 그들은 추위에 떠는 병든 짐승들처럼 오들오들 떨
며 저들끼리 붙었다. 남자는 더 보고 있을 가치가 없다 여기고
그들에게서 눈을 뗐다. 저런 것들을 보고 있을 시간이 아까웠다.
그리고 그가 원래 바라보고 있던 대상을 다시 보았다.

"꺅― 꺅―!"

화가 나서 길길이 날뛰어 댈 때는 언제고, 프리실라가 이번에
는 이아나의 뒤에서 두 손으로 입을 막고 화났을 때보다 더 흥분
해서 꺄꺄거리며 미쳐 날뛰었다. 이아나는 남자를 물끄러미 쳐다
보았다. 남자는 그녀에게 화려한 꽃다발을 내밀며 싱긋 웃었다.
이아나가 말했다.

"말을 심하게 하시는군요."

그리고 방금 한 짓도 심하다.

"……사실인 것을."

아르하드가 오른손을 불쑥 내밀었다. 이아나는 고개를 갸웃했
다. 꽃다발은 주지 않고 뭘 하는 거지. 아르하드가 옅게 웃으면서
손을 다시 한 번 까딱하자 이아나는 그제야 그가 손을 주기를 기
다리고 있다는 것을 깨달았다.

뭘 하려나 싶어 손을 건네자 아르하드가 천천히 허리를 숙였다.
고개를 내리자 검은 머리카락이 흘러내리고, 눈을 감자 금빛이
모습을 감추었다.

아르하드는 이아나의 손등에 조심스레 입을 맞추었다. 천민이
왕족의 발등에 입을 맞추듯, 누구보다 소중한 정인에게 입맞춤을
하듯…… 조심스러우면서도 짙고, 가벼우면서도 애절한 키스에 사
람들의 시선은 이미 그들에게 향해 있었다. 이아나는 순간 움찔
하긴 했으나 몇 번이나 그에게 당해 본지라 이내 아무렇지도 않
게 묵묵히 받았지만 보고 있던 사람들의 얼굴은 빨개졌다.

이아나의 손등에서 입술을 뗀 아르하드는 허리를 펴고 다른 손
에 쥐고 있던 커다란 꽃다발을 부스럭거리며 건네었다.

"……고맙습니다."

이아나는 거절하지 않고 꽃다발을 받았다. 그녀로서는 살면서
처음으로 받아 보는 꽃다발이었다. 그녀의 이복 오라버니인 하르
첸이 매번 꽃을 보내 오긴 했지만 매번 거절했고, 꽃병에 꽂힌
꽃들은 유모인 이스피가 억지로 꽂아 놓은 것이었기 때문이다.
그래서 제 품 안에 있는 꽃다발이 어색하게 느껴졌다.

아르하드는 이아나를 물끄러미 쳐다보다 불쑥 말했다.

"예뻐."

"예?"

처음 보는 화려한 꽃다발에 정신이 팔려 있던 이아나는 그의 말을 제대로 듣지 못하고 반문했다. 아르하드는 뺨 언저리를 살짝 붉힌 채, 옅게 웃었다. 여자들을 위협했던 냉기는 이미 눈 녹듯이 사라진 이후였다.

"네가 제일, 예뻐."

예쁘다. ……네가 제일 예쁘다. 예쁘장한 외모라는 소리는 많이 들었지만 그건 언제나 아까 귀족들이 떠들어 댔듯이 제 어미와 싸잡아 욕을 당할 때 많이 써먹힌 주제였다. 그래서 이아나는 외모에 대한 칭찬을 좋아하지 않았다. 검술에 대한 칭찬은 오롯이 저만을 향한 칭찬이었기에 기분이 나쁘지 않았지만, 누군가가 외모를 칭찬할 경우 모욕할 의도가 아닌 걸 알아도 기분이 싸해져 그만두라고 할 정도였다.

이아나는 아직도 정신을 못 차리고 벌벌 떨고 있는 여자들을 흘끗 쳐다보았다. 아르하드가 진심으로 죽여 버리고 싶다는 마음을 담아 살기를 쏘아 보냈으니 두려움에 떠는 게 당연했다. 만일 주변에 사람이 없었다면 밀치는 정도가 아니라 정말로 목을 베었을지도 모르는 일이었다. 그만큼 방금 전의 살기는 살벌했다.

"……"

이아나는 생각했다. 누군가가 저를 모욕하는 귀족들의 입을 제대로 닥치게 해 준 적이 있는가 하고.

없었다. 오롯이 그녀의 편에 서서 그녀를 욕하는 이들을 쓰레기 취급하는 사람도 없었다. 아니, 곁에 사람부터가 없었다. 자신의 편을 들어 줬던 로안느의 왕자는 정치적이었고 수많은 귀족들과 손을 잡고 있었기에 그녀의 편만을 들어 줄 수는 없었다. 그녀는 혼자였고 스스로를 지킬 수밖에 없었기에 말 한마디 한마디에 상처받았던 나약한 소녀를 증오하며 지웠다.

그런데 이 남자는 아직 뭣도 아닌 주제에 귀족들에게 쓰레기에, 호박에, 닥치라는 말에, 눈알 치우라는 막말까지 서슴지 않고 해 버렸다.

이아나가 그를 물끄러미 쳐다보자 아르하드가 왜 그러냐는 듯 눈을 접어 웃어 보였다. 아르하드가 과장하거나 빈말을 할 사람이 아니라는 걸 알고 있기에 칭찬은 모든 것을 배제한 채 진심으로 다가왔다. 저 눈은 언제나 자신을 향하고 있었고 언제나 진실만을 말하고 있었다.

이아나는 머뭇거리다가 생애 처음으로 받아 본 커다란 꽃다발을 꽉 끌어안았다.

"……고맙습니다."

그리고 생애 처음으로 예쁘다는 칭찬에 감사를 표했다.

와아아—!

[이아나 승!]

5일 차, 이아나는 8강전에서 승리하고 출구로 나왔다. 그런데 거기서 뜻밖의 손님이 그녀를 기다리고 있었다. 이제 와서 딱히 그에 대한 부정적인 감정이 남아 있지는 않았지만 조금 보기 껄끄러운 인물이었다.

담담한 얼굴의 이아나는 고개를 꾸벅 숙여 인사를 하는 남자를 보았다.

"무슨 일이지?"

"사죄드리러 왔습니다."

츠레비스였다. 저학년 검술대회에서 이아나에게 분노도, 자존심도, 투쟁심도 완전히 무자비하게 짓밟혀 그날 이후 학술원에 나오지 않았던 헤레이스의 형.

이아나는 눈을 내리깔고 있는 츠레비스를 팔짱을 낀 채 쳐다보았다. 츠레비스는 제게 악감정을 가지지 않은 것처럼 보였다. 하지만 갈등이 완전히 해소된 건 아니었다.

"뭘?"

"가족들에게 알리지 않고 계속 검술제를 보러 왔었습니다. 꼴사납게도, 학술원에 나오지 않는 기간 동안 계속 회피를 했습니다. 그날 컨디션이 좋지 않았던 게 아닐까, 운이 없었던 게 아닐까, 하고요. 하지만 검술제를 보면서 그런 생각을 완전히 버렸습니다."

"……."

"이아나 양의 실력을 모욕한 것…… 부장이 그런 분이 아님을 알고 있으면서도, 근거도 없이 라이언 부장과 엮어 이아나 양의 인격을 모독한 것…… 그때도 흥분을 가라앉힌 이후에는 제가 잘못한 걸 알았지만 자존심 때문에 바로 사과하지 못했습니다. 용서받기에는 늦었을지도 모르지만, 그래도 사죄드립니다."

츠레비스는 허리를 숙였다. 말만 그리하는 게 아니라 진심으로 스스로를 굽혀 오고 있었다. 이아나는 흠, 하고 숨을 뱉었다. 그에게 악감정이 남아 있는 것도 아니고, 헤레이스의 형인 데다가 저렇게 진심으로 숙여 오는데 속 좁게 나쁜 관계로 있을 필요는 없다고 생각했다. 이아나는 다시 말을 올렸다.

"저도 검술대회에서 당신에게 화풀이를 한 점…… 죄송하게 생각합니다. 예민했던 상태라서."

그날 츠레비스에게 말을 가릴 필요가 없고, 그의 마음을 생각해 줄 필요가 없다고 생각했기 때문에 악담을 쏟아 냈었지만 이제 그가 이해가 가지 않는 것도 아니었다.

나무에 이마가 찢어질 정도로 머리를 세게 박아 모든 감정을 털어 내기 전, 그녀는 수없이 번뇌하고 성찰했었다.

츠레비스가 최악이라고 생각했었다. 하지만 그가 최악이라고 했듯, 그런 말을 내뱉은 이아나 자신 또한 최악이었다.

회귀 전 이아나는 꼴사납게 패배를 인정하지 못했다. 제 실력이 부족한 것을 도저히 인정하지 못하고 손을 내미는 아르하드에게 덤벼들고 악담을 퍼부었다. 그를 끊임없이 상처 입혔다. 츠레비스가 헤레이스에게 그랬던 것처럼.

츠레비스에게 그런 자신을 알지 못하는 이는 민폐에 최악이라고 했듯, 그런 스스로를 끝까지 알지 못하고 죽음까지 이른 그녀 또한 민폐에 최악이었다.

어찌 보면 츠레비스는 그녀와 무척 닮았다. 첩의 자식에, 가족들에게 사랑받지 못했던 것, 열심히 노력하여 검으로 스스로의 입지를 다진 것, 그 입지를 무너뜨리려는 상대를 증오하고 두려워한 것, 마지막으로 이아나가 앙갚음을 할 수 있는 과거의 아르하드가 더 이상 존재하지 않듯, 츠레비스의 라이벌도 알아서 무너져 버려 더 이상 존재하지 않는다는 것…….

무의식중에 그런 자신이 떠올라서 더욱 혐오했을지도 모른다고 이아나는 생각했다. 하지만 아무리 비슷해도 츠레비스는 이아나가 아니었다.

"그날을 기회로 제 시야를 넓혔습니다. 우물 안 개구리처럼 제 상대는 어린 시절 제게 계속 패배감을 주었던 헤레이스밖에 없다고 생각했지만 이 세상에는 저보다 더 대단한 사람이 많다는 걸 깨달았습니다. 만약…… 이 사실을 깨닫지 못했다면 저는 그 상태에서 성장할 수 없었을 겁니다."

그 말대로다. 이아나의 위에는 아르하드 단 한 명밖에 존재하지 않았지만, 츠레비스의 위에 있는 강자는 수없이 많았고…… 또 그의 라이벌인 헤레이스가 아예 이 세상에서 사라진 것도 아니었다.

"감사하다고 말씀드리고 싶었습니다. 그럼 저는 이만."

"아직도 헤레이스를 미워하십니까?"

고개를 숙이고 자리를 뜨려던 츠레비스가 이아나의 물음에 멈칫했다.

"감정은 쉽게 변하는 게 아니지요. 그 녀석 때문에 어렸을 때 마음고생을 많이 했습니다. 매번 헤레이스와 비교당하고, 단시간에 따라잡힌 데다가, 마지막에는 지기까지 했으니…… 여전히 헤레이스가 밉습니다."

"당신은 노력하지 않았습니까?"

"무슨 소리죠?"

"그 시간 동안, 당신은 노력하지 않았느냐는 말입니다. 그러면 당신은 헤레이스를 미워할 자격이 없습니다."

압실롯이 저에게 해 주었던 조언이 츠레비스에게도 어느 정도 도움이 될 듯했다. 츠레비스가 미간을 좁혔다.

"무슨 의도에서 하시는 말씀인지는 모르겠지만 저는 최선을 다했습니다. 온몸에 경련이 일 정도로 수련을 했고, 물집이 터져 나갈 정도로 검을 휘둘렀습니다. 이런 제가 노력을 하지 않았다고 생각하십니까? 아닙니다. 저는 노력했습니다."

"그러면 그 시절을 후회하십니까? 당신이 노력했던 시간들이 쓸모없었다고 생각하십니까?"

"……아니요."

츠레비스가 고개를 저었다. 이아나가 속으로 말을 골랐다. 여기서부터는 압실롯의 조언이 아닌, 자신이 해 줄 수 있는 조언이었다.

"저는 당신의 재능이 헤레이스보다 못하다고 생각하지 않습니다. 재능은 비슷하다고 생각합니다."

츠레비스가 흠칫했다.

"당신은 약하지 않습니다. 진심이에요."

그가 떨리는 눈으로 이아나를 보았다. 그녀의 눈은 흔들리지 않았다. 이아나는 정말로 진심이었다. 열여덟 살에 학술원의 3학년 수석, 보통 놈이 아니다.

어렸을 때의 재능만 가지고 미래까지 평가할 수는 없다. 어렸을 때는 츠레비스가 졌을지는 몰라도, 현재 그녀가 봤을 때는 헤레이스에게 재능이 있듯 츠레비스에게도 대단한 재능이 있었다.

그리고 헤레이스는 수없이 많은 시간을 버리며 약해졌다. 츠레비스는 그 시간 동안 비교가 되지 않을 정도로 강해졌다. 그렇다면 동등하다 못해 츠레비스에게 더 좋은 입장이 아닌가?

"둘은 선상에 있었습니다. 하지만 헤레이스는 병이라는 불행 때문에 더 나아가지 못했으나 당신은 그 긴 시간 동안 노력해서 앞으로 나아갔습니다. 그런 헤레이스를 미워하고 싶으십니까?"

"……."

"다른 사람의 감정에 이래라저래라 할 생각은 없습니다. 하지만 제3자의 입장에서는, 그냥 한 번 정도는 헤레이스의 입장도 생각해 보는 걸 권하고 싶습니다. 자기 입장만 생각하지 말고."

그녀가 그랬듯…….

"헤레이스는 어리숙하고 착합니다. 형님이자 강자인 당신을 인정하고 있고, 좋아하기도 합니다. 그런 그 애에게 마음을 닫지는 마십시오. ……돌이킬 수가 없어 후회할지도 모르니까."

이아나는 굳어 있는 츠레비스를 스쳐 지나가며 말했다.

"그리고 만일 헤레이스가 강해져서 돌아온다면, 당신이 그토록 이기고 싶어 했던 상대가 돌아왔음에 기뻐하되 더 이상 스스로를 괴롭히며 시간을 헛되게 보내지 마시길."

그렇게 이아나는 츠레비스를 지나갔다. 츠레비스의 흔들리는 눈동자가 그녀의 뒷모습을 향했다.

이제 이아나의 실력을 의심하는 이는 결단코 없었다. 검술제는

저학년 검술대회와는 차원이 다르게 큰 행사였고, 거기서 고학년들을 무자비하게 꺾으며 4강전까지 오른 그녀에게 실력이 과장된 게 아니냐, 이긴 게 전부 운이 아니냐는 말은 어불성설이었다.

이아나가 승승장구하며 4강에 오르자, 검술학부에서는 우습게도 그녀를 향한 시기와 질투가 아닌 호감이 샘솟았다. 어째서일까?

사실, 대다수의 학생들은 우승에 관심 없었다. 괴물들이 득실득실한 검술학부에서 우승이라는 비현실적인 한 자리보다는 상위권을 노렸다. 상위권에만 든다면 우승자 따위는 아무래도 좋았다.

그리고 사람들의 심리는 우스운지라, 손에 닿을락 말락 한 대상은 그가 앞에 있음에 질시하고, 미워하지만 손에 닿지도 않을 정도로 높은 곳에 존재한다면 질투할 생각도 하지 못한다. 오히려 부러워하고, 좋아하고, 친해지고 싶고, 존경하고, 따라다니고 싶고…… 호감이 가득하다.

그렇듯 그들에 비하면 어리고 조그맣고 여리여리하고 예쁘장한 이아나가 이해가 가지 않을 정도로 엄청난 실력을 보이고 있자 검술학부의 학생들 대다수는 그녀를 아예 질투의 대상에서 떼어 놓았다. 그들과는 종이 다른 인간으로 취급하게 되었다.

그리고 이아나는 평민이 아닌 그들이 섬겨야 할 귀족이었다. 또한 그들이 일 년 가까이 지켜봤을 때, 이아나는 배경은 보잘 것 없더라도 그 어떤 귀족보다도 품성이 훌륭하고 멋졌다.

그렇게 인식이 바뀌자 이아나는 태도를 전혀 바꾸지 않았음에도 그들 사이에서 호감형이 되었고, 친해지고 싶은 대상이 되었다. 차갑고 도도해도 예쁘고 귀엽게만 보는 것이다.

이아나가 평소처럼 무뚝뚝하게 지나가는데도 콩깍지가 씐 것처럼 달라 보였다. 꺼림칙한 여자가 아닌 그들보다 머리 하나는 작은 예쁜 소녀가 새침한 얼굴로 총총 걸어가는 것처럼 보이는 것이다. 땀내 나고 두꺼운 놈들 사이에서 이리저리 쏘다니는 날씬하고 예쁜 이아나는 이제 완전히 검술학부의 공주님이었다.

그녀를 미워하던 이들도 다른 사람들이 그녀에게 호감을 보이자 점점 감화되어 싫어하지는 않게 되었다. 인간이란 사회적인 동물이었다.

그리고 어제 의상학부에서 일어난 대사건은 아주 유명했다. 이아나가 완전히 여신님으로 둔갑했고 검술학부, 아니 학술원 최고의 미남으로 일컬어지는 아르하드가 그녀에게 폭 빠져 89골드짜리 꽃다발을 바쳤다는 소문은 검술학부에도 빠르게 퍼졌다.

의상대회에 대해 이야기하고 있던 검술학부생들은 이아나가 슥 지나가자 예쁘지만 화장기 하나 없는 말쑥한 얼굴을 흘끔흘끔 쳐다보았다.

'여신님이라니, 대체 어쨌길래……?'

옷은 수련 때문에 항상 더러워졌고, 그래서 검술학부생들 대부분이 옷에는 관심이 없었다. 의상대회에 관심이 없는 건 당연했다.

그러나 그들의 꽃인 이아나가 여신님이 되어 4학년 베스트드레서가 되었다는 말에 호기심이 생겼다. 그리고 단체로 꽃을 들고 학술제 6일 차인 내일 의상학부의 시상식에나 가 볼까, 하는 말이 수군수군 튀어나왔다. 그리고 그런 그들의 생각을 알 리가 없는 이아나는 미묘하게 바뀐 기류에 불편함을 느끼며 인상을 찌푸렸다.

"세상에, 용병왕이 타로의 아버지였다니…… 몇 십 년 동안 사막에서 움직이지 않아서 정보가 거의 없는 용병왕이…… 헐……."

"놀라서 심장마비 걸리는 줄 알았어요."

에이지와 헤레이스는 이아나와 만나자마자 놀라움을 토해 냈다. 타로는 옆에서 쑥스럽다는 듯 머리를 긁적였다. 이아나는 고개를 갸웃했다.

"벌써 만났나 보지?"

"엉. 이아나 양은 벌써 봤다며? 우리는 어제 의상대회 가기 전에 소개 받았어."

"……왔었나? 코빼기도 안 비치기에 안 온 줄 알았더니."

이아나의 의문에 서로를 바라본 그들은 이아나에게 푸념을 하기 시작했다.

"난 분명 갔어. 이아나 양의 여신 같은 모습도 봤어."

"저도요. 정말 예뻤어요. 그리고 우리, 꽃다발도 사 갔는걸요."

"엄청 예쁘더구먼. 최고."

"그런데 왜 꽃다발을 주지도 않고……. 아는 척도 안 한 거지?"

에이지가 어이가 없다는 듯 고개를 절레절레 저었다.

"그 상황에서 어떻게 아는 척을 해? 와, 진짜…… 아르하드 선배, 어떻게 그런 꽃다발을 주냐. 마음먹고 1골드짜리 꽃다발 사 온 사람 기죽게."

"그 꽃다발이 왜? 비싸 보이긴 했다만……."

이아나는 상황을 이해할 수가 없었다. 꽃병을 구해 기숙사의 책상 위에 꽂아 뒀더니 프리실라는 어제 하루 종일 황홀한 눈으로 쳐다봤고. 여학생들은 한 번만 보면 안 되겠냐면서 애원해 왔다. 보통 꽃다발이 아니라는 건 딱 봐도 알았지만 보석과 꽃의 시세에 둔감했던 이아나는 어리둥절했다. 에이지는 황당해서 입을 쩍 벌렸다.

"그게 그냥 비싼 거야?"

"그럼?"

"얼만지 몰라? 유명하던데? 89골드. 학술원 3년 등록금이야. 엘로냐의 낙원 추천메뉴를 890번 먹을 수도 있어."

"……."

"더 말해 줄까? 그 꽃다발 살 돈으로 평범한 꽃다발 200다발은 더 살 수 있어. 꽃다발이 아니라 보석 다발이다, 보석 다발. 완전 돈지랄…… 와…… 서민 기죽일 일 있나."

이아나는 그길로 탑에 가서 아르하드가 있을 방의 문을 쾅하고 열어젖혔다.

"어서 와."

아르하드가 이아나를 보고 활짝 웃었다. 하지만 이아나는 아르하드를 노려보며 말했다.

"꽃다발."

아르하드가 뺨을 발그레하게 붉혔다.

"마음에 들어?"

"89골드라고요?"

아르하드는 그게 왜, 라고 아무렇지도 않게 물었다.

"그렇게 심한 낭비벽이 있는 줄은 몰랐습니다. 도대체……. 돈의 가치를 모르시는 겁니까? 바보입니까?"

이아나가 화를 내자 아르하드가 읽고 있던 책을 탁 덮었다.

"89골드가 큰돈이라는 건 알아. 돈과 물건의 가치는 누구보다 잘 알지."

"그런데 그런 돈을 꽃다발에 쏟아부은 겁니까?"

"너에게 주는 첫 선물이었으니까. 너는 최고를 받을 만한 가치가 있었고. 전혀 아깝지 않았다. 오히려 나는 그것도 모자란 것 같은데."

이아나가 화를 더 내려다 멈칫했다. 귓가가 빨개졌다. 저렇게 말하는 데 더 화를 낼 수가 없었다. 게다가 화를 낸다면 자신의 가치를 깎아내리는 행위밖에 되지 않았다. 거칠게 걸어온 이아나가 소파에 앉으며 한숨을 푹 쉬었다.

"……됐습니다. 이미 받았으니까 어쩔 수 없죠. 돈이 그렇게 많습니까?"

"부족하진 않아."

이아나는 의문이 들었다. 89골드는 귀족들도 휙휙 쓸 수 있는 돈이 아니었다. 아르하드가 89골드를 꽃다발에 뿌렸던 건 그의 말대로 자신을 위한 첫 선물이었기 때문이기도 했겠지만, 그만큼 그가 돈이 많다는 소리이기도 했다. 이제 겨우 스물한 살인 주제에.

이아나는 아르하드를 지그시 쳐다보다가 고개를 절레절레 저었다. 꿍쳐 두었던 비자금 같은 게 있거나 투자에 성공했겠다 싶었다. 그는 황제의 자질을 가진 자. 시국을 보는 데에 탁월한 능력을 지니고 있었다.

"돈이 많든 적든 다음부터는 이런 짓하지 마십시오. 절대로 받지 않을 테니까."

"싫어."

"……."

이아나가 어이가 없어 쳐다보았지만 아르하드는 고집스레 책에만 시선을 두었다. 이아나는 그를 노려보았다. 아르하드가 조용히 중얼거렸다.

"싫다면 싫은 줄 알아."

"하아."

이아나는 결국 푸욱 하고 한숨을 내쉬고 눈을 감았다. 그러나 잠시 후, 다시 천천히 눈을 떠서 책을 보는 아르하드를 쳐다보았다. 이 남자도 많이 변했다 싶었다. 제가 하지 말라고 경고하거나 화를 내면 껌뻑 죽어서 무조건 알겠다고 할 때는 언제고…….

만약 그런 짓을 하면 다시는 안 볼 거라고 윽박지르면 하지 않겠지만, 그러지 않기로 했다. 제게 해가 되는 짓을 하는 것도 아니거니와, 오히려 뭔가를 해 주고 싶어 하는데 왜 그런 말을 해야 할까.

아르하드가 제게 퍼 주는 경향은 있었지만 넘지 말아야 할 선 정도는 알고 있을 터였다. 이성적인 사람이고 그가 할 수 있는 한도 내에서 행동하리라고, 그리 생각했기에 이아나는 더 말하는 것을 포기했다.

'그리고 그런 말을 하면 슬퍼하겠지.'

이아나는 제가 포기했다는 사실에 은근 만족스러워하며 입가에 미소를 띠고 있는 아르하드를 물끄러미 쳐다보았다. 제가 손을 쳐 냈을 때, 그리고 피했을 때 이상할 정도로 심하게 부정적인 감정을 내보이던 그를 떠올렸다. 이아나는 이제 축 처진 아르하드를 보고 싶지 않았고, 그가 불안해하는 것도, 상처받는 것도 싫었다.

……그리고 이제 그가 원하기에 옆에 있는 게 아니라, 그녀가 그의 곁에 있기를 원했다. 그래서 두 번 다시 보지 않겠다는, 그런 단절의 말을 하고 싶지 않았다.

6일 차, 준결승전이 열렸다. 긴 순위 결정전을 거쳐 최고 중에서도 최고의 엘리트 네 명이 모였다. 그리고 결승전의 한 명은 이미 결정 났다. 귀족들의 스카우트 1순위로 각광받는 검술부장 라이언이었다. 그리고 나머지 한 명을 정하는 또 다른 준결승전이 시작되었다.

"오시죠, 이아나 양."

4강전의 상대, 6학년 데로더는 긴장한 눈으로 그녀를 보았다. 이렇게 마주하니 알 것 같다. 그녀의 기백은 장난이 아니었다. 어느 거지같은 멍청이들이 이런 강자를 상대한 주제에 방심해서 졌다, 운이 없어서 졌다는 말을 지껄였는가?

이아나의 적안이 밤에 빛나는 맹수의 시퍼런 눈알처럼 태양 아래에서 번뜩였다. 붉은 태양이 부리는 맹수가 가질 법한 위압감이다. 방심하는 순간 물어뜯길 것 같다. 데로더는 검을 쥐고 있는 손에 힘을 꽉 주었다.

이아나의 검이 그의 눈앞에서 흔들거렸다. 그리고 이아나가 달려들었다.

챙!

"큭!"

데로더는 채찍처럼 휘갈겨진 검을 막아 냈다. 기가 막힌 공격이었다. 수풀 속에 숨어 있던 호랑이가 달려들듯 예상치 못한 각도에서 치고 들어오는 강타였다. 대비를 하고 있었는데도 습격당한 기분이었다.

하위권의 학생들은 모조리 이 한 방에서 나가떨어졌다. 하지만 한 번 막은 이상, 그녀와 공방을 주고받을 수 있다.

챙! 챙!

데로더는 검술학부에서 다섯 손가락 안에 꼽히는 실력자였다. 실력자가 볼 수 있는 것도 많은 법이다. 데로더의 눈이 대치 상태임에도 슬금슬금 안쪽으로 치고 들어오는 뱀 같은 검을 목격했다. 피부에 소름이 와드득 돋는다.

데로더는 이아나의 검을 쳐 내려 했다. 하지만 두 검은 붙은 것처럼 떼어지지 않았다. 이는 이아나가 그가 밀면 미는 만큼, 당기면 당기는 만큼 힘을 주면서 힘 조절을 아주 능수능란하게 하고 있다는 소리였다.

결국 데로더는 힘으로 이아나의 검을 세게 쳐 내고는 검에 마나를 불어넣었다. 속이 꽉 찬 검기가 금방 만들어졌다. 데로더가 눈을 번뜩였다. 이아나는 뒤로 빠르게 물러나며 검을 꽉 움켜쥐었다.

쿠아앙!

파창!

날아간 검기는 더욱 거대한 검기에 막히면 깨져 나간다. 그리고 검기는 깨졌다. 이아나의 검에서 일렁이는 검기에 의해서.

데로더는 허탈하게 웃으며 바짝 말라 오는 입술을 침으로 축였다. 그는 졸업 후에 로안느 왕실 근위대에 들어가기로 예정되어 있었다. 물론 근위기사 선배들에게 가르침은 받아야겠지만 종기사 경험 한번 없이 남부 대륙 최강의 국가, 로안느의 왕실을 지키는 근위기사가 되는 것이다.

그런데 이 예쁜 괴물은 대체 어디에서 나타난 걸까? 이런 괴물이 나타나 왕족을 노린다면 자신은 그들을 지킬 수 있을까?

콰앙! 콰앙!

이아나와 데로더의 검에서 부서져 나온 검기가 경기장에 직격하며 상흔을 남겼다. 경기장 밖 관중석으로 나가지 못하게 쳐 놓은 구형의 배리어 마법에도 맞부딪치며 폭발했다. 소리가 무척 험악했다.

배리어는 경기장 전체에 펼쳐져 있었지만 배리어를 찢어 부술 듯 쾅쾅 부딪치는 검기의 파편 때문에 앞자리에 앉은 관객들이 겁에 질려 도망갈 정도였다.

뻐어어억!

데로더가 이아나의 검에만 집중하고 있던 그때, 이아나가 부츠로 데로더의 정강이를 아주 세게 걸어찼다.

"큭!"

고통으로 집중력이 흐트러진 순간, 이아나의 몸이 유혹하는 여자처럼, 그러나 품속에 비수를 숨긴 암살자처럼 데로더에게 가까이 붙었다. 데로더가 눈을 크게 뜨자 검기가 지워진 검면이 그의 목을 강타했다. 눈을 날카롭게 치켜뜬 이아나가 다리에 힘을 주고 검을 위로 세차게 밀어 올렸다가, 데로더의 몸이 허공에 뜨며 뒤로 넘어가기 시작하자 이번에는 아래로 밀어붙였다.

"아악!"

쿠당탕탕!

그의 목을 강타하여 호흡에 일 차 충격을 준 검면은 그대로 호선을 그리며 데로더를 경기장에 목부터 처박아 넣었다. 날이 세워져 있었다면 허공에 날아갈 필요도 없이 바로 목이 날아갔겠지만 검면 이었기 때문에 목검에 맞아 패배했을 때와 같은 결과가 나왔다.

바닥에 널브러진 데로더가 목을 움켜쥐고 컥컥거리는 사이 이아나가 허공에서 한 번 휘두른 검을 검집에 밀어 넣었다.

[이아나 결승 진출!]

와아아아아!

"으윽……."

검면로 쳤지만 검날에 긁힌 데로더의 턱 밑에서 피가 줄줄 흘러내렸다. 데로더는 숨이 돌아오자 욱신거리는 턱을 부여잡았다. 이아나는 손을 내밀었다. 데로더는 허탈히 웃으면서 이아나의 작은 손을 잡고 부들거리며 일어났다.

"감사합니다."

"……저야말로요. 저의 견문을 넓혀 주셨습니다. 후배님, 라이언 녀석도 메다꽂아 버려요."

데로더가 달려온 긴급 의무반에게 치료를 받는 사이, 라이언이 웃으면서 그녀에게 다가왔다.

"후배님, 결승전 잘 부탁해요. 역시 대단하다니까?"

라이언이 그녀에게 손을 내밀었다. 이아나는 거절하지 않고 그 손을 잡았다.

"거기서 정강이를 찰 줄이야. 역시 실전이야. 난 조심할게요."

내일 치러질 결승전의 두 사람이 손을 맞잡자 관객석에서 환호성이 터져 나왔다. 라이언은 심술궂은 얼굴로 주변을 휘휘 돌아보았다.

"큰일 났네. 난 아르하드 군한테도 검술로 지는데 아르하드 군과 매일 맞대결을 펼치던 이아나 양이 검기로 무장하다니……. 아르하드 군은 안 왔습니까?"

"……그분은 왜 찾으시죠?"

"병결로 검술제에 불참했으면서 이아나 양에게 꽃다발 주러 갔다는 게 괘씸해서 한 소리 하려고 그럽니다."

이아나는 당황했다.

"그분은 저를 축하하러 와 주신 것뿐입니다."

"농담이에요. 병을 무릅쓸 만큼 이아나 양을 사랑하는 거겠죠?"

"……."

"이것도 농담인데 그렇게 얼굴 굳히면 무서워요. 그리고 아르하드, 몸이 아프지 않다는 것 압니다. 마나 제어력에만 문제가 있고 몸은 멀쩡하잖아요? 검술제에는 괜히 나오기 싫어서 기권한 거지. 아 참."

라이언이 음흉하게 씨익 웃었다.

"오늘 기대해도 좋아요?"

"……무엇을요?"

"글쎄요. 그럼 전 먼저 가 볼게요."

라이언은 의미심장한 말을 남기고는 출구로 먼저 걸어 나갔다. 이아나는 어리둥절한 표정으로 서 있다가 천천히 걸음을 옮겼다.

오늘은 의상대회 6일 차다. 4일 차 때와는 달리 대회장으로 가야 했다. 6학년뿐만 아니라 의상학부의 전 학년이 제 옷과 모델을 선보이고, 또 가장 많은 사람들이 몰리기 때문에 의상학부는 학술원의 전 학생이 입장할 수 있을 정도로 큰 대회장을 빌렸다.

이아나가 대회장의 입구에 들어서는 순간부터 그녀에게 시선이 집중되었다. 검술학부의 준결승 진출자, 그녀가 지금 왔다는 건 준결승이 끝났다는 말이었다. 과연 저 놀라운 소녀는 결승에도 진출했을 텐가? 라는 호기심 어린 시선도 있었고, 이틀 전의 아름다움을 기억하는 이들의 호의 어린 시선도 있었다.

그런데 귀족 여인들 대다수는 묘하게 악의적인 시선을 보내고 있었다.

"제까짓 게 감히……."

"제가 뭔데……."

귀족 여성들이 저 때문에 잘생긴 남성에게 모욕을 당했다는 소문이라도 도는 걸까? 아니면 다른 헛소문?

피식 웃은 이아나는 평소와 같이 그들을 무시하고 프리실라가 대기실이라고 가르쳐 줬던 장소로 향했다. 이아나가 노크를 하기도 전에 프리실라가 문을 벌컥 열고 나왔다.

"이아나 양, 결승 진출?"

"예."

"우와아아아아! 역시! 에잇, 아무래도 상관없어. 자, 그럼 오늘도 여왕님이 되어 봅시다!"

프리실라는 이틀 전과 같지만 그날보다 더욱 공을 들여 화장을 해 주었다. 집중해서 옷을 입혀 주고 머리를 정성스레 빗어 주었다. 이아나는 그녀의 손아래에서 반짝반짝 빛났다. 프리실라의 깜빡거리는 눈에서 눈물이 후드득 쏟아졌다.

"오늘은 내 생애 최고의 날이 될 거예요. 자신해요. 이아나 양이 1등이야."

"······우는 겁니까?"

"큭, 미리 흘리는 기쁨의 눈물이죠."

회장은 사람으로 가득 차 있었다. 5일 동안 보지 못한 의상들을 한 번에 볼 수 있는 6일 차는 가장 인기가 많았다. 관중석은 만원이었다. 무대를 제외한 관중석이 어두컴컴해졌다.

[의상대회 시상식을 시작합니다!]

그리고 무대가 시작되었다. 인원이 많았기 때문에 모델들은 빠르게 지나갔다. 이아나도 두 모델 사이에 끼어 이틀 전처럼 걸었다. 한쪽에서 남자들의 환호성이 터져 나왔다. 이아나는 무대 뒤로 들어가기 직전이었기 때문에 시끄러운 그들에게 관심을 두지 않았다.

모델들이 모두 들어간 지 얼마 되지 않아 사회자가 종이 한 장을 들고 나왔다.

[심사위원을 맡아 주신 교수님들께서 공정하게 평가해 주셨습니다. 자, 그럼 동상부터 시작하겠습니다.]

사회자는 수상자를 한 명 한 명 발표하기 시작했다. 상을 수상한 모델과 의상학부생이 함께 눈물을 흘리며 소감을 이어 갔다. 그리고 마지막.

[대상, 프리실라 양의 검의 여왕!]

"역시! 이아나 양, 빨리 나와요!"

프리실라의 손에 이아나가 이끌려 나오고 사람들의 박수소리와 환호성이 터져 나오기 직전이었다.

"인정 못 해!"

누군가 선동하듯 크게 외쳤다. 관중석에 앉아 있던 사람들이 깜짝 놀라 주변을 돌아보았지만 외친 사람은 보이지 않았다. 그리고 준비한 것처럼 하나, 둘, 셋…… 떠들어 대기 시작했다. 검은 어둠 속에서 드러나는 사람들의 악의였다. 마녀를 사냥하는 듯한 광경이었다.

"저 사람은 문제가 많다고요. 의상대회는 모델 본연의 아름다움을 살리는 대회, 저 사람은 이 대회에서 상을 받을 자격이 없는 사람입니다!"

억지일 뿐이다. 놈은 본질을 흐리는 게 목적이었다. 뭐야? 뭔데? 호기심을 가진 사람들이 웅성대기 시작했다. 그렇게 떠들어 대다 보니 자연스럽게 이아나의 과거가 나오고, 이제껏 그녀가 받아 왔던 의심들과 한 치의 오차도 없이 똑같은 의문들이 쏟아지고, 마침내 그녀의 출생 배경과 도덕적 결함들이 쉴 새 없이 나불거리는 입들을 뛰어다니기 시작했다.

한 사람의 입이 터지면 다른 한 사람이 대화에 참여하고, 또 참여하고. 관심 없던 사람마저도 대화에 참여했다.

[여, 여러분. 조용히 해 주십시오!]

소란이 커지자 관람석의 불이 켜졌다. 하지만 사람들은 빛 속에서도 입을 다물지 않았다. 입을 다물고 있던 사람들도 당황해서 웅성거리기 시작했다.

지긋지긋할 정도로 똑같은 레퍼토리, 똑같은 악담들. 이아나는 팔짱을 낀 채 그들을 내려다보았다.

이런 상황을 예상치 못한 것도 아니었다. 이아나는 오히려 박수를 받은 이틀 전의 4학년 의상대회가 더 이상하게 느껴졌다. 그리고 깨달았다. 가만히 생각해 보니 그때는 자신이 의상대회에 참여한다는 정보가 없었다.

또한 이틀 전 아르하드에게 모욕당한 그녀들이 이 소란 속에 섞여 있을 터다. 그날, 자신에게 날아와 꽂히던 분한 시선들이 떠올랐다. 사주 받은 게 분명할 익명의 다수는 그들이 이제껏 받은 스트레스를 여기서 풀고 가려는 듯 꽥꽥 소리까지 질러 댔다. 이아나가 수없이 많이 봐 온 인간의 군상이었다.

이아나는 제 일이 아닌 것처럼 담담하게 주변을 훑었다. 그러다 고개를 갸웃했다. 언제였더라? 그래, 그날과 비슷한 것 같았다. 회귀 전, 열아홉 살의 검술대회.

여자가 무얼 할 수 있겠어. 허참, 그래. 아까 로베르슈타인이라고 하지 않았나. 그렇다면 저 붉은 머리카락의 여자, 로베르슈타인 백작 첩의 딸이 아닌가? 아하, 그 유명한 사건으로 태어난 여자로군! 첩이 옛날에 폭삭 망해 잠적한 고리대금업자 호르비 놈의 딸이라지? 응? 그 사내들을 홀리며 알랑거리던 죽여주게 예쁜 년 말인가? 킬킬. 몸매 하나는 육탄공격에 능한 어미를 닮아 끝내주게 좋구먼. 휘익, 옷이나 한번 벗어 보렴?

지금처럼 쏟아졌던 악담과 비난들……. 그것은 검의 향연 아래에서 가라앉았었다. 하지만 여기는 검술대회가 아닌 의상대회다. 그들을 검으로 닥치게 할 수는 없는 노릇.

이아나는 감상하듯 눈을 감았다. 그날의 악담과 다른 점이라면 그녀가 외조부를 죽이고 더 나아가 어미까지 죽였을지도 모른다는 패륜을 성토하는 말들일까? 뭐, 사실인 걸 어찌하나. 이아나는 우습다는 듯 옅게 웃었다.

나를 상처 입히고 싶은 건가? 웃기지 마라. 너희 따위가 나를 상처 입힐 수는 없다. 너희들의 말 한마디 한마디에 상처받는 나약한 소녀는 이미 죽은 지 오래이니.

이아나의 마음은 잠자는 호수의 수면처럼 평온했다.

"그만!"

이아나의 담담하던 얼굴이 와작, 하고 구겨졌다. 커다란 고함에 멋대로 지껄여 대던 사람들이 입을 딱 다물고 감히 누가 우리의 입을 막느냐는 듯 소리가 들려온 쪽으로 고개를 돌렸다. 그리고 무대 앞으로 성큼성큼 걸어 나오는 푸르른 외양에 화들짝 놀랐다.

"더 이상 제 딸 이아나를 모욕하지 말아 주십시오. 이 이상은 참지 않겠습니다. 여기서 입방아를 한 번만 더 찧어 대면 로베르 슈타인 가문과 척을 지겠다는 걸로 알겠습니다!"

이아나의 부친, 체르노 로베르슈타인 백작이었다. 5대 공신가의 하나, 로안느 왕국의 대귀족 중 하나인 그가 등장하자 사람들이 입을 다물었다.

'이건 아냐.'

체르노는 남의 얘기를 좋아하는 하위 귀족과 소란을 좋아하는 천박한 평민들이 내뱉는 모욕을 잠잠히, 아무렇지도 않게 담담히 듣고 있는 이아나를 보고 무언가 잘못되어도 한참이나 잘못되었다고 생각했다.

자신은 저 엄청난 악의 속에 혈육을 방치했단 말인가? 단순히 사랑하지 않았던 여인의 뱃속에서 태어났을 뿐인 제 아이를……?

'나는, 그냥…… 이렇게까지 모욕당하고 있을 줄은 몰랐어……'

변명이다. 체르노가 고개를 세게 내저었다. 이아나에게는 잘못이 없었다. 전부 다 자신의 잘못인데, 왜 이아나에게…….

스스로에 대한 분노로 얼굴이 벌게진 체르노의 옆에는 귀족들이 불쌍하다고 동정하던 사라체가 오들오들 떨며 참담함에 눈물을 흘리고 있었다. 체르노가 참지 못했듯, 그녀는 이아나가 당하는 상황을 그대로 목격하면서 경악을 금치 못했다.

저택에서 따뜻하게 살아가던 그들은 하인들이 뒤에서 이아나를 욕하는 것을 야단쳤을 뿐, 그들의 무관심과 소문의 방치로 인하여 이아나에게 향하는 악의가 이 정도일 줄은 상상도 못 했다. 이아나는 전혀 내색하지 않았다. 그래서 심하지는 않은 모양이다, 그리 여겼다. 그게 실책이었다.

아니, 실은 그게 아니라…… 창백해진 사라체가 입을 막았다.

'상황이 골치 아파서, 우리는 그냥 이아나에게 모든 상황을 떠넘긴 거야……'

위선처럼.

옆에서 상황을 지켜보던 하르첸은 막장으로 치달은 상황에 후우 하고 한숨을 내쉬었다.

사람들은 완전히 꿀 먹은 벙어리가 되었다. 체르노가 그만하라고 소리친 이상 떠들어 댈 권리가 그들에게는 더 이상 없었다. 그들은 이아나를 비방할 자유를 박탈당했다.

체르노는 말없이 성큼성큼 다가와 이아나에게 꽃다발을 건네주었다. 이아나는 받지 않았다. 대신 굳은 얼굴이 그 꽃다발을 향했다.

"……너를 이런 분위기 속에 방치해서 미안했다."

"……!"

"정말로 미안하다. 다 내가 못났고 옹졸한 탓이다."

"하!"

이아나가 헛웃음을 짓고는 거부와 분노의 감정을 담아 날카롭게 눈을 치켜떴다.

"미안하다?"

이제 와서 뭐? 무슨 사죄를? 당신이 잘못한 게 무엇인데? 나는 당신을 이해한다. 사랑하는 부인을 독살한 아이를 증오하는 건 당연하지 않은가? 폭력을 쓰는 것도 당연하고 경멸하는 것도 당연했다.

독살하지 않았다 하더라도 뒤틀린 사랑을 받아 강제로 만든 아이를 미워하는 건 당연한 일이 아닌가? 당신은 회귀 전에도 그랬고, 이번 생에서도 변함없이 그랬다. 나는 그런 당신을 미워하지도, 증오하지도 않는다. 당신을 이해했기 때문이다.

……그러니 당신은 내게 용서를 빌 필요도, 빌 자격도 없다. 당신이 이렇게 남들의 입을 닥치게 할 의무도, 꽃다발을 건넬 권리도 없다!

당신은 지금 나를 동정하는가? 이 나를? 당신이!

이아나의 목구멍을 타고 분노의 불길이 치솟아 올랐다.

"필요 없……!"

"용서받을 생각은 없다. 오늘 상황을 보니…… 빌 자격도 되지 않는 것 같구나. 너도 나를 절대 용서하지 않겠지."

당연하다. 그것만큼은, 제 핏줄과 연을 끊으리라는 것만큼은 회귀 전에도, 회귀 후에도 변하지 않을 그녀의 절대적인 결정이다. 그들에게 붙일 정 따위는 존재하지 않았다.

체르노는 무대 위로 올라와 주먹을 꽉 움켜쥐고 부르르 떠는 이아나에게 꽃다발을 억지로 안겨 주었다. 이아나가 내팽개치려고 꽃다발을 꽉 움켜쥘 때였다.

"미안하다. 나를 용서하지 말거라."

체르노의 말에 이아나의 숨이 틀어막혔다.

"오늘은 그냥, 가족을 떠나서 한 사람의 관객으로서 축하해 주고 싶다. 정말로 예뻤다."

"축하해, 이아나."

"아름다워."

이아나의 가족들이 씁쓸한 얼굴로 꽃다발을 한 아름 안겨 주었다. 자신을 용서하지 말라는 말이 이아나를 어지럽혔다.

당신이 뭔데, 내게 용서해라, 용서하지 말라, 왈가왈부해.

……당신이 뭔데, 당신이 대체 뭔데!

하지만 이아나는 체르노에게 사과를 들은 게 처음이었다. 그 사과는 그녀의 심장을 쥐어짰다. 이아나는 얼어붙은 얼굴로 제 손에 들려 있는 꽃들을 내려다보았다.

관중의 분위기가 그녀의 얼굴처럼 조용히 얼어붙었다. 사회자가 심사위원들의 손에 등을 떠밀려 폐회식을 하기 위해 엉거주춤하게 나왔다. 그렇게 의상대회의 시상식은 망쳐진 상태로 끝나는 듯했다.

"이아나 양!"

누군가가 이아나의 이름을 크게 불렀다. 사람들이 비명을 지르며 귀를 막았다. 회장 전체가 울릴 정도로 큰 목소리였다. 이아나가 무의식적으로 소리가 들린 쪽으로 고개를 돌리는데, 어떤 물건이 하나 날아왔다. 이아나는 본능적으로 날아온 물체를 잡았다. 또다시 꽃다발이었다.

그 꽃다발을 시작으로 그녀의 발밑으로 수십, 수백 개의 잡다한 꽃다발이 수북하게 던져지기 시작했다.

누군가가 앞으로 나섰다. 사람들은 그를 쳐다보았다가 화들짝 놀랐다. 학술원의 엘리트 집단의 수장, 검술학부의 부장 라이언이었다. 그는 검술학부의 부장답게 큰 목소리로 모두에게 들으라는 듯 말했다.

"우리 검술학부의 꽃, 아니 우리들의 여왕님인 이아나 양이 나온다는 말을 듣고 궁금해서 와 봤습니다. 과연 명불허전, 무척이나 아름답네요. 이아나 양, 축하합니다!"

"진짜 예뻐요!"

그녀와 한 번 겨루었던 니카타가 사람들을 밀치고 나와 라이언의 옆에 서서 장난스럽게 두 손으로 엄지를 척 들었다. 다른 검술학부생들도 하나둘 튀어나왔다.

"예쁩니다!"

"아름답습니다!"

"결승전 올라간 것 축하합니다!"

"우리, 앞으로도 열심히 수련합시다!"

니카타를 시작으로 검술학부의 학생들이 꽃다발을 던지며 예쁘다고, 최고라고 소리를 지르기 시작했다. 검을 하나씩 맨 학술원 최고의 엘리트들이 이아나를 향해 진심으로 축하 인사를 보내며 박수를 치고 있었다.

"축하하네, 이아나 학생. 검술학부의 저 짐승 놈들과는 차원이 다르군! 앞으로도 우리 검술학부를 화사하게 빛내 주게."

귀족들이 존경하는 전직 근위대장 필리거 교수조차 나타나 그녀에게 꽃다발을 던졌다. 늘 열심히 하는 이아나를 좋아하는 다른 교수들도 미소를 지으며 박수를 쳤다. 헤헤거리며 웃으면서도 눈물과 콧물을 질질 짜고 있던 프리실라가 이아나를 꼭 끌어안으며 말했다.

"우리 이아나 양, 크흥. 정말로 검의 여왕님이었네! 역시 내 안목이란……."

짝, 짝.

검술학부생들이 치는 박수소리가 우렁차게 회장 안을 울리자 사람들도 그들에게 감화되어 하나, 둘 박수를 치기 시작했다. 그리고 얼마 있지 않아 박수소리가 커다란 회장을 가득 채웠다. 모욕 앞에서도 결코 흔들리지 않던 이아나의 단호한 눈동자가 흔들렸다.

"자, 자, 자. 이번엔 2골드짜리 사 왔다! 내 꽃다발이 오늘 제일 비싼 거야! ……빌어먹을!"

"이아나 양, 정말 축하해요! 최고예요!"

"이뻐! 진짜로 이뻐!"

그녀의 친구들은 무대 앞까지 왔다. 에이지는 던져지는 꽃다발 중에서 가장 화려한 꽃다발을 안겨 주었다. 하지만 그는 아르하드가 이틀 전 건네었던 89골드짜리 꽃다발을 잊지 못하고 욕설을 내뱉었다. 타로와 헤레이스는 진심으로 축하하며 꽃다발 폭탄에 그들의 꽃다발을 더했다.

"축하…… 끅, 타로 형! 아씨! 숨…… 막힌다고요!"

리키젠도 왔다. 타로의 팔과 상체 사이에 목이 끼여 벌게져 있는 게 끌려온 것 같긴 했지만, 그냥 오기는 뭐했는지 꽃다발을 손에 쥐고 있었다.

타로가 아차, 하며 풀어 주자 신음을 흘리며 목을 만지던 리키젠은 이내 자세를 바로 하며 안경을 쓱 올렸다. 산더미 같은 꽃다발들 위에 조신하게 꽃다발을 올려놓으며 이아나에게 툭 내뱉었다.

"……제 전 재산 걸었어요."

"뭐?"

"검술대회 우승, 배당률이 극악인 이아나 님께 제가 이때까지 악착같이 아르바이트해서 모은 전 재산을 걸었다고요. 제 돈 몇 배로 좀 불려 주세요. 사치 좀 부려 보게……."

이아나가 어이가 없어 쳐다보자 평소에 외교 실력을 늘리기 위해 감정 제어를 하느라 잘 웃지 않는 리키젠이 씩 웃었다.

"그만큼 우승하리라고 믿는 겁니다. 의상대회 대상도 축하드립니다. 제가 봐도 정말 아름다우시네요."

리키젠이 그답지 않게 솔직하게 제 마음을 말했다.

"얌마, 작업 거냐? 그리고 나도 이아나 양한테 걸었거던?"

"시끄러워요."

"이아나 양!"

"처자."

사람들을 헤치고 핀을 안은 무르시와 타로의 가족들이 헐레벌떡 뛰어왔다. 덩치가 산만 한 타로네 가족들답게 엄청난 양의 꽃 뭉치를 들고 있었다. 무르시가 헥헥거리며 이아나에게 꽃다발을 주었다.

"맨 뒤에 있어서 사람들 헤치고 오느라 늦었습니다. 축하해요!"

"누나, 축하해요. 세상에서 제일 예뻐요!"

"이아나 처자, 축하헌다!"

"호랑이 처자, 축하혀! 나랑 결혼할 텨?"

"이런 육시럴 놈이!"

퍽!

압실롯이 첫째의 뒤통수를 휘갈기는 사이 이아나의 몸 위로 타로네 가족들이 가져온 꽃이 수북이 쏟아졌다. 그 위에 귀여운 꼬마 핀이 작은 손에 꽉 차는 작은 꽃다발을 조심스레 놓았다.

딱!

파아아앙!

그때, 어디선가 손가락 튕기는 소리와 함께 천장에서 마법이 터져 나왔다. 눈부신 빛의 폭발에 사람들이 비명을 질렀다.

"꺄악!"

"뭐, 뭐야? 테러야?"

사락, 사락.

반짝반짝 빛나는 무언가가 하나둘 부드럽게 떨어져 내렸다. 그것은 아름다운 빛의 꽃이었다. 빛의 꽃이 이아나를 중심으로 무대 전체에 떨어져 내리고 있었다. 빛에 형태를 불어넣는 건 하위급 마법이 아니다. 사람들의 시선이 손가락을 튕긴 마법 시전자를 향했다.

"후훗. 보러 오길 잘했네. 마음에 들어……."

마법사가 보랏빛 머리를 찰랑거리며 한 손으로 쓸어 넘겼다. 이아나가 그녀를 바라보자 손가락을 뺨에 가져다 댄 그녀가 고혹적으로 웃었다. 마법의 귀재, 라랏슈아 엘 마르디알이었다.

"이아나 양 정말 예쁘잖아? 내 취향……. 응, 이건 내 축하야. 관중석이 너무 시끄러워서 불꽃으로 바꿔 버리려다가 참았어."

이아나는 온통 꽃다발에 휩싸였다. 꽃다발에 둘러싸인 그녀의 위로 빛으로 이루어진 꽃이 하늘하늘하게 떨어져 내렸다. 이아나는 조용히 빛의 꽃이 떨어지는 위를 올려다보았다.

꽃과 빛에 감싸인 이아나가 아름답지 않다고는 거짓말로도 말할 수 없었다. 그녀를 보는 사람들의 시선도 멍해졌다.

이아나는 위를 쳐다보다가 고개를 아래로 떨어뜨렸다. 그녀의 주변에는 넘쳐나는 꽃다발들과 빛으로 이루어진 꽃들이 흘러넘치고 있었다.

……왜? 도대체 왜?

순간 그녀의 심장이 울컥했다. 눈물 따위는 나오지 않았다. 그러나 심장이 욱신거렸다.

회귀 전, 이즈음에 너무나 슬퍼서, 너무나 외로워서 눈물을 뚝뚝 흘리며 소리 없이 울었던 한 소녀가 떠올랐다.

상처가 덧나고 덧나, 심장에서 선홍색의 피가 주룩주룩 흘러내려, 치료로는 나을 수 없는 상태에 이르러, 더 이상 고통스러워하는 걸 볼 수가 없었던 이아나가 아예 죽이고 심장에 묻은……나약하디나약하고, 누군가의 작은 관심과 진심 어린 위로와 따스한 사랑을 바랐던 소녀.

……어째서? 왜? 모든 것을 포기하고 나만을 위하며 살아가는 나에게, 왜 너희는 꽃을 안기지? 축하를 하지? 박수를 쳐 주고, 웃어 주지? ……왜 그 소녀에게는 그러지 않았지?

사랑을 바란 게 손가락질당할 만한 일인가? 사랑을 받는 걸 원치 않는 게 박수 받을 만한 일인가? 외로워서 눈물을 흘린 게 벌을 받을 만한 죄고, 외롭지 않아 우뚝 선 게 상을 받을 만한 일인가?

왜 그 소녀에게는 혹독히 대했으면서, 왜 나에게는 꽃을 바치는가. 이아나의 머릿속이 어지럽게 엉켜들었다. 왜? 대체 왜?

"이아나 양!"

프리실라의 발랄한 외침에 이아나는 정신을 차렸다. 그렇다. 자신이 바로 그 소녀였다. 나약한 소녀는 죽었지만, 다시 강하게 태어났다. 소녀는 자신이기도 했다. 그 소녀는 지금 꽃을 받고 있었다.

"……."

이아나는 무릎을 꿇고 앉아 꽃다발에서 삐져나온 꽃 한 송이를 집어 들었다. 사람들에게 축하받으며 꽃을 받았다. 웃음을 받고, 칭찬을 받고, 박수를 받았다. 소녀가 늘 바랐던 일이었다.

그렇다 한들, 소녀처럼 기뻐서 울지는 않는다. 소녀가 입은 상처를 생각하며 아파하지도 않는다. 이아나는 더 이상 나약하지 않으므로…….

이아나는 가만히 아름다운 꽃을 쳐다보았다.

"예뻐."

지금의 이아나는 꽃을 원하지 않는다.

"네가 제일, 예뻐."

그녀는 아르하드가 선사한 단 하나의 꽃다발만으로도 충분했다.
"……감사합니다."

그래서 이아나는 그녀가 죽인 나약한 소녀 이아나에게 이 꽃들을 바쳤다.

그길로 이아나는 쉬고 싶다며 자리를 떴다. 지인들은 그녀의 심란한 마음을 이해했기 때문에 푹 쉬라며 그녀를 보내 주었다.

이아나는 주먹을 꽉 쥐었다. 술을 퍼마시고 싶은 기분이었다.

"이아나."

이아나는 우뚝 섰다. 아르하드였다. 그가 탑의 입구에서 기다리고 있었다.

"이리로 올 줄 알았어."

"오늘은 의상대회에 오지 않았나 봅니다?"

"갔었지."

이아나가 미간을 찌푸렸다.

"당신도 꽃다발을 던졌습니까?"

"나는 익명의 다수 중 한 명이 되고 싶지 않아서 사지도 않았는데……. 사서 던져야 했나? 미안하군."

"아니요."

이아나는 그가 꽃다발을 던지지 않았음에 안도했다.

"대신 술을 가져왔지."

아르하드가 씩 웃으면서 손에 들고 있는 병과 잔 두 개를 흔들었다.

"아주 독하고 비싼 걸로."

"독심술을 쓰셨습니까? 술친구가 필요해서 탑으로 왔는데."

이아나와 아르하드는 그길로 학술원 건물 중 가장 전망이 좋은 건물의 지붕으로 올라왔다. 밤이라서 그런지 시원한 바람이 불었다. 이아나는 숨을 크게 들이켰다가 내쉬었다. 차가운 바람이 폐부를 채우자 답답한 마음이 그나마 나아졌다.

"시원하네요."

이아나는 지붕 위에 털썩 주저앉았다. 아르하드도 옆에 앉았다. 그녀에게 잔을 하나 건네주고는 병에 든 술을 콸콸 따라 주었다.

이아나는 술을 홀짝이며 학술원의 야경을 쳐다보았다. 아직까지 축제는 계속되어 학술원 전체가 어둠 속에서 빛으로 가득했다.

학술제도 이제 내일이 끝. 마무리가 되어 가고 있었다. 다른 행사는 오늘로 다 끝났지만 가장 인기 많은 검술제는 내일까지 계속되어 학술원의 축제를 마무리 짓는다. 내일은 학생들이 아닌 학술원 본부에서 준비한 축제와 야시장이 진행된다. 늦은 오후, 검술학부의 행사를 마무리 짓고 축제의 폐막식을 한 후에 야시장이 열린다.

이아나는 야경을 바라보며 말없이 계속 술을 홀짝거리기만 했다. 아르하드도 말없이 술을 들이켰다.

"대체 뭐 하자는 걸까요?"

이아나가 갑자기 툭 내뱉었다.

"용서를 하지 말라니. 그 말을 한 의도가 뭘까요?"

"말 그대로지. 사죄야."

아르하드는 이아나가 두서없이 말을 꺼내는데도 그녀의 마음을 이해하고 있었고, 또 그녀가 꺼낼 말에 집중하고 있었기 때문에 제대로 알아들었다.

"그 말을 제가 대체 어떻게 받아들여야 하는 거죠? 저는 그자를 이해하고 있고, 용서라는 말은 저와 그자의 사이에 필요 없습니다. 잘못한 것도 없는데 왜 제게 사과를 하는 겁니까?"

이아나는 반 정도 남아 있던 술을 아예 쭉 들이켰다. 아르하드는 이아나가 잔을 내밀자 거기에 술을 채워 주었다.

"네 마음을 덜어 줄 만한 대화를 들었는데."

"무슨?"

"로베르슈타인 가문에서 특이한 계약서를 썼다지?"

아르하드가 즐겁다는 듯 입을 끌어 올려 웃었고, 이아나의 눈매는 꿈틀거렸다.

"그걸 어떻게 안 겁니까?"

"오늘 로베르슈타인 가문 뒤에 있었거든. 가주와 부인이 대화하는 걸 들었어."

"……."

"가주는 네가 그 계약서를 썼다는 걸 알고 있다. 또 그는 일의 경과를 파악해 그 사람이 하고 있을 생각이나 감정을 알아채는 데에 탁월한 재주가 있지."

아르하드의 말이 맞다. 르보니 때도 체르노는 수상함을 느껴 뒤를 캐다가 르보니의 꿍꿍이를 알아챘으니까.

"그는 네가 완전히 가문에서 마음을 돌렸다는 걸 눈치채고 있어. 어떻게 하냐고 묻는 부인에게 그렇게 대답하던데. 아닌가?"

"……맞습니다."

"검술대회를 보고 네가 엄청난 능력을 지녔음을 알았다. 귀족의 아카데미를 가지 않고 학술원에 감으로써 네가 귀족과 완전히 연을 끊을 생각이라는 것도 알았다. 네가 완전히 가문에서 독립할 생각이라는 건 쉽게 유추할 수 있어. 그래서 그자도 저가 잘못한 걸 깨닫고 사과는 했지만 그리 말한 거겠지. 용서하지 말라고. 용서하지 말고 그냥 가라고. 아마 계약서를 찢고 독립시켜 달라고 하면 독립시켜 줄걸. 그리고 너에게 욕하는 귀족들의 입을 완전히 막고도 싶었을 거야. 귀족들이 함부로 떠들어 대는 걸 막기 위해서는 너를 향한 공개적인 사죄가 답이지."

이아나가 말이 없자 아르하드가 싱긋 웃었다.

"대화에 의하면 그자의 의도는 그래."

"그래서 그 대화를 꼴사납게 훔쳐 듣고 있었던 겁니까?"

"나서지 않으면 죽이려고 뒤에 있었어."

"……."

"너를 그 상태로 방치해 놓고도 제 잘못을 알지 못하고 나서지 않는다면 죽이려 했어."

아르하드는 진심을 담아 그리 말했다. 이아나는 어이가 없어 손으로 목을 긋는 시늉을 했다.

"귀족 살해라니. 척살감이군요."

"너를 상처 입힌 자들이잖아."

이아나가 입을 다물고 아르하드를 노려보았다.

"상처입지 않았습니다. 그자가 저를 미워하고 무관심했던 이유를 이해했고, 감내했습니다."

"거짓말."

"대체 뭐가 거짓말이라는 겁니까?"

"아까 전엔 너무 그자에 대해 좋은 말만 했군."

아르하드는 이아나를 잡아당겨 화가 난 적안을 마주했다. 금안이 이아나의 마음을 꿰뚫듯 선명하게 다가왔다.

"그자는 이기적이야. 네 마음을 모르지. 그자는 그냥 잘못한 걸 모르는 채로 그대로 있어야 하고, 너는 그자를 이해한다면서, 용서라는 단어는 필요 없다면서, 상처받지 않은 척하면서 자존심을 지켜야 해. 그리고 아무런 인연도, 감정의 교류도 없었던 것처럼 상처를 숨긴 채 그들과의 관계를 끊을 생각이었어. 그런데 그자는 이제 와서 멋대로 제 잘못을 깨닫고 사과하며 용서하지 말라는 말을 내뱉고 혼자서 마무리 짓고 편해졌어."

"……."

"너는 지금 거기에 화가 나 있어. 아냐?"

이아나의 눈동자가 흔들렸다. 이아나는 고개를 돌려서 숨을 거칠게 내쉬었다. 정곡을 찔린 것처럼 심장이 쿵쾅대며 뛰어 댔다. 아르하드는 이아나의 팔을 잡아당겼다. 이아나가 균형을 잃고 비틀거리자 그녀를 끌어안았다. 학술원의 야경이 아르하드의 어깨 너머로 보였다. 빛이 번져 어릿어릿했다.

아르하드는 아무 말도 하지 않았다. 그에게 벗어날 수 없을 정도로 세게 끌어안긴 이아나의 속에서 불이 치밀었다.

뭔가를 내뱉고 싶은 마음이 들었다.

'나는 지금 무슨 말을 하고 싶은 거지? 술기운인가?'

이아나가 숨을 거칠게 내쉬며 열이 차오르는 이마를 아르하드의 어깨에 묻었다.

"그 남자가 뭔데 내 앞에서 용서를 언급하는 겁니까? 왜 갑자기 착한 척 사과를 하는 겁니까? 나는 그를 이해했고, 둘 사이에 정말로 아무런 감정 교류도 없었습니다. 그렇게, 인연을 끊으려고 했는데 왜 내게 사과를……."

심장이 욱신거렸다. 이번 생에서 이아나는 그들의 사랑을 단 한 번도 바란 적이 없다. 그것만큼은 맹세할 수 있었다. 그러나 회귀 전, 이아나가 죽여서 억지로 파묻은 나약한 소녀가 계속해서 억울함을 토로하며 심장을 벌려 댔다. 이아나를 괴롭게 했다.

"……아니, 믿지 않다고 하면 거짓이겠지요. 상처가 없다는 말도 거짓말입니다. 당신 말대로 상처는 그냥 묻어 두고 인연을 끊으려고 했다는 거, 대꾸할 수가 없네요."

"그래."

"그래요. 믿습니다."

이아나가 자신을 꽉 끌어안아 주는 아르하드의 등에 손을 올려 의지하듯 그의 옷자락을 세게 움켜쥐었다. 이는 어른에게 의지하려는 아이의 손길과 닮아 있었다.

"난 잘못한 거 없어."

"없지."

"없어……."

"없다."

"그런데 제가 왜 그런 취급을 당해야 했던 겁니까? 저는 그냥 어린아이여서 관심과 애정을 바랐을 뿐인데……. 제가 뭘 그렇게 잘못했죠? 제가 대체 뭘?"

"그들은 사리분별을 못 하는 멍청하고 이기적인 어른들이었으니까. 그 쓰레기 같은 놈들이 잘못한 거야. 네가 잘못한 건 없어."

아르하드의 옷깃을 움켜쥔 이아나의 손에 힘이 들어갔다.

"저는 제가 어린 저를 죽이게 만든 그들이 밉습니다. 제가 살면서 단 하나 후회하는 게 있다면, 그들의 사랑을 바라고 구걸한 겁니다. 내가 왜 그랬을까? 내가 왜 그렇게 구질구질하게 굴었을까? 내가 왜 그렇게 상처를 받아야 했을까! 그 후회의 느낌이 너무 지독해서 저는 후회하는 게 너무 싫습니다. 다시는 후회 같은 것 하고 싶지 않을 정도로!"

아르하드는 분노로 부들부들 떠는 이아나를 제 품 안으로 더 깊숙하게 끌어안았다.

"그런 내게 왜 이제 와서 사과를 하는 겁니까? 받고 싶지 않아! 아니, 사과 따위 없어도 괜찮았는데 왜 이제 와서 사과를 해서 내 속을 뒤집어 놓는 거냐고!"

이아나는 정말로 미칠 듯이 화가 나서 눈을 꾹 감았다. 파괴적인 충동이 일었다. 아르하드가 꿈지럭거리지도 못할 정도로 세게 안고 있는 상태가 아니었다면 주변의 물건이 모두 부서져 나갔을 것이다.

아르하드가 그녀의 등을 쓰다듬어 주며 말했다.

"상처는 치료하지 않고 덮어 두면 조금씩 썩어 들어간다. 그리고 억울한 건 풀어야지. 풀지 못하면 인연을 끊더라도 평생 남아 있을 거다."

아르하드의 말이 옳았다. 이아나는 어린 시절의 상처받은 그녀를 그냥 죽여 묻어 두었다. 그때의 억울함과 참담함이 남아 있기에 이렇게 꼴사납게 굴고 있었다. 벌써 수십 년 전의 일임에도 이렇게 아이처럼 아르하드에게 끌어안겨 그때로 돌아온 것처럼 상처를 토해 내고 있었다.

"너는 사과를 받아야 했어. 그 사람들을 용서하고 말고는 나중의 문제야. 이해했다고? 상처받지 않았다고? 네가 무슨 성인군자야? 이해는 무슨……."

아르하드가 편을 들어 주다 말고 잔소리를 해 댔다. 이아나의 눈에 눈물이 핑 돌았다. 그의 어깨 너머로 눈만 겨우 내밀고 있던 이아나의 눈앞이 흐릿해졌다. 눈을 깜빡이자 눈물이 후드득 쏟아졌다.

제 어깨를 눈물이 한 방울, 두 방울 적시자 아르하드는 팔에 이아나가 숨이 막힐 정도로 강하게 힘을 주었다. 이아나의 얼굴이 울음을 터뜨리기 직전의 아이처럼 일그러졌다. 눈물이 뺨을 흠뻑 적셨다. 몸이 들썩였다.

"네 상처를 묻으려고만 하지는 마. 그들은 사과를 했고, 너는 이제 과거의 망령에서 벗어날 때가 됐다. 이건 그들을 용서하기 위해서가 아니라 너를 위해서야."

이아나는 결국 울었다. 쏟아져 내리는 눈물에는 어린 시절의 아픔이 섞여 있었다. 아르하드의 말에 꽁꽁 숨겨 두었던 상처가 씻겨 내려가고 있었다.

대체 이 남자 앞에서만 몇 번을 우는 건지. 꼴사납다. 그런데 우습게도 울고 있는 자신의 곁에서 있는 힘껏 안아 주는 아르하드가 아주 큰 위로가 되고 있었다.

"후……."

얼마 후 울음이 멎고, 마음이 가라앉자 이제는 제법 마음을 돌아볼 여유가 생겼다. 놀라울 정도로 침착해졌다. 이아나는 그런 여자였다. 그녀는 빨간 눈을 한 채, 아르하드의 어깨 너머로 반짝거리는 야경을 시야에 담았다.

그들의 사과를 받아들이기로 했다. 체르노는 용서하지 말라고 했지만 그들을 용서하기로 했다. 용서하지 못한다는 명목으로 그들을 제 심장에 남겨 두고 싶지 않았다. 용서하지 않으며 기억하기보다는 용서하여 완전히 버리는 게 나았다.

그들은 이제 이아나에게 증오의 대상으로도, 가족으로도 정말로 필요 없었다. 그들에게 감정을 소모할 만한 가치를 느끼지 못했다. 이제 마주해도 아무렇지도 않을 것 같았다. 눈물을 흘려 내며 완전히 버렸기 때문이다.

아마 혼자 고민했다면 인정하지도 못하고 사과를 받아들이지도 못하며 분노로 끙끙 앓았을 것이다. 이렇게 쉽게 마음을 정리한 건 아르하드 덕분이었다. 옆에서 제 상처를 그대로 끌어안아 준 그 덕분이었다.

어린 시절의 자신이 절대적인 누군가에게 끌어안기고 있는 기분이었다. 어린 시절을 보상받는 기분이었다. 이제 앞가림은 충분히 할 수 있고 보호자는 필요 없을 정도로 강한데도, 아르하드 덕분에 아주 든든한 보호자가 생겨 마음 놓고 의지하고 쉴 곳을 찾은 기분이었다.

"······."

그래서일까. 심장에 남아 있던 상처와 상처 입힌 그들을 향한 분노와 증오가 완전히 씻겨 내려가 비어 버린 대신 그녀를 끌어안아 주는 이 남자가 그 자리를 차지하기 시작했다.

어린 시절, 그토록 원했던 대상······.

이아나는 눈을 감았다. 아르하드의 어깨에 얼굴을 묻었다. 그를 마주 끌어안았다.

아르하드.

무슨 짓을 하더라도 나의 편만을 들어 주고, 나를 바라 주고, 나에게만 진심으로 웃어 줄, 이 세상에 단 하나밖에 없을 나의 왕······.

7일 차.

이아나를 경기장 위에서 마주하게 된 라이언이 넉살좋게 웃었다.

"야, 이것 참. 지면 이거 부장으로서 체면이 안 서는데요. 이아나 양, 봐주실래요?"

이아나는 라이언을 물끄러미 쳐다보았다. 언제 봐도 쾌활하고 다정한 사람이었다. 처음부터 그녀에게 무척이나 잘해 주었고, 이아나도 다른 사람이면 몰라도 라이언이면 꽤 따르는 편이었으니 말 다했다. 어제 분위기에서도 나서기 쉽지 않았을 텐데 분위기를 휘어잡으며 앞으로 나서서 그녀에게 꽃다발을 주었다.

게다가 검술학부의 전 학년 수석, 검술학부의 부장이라는 엄청난 스펙까지 지니고 있었다. 그에게 초청장을 보낸 귀족, 아니 귀족을 넘어서 왕족도 무척 많을 것이다.

이 사람은 학술원을 졸업하고 어디로 갔을까?

"정말 그러기를 바라시는 겁니까?"

"농담이죠. 하지만 지면 3년 연속 검술대회 우승이라는 내 계획이 무너지는데…… 전력을 다하겠습니다."

언제나 상냥하고 강인하여 믿음직스럽던 그의 눈빛이 냉철하게 변했다. 이아나도 검을 바로 다잡았다.

[검술제 결승전, 이제 시작합니다!]

"라이언 학생, 이아나 학생. 준비해 주시게."

심판은 필리거 교수였다. 그는 제자들이 뛰어난 기량을 보이자 몹시 흡족했다. 그리고 지금 결승에 선 두 학생은 그가 특별히 아끼는 제자들이었다.

1학년, 아직 앳된 티를 벗지 못했을 때부터 공을 들여 가르친 수제자 라이언이 우승해도 좋겠지만, 담대한 필리거조차 속이 울렁거릴 정도로 집중적으로 쏟아지던 모든 모멸을 이겨 내고 끊임없이 노력하여 이 자리에 선 이아나가 우승하는 것도 좋았다.

필리거가 두 손을 들었다. 정적이 맴도는 경기장 위에서, 그가 두 손을 세게 가로지르며 내렸다.

콰아아아앙!

시작하자마자 두 검기의 충돌이 일어났다. 라이언이 시작하자마자 이아나에게 검기를 날린 것이다. 이아나가 막지 못했다면 순식간에 두 동강이 나서 죽었을 것이다. 전쟁터도 아니고, 상대가 죽을까 봐 초반부터 그런 공격은 하지 않는 게 보통임에도 라이언은 그리했다.

그러나 두 동강이 난 건 이아나가 아니라 그의 검기였다. 이아나는 라이언의 움직임을 파악하고 미리 준비하고 있다가 아예 검기를 쪼개 버렸다.

라이언의 얼굴에 긴장감이 맴돌았다. 그는 성실한 학생이었다. 언제나 최악의 경우를 생각하고, 적이 자신보다 강하다고 여기며 처음부터 최선을 다하려고 노력했다. 그런 성실한 점은 라이언을 최고로 만들어 주었다. 그리고 그의 검술을 일취월장시켜 준 상대는 2년 후배인 아르하드였다.

운 좋게 아르하드의 대련 파트너가 되었고, 그를 상대하면서부터 라이언의 검술은 타 학생들과 궤를 달리하기 시작했다.

아르하드가 마나 제어는 하지 못하지만 검술만큼은 검술학부에서 따라갈 자가 없었다. 라이언은 아르하드와 4년간 함께하면서도 그의 끝을 보지 못했다. 아르하드가 늘 땀 한 방울 흘리지 않고 라이언을 패배시켰기 때문이다.

그런 그가 진심으로 상대하는 소녀. 아끼는 후배의 평정을 쉴 새 없이 깨트리는 멋진 아가씨.

아르하드와 이아나의 검술대련을 구경할 때면 언제나 범인과는 다른 세계에서 살고 있다는 생각이 들었다. 그만큼 그들의 실력은 경악 그 자체였다.

그래서 처음부터 이아나가 아르하드만큼의 검술 실력에 더해 마나 제어력까지 수준급이라는 점을 염두에 두고 있는 힘을 다해 기습하였다. 그리고 이아나는 아무렇지도 않게 막아 냈다. 경기장을 가볍고 빠르게 달리는 소리를 내는가 싶더니 순식간에 앞으로 접근하여 지금 눈앞에서 검을 휘두르고 있었다.

쐐애애액!

이아나가 오른손에 검을 쥐고 대각선으로 세차게 올려 베었다. 라이언은 몸을 뒤로 물려 잘 피했지만 그도 잠시, 급하게 몸을 땅에 굴릴 수밖에 없었다. 검기로 인한 변수가 많기 때문에 단순히 검을 피했다고 해서 방심해서는 안 된다. 방금 전에도 이아나가 검을 휘두른 궤적을 따라 반월형의 검기가 튀어나왔다.

그러나 그게 끝이 아니었다. 그가 바닥에서 몸을 가누는 사이 달려온 이아나가 죽일 기세로 세차게 검을 내리찍었다. 라이언은 황급히 몸을 굴려 일어났지만 또다시 검날이 빈틈으로 노리고 횡으로 들어왔다. 라이언은 검을 세로로 세워 이아나의 공격을 막아 냈다.

이아나의 공격은 끝이 없었다. 찌르고, 베고, 휘둘러지고……. 마치 쥐를 가지고 노는 고양이의 발톱 같았다.

이아나의 관절이나 몸은 무척 유연해서 공격 각도나 방향의 폭이 남달랐다. 채찍을 휘두른다는 생각이 들 정도로 기이한 각도로 공격이 들어왔다. 그리고 그에 익숙하지 못한 이들은 속수무책으로 당했다. 하지만 라이언은 침착하게 하나하나 막아 냈다.

꺾는 각도가 심할수록 힘이 덜 들어갈 수밖에 없다. 라이언이 힘이 약간 덜 들어간 듯한 공격을 발견하고 눈을 빛냈다. 그리고 있는 힘을 다해 그 검을 쳐 냈다.

채애앵!

이아나의 검이 오른손에서 떨어져 나간다 싶었다. 제 검이 이아나의 검을 쳐 낸 줄 알고 라이언의 표정이 환해졌다.

하지만 이아나는 몸을 반 바퀴 돌려 왼손으로 검을 자연스럽게 잡아챘다. 그리고 다시 반 바퀴를 돌며 비어 버린 라이언의 오른 뺨을 깊게 그었다.

생각지도 못한 방향에서 공격이 들어오자 라이언은 소스라치게 놀랐다. 그리고 놀라는 사이에 승부는 이미 끝나 있었다. 라이언은 제 목을 찌르고 있는 검을 한 번 쳐다보았다가 따끔거리는 볼을 만져 보았다. 피가 흥건했다.

이아나는 가벼운 검을 선호하긴 했으나 마음만 먹으면 다루지 못하는 검이 없었다. 그녀는 한 손으로 검을 쥐기도 했지만 두 손으로 검을 쥘 때도 있었다. 그러나 보통 한 손으로 검을 쥘 때는 오른손을 선호했는데, 알고 보면 양손잡이였다.

볼에서 피가 주룩 흘러내리는 걸 느끼며 라이언이 푹 하고 한숨을 쉬었다.

"검을 떨어트린 건 속임수였습니까?"

"그렇습니다."

"휴. 결국 졌네요."

라이언이 아쉬움을 감추지는 못했지만 결국 웃으며 손을 먼저 내밀었다. 이아나도 빙긋 웃으며 그의 손을 맞잡았다. 경기 종료를 알리는 나팔소리가 우렁차게 울렸다.

[네, 이로써 검술제가 막을 내리는군요! 1학년 이아나 학생의 우승입니다! 축하해 주십시오!]

우레와 같은 박수소리가 검술제의 주인공에게 쏟아졌다. 순수하게 실력을 증명해 낸 이아나를 향한 진심 어린 축하였다.

열여섯 살. 아직 꿈에서 깨어나지 못하는 나이. 보통 소녀들 같았으면 첫사랑을 경험하고, 이불 빨래를 하고, 서툰 손재주로 수를 놓고 있을 시기였다. 그러나 이아나는 특유의 분위기와 특출한 미모, 그리고 검술제의 우승을 거머쥔 대단한 검사로서 순식간에 테오도르 최고의 유명인 반열에 올랐다. 거기에 예전부터 유명했던 몇몇 소문들이 덧붙여지자 그녀를 남몰래 흠모하는 이들도 우후죽순으로 나타나기 시작했다.

그렇게 검술제는 끝이 났다. 그리고 마지막 경매가 시작될 예정이었다.

"마음에 들어."

관객석에 햇빛에 부서져 내릴 듯한 은발과 그에 맞춘 듯 똑같은 색의 은안을 지닌 미남자가 한 명 앉아 있다. 권태로운 자세로 경기를 관람하던 그는 관심을 두고 있던 붉은 소녀가 나오자마자 자세를 바로 하고 은빛의 눈을 열렬히 빛냈다.

그의 주변 자리는 텅텅 비어 있었다. 사람이라곤 그의 뒤와 옆에 대열해 있는 기사들밖에 없었다. 그들의 심장에는 로안느 왕실을 의미하는 은의 매가 그려져 있었다.

사람들은 그를 경외와 존경의 눈으로 흘끔흘끔 쳐다보다가 그를 지키는 기사와 눈이 마주치면 얼굴이 새파래져서 히익— 하며 고개를 반대 방향으로 돌렸다.

그런 청년이 태양 아래에서 눈부시게 빛나는 이아나에게서 시선을 떼어 놓지 않고 있었다. 기사들이 묘한 눈으로 청년을 보았다. 그가 인재 욕심이 많은 건 알고 있다. 검술제도 첫째 날부터 모두 보러 왔고 정책학부나 회계학부의 토론회도 적극적으로 참여했다. 그런데 이번 검술제에서 청년은 이상할 정도로 한 소녀에게만 집중하고 있었다.

"흐음."

청년은 이아나를 집요하게 쳐다보았다. 이아나가 참가한다는 말을 듣고 어제 의상대회에 로브를 뒤집어쓰고 몰래 다녀왔다. 거기서 본 이아나는 불특정 다수에게 모욕당하고 있었다.

평범한 소녀였다면 울면서 뛰쳐나갔을지도 모른다. 그러나 그녀의 마음은 강철과도 같았는지 팔짱을 끼고 저를 모욕하는 이들을 담담히 내려다보았다. 그리고 그 후에 일어난 사건은 학술제의 역대급 사건에 포함되어도 모자라지 않았다.

쏟아지는 꽃다발. 쏟아지는 빛. 이아나는 청년의 넋을 빼놓을 정도로 무척이나 아름다웠다. 단순히 여인의 미모를 논하는 게 아니라, 그냥 말 그대로 아름다웠다. 검술학부생들의 귀여움을 받는 듯한 그녀는 그날 검의 여왕이 되었다. 빛의 꽃 아래에서, 꽃다발에 휩싸여 꽃 한 송이를 한 손에 쥔 채 묵념하듯 눈을 살포시 감는 그녀에게 사람들은 모두 감화되었으리라.

그래서 청년은 시종을 시켜 소녀의 뒷조사를 했다. 소녀는 몹시 파란만장한 인생을 살았다. 로베르슈타인 가문의 서녀, 어미의 실종, 외조부의 살해. 발젠타 학술원에 입학. 빼어난 미모, 학술원 수석을 할 정도의 지성, 다수의 적을 상대로 한 담대함. 열여섯 살 소녀의 몸으로 저학년 검술대회 우승, 이제는 검술제 우승까지…….

무척 마음에 든다. 정말 마음에 든다. 저 소녀를 제 아래에 두려면 어찌해야 할까? 그가 정말 가지고 싶어 했던 것들 중 가지지 못한 것은 없었다. 그런데 저 소녀를 가지는 일은 쉽지 않을 듯했다.

청년은 라이언과 대화를 나누는 이아나를 뚫어져라 쳐다보며 중얼거렸다.

"아주 마음에 들어."

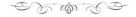

검술학부 마지막 경매!

대미를 장식할 학술제의 마지막 행사였다. 경매가 끝나면 학술제는 공식적으로 끝이 나지만, 후야제라고 하여 학술원 본부에서 준비한 야시장이라는 이름 하의 작은 행사들이 또 준비되어 있었다.

오늘 경매에 오르는 이들은 검술학부의 최상위 엘리트들. 그만큼 고위급 귀족들도 경매를 많이 구경하러 왔다. 그들은 직접 축제를 관람하지 않고 대리자들을 보내는 경우가 많았지만 오늘은 검술제 결승전이 열리기도 했고, 또 '오늘 하루 주인님으로 모십니다.' 이벤트의 하이라이트기도 해서 유희로 짬을 내어 나와 본 사람이 많았다.

"프레드릭, 여기서 그 소녀가 나온단 말이지? 경매라고 했나?"

지금 소강당으로 들어가는 한 사내도 그러했다.

"예, 각하."

"검술학부도 좋아졌군. 내 때만 해도 명예를 몹시 중요시해서 좀 딱딱한 구석이 있었는데 말이야."

"어어, 차이판 후작 각하 아니십니까?"

"오, 오랜만이네, 제베로스 자작."

차이판 후작이라는 말에 사람들의 시선이 그에게 쏠렸다.

겔로니언 차이판 후작. 수도 북부에 있는 알라카모라숲 부근 지역을 수호하며 수도로 진격하는 적을 제거하는 왕의 검이었다. 검술학부의 졸업생인 그는 백작가의 후계자였으나 귀족들의 가식적인 행태에 불만을 느껴 발젠타 학술원에 입학했다.

6년 연속 검술제 우승에 전 학년 수석, 검술학부의 부장으로 졸업한 그는 백작이 되었다. 그리고 재학 중 훌륭한 귀족인 그에게 감화된 검술학부의 인재들은 졸업 후 그의 밑으로 들어갔다. 그들과 함께 엑사티움 기사단을 만들어 낸 차이판 백작은 전장에서 승승장구하여 후작이 되었다.

그의 곁에 선 기사, 프레드릭 홀트는 그중 한 명이자 그의 충실한 심복이었다. 그는 알라카모라숲에서 정체불명의 미노타우루스들이 날뛰어 댈 적 호위대를 이끌었다. 그리고 거기서 동행했던 무르시와 이아나를 기억했다.

프레드릭은 무르시와 지속적으로 연락을 주고받고 있었고 이아나의 소식은 놓치지 않았다. 쟁쟁한 경쟁자들을 제치며 최고의 자리에 등극한 이아나는 역시나 보통 소녀가 아니었다.

프레드릭은 후작에게 그녀에 대한 정보로 붉은 검기와 대단한 마법사와의 인맥, 아이를 보호하기 위해 팔을 포기한 희생정신, 불우한 가정환경 등을 보고했다. 차이판 후작은 높은 관심을 보였고 결국 잘 오지 않는 수도까지 내려왔다. 그리고 검술제를 구경하고 몹시 만족했다.

"무척 재밌는 아가씨구나. 훗날 크게 될 게야. 친분을 쌓아 놓고 싶은데……. 경매라? 검술학부에 후원을 하는 셈 치고 나도 한 번 입찰해 볼까."

사람들로 소강당이 가득 차고, 마침내 경매의 시간이 되었다.

[안녕하십니까, 귀빈 여러분.]

사회자를 맡은 3학년의 검술학부생이 나와서 꾸벅 인사했다.

[오늘이 저희 검술학부의 '오늘 하루 주인님으로 모십니다.' 행사의 마지막 날입니다. 일주일간 저희에게 큰 성원을 보내 주셔서 감사합니다. 여러분께서 보여 주신 깊은 관심은 검술학부 일동에게 큰 응원이 되었습니다. 모인 경매금의 반은 자선활동에 사용하고, 반은 검술학부의 발전에 사용할 예정이오니 오늘도 많은 관심 보여 주시면 감사하겠습니다!]

짝짝짝.

박수소리가 길게 이어지다 점차 잦아지자 사회자는 긴말할 것

없이 바로 경매를 시작했다. 한 명 한 명 빠르게 낙찰되었다. 한 사람당 한 명을 낙찰 받을 수 있는 제한 때문에 고위 귀족들은 느긋하게 후반부 경매를 기다리다가 소개나 스펙이 마음에 드는 학부생이 나오면 즐기듯 입찰을 하였다.

오늘 대부분 학생의 낙찰액은 50골드 중후반. 고위 귀족이 많이 참가해서 금액이 꽤 높았다. 그리고 마침내 검술제의 준우승자와 우승자의 차례가 되었다.

[저희들의 영원한 대장, 라이언 부장이십니다! 6년간 단 한 번도 학년 수석을 놓쳐 본 적이 없으며, 전 학기 검술대회 우승, 검술제 2회 우승이라는 놀라운 전적을 가지고 계십니다. 저희 후배 일동은 라이언 부장을 존경하며 믿고 따르고 있습니다.]

"안녕하십니까. 라이언입니다."

이아나는 대기실에서 따분한 표정으로 있다가 라이언이 80골드라는 어마어마한 금액에 팔려 나가자 인상을 확 찌푸렸다. 무슨 하루, 그것도 오늘은 몇 시간 남지도 않은 시간을 위해 80골드라는 돈을 쏟아붓는단 말인가?

하기야, 꽃다발에 그 돈 이상을 퍼붓는 이상한 남자도 있으니 대단한 인재에게 선을 대기 위해서 80골드를 쏟는 사람도 있겠다 싶었다. 아무리 생각해도 꽃다발보다는 훨씬 나았다.

[예, 오래 기다리셨습니다. 이제 마지막 경매를 시작합니다, 이아나 양! 나와 주세요!]

쩌렁한 외침에 이아나는 한숨을 쉬며 무대로 나섰다.

[우리 검술학부의 꽃, 홍일점, 여왕님! 열여섯의 아름다운 미모의 이아나 양!]

질질 끌리는 걸음걸이로 나서던 이아나의 얼굴이 여왕님이라는 칭호에 일그러졌다. 오늘만 해도 저렇게 부른 인간들이 한둘이 아니었다. 대체 뭐 하자는 거지? 정말 전부 다 패 버리려다 참았다.

그녀가 나오는데 갑자기 환호성이 터져 나왔다. 사람들의 시선은 이아나가 아니라 그녀의 뒤쪽을 향하고 있었다.

[아름답죠?]

이아나는 무심결에 뒤를 돌아봤다가 순간 사회자가 선배임에도 멱살을 잡아 내동댕이칠 뻔했다. 넓은 커튼 위로 의상대회 때의 영상이 재생되고 있었다. 영상은 무척 짧았지만 이아나는 수치심으로 귓가를 빨갛게 물들인 채 주먹을 꽉 쥐었다.

[네, 이아나 양은 열여섯, 학술원에 입학할 수 있는 최소의 나이로 검술학부에 입학하셨고요. 짐승 같은 사내놈들 사이에서도 주눅 들지 않는 태도를 일관하시며 기를 꽉 죽여 놓으셨습니다. 또 수련을 아주 열심히 하셔서 필리거 교수님 포함 모든 검술학부 교수님들의 총애를 한 몸에 받고 계십니다. 저학년 검술대회에서 우승하셨으며, 1학년 1학기 수석이십니다. 그리고 아까 영상으로 보셨듯 의상대회에서도 4학년 베스트드레서와 대상을 수상하셨습니다. 그리고 오늘은 검술제 우승까지! 아직 파릇파릇한 1학년인데도 대단하죠?]

사람들이 입을 쩍 벌렸다. 정말로 대단했다. 보통 1학년 때는 스펙이 거의 없다. 그러나 이아나는 넘치다 못해 줄줄 흐르고 있었다.

[안녕하세요, 이아나 양. 오늘 우승을 하셨는데, 기분이 어떠신가요?]

말을 하고 싶은 기분이 아닌데 대답을 해야 하는 건가. 사회자로 서 있던 선배가 협조를 부탁한다는 듯 간절하게 눈을 찡긋거리자 이아나는 할 수 없이 대답했다.

"예. 뭐……. 우승을 했으니 좋습니다."

[취미가 뭔지 여쭈어 봐도 될까요?]

"검술 수련입니다."

이아나가 망설임 없이 대답하자 그는 침묵했다.

[세상에. 그거 말고 다른 거는요?]

"검 손질?"

[……또 다른 건 없으신가요?]

"대련입니다."

[또…….]

"싸움 관전."

상대가 이아나인 만큼 옷 구경이나 자수 이런 걸 기대한 건 아니지만, 이건 남자보다 더했다. 이 상태라면 그녀를 낙찰 받은 사람이 대화 주제도 제대로 찾지 못할 게 뻔했다.

[역시 검의 여왕님입니다. 검밖에 모르시는군요. 그런데 검과 관련된 것 말고는 없으세요?]

"……체스일까요. 맛있는 걸 먹으러 다니는 것도 좋아합니다."

사회자가 바라는 게 검과 관련된 게 아니라는 걸 깨달은 이아나가 그제야 협조했다.

[그렇군요! 좋아하는 음식은 어떤 건가요?]

"특별히 좋아하는 거라면 내륙에 위치한 로안느에서 잘 먹을 수 없는 해산물과 술 정도군요."

[싫어하는 음식은요?]

"다 좋아합니다. 가리는 음식 없습니다."

[그렇군요. 보통 여성분들은 마른 몸을 위해 기름진 음식을 많이 피하시던데, 이아나 양도 체형 관리를 하고 있나요?]

"그런 쓸데없는 짓 안 합니다."

그럼 관리도 안 하는데 저 정도란 말인가. 사회자는 저도 모르게 이아나의 몸을 보았다가 흠, 하고 헛기침을 했다.

[이아나 양이 특별히 아끼는 애검이 있나요?]

"없습니다. 검은 검이라는 사실 자체로 훌륭하지, 검을 따지지 않습니다."

[혹시 이상형이 있으신가요?]

"……."

이아나의 대답 하나하나에 호오, 흐음, 하고 감탄성을 흘리던 객석이 조용해졌다. 이아나는 미간을 좁혔다. 이상형? 지금 좋아하는 남자의 취향을 묻는 거란 말인가?

이아나는 사회자를 보았다. 사회자는 이아나가 대답을 하지 않자 대충이라도 말해 달라는 신호로 눈을 쉼 없이 깜빡거렸다. 이아나는 잠시 고민했다. 남녀관계에 관심이 없었기 때문에 이상형이라는 주제로 열심히 머리를 굴려 봤자 딱히 떠오르는 건 없었다. 결국 이아나는 현재 가장 관심을 두고 있는 남자의 특징을 말했다.

"저보다 강하고…… 키가 크고? 또 무슨 일이 있어도 한결같이 저의 편이 되어 주는 사람입니다."

이상형에 대한 질문 이후 사회자는 짓궂은 질문을 하지 않았고 이아나는 불쾌함 없이 답을 할 수 있었다.

[입찰하실 분들께 하실 말씀 있으신가요?]

"솔직히 말해도 됩니까?"

[그럼요!]

"돈 낭비는 하지 마시기를. 5골드 정도로 낙찰해 주시면 감사하겠습니다."

[…….]

역시 이아나는 말부터가 범상치 않았다. 관람객들은 농담인 줄 알고 재밌다는 듯 박수를 쳤지만 이아나가 거짓말을 하지 않는 성격이라는 걸 잘 아는 사회자는 어색한 표정을 지었다.

[……자, 자, 자. 이제 이아나 양의 경매를 시작하겠습니다! 시작은 1골드부터!]

"2골드."

"3골드."

실버 단위는 없었다. 금액이 골드 단위로 빠르게 올라가기 시작했다.

"허어?"

상황을 지켜보고 있던 차이판 후작이 금액이 계속 올라가자 아주 흥미롭다는 듯 웃었다. 프레드릭의 말만 들었을 때는 그녀의 출신에 반감을 가진 귀족들이 경매에 참여하지 않을 거라 생각하여 힘 좀 써 보려 했더니 그런 것만은 아닌 모양이었다.

아니면 로베르슈타인 백작이 그녀를 딸이라 칭하며 더 이상의 모욕은 용납지 않겠다는 말을 했기 때문에 귀족들 사이에서 이아나를 꺼리는 마음이 많이 사라진 게든지.

솔직히 말해 엄청난 실력을 선보인 데다가 로베르슈타인 백작이 인정한 그녀를 멸시하는 게 더 우스웠다.

준우승자가 80골드였으니 우승자인 이아나는 얼마일 텐가? 100골드 내외? 차이판 후작은 일단 나서지 않고 기다려 보기로 했다.

"20골드."

"25골드."

"40골드."

이아나는 인상을 찌푸렸다. 올라가는 금액의 단위가 예상보다 상당히 컸다. 이아나는 애초에 5골드라고 말은 했지만 검술학부생 평균을 살짝 웃도는 40골드 정도를 예상했었다. 아무리 체르노가 더이상 모멸하지 마라 공언했다지만 여태껏 비웃고 모욕해 온 자신을살 염치가 있는 귀족이 있으리라고는 생각하지 않았기 때문이다.

'아, 원래 염치가 없는 것들이었나.'

아무튼 이렇게 되면 무르시에게 갚아야 할 돈이 심각하게 커진다. 그들은 대체 자신과 무슨 이야기를 하고 싶은 걸까? 만나서모욕을 줄 의도? 개인적인 만남은 사양이지만 찾아온다면 가벼운대화 정도는 해 줄 수 있었다. 그런데 겨우 몇 시간 남은 하루를사기 위해 저따위의 행각들을 벌이다니.

경매라는 단어에 홀려 다들 정신머리가 나간 모양이었다.

"45골드."

"46골드."

5골드 단위로 올라가던 액수가 갑자기 1골드만 올라갔다. 금액을 부른 중년 사내에게 시선이 쏠렸다. 무르시였다.

이아나의 눈에 손을 들고 있는 무르시가 보였다. 그에게 안겨있는 핀이 손을 흔들었다. 귀족들이 그를 평민, 구두쇠라며 살짝살짝 비웃는 게 보였다. 그래서 이아나는 그에게 미안해졌다. 무르시는 부탁을 받을 때 이아나의 부담을 줄여 주기 위해 최대한낮은 가격으로 입찰을 받아 보겠다고 다짐했었다.

돈이라면 썩어날 정도로 넘쳐나 남부 상행 도중 식당에서 일행에게 먹고 싶은 건 다 시키라고 말했을 정도로 손이 큰 그이거늘…….

이아나가 미안한 표정으로 잘 부탁한다는 의미에서 고개를 까딱 숙이자 무르시가 웃으며 고개를 끄덕였다. 그렇게 조금씩, 조금씩 가격이 올라 백 골드 근처까지 이르렀다. 그쯤 되자 언제나 보기 좋은 혈색이 돌고 무표정한 얼굴에서 변함이 없는 이아나의 안색도 살짝 창백해졌다.

하지만 귀족들도 세 자리 수는 꺼려졌는지 가격을 부르지 않고 우물쭈물했고 마지막 입찰자는 무르시가 되었다. 이아나는 속으로 여기서 멈추라고 중얼거렸다. 그때였다.

"내가 이아나 양을 살래. 백 골드!"

갑작스레 오른 껑충 뛰어오른 단위에 사람들이 움찔했다. 이아나는 익숙한 얼굴을 보고 눈을 크게 떴다.

마르디알 왕국의 공주 라랏슈아가 활짝 웃으며 손을 흔들고 있었다. 이아나가 이를 악물었다. 저 여자가 왜……! 얘기를 나누고 싶으면 찾아오면 될 것 아닌가? 가격의 단위가 바뀌자 이아나의 속이 울렁거렸다. 무르시가 골치 아프다는 듯 이마를 짚고는 백일 골드를 불렀다. 그리고.

"이백 골드."

누군가가 이백 골드를 불렀다. 사람들의 입에서 헛바람 소리가 났다. 엄청난 상승폭이었다. 단위가 바뀌면 그 이상을 부르는 건 웬만한 담력으로는 어렵다. 99골드와 100골드는 느낌상 차원이 다르다. 1골드를 올리는 것도 꺼려지거늘, 어느 미친놈이 단번에 100골드를 올린단 말인가?

"헉!"

"저하!"

 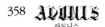

누군가 싶어서 200골드를 부른 사람을 돌아보았던 사람들은 경악해서 입을 벌렸다. 은빛 일색의 생김새와 그의 양옆에 서 있는 두 근위기사만으로도 청년이 누구인지 알았다.

남부 대륙 최강의 왕국 로안느의 왕자들 중 가장 큰 세력을 지닌 슈나이더 레제 로안느, 인재 욕심이 활화산의 용암처럼 들끓고 가지고 싶은 것은 반드시 가지고 마는 걸로 유명한 2왕자였다.

"어머……."

라랏슈아가 평온한 안색의 슈나이더를 노려보았다.

"오랜만이군, 라랏슈아 왕녀. 잘 지냈나?"

라랏슈아가 미간을 찡그렸다.

"아는 척 말아 줄래요? 미끈거려서 기분 나쁘니까. 아무튼 슈나이더 왕자? 그대가 왜 이아나 양을 사려는 거죠? 어여쁜 약혼녀도 있는 남자가?"

"왕녀야말로 왜 저 아가씨를 사려 그리 안달이 나 있지? 저 예쁜 아가씨를 실험체로 쓰기라도 할 생각인가?"

"이백오십 골드. 난 이아나 양이 좋으니까 혼자서만 독차지하려고 그러죠. 난 내가 손에 쥔 건 악착같이 챙기는 성미거든."

"삼백 골드. 왕녀에게 그런 취향이 있는 줄은 몰랐군. 저 아가씨가 곤란하겠어. 왕녀가 잘 가지고 논다는 초록색 생물에게나 계속 관심을 주게나."

"이 작자가?"

……이게 대체 무슨. 이아나의 입이 저도 모르게 벌어졌다. 동공이 흔들렸다.

"나의 기사가 되어라. 누구도 너를 무시할 수 없는 위치로 올려 주겠다."

은발이 몹시 익숙했다. 은안도, 저 생김새도. 훨씬 앳되지만 잊을 리가 없었다. 그녀의 인생 전반을 쥐고 있었던 슈나이더 레제로안느⋯⋯. 그녀가 평생을 모셨던 주군이었다. 눈이 마주치는 순간, 저도 모르게 고개를 숙일 뻔한 건 어쩔 수 없는 것이다.

하지만 이아나는 그러지 않았다.

그 시절 유일하게 그녀를 인정하고 그녀를 필요로 해 준 왕자였다. 아니, 그렇다고 생각했다. 하지만 유일하다고 생각했던 선택지는 또 하나 있었다. 그렇지? 아르하드⋯⋯.

하지만 갑작스레 마주친 과거의 편린에 한 번 놀란 심장은 계속해서 쿵쿵 뛰어 댔다. 슈나이더 왕자가 제게 접촉해 온 건 스물두 살의 검술대회가 끝난 이후다. 그런데 여기서 만나 버렸다. 그리고 왕자는 또다시 제게 접촉을 시도하고 있었다. 이아나는 그를 물끄러미 쳐다보았다.

두 왕족이 말다툼을 벌이고 있자 다른 귀족들은 찍소리도 못하고 입을 다물고만 있었다. 하지만 무르시는 조심스레 손을 흔들었다.

"⋯⋯삼백일 골드."

소심한 금액이었다. 라랏슈아와 슈나이더는 언쟁을 멈추고 무르시를 보았다. 무르시는 어설프게 웃었다. 민망했지만 최대한 낮은 가격으로 입찰하기 위해서는 어쩔 수 없다. 금액이 삼백 골드가 넘어가다니, 예상 밖이었다. 이아나가 제 자신을 깎아내리며 싸게 낙찰 받을 수 있으리라고 그에게 호언장담했지만, 무르시는 그녀의 생각과는 달리 낙찰이 꽤 어려우리라 생각했었다.

'꽤 비쌀 거라는 건 예상한 바지만…… 삼백 골드?'

이아나와 빚 관계로 있고 싶지 않다. 그런데 금액이 만만찮다. 부담스러워하지 않을까 걱정된 무르시가 이아나를 흘끗 보았다. 그녀는 완전히 굳어 있었다.

'아직은 괜찮은 걸까?'

이아나가 자신을 보며 무슨 행동을 취하지 않는 한 괜찮으리라. 무르시는 대상인이었고 돈은 넘쳐났다. 솔직히 이 정도 돈은 호의로 선물할 수도 있었다. 핀을 구해 준 은인인 데다 훗날 크게 될 그녀에게 이 이상의 돈도 투자할 수 있었다.

라랏슈아와 슈나이더가 언쟁을 멈추고 무르시를 홱 돌아보았다. 너는 또 왜? 라는 말을 담은 듯 불신과 불결함이 섞인 눈동자에 무르시는 식은땀을 흘렸다. 오해받는 것 같았다.

"이아나 양은 이 정도를 투자하고도 남을 정도의 엄청난 인재기도 하고……. 저희 핀이 이아나 양을 너무 좋아해서 함께 축제를 즐기게 해 주고 싶군요."

"이아나 누나 정말 좋아!"

핀이 옆에서 열심히 고개를 끄덕였다. 그러나 불순하게도 이아나를 새 부인으로 맞이하려는 게 아닌가, 하고 꿍꿍이속을 파헤치려는 듯 무르시의 얼굴을 유심히 살피는 눈길들은 계속 쏟아졌고 무르시는 정말로 민망해졌다. 그도 그럴 게 아무리 돈이 많고 아이가 좋아하는 사람 대상이라지만 몇 십 골드도 아니고 몇 백 골드를 펑펑 쓰다니? 말이 되질 않았다.

"사백 골드."

계속되는 왕자의 돈 잔치에 분위기가 얼어붙었다. 평화가 지속되어 부와 사치의 극치에 이르렀다는 현 로안느 왕실의 실질적인 세도가는 이아나를 바라고 있었다.

라랏슈아의 고운 미간도 찌푸려지기 시작했다. 하지만 그녀는 자존심이 상한다는 듯 다음 금액을 불렀다.

"사백오십 골드."

"오백 골드."

무르시가 무대 위에 서 있는 이아나의 눈치를 슬쩍 봤다. 이아나의 표정은 얼음장같이 굳어 있었다.

'어찌해야 하나.'

무르시는 일단 다음 가격을 불렀다.

"오백……일 골드."

"육백 골드."

"……육백일 골드."

슈나이더가 싱글대며 웃었다.

"이봐, 파엘라 상단주? 대상인치고는 올리는 금액이 너무 짠데. 칠백 골드."

라랏슈아는 발끈했다가, 한숨을 푹 쉬고는 미간을 좁힌 제 머리카락을 손가락으로 말았다.

"……난 포기하겠어요. 이아나 양, 가난해서 그대를 포기할 수밖에 없는 날 용서해 줘. 으으, 이건 굴욕이야."

마침내 라랏슈아가 포기했다.

"칠백일 골드."

"왕실의 금고를 거덜 낼 생각인가? 팔백 골드."

부의 극치에 이르렀다는 로안느 왕실 왕자의 통은 장난이 아니었다. 무르시의 안색이 파래졌다. 즉 얼마를 들이더라도 이아나를 사겠다는 말이었다. 그러니 저 말은 지금이라도 그만두라는 의사를 표하고 있었다. 계속할 수는 있지만…… 이렇게 계속 왕자와 대립한다면 왕실과의 사이가 틀어질 터였다.

무르시가 머뭇거리고 있는데 이아나와 눈이 마주쳤다. 이아나가 조용히 고개를 저었다. 더 이상의 돈은 투자하지 말라는 뜻이었다. 무르시는 손을 들려다가 마침내 손을 내렸다.

"파, 팔백 골드 다음 없습니까?"

대답하는 사람은 없었다. 사회자가 덜덜 떨리는 입으로 말했다.

"그, 그, 그럼 낙……."

"천 골드."

조용한 회장에 한 목소리가 천둥처럼 몰아닥쳤다. 회장의 분위기가 쩡하니 얼어붙었다. 천 골드! 대체 어떤 미친 작자가!

사람들의 시선이 천 골드를 부른 이에게로 향했다.

'감히 나와 대적하겠다는 것인가?'

슈나이더의 삐딱한 시선 또한 그를 향했다.

소강당은 이 층 구조다. 그리고 한 사내가 이 층에 서 있었다. 사람들은 누군지 알아보기 위해 그를 요모조모 살폈다. 그러나 검은 로브를 뒤집어쓴 데다 축제용 가면까지 쓰고 있어 누군지 알아볼 수는 없었다. 싸늘한 침묵이 흘렀다.

"경매를 진행해라. 아니면 낙찰인가?"

가면 속의 금안에 살기가 흘렀다.

"저 왕자가 미쳤나. 웬 돈지랄?"

오는 길에 산 축제용 가면을 만지작거리며 놀고 있던 에이지가 황망하게 중얼거렸다. 불경죄로 다스려져도 모자랄 폭언이었으나 사람들의 관심은 모두 무대에 쏠려 있었기에 그 말을 듣는 사람은 없었다. 주변이 한산하기 때문이기도 했다.

이아나의 하루를 사는 데 팔백 골드라니, 귀속하는 것도 아니고 저 왕자는 무슨 생각인가.

"……."

우드드드득.

그때 옆에서 이상한 소리가 났다. 에이지는 불길한 느낌을 받았다. 그러고 보니, 이유는 알 수 없으나 이아나에 대해서라면 상상의 범주를 넘어설 정도로 미친 남자가 자신의 옆에 하나 있었다.

에이지는 조심스레 아르하드의 눈치를 보았다. 난간이 우그러졌다. 금속으로 만들어져 있었는데 아르하드의 손에 쥐인 부분이 완전히 찌그러져 있었다. 아르하드는 찌그러진 난간을 끊어 버릴 듯한 기세로 쥐고 있었다. 손등에 두드러지게 돋아난 푸른 핏줄이 이 상황이 얼마나 그의 화를 불러일으키는지 알 수 있는 증거였다.

……빌어먹을 새끼.

이럴 줄 알았다. 이럴 줄 알았기 때문에 검술대회에서 이아나가 두각을 드러내는 게 꺼려졌었다. 슈나이더는 인재를 모으는 데 아주 열성적이었고, 학술제에 한 번도 빠짐없이 나타났다. 그런 그가 자국민이자 천재 중에서도 즐기는 천재인 이아나에게 관심을 가지지 않을 리가 없었다.

그러나 우승을 노린다며 의지를 불태우는 이아나를 말릴 자격이 없었다. 또, 이아나가 파엘라 상단주에게 부탁해서 스스로를 사겠다고 했기 때문에 경매에 참여하지 않을 생각이었다. 그녀의 뜻을 존중해 주고 싶었다. 그랬었지만, 영 불안해서 혹시나 싶어 와 봤더니 이 상태였다.

슈나이더를 일찌감치 죽여서 치우고 싶었지만 그는 아직 살아 있어야 했다. 필요만 없었다면 당장에 찾아가서 죽였을 터였다.

이아나……. 할 수만 있다면 아무도 볼 수 없는 곳에 감춰서 누구도 보지 못하게 하고 싶었다. 그 빛을 발견한 이들은 모조리 죽이고 혼자서만 누리고 싶었다. 하지만 그리하면 영원히 이아나라는 빛을 완전히 얻지는 못할 터였다.

아르하드는 최근 들어 자주 웃어 주고, 대화를 해 주고, 먼저 찾아와 주고, 다른 누구도 아닌 제 곁에서 휴식을 취하는 이아나를 떠올릴 때마다 심장이 시큰했다.

그는 어제 제 품에 안겨 울던 이아나의 온기를 떠올렸다.

뜨거워. 뜨겁지만 좋아. 영원히 내 곁에 이렇게 있어 줘.

타 죽어도 좋다는 생각이 들 정도로 기분 좋은 더위였다. 팔 안에 살아 있는 이아나가 있었다. 제게 의지하며 속마음을 털어 놓고 눈물을 뚝뚝 흘렸다. 그 여자가, 언제나 차갑기만 했던 그 여자가 너무나 따뜻했다. 그리고 저를 마주 끌어안아 주었다.

아르하드의 눈에 슈나이더 레제 로안느를 흔들리는 눈으로 물끄러미 쳐다보고 있는 이아나가 아프도록 또렷하게 보였다. 지금의 그녀에게 예전의 이아나가 겹쳐졌다. 지난 생에서 선수를 빼앗겨 평생 동안 놈의 곁에서 맹목적으로 일하던 고집불통 이아나를 떠올리자 아르하드의 목에 심각한 갈증이 왔다. 심장이 불안으로 쿵쿵 뛰었다.

지난 생처럼, 지난 생처럼 되면 어찌하지? 그럼 나는 어찌하지? 머리가 어지러워지고 눈앞이 흐려졌다. 트라우마에 가까운 불안이 그의 온몸을 훑고 지나갔다.

그러지 마. 나를 떠나지 마라.

아르하드의 초점 없는 시선이 슈나이더를 향했다. 너 따위가…… 간신히 손에 쥐기 시작한 이아나를 감히 또다시 탐을 낸다?

뚜두두둑.

이성의 끈이 뚝 끊어지고 난간도 끊어졌다. 손에 쥐고 부술 게 없자 아르하드는 제 손바닥을 노려보다가 에이지에게 말했다.

"내놔."

"예?"

아르하드가 에이지의 가면을 빼앗아 썼다. 그리고 반지의 목소리 변조 마법을 시전했다. 당황한 에이지가 눈을 살벌하게 빛내고 있는 아르하드를 쳐다보았다. 항상 차분하게 가라앉아있던 아르하드의 눈은 금방이라도 상대를 태워 죽일 듯한 기세로 이글거리고 있었다.

아르하드가 손을 들자 혹시라도 입찰하는 사람이 있나 싶어 주변을 훑고 있던 사회자의 눈이 크게 뜨였다.

"천 골드."

아르하드의 입술에서 곧장 튀어나간 그 말에 에이지는 기겁해서 말을 횡설수설 늘어놓았다.

"저, 저기요? 진정하십쇼. 우리와 동맹을 맺을 왕자라고요? 이 아나 양과 하루 정도 같이 지내는 게 어때서……. 나쁜 짓하는 것도 아닌데! 당신이 아무리 돈에서 목욕을 할 정도로 많다고 해도 이건 좀 아니잖아요. 뭐 하는 짓이에요?"

아르하드가 에이지를 흘끗 쳐다보았다.

"입 닥쳐."

아르하드가 조용히 말하고는 다시 고개를 돌렸다. 맙소사, 맛이 갔군. 에이지가 이마를 짚었다. 눈동자를 보니 제정신이 아니었다. 초점이 흐린 게 아마 이성이 나간 듯했다.

슈나이더는 미간을 좁히며 몸을 바로 했다.

"……천백 골드."

"천오백 골드."

"이천 골드."

"삼천 골드."

[자— 잠깐…… 잠시만요! 두 분 모두 일단 진정을…….]

슈나이더는 헛웃음을 지었다.

"이것 봐라? 거기 자네, 지금 책임질 수 있는 말을 하고 있는 건가?"

아르하드는 살기가 뚝뚝 떨어지는 목소리로 말했다.

"물론."

"어째서? 그리 곤두설 필요 없어. 난 아가씨의 실력에 관심이 있을 뿐이니까. 애기만 나누고 싶을 뿐이네."

그 조금의 관심도 용납할 수 없다. 아르하드는 손을 흔드는 그
를 냉랭한 눈으로 내려다보았다.

"누구도 저 여자를 아래로 부릴 수 없다."

사람들이 헛숨을 들이켰다. 로브를 뒤집어쓴 아르하드의 말이
상당히 짧았다. 로안느 왕국 최고의 권력자로 손꼽히는 그에게
저런 태도라니!

"허……. 그 말은 자네는 저 아가씨를 데리고 다녀도 된다는 말
인가? 나를 능멸하면서까지?"

아르하드가 이를 드러내며 사납게 웃었다.

"따라다니고 말고는 저 여자가 선택할 일이다."

"……"

"하지만 오늘, 누군가 저 여자를 반드시 가져야 한다면 내가 가
지도록 하지."

그는 이아나에게 누구도 손을 댈 수 없다는 말을 내뱉고 있었
다. 슈나이더는 자존심이 상했다.

"삼천 골드라는 막대한 금액을 지불하면서까지?"

슈나이더의 냉랭한 질문에 아르하드는 그건 아무것도 아니라는
듯 대답했다.

"삼천 골드는 아무것도 아니지."

슈나이더는 다리를 꼬며 그를 비웃었다.

"돈이 아주 많은가 보지? 한 여자의 하루에 그 정도 금액을 쏟
아부을 정도면 말이지."

"삼천 골드면 싼값 아닌가?"

"……."

아르하드의 말에 모두가 두 손으로 입을 막았다. 저자는 대체 누구란 말인가? 정체를 알 수 없는 사내가 대국의 실세인 왕자와 대적하면서, 그를 모욕하면서까지 이아나를 사려 하자 구경을 하고 있던 학술원 학생들은 당황해서 정신이 없으면서도 이 재밌는 상황에 흥분했다.

"대, 대박."

"뭐야? 이 상황 대체 뭐야?"

아르하드가 싸늘하게, 그러나 회장에 들릴 정도로 단호하게 말하자 슈나이더가 입술을 비틀어 웃었다.

"좋아, 거짓말은 못 하는 것 같군. 말을 겁 없이 내리는 걸 보니 타국의 왕자이기라도 한 건가? 어쨌든 어디 끝까지 한번 가보자고. 내 검술학부에 기부 한번 크게 하는 셈 치겠네."

금액은 끝도 없이 올라갔다. 이만 골드, 삼만 골드……. 마침내 천문학적인 금액인 십만 골드에 이르렀다. 그 금액을 넘어가기 시작하자 비뚤어져 있기만 했던 슈나이더의 얼굴도 점점 굳어 갔다. 삼십만 골드, 사십만 골드…… 오십만 골드. 슈나이더가 두 손을 들었다.

"이제는 궁금하군. 자네가 그 돈을 정말 낼 수 있는지 말이야. 좋아, 나는 여기서 포기함세. 만일 지불하지 못한다면 자네는 이 모든 이들 앞에서 나를 기만한 죄로 그 가면을 벗겨 내고 목을 베어 낼 줄 알게."

슈나이더의 날카로운 빛이 아르하드를 향했으나 이아나를 낙찰 받은 아르하드는 무척 만족스럽게 웃었다. 아르하드가 이 층에서 뛰어내려 왔다.

사회자는 제정신이 아니었다.

오십만 골드? 뭐지? 빵 값인가?

"저, 저기요……. 오, 오늘 안에 현금을 주셔야 하는 데요……."

사회자를 흘끗 내려다본 아르하드가 빙긋 웃었다. 품에서 은은하게 빛나는 종이 한 장을 꺼내 거기에 만년필로 몇 가지를 휘갈겼다.

"로안느 왕실 소유 스라나트 금고의 백지수표다. 바로 현금을 융통할 수 있으니 써 내도록 해."

아르하드는 사회자에게 수표를 건네려 했다. 사회자가 덜덜 떨며 두 손을 공손히 내밀어 수표를 받으려 할 때였다.

휙!

어느새 무대에서 내려선 이아나가 순식간에 수표를 낚아챘다. 갑작스러운 일이었기에 아르하드도 당할 수밖에 없었다. 이아나는 그것을 박박 찢어 버렸다. 오, 오십만 골드. 사람들의 멍한 시선이 팔랑팔랑 떨어져 내리는 오십만 골드의 가치를 가진 수표의 조각들로 향했다.

"지금 뭐 하는 짓이죠?"

"……."

그녀의 표정은 얼음장 같았다. 이아나는 정말로 화가 나다 못해 분노가 머리가 끝까지 차올라 있었다. 사람들의 얼굴에 혼란이 떠올랐다. 이아나는 그에게 아는 척을 하고 있었다. 아는 사람인가?

"미쳤습니까? 지금 제정신이냔 말입니다!"

"당연하지."

"아니요. 제정신이 아닙니다. 정신 나갔어!"

분노로 번뜩거리는 붉은 시선이 사회자에게 향하자 사회자는 움찔했다.

"무효로 하지요."

이아나는 폭발 직전의 목소리로 그렇게 말했다. 금방이라도 누구 하나 죽일 기세였다.

"이건 정말 아니지 않습니까? 사과하고 지금 당장 물러…… 윽!"

하지만 아르하드는 이아나가 사회자를 협박하는 동안 다시 작성한 수표를 냉큼 던져 버리고는 이아나의 손목을 붙잡아 휘청거릴 정도의 힘으로 잡아당겨 그녀를 끌었다. 그러고는 회장의 문을 박차고 나갔다. 회장은 침묵에 휩싸였다.

"멈춰!"

억지로 끌려 나온 이아나의 잔뜩 날이 선 외침이 아르하드를 향했다. 그러나 아르하드는 멈추지 않았다. 이아나가 걸음을 억지로 멈추려 했지만 그의 힘은 정말 세서 버티다가도 다시 꼴사납게 질질 끌려갔다.

경매장인 소강당에서 멀리 떨어진 건물에 이르자 이아나는 정말로 있는 힘을 다해 아르하드의 손을 내팽개쳤다.

"가면 벗고 저 좀 보시죠."

그녀의 목소리에는 겨우겨우 참고 있는 분노가 잔뜩 깔려 있었다. 아르하드가 몸을 돌려 이아나를 물끄러미 쳐다보다 가면을 벗었다.

짜아아악!

이아나는 아르하드의 뺨을 있는 힘껏 쳤고 아르하드의 얼굴은 옆으로 젖혀졌다.

"……."

입술 끝이 터져 피가 주르륵 흘러내렸다. 아르하드는 말없이 손등으로 입가를 닦아 냈다. 이아나는 아르하드를 노려보았다.

"마음 같아서는 한 대 더 치고 싶지만 참겠습니다."

아르하드는 시선을 내린 채 한 손으로 벌겋게 달아오르는 뺨을 문지르다가 시선을 올려 화가 머리끝까지 난 이아나의 눈동자를 한 번 들여다본 후에 미친놈처럼 실실 웃었다. 표정을 보아하니 아주 만족스러운 듯했다.

지금 뭐 하자는 거지? 이아나는 정말 어이가 없고 황당하고 화가 나서 말 그대로 길길이 날뛰고 싶은 심정이었다. 하지만 꾹 눌러 참으며 눈을 치켜뜨고 아르하드를 노려보았다.

"제가 지금 무슨 말을 하고 싶은지 아십니까?"

"뭔데?"

"미친놈!"

"하하!"

이아나의 욕설에 아르하드가 웃었다. 그에 화가 더 솟구쳤다.

"당신은 정말로 정신이 나간 게 분명합니다. 이렇게 흥분을 잘 해서 일을 막 저지르는 분인 줄은 몰랐습니다! 당장 돌아가서 무르십시오! 이게 대체 무슨!"

"싫어."

아르하드의 거부에 이아나는 멱살을 잡아당겨 제 눈앞에 그의 얼굴을 두었다. 살기를 잔뜩 흘려 내며 말했다.

"오십만 골드가 장난입니까? 무르라고."

"너는 내가 왕자에게 왕족 기만죄로 목이 베여 죽기를 바라나 보지?"

아르하드는 되돌아갈 생각이 전혀 없는 듯했다. 이아나는 정말 딱 기절하고 싶었다. 너무 어이가 없고 화가 나서 기절하고 싶다고 생각한 적은 처음이었다.

"제가 지금 그런 의도로 말하는 게 아니잖습니까! 이런 미친……!"

이아나는 아르하드를 밀쳐냈다. 이마에 손을 짚고 씨근덕거리며 말을 다 잇지 못했다. 아르하드는 상처가 지혈되어 더 이상 피가 흐르지 않자 손등으로 닦아 내는 걸 멈추었다. 그의 뺨 부근이 온통 피범벅이었다. 그 우스운 꼴로 정말로 궁금하다는 듯 이아나에게 물었다.

"왜 화를 내는 건데."

"지금 몰라서 묻는 겁니까?"

"모르겠는데. 앞으로 네가 5년 더 다닐 검술학부에 기부한 셈 치면 되잖아. 오십만 골드 정도면 네가 쓰는 시설의 질이 훨씬 더 좋아질 테고."

"당신에게는 오십만 골드가 그렇게 쉽게 툭툭 던질 수 있는 금액이라는 겁니까?"

"안 아까워. 내가 그 돈의 가치를 모르는 건 절대 아냐. 하지만 난 지금 아주 만족하고 있어."

아르하드를 보는 이아나의 얼굴이 분노로 벌겋게 달아올랐다.

"그래요. 제 뜻과는 관계없이 저를 돈으로 사니 좋으십니까?"

이아나는 정말로 화가 났다. 몹시 만족했다고? 대체 뭘? 그 엄청난 돈을 주고 제 뜻에 관계없이 자신을 돈으로 사서 이렇게 소유한 것?

이아나는 이런 걸 바라는 게 아니었다. 학술제에서 우승했다.

아르하드와 함께 있고 싶다는 제 마음을 깨달았다. 그래서 슈나이더 왕자에게 양해를 구해 오늘의 시간은 뒤로 미뤄 두고 오늘 하고자 결심한 게 하나 있었다.

자신의 마음은 돈으로 살 수 있는 게 아니다. 그러나 아르하드가 돈으로 그녀를 사 버리자 제 마음이 오십만 골드의 돈 따위로 전락한 기분이었다.

아르하드의 표정이 무슨 소리를 하냐고 묻듯 묘해졌다.

"……너를 사?"

"그 돈 지금 당장 제가 가서 받아 오겠습니다. 따라오지 마십시오. 따라오면 정말로 두 번 다시 당신을 보지 않을 겁니다."

이아나는 그렇게 경고하고는 자리를 뜨려 했다. 아르하드의 얼굴이 일그러졌다. 그가 이아나의 팔을 붙잡았다. 이아나가 뿌리치려 했지만 결국 그의 힘을 이겨 내지 못했다. 아르하드는 이아나를 건물의 벽에 밀어 넣고는 벗어나지 못하도록 한 손으로 팔을 단단히 붙잡은 채 그녀를 노려보았다. 안 그래도 몇 번이나 힘을 이기지 못하고 그에게 붙잡히자 짜증이 나 있던 이아나는 더욱 화가 나서 그를 마주 노려보았다.

"지금 뭐 하자는 거죠? 싸우자는 겁니까? 팔 놓으세요."

"네가 어이없는 말을 해서 말이지."

"……어이없다고 말씀하셨습니까?"

"그래, 어이없다 못해 화가 날 지경이야. 잘 들어. 나는 널 산 게 아니라 그 돈을 주고 네가 팔리는 걸 막은 거다."

아르하드의 표정은 차갑게 가라앉아 있었다. 무언가를 감추려 하듯 두꺼운 얼음으로 견고하게 얼어붙었다.

"나는 경매 이야기를 들었을 때 네가 아예 경매에 나가지 않길 바랐지만, 네가 경매에 나가 스스로를 산다는 말을 들었을 때는 몹시 기꺼웠어. 경매를 피하지 않고 정면에서 부딪쳐 네가 스스로를 사는 것, 그게 네 방식이다 싶었지. 나는 널 살 생각 없었다. 그건 정말로 널 가질 수 있는 방법이 아니니까."

이아나의 화난 눈이 순간 흔들렸다. 살 생각이 없었다고?

"그런데……."

아르하드가 이아나의 한쪽 팔을 잡고 있던 것도 모자라서 양쪽 팔을 모두 꽉 쥐었다.

"그런데 로안느의 왕자가 널 사려고 했잖아. 왕자가 돈을 미친 듯이 올려 대자 너는 너를 사는 걸 포기했지."

"……."

"너를 돈으로 사는 건 불가능하다. 그러니 누가 사도 상관없을 거다…… 그렇게 생각은 했지만 나는…… 나는."

이아나의 팔을 쥔 아르하드의 손에 힘이 세게 들어갔다. 형형하게 빛나며 어떤 감정을 감추기 위해 견고히 쌓았던 냉정함이 모조리 녹아내렸다. 그리고 그 속에는 불길이 일고 있었다.

"미치도록 싫었어. 네가 거짓으로라도, 아주 잠시 동안이라도 왕자의 아래에 있다는 게……!"

슈나이더를 향한 질투와 질시, 증오와 미움, 불안과 소유욕, 그리고…… 한 존재에게 향하는 광적인 집착이 그 불길 속에 녹아있었다. 이아나는 그 감정들을 정확히는 알 수 없었지만 아르하드가 갑자기 돌변하자 흠칫했다. 지금의 그는 그날, 이아나를 빗속에서 기다렸던 아르하드와 같았다.

"설령 거짓이라도 나는 네가 다른 자에게 귀속된다는 사실 자체가 참을 수 없이 역겹단 말이야."

짓씹듯 불안정한 마음을 내비친 아르하드는 진정하려는 듯 눈을 꾹 감았다가 떴다.

"게다가 슈나이더 왕자는 제가 가지고 싶은 건 무조건 가지려고 하는 성향이 있지. 한번 너한테 눈독을 들이기 시작하면 끝이 없을 거다. 그런 자의 밑에 너를 오늘 하루만이라도 두라고?"

아르하드가 진정시키려 해도 도저히 진정시킬 수가 없어 내보이고 만 격렬한 거부감은 이아나에게도 전해져 왔다.

"그렇게는 절대 못 해. 나는 절대 용납 못 해. 죽어도 싫어."

이아나는 이렇게까지 뭔가를 싫어하는 아르하드는 처음 보았다. 화가 나서 어쩔 줄을 몰라 하는 아르하드를 올려다보며 자신에게 집착하는 정도가 회귀 전보다 훨씬 더 심하다고 생각했다.

'어째서일까?'

아마도 회귀 전에는 이런 감정을 그녀에게 내비치지도 못했기 때문이리라. 이아나의 가장 가까이에 서 있는 사람이 아르하드인 지금과는 달리 회귀 전에 그녀는 이미 그녀를 바라고 위해 주는 주군이 있었고, 아르하드는 늦게 나타난 적에 불과했다. 그에게는 이렇게 싫다는 감정을 내비칠 기회조차 없었다. 적국의 황제인 그에게는 이아나에게 그녀의 주군이 싫다며 투정을 부릴 자격 또한 없었다.

그러나 이번 생에서는 이아나에게 아직 주군이 없었다. 그렇기에 그녀를 선점한 아르하드는 이아나가 제 것이 될 때까지 곁에서 얌전히 기다리되 다른 사람이 그녀에게 다가올 기회를 박탈하며 배제하고 있었다. 완전히 자신의 것으로 만들려는 것처럼.

이아나는 그런 생각을 눈치챘고, 아르하드가 이렇게 나오자 마음이 조금 풀렸다.

"그래서 나는 오십만 골드를 지불하고 그자의 밑에 네가 들어가지 못하도록 막은 거다."

아르하드가 입꼬리를 끌어 올려 사납게 말했다.

"너를 돈으로 살 수 있었다면 벌써 돈으로 샀겠지. 아니, 살 수 있는데 내가 착각하고 있는 건가? 너는 돈에 네 자신을 팔고 있는 건가? 그러면 지금 말해 보지 그래. 너를 사려면 얼마가 필요하지?"

"비꼬는 건 그만두세요."

아르하드는 여전히 화가 나 있었지만 오히려 이제껏 불같이 화를 냈던 이아나는 한결 풀린 목소리로 말했다.

"그래도 오십만 골드는 심합니다. 어떻게 돈을 그렇게 마구잡이로 쓸 수 있는 겁니까."

"왕자가 끝까지 따라붙은 탓이다. 그리고 그깟 돈, 너에 대한 일이라면 얼마를 쓰든 상관없어. 아니, 그보다 더 줄 수 있었어."

이아나가 한숨을 내쉬었다.

"오십만 골드……. 경매장에서 끌려 나온 이후로 일이 어떻게 되었는지……. 왕자 앞에서 수표를 내던지고 나왔으니 되돌릴 수 없을지도……."

"상관없어."

"전 상관있습니다. 아무리 돈이 많다 하더라도 오십만 골드를 그렇게 쓰다니 정말 제정신입니까?"

"내가 오십만 골드를 쓴 게 그렇게 싫나? 그러면 좋아. 방금 좋은 생각이 났어. 내가 파엘라 상단주 대신 너의 대리인의 역할을 해 너를 샀다고 생각하면 되지 않나? 그러면 다 해결되는 것 아닌가? 너는 너를 샀고 나는 대리인의 역할을 한 것뿐이다. 그러면 너는 이제 오십만 골드를 내게 갚으면 되겠군."

아르하드가 이아나의 얼굴에 제 얼굴을 들이댔다. 금안이 그녀의 눈앞으로 훌쩍 다가왔다. 이아나는 피하지 않고 그와 시선을 마주했다.

"일해서 갚아."

"……어, 그. 저기. 방해해서 죄송한데요."

갑자기 옆쪽에서 들린 목소리에 이아나와 아르하드가 고개를 돌렸다. 에이지였다. 그가 당황한 듯 우물쩍거리다가 입을 열었다.

"그…… 이아나 양, 아르하드 선배. 나중에 필리거 교수님을 찾아가 봐. 슈나이더 왕자가 수표가 가짜면 지명수배를 하겠다고 길길이 날뛰면서 스라나트 금고 책임자를 불러 확인했는데 수표가 진짜더라고. 다행이지?"

"……."

"크, 크흠. 아무튼 필리거 교수님이 이런 건 절대 받아선 안 된다고, 매년 개최될지도 모르는 행사는 첫 행사가 아주 중요한 법인데 이렇게 안 좋은 선례를 남기면 안 된다고…… 상한선을 정하지 않은 검술학부의 책임이 있다고 말씀하셨어. 백 골드를 상한선으로 정하겠대. 슈나이더 왕자는 화가 나서 그대로 받아야 한다고 주장했지만 검술학부 출신의 차이판 후작과 근위대장 출신인 필리거 교수님이 이건 검술학부 학생들과 이아나에게 독이 된다고, 자신들이 용납 못 한다고 설득시켜서 결국 납득했고. 오십만 골드짜리 수표는 보관해 둘 테니 찾아가래. 그럼 하던 거 마저 해!"

에이지는 빠르게 말을 죽 늘어놓고는 빠르게 사라졌다.

"……."

무엇을 마저 하라는 건가. 싸움? 이아나는 에이지가 사라진 곳을 쳐다보다가 제 팔을 붙잡고 있던 아르하드의 손에서 힘이 빠지는 걸 느끼고 그를 올려다보았다.

"……."

아르하드는 정신을 차리고 감정을 어느 정도 갈무리한 상태였다. 그는 폭발해서 속에 있는 말을 있는 대로 내뱉은 제 자신이 골치가 아파 이마를 벽에 박았다. 이아나는 벽과 아르하드 사이에서 조심스레 빠져나왔다. 그러나 제지하지 않는다. 아르하드가 벽에 이마를 박은 채 아무 말도 없자 이아나는 조심스럽게 말했다.

"백 골드는 조만간 갚겠습니다."

"……."

아르하드는 얼굴을 약간 돌려 속이 시원해 보이는 이아나를 쳐다보다가 한숨을 푹 내쉬었다.

"……그래. 오늘 일해서 다 갚아."

"예?"

이아나가 이해를 하지 못하고 되묻자 아르하드가 벽에서 이마를 떼며 이아나를 보았다.

"백 골드어치만큼의 일을 하란 말이야."

"갑자기 무슨 일을?"

"오늘 나와 야시장에서 함께 돌아다녀줬으면 좋겠어. 나는 맛집에 가서 맛있는 걸 먹고 싶은데 혼자서는 외로워서 못 돌아다니겠거든."

"아."

이아나가 눈을 크게 떴다.

"물건 하나를 사면 괜찮은지 옆에서 대답해 줄 사람도 필요해. 대화를 나눠 줄 사람도 필요하고…… 그래, 물건을 살 건데 짐을 함께 들어 줄 사람도 필요하다. 나는 엄청난 부자라서 고용인들에게는 봉급을 아주 퍼 주다 못해 팁도 주니까 오늘 몇 시간만 일해도 백 골드는 충분하다."

이아나가 정말로 어이없어서 헛웃음을 지었다. 백 골드를 탕감해 주려고 꾀를 쓰며 동시에 자신과 함께 있으려는 아르하드가 웃겼다.

"일할 건가?"

"……그러죠."

이아나는 승낙했고 아르하드는 싱긋 웃었다. 그는 다시 가면을 썼다. 왕자와 제대로 척을 진 이상 본모습을 들켜서는 안 되기 때문이다.

가면을 쓰기 직전 이아나의 눈에 벌겋게 달아올라 있는 아르하드의 뺨과 터진 입술이 눈에 들어왔다. 이아나는 가면으로 가려지는 상처를 물끄러미 쳐다보다가 고개를 돌렸다.

아르하드가 먼저 길을 나서고 이아나가 뒤를 따랐다. 이아나가 뒤에서 걷자 돌아본 아르하드가 걸음을 늦추며 옆으로 오라 손짓했다. 이아나는 거절하지 않고 총총걸음으로 그의 옆에 서서 걸었다. 어느새 해가 뉘엿뉘엿 지고 있었다. 태양이 만들어 내는 노을 아래에서 둘은 그렇게 걸었다. 밤이 부쩍 다가와 있었다.

검푸른 하늘에 총총 박힌 별들이 학술원을 내려다보았다. 학술원 어디선가 끊임없이 쏘아져 올라오는 아름다운 불꽃들이 하늘에서 평평 터져 별들과 어우러졌다. 수도 전체에 캄캄한 어둠이 내려앉았는데도 학술원만이 낮처럼 밝았다. 건물 꼭대기에서부터 내려오는 수많은 밧줄들에 대롱대롱 매달린 꽃과 별 모양의 등불들은 하늘에서부터 지상으로 떨어지는 빛 같았다. 색색깔의 등불들은 나무에도 걸려 학술원 전체가 환하게 밝혀졌다. 어둠을 밝히는 데에는 조명 아티팩트를 쓰는 게 훨씬 더 효과적인데도 굳이 등불을 사용한 이유는 어스름한 야시장의 분위기를 내기 위해서였다.

"자, 자! 맛있는 버터옥수수구이 드시고 가십시오!"

"달콤 매콤한 닭꼬치도 있습니다!"

"꽃 사세요!"

"목이 마르시면 생과일주스 드셔 보세요. 신선한 과일로 바로 짜 드립니다!"

"싼 맛에 골라, 골라! 예쁜 장신구 구경하세요!"

학술원 본부는 이날 밤만큼은 수도의 모든 사람들을 상대로 학술원의 넓은 부지 전체를 개방했다. 상인들은 대목을 위해 앞다투어 좋은 위치에 임시 점포를 차리고 호객행위를 했다. 맛있는 냄새를 풍기는 군것질거리와 잡다한 물건들이 판매되고 있었다. 학술제를 성황리에 마친 학생들과 학술제를 구경하러 온 사람들은 즐겁고 활기찬 분위기에 물들어 왁자지껄하게 떠들며 그런 가게들 사이사이를 돌아다녔다.

이아나는 아르하드와 함께 다니며 이것저것 사 먹었다. 양고기와 채소를 함께 볶은 면 요리도 먹었고, 튀긴 감자도 먹고, 매콤한 소스가 잔뜩 발린 닭꼬치도 먹고······.

그중에서도 아르하드는 드문드문 해물요리가 보일 때마다 이아나를 끌고 가 그 요리를 이아나에게 먹였다. 이아나는 제가 내겠다고 했지만 아르하드는 고용인은 고용주의 말에 토를 다는 게 아니라고, 고용주가 고용인의 밥을 사 주는 건 당연하다며 모조리 자신이 지불했다. 이아나는 돈을 뿌리듯이 쓰고 다니는 아르하드를 이해할 수가 없어서 그와 거리를 거닐던 도중 툭 내뱉듯 물었다.

"오십만 골드……. 무사히 지나가서 다행이지만 당신의 그 많은 돈, 정말 어떻게 된 겁니까? 설마 카마트로스의 활동자금은 아니겠지요?"

"절대 아니야. 내 사유재산이다. 카마트로스와는 일절 관계없어."

"당신 돈의 출처는 어디입니까?"

아르하드가 대답은 하지 않고 자신을 내려다보자 이아나는 어깨를 으쓱였다.

"비밀이라면 말씀하지 않으셔도 상관없지만."

"말해 주면 믿을까?"

의미심장한 아르하드의 말에 이아나가 말해 보라고 재촉했다.

"황금의 악마."

뜬금없이 신성시대의 단어가 출현하자 이아나의 귀가 쫑긋했다. 악마가 돈이 많은 것과 무슨 상관인가?

"고대 악마의 호칭이지. 영원함, 희소성, 아름다움……. 황금은 이 모든 것을 갖추고 있다. 황금을 괜히 욕망의 금속이라고 하는 게 아니지. 황금을 싫어하는 자는 없고 그건 신성시대의 존재들도 마찬가지였다. 그중에서도 악마는 햇살을 닮은 황금 특유의 노란빛을 광적으로 좋아했고 그래서 황금을 닥치는 대로 모았어."

아르하드는 평범한 일상 대화를 하듯 평온한 어조로 말을 이었다.

"그리고 나는 악마가 황금을 숨겨 놓은 보물창고의 위치를 알고 있었어."

"설마."

"그래, 찾아간 그곳에는 막대한 양의 황금이 산더미처럼 쌓여 있었지."

이아나는 할 말을 잊었다.

"농담은 그만하시죠."

"알았어."

"……진담입니까?"

"농담 그만하라고 할 때는 언제고. 무슨 대답을 바라는 거지?"

"사실대로 말해 주세요."

아르하드가 피식 웃었다.

"진짜야. 롯소산맥 어딘가에 악마의 보물창고가 있어. 나는 거기서 황금을 쓸어 오다시피 했지."

악마의 파편에 그런 정보도 새겨져 있었단 말인가. 이아나는 질린 표정을 지었다.

"그러면 당신의 재산은 모두 가져온 황금에서 비롯된 겁니까?"

"그렇게 말할 수 있겠지. 가져온 황금을 기본자금으로 해서, 나는 대륙 전반적으로 큰 성장을 할 법한 사업이나 상단에 투자를 해 왔고 현재 내 손이 닿지 않은 거대 상단은 거의 없어. 여러 개의 신분으로 대다수의 거대 상단에 지분을 가지고 있지. 거대 상단 중 하나는 내 소유고,"

점입가경이다. 이아나의 금전감각에 혼란이 오기 시작했다.

"아직도 쌓여 있는 황금을 더 쓰지 않더라도 매달 천문학적인 돈을 벌고 있어. 벌어들인 돈은 로안느 왕국의 국유 은행인 스라나트 금고뿐만 아니라 다른 은행에도 분산해서 저축하고 있다."

이아나는 놀란 기색을 감출 수 없었다. 훗날 남부 대륙을 제대로 강타하여 시대를 혼란 속으로 몰고 간 아르하드의 전쟁에는 모두 이런 배경이 있었던 모양이었다. 엄청난 자금력, 폭 넓고 강력한 세력…….

"대단하군요."

"그러니까 오십만 골드는 아무것도 아니란 소리다. 지금 이 군것질 거리를 사 주는 일도. 부담 가지지 말고 먹고 싶은 게 있거나 가지고 싶은 게 있으면 다 말해. 목마르진 않나? 저거 마실래?"

이아나는 아르하드가 가리킨 생과일주스 가게와 아르하드를 번갈아 쳐다보았다. 오십만 골드가 아무것도 아니라고 말하는 남자가 그녀에게 10쿠퍼짜리의 귀여운 딸기 주스를 마시고 싶으냐고 묻고 있었다.

"저 일하는 거 맞습니까?"

"맞아. 날 즐겁게 해 주고 있으니까."

그리 말하며 아르하드는 웃었다. 그런 그를 물끄러미 쳐다보던 이아나는 저 혼자 고개를 끄덕였다.

딸기 주스를 마시겠다는 뜻으로 고개를 끄덕인 건 아닌데 아르하드가 주스를 사러 가 버렸다. 이아나는 벤치에 앉아 가만히 하늘을 올려다보았다가, 저 멀리서 째깍째깍 돌아가고 있는 시계탑의 거대한 시계를 보았다. 어느새 오늘 하루가 끝나가고 있었다.

야시장은 밤 내내 계속될 것이고, 등불은 날이 밝아 오기 전까지 꺼지지 않을 것이다. 그러나 야시장 내내 하늘로 치솟아 펑하고 터지던 저 아름다운 불꽃들은 학술제가 공식적으로 끝나는 자정에 완전히 사그라질 예정이었다.

펑— 펑—

이아나는 불꽃이 수를 놓고 있는 하늘에서 눈을 떼고 주변을 둘러보다가 무언가를 발견하고 눈을 빛냈다. 벤치에서 사라진 이아나는 얼마 지나지 않아 다시 벤치로 돌아왔다. 그러다 그녀는 근처에서 발견한 수돗가에서 맑은 물로 입을 깨끗이 헹궈 내고 얼굴을 깨끗이 씻었다. 얼마 있지 않아 아르하드가 이아나를 찾아 수돗가로 왔다.

"딸기가 다 떨어졌다는데."

"마시지 않아도 괜찮습니다."

"씻는 걸 보니 더 먹지 않을 생각인가?"

"배가 부르네요."

이아나가 더 먹을 의사가 없다는 걸 확인한 아르하드는 옆으로 와서 음식을 먹을 때가 아니면 계속 쓰고 있던 가면을 벗었다. 답답한 얼굴을 씻어 내고 입안을 헹구어 냈다. 이아나는 그를 옆에서 물끄러미 쳐다보았다.

둘은 배도 꺼트릴 겸 바람을 쐬러 야시장이 벌어지는 공간과는 떨어진 언덕을 거닐었다. 언덕은 야시장에서 멀리 떨어져 있었고 이제 하늘을 수놓던 화려한 불꽃놀이도 끝 무렵에 이르렀던지라 구경꾼들은 다들 돌아가고 없었다. 아르하드는 답답했던 로브와 가면을 벗었다.

피이이…….

불꽃이 올라오지 않는다. 자정이었다. 아르하드는 걸음을 멈추고 이아나를 보았다.

"오늘 하루가 끝났군. 자, 백 골드 값어치 일은 다 했고 이제 갚아야 할 돈은 없어. 마음 같아서는 팁이라도 주고 싶은데."

"그렇습니까? 팁은 됐고, 그럼 이제 백 골드짜리 계약의 고용관계가 아니군요. 여기 잠시 앉아 보시죠."

"……?"

아르하드는 이아나의 갑작스러운 요구가 의아했지만 어쨌든 시키는 대로 했다. 가을바람이 불어 언덕의 푸른 잔디들이 길게 누웠다.

"이건 고용 당했기 때문에 하는 일이 아닙니다."

이아나는 아까 구매해서 호주머니에 넣어 놓았던 것을 주섬주섬 꺼내 들었다.

"어떤 노점상에서 비상약을 팔고 있더군요. 그래서 연고와 반창고, 일시적인 냉각 마법이 걸려 있는 주머니를 샀습니다."

"……."

"당신이 제게 발라 준 약과 비교가 불가능할 정도로 효과가 떨어지겠지만, 그래도."

이아나는 아르하드의 앞에 쪼그려 앉아 연고의 뚜껑을 열었다. 때린 직후보다는 가라앉았지만 아직도 벌겋게 부어 있는 뺨과 옆쪽이 터져 있는 입술을 보았다. 언제나 멀끔하던 남자에게 오해로 남긴 상처가 줄곧 신경 쓰였다. 이아나는 연고를 엄지에 쭉 짜서 그의 입술 옆쪽을 문지르며 말했다.

"죄송합니다. 그런데 오해해서 당신의 뺨을 때렸는데 왜 말없이 받아들였습니까?"

"……맞을 만한 짓을 했다고 생각했으니까. 그런데 이렇게 해 주는 걸 보면 몇 번 맞을 만도 한 것 같아."

오십만 골드를 써도 전혀 아깝지 않다, 시설 개선에 도움이 될 거다, 그리 받아치긴 했어도 제가 화를 낼 건 예상하고 있었던 모양이다. 이아나는 반창고를 떼어 상처 위에 붙였다. 아르하드는 그런 행동 하나하나를 응시하고 있었다.

"당신이 한 맞을 만한 짓이 뭐죠?"

"……전에 돈을 함부로 쓰지 말라고 했는데 오십만 골드를 썼고, 억지로 끌고 나온 것일까."

이아나는 냉각 마법 주머니를 뺨에 대 주었다. 아르하드는 시원함을 느끼며 눈을 감았다.

"그러면 제가 왜 화를 냈다고 생각합니까?"

"맞을 만한 짓을 한 거에 더해 내가 널 돈으로 사려고 했다고 오해해서."

아르하드는 고분고분하게 대답했다.

"잘 알고 계시군요."

이아나는 입을 꾹 다문 채 한동안 아르하드의 뺨에 주머니를 대 주었다.

"미안."

아르하드는 이아나가 아직도 응어리가 남아 있는 줄 알고 조심스레 사과를 했다. 이아나는 냉각 마법의 효력이 다하자 그의 뺨에서 주머니를 떼었다. 약품들을 치우고 자리에서 일어나자 아르하드도 어쩐지 행복해 보이는 낯으로 일어났다.

바람이 불어오는 언덕 위에 가만히 서서 이아나는 낮처럼 밝은 학술원에 시선을 주었다. 그녀는 눈빛을 진중하게 가라앉힌 채 입술을 달싹였다.

"전 돈으로 저를 사려던 슈나이더 왕자에게는 화내지 않았습니다. 그리고 돈으로 저를 사려 했다고 오해했던 당신에게는 화를 냈지요."

무슨 의미에서 하는 말인지 알 수 없어 아르하드의 불안한 시선이 그녀를 향했다. 이아나는 서늘한 바람이 몰아치는 언덕의 중심에서 아직도 화려한 불빛으로 번쩍이는 학술원을 내려다보았다.

"제가 왜 당신에게만 화를 냈다고 생각합니까?"

"……."

이아나는 입을 꾹 다물었다가 다시 입술을 달싹였다.

"더 이상 불안해할 필요 없습니다. 저는 이미 마음을 굳힌 지 오래니까……."

"네가 무슨 말을 하는지 모르겠어."

이아나는 빛으로 환한 학술원에서 시선을 돌려 아르하드와 얼굴을 마주했다. 이아나는 그를 유심히 관찰했다. 저 남자는 뭐가 그리 불안한 걸까. 파르라니 경직된 뺨이 몹시 이질적이었다.

당신은 그가 아니잖아.

그런데도 왜 그렇게 불안해하지? 나에게 거절당해 본 적이 한 번도 없으면서.

그게 이상했다. 이상한 것투성이다. 헝클어지는 머리카락을 뒤로 쓸어 올리며, 이아나는 답답하고 불안한 듯 제 목 부근을 만지작거리고 있는 아르하드를 주시했다.

하지만 모순적이게도 당신은 그이기도 하지.

저를 한사코 바라며 늘 뻗어지곤 했던 마디 굵은 손등이 외로워 보였다. 불안하기 때문이겠지. 내가 그의 바람에 제대로 답하지 않았기 때문이겠지.

"저는 제 가치를 증명하기 위해 검술제 우승을 노렸습니다."

검술제에서 우승을 해서 스스로에게 조금이라도 당당해지면 제 결심을 아르하드에게 말하려고 했었다. 설령 일이 꼬여 슈나이더 왕자가 돈으로 자신을 샀다 하더라도 제 마음은 돈에 팔리는 게 아니므로 마음은 변하지 않았을 것이다. 하지만 마음을 입 밖으로 내기도 전에 아르하드가 돈으로 자신을 사는 바람에 제 결심이 돈에 거래당하는 것 따위로 폄하당한 기분이었다.

"……증명?"

"검술제 우승, 검술학부에 한정된 대회라 성에 안 차긴 하지만…… 제 가치를 조금은 증명한 거겠죠."

이아나는 그가 더 이상 불안해하지 않도록 단언했다.

"당신이 나를 황금으로 사지 않아도 나는 당신을 도와."

순간 아르하드의 몸이 뻣뻣하게 굳는 게 눈에 보였다. 그 모습이 웃겨 입술의 곡선이 의지와 관계없이 동그라니 휘었다. 이아나는 손을 뻗어 제 목을 조르고 있는 보기 싫은 손을 잡아 떼어 냈다.

"내가 죽는 그 순간까지, 나는 당신 곁에서. 당신과 미래를 함께해."

이아나는 제가 움켜쥐고 있던 손이 자신의 손을 마주 잡아 오는 강한 압박을 느꼈다.

"그 말은……."

아르하드의 빨라진 심장박동이 손끝에서 전해져 왔다. 이아나의 심장도 빨라졌다.

그렇다. 언제나 자신의 편이 되어 주고, 자신을 이렇게 필요로 해 주고, 절실해하는 사람이 있었다. 그리고 과거의 자신은 그것을 몰랐다.

어쩌면 모든 이들이 자신을 외면한 건 제 인생에 아르하드가 준비되어 있었기 때문일지도 모른다는 우스운 생각마저 들었다.

외로움과 외면에 지쳐 스스로를 위할 줄밖에 몰랐던 과거의 자신. 이아나는 주변을 볼 여유가 없었던 과거의 자신에 대한 욱신거리는 감정이 불쑥 치솟았다.

언젠가부터 느끼기 시작한 이 감정. 볼썽사납고 자존심 상해서, 스스로를 못났다고 여기는 자신이 싫어서, 그런 감정을 느낀다는 사실을 인정하고 싶지 않아서 늘 외면해 왔지만 결국 시인했다.

……그녀는 과거의 자신을 동정했다.

하지만 이아나는 오늘 그 감정을 조용히 떨쳐 냈다. 이제부터는 달라질 것이기에.

"이런 거지요."

그의 손을 잡아 올린 그녀는 천천히 허리를 숙였다. 이아나의 붉은 입술이 그의 손에 닿는 순간, 아르하드의 심장은 거칠게 요동쳤다. 화인처럼 뜨거운 자욱이 그에게 남은 순간, 이아나는 눈을 감았다.

"아르하드, 당신께 제 인생과 검을 바치겠습니다."

더할 나위 없이 굳건하고 변하지 않을 약속이었다.

"당신이 바라는 미래를 저에게 보여 주십시오."

―학술제 편 終

번외. 신화 편(2)

번외. 신화 편(2)

왔어요? 전 일찌감치 깨어나서 당신이 오시기만을 기다렸답니다. 자, 그럼 저번에 했던 이야기를 이어서 해 볼까요.

판데모니엄은 아주아주 어두웠습니다. 그도 그럴 게 햇빛이 통하지 않는 곳이었으니까요. 그곳에는 쭉정이 신 외에는 아무도 없었습니다. 저는 그의 존재를 깨달은 이후 그것을 주시했습니다. 그는 오랜 세월이 흐르며 신들이 영혼의 상태에 맞춰 몇 번이나 신체를 바꿀 동안에도 신체를 한 번도 바꾸지 않았습니다. 그의 몸은 언제나 날개 달린 작은 도마뱀의 몸이었습니다. 아주 새까만 도마뱀 말이죠.

신체를 바꿀 만한 신력이 없었거나 영혼에 맞추어 신체를 바꾼다고 해도 신체를 유지할 힘이 없었던 게 분명했습니다.

하지만 그의 신체는 다른 신처럼 심장을 지녔고, 붉은 피를 지녔으며, 지능이 높은 듯 뇌를 지녔습니다. 어디서나 볼 수 있는 도마뱀 신 같았지만 날개가 달렸다든가, 생김새가 좀 다르다는 점에서 다른 도마뱀 신들과는 달라 보였습니다.

그는 어둠 속에서 영혼의 형태로 꿈틀거리다가, 제 뿌리를 타고 내려오는 신력을 받아 마시고 간신히 신체를 만들어 낼 때면 까만 눈을 또렷하게 떴습니다.

그리고 아무 일도 하지 않고 웅크린 채 구멍 너머의 하늘을 바라보았습니다. 정확히는 하늘에 떠 있는 달을요. 그가 숨 막히는 어둠 속에서 할 수 있는 것이라곤 그것밖에 없었습니다. 그리고 신력이 다해 갈 때쯤이면 눈빛이 흐려지고 흐물거리다가.

아, 움직이지 못하는군요. 신력이 거의 다 떨어졌나 봐요.

저는 그와 대화를 할 수 없습니다. 태초부터 함께했던 정령을 제외한 모든 신들과 대화를 할 수 없어요. 아무렴, 나무가 어떻게 말을 하겠어요? 다만 상대의 감정을 어렴풋하게 느낄 수는 있었습니다.

그는 공허했습니다. 그에게서는 아무것도 느껴지지 않았어요. 당연했습니다. 판데모니엄 내부에 있는 신은 저와 그뿐이었고, 그와 대화를 나눠 주고 교감을 해 주는 이는 없었으니까요. 그렇다고 해서 뿌리를 내려 그를 지상으로 끌어 올려 줄 수는 없었습니다. 그는 나가 봤자 도태될 게 뻔했습니다. 그는 신들이 말하는 하급 신 중에서도 최하급 신이었으니까요.

……아니, 신력을 아예 생산하지 못하는데 그를 신이라고 할 수 있을까요? 오랫동안 그를 지켜본 제가 내린 결론은 이 존재는 신이 아니라 신이 탄생하고 남은 부산물이라는 것이었습니다.

아등바등거리는 그를 보고 있는 게 딱히 좋은 기분은 아니었고, 또한 그가 신이 아니라 여긴 저는 그에게서 눈을 떼었습니다. 그리고 그의 존재를 완전히 잊었습니다.

저는 오랜 시간 아무것도 하지 않고 낙원을 지켜보았습니다. 낙원에는 많은 변화가 있었습니다. 정령이 가꾼 자연이 어우러져 조화를 이루었던 낙원에는 신들의 편의와 유흥을 위한 건물이 지어져 올라가고, 다른 신의 육신으로 요리한 음식과 식물의 즙을 짜낸 음료라는 것이 탄생했습니다.

아름다운 낙원, 처음에 사랑과 우정, 배려와 기쁨, 호의와 설렘, 존경과 감사, 희망과 행복처럼 긍정적인 감정만이 가득했던 그곳에, 부정적인 감정이 생겨나기 시작했습니다.

이 모든 것이 죽음에 대한 공포 때문이었습니다.

"으아아아악!"

처음으로 한 신이 소멸하던 날, 신들은 공포에 질렸습니다. 신의 영혼과 혼돈의 조각은 완전히 이 세상에서 사라졌습니다. 저도 정말 놀랐습니다. 혼돈에 다 함께 뭉쳐 있을 때는 소멸하더라도 신력으로 돌아갈 뿐이었거든요.

신들은 공포에 질렸습니다. 죽은 후에 자신들이 어디로 가는지 알 수 없었기 때문입니다. 신력만 있다면 영생을 살 수 있는 신들에게 있어 최악의 괴물은 죽음이라는 존재였습니다.

그래서 신들이 탄생하여 하하호호 웃으며 서로 웃고 떠든 지 얼마 지나지 않아 낙원에는 계급이 생겨나기 시작했습니다. 혼돈의 조각의 크기나 신력의 양, 혼돈의 조각에 섞인 쭉정이 입자의 양에 따라 신들의 계급이 자연스레 나누어졌습니다.

영혼을 유지하고도 신력이 남아돌아 권능까지 펑펑 써 대는 최상급 신부터, 혼돈의 조각에 신력을 만들어 내지 못하는 쭉정이 입자가 잔뜩 섞여 신력을 제대로 생산하지 못해 신력을 구걸하는 최하급 신까지…….

신력은 신들에게 힘과 권력의 상징이었던 것 같습니다. 그랬기에 쭉정이 입자는 신력을 생산하지 못한다는 점 외에는 다른 입자들과 다를 바가 없는데도 쓸모없는 쓰레기 취급을 받았습니다.

신들은 지적이고 감정적인 존재들이었습니다. 강자들은 그들 앞에 머리를 수그리는 다른 신들의 정수리를 내려다보며 점차 오만해졌고 욕심과 권력욕에 젖어 갔습니다. 약자들은 부족한 신력을 긁어모으기 위해 강자에게 자신을 굽히는 것을 서슴지 않았습니다. 그들이 다른 약한 신을 협박하여 신력을 얻어 내는 일도, 다른 신을 죽이고 신력을 강탈하는 일도 비일비재하게 발생하였습니다. 그들은 죽지 않으려면 비굴해져야 하는 불공평한 세상에 불만을 가지기 시작했습니다.

죽음에 대한 공포, 권력욕과 욕심, 질투와 시기, 절망과 발악 등의 부정적인 감정은 다른 신들을 분노로 죽이는 데까지 이릅니다.

신들이 만들어 내는 신력을 모두 합치면 충분히 모두가 함께 행복하게 살아갈 수 있었어요. 모든 건 욕심이 불러일으킨 비극이었죠…….

세상은 저울과 같아 소멸이라는 게 있는 반면 탄생이라는 것도 있습니다. 신들에게는 남녀라는 두 성별이 존재했는데요. 그 이유가 바로 탄생을 위해서였던 모양입니다. 성애를 즐기다 보면 모체가 임신을 하게 되었고, 임신 기간을 거치면 양쪽 부모의 영혼을 조금씩 닮은, 완전히 새로운 혼돈의 조각을 품은 신이 태어났습니다.

놀라운 일이었습니다. 죽음이 유에서 무로 사라지는 소멸이라면 새로운 생명을 배는 것, 이는 무에서 유를 창조하는 탄생이었습니다. 정령들이 세상을 만들고, 제가 신들을 지저에서 끌어 올리고 다른 식물들을 탄생시켜야 한다는 의무를 가졌듯, 다른 신들에게도 이 세상에 태어난 의무가 있었을 것입니다. 제가 생각하기에 신들의 의무는 새로운 신을 탄생시키는 것이었습니다.

저의 눈에는 그 과정이 무척 신비롭고 아름다워 보였고, 탄생은 낙원을 유지해 줄 유일한 수단이었습니다. 하지만 당사자인 신들의 입장에서는 아니었던 모양입니다.

운명은 낙원의 끝을 보고 싶었던 걸까요?

새로운 신은 모체의 자궁 안에 있는 긴 시간 동안 모체의 신력을 아주 많이 갈구했습니다. 모체의 신력을 제 것처럼 빨아들이는 것도 모자라 탄생 직전까지 모체의 힘을 약화시켰습니다. 이처럼 새로운 신의 탄생은 모체의 희생을 요구할 정도로 힘든 것이었습니다.

탄생의 과정은 모체의 신력을 아주 많이 소모한다. 그것을 깨닫자 신들은 아이를 배었다가 자신마저 죽을지도 모른다는 생각에 색욕은 즐기되 제 안에 생명을 품는 것은 거부하였습니다. 낳아도 새로운 신이 어느 계급에 속할지는 복불복이었고, 쭉정이 입자를 가진 신이 태어나면 감당할 자신이 없었습니다. 자식 신이 부모 신에게 어떤 태도를 보일지에 대한 두려움도 있었습니다.

또한 신들은 스스로가 가장 중요했기 때문에 새로운 신의 탄생에 거부감을 느꼈습니다. 영원을 살 수 있는 이들에게 자손의 번영은 딱히 필요하지 않았습니다.

그렇게 새로운 신의 탄생 없이 고신들은 낙원에서 살아갔습니다. 신들은 탄생의 의무를 저버렸습니다. 그렇게 새로운 신의 탄생은 없고 신의 죽음만이 계속해서 일어났습니다. 신의 수가 무척 많았기 때문에 티는 나지 않았지만 약육강식의 세계는 자연스레 형성되었습니다. 그리고 신의 수는 조금씩 줄어들고 있었습니다.

이기적인 신들은 스스로밖에 위할 줄 몰랐으며, 이내 사랑과 애정, 우정과 신뢰와 같은 감정까지 쓸모없는 것으로 치부하고 맙니다.

그 즈음, 저는 별 주목을 받지 못하는 존재가 되었습니다. 혼돈의 조각들도 모두 끌어 올렸고 저의 아이들인 식물들도 알아서 번식하여 새로운 생명을 탄생시키고 있으니 저는 의무라고 생각했던 책임에서 벗어나 그저 존재할 뿐이었습니다.

그리고 저는 정령들처럼 심장이 없습니다. 제가 신력을 제공받았던 혼돈에는 이제 신력을 생산할 수 있는 혼돈의 조각이 더 이상 존재하지 않기 때문에 신력은 늘 부족했고 신체는 물론이요 영혼을 유지하는 것만으로도 버거웠습니다.

젊은 신체를 유지하기 위해서는 계속해서 신체에 꾸준히 신력을 공급해 주어야 합니다. 신체를 유지하는 신력이 부족하면 신체는 몹시 허약해집니다. 저의 경우에는 몸에서 껍질이 떨어지고 제 몸에 매달린 잎사귀들이 말라비틀어졌죠. 그래서 저는 저의 신체를 위풍당당했던 과거와는 달리 다른 나무들보다 조금 큰 왜소한 크기로 축소시켰습니다. 부족한 신력으로 신체를 건강하게 유지하려니 몸의 크기를 줄일 수밖에 없었던 탓이죠. 거대한 몸은 더 이상 제게 맞지 않다는 생각이 들었어요.

뿐만 아니라 의무에서 벗어나 허허롭게 살아가며 세상에 미련을 가지지 않은 탓일까요? 저의 자아는 약해졌고 저도 모르게 잠드는 날들이 많아지기 시작했습니다.

그런 저를 틈만 나면 찾아와 주는 친구가 로베르슈타인, 로였습니다. 로는 강력하고 풍부한 양의 신력을 가졌기에 정령왕들을 데려와 저와 대화를 나눌 때도 있었지만, 대부분의 경우에 혼자 와서는 저에게 기대 휴식을 취하곤 했습니다.

로는 최강의 신이었습니다. 로는 저와 정령들을 제외한 신들 중 최초의 신으로서, 그녀가 보유한 신력은 최강에 가까웠고, 신력을 다루는 능력이 아주 훌륭했음은 물론, 보유한 권능조차 상대에게 끔찍한 고통을 주며 소멸에 이르게 할 수 있는 무시무시한 권능이었으니 다른 신들에게는 그녀가 범접할 수 없는 괴물로 보였음이 틀림없습니다.

더군다나 권능이 아니더라도 그녀가 사랑했던 무기—검은 야차처럼 휘둘러져 순식간에 목숨을 훔쳐 갔으므로 신들은 그녀를 우러러보면서도 꺼려했습니다.

그녀는 큰 싸움을 힘으로 막거나 악인을 심판함으로써 낙원의 평화를 지키는 심판자이자 조율자였습니다. 그녀는 스스로의 힘이 다른 신들에 비해 너무 거대하다는 것을 알았기 때문에 평소에는 세상을 흘러가는 대로 내버려 두었습니다. 하지만 신들이 먼저 그녀에게 악인의 심판을 요구하거나 욕심 많은 강한 신의 제압을 요청하면 그녀는 판단을 내린 후에 옳다고 생각하면 그리해 주었습니다. 또한 낙원 전체에 피해가 오는 일은 그녀가 스스로 나서서 막았습니다.

누구도 그녀를 거역하지 못했습니다. 또한 그녀는 매사에 냉철하고 적이나 세상을 흐트러트리는 신에게는 용서가 없는 잔혹한 신이었기에 신들은 그녀를 경외하고 경애하면서도 무척이나 두려워했고 어려워했습니다.

그녀도 그런 신들을 알고 있었기에 다른 신들과 잘 어울리지 않았습니다. 권력을 지닌 상급 신들은 그녀를 심하게 견제했고, 그녀가 세상에 영향을 미치는 걸 바라지 않았기에 그녀는 그들의 바람대로 멀찍이서 그저 세상을 지켜볼 뿐 입은 다물었습니다.

그녀의 앞에 용기를 내어 다가오는 이들은 없었습니다. 가끔은 있었지만, 그들은 모두 절박한 심정에 신력을 구걸하는 하급 신들이거나 권력을 유지하기 위해 다소 그릇된 일을 하기 전 그녀에게 양해를 구하는 상급 신들이었습니다.

그녀의 옆에는 마음을 터놓고 지내는 다른 신이 없었습니다. 반면에 그녀를 추종하며 뒤를 따르는 신들은 무척이나 많았죠.

그런 그녀를 우상화한 이들은 그녀를 닮은 태양이 뿜어내는 빛을 사랑했습니다. 반짝거리는 다른 보석들도 좋아했지만, 신들은 태양의 빛이 감도는 금속을 황금이라고 부르며 그것으로 스스로를 치장하는 것을 즐겼습니다. 뜨거워서 델까 싶어 차마 그녀의 가까이에 가지는 못하고 그녀의 주변을 맴돌며 그녀를 따라 했습니다……. 그녀는 그런 이들에게 딱히 관심을 가지지 않았지만 말이죠.

정령들이 탄생하자마자 홀린 듯 세상을 만들고, 제가 의무감에 젖어 세상으로 신들의 조각을 끌어 올렸듯 세상을 지켜보며 조율하고 유지하는 일 또한 그녀에게 의무와 같았던 모양입니다. 이 의무와도 같은 책임감은 어디에서 비롯될까요?

아마도 자신밖에 할 수 없는 일, 다른 이들이 자신에게 갖는 기대가 책임이 되는 것이고, 의무가 되는 것이겠지요.

수없이 많은 이들이 따르는 만큼 그녀의 책임감은 무척 강했습니다. 하지만 책임감이 강한 만큼 밖에는 드러내지 않더라도 가끔 엄청난 정신적인 피로를 느꼈던 모양입니다. 그녀는 저를 찾아올 때마다 무척이나 지쳐 보였으니까요. 한없이 외로워 보이기도 했습니다.

"강한 힘에는 책임이 뒤따르는 법이니까. 신들은 세상을 유지하는 역할을 내게 기대하고 있고, 난 그런 기대를 받는 게 나쁘지 않아. 나는 이 의무가 내가 태어난 이유라고 생각해……. 그리고 이 세계는 정령들과 네가 만든 세상이고, 우리가 앞으로도 살 곳이니까. 지켜 주고 싶어."

저는 그녀에게 언제나 말없이 그늘을 드리워 주었습니다. 그러면 그녀는 언제나 편안한 듯 작은 미소를 짓곤 했지요. 그리고 제 곁에서 열심히 검을 수련했습니다.

외톨이라 무엇 하나 제대로 즐길 게 없는 그녀에게 있어 검은 떼려야 뗄 수가 없는 친구였습니다. 그녀는 검을 휘두르며 스스로의 실력을 높일 때마다 무척이나 즐거워 보였습니다.

저는 그런 그녀를 조용히 지켜보았습니다. 그녀는 나의 소중한 친구이자 딸이었습니다. 다른 신들은 모르겠지만, 그녀는 친구에게는 한없이 다정하고 상냥한 신이었습니다.

"내가 지켜 줄게. 그러니까 계속 살아 있어야 해?"

저의 권능은…… 그래요, 말씀드릴게요.

바로 미래를 보는 것입니다.

이건 정령들과 저와 아주 친한 로만 알고 있었는데, 정령들은 미래를 알 필요가 없기에 제게 뭔가를 봐 달라 요청하지 않았고 로 또한 딱히 뭔가를 보고 싶지 않아했습니다. 정확히 말하자면 저를 무리시키고 싶지 않은 듯했습니다.

"무리하지 마."

그녀는 약해진 저를 항상 걱정했습니다. 제가 시들해질 때마다 자신의 신력을 나누어 주었고 그때마다 저는 파릇해졌습니다. 로 는 그런 저를 보며 웃었습니다.

그래요, 저는 그렇게 살아갈 예정이었습니다. 따끈한 햇살을 받으며 그렇게 서 있는 것만으로도 충분하다고 생각했습니다.

저는 미래를 볼 수 있지만 미래를 보지 않았습니다. 세상이 어떻게 될지 궁금하지 않았냐고요? 미래를 보지 않아도 끝이 보이는 세계였습니다. 삶에 대한 욕심으로 인해 탄생은 없고 소멸만 일어나기에 언젠가는 끝이 날…….

저는 끝이 올 그날까지 그저 숲속에서 따끈따끈한 현재의 삶을 누리는 것만으로도 충분했습니다. 로가 제가 있는 작은 숲을 그녀의 영역으로 선포하고 지키고 있는 이상 두려울 게 없었어요. 저에게는 정령들과 로만 있으면 충분하다는 이기적인 마음도 가지고 있었어요. 스스로가 목숨을 끊지 않는 이상 로와 정령들은 소멸할 일이 없을 테니까요.

그런데 그러던 어느 날, 세력이 가장 강했던 두 상급 신들 사이에 아주 큰 전쟁이 터졌습니다. 하급 신들은 대놓고 신력을 빼앗을 수 있는 좋은 기회다 싶어 너도 나도 전쟁에 참여했습니다. 낙원이 부서져 나갈 정도로 규모가 큰 전쟁이었습니다만 로는 놀랍게도 전쟁을 중재하지 않았습니다.

제게 기댄 그녀는 전쟁을 막기엔 늦었고, 한 번쯤은 터질 일이었다고 말했습니다. 그리고 모두가 바라는 전쟁이라고도 말했습니다. 전쟁이 끝나면 다들 알아서 어떤 결론을 내릴 거라고도 말했죠.

죽음만이 가득한 낙원은 지옥이었습니다. 피가 튀고, 신체의 일부가 날아갔습니다. 날붙이들이 추악한 빛을 만들어 내며 서로 맞부딪쳤습니다. 서로를 죽이기 위해 신력이 난무했습니다.

전쟁 도중에 낙원은 완전히 피폐해져 엉망진창이 되었고 신의 수는 절반에 가깝게 줄어들었습니다. 신들은 이쯤 되자 서로 죽이는 게 능사가 아니라는 걸 깨닫게 됩니다. 종말이 그들의 눈앞에 어른거렸습니다.

그들은 부정적인 감정과 기억들이 그들을 종말로 이끈다고 생각했으며, 그러한 감정들을 악惡이라고 규정지었습니다.

그들은 영혼에 담겨 있는 악한 감정들을 버리기로 결심했습니다. 영혼은 창고에 가까워서, 스스로의 모든 것을 다스릴 수 있는 신들은 영혼에 담겨 있는 기억이나 감정을 버리는 것도 가능했습니다.

전쟁이 일어나기 전에도 제 자신이 견디기 힘들 정도로 부정적인 감정이 샘솟을 때 그것을 영혼 밖으로 뱉어 내는 신들은 있었지만, 그 방법이 수면에 떠오르자 신들 사이에서는 파란이 일었습니다.

꺼려하는 신들도 있었습니다. 그 버린 감정들이 어디로 가느냐는 의문 때문이었습니다. 입 밖으로 토하듯 뱉어 낸 감정은 눈에 보이지 않았고, 신들은 다만 그 감정이 없어진 이후 개운한 기분을 느끼는 것으로 끝이었습니다. 그리고 한 신이 말했습니다.

판데모니엄에 버리면 되지 않느냐고.

판데모니엄은 한번 들어가면 제가 끌어 올려 주지 않는 이상 나올 수 없을 정도로 아주 깊고, 깊고, 깊은 곳이었습니다. 또한 기묘한 인력이 작용하는 곳이었죠. 설령 소멸되지 않더라도 그곳에 쌓일 것이라 생각한 신들은 모두 찬성했습니다. 그때 당시에는 기발한 생각이었습니다.

그래서 신들은 그때부터 자신에게 필요 없는 감정, 즉 증오든, 절망이든, 욕심이든…… 사랑이든, 우정이든…… 부정적인 감정이든 긍정적인 감정이든 자신에게 필요 없는 감정들은 모조리 낙원 반대편으로 가서 판데모니엄으로 향하는 유일한 구멍에다 버리기 시작했습니다. 심지어는 되새기고 싶지 않은 기억까지 버리는 이들도 있었습니다.

상급 신들도 전쟁에 지쳐 그리했습니다. 지쳐서 가지고 있던 욕심을 그곳에 내다 버린 이후, 기분이 아주 편안해진 그들은 과거에 자신들이 왜 그리 욕심을 부렸을까 자책하며 자의적으로 하급 신들에게 신력을 나누어 주었습니다. 슬그머니 욕심이 생길라치면 버리고, 버리고, 또 버렸습니다. 하급 신들은 그런 상급 신을 존경하고 아끼는 마음으로 스스로 그들을 따랐습니다.

그 이후 낙원은 완전히 평화를 되찾았고, 지저— 신들의 고향이자 대혼돈이라는 뜻에서 붙여 주었던 이름인 판데모니엄은 어느 샌가 악의 소굴이라는 뜻으로 변모하고 말았습니다.

저는 그게 옳은 일이냐고 로에게 물었습니다만, 로는 말했습니다. "스스로가 감당하지 못해 버리는 건 책임을 회피하는 행동과 같지만…… 낙원에 해가 되는 건 아니야. 낙원은 다시 아름다운 감정으로 가득할 거고, 신들은 행복해지겠지. 낙원은 영원히 낙원으로 남을 거야. 나쁘지는 않다고 생각해."

과연 그럴까요? 세상은 저울과 같고 인과율의 법칙에 따라 흘러갑니다. 모든 일에는 대가가 있습니다. 신들이 감정을 버린다고 해서 모든 게 해결될까요? 버린 감정과 기억들은 그냥 버리는 걸로 끝인 걸까요? 낙원은 이렇게 영원히 평화롭게 유지될까요? 저는 회의적이었지만 로의 말이 틀리다고 대답하지 않았습니다.

부정적 감정이 낙원에서 모습을 감추자 낙원은 다시 아름다워졌습니다. 아름다운 감정들이 가득한 낙원에서는 상급 신들의 지원을 받아 새로운 신들이 하나둘 탄생하기 시작했습니다. 잠시 동안의 혼란기를 끝내고 다시 제자리를 찾아가는 모양새였습니다.

불안했던 저도 시간이 흐르자 그런 낙원에 익숙해지기 시작했고 만족하기 시작했습니다. 새로운 신의 탄생을 보는 것도, 웃음과 행복이 흐르는 낙원을 지켜보는 것도 즐거웠습니다.

저는 미래를 볼 수 있지만 미래를 보지 않았습니다. 미래가 두려워졌기 때문입니다. 이전에는 자연스럽게 끝이 날 게 분명한 미래라 생각했기에 미래를 보지 않았습니다. 하지만 이제는 두려워졌습니다. 이렇게 영원히 유지될 듯한 낙원이 종말을 맞는다면, 이 낙원에는 무슨 일이 일어나는 걸까요?

그렇게 시간이 지나고, 시간이 지나고, 지나…… 어느 순간, 아직도 제 뿌리 부근에 있을 쭉정이가 문득 떠올랐습니다. 그래서 저는 정말 오랜만에 뿌리 밑의 그것을 보았습니다. 저는 깜짝 놀랐습니다.

분명 도마뱀이었는데, 그것, 아니 그는 어느새 로베르슈타인과 같은 형태의 몸이되 소년의 몸을 가지고 있었습니다. 자세히 관찰해 보니 그는 신들 사이에서도 아주 수려한 용모에 속하는 외모를 지녔으며, 밤을 닮은 검은 머리카락과 검은 눈동자를 지녔습니다.

그런데 소년은 여전히 누워서 달을 멍하니 쳐다보고 있었습니다. 그는 여전했습니다. 신기한 감정과는 별개로 그가 안쓰러워졌습니다. 그는 제가 끌어 올려 주지 않아 달밖에 보지 못합니다. 오랜 시간, 아주 오랜 시간 동안 그리 달만 쳐다보며 외롭게 지냈을 뿐이었습니다. 그런 그가 점점 측은해지기 시작했습니다. 저에게 그의 삶의 자유를 강탈할 권리가 있을까, 하는 생각이 들었습니다.

이런 평화로운 낙원이라면, 그도 충분히 살아갈 수 있을지도 모르죠.

달은 차가워요. 세상은 아름다운데 그는 어째서 어둠 속에 갇혀 달밖에 보지 못해야 하는 거죠?

저에게는 로라는 멋진 친구가 있습니다. 그녀를 떠올린 순간, 저는 부담을 주고 싶진 않지만 친구에게 그를 살짝 보여 주고 싶다는 욕심이 생겼습니다. 그래서 저의 친구가 찾아오기로 한 날, 그를 보여 주기 위해 뿌리로 제 주변의 땅을 허물어 틈을 열었습니다. 친구는 제 주변에 생긴 균열에 흠칫했다가, 제가 잎을 살랑살랑 흔들자 조심스레 곁으로 다가왔습니다. 틈 사이로 달의 그림자만 가득한 구멍으로 고개를 내밀었습니다.

그렇게 그와 만났습니다.

이제 와서 생각합니다. 저는 그래서는 안 되는 것이었을까요?

16. 인연 편

16. 인연 편

그는 수십, 수백, 수천 년⋯⋯. 제대로 기억할 수도 없는 긴 시간이 흐르도록 어둠에 홀로 갇혀 있었다.

그랬기에 그는 빛을 갈구했다. 은은한 빛이 어둠 속에 떨어져 내릴 때면 까만 어둠은 꾸물거리며 빛을 피했고, 그는 빛이 떨어지는 나무뿌리의 한구석에 웅크려 있곤 했다.

차갑고 음습한 어둠에서 빛은 새로운 감각이었다. 모두가 빠져나가고 홀로 어둠 속에 갇혀 있던 그가 집착할 요소는 구멍 너머의 하늘에 둥실둥실 떠다니는 달뿐이었다.

검은 공동에 갇힌 그에게 달과 달이 쏟아 내는 황금빛은 무척이나 아름답게 보였다. 어둠 속에서 볼 수 있는 게 그것뿐인지라, 그의 영혼은 달의 황홀한 금빛을 추구했다. 금빛만이 이 세상의 모든 가치라고 생각했다.

손을 뻗어 움켜쥐고 싶지만 쥘 수가 없었다. 그는 간절하게 빛을 움켜쥐려 하며 시간을 보냈다. 그러자 신기한 일이 일어났다. 본디 검었던 그의 영혼이 아기 새가 어미 새를 쫓는 것처럼 인지도 하지 못한 채 금빛으로 스스로를 치장한 것이었다. 물론 근본적으로 까맣다는 것은 변하지 않았다.

그는 빛을 느끼기 위해 신력을 미치도록 갈구했다. 정신을 차리고 있으려면 신력이 필요하고, 빛을 느끼기 위해 신체를 만들어 내려면 정령의 권능을 빌려야 하기 때문에 또 신력이 필요했다.

그는 늘 신력이 부족했다. 나무뿌리를 통해 졸졸 내려오는 유일한 신력은 신체를 유지하고 있을 때는 조금만 있어도 모두 사용해 버렸고 그랬기에 거의 대부분의 시간 동안 빛을 느끼지 못한 채 겨우 정신을 차리고 있는 게 다였다.

이런 시간이 반복되면 반복될수록 생명을 향한 그의 갈증은 심해져 갔다. 생명이 미치도록 간절했다.

그러자 신기한 일이 일어났다. 신력에서 생명의 성질을 지닌 부분만 따로 분리해 나온 것이었다! 이는 생명을 누구보다 간절하게 바란 그의 집념이 만들어 낸 결과였다. 그리고 나머지는 찌꺼기로 남았다!

생명의 성질이 빠지고 힘의 성질만 남은 기운은 따스한 빛을 잃은 먼지 같았다. 그는 그 기운을 관찰했다. 놀라웠다. 신력일 때보다 더욱 객관적으로 기운의 형태와 구조를 파악할 수 있었고 메커니즘을 알 수 있었다.

이 기운으로는 무엇을 할 수 있을까? 그는 기운으로 정령을 불러 보려고 했다. 하지만 정령들은 그 무미건조하고 죽음의 향기가 나는 기분 나쁜 기운을 거부했다. 그는 낙담했다.

그는 그때부터 정령에게 신력을 제공하고 받은 자신의 신체를 분석하고 또 분석하기 시작했다. 이렇게 분석을 할 수 있었던 것은 생명의 성질이 빠져나가고 힘의 성질만 남은 찌꺼기 기운을 관찰하며 얻은 지식 덕분이었다.

그 결과 권능이라는 것이 신력이 엉키고 꼬이고 배치되는 등의 과정을 거쳐 발현되는 것이라는 걸 깨달았다. 즉, 정령의 권능을 빌려 만들어 낸 신체 또한 신력이 꼬이고 꼬인 아주아주 복잡한 구조로 배열된 후 권능이 발휘되어 만들어졌다는 것— 어렵긴 하지만 생명이 없는 신력으로도 만들어 낼 수 있다는 사실을 깨달았다. 그리고 수백, 수천, 수만 번의 시행착오를 거쳐 정령의 권능을 흉내 내서 몸을 만들어 내는 데 성공했다.

하지만 이렇게 권능을 흉내 내는 것에는 무시할 수 없는 단점이 있었다.

첫 번째, 혼돈의 조각에 각인된 권능은 아무런 고민 없이, 아주 당연하게 사용할 수 있지만 다른 신들의 권능을 흉내 내려면 머리를 쥐어짜내 그 권능의 구조대로 기운을 직접 배열해야 하는 골치 아픈 과정을 거쳐야 했다.

두 번째, 일시적인 흉내만 낼 수 있을 뿐 완전히 발현되지는 못했다. 한번 사용하면 바로 적용되어 더 힘을 들여도 되지 않아도 되는 권능과는 달리 인공적인 권능은 시간이 지나면 해제되었던 것이다. 즉, 흙의 정령이 흙을 만들어 내면 그곳에 창조되어 그대로 남았지만 그가 만들어 낸 흙은 시간이 지나면 사라졌다.

대신 어마어마한 장점도 있었으니, 기운이 결코 소모되지 않는 것이었다. 기운은 그가 자신의 권능을 사용할 때만 소모되었다.

훗날, 신들은 이 기운을 마력魔力이라 불렀다. 그리고 악마가 흉내 낸 권능을 마법魔法이라 불렀다.

그는 신력에서 생명을 분리해 내 정신을 차리고 있는 데에 사용하고, 마력은 신체를 만들어 내는 데 이용했다. 하나 그의 신체에는 더 이상 따스한 온기가 느껴지지 않았다. 정령이 만들어 낸 신체는 유지하는 데 끊임없이 신력이 필요한 대신 끊임없이 생명 활동을 하고 더욱 역동적이었으며 쾌활한 활기가 느껴졌었다. 하지만 마력으로 만들어 낸 그의 신체는 더없이 정적이었고 살아 있는 자라는 느낌을 가지지 못했다.

하지만 감각을 느낄 수 있고 생각을 할 수 있는 기능은 정령이 만들어 낸 신체와 같았다. 그는 몸을 더 오래 유지할 수 있는 것에 만족했다. 그때부터 그는 나무뿌리에서 내려오는 신력이 모자라지 않게 되었다.

그런 그에게 장난감이 생겼다. 마력으로 신체를 한번 만들고 나면 더 이상의 마력은 필요하지 않았다. 그는 영혼을 유지하기 위해 생명을 흡수하고, 신체를 만들고 난 이후에 쌓여만 가는 마력을 얽고 섞으면서 흙, 물, 불, 바람을 자유자재로 만들어 내며 놀 수 있었다. 그는 자신의 신체를 연구함으로써 정령들의 권능의 구조를 깨우친 지 오래였고 그들의 권능을 완벽하게 흉내 낼 수 있게 되었다.

마음껏 만들어 내며 놀아도 마력은 결코 고갈되지 않았고 마력은 그의 좋은 놀이감이 되었다. 그는 모든 것이 마음에 들었다.

금빛으로 물들어 있는 제 마력도 마음에 들었고, 마력으로 뭔가를 만들어 내는 것도 재밌었다.

수없이 많은 세월이 흐르면서 홀로 세월을 견뎌 온 그의 자아는 누구보다 강해졌다. 적은 양을 아끼고, 아끼고, 또 아끼기 위해 신력을 아주 효율적으로 사용하고, 마력으로 정령의 권능을 흉내 내며 놀아 온 탓에 신력을 다루는 능력이 누구보다 뛰어나졌다.

그의 혼돈의 조각은 비록 신력을 만들어 내지는 못했지만 그의 심장에 맴도는 마력은 눈덩이처럼 늘어만 갔다. 그는 그때부터 황금빛의 금속을 만들어 내기 시작했다. 황금빛에 환장해 있던 그는 스스로가 만들어 낸 금속—황금에 만족하며 그가 머무르던 곳을 황금으로 야금야금 채우기 시작했다.

그렇게 세월을 보내고 있었는데…….

어느 날부터, 그의 마음 한구석에서 이따금씩 이상한 감정들이 불쑥불쑥 튀어나오기 시작했다. 무언가가 밉고, 슬프고, 증오하고, 짜증나고, 욕심이 나고, 싫어하고, 화가 나고, 비참하고…….

그는 자신을 괴롭히기 시작한 그 감정들이 무엇인지 알 수 없었다. 그가 그곳에서 경험할 수 있는 건 말이 없는 어둠과 달뿐이었기에 그런 감정을 쏟아 낼 적절한 대상을 찾지 못한 그는 감정의 정체도 모른 채 멍하니 누워서 혼자서 조용히 삭힐 뿐이었다.

그렇게 그는 스스로 감정을 조절하지 못하는 병자처럼 갑자기 감정에 북받쳐 올랐다가 멍해지고를 반복했다.

그뿐만 아니라 어느 순간부터 정체를 알 수 없는 이상한 기억이 불쑥불쑥 튀어나와 그의 뇌를 지배했다. 그 기억들 속에서, 주체는 주로 길쭉한 몸을 가진 개체들이었다. 알 수 없는 존재들의 기억 속에서 그들은 늘 싸우고, 소리를 지르고, 서로를 죽이고 있었다.

어둠 속에서 정령들의 권능을 가지고 노는 것밖에 할 게 없었던 그는 그런 부정적인 감정들과 갑작스레 생겨난 기억들에 흥미를 가지기 시작했다. 그는 기억 속에서 신들의 온갖 감정과 경험을 간접적으로 맛볼 수 있었다. 그는 그 감정과 경험들을 자신에게 대입시키기 시작했고, 그것은 곧 완전히 그의 기억이 되었다.

자신에게 스며든 기억들을 반복해서 흥미로운 기분으로 헤집어 보던 그는 어느 순간 스스로의 신체를 버리고 그것들을 따라 육체를 만들었다. 그의 영혼의 색인 까만 머리칼과 까만 눈동자를 가진 신의 모습이었다.

평소처럼 기억을 헤집어 보고 있던 그는 기억 속의 하늘을 바라보았다. 흠칫 놀랐다. 기억 속의 하늘에는 달도 있었지만 달이 아닌 기묘한 뭔가도 떠 있었다. 황금빛의 달과 달리 붉은 그것은 눈이 부실 정도로 강렬한 빛을 뿜어내고 있었다. 그 빛은 황금빛이었다.

저게 뭘까?

저게 무얼까?

그것은 달의 황금빛과는 달랐다. 자신이 만들어 낸 황금과도 달랐다. 황금이 부질없이 여겨진 그는 더 이상 달을 보지 않게 되었다. 그리고 오랜 시간, 아주 오랜 시간 그것의 정체에 열중하기 시작했다.

평소처럼 기억 속의 붉은 뭔가를 떠올리며 시간을 죽이고 있던 참이었다. 갑자기 달의 반대편 쪽 하늘이 찢어지기 시작했다. 얼마 지나지 않아 참을 수 없을 정도로 뜨겁고 따뜻한 볕이 쏟아졌다. 그는 예상치 못한 환한 빛에 정신이 팔렸다.

그는 보고 말았다. 그의 모든 것이었던 황금빛 볕을, 사방으로 튀어대는 폭포수의 물방울처럼 세상에 흩뿌리는 붉은 태양을 말이다.

그는 눈부신 태양을 멍청하게 바라보았다. 달의 것이라 생각했던 빛은 달의 것이 아니었다. 달은 그저 태양이 흩뿌린 빛을 받아먹은 존재에 지나지 않았다.

그리고 틈 사이로 고개를 내민 그녀를 만났다.

'너는 너무나 눈이 부셔.'

'그래서 더욱 곁에 있고 싶어.'

'나와 함께 있어 줘.'

네가 너무 좋아.

아름다워.

사랑해.

그녀를 사랑했다. 처음으로 대화를 나눠 준 그녀가 고마웠고, 처음으로 온기를 가르쳐 준 그녀가 너무나 소중했고, 소리 내어 웃는 그녀가 그의 눈에는 넋이 나갈 정도로 아름다워 보였다. 검에 대한 이야기를 한참이나 늘어놓는 그녀가 귀여워 보였고, 검에 애정을 보이는 그녀가 사랑스러워 보이면서도 그 절대적인 애정이 부러웠다. 제게 스승처럼 열심히, 그러나 엄한 태도로 검을 가르쳐 주는 그녀가 멋져 보였다.

그녀가 세상에서 가장 강인한 신이라는 것이 자랑스러웠고, 제 곁에서 안온을 되찾는 그녀를 안아 주고 싶었고, 자신과는 다르게 빛으로 가득 찬 그녀를, 쑥스럽게 사랑을 속삭여 준 그녀를 미치도록 사랑했다. 그녀만 있다면 다른 것은 다 필요 없었다.

그는 그녀가 없을 때마다 갈증을 느꼈다. 하지만 그녀가 곁에 있으면 시원한 물을 몇 동이나 마신 것처럼 갈증은 해갈되었다. 그는 그녀만 있으면 된다고 생각했다.

하지만 그 생각은 그의 오만이었다. 수없이 많은 세월을 거쳐 신들의 악독한 기억과 감정을 받아들인 그, 끊임없이 본능처럼 생명을 탐하는 그. 어두운 지하에서 수없이, 영원에 가까운 시간 동안 홀로 지내 왔던 그는 세상과 결코 어울리지 못했다. 그의 존재를 깨달은 신들은 그를 악마惡魔라고 불렀다.

그는 분노했다.

'내 잘못이 아닌데. 나를 이렇게 만든 건 너희들인데. 왜 나에게 화풀이지? 왜 나를 없애려 들고 나를 악마라고 부르지? 너희들은 행복 속에 살면서 나를 홀로 내버려 두고 모든 부정적인 것들을 나에게 떠넘긴 주제에.'

그녀 또한 그의 정체를 깨달은 이후에는 그에게서 멀어졌다. 그를 냉정하게 쳐 냈다. 그는 절망했다.

'너는 이런 내가 꺼림칙해?'

'나는 네가 무슨 짓을 하더라도 너를 사랑하는데.'

'나는 변하지 않았어. 이게 바로 나야. 너를 미치도록 사랑하지만 다른 신들을 미워하는 나. 이게 나야.'

'너를 사랑하는 나는 변하지 않았어. 그런데 너는 왜 나를 버려? 왜 나를 받아들이지 못해? 나는 네가 아무리 변한대도 계속 널 사랑할 텐데!'

'우리의 약속은?'

사랑했기에 사랑에 심장을 관통 당했다.

그의 영혼은 딱딱한 암석에 부딪친 유리 공처럼 완전히 깨져서 산산조각 났다. 배신이 각인된 그의 심장에는 온갖 감정이 자라났고, 그 감정은 사랑을 가리기 시작했다. 순수한 사랑을 둘러싸고 있던 울타리가 무너지고 심장에는 온갖 악질적인 감정들이 잡아먹기 시작했다. 사랑이라는 아름다운 꽃을 가리고 사랑이 보이지 않을 정도로 악랄한 감정들이 가시덤불처럼 서로를 얽기 시작했다.

또다시 그는 수십, 수백, 수천 년이 흐르도록 어둠에 홀로 갇혀 잠들어 있었다. 영혼이 갈기갈기 찢겨져 나가 그의 심장에는 조그마한 영혼 한 조각이 남아 있었다. 그 영혼에는 그녀의 검에 심장을 관통 당하던 기억밖에 남아 있지 않았다.

잠들어 있는 와중에도 그의 심장은 본성이라고 해도 좋을 생명을 향한 증오와 분노, 살심과 허기와 같은 잔인한 감정을 만들어 냈다. 그녀의 행동을 이해하지 못했기에 배신감, 슬픔, 분노와 같은 음산한 감정도 만들어 냈다. 감정들은 검은 독연처럼 자욱하게 그를 감싸 안았다.

작은 영혼은 그 악감정들을 모두 다 포용하지 못했다. 어두운 공동은 날이 갈수록 그의 감정으로 채워져, 쌓이고, 쌓이고, 또 쌓이고, 압축되고, 압축되고, 압축되어…… 어느 순간부터 공간이 버티지 못할 정도로 포화되었다. 그 감정들은 지상을 찢고 이따금씩 세상 밖으로 나갔다. 그러나 다시 금방 막히는 게 일반적이었다. 세상을 찢고, 찢고, 또 찢고. 막히고, 막히고, 또 막히고.

그리고 어느 날, 아직 막히지 않은 작은 균열 중 하나의 근처에서 자신의 영혼을 강하게 느끼는 순간, 잠들어 있던 그는 강렬한 충동을 느끼며 눈을 떴다.

"흐윽, 흑. 하인리히 님, 어찌하지요?"

하인리히는 그가 도착하기 전 이미 배에 치명상을 입은 채 울고
있었던 여자를 망연자실하게 내려다보았다. 그녀는 창백한 얼굴로
배에서 피를 홍건히 쏟아 내며, 눈에서도 눈물을 쏟아 내고 있었다.

"살고 싶습니다. 살아서, 이 아이를 낳아서 그 악마들에게 복수하고
싶어요······."

그녀는 덜덜거리는 손으로 피가 꾸역꾸역 샘솟는 배를 필사적으
로 움켜쥐었다. 아이를 밴 지 얼마 되지 않았기 때문일까, 날카로
운 쇠꼬챙이로 관통 당했기 때문일까, 하인리히가 최고급 치료약
을 쏟아붙다시피 했음에도 그녀의 배는 소름 끼치도록 납작했다.

"저희 일족에는 이제 이 아이밖에 없습니다. 그런데, 그런데······ 지
금 제 배에 아이가 여전히 있을까요······?"

여자는 떨리는 눈꺼풀 아래의 흐리멍덩한 눈으로 제 배를 내려
다보다 까무룩 정신을 잃었다. 하인리히는 안타까운 심정으로 이
를 악물었다.

바하무트 혈족의 씨를 간신히 품어 온 로이긴족 여인의 배에서

피가 철철 흐르고 있었다. 암담해진 하인리히가 눈을 꾹 감았다. 그때였다.

스륵…….

포식자의 시선을 받은 먹잇감이 된 듯한 느낌을 받은 하인리히의 등골이 오싹해졌다.

스르륵…….

어디선가 검은 안개가 나타났다. 그리고 순식간에 하인리히와 그녀의 주변을 뒤덮다 못해 빛 한 줄기 통하지 않는 깜깜한 어둠으로 집어삼켰다.

하인리히는 눈을 껌뻑이다 떨리는 손으로 지팡이를 꽉 움켜쥐었다. 바하무트 놈들에게 들켜 마법에 당했나 싶었다. 하지만 그게 아니라는 것을 본능적으로 깨달았다. 그들보다 훨씬 더 거대한 존재감이었다. 폭풍에 휩쓸린 곤충처럼 몸이 통째로 집어삼켜지는 듯한 기분이었다.

그리고 그 순간, 누워 있는 여자의 위쪽에서 거대한 금빛의 가로줄이 생긴다 싶더니, 껍질을 까고 나오는 열매처럼 줄이 벌어졌다.

후아아악!

황금빛이 쏟아졌다.

"허억!"

하인리히의 안색이 새하얗게 질렸다. 그는 덜덜 떨리는 다리로 뒷걸음쳤다.

벌어진 틈으로 거대한 황금색의 눈동자가 나타났다. 캄캄한 어

둠에서 거대한 눈알 하나가 홀로 덩그러니 빛나고 있었다. 번들
거리는 외눈알은 아주 소름 끼쳤다.

하인리히는 실드 마법을 펼치려 했다. 하지만 마나는 옴짝달싹
도 하지 않았다. 어째서? 왜 마나가 말을 듣지 않지? 고분고분
제 말을 따라야 할 마나가 미동조차 없었다.

아무것도 할 수 없는 어둠 속에서 정체를 알 수 없는 생물의
거대한 눈은 엄청난 공포의 대상이었다. 하인리히가 움직이지 못
하는 와중에 금안은 여자의 배를 내려다보았다.

[내 영혼이 이 여자의 배 안에 있다……. 이 계집 안의 태아가 품고 있
다……. 달콤한 신력과 내 영혼 외에는 아무것도 깃들지 않은 순백의 살덩
이가 느껴진다……. 하지만 살덩이는 찢겨졌고…… 태아는 곧 죽는다…….
영혼을 회수하고 싶다……. 하지만…… 회수할 수 없다…….]

머리를 울리는 듯한 음성이 돌이 떨어진 호수의 표면처럼 잔잔
하게 퍼져 나갔다.

[나는…… 무엇에 분노하고 있는가…… 무엇에 화가 나 있는가…… 한 여
자에게 배신당하는 기억밖에 없다…… 나는 무엇을 그리워하고 있는가……
알 수 없다…… 알고 싶다……. 하지만…… 내 심장에는 겁이 박혀 있어 움
직일 수 없다…….]

어둠 속에서 거대한 발톱이 나타났다.

[그러니…… 태아의 심장을 나의 두 번째 심장으로 삼으리라……. 죽기
직전의 태아를 나로 다시 태어나게 하리라……. 태아가 머금고 있던 달콤한
신력은 나에게 생명을 주리라…….]

하인리히가 제어하려 해도 얼어붙은 듯 움직이지 않던 마나가
금빛으로 물들며 발톱을 회오리처럼 휘감았다.

[두 번째 심장은 움직일 수 없는 나의 심장과 연결되리라……. 아무것도 기억하지 못하는 순백으로 시작하겠지만, 나의 자아를 가진 채 영혼의 파편을 모으리라……. 그리고 마지막에는 나를 찾아와 첫 번째 심장과 기억을 되찾아 가리라…….]

금빛의 마나가 여자의 배를 갈랐다. 하인리히가 기겁해서 어쩔 줄을 몰라 하는데, 금빛의 마나는 그녀의 자궁을 가르고 들어가더니 그곳에 자리 잡았다. 금빛의 마나가 사라지고 여자의 배가 물방울 두 개가 맞붙어 합쳐지듯 다시 붙었다. 하인리히는 헐떡이면서 그 광경을 보았다. 눈알이 이번에는 그를 향했다.

[너에게도 나의 영혼이 있는가……? 너도 결국 내게 영혼을 바쳐야 한다…… 하지만 그전까지는 나의 분신을 지켜야 할 것이다…… 지키지 못하면 너 또한 죽을 것이다……]

어둠이 입을 쩌억 벌렸다. 도끼날보다 날카로운 이들이 돋보였다. 그것은 기이하게 웃었다. 그것이 발톱을 들어 올렸다. 발톱 끝에 모인 금빛의 마나가 광선처럼 하인리히에게 쏘아졌다.

"으으……."

학술원의 중앙, 회색 마탑, 그 꼭대기에서 하인리히가 땀을 뻘뻘 흘리며 악몽을 꾸고 있었다.

"흡!"

숨통이 막혀 눈을 번쩍 뜬 하인리히가 몸을 벌떡 일으켰다. 정신없이 헉헉대며 숨을 몰아쉬었다.

'꿈…… 아니 기억인가…….'

하인리히는 옆의 탁상에 개어져 있던 수건을 붙잡아 얼굴에 송골송골하게 맺힌 땀을 닦아 냈다. 덜덜 떨리는 손으로 동그란 안경을 콧등 위에 얹었다. 그는 눈을 감고 꿈 이후의 과거를 회상했다.

하인리히는 사실, 잔인한 일이지만 태아를 없애려 했다.

악마라니……. 그것이 스스로를 악마라 칭하지는 않았으나 악마인 게 분명했다. 바하무트 황족 파편 수혜자들에게 엄청난 마나 제어력을 부여해 준 진짜 황금의 악마라니, 악마의 분신을 보호하다가 끝에는 악마에게 죽어야 한다니…….

하인리히는 어둠에서 벗어나자마자 제정신이 아닌 상태에서 기절한 여인을 죽이려 했었다. 분노가 그의 전신을 지배했다. 그는 하나밖에 남지 않은 소중한 조카딸이, 혈육이 저 때문에 죽는 걸 용납할 수 없었다.

하나 죽인다는 의도를 뇌에 담는 순간 머리가 터질 것처럼 아파 왔다. 몇 번이나 시도했지만 죽인다고 생각할 때마다 머리가 너무 아파서 불가능했다. 하인리히는 예정대로 여인과 태아를 보호할 수밖에 없었다.

그리고 아르하드가 태어났다. 아이가 여인의 생명을 빨아들여 태어나기라도 한 듯, 여인은 아이를 낳자마자 죽었다. 아이를 잘 부탁한다는 말과 함께.

"아르하드……."

하인리히는 이름을 중얼거리며 그의 어린 시절을 떠올렸다.

아이는 백치였다. 자다가 깨어나서 젖과 이유식을 먹고 배변을 할 때를 제외하면 멍청하게 앉아 있는 시간의 반복이었다. 웃지도, 울지도 않았고 말도 하지 않았다. 아르하드에게 젖을 먹였던 젖어미는 아가가 백치가 아니냐고 했지만 하인리히는 악마라서 뭔가 다른 점이 있는 거라고 생각했다.

판데모니엄에 갇힌 악마의 심장과 연결되어 인간의 모습임에도 인간인지, 악마인지 분간을 할 수 없는 존재인 아르하드가 두려웠다. 그래서 하인리히는 젖어미가 올 때가 아니면 아이를 탑에 가두고 감시하며 경계했지만 아이는 네다섯 살이 되도록 계속 백치처럼 시간을 보냈다.

하인리히가 뭔가가 잘못되었나 생각할 즈음이었다. 아이의 눈동자에 갑자기 빛이 돌아왔다. 변화를 눈치채고 경계하는 그에게 놀라운 말을 내뱉었다.

"나는 당신을 죽이지 않을 겁니다."

콰아아앙!

생각에 잠겨 있던 하인리히는 문이 세게 열어젖혀지는 소리에 고개를 들었다. 바로 밑층이었다. 문과 벽이 부딪쳐 튕기는 소리가 들리더니 다급한 발소리가 이어졌다. 발소리는 점점 멀어졌다.

목이 멨던 하인리히는 탁상 위에 있던 주전자의 물을 유리컵에 따랐다. 몸을 일으켜 컵을 들고 창문 앞으로 천천히 다가갔다. 하늘을 올려다보았다. 하늘을 부유하는 새들이 짹짹거리며 울어 댔다. 하얀 구름은 하늘을 둥실둥실 떠다니며 햇살을 누렸다.

얼마 지나지 않아 마탑에서 한 존재가 빠르게 뛰어나왔다. 하인리히는 그의 뒷모습을 물끄러미 쳐다보았다.

아이는 저렇게 말끔하게 자랐다. 사는 내내 감정이 결여된 듯한 모습을 보이긴 했지만, 인간과 전혀 다를 바가 없었다. 인간이라기엔 지나치게 매혹적인 용모와 기묘한 이끌림을 가지고 있지만, 어쨌든 인간이었다.

하인리히는 아무리 아르하드가 자신을 죽이지 않겠다고 했다지만 믿을 수가 없어 유년시절 내내 그를 탑에만 가두어 뒀었다. 하지만 그것도 무리라는 걸 깨달았다. 아르하드의 심장에 심각한 결함이 있었기 때문이다.

아르하드는 어느 순간부터 탑에서 아무 말 없이 빠져나가기 시작했다. 그의 부재를 알고 기겁한 하인리히가 추적해서 찾아가면 그는 항상 산이나 오지 초입 근처에 있었다. 그리고 하인리히를 반겨 주는 것은 언제나 피에 흠뻑 젖은 아르하드와 심장이 터져 나간 몬스터들의 사체였다.

그의 심장은 무엇 때문인지 신력이 아주 빠르게 소모되었다. 하인리히가 진찰해 본 결과 심장에는 아무 문제없었다. 하지만 신력이 문제였다. 보통 사람이 10년을 살아갈 수 있는 신력을 아르하드는 한 달도 되지 않아 다 써 버리곤 했다.

아르하드는 자신의 상태가 심장병이라고 정의 내렸다. 그리고 심장에서 신력이 다 떨어지면 신력을 보충 받을 때까지 길게, 아주 길게 잠들어 있는 병이라는 말을 덧붙였다.

아르하드가 계속해서 학살을 저지르면 바하무트의 눈에 띨 수도 있었다. 하인리히는 아르하드가 탑에 머무르게 하고 직접 몬스터들의 심장에서 신력을 채취해 응축하여 약물의 형태로 공급해 주었다. 하지만 아르하드의 심장에서 신력이 고갈되는 주기는 그가 성장할수록 점점 짧아지고 있었다.

아르하드가 십 대 중후반이 되자 점점 더 심해지는 증상에 하인리히가 걱정을 하고 있을 무렵, 에이지가 찾아왔다. 증오와 복수심에 불타는 청년은 자신이 아르하드를 제외한 로이긴족의 마지막 생존자라고 말했다.

청년은 바하무트 일족의 씨를 말리고 싶어 안달이 나 있었다. 그런 에이지는 자신이 아르하드 관련 정보 수집을 맡은 블랙폭시의 보스라고도 말했다. 그때부터 하인리히는 아르하드의 정보가 바하무트에 흘러들어 갈 걱정을 하지 않게 되었다.

카마트로스의 결성. 다양한 사연을 지닌 인재들의 영입. 블랙폭시와의 세력싸움…….

현재 그들이 처해 있는 상황이다. 그리고 아르하드는 폭풍의 핵에서 늘 죽은 듯 고요하기만 했다.

그런 아르하드가 여유를 버리고 어디론가 급히 달려가고 있었다. 하인리히는 그를 창문 너머로 내려다보며 중얼거렸다.

"저렇게 급한 걸 보니 그 소녀에게 가는 모양이군……."

"……."

아침을 가져온 태양이 고운 금가루를 닮은 햇볕을 얼굴에 쏟아

냈다. 아르하드는 인상을 찌푸렸다가 금빛으로 부서지는 빛을 가리기 위해 손으로 눈을 덮었다.

그는 태양의 빛을 미치도록 사랑했었다. 태양의 정체를 알기 전에는 황금이 품은 누런빛을 최고의 가치로 여겼었다. 황금을 닮고자 했었고, 추구했었다.

"꿈인가."

너는 그토록 잡히지 않는 빛이었는데.

"꿈인 걸까."

정신 나간 사람처럼 한참이나 중얼거리던 아르하드는 몸을 벌떡 일으켰다. 차가운 물을 머리에 쏟아부어 정신을 차리고 대충 눈에 보이는 옷가지를 챙겨 입었다. 문을 세게 열어젖히고 그녀가 있을 곳으로 달려갔다.

육체가 범인의 경지를 넘어서서 적은 거리를 달린다고 해서 호흡 한번 거칠어지지 않는다. 땀 한 방울 맺히지 않는 그를 흐트러트리는 건 오로지 바람에 이리저리 쏠리는 머리카락뿐이었다. 그러나 지금 그의 입술 틈새에서는 거친 숨이 튀어나오고 이마에는 식은땀이 송골송골 맺혀 있었다.

역시나 이아나는 어김없이 빛으로 뒤덮인 수련장에서 열심히 검을 휘두르고 있었다. 아르하드는 거칠어진 숨을 고르며 나무를 붙잡았다. 이마에 맺힌 땀을 닦아 냈다. 이아나의 귀가 쫑긋했다가 소리가 들려온 쪽으로 고개를 돌렸다. 아르하드는 긴장했다.

"아르하드?"

이아나는 아르하드의 이상한 모습에 그의 이름을 불렀다. 아르하드는 이아나가 제 이름을 부르자 입술을 꽉 깨물었다. 입술이 바짝바짝 말라 왔다.

"어제는……."

아르하드는 차마 말을 잇지 못했다. 어제, 이아나가 제 것이 되겠다고 선언하고 난 이후, 아르하드는 어찌할 바를 몰랐다. 꿈에서만, 망상으로만 그려 오던 상황이 갑자기 현실로 다가왔기 때문이다. 이것이 꿈인가 싶기도 하고 대체 무슨 일인가 싶어 멍하기도 했었다.

하지만 상황을 깨달은 즉시 그의 온 정신까지 치닫는 감정은 짜릿한 쾌감과 환희였다. 그녀의 입술이 손등에 닿는 순간 몸 전체가 화르륵 달아올랐다. 손등에 입을 맞추고 있는 존재의 동그란 정수리를 담은 눈이 시리도록 아팠다. 그 어떤 귀중한 보물과도 맞바꾸고 싶지 않은 기쁨과 울렁거림에 정신이 오락가락했다.

그 뒤로 그는 제정신이 아니었다. 온 세상을 아득하게 만들어 버리는 황홀함이 머리끝까지 차올라, 미친 듯이 웃다가 그녀의 손을 꽉 움켜쥐고 무슨 말을 쏟아 낸 후 끌어안은 기억밖에 없었다. 당황한 듯 뒤척이는 이아나를 제 품에 가두는 순간, 참을 수 없는 만족감과 충족감, 포만감과 나른함이 들었다.

이아나를 돌려보낸 후 탑으로 돌아와 제 몸에 묻어 있는 이아나의 체향을 만끽하며 그 어느 때보다 깊고 달콤하게 잠들었다. 하지만 깨어나자마자 불안은 스멀스멀 기어 나와 행복을 먹어 치웠다.

'그게 모두 꿈이었다면? 꿈이라면?'

아르하드는 더 이상 희망고문을 바라지 않았다.

이아나는 영문을 모르겠다는 표정으로 물끄러미 쳐다보고 있었다. 그 순간 심장이 세게 내려앉았다. 꽉 쥐어짜서 피가 모조리 발끝까지 추락하는 기분이었다. 온몸이 싸늘하게 식었다. 아르하드는 옷깃을 움켜쥐었다.

'역시 꿈이었을까? 꿈이었겠지?'

그는 자신이 없었다. 그 무엇에도 두려워하지 않는 그임에도 단 하나 두려워하는 게 있었다.

"어제는?"

이아나가 되물었지만 아르하드는 목이 메어 말을 이을 수 없었다.

이렇게 꼴사납게 굴고 싶지 않은데, 당당하게 묻고 당연하게 너를 내 곁에 두고 싶은데, 이렇게, 너에게 배신당하고, 거절당하고, 언제나 나를 거부했던 기억은 내 머리 한구석을 차지하고 남아 이렇게 겁쟁이로 만든다.

"꿈……이었나?"

너는 내게 있어 가장 악마에 가깝다. 선과 악을 어찌 규정짓는가? 옳든 그르든 누군가에게 행복을 선사한다면 그자에게 있어서는 선이요, 절망과 비참함을 안겨 준다면 악일 터였다. 나에게 따스함을 주었다가 빼앗고, 절벽 끝까지 몰아넣은 채 거부하기만 했던 너는 나에게는 그 누구보다 악한 악마였다.

"푸."

안절부절못하는 아르하드를 살피던 이아나가 입에서 바람 빠지는 소리를 냈다. 입에서 흘러나온 숨에 흐트러져 있던 머리카락이 위로 올라갔다가 아래로 내려갔다. 이아나가 주먹을 입술에 붙이고 옅게 웃다가 손을 떼고 그를 보았다.

"각서를 쓸까요?"

"각서……."

아르하드가 혼 없이 중얼거리자 이아나는 심드렁하게 말했다.

"아니면 무를까요?"

"절대 안 돼."

아르하드가 냉큼 말했다. 이아나는 어이없다는 듯 웃었다.

"이래도 꿈입니까?"

"꿈이 아닌 것…… 같은걸."

"악몽이라도 꾸셨습니까? 잠이 덜 깨신 것 같네요."

이아나는 성큼성큼 다가왔다. 아르하드는 어둠 한 점 없는 맑은 표정의 이아나를 떨리는 시선으로 주시했다. 이아나는 그런 아르하드를 놀리듯 말했다.

"왜일까요? 당신을 보고 있으면 마치…… 죽기 직전까지 팬 다음 살려 보낸 자를 다시 만난 기분이 듭니다. 다시 맞을까 봐 덜덜 떠는 짐승 같다고요. 제가 당신을 때린 적이 있습니까? 그런 기억은 없는데."

하지만 완전히 틀린 말은 아니지. 아르하드가 그리 생각하며 열없이 무례하다고 중얼거리자 이아나는 계속해서 자신감 없는 모습을 보이는 아르하드의 손을 잡았다.

"무엇이 그리 두려우신 거지요?"

아르하드는 제 얼어붙은 손 너머로 느껴지는 온기에 심장이 멎을 것 같았다. 따뜻한 차를 마셨을 때처럼 포근한 온기가 뭉친 냉기를 풀어 헤치며 덥혔다. 내면의 깊은 바다에 가두어 놓았던 불안이 불쑥, 녹아내린 얼음 사이로 떠올랐다.

"……이렇게 상냥하다가 갑자기 뒤도 안 돌아보고 가 버릴까 봐."

"겁쟁이시네요. 일어나지도 않은 일을 그렇게 걱정하면 아무것도 안 됩니다."

하지만 너는 한 번 그랬던 적이 있잖아…….

아르하드는 목구멍으로 불쑥 튀어나오려던 말을 다시 삼켰다. 그런 그를 물끄러미 쳐다보던 이아나는 잡고 있던 손에 제 다른 손까지 덮었다. 아르하드는 제 커다란 손을 꼭 붙잡고 있는 이아나의 두 손에 숨이 막혀 왔다. 이제는 따뜻하다 못해 타 들어갈 것처럼 뜨거운 열기가 그의 손을 먹어 치웠다.

"저는 한 입으로 두말하지 않습니다."

"……."

"당신을 따라가겠습니다. 당신을 위해 검을 휘두르겠습니다. 당신의 곁에서 검을 휘두르면, 그 무엇보다 가치가 있는 것들을 많이 얻을 수 있으리라 여겼기에…….."

이아나의 눈이 흔들림 없이 반짝거렸다. 그 빛이, 저 하늘 위에 떠 있는 태양처럼 더운 두 눈이 아르하드에게 똑바로 향했다. 그 시선을 받고 있는 아르하드는 심각한 갈증을 느꼈다.

"아니, 아니군요."

무엇이? 아르하드는 메는 목으로 불안하게 물었다. 이아나가 눈을 접어 즐겁게 웃었다.

"제가 당신의 곁에 있고 싶습니다. 따라가고 싶어요. 이건 제 의지이고 바람입니다."

심장이 뛰었다. 쾅, 쾅. 괴물이 단단한 문을 주먹으로 내리치듯 심장의 울림은 머리까지 울렸다. 가뭄이 덮친 대지의 푸른 식물이 비를 간절히 바라듯, 절박한 조갈이 그의 목을 졸랐다.

"그러니 더 이상 불안해하지 않으셔도 됩니다."

그리 말하며 이아나는 맑고 깨끗하게 웃어 보였다. 그의 손을 쥔 채 오로지 그를 위해서 웃었다. 아르하드의 머릿속이 새하얗게 비어 버렸다. 이아나의 웃음은 그가 미치도록 갈구했던 것이었다.

언젠가, 어둠을 밝히는 빛으로 다가왔던 것. 보고만 있어도 행복했던 것. 언젠가, 그의 몸 전체가 전율에 젖어 멍하니 쳐다보기만 했던 것. 머릿속에 그리기만 해도 심장이 뭉클해지고 아파 왔던 것.

그리고 전생에서 그에게 결코 보여 주지 않았던 것⋯⋯.

언젠가부터 이아나가 보여 주기 시작한 웃음은 그의 얼어붙은 심장을 설렘으로 녹였다. 녹여서 그 안에 잠들어 있던 감정들을 건져 올렸다.

머나먼 시간 전부터 겹겹이 쌓여 왔던 절망, 분노, 좌절, 우울, 공허, 슬픔, 비참⋯⋯ 이아나를 볼 때마다 엄청난 소유욕 말고도 그런 감정들이 차고 올랐다. 하지만 웃음은 우습게도 그와 같은 부정적인 감정들을 몇 번의 반복만으로 지워 내고 닦아 냈다.

아르하드는 입을 손으로 막았다.

웃음은 무자비한 폭도처럼 녹은 심장을 탐욕스럽게 칼로 그어 냈다. 불안, 공포, 외로움, 답답함을 찢어발기고 베어 내 잔해로 만든 후에 그 속에 숨어 있던 연약하되 뜨거운 그것을 강제로 끄집어냈다.

움츠린 채로 가끔씩만 떠오르던 그것이. 죽은 듯 아주 옅게 숨을 쉬던 그것. 다른 악질적인 감정들 사이에 꼭꼭 숨어 있던 그것이. 아직도 존재하는지 존재하지 않는지 확신할 수 없었던 그것이. 너무 오래되어 사라졌을지도 모른다고 생각했던 그것이. 그러나, 모든 감정의 시초인 그 감정이⋯⋯ 불쑥, 모습을 드러냈다.

웃고 있는 이아나를 쳐다보는 아르하드의 얼굴에 열이 올랐다.

이아나의 얼굴에는 빛이 어려 있었다. 미소에는 온기가 담겨 있었다. 아르하드의 눈시울이 뜨거워졌다.

아아, 나는, 그리고 너는…….

"……?"

이아나가 이 남자가 뭘 잘못 먹었나 싶어 웃음을 지우고는 고개를 갸웃거리며 방심했을 때였다. 아르하드가 제 손을 쥐고 있는 이아나의 손을 세게 움켜쥐었다.

그리고 확 끌어안았다. 이아나의 어깨를 감싸고, 허리를 옭아맨 채, 그렇게 제 품 안에 당겨 넣었다. 이아나의 붉은 머리카락에 제 뺨을 묻었다. 제 어깨까지밖에 오지 않는 작은 소녀가 제 구명줄이라도 되는 것처럼 그렇게 붙잡았다. 이아나가 놀라서 굳어 있는 사이 아르하드는 그녀를 꼭 끌어안고, 눈을 감은 채 품 안의 이아나를 만끽했다.

"하아……."

아르하드가 막힌 숨을 토해 냈다. 이아나는 밀어내지 않았다. 싫다고 밀어내지도, 검을 뽑아 내며 겨누지도 않았다. 자신을 꽉 끌어안은 어깨 너머로 가라앉은 눈을 깜빡거리기만 했다. 계속, 계속, 계속해서 시간이 흘러도……. 이아나는 아무 말도 하지 않고 그의 품에 안겨 있었다. 그것만으로도 어찌나 따뜻하고 만족스러운지.

이 온기와 포근한 시간에 중독될 것 같았다.

"꿈이 아닌 거지?"

"……아닙니다."

그렇다면 이제부터 어찌해야 할까. 아르하드는 힘을 꽉 주었다.

그는 제 찢어발겨진 심장에서 빠끔히 모습을 드러낸 연약하고도 더없이 열정적인 감정이 두려웠다. 이 끈질기고도 맹목적인 감정이 자신을 얼마나 약하게 만드는지 알기에 부정하고 싶었다. 이것의 존재를 완전히 깨닫는 순간부터 자신이 어떻게 변할지 알 수 없었기 때문에 애써 생각하지 않으려 했다. 하지만 아무리 부정해도 이 감정은 숨어 있을지언정 사라지는 게 아니었다.

부지불식간에 두려움이 몰려들었다. 이렇게 곁에서 행복을 주어 놓고 떠나 버리면 어쩌지? 그때야말로 나는 진정으로 미칠 터인데. 어찔어찔하다. 아르하드는 이아나를 안은 팔에 힘을 꽉 주었다.

……나는 절대 호락호락하지 않아.

나는 내 손에 스스로 와 준 너를 놓아줄 생각이 없어. 나에게는 이제 시간도, 기회도 없어. 그리고 너도 마찬가지야. 만약 네가 나를 떠난다면…… 나는 이제 정말로 완전히 돌아서 너를 차라리 내 손으로…….

그때 이아나가 손을 들어 아르하드를 마주 안아 주었다. 아르하드는 그때서야 광자의 생각에서 벗어날 수 있었다. 그는 제 품 안에 안기고도 남는 작은 체구에 주먹을 꽉 쥐었다.

이런 내 미친 생각을 너는 몰라. 정상과 비정상의 경계선에서, 조금만 균형을 잃어도 이성을 잃어버리고 마는 나를 너는 몰라. 겨우 16년밖에 살지 않은 어린 너는.

그래서 나는 너를 그저 아껴 주려 해. 지금까지 해 왔던 것처럼, 계속. 네가 이런 내가 마음에 들어 내 곁에 남기로 했다면 나는 끝까지 이런 나를 드러내지 않으려 해. 그러니 내 곁에 있어 줘야 해. 나를 떠나면 안 돼. 내 곁에서 웃어 주고, 대화를 해 주고, 이렇게 안아 줘야 해.

그래, 아직은 이것만으로도 충분하고 벅차다. 아르하드는 애써 제 심장의 감정을 짓눌렀다. 이아나의 어깨에 머리를 묻으며 행복하게 웃었다.

한참이나 만족할 때까지 이아나를 끌어안고 있던 아르하드는 그녀를 먼저 놓아주었다. 아르하드는 만면에 웃음 일색이었다. 이아나는 묘한 눈초리로 그를 보며 엉거주춤하게 자세를 바로 했다.

"많이…… 기쁘신 모양이군요. 이렇게 갑자기 끌어안으시는 걸 보면."

그제야 또다시 충동적으로 이아나를 끌어안았음을 깨달은 아르하드가 아차 했다. 이아나만 보면 손을 잡고 싶고, 손등에 입을 맞추고 싶고, 폭 안고 있고 싶고, 그녀가 밀어내지 않으니 욕심은 점점 더 커져 갔다. 아르하드는 얼굴을 조금 붉혔다.

"미안."

"아닙니다. 기분 나쁘지 않았으니까요. 기뻐서 어쩔 줄 몰라 하시는 걸 보니 뿌듯해집니다."

"기쁘고말고. 마음 같아서는 춤이라도 추고 싶을 정도야."

아르하드가 춤? 머릿속으로 그가 춤추는 모습을 떠올린 이아나가 픕, 하고 짧게 웃었다.

"저, 다음 해부터 본격적으로 신력 제어를 배워 보려 합니다."

"그래. 그러자."

아르하드는 흔쾌히 대답했다. 신력을 제대로 다룰 줄 알아야 함부로 신력을 쓰지 않을 거고, 그를 피하지도 않을 터였다. 어떻게, 어떤 방식으로 가르쳐야 할까, 고민하고 있을 때 이아나가 조심스레 말했다.

"그전에 묻고 싶은 게 있습니다만……."

똑똑.

하인리히는 침실에서 책을 읽고 있다가 문을 두드리는 소리에 숙이고 있던 고개를 들었다.

"접니다."

"들어오게."

벌컥.

문을 열고 검은 머리칼과 황금의 눈동자를 지닌 청년이 들어왔다. 청년이 내리떴던 눈꺼풀을 들어 올려 시선을 마주했다. 순간 하인리히가 움찔했다. 꿈에서 다시 보았던 거대한 금안을 떠올렸던 탓이다.

"제가 깨운 겁니까?"

"아닐세. 자네가 오기 전에 일어났네. 그런데 무슨 일인가?"

"일단…… 이아나, 들어와."

아르하드가 문에서 상냥한 태도로 물러났다. 그러자 붉은 소녀가 그의 뒤에서 모습을 드러냈다.

"오랜만에 뵙습니다. 그간 평안하셨습니까?"

"어서 오시게, 이아나 양."

허리를 한 번 숙인 이아나는 자세를 곧게 폈다. 하인리히는 이아나를 쳐다보며 물을 들이켰다. 언제 봐도 참 총명하고 곧아 보이는 강렬한 인상의 소녀였다. 또한 기묘한 느낌을 가진 소녀이기도 했다.

이아나를 보고 있으면 심장이 근질거렸다. 이는 더러운 마음이 아니었다. 본질적인 무언가가 술렁거리며 그녀에게 동요하고 있었다. 어째서일까?

'악마의 감정을 조금이나마 공유 받는 것인가?'

이는 아르하드의 태도와 관련이 있을 것이라, 하인리히는 판단했다. 이아나는 악마인지 뭔지 모를 아르하드가 비이상적일 정도로 집착하고 감정의 동요를 보이는 소녀였으므로.

하인리히는 아르하드를 흘끔 쳐다보았다가 흠칫 놀랐다.

보라, 지금도 아르하드는 자신을 보지 않고 있었다. 제게 인사하는 이아나만을 내려다보며 더없이 사랑스럽다는 듯한 얼굴을 하고 있었다. 감정적 동요를 보이며 사랑에 빠진 저 나이 대의 청춘처럼 웃음을 감추지 않았고, 그녀를 신적인 존재처럼 숭배하며 그녀가 바라는 모든 것을 바칠 것처럼 굴었다. ……이아나는 저런 아르하드를 알고 있을까?

아르하드의 손이 움찔거리며 올라갔다. 이상함을 느낀 이아나가 홱 올려다보자 아르하드는 손을 바로 내리고 멀쩡한 태도로 왜 그러냐는 듯 웃었다. 이아나는 고개를 갸웃하고는 다시 하인리히에게 시선을 돌렸다.

'모르는 것 같군.'

만일 이아나가 아르하드가 어려서부터 어찌 지내 왔고, 어떤

성격이었으며, 어떠한 존재인지 알았다면 맹목적인 그의 태도에
저리 무덤덤하지는 않았을 텐데.

하인리히의 가슴이 쿵, 쿵 빨라졌다. 악마의 감정이 공유되는
게 맞다면, 아르하드는 이아나를 사랑하는 게 틀림없었다. 저, 저,
표정 보라지. 당장 이아나를 제 품에 끌어안고 싶어 안달이 난
듯하다. 하인리히는 이아나에게 보였던 아르하드의 이상한 모습들
을 하나하나 떠올렸다.

라오스의 신전에 갔다 오겠다던 아르하드가 연락이 끊긴 후,
며칠이 지나서야 피곤한 기색으로 돌아와 탑에서 잠들었다. 후에
에이지에게 그의 행적을 들었을 때는 정말 어처구니가 없었다.
들어 보니 어떤 소녀를 뒤에서 끌어안았다던가, 소녀를 따라다니
며 지켜보다가 위프헤이머의 하급제자 한 명과 미노타우루스를
제거했다던가, 잠든 소녀의 손을 들어 올려 입을 맞췄다던가, 믿
을 수 없는 이야기의 연속이었다.

그뿐이랴. 깨어나자마자 관심도 없던 검술학부의 검술대회를 보
러 가질 않나, 자기에게 관심을 보이는 소녀를 피해 도망치질 않
나, 갑작스레 카마트로스에 끌어들이질 않나……

심지어는 이번 해 여름 계절학기에 일정이 빡빡한데도 마이마
예에게 보내야 할 물건을 자기가 직접 가져다주겠다고 핑계를 대
며 남부 대륙으로 향하는 소녀를 따라가더니, 몬스터를 죽일 때
조차 오지 초입에서만 어슬렁거리던 그가 슈나이더 왕자와의 중
요한 회동까지 저버리며 오지 중심까지 들어가질 않나……

소녀가 한 번 밀어냈다는 이유로 하루 종일 불안해하고, 거의
반나절 동안 여자 기숙사 앞에서 소녀를 기다리고, 끝끝내는 소

녀를 탑으로 데려와 재우고, 소녀가 자신에게서 떨어지게 만든 위프헤이머의 직속 제자 중 한 명인 케이거스 드미트리에게 화가 나서 어쩔 줄 몰라 하더니 며칠 만에 그를 단숨에 척살해 버린 것도 모자라…….

심지어 이번 학술제에서는 89골드짜리 꽃다발을 바치고 50만 골드라는 엄청난 거금을 거리낌 없이 던지기까지…….

황금의 악마는 황금을 사랑한다고 했다. 그리고 아르하드의 정체는 잘 모르겠지만, 스스로에 대해 말해 준 건 거의 없었지만, 그가 악마의 분신으로서 악마와 깊은 연관이 있음은 분명했다. 그가 하인리히에게 알리지 않고 소유하고 있던 황금의 양을 알고 얼마나 놀랐던가.

그런데 그 황금을 거리낌 없이 내던질 정도로 저 소녀를 사랑하는 건가 싶었다. 순 미친놈이었다. 그것도 그냥 미친 게 아니라 심하게 미친놈. 하인리히는 저도 모르게 한숨을 쉬며 고개를 절레절레 저었다.

하지만 무감각하게 죽어 있는 아르하드보다는 지금의 그가 훨씬 좋았다. 어색하지만 신기하기도 하고, 어설프고 허술한 모습에 편안한 마음이 들기도 했다.

하인리히가 응접실로 둘을 데리고 갔다. 하인리히는 상석이 아닌 둘을 마주 볼 수 있는 자리에 앉았다.

"그래, 자네와 이아나 양이 내게 무슨 볼일이 있는가?"

"이아나가 카마트로스에 완전히 합류하기로 했습니다."

"그 말은?"

"바하무트 제국에 함께 갑니다. 황제가 된 이후에도 제 곁의 기사로 남기로 했습니다."

과연……. 결국 꼬임에 넘어간 건가. 하인리히는 이아나와 아르하드를 관찰했다. 잔인한 고대의 악마와 그의 광적인 사랑을 받는 강한 소녀 검사라……. 어린 소녀들이 읽는 로맨스 소설에나 나올 법한 구도였다. 하지만 그 구도가 지금 하인리히의 눈앞에서 펼쳐지고 있었다.

"그리고 이아나가 하인리히 님께 드릴 말씀이 있다고 합니다."

"뭐지?"

하인리히가 호기심을 담아 이아나를 쳐다보았다.

"단도직입적으로 말씀드리겠습니다. 헤레이스의 신력을 줄이는 것보다, 신력 제어를 배우게 해 보는 게 어떻습니까?"

하인리히가 흠칫 놀라 아르하드를 보았다. 그것까지 말했는가? 아르하드는 고개를 끄덕였다.

"이아나는 웬만한 건 다 알고 있습니다. 악마의 파편과 신력에 대해서 알고 있고, 정령을 불러내는 방법도 알고 있습니다. 악마의 파편에 대해서도 편히 말씀하시지요."

'전부가 아니라 웬만한 건이라. 그리고 악마의 파편에 대해서만이라면 아르하드와 악마의 진짜 관계는 모른다는 건가…….'

그렇다면 그건 빼고 설명을 해야 하리라. 그런 이야기는 하더라도 당사자가 직접 해야 하고. 하인리히가 숨을 고르게 내쉬었다.

"결론부터 말하자면, 그건 불가능하네. 아니, 불가능하다기보다는 아주 어려운 일일세."

"어째서입니까? 헤레이스의 문제는 신력이 많아서 생긴 문제가 아닙니까? 그렇다면 힘은 들겠지만 마나 대신 신력을 제어하게 하면 되지 않습니까. 옆에서 신력 제어가 가능한 사람이 붙어 지도할 수 있다면 시도해 보는 것도 괜찮을 듯합니다만."

"헤레이스의 문제는 그게 주된 원인이 아니기 때문이지. 내가 그때, 말해 주지 못한 것들이 있네."

하인리히는 머리가 지끈거려 이마를 짚었다.

"악마의 파편이 악마의 영혼의 파편이라는 건 알고 있을 것이네……."

"그렇습니다."

"그리고 나는, 악마의 파편을 소유하고 있다네."

과거, 하인리히는 로안느 출신의 재능 있는 마법사였지만 그것만으로는 부족했다. 마법에 대한 지식욕과 탐구욕은 활화산의 용암처럼 부글부글 들끓었고 그는 가족을 뒤로하고 모험을 떠나 세계를 떠돌았다. 그때까지 하인리히를 아낌없이 지원해 준 가족들은 잘 다녀오라며 손을 흔들었다.

그의 가문은 자작가였지만 형편이 넉넉하지는 않았다. 하지만 언제나 따스한 웃음이 넘쳐흘렀고, 서로를 신뢰하는 화목한 가정이었다. 그들은 하인리히의 꿈을 위해 먹는 것까지 아껴 가며 그의 미래에 보탬이 되어 주었다. 하인리히는 위대한 마법사가 되면 사랑하는 가족들을 호강시켜 주고 싶었다. 모험을 떠난 상태에서도 주기적으로 편지와 선물을 보낼 만큼 가족에게 깊은 애정을 가지고 있었다.

[받아들일 텐가?]

욕망은 지천을 떠돌아다니던 악마의 파편에 닿았고, 파편은 하인리히의 영혼과 접촉했다. 핏줄에서 살아가는 대신 힘을 주겠다며 하인리히를 유혹했다. 하인리히가 고민했던 시간은 짧았다. 젊었던 시절, 과도한 욕심에 의해 저질렀던 과오였다.

그는 악마의 파편을 얻고 대단한 마법의 힘을 가지게 되었다. 대신 그의 조부모, 부모, 동생…… 가족을 전부 잃었다. 딱 한 명을 제외하고.

하인리히는 얼마 지나지 않아 바하무트 황족에게 파편을 소유하고 있다는 것을 들켰고, 수하가 되지 않으면 죽이겠다는 협박에 의해 제국에 몸을 담을 수밖에 없었다.

그리고 바하무트에서 지내면서, 황족이 오랜 세월 동안 알아낸 악마의 파편의 성질들을 알게 되었다.

악마의 파편. 힘을 미치도록 갈구하거나 누군가에 대한 부정적인 감정을 쏟아 낼 때 모습을 드러내는 악마. 이것은 누군가의 피에서 영겁에 가까운 세월을 깃들어 살아가는 대신 그의 일족에 엄청난 마나 제어력을 선사한다.

하지만 재능이 부족한 공유자는 사망한다.

황급히 가족의 안부를 확인해 본 결과, 가족은 이미 비명횡사한 지 오래였다. 선량하고 욕심이 없던 그의 일가는 악마의 파편을 견디지 못했다. 마나를 제어하다가 심장이 터져 죽거나, 신력이 빠르게 소모되어 아무 낌새도 없이 죽어 버렸다.

살아남은 이는 벤덤 자작가에 시집을 간 동생의 딸밖에 없었다. 조카딸을 위해서는 살아 있어야겠지만, 하인리히는 죄책감에 목을 졸라매 죽고 싶은 심정이었다. 그가 제 일가에 씌운 피의 굴레는 일족의 씨가 마를 때까지 사라지지 않으리라. 악마의 파편이란 그런 것이었으니까.

하인리히는 남부 대륙으로 가는 걸 허락받기 위해 황제에게 머리를 조아렸다. 황제는 윤허하며 남부로 가서 뛰어난 인재들을 모으고 악마의 파편도 수집해 오라고 그에게 명했다.

바하무트에 차곡차곡 쌓인 정보에 의하면 피에 이미 깃든 악마의 파편을 빼낼 방법은 없었다. 그러니 일족의 피를 이어 가기 위해서는 첫째, 살아남은 일족에게 신력을 계속 제공하고 둘째, 악마의 파편을 모으는 데 앞장서고 있는 자들을 죽여야만 했다.

그들은 바로 바하무트 황족들. 아주 머나먼 과거부터 파편을 모으기 시작해 이제는 가장 거대한 악마의 파편을 품고 있는 자들이었다. 이 마도시대에서 가장 강했으며 가장 위험했다.

그들은 지금은 하인리히를 부하로 삼고 있지만 하인리히가 떠나려고 한다면 심장을 부수고 파편을 빼앗을 터였다. 떠나지 않더라도 하인리히가 사망할 때 파편을 가져갈 터였다.

파편을 가져가지 않더라도 하인리히의 후손에게 접촉하여 부하로 부려 먹거나, 부하로 써먹을 가치가 없다면 파편을 회수해 갈 터였다. 그러다가 파편을 다 모아 갈 쯤이면 하인리히의 일족의 피에 깃들어 있는 파편을 가져갈 터였다. 결국 일족의 끝은 몰살로 예정되어 있었다.

결국 바하무트 황족을 제거해야 한다는 말.

하인리히는 황족을 제거하기로 결심했고, 황족을 증오하던 한 일족과 협력을 약속했다.

일족은 머나먼 옛날, 엘프의 피를 이어받아 히마라페 빙원 근처에서 살던 소수민족이었다. 일족은 엘프 전체에게서 외면을 받았는데, 그 이유는 엘프의 피와 섞인 반쪽 피에 악마의 파편을 품었기 때문이었다. 엘프들은 그들을 혐오해서 숲에서 내쫓았지만 그들은 파편에 담긴 힘을 이용해 스스로를 적으로부터 지키고, 엘프의 특성을 이어받아 자연을 사랑하며 행복하게 살아갔다. 그리고 어느 순간부터 그들은 스스로를 '로이긴족'이라 칭하기 시작했다.

하지만 어느 날, 바하무트 제국이 그들의 영역을 침범했다. 누구보다 강했던 황족들은 로이긴족을 철저하게 유린했다. 로이긴족은 그때부터 황족의 노예가 되었다. 자존심이 강했던 로이긴족은 굴복하지 않고 황족을 뼛속 깊이 증오했다.

로이긴족은 유전적으로 머리가 아주 좋아 바하무트 혈족의 밑에서 악마의 파편에 대해 연구하는 일을 맡게 되었다. 실제로 파편의 성질은 거의 다 로이긴족이 오랜 기간 연구하며 얻어낸 지식들이었다.

원수의 밑에서 연구하며, 로이긴족은 복수할 날만을 꿈꿨다. 평화와 자유를 짓밟힌 그들의 원한은 깊고 깊었다. 하지만 보복하기 어려울 정도로 커져만 가는 황족의 힘은 그들에게 두려움을 심었다. 악마에 대해 알아 가면 알아 갈수록 그들은 겁에 질렸다. 그리고 깨달았다. 파편을 모두 모은 황족은 누구도 대적할 수 없는 악마가 될 것이라고. 그렇게 되면 이 세상은 어찌 되는지…….

결국, 로이긴족은 근친혼으로 인해 순혈에 가까운 황족의 피를 빼돌리는 수단을 감행하기로 했다. 그리고 그들에게 하인리히가 협력했다.

그로써 태어난 것이 로이긴족의 아르하드였다.

하인리히는 아르하드의 심장 얘기만 빼고 악마의 파편과 아르하드의 외족인 로이긴족, 그리고 악마에 대해 자신이 알고 있는 모든 것을 모두 말해 주었다.

"로이긴……."

거기까지 들은 이아나가 로이긴이라는 이름을 소리 내어 읊어 보았다. 로이긴, 아르하드 로이긴. 그런가. 외족의 이름이었던가.

"악마의 심장이 판데모니엄에 있다는 것 알고 있나?"

"이분이 말씀해 주셨습니다."

"판데모니엄은, 정확히 뭔지는 알 수 없지만, 지저에 있다네."

"땅 밑이요?"

"그래. 우리의 세계는 구형이라고 알려져 있지. 판데모니엄은 세계의 중심에 있어. 판데모니엄은 대혼돈…… 신들의 고향이라 불리었지만 언제부턴가 변색되어 악마의 소굴이라 불리기 시작했지. 이제 성서를 떠올려 보게."

이아나는 암기하고 있던 성서를 줄줄 외어 보았다.

"맥락상 판데모니엄에 악마가 잠들어 있을 거라고 추측할 수 있지. 그처럼 판데모니엄에는 과거 한 신에 의해 심장이 꿰뚫린 악마가 잠들어 있고, 거기서 나온 악랄한 감정과 악기는 가끔 지저를 뚫고 균열을 일으키며 세상 밖으로 튀어나온다네."

하인리히는 차를 한 모금 들이켰다.

"그것은 흩어져서 평범한 짐승들을 강한 증오와 허기를 가지는 몬스터로 만들고, 한번 몬스터로 변질된 짐승들은 되돌아올 수 없네. 그들은 몬스터로 살아가는 거야. 균열은 보통 순식간에 다시 메워지네만 사라지지 않을 때도 있어. 그런 현상은 오지에서 더욱 심하지."

이아나가 눈을 빛냈다. 새로운 정보였다.

"그렇다면 오지가 아닌 이곳, 중앙 대륙은요?"

"이곳은 일종의 성지이네. 라오스 신이 어떤 수를 썼는지는 모르겠지만 중앙 대륙에는 균열이 거의 없어."

그래도 강력한 악마의 기운은 때때로 균열을 일으키며 튀어나오고, 그 기운은 짐승을 몬스터로 만들며 심지어는 사람마저 악하게 만들거나 몬스터로 만든다고 하인리히는 말을 덧붙였다.

"그런데 악마의 악한 기운은 몬스터를 생명을 증오하는 개체로 만들지만 한편으로는 더욱 강하게 만들어 준다네. 이빨은 더욱 날카롭게, 발톱은 더욱 뾰족하게, 뿔은 더욱 거대하게, 독은 더욱 진하게. 심지어는 마나 제어를 할 수 있는 개체도 있지."

몬스터들이 기본적으로 강한 힘을 가지고 있는 이유가 이 때문이었던 모양이다.

"바하무트는 오지와 롯소산맥을 헤매며 그런 '판데모니엄의 균열'들을 찾고 있다네. 그들이 균열을 찾는 이유는 두 가지가 있는데……. 첫 번째 이유는 몬스터 군단을 양성하기 위해서라네. 바하무트 황실의 마법사장…… 위프헤이머 포테스타스라는 자가 있는데 그 녀석은 나와 같은 정신 계열 마법사일세. 대마법사 중한 명이지."

하인리히는 안 본 지 꽤 오래된 위프헤이머 포테스타스를 떠올렸다. 그는 힘과 전쟁에 미친 자였다. 몬스터를 제 아래로 두는 것에 쾌감을 느끼고 파괴를 즐겼다. 그는 사상 최강이자 최악의 마법사였다. 바하무트 황족과 비슷한 자였다.

"그는 나와 같은 파편 소유자로서 몬스터를 세뇌하고 조종하는 방법을 터득했어. 놈과 놈의 수많은 제자들은 몬스터 군단을 구성할 계획을 세우고 있고, 지금도 몬스터들을 세뇌하고 있네. 황족은 그들을 신나게 지원하고 있지. 균열은 순식간에 사라져 버리기 때문에 이때까지 단 한 곳도 찾지 못했지만……만일 균열이 놈들의 눈에 띄면 큰일일세. 몬스터 양산이 가능하다는 거니까."

이아나는 회귀 전, 바하무트와의 전쟁에서 거센 해일처럼 밀려왔던 몬스터들을 떠올렸다. 몬스터들은 폭주해서 날뛰어 댈 때도 있었지만 대체적으로 바하무트의 통제를 받고 있었다. 몬스터들과 바하무트의 군대는 롯소산맥의 남쪽으로 물밀듯 내려와 남부 대륙을 무자비하게 짓밟아 댔고 평화 속에서 타성에 젖어 있던 국가들은 완전히 유린당했다.

'과연…… 이렇게 된 거였나.'

"지금도 몬스터 군단의 수는 늘어나고만 있네. 바하무트 제국은 암중에서 커다란 한 방을 노리고 있었어. 그런데 그때, 로이긴족에 의해 황제가 소유하고 있던 파편의 소유권을 빼앗기고, 로이긴에게까지 공유돼서 파편의 힘이 반이나 뚝 사라지고 만 거네. 화가 난 그들은 로이긴족을 멸족시켜 버렸지."

이아나는 이야기를 듣고 있다 한 가지 사실을 깨닫고 고개를 들었다.

"혹시 이전에 들려주신 동요를 부른 소수민족이……."

"그래. 로이긴족이 불러 왔던 노래일세."

옛날에 하인리히가 들려준 동요의 내용을 가만히 떠올려 보던 이아나가 물었다.

"로이긴족은 어떻게 악마에 대해 알게 되었습니까? 정령에게 들은 겁니까?"

"흐음. 혹시 영혼이 기억이 쌓이는 보관소라는 걸 알고 있나?"

"체감은 못 하지만, 들어 알고 있습니다."

"저장된 기억은 영혼에 각인된 심장이 있어야 회상할 수 있다는 것도?"

"예, 아 그럼⋯⋯."

이아나는 예전에 아르하드가 말해 준 악마의 기억을 얻는 과정을 떠올려 냈다.

"혹시 그 노래는 악마의 기억에서 비롯된 겁니까?"

"알고 있는 건가? 그럼 이아나 양이 모든 것을 알고 있다는 가정 하에 설명할 테니 모르겠으면 질문해 주게."

"알겠습니다."

"영혼이 어떻게 태어나고 순환하는지는 이 세상을 창조한 라오스만 알고 있겠지만 이 점은 확실해. 예를 들면."

하인리히가 이아나를 가리켰다.

"이아나 양의 영혼이 몸에서 빠져나와 새 심장과 몸을 얻었다고 치세. 이때, 이아나 양의 영혼은 정신활동에 필요한 매개체, 신체를 가지고 있으니 생각은 할 수 있겠지만 이아나 양의 원래 몸에 있을 때 했던 기억들과 감정들은 아무것도 떠올릴 수 없네. 새 심장이니까."

이아나가 알아들었다는 듯 고개를 끄덕이자 하인리히는 계속해서 말했다.

"이번에는 새 몸에서 빠져나와 이아나 양의 원래 몸으로 돌아왔다고 치세. 그럼 그때야 모든 기억을 떠올릴 수 있네. 심지어는 새 몸에 있었을 때의 기억도 떠올릴 수 있지. 이는 영혼에 기억이 쌓이기 때문이고, 원래 몸이 영혼의 진짜 본체이기 때문일세."

"아아……."

"하지만 새 몸에 있을 때도 이따금씩 문이 열리는 것처럼, 기억 속의 경험과 비슷한 경험을 하거나 비슷한 물건을 보면 원래 몸에 있을 때의 기억을 흐릿하게 떠올릴 수는 있어. 한 번도 본 적이 없는데 어디선가 본 것 같은 기분, 기시감이 이 경우지. 그래도 완전히 또렷한 기억을 얻으려면 본인에게 각인된 심장이 있어야 하네."

"그렇군요. 이해했습니다. 그럼 로이긴의 지식은 그런 과정에서 얻게 된 것들입니까?"

"그런 것들도 있지만, 대부분의 지식은 아닐세."

이아나가 의아한 표정을 짓자 하인리히가 웃었다.

"갈기갈기 찢어진 악마의 파편에는 악마의 부분적인 기억이 담겨 있었지. 그리고 판데모니엄에는 악마의 거대한 심장이 있네. 로이긴족의 피에 흐르는 파편의 실소유자는 판데모니엄의 거대한 균열을 본 적이 있어. 거기서 악마의 심장에 영향을 받아 악마의 기억을 아주 또렷하게 떠올려 낼 수 있었다고 하네. 내가 전에 이아나양과 다른 아이들을 모아 놓고 해 준 이야기들은 모두 사실이야."

"그럼 전설이라고 말씀하신 것들이 전부 악마의 기억입니까?"

"그렇네. 일반인에게 설명하기가 쉽지 않기 때문에 그저 전설과 가설로 치부했을 뿐이지."

하인리히는 그녀가 우수한 학생이라 생각하며 웃었다.

"그리고 로이긴족이 생각했을 때 악마는 결코 나쁜 존재가 아니었어. 그렇게 몰아붙인 이들의 잘못이었지. 그들은 그것을 알고 있었고 악마를 숭배하기 시작했네. 그들 일족에게 힘을 주는 존재의 이름을 일족의 이름으로 삼았지. 그래. 황금의 악마의 진짜 이름은……."

하인리히는 목을 가다듬었다.

"로이긴……."

단순히 외족의 이름인 줄 알았더니 아니었다. 악마의 이름이 로이긴……. 이아나는 그 이름을 다시 한 번 입으로 되뇌어 보았다.

"……지금은 때가 아니니 나를 그저 '아르하드 로이긴'으로 알아 두어라."

머나먼 과거에 그가 처음으로 들려주었던 이름, 아르하드 로라르소 바하무트라는 이름보다 길이길이, 죽는 순간까지 제 심장에 남은 이름.

'그런데 로이긴이 악마의 이름이라…….'

욱신…….

심장이 갑자기 꽉 조였다. 갑작스런 심장의 이상에 이아나가 미간을 좁혔다. 강하게 수축했던 심장은 금세 다시 이완했지만 순간적으로 아플 정도로 세게 조여서 놀랐다.

"아무튼 내가 파편을 흡수한 후, 나의 혈족은 헤레이스의 어미를 제외하곤 모두 죽었네. 하지만 헤레이스의 어미도 헤레이스를 낳은 후 죽었지."

이아나는 제 심장에서 관심을 떼고 하인리히의 이야기에 집중했다. 생각만 해도 가슴이 아팠던 하인리히가 한숨을 뱉었다.

"악마의 파편은 친화도와 변화력을 제공하지만 수용력과 의지력은 아니네. 재능이 있거나, 자아가 강하거나, 욕심 많은 이들에게 악마의 파편은 축복이지만, 그렇지 않은 공유자들에게는 저주라네. 양날의 검이지. 그런데 헤레이스는⋯⋯."

하인리히의 눈 아래에 그림자가 드리워졌다. 헤레이스가 어릴 적 무사히 태어나서 건강하게 자라고 마나를 제어하는 순간을 목격하는 순간 얼마나 기뻤던가. 하지만 그 이후, 하인리히는 절망했다.

"신력이 괴이할 정도로 많아. 거기에 파편까지 겹쳐지니 친화도가 너무 커서 도저히 수용력과 의지력을 수련할 수가 없네. 마나를 제어할 때는 악마의 파편의 영향을 받아 엄청난 재능을 보이지만, 제어하고 난 후가 문제네."

억지로 끌어모으지 않아도 마나가 악마의 파편 주변을 맴도는 친화도는 심했다. 강기와 마법을 사용할 때는 폭발적으로 그 주변을 돌아다녔다. 제어가 끝나면 단숨에 끊어 내야 하는데 마나가 진정한 주인인 악마의 파편을 벗어나려 하지 않았다. 이때 강하게 끊어내면 상관없지만 마나를 계속 내버려 둘 경우가 문제였다.

오랜 시간을 생물의 가까운 곳에서 맴돌다 보면 마나는 악마의 것이 아닌 심장의 달콤한 신력에 유혹 당한다. 악마 쪽을 바라보지만 악마는 통제하지 않는다. 뜯어먹어도 상관없다고 생각한다. 마나는 심장에 득달같이 달려든다. 마나 과부하가 일어난다.

"악마의 파편이 없어도 신력이 많고 자아가 약하면 마나 과부하가 일어날 가능성이 높네. 그런데 헤레이스는 많은 신력에 더

불어 파편까지 공유받기 때문에 그 정도가 아주 심해. 친화도로 따지면 세계에서 손꼽힐지도 모르네. 그런데 몰려드는 마나를 끊어 낼 수가 없으니…….”

“흐음…….”

그러니까 하인리히의 말을 정리하면 이랬다. 헤레이스는 천성적으로 신력을 많이 타고나 친화도가 크다. 그런데 하인리히에게 악마의 파편까지 공유 받아 친화도가 극심해졌다. 마나는 헤레이스의 주변을 맴돌다가, 헤레이스가 마나를 제어하려 할 때 순순히 부려 먹혀 주고, 끊어 내려 하면 심장의 신력을 뜯어먹기 위해 달려든다. 그리고 그의 작은 수용력을 단숨에 초과하며 그를 마나 과부하 상태로 만든다.

“역시 헤레이스의 수용력과 의지력이 문제군요.”

“그래. 의지력의 경우 사람의 성향에 영향을 받는 건 알고 있겠지. 헤레이스는 천성적으로 너무 착하다네. 자신보다는 남을 더 생각해 주고, 욕심이 너무 없네.”

헤레이스는 뛰어난 재능을 지녔다. 하나 본성이 착하고 겁이 많고 욕심이 없다. 만일 헤레이스가 일반인이었다면 신력을 많이 타고난 게 축복이었을 것이다. 하지만 거기에 악마의 파편이 섞여 들면서 문제가 생겼다. 하인리히는 머리를 짚었다.

“사실 헤레이스에게 심장을 잠시 멈추는 약을 준 목적은 세 가지네. 첫째, 마나 과부하를 막는 것. 둘째, 헤레이스의 희망을 지켜 주는 것. 셋째, 깨끗하게 포기할 수 있도록 기회를 주는 것…….”

“전에는 단순히 신력을 줄이고 친화도를 낮추기 위해서라고 말씀하지 않으셨습니까?”

"신력······. 허허."

하인리히가 허탈하게 웃었다.

"사실 신력은 얼마든지 채울 수 있네. 신력 같은 건······ 몬스터 같은 것들에게서 모아서 다시 채워 줄 수 있어. 나는······ 심장에 깃들어 있는 신력을 액체로 정제하는 기술을 개발해 냈다네."

이아나는 아르하드가 몬스터에게서 신력을 빼앗던 장면을 떠올렸다. 그리고 아르하드의 약도 생각해 냈다.

그랬다. 아르하드가 자신의 이마에 발라 준 약. 그것은 하인리히가 정제한 약인 게 틀림없었다. 약을 바른 지 하루 만에 상처를 없애는 기적은 신력으로밖에 설명할 수 없었다. 그리고 검은 로브의 아르하드가 주고 간 약, 심장병으로 신력을 흡수하며 살아야 하는 아르하드의 약.

그 약의 재료는 바로 신력이었다.

"다만 수련할 때 심장에 무리가 가는 게 문제지. 심장에 무리가 가지 않는다면 그 약을 계속 복용해도 상관없을 텐데. 심장이 버티지 못해."

"저는 신력이 신체를 복구시키는 데 효과가 있다고 알고 있습니다. 그렇죠, 아르하드. 저번에 제 이마에 발라 준 약."

"그래."

아르하드는 순순히 시인했다.

"허. 자네 그 약을 또 썼나?"

하인리히가 벙한 얼굴로 아르하드를 보았다.

"이아나의 이마에 상처가 있는 걸 참기 힘들어서. 걱정하지 마십시오. 알아서 보충해 올 테니."

"……."

이아나는 생각에 잠겼다. 의구심이 들었다. 정령은 다른 영혼이라서 불가능하다고 해도, 신력은 심장을 재생하는 게 왜 불가능할까?

"신력이 심장에도 효과가 있는 것 아닌가요?"

"엄밀히 말해 신력이 신체를 재생할 수는 없네. 단지 신체의 활력을 돋워서 회복 속도를 높일 뿐이지."

"아."

"그러니 심장의 활기를 돋우거나 피로를 회복하는 것 정도는 가능하네. 하지만 지속적으로 무리를 해서 심장에 이상이 생기기 시작하면 복구가 불가능해. 심장은 아주 특별해서 다른 신체 부위와는 달라. 다른 것으로 대체할 수 없다네."

하인리히는 한숨을 내쉬었다.

"헤레이스는 내가 시간이 날 때마다 검진하고 있으니…… 때가 되면 마나 제어를 그만두게 할 거네. 만일 그때까지 마나 제어를 하지 못한다면 헤레이스도 포기하겠지. 그 애가 포기하는 즉시 이때까지 소모되었던 신력을 모두 채워 줄 게야. 약해진 심장도 마나 제어를 하지 않고 쉬어 준다면 괜찮아질 거네."

눈물을 흘리던 헤레이스를 떠올린 이아나가 마음에 들지 않아 턱을 쓰다듬었다.

"그것이 옳은 방법일까요?"

"옳은 방법은 아니네. 안전한 방법일 뿐."

"신력을 제어하게 하는 건 왜 안 된다는 겁니까?"

"너무 위험해. 신력 제어는 제 몸의 생명을 이용하는 것. 잘못하면 순식간에 비명횡사할 수 있어. 마나 제어도 하지 못하는데 신력 제어가 가능하겠나? 그리고 정확하게 지도해 줄 사람도 없네. 나도 정확히 어떻게 가르쳐야 하는지 모르겠고."

이아나는 아르하드를 흘끔 보았다.

"여기, 아르하드 선배님은 신력 제어가 가능하지 않습니까? 그리고 다음 해부터 제게 신력을 가르쳐 주시기로 했는데……."

하인리히는 이아나가 신력 제어를 배운다는 말에 눈을 크게 떴다가 이내 어린 나이에 검술제에서 우승하고, 마나를 붉게 물들여 제어하는 엄청난 재능을 떠올리고 납득했다. 무엇보다 아르하드가 이아나에게 위험한 일 따위를 할 리가 없었다.

"선배님이 제가 신력을 놓치면 그 신력을 붙잡아 다시 제 심장에 넣어 주겠다고 하시더군요. 그럼 별로 위험할 것 같지도 않은데 아르하드 선배님께 헤레이스도 배우면 되지 않습니까?"

"아주 바쁜 사람에게 폐를 끼칠 수는 없지. 이아나 양은 특별 케이스일세. 아르하드 군이 이아나 양을 무척 좋아하니까. 그리고 남의 신력을 제어하는 건 엄청난 집중력을 요구해서, 아르하드 군이 몹시 피곤할 거라네."

"……."

"그리고 아까 말한 것처럼, 마나도 제어하지 못하는데 신력을 제어한다는 건 어불성설이네."

사실 이런 이유 때문만은 아니었다. 신력이 아니더라도, 아르하드는 마나를 완벽하게 제어할 수 있다. 헤레이스에게 달려드는 마나를 통제할 수 있고, 헤레이스는 충분히 수련을 할 수 있다는 말이었다.

하지만 그가 악마이기 때문에 꺼려졌다. 익숙해졌다지만, 아르하드의 본질이 악마라는 점을 잊지 않았다. 악마가 하나밖에 남지 않은 소중한 혈육 헤레이스의 곁에 있는 것이 거북했다. 하인리히가 뻑뻑해지는 눈을 감고 미간을 주물렀다.

"못난 할아비지. 모든 게 내 죄라네. 그렇다고 해서 헤레이스에게 모든 이야기를 해 줄 수는 없는 노릇. 무엇보다 나는 헤레이스에게 믿고 따르던 큰 외조부가 외가를 모두 죽인 장본인이라는 걸 알려 그 애의 원망하는 눈빛을 보는 게 두렵네. 정말…… 못났지."

그 뒤로 하인리히는 말이 없었다. 이아나는 가라앉은 눈을 한 채 생각에 잠겼다. 다 제쳐 두고 일단 헤레이스가 좀 독해져야 할 것 같았다.

"의지력이라. 그럼 일단 굴려 봐야겠군요."

"굴려?"

이아나의 뜬금없는 말에 하인리히가 고개를 들어 반문했다. 이아나는 진지한 표정으로 하인리히를 마주했다.

"예로부터 인간은 위기를 극복해야 성숙하고 강해진다는 말이 있습니다. 헤레이스에게는 의지력이 강해질 만한 위기가 없었죠. 마나의 저주가 찾아오더라도 약이 있었으니 위기는 아니었습니다."

"……"

"지금은 약해진 몸을 건강하게 만든다고 무리하는 걸 삼가고 있지만, 곧 수련량을 늘려 죽는 게 낫다 싶을 정도로 굴려 보겠습니다. 시도해 볼 수 있는 것은 다 시도해 보는 게 낫지 않겠습니까? 헤레이스는 저에게 완전히 맡기겠다고 했으니 하인리히 님도 허락해 주시겠지요?"

헤레이스가 완전히 맡기겠다고 했다고? 헤레이스가 점점 체념

해 가는 얼굴을 지켜봐 온 하인리히는 그가 그 말을 했다는 게 이아나에게 마지막 희망을 걸었다는 말과 상통한다는 사실을 알아챘다.

"약물에 의존한 채 존재하지 않는 미래를 바라는 것보다는, 정신을 강인하게 단련하는 게 더 가능성이 높을 것 같습니다. 제가 헤레이스를 단련시켜 보겠습니다."

하인리히가 멍하니 쳐다보자 조용히 옆에서 이야기를 듣고만 있던 아르하드가 웃음을 터뜨렸다.

"꽤 가능성 있는데."

하인리히는 아르하드를 놀란 눈으로 쳐다보았다. 하인리히는 아르하드가 헤레이스에게 관심을 가지는 게 싫었다. 그래서 마주치게 한 적도 없었다. 하지만 아르하드는 하인리히가 꼭꼭 숨겨 대는 헤레이스에 대해 단 한 번도 관심을 보이지 않았다.

아르하드가 성장한 후, 약간 안심한 하인리히가 심장을 멈추는 약물을 가지고 와서 헤레이스에 대해 설명하고, 마나를 제어하는 게 가능하겠냐고 물어도 아르하드는 본인에 달렸다고만 할 뿐 된다, 안 된다 가타부타 말이 없었다. 아니, 애초에 남에게 관심이 없었다.

그런 아르하드까지 동조하자 하인리히의 마음이 흔들렸다. 이아나의 단호한 얼굴이 눈에 들어왔다. 믿음이 가는 얼굴이었다.

'이 상황을 변화시켜 줄 수 있을까?'

"괜찮으시다면 여태껏 소모되었던 헤레이스의 신력을 채워 주시겠습니까?"

"알겠네."

"그리고 나중에 제가 신력을 다룰 수 있게 되고, 헤레이스까지 마나를 제어할 수 있게 되면 제가 직접 헤레이스에게 신력을 가르쳐 보고 싶습니다. 그건 괜찮습니까?"

하인리히는 상기된 얼굴로 고개를 끄덕였다. 그렇게만 된다면 더할 나위 없이 기쁠 터였다.

"그런데 자네가 헤레이스에게 이렇게까지 해 주는 이유가 뭔가? 동정심인가?"

하인리히는 그것이 궁금했다. 헤레이스와 이아나는 생판 남이었고 만난 지 일 년밖에 되지 않는 사이였다. 이아나는 어깨를 으쓱거렸다.

"제 입으로 약속했기 때문이기도 합니다만, 헤레이스가 제게 보내는 신뢰가 저를 기쁘게 하기 때문입니다. 저는 그것을 배신하고 싶지 않습니다. 또, 헤레이스가 꽤 마음에 들기도 하고."

그 순간 하인리히는 저도 모르게 아르하드를 쳐다보았다. 이아나에게 광적으로 집착하고 있는 그가 혹시라도 헤레이스에게 해를 가하지 않을까 싶었다. 그러나 웬일로 아르하드는 평온해 보였다. 하인리히는 안심했다.

이아나를 독점하려 하거나 자기에게서 빼앗으려고 하는 점의 차이일까? 슈나이더 왕자는 이아나를 제 손에 움켜쥐고 부리고 싶어 하는 것처럼 보였으니 말이다. 헤레이스는 단순히 친구의 관계라서 괜찮은 모양이었다. 생각해 보면 아르하드는 에이지도 가만 내버려 두고 있었다.

'요컨대, 이아나 양이 누군가에게 독점당하는 관계는 안 된다는 말이군. 주군과 가신의 관계라든가, 남자와 여자의 관계라든가…….

그런데 만에 하나라도 헤레이스가 연애 감정을 가지면……?'

하인리히는 오싹함을 느꼈다. 헤레이스에게 가볍게 언급이라도 한번 해 두어야 할 것 같았다.

하인리히의 방에서 나온 이아나는 수업이 시작되기 전에 차나 한잔하고 가라는 제안에 아르하드의 방으로 향했다.

그의 방은 무척 깔끔했다. 독서를 많이 하는 듯 벽의 양옆에 깔려 있는 거대한 책장에는 엄청난 양의 전공서적과 교양서적이 꽂혀 있었다. 까만빛이 도는 물소 가죽소파, 고급스런 회색 카펫과 하얀 침대, 심플한 디자인의 원목 탁자 위에 놓여 있는 민무늬 마법등. 단출하다 못해 삭막한 풍경이었다. 하지만 이아나는 깔끔한 걸 좋아했기 때문에 그의 방이 마음에 들었다.

깔끔한 방에 딱 하나 눈에 띄는 것이 있다면 다양한 종류의 찻잎과 주전자, 자기찻잔이 장식되어 있는 선반이었다. 이아나는 그 앞에 다가가 우아한 느낌이 물씬 드는 유백색의 자기를 관찰했다. 그 옆의 어두운 선반에는 찻잎이 조금씩 담긴 종이봉투들이 정리되어 있었다.

"마시고 싶은 차가 있다면 말해 줘."

"밀크티가 좋습니다. 찻잎은 추천하시는 걸로 부탁드립니다."

"좋아."

이아나는 아르하드가 차를 끓이는 동안 천천히 돌아다니며 책들의 제목을 읽어 보다가 방구석에 세워져 있는 검 몇 자루를 발견했다.

검은 전부 다 동일한 가치를 가진다고 생각해 왔던 이아나지만, 어째서인지 아르하드의 검은 특별해 보였다. 자신을 꺾기만 했던 대단한 남자의 검이라서일까?

이아나는 검을 조심스레 들어 올려서 검집을 쓰다듬었다. 차를 끓이면서도 이아나의 행동을 지켜보고 있던 아르하드가 말했다.

"가지고 싶어? 줄까?"

"아니요. 그냥⋯⋯."

"왜. 꽤 명검인데 말이지."

"저에게도 곧 소중한 검이 생길 테니까요."

하니델프 편으로 첸델프의 편지가 왔다. 검을 완성하려면 일 년은 더 걸린다는 소리였다. 만 번 이상은 두들겨야 한단다. 하지만 일 년이면 그리 긴 시간은 아니었다.

이아나는 검을 제자리에 세워 놓고 돌아와서 소파에 풀썩 앉았다. 그녀는 아르하드가 주전자를 기울여 김이 나는 뜨거운 물을 자기 찻잔에 천천히 따르는 것을 멀거니 쳐다보았다.

"당신도 판데모니엄의 균열을 본 적 있습니까?"

"아니."

아르하드는 딱 잘라 대답했다.

"나는 하인리히 님께서 말씀해 주신 것 외에는 악마에 대해 아는 게 없어."

"악마의 황금창고는?"

"어제 말했듯 이따금씩 악마의 기억이 떠오를 때가 있어. 그 기억을 더듬어 찾아갔더니 거기에 있었다."

"운이 엄청나게 좋으시군요."

이아나는 아르하드가 건넨 찻잔을 받아 들었다. 부드러운 향이 코끝을 간지럽혔다. 아르하드의 선택은 훌륭했다. 적당히 달콤하면서도 혀를 진한 맛으로 감싸 안아 좋아하는 차였다.

이아나는 입안에 차를 살짝 머금었다. 적당히 뜨거운 온도에 고급스러운 차향이 진하게 감돌았다. 아르하드는 의외로 차를 끓이는 데 일가견이 있었다.

"예전부터 생각했던 건데 차를 정말 잘 끓이시네요."

"평소에 차 마시는 걸 좋아해서 이것저것 시도해 봤더니 솜씨가 늘더군. 네가 마음에 들어 하는 것 같아서 뿌듯한데."

남자들은 잘 가지지 않는 취미였다. 이아나가 좋아하자 아르하드의 얼굴이 밝아졌다. 이아나는 찻잔에 손등을 가져다 대 보았다. 날이 점점 차가워지고 있었다. 아르하드의 방은 춥지도, 덥지도 않았지만 창밖의 날씨는 가을이 지나가고 겨울이 되어 가면서 점점 푸르러지고 있었다. 낙엽이 떨어져 내려 땅바닥을 구르고 난 후의 나뭇가지는 앙상했고, 헐벗은 나무는 추위에 덜덜 떨었다. 그런 풍경을 보고 있자니 차의 따스함이 기껍게 느껴졌다.

"볼일 없이 차를 마시고 싶어 찾아와도 부디 내치지 말아 주십시오."

"차를 마시고 싶어 찾아온다고? 앞으로 더 노력하도록 하지."

낯빛 하나 변하지 않고 호감을 드러내는 아르하드가 우스워서 이아나는 설핏 웃고 말았다. 그가 이렇게 늘 자신을 받아들여 준다는 걸 알기에, 거절은 없으리라는 걸 알기에 이아나는 이렇게 호감을 기꺼이 내비칠 수 있었다.

사람들은 이아나가 대담하고 무서운 게 하나 없는 사람이라고 말하지만 그렇지만도 않았다. 사람의 관계에서 그녀는 소극적이었다. 불호의 관계에서는 아무렇지도 않은 걸 모자라 되받아쳐 사람을 비참하게까지 만들 수 있는 이아나였지만, 호감의 관계에서는 조금 약했다. 거기서도 먼저 다가오는 호감은 그에 걸맞은 답을 주면 그만이지만, 먼저 관심과 호감을 내비치는 적은 거의 없었다.

이아나는 차를 후루룩 마셨다.

'무슨 일이 있어도 내 편이 되어 주는 사람이라…….'

어제.

맹세를 마치고 이아나는 허리를 세우자마자 아르하드에게 꽉 끌어안겼다. 이아나는 눈을 크게 떴다. 그런 그녀에게 아르하드는 속삭였다.

"나는 너를 위해 반드시 황제가 될 거다……."

"……."

"네게 명예도 주고, 부도 주고, 권력도, 모든 것을 줄게."

숨쉬기가 힘들어 몸을 비틀었지만 아르하드의 힘은 범상치 않아서 미약한 반항밖에 되지 않았다.

"너를 모욕하는 자들은 모조리 죽여 주지. 네가 바라는 모든 것을 얻어다 주겠다. 그러니 반드시 내 옆에 있어……. 사라지면 용서하지 않을 거다. 이 맹세를 무르면, 난 절대 널 용서하지 않을 거야."

이아나는 입을 뻐끔거리다 다물었다. 아르하드는 이상한 말을 하고 있었다. 그의 목적은 죽지 않기 위해 황실을 제거하는 것. 그런데 격앙된 어조로 중얼거리는 아르하드는 이아나의 시야 속에서, 마치 그녀에게 명예와 부와 권력을 주기 위하여 황제가 되겠다고 말하는 것처럼 보였다.

그러다 제 몸을 온전히 감싸고 있는 아르하드를 인식한 이아나의 몸이 살짝 굳었다. 이아나는 제 몸을 두른 팔이 어색했다. 전생에 누군가에게 단 한 번도 세게 안겨 본 적 없는 몸이었다. 회귀 전의 그녀는 주군인 왕자와도 단 한 번의 포옹을 한 적이 없었다. 그의 왕비였던 레리트 타루이트가 왕에 대한 소유욕과 사랑이 심했던 건 둘째 치고 이아나가 결벽증에 가깝게 누군가와의 포옹을 거부했기 때문이다.

이번 생에서도 아기일 적 유모인 이스피에게 어쩔 수 없이 몇 번, 미친 르보니에게 한 번, 르보니를 죽이고 난 후 이스피와 사라체에게 각각 억지로 한 번씩 안긴 게 다였다. 그런데 아르하드에게는 대체 몇 번을 으스러질 듯 안기는 건지 알 수 없었다. 벌써 인식조차 못한 채 예닐곱 번은 끌어안겼다.

그리고 학술제 다음 날인 오늘 아침에도 안기고 말았다.

처음에는 갑작스럽고 격렬하게. 두 번째에는 대련의 끝에 실수로, 세 번째에는 분노와 걱정으로, 네 번째에는 위태롭게, 다섯 번째에는 위로하듯 상냥하게. 여섯 번째는 환희에 젖어. 일곱 번째, 오늘은 간절하게……. 종이에 스며들 듯 서서히 익숙해진 포옹은 예전이었다면 당연히 떨쳐 냈을 이아나가 떨쳐 낼지 말지를 고민하게 했다.

'가만히 있어도 되는 걸까.'

이아나는 아르하드에게 안긴 채 생각을 거듭했다. 그리고 결론을 내렸다. 나쁘지 않다고.

예전처럼 떨쳐 낼 마음이 들지 않는 건, 심지어 이렇게 갑자기 끌어안아 버리는 남자가 당연하게 여겨지고 심지어는 안정감까지 드는 이유는…… 체념했기 때문일까, 익숙해졌기 때문일까, 스스로가 바라게 되었기 때문일까.

제 몸이 커다란 누군가에게 푹 끌어안기는 순간은 늘 긴장하고 있는 몸을 푹신한 소파에 누이는 것과 같은 기분이 들었다. 안온이 심장을 꽉 채웠다.

'사람에게서 이런 기분을 느끼는 날이 올 줄이야.'

다른 사람이라면 불편하기만 하고, 거부감까지 느껴졌을 텐데 이 남자 앞에서는 두 번이나 펑펑 울고. 안겨서 이런 편안한 기분까지 느끼다니 믿을 수 없었다.

부끄러운 기분이지만 아르하드에게 안겨 있는 기분은 나쁘지 않았다. 아니, 오히려…… 이아나의 뺨 언저리와 귓바퀴가 살짝 붉어졌다.

이아나는 눈을 내리떴다. 아르하드의 품에 흐트러져 있는, 팔에도 장막처럼 걸쳐져 있는 제 붉은 머리카락이 신경 쓰였다. 머리카락이 누군가의 몸에 이렇게까지 밀착해서 붙어 있었던 적이 없었던 탓이다. 이아나는 눈을 감았다. 만족할 때까지는 놓아줄 것 같지도 않았다. 이아나는 망설이다가 몸을 축 늘어뜨려도 팔 힘에 미동도 없을 듯한 단단한 남자에게 몸을 편하게 기댔다.

거부할 수도 없고, 거부할 생각도 딱히 없다면 즐기는 것도 나쁘지 않겠지. 이렇게 격렬하게 반응하며 기뻐하는 그를 보고 있자니 심장은 더더욱 묵직하게 가라앉았다.

당신은 당신의 미래에 내가 함께하길 이토록 바라는구나…….

그녀는 마음 놓고 쉴 수 있는 안식처를 찾은 기분이었다. 같은 곳을 바라보는 호적수, 어깨를 나란히 할 수 있는 동료. 모든 것을 바칠 왕…….

생에 다시없을 특별한 사람.

이아나의 심장이 뛰었다. 당신의 곁에서 나는 무엇을 더 보고, 듣고, 느낄 수 있을까. 당신을 왕으로 모심으로써 나는 어떤 특별한 가치를 얻을 수 있을까. 기대가 된다.

그래, 나는 더 나은 미래를 위해 당신의 곁에서, 당신과 함께하기 위해 이번 생에서 검을 든다.

이아나는 그의 품에 얼굴을 묻었다. 손을 올려 아르하드를 마주 끌어안았다.

"……."

그리고 지금은 아르하드의 차와 함께. 이아나는 눈을 감고 차의 따스함을 만끽하며 옅게 웃었다. 아르하드의 시선은 이아나가 입가에 머금고 있는 웃음에서 떨어질 줄을 몰랐다.

"그래서 하인리히 님과 의견을 나눈 후에 겨울방학, 건국제 이후부터 너를 지옥 훈련시키기로 결심했다."

수련을 끝낸 후 힘들어서 주저앉아 쉬고 있던 헤레이스는 이아나의 설명을 모두 듣고 어안이 벙벙했다.

이아나는 헤레이스의 몸을 훑었다. 여전히 말랐긴 하지만 1년 가까이 마나를 제어하지 않으면서 부쩍 건강해져 있었다. 기본적인 체력은 이 정도면 충분했다.

"정말 죽고 싶다는 생각이 들 정도로 훈련시킬 거다. 네가 정말로 마나를 제어하고 싶다면 절대 포기하면 안 돼. 도망치지도 마. 네가 포기하는 순간, 나도 널 포기할 테니까."

"……무섭네요. 하지만 노력하겠습니다!"

헤레이스가 주먹을 불끈 쥐었다. 이아나는 그의 불타오르는 태도가 오래가기를 기원했다. 그녀는 회귀 전에 병사들을 훈련시킬 때 썼던 지독한 방법들을 떠올리며 고민했다.

"이아나 양은 다음 해에 사교계에 데뷔하신다고 하셨죠?"

이아나는 정신을 차리고 순진한 얼굴로 묻고 있는 헤레이스를 보았다.

"그래."

"아, 그럼 저랑도 춤춰 주세요."

"춤이 서툴러서 발을 밟을지도 모르는데?"

"괜찮아요. 이아나 양의 데뷔식이라니, 기대되네요."

헤레이스가 즐겁게 웃었다. 그렇게 대화를 나누고 있는데 한 학생이 필리거 교수가 그녀를 호출했다고 말해 주었다. 이아나는 50만 골드짜리 수표를 떠올렸다. 그것을 돌려줄 생각인 모양이었다.

"오."

이아나는 필리거 교수의 방에 들어서다가 낯선 감탄성에 흠칫 놀랐다. 정면을 바라보았다. 체구 좋은 중년 사내 한 명과 필리거를 세워 두고 소파에 앉아 있던 청년은 이아나를 향해 한쪽 눈을 찡긋 접어 웃어 보였다.

"구면이지? 오십만 골드의 이아나 영애."

"왕자 저하를 뵙습니다."

이아나는 슈나이더에게 예를 갖추어 인사했다. 슈나이더가 여기에 왜 와 있을지 짐작이 갔다. 이아나는 그의 성격을 너무나 잘 알았다. 그래서 의문을 표하지 않았다.

필리거는 천천히 얘기 나누시라며 중년 사내와 함께 방을 나가 버렸다. 중년 사내는 이아나에게 말을 걸고 싶어 했지만 필리거가 옆구리를 푹 찌르자 결국 말도 붙여 보지 못하고 나갔다.

이아나는 고개를 들지 않은 채 슈나이더의 말을 기다렸다. 슈나이더는 그녀의 정수리를 내려다보다가 느긋하게 말했다.

"고개 들지."

"어찌 감히 저하와 얼굴을 마주하겠습니까."

"평민들과 함께 지내더니 자신도 평민이 되었다는 착각에 빠져 있는 건가?"

슈나이더는 혀를 찼다.

"5대 공신가 중 로베르슈타인 백작가의 딸이라면 마땅히 나와 눈을 마주할 자격이 있을 텐데. 고개를 들지 그래."

"백작가의 딸이라서 마주할 자격이 있는 것이라면, 저는 고개를 들 수 없습니다."

"무슨 의미지?"

"저는 저일 뿐입니다. 가문의 이름은 필요 없습니다."

그 말에 이아나는 뼈를 담았다. 2년 후 로베르슈타인 가문을 나갈 테니 자신은 슈나이더 휘하의 귀족이 아니었다.

슈나이더는 가문의 이름을 거부하는 이아나를 내려다보며 그녀의 상황을 떠올렸다. 조사한 결과 이아나와 로베르슈타인 가문은 완전히 반목한 상태였다.

"검술제에서 우승한 훌륭한 검사의 얼굴을 보고 싶으니 고개를 들라."

왕자는 거부할 수 없는 명령을 내렸다. 이아나는 고개를 들어 언제 거부하고 내뺐냐는 듯 또렷한 색의 눈동자로 슈나이더의 눈을 직시했다. 슈나이더의 은안과 이아나의 적안이 서로를 눈에 담으며 직선의 시선을 그어 냈다.

슈나이더 레제 로안느. 회귀 전 자신을 거두었던 왕자. 하지만 다시 시작한 이번 생은 아니었다. 이번 생은 아르하드의 것이었다. 이아나의 분위기에서 느껴진 딱딱한 벽에 슈나이더의 얼굴이 멈칫하고 굳었다.

"……한 방 먹었어. 정말로 오십만 골드를 던지고 갈 줄이야. 그 자 덕에 가출했던 정신이 되돌아왔어. 그런데 그만한 배포를 가진 자가 어디서 나타난 거지? 영애는 알고 있나?"

"그분이 상단을 운영하고 있다는 건 알고 있습니다만, 오래된 인연이 아닌지라……."

이아나는 대답을 회피했다. 아르하드의 정체를 슈나이더가 캐물으면 곤란해진다. 대답하는 것도, 대답하지 않는 것도 문제였다. 대답하는 건 당연히 안 되고, 대답하지 않으면 귀족의 서녀 따위가 왕족의 명에 불복했다는 이유로 끌려갈 수도 있었다.

"오십만 골드를 주고 영애를 산 남자, 조사를 해 보니 동쪽 킬리코 왕국의 중소 상인 신분이더군. 하지만 그런 작은 상단의 주인이 오십만 골드라는 거금을 턱턱 쓸 리도 없거니와 직접 얼굴을 보니 그자가 아니었어. 가짜 신분이겠지."

"그렇습니까? 하지만 저는 그분의 이름도, 신분도 모릅니다. 이렇게 물어보셔도 어떻게 대답할 수가 없습니다. 송구합니다."

"그런가. 그런데 자기의 이름도, 신분도 모르는 영애에게 오십만 골드라는 거금을 던진다는 건 영애에게 반했다는 의미가 아닐까?"

"그런 말씀을 하시는 저의가 무엇이온지?"

"그자와의 관계가 어떤지 물어도 되겠나?"

"따르고 싶은 분입니다."

이아나는 대답을 피하지 않되 선을 그었다.

"정체도 모르는 그자를?"

"그분이 예전에 저를 구해 주신 적이 있고, 저는 그분께 은혜를 갚고 싶습니다. 아무것도 모르지만…… 이번 오십만 골드 건으로 그분께 엄청난 자금력이 있다는 것, 저를 그만큼 바라 주신다는 것을 알았습니다. 그분이 누구든 간에, 저를 아껴 주시는 그분의 밑에서 일하는 게 나쁘진 않을 것 같더군요. 전 저한테만 잘해 주면 되는 주의라."

"이런, 실수했나. 그 경매에서 끝장을 봐야 했군."

이마를 짚은 슈나이더는 은색의 눈동자로 이아나를 찬찬히 살폈다.

"내가 누구지?"

"로안느 왕국의 슈나이더 레제 로안느 저하이십니다."

"그렇다. 정체불명의 남자를 따르기보다는 신분이 보장된 나를 따를 생각은 없나?"

갑작스런 제안이었다.

"나는 인재가 많이 필요하다. 그리고 너의 실력은 내게 엄청난 힘이 되겠지. 원하는 게 뭐지? 작위? 재화? 명예? 모든 것을 주지. 너의 힘을 내게 다오."

이아나는 대답하지 않고 눈을 내리떴다. 이미 다 이루어 보았다. 공작까지 올라 보았고, 넘치는 재산을 가져 보았고, 군대의 총사령관까지 되어 보았다. 그러나 전부 다 덧없었다. 스스로를 지키기 위해 받아 냈던 것들은 그녀에게 행복을 주지 않았다.

그녀는 지난 생을 후회하지 않았다. 후회해 본 적이 없었다. 하지만 그 삶을 그리워하며 다시 살고 싶다고 생각한 적도 없었다.

……행복하지 않았기 때문이다.

이아나는 눈을 감았다. 이제 그녀의 옆에는 함께해 줄 사람이 있었다. 그녀를 이해해 주고 의지처가 되어 줄 동반자, 아르하드가 있었다. 작위, 재산, 명예. 다른 사람들이 가지고자 갈망하는 가치들은 이미 전생에서 모두 이루어 보았다. 그러니 이번 생에서는 그런 것들보다 아르하드와 함께 있음으로써 얻을 수 있는 정신적인 가치를 원했다.

"죄송합니다. 저하께서 저를 거두고 싶다는 말씀을 하신 만큼, 저의 과거에 대해 알아보셨을 거라고 생각합니다."

"흠."

슈나이더는 부정하지 않았다.

"그러니 무례하지만 미리 말씀드리겠습니다."

이아나는 슈나이더 때문에 아르하드가 불안해하는 걸 원치 않았다. 전 주군인 슈나이더가 자신에게 욕심을 내 접근하는 것도, 부질없는 것을 위해 공을 들이는 것도 원치 않았다.

"학술원 졸업 후, 저는 로베르슈타인 가문을 나갑니다. 로안느 왕국에서도 나갈 생각입니다. 저를 높이 평가해 귀중한 제안을 해 주신 왕자 저하께 감사드립니다만 그 뜻에 함께할 수 없음에 송구스럽습니다. 학술원에는 훌륭한 인재가 많으니 부디 그들에게 손을 내밀어 주십시오."

"……."

돈을 잃으면 잃을수록 본전을 되찾길 바라며 도박에 매달리는 것처럼, 공을 들이면 들일수록 쉽게 포기하지 못하는 게 인간의 특성이었다. 그러니 처음부터 끊어 내는 게 나았다.

"영애, 나는 갖고 싶은 건 반드시 가져야 하는 성미거든."

슈나이더가 느긋하게 말했다.

"귀족 가문에서 구성원을 퇴출할 때 국가에 보고를 하여 허가를 받아야 한다는 것, 알고 있겠지? 나는 허락하지 않겠네."

이아나는 생각지도 못한 반응에 일순 할 말을 찾지 못했다. 어째서? 무례하게 굴었으니 드높은 자존심이 상했을 테고 아직 욕심을 가진 지 얼마 되지 않았을 텐데.

이아나는 순간 흐트러진 모습을 보였지만 다시 자세를 꼿꼿하게 했다.

"게다가 인재 유출은 끔찍하게 싫어하는 편이야. 그러니 왕국을 나가는 것도 불허한다."

"죄송한 말씀입니다만 서자, 서녀와 의절하거나 양자와 양녀를 파양할 때 국가의 승인을 받을 필요가 없는 걸로 알고 있습니다.

그저 보고만 올리면 되는 것이죠. 그리고 로안느에서는 신청만 하면 국적 포기가 가능한 것으로 알고 있습니다만."

"방금 그들까지 포함하는 걸로 법이 바뀌었어. 그리고 영애는 내가 손수 국적 포기 불가 인물로 지정해 두도록 하지."

이아나는 할 말을 잃었다. 슈나이더가 팔짱을 꼈다.

"물론 그간 받은 대접을 생각하면 이곳에 정이 떨어질 만도 해. 하지만 그건 왕국이 아니라 로베르슈타인 가문에서가 아닌가? 나는 눈독 들인 인물을 손도 써 보지 못하고 놓치는 걸 바라지 않네."

이아나는 더 이상 대답하지 않았다.

"나는 이미 임자가 있다고 해서 포기하는 성격이 아니야. 임자를 치워 버리는 편에 속하지. 하지만 그런 짓을 하면 경멸당할 것 같군. 지금도 아주 불만이 많은 것 같은걸."

"저하를 이해할 수 없습니다. 왜 그렇게까지 하시는 겁니까?"

"영애가 아주 마음에 들었다고만 해 두지. 1월 건국제가 데뷔식이라고 들었네. 내 온 힘을 다해 건국제를 준비할 테니 기대하게. 영애를 내 넘치는 매력으로 꼬셔 보도록 하지. 그럼 나는 바빠서 이만."

슈나이더는 제 할 말만 마치고 나가 버렸다. 이아나는 가만히 서 있다가 필리거가 들어오자 고개를 들었다.

"흠……"

필리거가 머쓱한 표정을 지었다.

"들으신 모양이군요."

"음, 문 밖에 서 있다 보니. 귀가 좋아서 어쩔 수 없더구나."

필리거 애슐턴트는 로안느 왕실의 충직한 근위대장이었던 사람,

로안느 왕국을 나가겠다는 이아나의 말이 불편하게 느껴질 수밖에 없었다. 하지만 이내 로안느 왕국민이 아니라 하더라도 자신의 제자라는 생각에 그런 불편한 마음을 풀었다. 게다가 왕국의 실세인 왕자가 저리 고집을 부리는데 로안느 왕국을 나갈 수 있는 가능성은 거의 없었다.

그때, 필리거의 옆에 서 있던 중년 사내가 앞으로 나섰다.

"반갑네, 이아나 로베르슈타인 영애."

이아나는 고개를 들어 사내를 얼굴을 자세히 뜯어보았다. 거대한 곰 같은 몸집과 얼굴…… 회귀 전 많이 보았던 익숙한 얼굴이었다. 그리고 그것을 증명하듯 그의 왼쪽 가슴에 새겨진 가문의 문장에는 포효하는 곰이 그려져 있었다. 이아나는 고개를 숙였다.

"겔로니언 차이판 후작님을 뵙습니다."

"오오, 나를 아는가?"

"왕국의 검이라 불리시는 차이판 후작님을 몰라뵈면 로안느 왕국민이 아니겠지요."

"흐음, 흐음."

겔로니언은 기분 좋게 웃었다.

"알라카모라숲에서의 프레드릭 홀트 경을 기억하나?"

"물론입니다."

"녀석에게 영애에 대한 이야기는 많이 들었네. 미노타우루스의 돌진을 막아 낸 것도 모자라 놈들을 아주 쉽게 도륙했다고?"

"그렇습니다."

이아나는 부끄러운 기색 없이 대답했고 기사인 겔로니언은 당당한 태도에 그녀가 더욱더 마음에 들었다. 필리거도 옆에서 미소를 지으며 고개를 끄덕였다.

"사실 영애를 내 아래로 포섭할 생각이었네만, 이거이거 경매에서부터 시작해서 판이 장난이 아니더군. 영애와 친분을 쌓아 놓는 것으로 만족해야 할 듯허이."

겔로니언은 이아나에게 손을 내밀었다.

"도움이 필요하다면 언제든지 나를 찾아오게. 영애를 귀한 손님으로 맞이할 수 있도록 집사에게 미리 말해 두겠네. 아참, 그리고 검술학부에서 상위 학년이 되면 실전을 위해 토벌 기간에 각 귀족 가문에 파견되어서 산으로 몬스터 사냥을 갈 텐데 그때 괜찮으면 내 휘하의 엑사티움 기사단에 신청해 주지 않겠나?"

겔로니언 차이판 후작은 거리낌 없이 호의를 보였다. 이아나는 그의 손을 맞잡았다.

"그리 말씀해 주시니 감사합니다. 후작님의 기사들과는 면식이 있으니 가능하다면 엑사티움에 신청을 하겠습니다."

"필리거, 들었겠지?"

겔로니언이 흡족한 얼굴로 필리거를 돌아보았다.

"영애가 엑사티움 기사단에 신청하면 다른 녀석들은 무시하고 영애를 1순위로 엑사티움에 넣으라고."

"어차피 이아나 학생은 검술학부의 톱이라서 원하는 곳에 갈 수 있네."

"아아. 네놈에게 따로 청탁을 넣지 않아도 영애는 원하는 곳으로 갈 수 있었군. 하하하."

겔로니언이 호탕한 웃음을 터뜨리고 있는 사이, 필리거는 벽에 걸려 있던 초상화를 옆으로 밀었다. 비밀 금고가 드러났다. 그는 호주머니에서 열쇠 뭉치를 꺼내 사중으로 잠금장치를 해 두었던 금고를 열었다. 거기서 아르하드가 내던지고 갔던 오십만 골드짜리 수표를 조심스럽게 꺼내 들었다.

"내가 이것 때문에 오늘까지 잠을 제대로 못 잤네."

겔로니언이 호기심을 보이며 필리거의 손을 기웃거렸다.

"오오, 이게 바로 오십만 골드 수표인가? 아니, 그냥 수표도 아니고 오십만 골드가 적혀 있는 백지 수표?"

"함부로 만지지 마. 자네의 힘에 찢어지면 어쩌려고 그러나? 이아나 학생, 이걸 자네를 낙찰했던 그분께 그대로 돌려드리게. 그리고 미리 최대 입찰액을 정하지 않은 우리 실수이니 백 골드도 받지 않겠다고 말씀드려."

"알겠습니다."

이아나는 50만 골드의 수표를 받아서 품에 조심스레 챙겼다. 필리거는 이아나를 보며 허허롭게 웃었다.

"자네 정말 담력이 장난 아니더군. 자네가 그 수표를 갈기갈기 찢었을 때 너무 놀라서 나도 모르게 입을 벌렸어."

"아, 그거 정말 명장면이었지."

"이성을 잃고 한 행동이었습니다. 부끄럽게 생각합니다."

이아나는 오십만 골드가 품에 잘 고정되어 있는지 확인하고 그들에게 허리를 숙였다.

"이만 가 보겠습니다."

"그러게."

"아쉽군. 아참, 영애가 1월에 사교계에 데뷔한다지? 나도 영애에게 춤을 신청해도 되겠나?"

"데뷔식에 춤출 사람이 없을 것 같아 걱정이었는데 영광입니다."

"흠? 이아나 학생, 나도 신청해도 되겠나? 늙다리들이라 달갑진 않겠지만 말일세."

필리거와 겔로니언을 번갈아 쳐다본 이아나가 옅게 웃었다.

"그리 말씀해 주시니 감사할 뿐입니다. 교수님과 후작님의 발을 밟지 않기 위해 열심히 연습을 해야겠군요."

이아나는 그대로 방을 나왔다. 그녀의 표정은 아주 평온했다. 슈나이더가 문제로 급부상했지만 그가 뭘 어찌하든 상관없었다. 누구도 자신을 강제할 수 없었다. 법적으로 나갈 수 없다면 그냥 나가면 그만이었다.

하지만 아르하드는 아닌 모양이었다.

"그래?"

이아나가 수표를 돌려주며 오늘 있었던 일을 이야기하자 아르하드는 읽고 있던 책을 덮지도 않고 평온하게 대답했다. 그는 소파에서 미동도 없었다. 이아나가 제 것이라 여겨 푸근하게 용납하는 모양새였지만 이아나는 속지 않았다. 아르하드는 누르려고 하고 있었지만 살벌한 살기가 그의 온몸에서 삐죽삐죽 튀어나오고 있었다. 이아나는 제 생각이 터무니없다는 건 알고 있었지만 아르하드는 자신에 한해서는 언제나 비이성적이었으므로 조용히 말했다.

"슈나이더 왕자를 죽이려는 어이없고 무모한 생각을 하고 계시는 건 아니리라 믿습니다."

드디어 아르하드가 고개를 들었다. 무언의 시선에 이아나는 제 불민한 추측이 들어맞았음을 알았다.

"사람의 마음은 모르는 일이야."

"네?"

"사람은 언제든 변할 수 있거든. ……사람인 이상 그래."

아르하드는 머리를 쓸어 올렸다.

"초조해져. 너는 어리고, 아직 경험하지 않은 게 많으니 어디로 가 버릴지 몰라. 그러니 모든 위협을 제거하는 게 옳지 않을 까……. 아니면 황제가 될 날을 앞당겨야 하는 걸까?"

"저 때문에 계획을 망치는 당신은 싫습니다. 저는 그런 당신을 보려고 곁에 있으려 결심한 게 아닙니다."

"그렇게 말할 줄 알았어. 하지만 나는 아직 너에게 줄 게 없어. 널 잡아 둘 게 없다는 소리야."

이아나는 설핏 웃었다.

"왜 없지요? 돈이 있지 않습니까? 당신이라면 제가 황금에서 목욕을 할 수 있을 정도의 돈을 줄 수 있을 것 같습니다만."

이아나가 우스갯소리로 말하자 아르하드가 고개를 절레절레 저었다.

"그런 게 아니라. 내가 아직 따로 네가 필요로 하는 것들을 모두 줄 수는 없단 말이다. 몸을 숨기는 입장에서 귀족들 앞에 대 놓고 나서서 너의 명예를 지켜 줄 수도 없고 지금은 왕자보다 부족한 게 사실……."

이아나는 손을 뻗어서 아르하드의 손을 쥐었다. 아르하드가 고개를 들었다. 흔들리지 않는 적안과 마주했다.

"무엇에 그리 초조해하시는 거죠. 무엇이 불안하신 겁니까? 제가 맹세했는데."

"너는 아직 어리니까…… 마음이 언제 바뀔지 몰라."

"저는 당신의 기사입니다. 제게 신뢰를 주시지요. 그리고 어리다니요? 저는 다 컸습니다."

이아나가 불만스럽게 말하자 아르하드가 핫 하고 웃었다.

"너랑 같이 있으면…… 멍청해지는 기분이 들어."

"제 눈에도 멍청해 보입니다. 왜 쓸데없는 걸로 불안해하고 있는 겁니까? 당신이 불안해하지 않으려면 제가 어찌해야 하는 거지요?"

아르하드가 이아나를 물끄러미 쳐다보았다가 말했다.

"계속 내 옆에 있는 게 좋겠어."

"지금도 옆에 있지 않습니까?"

"도망갈 수 없게 뭔가로 꽁꽁 묶어서."

"어처구니없는 소리를 하시는군요."

아르하드는 제 손을 쥐고 있는 이아나의 손을 끌어당겼다. 이아나는 균형을 잃고 휘청했다가 아르하드의 머리 옆에 손을 짚었다. 자연스럽게 아르하드의 형형한 눈빛을 마주하게 되었다.

"생각해 보니 아쉬운데. 검술학부가 오십만 골드를 받는 게 내게는 더 좋았을 것 같아. 네게 오십만 골드 빚을 지워 놨어야 했는데. 자, 이거 지금이라도 줄까?"

아르하드가 제 손에 쥐여 있는 수표를 팔랑거리자 이아나가 그 손을 밀었다.

"그런 거 없어도 저는 당신을 떠날 생각 없습니다. 저는 딱히 당신이 뭔가를 해 주길 바라서 곁에 있기로 결정한 게 아닙니다. 당신의 인생이 재미있을 것 같아서 그런 거지."

"하지만 사람은 보통 대가가 있어야 자리를 지키지 않나? 좋아. 원하는 물건이 있다면 얼마든지 말해."

아르하드는 불안한 듯 계속해서 바라는 게 있다면 뭐든 말해 달라는 말을 반복했다. 이아나는 그를 물끄러미 내려다보았다. 예전에는 제 것으로 만들고 싶어 하면서도 호감을 잃을까 싶어 불안해했다면 이제는 이아나 제가 떠나갈까 봐 두려워하고 있었다. 이 남자의 태생은 불안이기라도 한 건지. 이때까지 해 줬던 말들로는 모자랐던 걸까?

하지만 계속 반복하기엔 이아나도 살짝 민망했다. 그래서 정말 마지막으로 아주 직설적으로 말하기로 했다.

"저는 단순히 돈이나 물질적인 가치를 바라고 당신의 곁에 있기로 결정한 게 아닙니다. 당신이 저를 좋아해 주고 바라고 있기 때문에, 당신의 곁에 있으면 돈으로 환산할 수 없는 가치를 얻을 수 있을 거라고 여겼기 때문에 당신의 검이 되겠다고 맹세한 겁니다. 그리고……."

이아나는 아르하드의 멱살을 잡아당겼다. 둘의 얼굴이 가까워졌다.

"이런 당신을 보고 있으면 제가 아주아주 훌륭하고 가치 있는 사람이 된 것 같습니다. 그게 좋습니다. 그것만으로도 충분합니다. 쾌감까지 느껴집니다. 제가 이런 기분을 느끼게 해 주는 당신이 좋습니다. 그래서 곁에 있고 싶습니다. 됐습니까?"

이아나는 굽혔던 허리를 펴며 아르하드의 손을 떨쳐 냈다.

"더 이상 말하지 않을 겁니다."

"……."

아르하드의 얼굴이 달아올랐다.

"……매일…… 그렇게 말해 줬으면 좋겠는데."

"싫습니다."

이아나는 딱 잘랐다. 아르하드는 그녀의 냉정한 반응이 익숙했기에 그냥 웃고 말았다. 이아나는 아르하드를 슥 훑었다. 불안이 싹 사라져 있다 못해 상당히 들떠 있었다. 아르하드는 이아나를 빤히 쳐다보다가 헤프게 웃었다.

"원하는 물건이 있다면 그게 뭐라도 상관없으니 언제든지 말해줘. 바로 가져다줄 테니."

너무 잘해 주다 못해 모든 걸 다 가져다 바칠 기세라서 이아나로서는 민망할 지경이었다. 그렇게 좋을까? 아르하드의 낯빛에서는 어둠이 싹 걷혀 있었다.

감정표현을 잘 하지 않는 편이기에 매번 그에게 이런 말을 하는 건 달갑지 않았다. 하지만 저렇게 좋아하니 말한 보람은 느꼈다.

생각해 보면 예전에 상행을 떠났을 때 물수건 하나만으로도 그렇게 좋아서 어쩔 줄을 모르던 남자였다.

이아나는 팔짱을 낀 채 흐음, 하고 아르하드를 보았다. 그의 불안을 없애려면 어느 샌가 중지된 실험을 다시 재개하는 것도 나쁘지 않을 듯했다. 그리고 무언가를 하나 떠올린 이아나는 그것을 실행에 옮기기로 결심했다.

"그거 들었어?"

거리에서는 슈나이더가 새로 제정한 법에 대해 한참 말이 많았다.

"슈나이더 저하가 이제 서자, 서녀를 귀족 가문에서 퇴출하려면 국왕에게 승인을 받아야 한다는 법안을 냈대."

"귀족들이 불만 많지 않을까? 보통 성인이 될 때까지만 양육해 주거나 마음에 안 들면 그냥 내쫓잖아?"

서자와 서녀는 귀족의 재산이나 마찬가지였다. 밖에서 씨를 뿌려 태어난 자식이 피를 이었음을 주장하며 가문의 문을 두드리면, 온정이 있으면 길러는 주되, 평민 출신의 뛰어난 인재들과 결혼시켜 인재를 묶어 두거나 귀족 가문의 결합을 위한 도구로 사용했다.

"귀족들은 별로 불만 없다던데. 그냥 확인 차에 하는 거래."

"아니 그런데 대체 왜 그런 법을……."

로브를 뒤집어쓴 채 길을 걷던 에이지가 옆에서 걷고 있던 아르하드에게 속닥거렸다.

"전적으로 이아나 양 때문이겠죠?"

"맞아."

아르하드가 냉랭하게 말했다.

"하지만 그렇게 옭아매게 둘 순 없지. 승인을 하지 않게 하면 그만이다."

"누가요? 국왕이요? 우리 쪽에는 연이 없는데요."

"다른 무능한 꼭두각시 왕자가 하나 있지 않나?"

"왕세자 말인가요? 왕세자 쪽과도 연이 없지 않습니까?"

"왕비의 사촌동생이 하는 사업이 내 자금과 연결되어 있어. 사업을 빌미로 압박하면 그쯤은 해결해 줄 거다. 그쪽은 슈나이더 왕자를 견제하는 데만 관심이 많고 국방에는 딱히 관심이 없거든. 그리고 슈나이더가 관심을 두고 있다면 뭐든 방해하기 바쁘겠지."

"형님."

슈나이더가 책상을 짚었다. 그의 눈에서는 불길이 일고 있었다. 그는 왕세자 페르난도 루리아 로안느와 마주하고 있었다.

"제가 왜 형님과 이런 일로 싸워야 하는 겁니까? 대체 뭐가 문제입니까?"

페르난도는 심드렁한 얼굴로 깃펜을 종이에 놀렸다.

"로베르슈타인 가문은 5대 공신가다. 우리 로안느를 떠받치는 5대 가문이란 말이다. 그곳의 가주가 사기를 당해 평민과 억지로 결혼을 했다더군. 서녀는 외조부를 살해한 미친 계집인 데다 영지 전체에서 미움을 받고 있다고 하고."

"……."

"그런 계집을 가문에서 내쫓고 싶다는데 승인을 하지 않을 이유가 뭐가 있느냐? 너 그 계집과 뭔가 있는 거냐? 타루이트 영애는 알고 있는 거냐고? 그런 아름다운 영애를 약혼녀로 둔 주제에 감히 어디에 한눈을 파는 거야?"

슈나이더가 책상을 세게 내리쳤다. 페르난도가 깜짝 놀랐다가 그를 독사처럼 노려보았다. 슈나이더는 페르난도에게 침을 뱉듯 말했다.

"……말씀 삼가시지요. 저는 로베르슈타인 영애를 그런 눈으로 보고 있는 게 아닙니다. 형님 눈에는 그것밖에 없습니까? 그녀는 대단한 인재입니다. 열여섯 살의 나이에 검술제에서 우승을 했단 말입니다. 그녀가 완전히 성장하면 어찌 될지 보이지 않는단 말입니까? 로안느 왕실에 충성을 할 의무가 있는 귀족으로 두지 않으면 다른 나라로 빠져나갈 겁니다. 잡아야 한다고요!"

로안느 국민으로 들어오는 건 어렵지만 나가는 건 쉽다. 로안느는 세계에서 가장 살기 좋은 왕국이고 국민이 되고 싶어 하는 사람은 널렸기 때문이다. 오는 사람은 가려 받되 가는 사람은 내쫓는다. 로안느의 자존심이었다. 페르난도는 시큰둥한 표정을 지었다.

"우리 로안느 왕국에 그만한 인재는 많다. 인재 과잉이란 말이다. 우리가 뭐가 아쉬울 게 있다고 그 계집 하나에게 매달려야 하느냐? 게다가 여자라니……. 너는 자존심 상하지도 않느냐? 검술학부에 인재가 그렇게 없나? 나는 제 발로 로안느 왕국 귀족의 직위를 걷어차겠다고 하는 게 우습기만 하구나. 나야말로 너와 이까짓 이유로 싸우고 있는 게 웃겨. 그만해라. 자, 거기 너. 그 서류 가지고 오너라. 그리고 그 멍청한 법도 없애자고."

페르난도의 방에서 나오자마자 슈나이더는 벽을 걷어찼다. 문을 노려보았다.

"저런 멍청한 놈과 형제라는 게 답답하군."

"저하."

슈나이더는 분기 어린 표정으로 고개를 들었다가 눈앞의 노인을 보고 얼굴을 폈다. 그가 아끼는 제라드 후플루드 자작이었다.

"그렇게 억지로 잡아 두는 건 오히려 영애의 반감을 살 것이라 사료됩니다."

제라드 후플루드. 이아나가 로베르슈타인 영지에 있을 때 교육을 도맡아서 했던 그는 이아나가 검을 그렇게 잘 쓴다는 사실에 놀랐다. 하지만 안 될 것은 없다고 생각했다. 이아나는 한다면 하는 소녀였으므로.

제라드를 빤히 쳐다보던 슈나이더가 제라드의 과거의 행적을 떠올리고 오, 하고 감탄성을 냈다.

"그러고 보니 자작이 로베르슈타인 영지에서 후원을 받으며 연구를 했다고 하지 않았나?"

"그랬지요."

"영애도 보았겠군?"

"그 애를 가르쳤었지요."

"호오. 자네가 보았을 땐 어떤가?"

"어떤 면을 말씀하시는 겁니까? 성품? 재능?"

"모두 말해 주시게."

"매사에 열심인 아가씨입니다. 심지도 곧고요. 검을 잘 쓰는 것은 처음 알았습니다만……."

"흐음. 들으면 들을수록 곁에 두고 싶은 인재인데."

"인재로서입니까? 레리트 타루이트 영애를 왕자비로 삼으시겠다는 마음은 변함없으시겠지요? 이아나 영애는 그저 기사로 두고 싶으신 것, 맞지요?"

슈나이더가 움찔했다.

"……그런 당연한 걸 어찌 묻는 건가?"

"혹시라도 왕자비로 삼으시려 하는 거라면 영애가 가문을 나가려는 것을 필시 막아야 합니다. 왕실의 결혼은 정치적인 이유가 복잡하게 얽혀 있기 때문이죠. 이건 저하께서도 알고 계신 바겠지요."

제라드는 차분하게 말을 이었다.

"하지만 기사로서 맞이하고 싶으신 거라면 영애가 내키는 대로 하게 내버려 두시되 마음을 얻는 게 더 효과적인 방법일 것입니다. 제가 아는 영애는 자기가 하고 싶은 일은 그대로 밀고 나가는 성향인지라 방해받는 걸 몹시 싫어합니다. 강제로 구속당하는 것도 싫어하고요."

"크윽. 그때 강한 인상을 남겼어야 했는데 그 녀석 때문에……. 실수했어. 영애와는 솔직히 말해 접점이 없네. 이번이 기회였는데 오십만 골드 그놈이 말아먹었어. 선물이라도 보내야 할까? 아, 하지만 돈을 쓰는 건 오십만 골드도 선뜻 내던지던 놈과 겹치는데……."

슈나이더가 신음을 내뱉자 제라드는 묘한 눈초리로 쳐다보았다.

"영애에게 이리 관심을 보이시는 이유가 뭡니까? 이미 많은 이들이 저하를 따르고 있지 않습니까?"

"보자마자 느낌이 왔다네."

슈나이더가 은빛 머리칼을 쓸어 넘기며 눈빛을 가라앉혔다.

"절대로 놓치면 안 된다고. 이건 내 직감일세."

"사귀시는 건가요?"

"뭐?"

학술제가 끝난 지 몇 주가 지나고, 기말고사도 끝났다. 2학기가 마무리되며 한 학년이 끝이 나 며칠 후면 방학식이었다. 시험기간에만 도서관에 들러 공부를 하는 동료들과는 달리 이아나는 검술 수련에 거의 모든 시간을 쏟아부으면서도 부족한 지식을 쌓는 데 시간을 아끼지 않았다. 그래서 따로 토론회나 정책 연구회에 참가할 때가 아니면 도서관에 혼자 틀어박혀 있는 리키젠과는 자연스럽게 스터디메이트가 되었다.

"아니, 그렇잖아요. 학술제 이후로 계속 같이 다니고, 89골드는 진짜 심했습니다. 오십만 골드의 남자가 혹시 아르하드 님이 아니었냐는 농담도 나올 정도예요. 목소리가 너무 달라서 기각됐지만."

이아나의 표정이 불편해졌다. 가면을 쓰고 목소리 변조까지 했다지만 자신 때문에 그의 정체가 드러나는 일은 바라지 않았다.

"헉."

오늘은 에이지도 옆에 앉아 책을 읽고 있었는데 흠칫하더니 한숨을 푹 쉬고, 그다음에는 다소 상기된 얼굴로 이아나를 툭툭 건드렸다.

"정말? 정말?"

"사귀는 일 같은 건 없어."

"에에, 남녀 간의 일은 모르는 건데."

"내가 바라지 않아. 쓸모없고 부질없어. 사랑이라…… 글쎄. 알고 싶지도 않아."

사람 간의 관계는 어렵다. 상대방과 상호적으로 주고받아야 성립하니까. 그중에서도 남녀 간의 사랑은 가장 심각한 관계였다. 상대가 함께해 주지 않으면 불행해지는 관계. 독점하고 싶고, 나만 바라

봐 주었으면 하고, 다른 사람에게 관심을 보이면 불안해하고, 주는 그대로 보답 받고 싶어 하는…… 일대일의 맹목적인 관계.

사랑은 이루어진다면야 더없이 아름답다. 엘로냐의 낙원의 덴마와 단테처럼 사이좋은 부부는 보는 것만으로도 즐거웠다. 하지만 일방적인 감정이라면 무엇보다 처절하고 비참한 것이 사랑이었다.

이아나는 그녀의 기억 속에서 한없이 처절하기만 했던 르보니를 떠올렸다. 모든 것을 다 버리고 악독해질 대로 악독해진 그녀는 이아나에게 있어 악몽에 가까운 여자였었다. 사랑이라는 헛된 감정에 빠져 제 인생을 모조리 내던진 그녀는 설령 외로움에 견딜 수 없었다 하더라도 이아나 입장에서는 최악의 멍청이였다.

상대가 함께하지 않으면 성립하지 않는 관계. 이아나는 자신에게 사랑을 대입시키자마자 속에서 올라오는 거부감이 역했다. 끼워 맞출 수 없는 퍼즐을 억지로 밀어 넣은 듯한 기분까지 들었다. 자신은 혼자서도 완성된 퍼즐이었다. 오로지 검을 갈고 닦아 스스로를 빛내는 일이 인생의 모든 것이었다.

'그런 감정에 스스로를 내맡긴다고? 웃기는 소리.'

뿐만 아니라 사랑은 일시적이기도 했다. 금방 타올랐다가 금방 식는 그러한 감정이었다. 르보니처럼 특이한 경우도 있는 모양이지만, 연인은 열정에 넘쳐 서로 사랑을 속삭이다가도 몇 번이나 토라지고 싸우고 눈물을 흘리고 헤어지곤 했다. 미친 듯이 사랑을 속삭인 주제에 몇 년 만에 한계를 맞이한 연인들을 이아나는 많이 보았다. 순식간에 왔다 갔다 하는 역동적인 감정. 쌍방통행이던 사랑이 일방적으로 변하는 건 순식간이었다.

'그런데 나와 아르하드 사이에 사랑을 대입한다고?'

이아나는 아르하드를 떠올리고 고개를 내저었다. 그러고 싶지 않았다. 지금도 충분히 멋지고 완벽한 관계였다. 왕과 신하, 그리고 호적수……. 아르하드가 자신의 능력에 반했기 때문에 발생할 수 있었던 관계였다. 그러니 스스로의 능력만 갈고 닦는다면 이 관계는 끝까지 계속될 수 있었다.

이아나는 지금이 제일 좋았다. 이대로 유지하고 싶었다. 지금의 관계를 망가뜨릴 수 있는 일시적이고 불완전한 감정을 둘 사이에 끼워 넣고 싶지 않았다.

혹시라도 아르하드와 사랑을 한다고 치자. 그런데 아르하드가 변한다면? 사랑도 잃고, 지금의 관계까지 잃고 만다. 그리고 일방적인 감정을 가진 자신만 남는다.

사랑이 아니라 하더라도 보답 받지 못하는 감정은 아프다. 이아나는 더 이상 일방적인 감정을 가지고 싶지 않았다. 그랬기에 사람과 인연을 맺을 때, 먼저 나서서 노력하지 않았다. 상대가 먼저 감정을 내비치면 그때에야 감정의 교류를 시작하지, 그녀가 먼저 누군가에게 관심을 준 적이 없었다. 호감을 가지고 있던 상대가 자신에게서 호감을 끊어 내면, 함께 끊어 냈다. 그게 어릴 적 거절당하기만 했던 이아나가 세운 관계의 기준이었다.

그렇다면, 아르하드가 변하면 늘 그래 왔듯 너도 변하면 되지 않느냐고?

……불가능하다.

이제, 아르하드가 무슨 짓을 하더라도 미워할 수 있을 것 같지가 않았다. 아르하드가 좋았다. 그를 향한 호감을 끊어 내는 건 불가능했다. 그래서 이 관계가 깨지는 건 물론이요 그를 향한 제 감정이 일방적으로 변한다는 생각만 해도 끔찍했다. 가능성조차 두고 싶지 않았다.

그래서 이아나는 사람들이 둘 사이를 사랑이라는 관계로 입질 하는 게 불쾌했다.

"너무 어렵게 생각하는 거 아니야? 연애가 연애지?"

"설득당하고 싶지 않다."

"것참. 그거 참 좋은 건데."

에이지의 말에 이아나는 뚱한 표정으로 말을 이었다.

"뭐가? 서로 입을 맞추고 혀를 얽는 것이? 아니면 더 나아가 침대에서 벌거벗고 몸을 섞는 것? 뭐, 본능적 욕구를 채우기에는 좋겠지만 그다지."

"헉."

귀족들이 커튼 뒤에서 하던 짓들이 보통 그런 종류의 것들이었 다. 음란하고 퇴폐적인 행동들.

이아나의 거침없는 말에 리키젠이 헛숨을 들이키고, 화들짝 놀 란 에이지가 그녀의 어깨를 툭 쳤다.

"어이, 어이. 그런 말을 어떻게 그렇게 당당하게 해?"

"부끄러울 게 뭐가 있어. 남자들이 시시덕거리며 하는 음담패설 의 반의반도 되지 않는데. 단어 수준도 조절한 거다. 남자들은 가 슴을 주무른다느니 엉덩이가 예술이라느니 저 여자 다리를 크게 벌려서 한 번 박······."

"아니! 그······ 으아아아!"

리키젠의 하얀 얼굴이 벌게지고 에이지가 괴상한 소리를 내며 귀를 막았다.

"이아나 양의 입에서 그런 말 듣고 싶지 않아! 그렇지, 리키젠?"

"좀 그렇네요."

"웃기는 인간들."

이아나는 그들을 비웃었다. 에이지가 목을 가다듬었다.

"그…… 그런 건 육체적인 관계고. 좀 더 애틋한 뭔가가 있다고."

"당신은 그런 감정을 느껴 본 적 있나 보지?"

"나야 뭐 늘."

에이지가 콧대를 세우자 이아나가 쯧쯧 하고 혀를 찼다.

"그런 걸 보면 더 쓸데없이 느껴져. 당신이 사랑타령을 하던 상대에게 뺨을 맞고 꺼지라는 소리를 듣는 걸 본 적이 있거든."

"……."

"사랑은 일시적이고, 쌍방향이 아니면 불쾌하기 짝이 없는 감정이다. 나는 이처럼 상대방이 뭔가를 해 줘야 얻을 수 있는 것들은 싫어."

이아나는 책장을 넘기면서 계속 말했다.

"나는 내가 노력해서 쟁취할 수 있는 게 좋아. 상대가 줄지 안 줄지 모르는 불확실한 걸 위해 열정적인 감정을 쏟을 생각 없어. 그 시간에 검술 수련을 하는 게 더 효율적이다."

"아르하드 선배님에게도?"

이아나의 손이 멈칫했다.

"……그 사람 이름이 왜 자꾸 나오는 거지? 아니라고 말했어."

"아르하드 선배님은 이아나 양 좋아서 어쩔 줄 몰라 하잖아. 게다가 이아나 양도 그분 앞에서는 꽤나 열정적이던데. 아냐?"

이아나는 한동안 대답이 없었다. 에이지와 리키젠은 주먹을 쥔 채 대답을 기다렸다. 이아나는 입술을 떼었다.

"……궤를 달리하는 감정이다. 그 사람도 마찬가지야. 함부로 재단하지 마."

"사랑은 어디에서나 시작될 수 있어. 이아나 양은 아르하드 선배님을 특별하게 생각하지 않나? 그러니까 선배님이랑 연애를 한번 해 보는 건…… 아아아아악!"

은근슬쩍 바람을 넣던 에이지가 이아나에게 귀를 붙잡혔다.

"자꾸 말이 빙빙 도는데, 나도 연애가 뭔지는 알고 있고, 사랑이 대충 어떤 건지도 알지만, 할 생각은 없다는 말이다."

"아, 알았어, 알았어! 그러니까 귀 좀…… 으악!"

"저, 저기!"

에이지의 귀가 잡아당겨지고 있는데, 그들이 앉아 있는 책상 앞에 한 남자가 섰다. 시끄럽게 굴어서 주의를 주러 온 건가 싶어 이아나가 아차 한 기분으로 고개를 들었다. 긴장한 기색의 남자였다. 귀족인 자신에게 경고를 주기 어려운가 싶어 이아나는 먼저 말했다.

"죄송합니다. 조용히 하겠습니다."

그런데 상대는 아무 말도 없었다. 그저 얼굴이 벌겋게 달아오른 채 이아나를 쳐다보았다. 이아나가 에이지의 귀를 놓지 않은 채 뭔가 싶어 남자를 빤히 쳐다보자 남자는 숨을 거칠게 내쉬더니 뭔가를 불쑥 내밀었다.

"이것, 받아 주십시오!"

이아나가 얼떨결에 그것을 받아 들자 남자는 쏜살같이 멀어졌다.

"……?"

이아나는 분홍빛의 동글동글한 문양의 인장을 보고 고개를 갸웃했고 에이지는 새하얗게 질린 채 입을 떡 벌렸다.

"그, 그건 설마."

"결투장인가. 오랜만이군."

쿠당탕!

이아나의 말에 에이지의 의자가 뒤로 넘어가고 리키젠이 책상에 머리를 박았다. 리키젠은 끙, 하고 이마를 문지르며 일어나서 말했다.

"그게 아니잖아요. 딱 봐도 러브레터인데."

"러브레터?"

이아나는 묘한 표정으로 페이퍼 나이프로 인장을 자르고 편지를 꺼내 들었다.

안녕하세요, 이아나 님. 갑작스런 편지에 당황하셨으리라 생각합니다. 괜찮으시다면 오는 건국제에서 함께 시간을 보내고 싶습니다.

이아나 님께 한눈에 반했습니다. 이아나 님과 가까워지고 싶습니다. 하지만 신분의 차가 있다는 걸 알기에 많은 것을 바라지 않습니다. 가벼운 시간 때우기라도 괜찮습니다. 장난이라고 하셔도 상관없습니다. 그 추억을 떠올리는 것만으로도 저는 행복할 수 있을 테니까요.

허락하신다면 오늘 저녁 8시, 중앙 광장의 돌고래분수대에 잠시 나와 주세요.

-창술학부 6학년 키나치오.

"……."

옆에서 함께 편지를 읽은 에이지의 얼굴이 굳었다.

"이 녀석 죽고 싶어서 환장했나."

에이지가 조용히 중얼거렸다. 리키젠도 이아나의 뒤로 건너와서 편지를 읽고는 한마디 덧붙였다.

"저 이 사람 이름 들어 본 적 있어요. 부잣집 아들인 데다가 매너 좋기로 유명해서 여자애들한테 인기 많은 사람이에요."

"가, 가, 갈 거야?"

이아나는 에이지의 덜덜 떨리는 목소리를 듣고 의아한 표정을 지었다.

"아니? 내가 왜 모르는 사람과. 그런데 당신은 왜⋯⋯."

그때였다.

"이아나 님, 받아 주십시오!"

한 남자가 편지 한 장을 또 건네주고 갔다.

이아나는 그길로 시끄러운 둘을 뒤로하고 바로 기숙사로 향했다. 계속 같이 있다가는 둘에게 시달리는 것도 모자라 계속해서 이상한 편지를 받을 것 같았기 때문이다.

'그러고 보니 건국제가 얼마 남지 않았어.'

로안느력 1월 1일은 로안느 왕국이 세워진 날이었다. 계약대로라면 건국제에 참가해 사교계에 데뷔를 해야 했다. 그리고 방학식 때 그에 대해 이야기를 나누기 위해 체르노와 사라체를 만나기로 했다.

이아나는 길게 숨을 내쉬었다. 어느새 차가워진 날씨에 입김이 하얗게 휘날렸다.

"어서 와요, 이아나 양!"

방에 들어서자 프리실라가 반갑게 맞아 주었다. 이아나는 제 책상 위에 쌓여 있는 종이더미를 보고 할 말을 잃었다. 개중 편지 한 장을 펼쳤다.

이아나 님의 부모님께서는 신이신 게 분명합니다.

의외의 말에 이아나는 눈썹을 꿈틀거렸다. 뭐지, 이 작자는?

하늘에서 총총거리며 빛나야 할 별들을 당신의 두 눈동자에 쏟아부으셨으니까요. 빛의 꽃과 함께하셨던 의상대회에서, 저는 천사를 보았습니다. 별빛으로 가득한 두 눈으로 저를 잠시라도 봐 주셨으면 합니다. 건국제를 함께해 주시겠습니까? 답장은 당신이 자주 가시는 제2검술학관 수련장에 있는 세 번째 허수아비에 달아 주세요.

-G.H.

이아나는 황당한 심정으로 편지를 접었다.
"이게 뭐죠."
"뭐긴 뭐야, 사랑의 편지죠. 방문 열고 들어오니까 방문 틈사이로 편지가 수북하던걸? 나, 이아나 양이 오기만을 기다렸어요."
"사랑?"
이아나는 다른 편지를 펼쳤다.

이아나 님을 빛나는 태양 아래에서 처음 보았습니다.
하지만 이아나 님께서는 태양보다 더 밝은 분이셨습니다.

그때부터 저는 해바라기처럼 이아나 님만을 바라보았습니다.

태양이 없어 빛을 받지 못한다면 식물은 시들어 죽고 맙니다.

그처럼 이아나 님을 멀리서라도 뵐 수 없다면 저도 그렇게 죽고 말 겠지요.

하지만 태양의 빛이 너무 강해도 식물은 말라 죽고 맙니다.

이아나 님은 제게 그런 분이셨습니다.

들리시나요? 제 마음이 사랑으로 말라 가다 못해 타오르는 소리가 요. 이런 저를 구원해 주지 않으시겠습니까?

1월 1일을 기다리겠습니다.

-집사학부의 3학년 레비리쇼.

이아나는 묘한 표정으로 편지를 처음부터 끝까지 읽었다. 그녀 일생 이렇게 느끼한 말들이 적힌 편지를 받아 보는 건 또 처음이 었다. 온갖 미사여구가 떡칠이 되어 거북했다. 만일 이 대사를 앞에서 읽었다면 멱살을 잡았을지도 모른다.

이아나는 눈에 띄는 것을 하나 발견했다. 알사탕이 가득 든 병이었다. 거기에는 조그마한 쪽지가 하나 달려 있었다. 이아나는 쪽지를 펼쳐 보았다.

늘 피곤하실 것 같아 사탕을 준비했습니다.

의외로 정상적인 문구였다. 이아나는 정상적인 문구에 흠, 하고 고개를 갸웃하고는 다음 문장을 읽었다.

하루 종일 제 머릿속을 바삐 돌아다녀 주셔서 감사합니다.

당신을 좋아합니다.

-J.S.

이아나의 손에서 쪽지가 구겨졌다. 이 쪽지를 쓴 놈을 죽이고
싶어졌다. 이아나는 한숨을 내쉬며 책상 위에 쪽지를 대충 던져
놓고는 침대에 앉았다. 그러고는 묘한 눈초리로 책상 위에 쌓여
있는 편지들을 쳐다보았다.

"저게 다 러브레터라는 건가……."

"그렇죠. 1월 1일, 건국제! 사랑하는 사람과 함께 시간을 보내
면 건국왕이시자 수많은 남성들에게 구혼을 받으셨던 전설적인
여성, 로안느 데 로안느 여왕님의 축복을 받아 사랑에 성공한다
는 전설이 있는 날이라고요. 아아, 달콤해!"

몸을 배배 꼬던 프리실라가 의기양양하게 허리에 두 손을 짚었다.

"말했죠? 저, 뒤를 책임지지 않을 거라고! 이것 봐, 다들 이아
나 양에게 반해서 편지 보내는 것 보라고. 오호호호호."

'뒤를 책임지지 않는다는 게 이 뜻이었을까.'

이아나는 쌓여 있는 편지들을 물끄러미 쳐다보았다.

좋아합니다, 사랑합니다…….

'저 편지를 보낸 자들은 대체 나의 무엇을 안다고 그런 말을
이다지도 쉽게 내뱉는가. 나에 대해 대체 무엇을 안다고 이렇게
쉽게 사랑에 빠졌다는 말을 하고, 편지를 보내 나와 시간을 보내
고 싶다는 거지?'

사랑이라는 말을 가볍게 지껄이는 자들의 텅 빈 사랑타령을 들

고 있자니 속이 울렁거렸다. 과거에 그토록 바랐던 것들이 잔뜩 쌓여 있는 걸 보는 이아나의 심정은 허탈했다. 이토록 쉽게 얻을 수 있고, 이토록 가벼운 말로 지껄여지는 것들이 과거에 자신이 그토록 바랐던 진실한 애정과 호감이란 말인가? 이아나는 과거의 자신이 우습게 느껴졌다.

"저기저기, 더 안 펼쳐 봐요? 나 이아나 양이 오기만을 기다렸단 말예요."

"읽지 않을 겁니다. 내일 아침에 나갈 때 전부 버릴 겁니다."

"엑."

달콤한 초콜릿을 혀에 한 스푼 끼얹은 듯한 표정을 짓고 있던 프리실라가 입을 쩍 하니 벌렸다.

"보답할 수 없는 감정이라면 처음부터 완전히 쳐 내는 게 낫습니다. 그리고 저는 사랑 같은 것을 할 여유도, 생각도 없습니다. 더군다나."

이아나는 편지를 하나 집어 펼쳤다.

"이런 두드러기 날 것 같은 빈말들이 사랑 고백이라고?"

이아나는 뒤틀린 웃음을 짓고는 편지를 던졌다. 그러고는 더이상 편지에 시선을 주지 않고 침대에 누웠다.

이아나가 무척 불쾌해 보이자 프리실라는 조심스럽게 말했다.

"이아나 양은 사랑을 너무 무겁게 생각하네요. 서로 알아 가는 거죠. 나만 해도 벌써 남자 여럿 사귀어 봤다고요."

"쓸데없는 시간낭비입니다."

"……이아나 양은 맛있긴 한데 차게 식은 딱딱한 빵 같아요. 초콜릿이나 쨈이 없어. 그도 그래. 아르하드 군이 이아나 양을 좋아하는 게 눈에 딱 보이는데."

또 아르하드의 얘기였다. 이아나는 미간을 찌푸린 채 프리실라를 돌아보았다.

"무슨 의미에서 하는 소리죠?"

"아이참, 남자가 그렇게 챙겨 주는 건 딱 하나밖에 없다고요."

프리실라는 침대에서 폴짝 뛰어내리더니 이아나에게 다가갔다. 이아나는 눈만 데구루루 굴려 그녀를 보았다. 그녀는 이아나의 얼굴 옆에 손을 짚더니 이글거리는 눈동자로 내려다보았다. 이아나는 그녀를 빤히 올려다보았다.

프리실라는 침을 꿀꺽 삼켰다. 흐트러진 붉은 머리카락, 예쁜 이마와, 또렷한 눈과 오뚝한 코, 관능적인 입술. 그 밑으로 편한 복장 밑으로 비치는 도드라진 쇄골과 소녀의 것이라기엔 봉긋하고 탄력 있는 가슴. 잘록한 허리, 군살이 없는 탄탄한 배. 침대 위에서 내려다보고 있자니 심장이 떨렸다.

아아, 이 여자, 정말 섹시하잖아? 여기서 좀 더 성장하면 얼마나 더 아름다워질까? 나도 모르게 덮쳐 버릴지도 몰라. 나도 이런데 아르하드 군, 어느 순간 갑자기 회까닥 돌아 버리는 거 아냐?

이아나의 모든 것을 꿰뚫어 본 프리실라의 눈이 번들거렸다. 그녀는 진지한 표정으로 이아나의 턱을 들어 올렸다.

"섹시한 이아나, 내 모델이 되어…… 아, 아니지, 내 여자가 되…… 읍."

대체 뭘 하나 싶어서 잠자코 지켜보고 있던 이아나는 손으로 프리실라의 얼굴을 밀어냈다. 프리실라는 꽥, 하고 밀려났다.

"으아앙, 코 아파. 아무튼 아르하드 군은 이런 느낌일 거라고요."

이아나는 왜 자꾸 사람들이 아르하드와 저를 엮는지 알 수 없었다. 그도 그럴 것이 예전에도 아르하드는 그녀에게 사랑 타령 같은 허튼소리를 한 적이 없었으며, 단순히 인재욕만으로 가득 찬 사람이었다. 그에게서 읽을 수 있는 감정은 기막힌 소유욕뿐이었다. 그냥 제 손에 틀어쥐고 싶다는 그런. 검사가 명검을 보고 탐내는 듯한.

그것을 사랑이라고 칭하던가? 이아나는 그렇게 생각하지 않았다. 아르하드가 자신에게 반했다는 말을 한 적은 있었지만 그건 검을 든 능력 있는 검사로서의 이아나지, 여자로서의 이아나에게 빠진 건 아니었다.

하지만 남들이 계속 귀찮게 굴자 이아나는 확실히 해 두기로 했다.

"당신은 저를 어떻게 생각합니까? 저를 사랑합니까?"

"……."

아르하드의 입에서 머금고 있던 찻물이 흘러나왔다. 손에서는 들고 있던 책이 툭 떨어졌다. 온몸에 힘이 들어가고, 동공이 빠르게 흔들렸다.

아르하드는 황급히 당황한 감정을 숨기고 떨리는 몸을 숨기기 위해 아무렇지도 않은 척 입을 닦아 내고 허리를 숙여 떨어뜨린 책을 주웠다. 이아나는 아르하드의 반응에 피식 웃었다.

"어이없지요? 그런데 남들이 계속 당신과 저를 이렇게 엮습니다. 그리고 저는 그게 불편합니다."

이아나의 눈이 싸늘함을 발했다.

"저는 당신뿐만이 아니라 누군가와 남녀 간의 사랑을 할 생각이 추호도 없습니다. 저와 당신은 지금의 관계로도 충분합니다. 당신도 마찬가지 아닙니까? 딱 잘라서 말씀해 주세요. 그러면 저도 남들에게 그렇게 말하고 다닐 테니까."

"……"

엄청난 불쾌감에 젖어 있는 이아나를 조용히 관찰하며 잠시 고민하던 아르하드가 조심스레 말했다.

"곁에서 지켜보고 싶은, 곁에 두고 싶은…… 대단한 검사일까."

"역시 그렇지요."

이아나는 그제야 웃으며 아르하드가 앉아 있는 소파의 정반대쪽에 풀썩 주저앉았다. 러브레터라는 불쏘시개용 편지 때문에 이런 쓸데없는 것을 묻고 말았다.

'빌어먹을 러브레터.'

"제 검술이 그렇게 마음에 드시는 겁니까? 열심히 보좌하겠습니다."

이아나는 기쁜 어조로 그렇게 말하고는 소파에 몸을 묻었다. 아르하드는 그녀를 물끄러미 쳐다보다가 다시 책을 보기 시작했다. 이아나는 미소를 띤 채 아르하드를 살폈다. 어지간하면 무표정한 남자가 심각한 표정으로 책을 읽고 있는 걸 보아하니 어려운 책인 모양이었다.

'그런데 나는 저 남자를 어떻게 생각하고 있는 거지?'

이아나는 팔짱을 낀 채 아르하드를 관찰했다.

주인으로 삼을 사람. 따르고 싶은 사람. 돕고 싶은 사람. 의지가 되는 사람. 각별히 좋아하는 사람. 잃고 싶지 않은 사람. 함께 있고 싶은 사람.

아르하드는 특별한 사람이다.

"왜 그렇게 봐?"

아르하드가 시선을 못 이기고 물었다.

"흐음."

"……."

이아나가 오늘따라 자꾸 이상한 짓을 한다. 아르하드는 무슨 이유에서인지 자신을 뚫어져라 쳐다보며 관찰하고 있는 이아나 때문에 불안한 마음으로 책을 접고, 그녀를 위해 준비한 찻잔에 차를 따라 주었다.

"잘생기셨다고 생각했습니다."

이아나는 대충 그리 둘러대고 찻잔을 들었다. 그리고 다시 아르하드를 쳐다보았다. 그가 저번에 미노타우루스 사건 때 자신을 껴안은 남자가 분명하다고 생각하면서도, 예전부터 자신을 알고 있었다는 뉘앙스의 발언의 정체가 궁금하면서도…… 좀처럼 물어볼 기회를 잡지 못하고 있었다. 아르하드와 좋은 관계를 유지하게 되면서, 어쩐지 대놓고 물어보기가 껄끄러워졌다.

아무리 자신이 남자 같다지만 외간 여자를 뒤에서 힘으로 끌어안는 건 남자가 할 짓이 아니었다. 잠을 자는 여성의 손가락에 키스하는 것도. 희롱이라고 해도 할 말이 없을 터였다.

그리고 뚜렷한 증거가 없는 데다 로브를 썼을 때의 얼굴을 보지 못했기 때문에 발뺌이라도 하면 할 말이 없었다. 조심스럽게 접근해야 할 것이다. 아르하드에 대해 알아 가다 보면 언젠가는 알게 될 것이다. 일단 연결고리인 수상한 약부터 알아보자는 생각이 들었다.

"그나저나 심장에 정말 문제없으십니까?"

"아무 문제없다니까."

"하지만 갑자기 잠든다니, 문제가 있어 보이는데요."

"약만 제대로 먹으면 되는걸."

"그 약은 정확히 뭐로 만든 겁니까? 당신의 병에 대해서도 좀 자세히 말씀해 주세요."

아르하드는 이아나를 흘끗 쳐다보고는 말했다.

"신력과 신력이 깃들어 있을 물질의 역할을 하는 여러 약초들. 정확히 말하자면 하인리히 님께서 살아 있는 생명체의 심장을 으깨 추출한 신력이 맞겠군. 내 심장은 항상 신력이 모자란 상태고, 주기적으로 채워 주어야 해. 채워 주지 않으면 영혼에 신력이 공급되지 못해서 가사 상태가 되어 버려."

"악마의 영향입니까?"

"……아니. 그냥 선천적인 병이다. 다른 악마의 파편 소유자들은 아무렇지도 않아."

이아나는 남부 상행 때 보았던 이상한 상태에 대해 정확하게 묻기로 했다.

"그럼 남부 상행 때 몬스터를 그렇게 마구잡이로 죽인 것도 그 때문입니까? 이번엔 회피하지 말고 제대로 말씀해 주세요."

"맞긴 하지만 약간 다른 경우다. 그때, 신력이 모자라는 상태는 아니었어. 다만 어딘가에 있을 본체에 빨려 들어가서 모자라진 거야."

"본체?"

아르하드는 조용히 차를 들이켰다.

"오지의 어딘가에 있을 거대한 균열을 통해, 판데모니엄에 있을 악마의 심장으로."

악마의 심장, 본체로 신력이 빨려 들어갔다라…… 중얼거리던 이아나는 문득 깨달은 사실에 고개를 홱 들었다.

"……남부 상행 때, 그렇게 될 거라는 걸 알고 계셨습니까?"

"그래."

긍정에 이아나가 미간을 확 좁혔다. 찻잔을 테이블에 세게 놓았다.

"아니, 그런데 오지까지 따라오셨단 말입니까? 제정신이신가요?"

"카마트로스 일로 바쁘기도 바빴고, 그 사실도 알고 있어서 자벨론 상단에 부탁한 후 따라가지 않으려 했지만……."

이아나는 처음에 자벨론 상단에 자신과 첸델프를 맡기려 했던 아르하드를 떠올렸다. 부탁했을 때 바로 승낙을 하기에 별로 바쁘지 않은 모양이라고 생각했었다.

'그런데 왜 바쁜 와중에 위험을 무릅쓰면서까지?'

이아나가 이해할 수 없다는 표정으로 쳐다보자 아르하드는 민망한 듯 손으로 얼굴을 가렸다.

"네가 위험할지도 모르고, 또 네가 같이 가 달라고 부탁했으니까."

"제 부탁…… 말입니까?"

"네가 내게 부탁했다는 게 기뻤어. 그래서 만사를 제쳐 두고 그냥 따라갔지."

"……."

이아나는 거기서 더 말하지 않고 시선을 내려 동그란 동심원을 그리는 찻잔 안의 차를 보았다.

"바보네요."

"그럴지도."

그럴지도가 아니라 저 남자는 바보인 게 틀림없다. 멍청이. 붉은 머리카락에 가려진 이아나의 귓가가 조금 빨갰다.

"……됐습니다. 앞으로는 그러지 마십시오. 그리고 앞으로의 계획을 듣고 싶습니다."

"무슨 계획?"

"황위 찬탈 계획 말입니다. 정확히 알고 있는 게 없어서요."

"흠……."

아르하드는 천천히 생각을 정리한 후 고개를 끄덕였다.

"앞으로 2년 후…… 그러니까 내가 학술원을 졸업하는 스물넷이 될 때까지는 지금과 같다. 블랙폭시의 힘을 줄이고 내 무력과 카마트로스의 힘을 키우는 데 주력하는 거다. 그리고 졸업한 후."

"졸업 후?"

"우드럽 왕국으로 간다."

우드럽 왕국은 북부 대륙에서 바하무트 제국의 동쪽에 존재하는 유일한 국가였다.

"그곳에는 피는 옅지만 로이긴족처럼 엘프의 피를 이은 후손들이 많다. 그들은 바하무트 제국을 증오해서 자잘한 분쟁이 많아. 나는 거기에 세마스티어 자작이라는 귀족의 작위를 사 두었어. 거기서 바하무트 제국의 불만 많은 귀족들과 접선하면서 그들을 우리 편으로 공략하는 데 집중하고, 기회가 찾아오면 바하무트 황족의 목을 벤다."

아르하드의 말을 진지하게 듣고 있던 이아나가 고개를 갸웃했다.

"바하무트는 황실을 추앙하는 신성제국에 가깝다고 들었습니다. 귀족들을 포섭하는 게 가능합니까?"

"신성제국…… 그렇지만도 않아. 라오스 신교를 믿고 있는 이들도 많고, 잔혹한 황실의 성정에 질려 있는 이들도 많다. 그리고 북부는 대체적으로 몬스터가 많고 척박한 대지가 많기 때문에 자생하기가 힘들어. 그런 문제를 해결하는 게 전쟁을 통해 얻은 노예와 다른 나라로부터의 조공, 그리고 블랙폭시의 자금과 인력이다. 그런데 이 모든 게 강력한 힘으로 만인의 위에 군림하는 황족들 덕택이라 아무 말 못 하는 거지."

"바하무트 황실을 제거하고 그 자리를 대신하실 생각입니까?"

아르하드는 고개를 끄덕였다.

"지금 블랙폭시의 세력을 줄이고 있는 이유는 황실을 향한 블랙폭시 상부의 충성심이 보통이 아니라서 내게 도움이 안 되기 때문이기도 하지만 제일 중요한 이유는 황실의 신뢰도를 줄이기 위해서다. 블랙폭시의 자금이 줄어들기 시작하면 제국에도 문제가 생기기 시작해. 그러면 민심은 물론 귀족들도 동요할 거다."

"이해했습니다."

"그리고 황위 찬탈 이후, 전쟁을 일으켜 남부 대륙에 진출한다. 다른 나라의 조공과 노예로 유지되는 제국은 오래가지 못해. 자생할 수 있는 나라가 오래가는 법이다. 여기서 블랙폭시의 세력을 줄이고 있는 또 한 가지 이유. 블랙폭시는 마약, 노예, 정보…… 세 가지를 독점한 거대한 범죄카르텔. 정보를 제외하고는 장기적으로 봤을 때 도움이 안 돼. 노예는 꽤 유용할 것도 같지만 난 이왕이면 깨끗한 제국을 만들고 싶거든."

마음에 드는 발언이었다. 제국 찬탈이라…….

이아나는 문득 아르하드 한정으로 지극한 관심을 보이는 리키젠을 떠올렸다. 리키젠 로스타리. 훗날 바하무트 제국의 젊은 재상이 되는 소년이었다.

"그러고 보니 리키젠은 카마트로스가 아닌 걸로 알고 있는데, 리키젠도 데려가십니까?"

"리키젠?"

"그 애, 당신을 상당히 추종하던걸요."

아르하드는 고개를 저었다.

"리키젠은 아직 어려. 재능은 많지만 아직 배워야 할 게 많아."

"그렇군요. 그런데 그 애와는 어떻게 알게 되신 거죠?"

"별거 없어. 지나가다가 못난 귀족에게 죽을 뻔한 걸 구해 주고 먹을 걸 사다 주고…… 변덕스러운 기분으로 후원해 준 거지. 왜, 자세하게 얘기를 해 줄까?"

"아니요. 됐습니다. 그런 이야기는 본인에게 들어야지요."

"그럴 줄 알았어."

"그보다, 부탁이 있습니다. 들어주시겠습니까?"

부탁이라는 말에 아르하드가 기쁜 기색을 띠었다.

"뭐든지."

"그럼 방학식 때 잠시만 시간을 내주세요."

아르하드는 아무것도 묻지 않고 스스럼없이 고개를 끄덕였다. 그녀가 무엇을 부탁하든 들어줄 준비가 되어 있었다.

이아나는 승낙이 떨어지고, 그를 찾아왔던 목적을 완벽하게 달성하자 만족스러운 얼굴로 방을 나섰다. 아르하드는 그런 이아나의 뒷모습을 복잡한 눈으로 쳐다보다가 다시 읽고 있던 책으로 시선을 돌렸다.

콰앙!

그리고 이아나가 나간 지 얼마 지나지 않아 에이지가 방문을 박차고 들어왔다. 아르하드는 책을 덮기로 했다. 더 이상 집중하는 건 무리였다.

아르하드는 테이블 위에 책을 얹었다. 덜덜 떨리는 그의 손이 놓는 책은 구겨지다 못해 찢어지기 일보 직전이었다.

"이봐요, 이렇게 이아나 양한테 손 놓고 있어도 돼요?"

에이지는 들어오자마자 다짜고짜 윽박질렀다.

"이미 손에 들어온 보석이라는 거야? 그렇게 평소처럼 자신만만하게 있어도 돼?"

"자신만만……?"

아르하드는 입술을 비틀었다. 누가 자신만만하다는 건지, 이아나에 한해서 한없이 소심하고 불안해하는 사람이 자신이었다.

첫 번째는 사랑을 속삭였던 그녀에게 이해를 받지 못하고 검에 심장을 관통 당했다. 두 번째는 적개심으로 거부만 당하다가 모든 걸 끝낼 생각으로 그녀의 심장을 검으로 찔렀다.

세 번째가 되어서야 그녀는 자신을 이해해 주었고, 적대감을 가지지도 않았으며 자신의 곁에 있는 걸 선택했다. 제게 의지해 주고, 속내를 모두 말해 주고, 끌어안으면 안겨 있어 주고, 무엇보다 자주 웃어 주었다. 설핏 웃을 때도 있고, 자신만만하게 웃을 때도 있고, 유쾌해서 소리 내어 웃을 때도 있었다. 그 웃음 하나하나가 이아나의 입가에 맺힐 때마다 아르하드는 심장이 쿵하고 내려앉고 행복한 기분이 들었다. 보고 있는 것만으로도 좋았다.

두근, 두근……

심장이 뛰어 댄다. 온갖 부패한 감정들 사이에서 숨어 살던 연약한 감정은 그 어떤 감정보다도 뜨겁고 열정적이었다. 하지만 한편으로는 욕심이 아주 많고, 맹목적이며, 갈증을 일으키기도 했다.

이아나의 미소는 단검이 되어 부패한 감정들을 걷어 냈고, 심장을 갈라 숨어 있던 그것을 끄집어냈다. 그리고 아르하드는 억지로 그 감정을 짓눌렀다. 억지로 생각하지 않으려고 노력했다. 왜냐하면 그것을 인정하는 순간, 참을 수 없는 욕망에 집어삼켜질 것이고, 그래서 이아나에게 지금과는 비교가 되지 않을 정도로 욕심을 부리게 될 테니까.

이아나.

아르하드의 눈동자가 탁해졌다. 흔들거리는 붉은 머리카락, 그 사이에서 붉어진 귓바퀴와, 반달로 접어지는 도도한 눈매와, 그 모든 것을 아름다운 빛으로 감싸는 예쁜 미소.

"아르하드."

제 이름을 부르는 상냥한 목소리와, 그 말을 머금은 입술. 가끔씩, 그에 홀려 제 심장 속의 감정에 온 영혼이 사로잡힐 때면 저도 모르게 손을 대고 싶은 욕구가 생길 때도 있었다. 그럴 때마다 아르하드는 되뇌었다.

너는 어리디어린 소녀이며, 나의 손아귀에 있는 기사에 불과하다.

아르하드는 이아나와 맺고 있는 지금의 관계가 아주아주, 아니

아주라는 말도 모자랄 정도로 심각하게 마음에 들었다. 이 정도 관계라면, 그 감정을 드러내지 않는다면, 이 이상으로 욕심을 부리지 않는다면 언제나 함께 있을 수 있을 터였다.

그래서 아르하드는 이아나와의 관계를 조금의 충격에도 깨지는 유리 세공품을 다루듯 행동하고 있었다. 혹시라도 이 황홀한 관계가 틀어질까 싶어 이아나의 말 한마디 한마디에 귀를 기울이고 행동 하나하나에 집중했다. 그녀가 원하는 게 있다면 뭐든지 가져다 줄 것이고, 그녀가 마음에 들지 않는 부분이 있다면 고칠 것이다.

이아나가 맹세를 하기 전에는 간절하면서도 불안했다면 요즘에는 미치도록 행복하면서도 불안했다. 불안은 이아나가 옆에 있든 없든 영원히 그의 심장을 쥐어짜 낼 감정이었다. 그런 저를 이아나가 좋아하지 않을 것이라는 걸 알기에, 아르하드는 불안을 짓누르려 노력했다. 이아나가 바라는 것을 모두 해 주면서 그녀에게는 자신이 필요하다는 자신감을 키워 불안을 심장 한구석에 처박아 두고 자물쇠를 채우고 싶었다.

이아나가 계속 옆에 있어 주는 한 언젠가는 불안을 완전히 감출 수 있을 것이다. 물론, 자신을 버린다면 불안은 자물쇠를 부수고 나와 광기로 변할 테지만.

그래서 아르하드는 불안이라는 괴물에 집어삼켜질 때마다 되뇌었다.

이대로, 이 상태로 영원히.

변하지 않는 관계로 언제나 함께.

부디.

제 안의 그것은 꽁꽁 감춘 채 잊도록 하자. 불쑥 나온다면 다시 눌러서 넣도록 하자. 그렇게 생각하고 있는 와중에 이아나가 그것을 입에 담자, 화살을 맞을 때보다 더한 충격으로 심장이 내려앉았다. 순간 숨이 안 쉬어졌을 정도면 말 다했다.

"자신만만한 게 아니라면 뭐예요? 다 잡은 물고기라고 생각하는 거 아니죠?"

"내가 그렇게 보이나?"

에이지는 정말 헛소리를 하고 있었다. 여유, 그만큼 제게 어울리지 않는 말이 없었다. 다 잡은 물고기, 만약 이아나가 물고기라면 어항 안에 넣어 둘 수 없는 사나운 상어라고 할 수 있었다. 평소에는 얌전하다가 조금이라도 잘못하면 유리 어항을 깨고 튀어나올.

그래서 아르하드는 이아나의 기분을 최대한 거스르지 않으려고 노력하고 있었다. 그는 이아나가 기사 맹세를 한 이후 조마조마한 기분으로 늘 그녀를 주시하고 있었다. 아르하드는 눈을 사납게 치켜뜨고 에이지를 보았다.

"그런데 너는 갑자기 찾아와서 왜 자꾸 헛소리야."

"어제오늘 이아나 양한테 무슨 일 있었는지 알아요? 러브레터를 받았어요, 몇 십 장이나요."

에이지를 못마땅하게 쳐다보던 아르하드의 눈이 흔들렸다.

"러브레터?"

아르하드는 다짜고짜 찾아와 자신을 사랑하느냐고 싸늘하게 물었던 이아나를 떠올렸다. 그래서 그렇게 물었던 걸까. 살면서 그때만큼 당황했던 적이 없었다. 떨리는 손을 감추기 위해 힘을 줬다가 책이 완전히 우그러질 정도였다. 아직도 가슴이 떨렸다.

"이아나 양은 서녀지만 그냥 서녀가 아니라 로안느의 5대 공신 가인 로베르슈타인 가문의 서녀잖아요. 서출은 같은 서출, 낮은 가문의 자제, 지위가 높은 귀족의 첩 혹은 평민 인재와 엮이는 게 대다수잖습니까. 학술원 학생들로서는 탐낼 만한 먹잇감이죠."

"이아나는 로베르슈타인 가문을 나올 거다. 그런 하이에나들은 알아서 떨어져 나가게 되어 있어."

"아니, 그런 걸 다 떠나서 티는 안 내도 이아나 양을 흠모하는 사람이 적지 않아요. 애정 공세가 장난 아니라고요? 그런데 당신 은 뭘 하고 있어요? 사람 일은 어떻게 될지 모른다는 거 당신이 제일 잘 알잖아요. 당신, 이아나 양을 좋아하는 거 아니에요?"

아르하드는 고개를 천천히 저었다.

"이아나는 사랑 놀음에 관심 없고. 나도 마찬가지야."

"물론 이아나 양이야 연애에 관심 없어 보이지만 당신은…… 됐 어요. 아무튼 그런 이아나 양을 노리는 남자들이 많다는 걸 알아 나 두라고요."

에이지가 부루퉁하게 쏘아붙이고는 문을 닫고 나가 버렸다.

아르하드는 소파의 등받이에 등을 툭 기댔다. 이아나가 연애에 보이던 혐오는 상당했다. 그래서 더 다행이라고 생각했다. 다른 남자들은 이아나가 알아서 쳐 낼 것이고, 그것을 밖으로 드러내 지 않는 한 자신의 곁에 계속 있어 줄 테니까.

그런데 만에 하나라도 이아나와 자신의 유대관계를 흔들 여지가 있는 녀석이 보인다면……. 아르하드의 금안이 웃음기를 머금었다.

그 즉시 목을 잘라 세상에서 지우리라.

그러면 된다.

이아나는 러브레터들을 상자에 넣어 모조리 소각장에 내버렸다. 벌건 불 위에 수북하게 쌓여 있는 편지가 불길에 휩싸였다. 그 광경을 보고 있던 이아나는 허탈해졌다.

로베르슈타인 가문은 마도시대 초기부터 로안느 왕국과 함께해 온 명가다. 귀족의 서녀는 평민 출신 인재와 엮이는 경우가 많은데, 그런 면에서 로베르슈타인 백작가의 서녀인 이아나는 학술원의 사내들에게 있어 아주 매력적이었다. 그리고 이아나는 그것을 알고 있었다.

소각로에서 검게 타닥타닥 타들어 가는 편지들을 이아나는 물끄러미 쳐다보았다. 물론 저중에 제게 호감을 가진 자가 없으리라고는 생각하지 않았다. 이번 생애는 예전과는 무척이나 다르니까…….

하지만 한낱 종이에 묻은 잉크 자국이 표현한 진심은, 무척이나 시시하고 부질없이 느껴졌다.

정면에서 거세게 부딪쳐 온 아르하드의 진심은 저것들을 다 합해도 견줄 수 있는 게 아니었다. 아르하드는 저것들에 들어 있는 진심을 다 합친 것의 수백, 수천 배나 되는 욕심과 호감으로 자신을 바라봐 주었다.

현재, 이아나는 더 이상 누군가의 호감을 갈구하지 않았다. 과거처럼 포기했기 때문에 호감이 필요하지 않은 게 아니라, 두 팔로 끌어안고도 흘러넘칠 정도로 선사받고 있기 때문이었다. 그 감정은 물론, 남녀 간의 사랑이 아니었다.

이아나는 편지들을 외면하며 뒤로 돌았다. 재가 되어 가는 편지들을 뒤도 돌아보지 않고 소각로에서 나갔다.

사각사각.

펜촉이 종이를 긁는 소리가 조용한 방을 울렸다. 화로에서 조용히 타오르는 주황빛의 불은 본디 냉랭했어야 할 방을 따스한 온기로 적신다.

값비싼 대리석 바닥 위에는 희귀짐승 엘파파의 털로 제작한 카펫, 천장에는 아름다운 꽃들이 만개하는 장면을 천재 화가가 심혈을 기울여 그려 놓은 천장화가 있다. 또한 최고급 마호가니 원목으로 제작된 사무용 책상 하나와 의자, 이 세상에서 가장 부드러운 가죽을 가졌다는 짐승, 페리돈의 가죽으로 뒤덮인 검은빛의 소파 하나, 벽의 양옆으로는 책이 가득 꽂힌 책장이 늘어져 있다.

이곳은 각종 업무를 처리하는 서재였다. 그리고 세월의 흔적은 남아 있으나 얼음 사이에서 핀 꽃처럼 고아한 매력을 품은 중년 여인, 샤일린스가 이곳에서 무표정한 얼굴로 서류를 처리하고 있었다.

"전하, 황녀 저하께서 오셨습니다."

"당장 문을 열라."

그 말에 값비싼 보석으로 잔뜩 장식된 휘황찬란한 문이 소리

없이 열리고 그 사이로 한 여인이 우아하게 걸어 들어왔다. 검은 머리칼, 검은 눈동자. 눈처럼 하이얀 피부를 제외하고는 온통 검기만 한 아름다운 여인의 이름은, 이사벨라였다.

"어마마마, 다녀왔습니다."

이사벨라는 샤일린스에게 로브 자락을 살짝 들어 올리며 인사했다. 샤일린스는 애정이 담긴 눈으로 이사벨라를 보며 고개를 끄덕였다.

"어서 오너라, 이사벨라. 거기, 너. 따뜻한 가이레차를 내오너라."

"예. 전하."

문에서 대기하고 있던 시녀가 허리를 깊숙이 숙이고 사라졌다. 샤일린스는 이사벨라에게 다가가 뺨을 쓰다듬었다.

"어디 상한 곳은 없느냐. 얼굴은 괜찮은데."

이사벨라는 방긋 웃으며 고운 살결의 손을 들어 올려 샤일린스에게 보였다. 그녀의 손은 백옥처럼 흰 것이, 흠집 하나 없다. 그러나 동그랗게 깎은 손톱은 붉게 물들어 있었다.

"그럼요. 잡일은 모두 기사들에게 시켜서 제 손은 거칠어질 틈도 없었답니다. 걱정 마세요. 하지만 손톱 끝으로 자꾸 더러운 게 묻는 게 눈에 띄어서 봉숭아물을 들였어요. 예쁘죠?"

"멍청한 아비 때문에 네가 고생이 많구나. 하여간 아랫도리를 함부로 놀리더니 이런 일이 벌어질 줄 알았느니라."

샤일린스는 싸늘히 웃었다. 그 웃음 하나만으로도, 웃음이 품고 있는 살기만으로도 따스한 온기를 품고 있던 방이 으스스하게 가라앉는다. 화로의 불꽃은 지옥의 불로 변하고, 천장에 그려진 꽃은 가시 돋친 얼음 꽃이 되었다. 아름다운 마호가니 가구는 검게 물들며, 카펫과 소파에서는 죽임을 당한 엘파파와 페리돈의 비명 소리가 들려오는 듯하다. 이사벨라는 방글방글 웃었다.

샤일린스는 제 남편을 생각하기만 해도 속이 부글거려 입술을 콱 깨물었다. 그래, 계집을 안는 건 좋다 이거다. 저도 다른 남자들과 꽤나 밤 생활을 즐기고 있으니 그에 대해서는 할 말이 없다.

하지만 씨를 뿌리는 건 알아서 잘 처리했어야 할 게 아닌가, 멍청한 자식. 그의 우유부단함과 멍청함 때문에 바하무트는 수백 년의 세월 동안 모아 온 파편의 주도권을 근본 모를 놈에게 반이나 뚝 넘겨주고 말았다.

이사벨라는 흐음, 고개를 갸웃했다.

"그년은 정말로 죽은 걸까요? 죽지 않았다면 제가 데려와 가지고 놀고 싶은데. 도둑년이 우리 일족이 열심히 흡수해 온 파편을 반이나 훔쳐 가는 바람에 저 어렸을 때 얼마나 울었는지……."

이사벨라는 한숨을 내쉬었다.

"아아, 그 상실감은 아직도 잊히지 않아요. 정말 싫다."

인형의 것처럼 새까맣기만 하던 눈동자가 기이한 빛으로 번들거렸다. 흰 종이 가운데 찍힌 핏방울처럼 붉은 입술 사이에서 뱀의 것처럼 축축한 혀가 튀어나와 입술을 스윽 훑었다.

"그 계집, 찾기만 하면 일단 그 고얀 자궁부터 뽑아낼 텐데."

"이사벨라, 정신 차리거라. 북부에 흩어진 악마의 파편을 찾아내는 건 어찌 되어 가고 있느냐."

"어머."

어미의 물음에 잔인한 상상으로 잔뜩 물들어 있다가 정신을 차린 이사벨라가 방긋방긋 웃으며 봉긋한 제 왼쪽 가슴께를 손으로 짚었다.

"이제 북부에는 거의 없는 것 같아요. 아무리 돌아다녀도 제 심장과 피가 반응하지 않아요."

"그래? 그렇다면 곧 다른 지역을 들쑤시고 다녀도 되겠구나. 너와 테일런 덕분에 어느 정도 힘도 회복되었고…… 마음에 들진 않지만 역시 우리가 발로 뛰어다니는 것이 블랙폭시 녀석들에게만 맡겨 놓는 것보다 효율적이야."

샤일린스가 손가락을 뿌득거렸다. 날이 선 그녀의 손톱이 유독 날카로워 보였다.

"이 강력한 힘을 사용하지 않고 이렇게 궁에 갇혀 있기만 하는 것도 지루하고 말이지. 권력도 좋고, 다른 이들이 나를 우러러보는 것도 좋아. 하지만…… 역시나 가장 좋을 때는 공포에 질린 인간의 눈을 볼 때지."

"그럼요. 그럼요. 아."

갑작스레 이사벨라가 야릇한 신음성을 흘렸다. 샤일린스는 이사벨라처럼 입 밖으로 내지는 않았지만 뺨이 붉은 것이 무척이나 짜릿한 쾌감을 맛본 표정이었다.

"오라버니께서 파편을 하나 얻으셨나 봐요. 어머님, 저 파편을 하나하나 모을 때마다, 오라버니가 저를 격하게 안아 주실 때처럼 야릇한 쾌감을 느끼는 것 있죠?"

이사벨라가 얼굴을 붉히며 몸을 배배 꼬자 샤일린스는 입꼬리를 끌어 올려 웃으며 소파에 몸을 나른하게 묻었다.

"알고 있단다. 파편을 하나하나 되찾을 때마다 우리 일가는 결핍된 부분이 채워지는 감각과 쾌감을 함께 맛보니……."

"그렇다면."

이사벨라는 제 두 뺨을 감싸고 황홀한 표정을 지었다.

"우리의 것을 훔쳐 간 자의 심장을 터뜨려 그 반절을 다시 통째로 되찾아 오는 순간은, 대체 어떤 기분일까요……?"

하얀 피부와 상반되는 봉숭아빛 손톱이 더욱 붉게 도드라졌다.

바람이 불어왔다. 그런데 바람이 갑자기 방향을 꺾더니, 기이한 기류를 만들어 내며 한 방향으로 흘러갔다.

이곳은 드넓은 롯소산맥의 어떤 한 지점. 그곳에서 산길을 헤매던 한 남자가 그 흐름을 발견하고 눈을 크게 뜨더니 바람을 쫓아 달려갔다.

남자의 발걸음이 뚝 멈췄다. 찢어진 듯 날카로운 계곡 틈 사이로 바람이 빨려 들어가고 있었기 때문이다.

두근, 두근.

심장이 뛰어 댔다.

남자는 앞에 보이는 거대한 균열 앞에서 전율했다.

"드디어……."

찾았다, 판데모니엄의 균열.

남자는 균열 쪽으로 비틀거리며 한 걸음씩 다가갔다. 그리고 황홀한 표정으로 계곡 틈 사이를 들여다보았다.

쏟아지는 지식과 기억들.

짜릿한 파괴의 추억들.

그러나.

"……하……?"

희열 어린 표정으로 정신적 범람을 만끽하고 있던 남자의 입술이 일순 비틀어졌다.

이아나는 도서관에서 책을 읽고 있었다. 다양한 지식들을 쌓아 놓으면 살아가는 데 도움이 된다. 이아나는 활동이 부쩍 많아질 열아홉 살 때까지 학습에 필요한 모든 게 구비되어 있는 학술원에서 최대한 많은 것을 얻어 갈 생각이었고 휴식시간에는 공부를 하거나 책을 읽었다.

"이아나 님이 부럽습니다."

그리고 언제나처럼 공부하기 위해 두꺼운 전공책들을 가득 끌어안고 낑낑대며 나타난 리키젠이 심술 난 표정으로 말했다.

"뭐? 왜?"

"그분은 왜 이아나 님께만 그렇게 지대한 관심을 보이시는 거지요? 똑같은 1학년이고 이아나 님께서 검술학부의 톱이신 것처럼 저도 정책학부의 톱인데……. 질투 납니다."

리키젠이 맞은편의 책상에 책들을 거칠게 내려놓았다. 단단해진 팔뚝을 몇 번 주무르고는 이를 갈며 의자에 앉았다.

"저도 도울 수 있습니다. 그분 밑에서 일할 거라고요. 두고 봐."

이 애는 아르하드가 귀족을 넘어서서 황족이라는 걸 알고 있을까? 리키젠이 진지한 얼굴로 펜을 쥐었다.

"정말 열심히 공부할 겁니다."

"예전에 말했던 네가 따르고 싶다는 사람, 아르하드지?"

"그래요."

이아나의 질문에 리키젠은 거리낌 없이 대답했다. 이아나가 일찌감치 눈치챘다는 건 시간표 사건에서부터 알고 있었다. 리키젠은 독한 표정으로 책갈피를 꽂아 놓은 부분을 폈다.

"저는 그분께 은혜를 입었고, 그분이 대단하다는 걸 알기 때문에 그 휘하에서 일하고 싶습니다."

"아르하드가 대체 네게 뭘 해 주었기에?"

리키젠이 정색했다.

"라이벌한테는 말 안 해 줄 건데요."

"그럼 말아."

"아, 정말. 궁금하면 세 번은 물어봐야 하는 거 아니에요?"

이아나는 어이없다는 표정으로 쳐다보았다.

"이래도 시비고 저래도 시비군. 계집애냐?"

"뭐라고요? 거기서 계집애라는 소리가 왜 나와요?"

"월경이라도 하냐고."

"이런 미친 사람……. 당신은 남자예요?"

리키젠은 얼굴을 붉힌 채 입을 다물었다. 그렇게 책을 정신없이 펄럭펄럭 넘기던 손이 그의 기분이 침착해짐과 동시에 느릿느

릿해지기 시작했다. 그리고 공부에 집중하기 시작했다. 이아나도 대화가 사라진 이후에는 독서에 집중했기에 둘 사이에서는 말이 없었다.

시간이 얼마나 흘렀을까, 리키젠이 안경을 쓱 올리며 갑자기 말을 툭 내뱉었다.

"저희 집은 귀족 때문에 망했어요."

"그래?"

이아나는 책에서 눈을 떼지 않았다. 평민의 사업이 귀족 때문에 망하는 경우는 한둘이 아니었다.

"오웬 후작가 아세요?"

"당연히 알지. 5대 가문이잖나."

"거기 둘째아들인 망나니 놈이 마약을 해요. 블랙폭시의 아주 큰 손님이시죠. 저희 부모님은 꽃집을 하셨어요. 제 어머니는 아주 예쁘셨고, 아버지는 불의를 참지 못하는 분이셨습니다. 그리고 놈은 엄마의 얼굴을 흘끗흘끗 쳐다보며 우리 가게 주변을 자주 돌아다녔습니다. 꽃도 자주 사 갔고요. 저는 사람들 얼굴을 잘 외워서, 놈의 얼굴을 똑똑히 기억해요."

리키젠의 어투는 남 일을 말하듯 냉랭했다.

"어느 날, 마약에 절은 그놈이, 블랙폭시 조직원 몇 명과 함께 제 집에 쳐들어와서 물건을 다 때려 부수었습니다."

"흠."

"그리고 아버지와 제 동생들, 제 앞에서 어머니를 강간했어요. 집단으로요."

이아나가 책에서 눈을 떼고 고개를 들었다. 안경 너머로 비치는 리키젠의 회색 눈동자가 무척 탁했다.

"어머니는 정신이 나가셨어요. 두 동생과 저는 어린 나이에 뭣도 모르고 울어 댔습니다. 놈들에게 두들겨 맞아 정신을 잃었던 아버지는 깨어나자마자 분노를 참지 못하고 오웬 후작가에 항의를 하러 가셨어요. 그리고 귀족 모독으로 매를 맞아 돌아가셨지요."

이아나는 가만히 이야기를 들었다.

"그다음에 그놈들이 어쨌는지 알아요? 명예를 지키겠답시고, 그 사건을 묻기 위해 제 가족을 전부 죽이려고 했습니다."

리키젠의 손에서 책장이 구겨졌다.

"아니, 죽이려고 한 게 아니라 저 말고 전부 죽었죠. 어머니도, 어린 두 동생도. 아르하드 님이 아니었으면 저도 죽었어요. 아르하드 님은 놈들을 죽인 후 신원을 확인하기 위해 옷깃을 뜯어내셨고 저는 놈들의 왼쪽 가슴에 수놓아진 오웬 후작가의 문장을 보았습니다. 아마 그렇게 개죽음을 당할 줄 모르고 멍청하게 가문의 문장을 그대로 붙이고 온 거겠죠."

리키젠이 이를 악물었다. 눈이 날카롭게 빛났다.

"도대체 귀족들이 말하는 명예가 뭐죠? 말만 번드르르한 추악함이 명예인가요? 명망 높다고 알려진 오웬 후작가가 그러할진대, 다른 귀족 가문은 어떨지 상상도 되지 않습니다. 솔직히 말해 이제는 다 더럽게 여겨져요. 명예를 지킨답시고 감추고 있는 진실이 얼마나 많을까요……?"

리키젠은 거칠어진 숨을 골랐다. 평상시처럼 냉정한 모습으로 돌아와 내려온 안경을 다시 올렸다.

"저는 오웬 후작가를 절대 용서하지 않을 겁니다. 나중에 어떤 식으로든 보복할 겁니다. 제가 검 같은 걸 수련해서 단독으로 놈들을 죽이는 건 무리고, 아르하드 님을 보좌하면서 세력을 키워 어떻게든 그 추악한 놈들을 제 손으로 몰살시킬 겁니다."

"……그렇군."

이아나는 그렇게 말하고 아무 말도 하지 않았다. 저런 가정사에 어설픈 위로는 독이 될 수 있었다. 괜찮냐는 말은 괜찮지 않을 것이기에 의미가 없었고, 도와주겠다는 말은 복수를 제 손으로 하겠다며 악의를 불태우는 그에게 무익했다.

"내가 도와줄 일이 있다면 말해."

그러니 리키젠이 도와 달라고 했을 때 도와주면 될 것이다.

"그렇죠. 완전히 다 쏟아 버리기 전에 한 손 거들어 주는 게 이아나 님 아니십니까?"

리키젠이 웃었다.

"저는 아르하드 님을 평생 보좌할 겁니다. 그분은 오웬 후작가로부터 저를 보호해 주시고 지금까지 계속 저를 후원해 주시고 계신 분. 그 은혜를 갚고 싶습니다."

리키젠은 눈을 감았다가 떠서 이아나를 보았다.

"그리고 이아나 님이 그분의 곁에 계시고, 저와 같은 길을 가실 거라는 사실이 진심으로 기쁩니다. 저는 당신의 뛰어난 재능에 경의를 표하고, 훌륭한 인품을 존경합니다."

리키젠의 말은 농담 한 점 묻어 있지 않았다. 그의 눈은 또렷하게 이아나를 향하고 있었다. 리키젠이 말을 끝맺고는 다소 당황한 기색의 이아나에게 씩 웃으면서 손을 내밀었다.

"질투니 라이벌이니 거짓말이에요. 앞으로 잘 부탁드려요."

"……나야말로."

이아나도 마주 보며 웃었다. 미래에 바하무트의 재상이 되어 만인을 내려다볼 자가 자신을 높게 봐주니 영광이었다. 그때, 리키젠이 조심스레 말했다.

"그러니까 아르하드 님께 저에 대해 말 좀 잘해 주세요. 그리고 처음 만났을 때 막말했던 것도 잊어 주시면 안 될까요? 이아나 님께 말 함부로 한 거 들키면 죽을지도."

"라랏슈아 님……. 건국제……."

"하아아."

라랏슈아는 눈앞의 축 늘어진 주황빛을 보며 한숨을 내쉬었다.

라랏슈아는 마법을 사랑했다. 마법에 모든 것을 바치고자 마음먹었다. 그녀가 곧 마법이었고, 마법이 곧 그녀였다. 그녀의 인생은 마법으로 가득 차 있었고, 앞으로도 마법으로 가득 차 있을 것이었다.

마법은 너무너무 재밌었다. 그래서 가족까지 버렸다. 가족들도 광기까지 느껴지는 그녀를 버렸다. 라랏슈아는 마법 하나만을 바라보고 하인리히를 따라 학술원에 입학했다. 그런데 요즘 들어 한 존재가 끈질길 정도로 귀찮았다.

"너도 참 끈질기구나."

마법으로 공격해도 도망을 가지 않는다. 무시해도 떨어져 나가질 않는다. 왕녀라는 신분도, 잔인한 일을 서슴지 않는다는 소문도 무시하고 코뿔소처럼 맹목적으로 달려드는 타로.

타로는 라랏슈아를 좋아하면서도 신성시하며 함부로 다가서지 않았다. 두 팔로 끌어안고 싶어 한다거나, 농밀한 키스를 하고 싶어 하는 등 여자를 향한 남자의 욕망보다는 신을 우러러보는 신도처럼 라랏슈아를 바라보고 있었다. 물론 그녀를 정말 좋아하기에 신성시한다기보다는 넘치는 애정을 담고 있었다.

라랏슈아는 구애를 많이 받아 보았다. 하지만 구애자들은 감당할 수 없는 라랏슈아의 성격을 한번 접하고 나면 꽃에 잠시 쉬었다가는 나비라도 된 양 팔랑팔랑 떨어져 나가곤 했다.

라랏슈아는 타로 같은 인간이 처음이었다. 철썩— 빰을 때려도 좋다고 얼굴을 부여잡는 타로는 라랏슈아가 마법에 미친 것처럼 라랏슈아에게 미쳐 있었다.

처음에는 쥐도 새도 모르게 죽여 버릴까, 라는 생각까지 했지만 스승 하인리히의 소중한 손자 헤레이스의 친구이고 마음에 드는 여성 이아나의 동료이기도 했다. 그래서 타로를 그냥 하인처럼 부려 먹기로 결심했다.

그렇게 타로는 라랏슈아 인생 처음으로 가까이한 구애자가 되었다.

"제가 비용은 모두 댈 테니 옆에만 있어 주세요……."

라랏슈아는 건국제 때 마법 연구를 할 생각이었다. 하지만 타로는 로안느 데 로안느 여왕의 전설을 믿고 눈물을 글썽거리며 라랏슈아에게 매달렸다. 타로의 간절한 얼굴을 마주한 순간, 라랏슈아는 변덕스러운 마음이 들었다.

"좋아."

"정말요? 데, 데, 데이트입니까?"

"데이트는 무슨. 마법 재료 사러 다닐 거야."

어쨌든 둘이서 다닐 수 있다! 타로가 함박웃음을 지었다. 라랏 슈아가 흥— 하고 타로를 뒤로하고 걸어갔다.

그리고 마침내 2학기가 끝나고, 학술원은 방학식 겸 종업식을 맞이했다. 학부의 수석들을 한 명 한 명 호명하며 상장을 수여하던 하인리히가 반가운 이름이 나오자 목을 가다듬고는 크게 그녀의 이름을 불렀다.

"검술학부 1학년 수석, 이아나!"

단상의 뒤편, 학술원을 의미하는 거대한 문장이 그려진 휘장 뒤, 어둠 속에서 가만히 대기하고 있던 이아나가 걸음을 내딛었다.

짝짝짝짝—

차가운 돌계단을 한 발자국, 한 발자국…… 천천히 올랐다. 우렁찬 박수소리가 그녀를 뒤따랐다. 전 학생들을 내려다볼 수 있는, 하인리히가 있는 가장 높은 곳까지 오르자 이아나 한 명을 향해 환호성이 울려 퍼졌다.

"이아나 양, 축하하네."

"감사합니다."

이아나는 웃고 있는 하인리히와 악수를 나누고는 뒤를 돌아 저 멀리 펼쳐져 있는 학생 전체에게 허리를 숙여 인사했다. 우레와 같은 박수소리가 그녀를 감쌌다. 그렇게 그녀의 파란만장했던 일 년은 끝났다.

그리고 이아나는 찻집에서 체르노와 사라체를 마주했다.

"이아나. 네 상황이 그렇게 최악이라고는 생각지도 못하고 지켜보기만 했던 내 태도를 반성해. 미안하구나. 우리가 밉지?"

이아나는 방학식 때 체르노와 사라체를 만나기로 약속했었다. 찻집에서 김이 모락모락 피어오르는 뜨거운 차를 앞에 두고 체르노는 말이 없었고, 사라체는 체념한 얼굴로 그리 말했다. 이아나는 고개를 저었다.

"괜찮습니다. 아무렇지도 않습니다."

"미안해."

"죄책감 느끼실 필요 없습니다. 저는 정말 아무렇지도 않으니까요. 그리고……"

미안해하는 사라체를 보면서 이아나는 숨을 골랐다.

"부인의 호의를 늘 거부했지만, 부인께서 상냥하다는 것을 몰랐던 건 아닙니다. 그러니 부디 저에 대해 죄책감 같은 걸 가지지 말아 주십시오. 저에게 늘 신경 써 주신 것, 감사합니다."

사라체는 죄가 없는 불쌍한 여인이다. 르보니 때문에 화목했던 그녀의 가정은 망가졌다. 사랑하는 남편이 다른 여인과 몸을 섞는 것을 견뎌야 했고, 불러 오는 다른 여자의 배를 참담한 심정으로 보아야 했다. 그럼에도 회귀 전이나 회귀 후나 그 여자의 딸인 자신에게 잘해 주려 했던 상냥한 여인이었다. 그리고 회귀 전에는 제 손에 독살 당했다.

미소가 사라지고, 피를 코와 입에서 뿜어내던 하얀 얼굴. 뒤로 넘어지는 가냘픈 몸뚱이. 비명을 지르는 하인들과 울음을 터뜨린 체르노와 하르첸. 무표정한 얼굴의 르보니와 향이 좋은 차를 마셨을 뿐인데 사라체가 왜 피를 뿜어내는지 몰라서 발을 동동 구르던 자신.

그 장면은 머리에 선명하게 새겨져 있었다. 그 이후 제 인생이 완전히 구렁텅이로 굴러떨어졌기에…….

그래서 살아 있는 사라체를 마주할 때마다 꺼림칙해서 떨쳐 내고 싶었다. 그 상냥한 얼굴을 볼 때마다 고개를 돌리고 싶다는 충동과 함께 연관되고 싶지 않다는 마음이 일었다. 그래서 그녀에게 더욱 싸늘하게 굴었다. 상냥함을 받지 않으려 했다.

하지만 그녀가 상냥하다는 건 뼛속 깊이 알고 있었다. 사라체는 자신에게 진심으로 상냥하게 대해 주었다. 과거의 기억에 휘둘린 자신이 쳐 냈을 뿐이었다. 아집에 사로잡혀서, 아르하드 때처럼…….

그래서 이아나는 말했다.

"감사했습니다. 그리고 죄송했습니다."

사라체는 상냥했다. 다만 자신이 마주하고 싶지 않았을 뿐이었다.

"아냐. 내가 더 미안해. 그리고 그렇게 생각해 준다니 고마워."

감사하다. 이아나가 항상 내뱉곤 했던 빈정거리는 말이 아니었다. 사라체는 가만히 듣고 있다가 떨리는 제 두 손을 맞잡은 채 눈을 내리떴다.

사라체는 잡아 보려 했던 이아나의 마음이 이미 완전히 떠나있다는 걸 깨달았다. 자신을 거부할 때는 악감정이라도 남아 있었지만, 이렇게 아무렇지도 않게 대한다는 건 이제 정말 아무 감정도 남아 있지 않다는 것일 터였다.

이아나를 붙잡고 싶었다. 죄책감과 더불어 이아나에게 인간적인 호감이 들었기 때문이다. 왜일까. 르보니가 낳은 아이인데도, 자신을 싸늘하게 쳐 내기만 하는 아이인데도 사라체는 그녀를 미워할 수가 없었다.

이스피, 카니츠, 제라드…… 이아나가 좋아했던 사람들. 그들은 언제나 이아나를 칭찬했었다. 그녀를 사랑하며 몹시 아꼈다. 그리고 그녀가 떠나자, 이스피와 카니츠는 사라체가 로베르슈타인 가문에 남아 있으라고 했지만 고개를 젓고 가문을 완전히 떠나 버렸다. 누군가의 마음을 완전히 사로잡은 것만 봐도 이아나가 아주 매력적이라는 것을 알 수 있었다.

이렇게 능력 있는 소녀인데, 모두가 축복해 주는 소녀인데 그녀를 박대하기만 했던 로베르슈타인 가문은 이아나를 붙잡을 수 없었다.

그리고 사라체는 이아나를 놓아주는 게 진정으로 그녀를 위하는 길이라는 걸 깨달았다.

착한아이병.

"나는……."

사라체와 이아나의 대화를 듣고 있던 체르노가 입술을 떼었다.

"너를 볼 때마다 죄책감이 들었었다. 정확히 말하자면 배덕감이구나."

"……."

"나는 내가 융통성이 없는 귀족이라는 걸 알고 있다. 그러니 솔직하게 말하도록 하마. 젊어서 나는…… 사라체를 열렬히 사랑했고, 평생을 그녀만을 사랑할 생각이었다."

체르노는 젊었을 적, 서로를 배려하며 사이좋게 살아가는 부모님을 보면서 자라 부인 한 명만을 사랑하면서 귀여운 아이들과 함께 살아가고 싶다는 가족관을 가진 열정적인 청년이었다.

파티에서 만난 상냥하고 아리따운 사라체는 그의 가슴에 불화살을 당겼고, 그의 열렬한 구애 끝에 사라체는 그의 청혼을 받아들였다. 그렇게 하르첸을 낳고 수줍게 오붓한 결혼생활을 즐기고 있던 중이었다. 그런 둘 사이에 르보니가 난입했다.

"로베르슈타인 가문이 망할 지경에 이르자 가문이 망하는 걸 두고 볼 수 없었던 나는 호르비의 지원을 받기 위해 르보니와 결혼을 했어."

제 능력 부족으로 가치관을 벗어난 일을 한 체르노는 자괴감과 사랑하는 사라체에 대한 미안함, 그리고 극심한 배덕감을 느꼈다. 하지만 그는 제가 저지른 일은 무슨 일이 있어도 책임을 지려는 귀족 중에서도 귀족다운 사람이었고, 르보니에게도 나름대로 아내의 대우를 해 주려 했다.

그리고 결혼한 지 얼마 되지 않아, 체르노는 르보니가 자신과 결혼하기 위해 술수를 부렸다는 걸 알아챘다. 그 순간 몰려드는 르보니에 대한 극렬한 혐오감이란, 체르노가 견딜 수 없는 것이었다.

"나를 그렇게 만든 르보니가 미치도록 미웠다. 르보니를 함부로 내쫓을 수 없는 내 자신도 싫었고, 르보니를 볼 때마다 속이 뒤집혔다. 그리고 그녀를 닮은 너를 볼 때마다 심장을 바늘로 찔리는 것 같았다. 너에게는 죄가 없고 내 잘못이라는 걸 알았지만 그래, 회피했다. 그랬어. 그래서 너를 방치했어……."

체르노는 죄책감이 가득한 표정으로 이마를 짚었다.

"하지만 내가 모르는 사이…… 소문이 그렇게까지 퍼져 있는 줄은 몰랐다. 거기서 사람들은 너를 상처 입히고 있더구나. 다 내 잘못인데 왜 너를……. 어째서 몰랐을까."

"……"

"네가 아무렇지도 않아 보였기 때문이라거나, 평소 내가 앞에서 하는 말들만 들을 뿐, 뒤에서 쑥덕거리는 소문에는 관심을 가지지 않았다는 변명은 하지 않겠다. 그래, 그것 때문이 아니라 너에게 관심을 주지 않으려 했던 탓이겠지. 무슨 말을 하든 변명일 거다. 할 말이 없구나. 그저 미안하다는 말밖에. 다 내가 부족했던 탓이야."

지친 눈으로 화병에 꽂힌 꽃을 보던 체르노가 한숨을 내쉬었다.

"그래. 만일 내가 내 가치관을 생각했다면 애초에 르보니와 결혼을 하면 안 되는 거였다. 그랬다면 아무에게도 상처를 주지 않았겠지. 하지만 나는 가치관이 아닌 로베르슈타인 가문을 선택했고 내 선택으로 르보니와 결혼을 했으니 르보니와, 나의 아이인

너에게 상처를 주어서는 안 되는 거였어. 전부 내 잘못이다. 내 잘못인데도 너에게 상처를 줘서 미안하다."

체르노는 제 모든 속내를 털어놓았다. 이아나는 고개를 끄덕였다.

"이해합니다."

"미안하다. 나를 용서하지 말거라."

"아니요. 말씀드렸듯 이해하고, 용서합니다. 사과를 받아들이겠습니다. 아무래도 이 피에는 엄청난 외골수의 피가 흐르는 모양이니 말입니다."

체르노는 잘못하지 않았다. 르보니 때문에 그가 바랐던 인생이 완전히 변했고, 원하지 않는 아이를 낳았다. 그런데 훗날 르보니가 뭔가 술수를 부렸다는 걸 알았고, 심지어는 아무것도 몰랐다지만 그 아이가 사랑하는 부인을 독살해 버렸다.

자신이 체르노였다면 화가 머리끝까지 나서 르보니와 딸년의 목을 베어 죽였을지도 모르는 일이었다. 하지만 체르노는 그러지 않았고, 마지막까지 가문을 위해 이아나와 르보니를 가문에서 내쫓지 않았다. 이번 생에서도.

"백작님도 가문의 사람들도 이해합니다. 또, 저는 어머니가 한 짓을 알고 있었기 때문에 제가 저택에서 받았던 대우들을 모두 이해했습니다. 사람들의 시선도 이해했습니다. 어쨌든 모두 제가 타고난 것 때문이니까요."

이아나는 숨을 골랐다.

"……그래요. 그렇게 이해하고 아무렇지도 않다고 생각했지만, 가슴으로는 이해하지 못했던 모양입니다."

회귀 전의 그녀는 아주 어렸다. 어린 이아나는 정말 무던히도 상처받았었다. 누군가의 두둔과 호감이 필요한 어린아이였었다. 어려서는 누군가의 사랑에 배고팠고, 커서는 억울함과 좌절감, 절망감에 빠져 어찌할 바를 몰랐다. 그래서 자신을 미워하는 사람들을 억지로 이해하려고 노력했다. 그렇게 하지 않으면 자신의 상황이 억울해서 견딜 수가 없었기 때문이다.

억울해할 자격이 없다고 생각하면서도 아집과 억울함에 사로잡혀 그녀는 망가졌다. 그래서 머리로는 이해한다고 도돌이표처럼 되뇌면서도 가슴으로는 그들을 이해하지 못했다.

'당신들을 이해해.'

내가 뭘 그렇게 잘못했어?

'나를 미워하는 당신들을 이해해.'

나는 당신들의 호감을 바랐을 뿐이야.

'나는 억울해할 자격이 없어.'

어렸을 때는 아무것도 몰랐어.

죽음도 몰랐고, 어머니가 건넨 게 독인지도 몰랐어.

'나를 미워해도 좋아.'

당신들이 미워하는 내 모든 것은 내 자의가 아니었어.

'당신들을 이해해……'

그래서 노력하고, 노력하고, 또 노력했어. 하지만 당신들은 노력하는 나를 나로 봐 주지 않는구나.

"어디 없어? 나를 나로만 봐 주는, 그런 사람 없어?"

……없었다.

어린 이아나는 억울했지만 상황을 이해하려고 노력하면서 상처받았던 자신을 심장에 파묻었다. 하지만 파묻힌 소녀는 완전히 죽지 못하고 곪기만 곪을 뿐 그대로 남아 있었다. 얼마 전까지만 해도 그랬다.

이아나는 눈을 감았다.

"너에 대한 소문은 지금부터라도 전부 없애도록 조치를 취하겠다."

"아니요. 그대로 두셔도 됩니다. 백작님과 부인께서 일부러 만드신 소문이 아니지 않습니까. 그리고 소문에는 틀린 말이 없습니다. 진실을 보고 사람들이 저를 평가한 사항입니다. 저는 스스로 저를 향하는 시선들을 바꿔 나가고 싶습니다. 누군가의 두둔으로 변한 시선은 받고 싶지 않습니다."

회귀 후에는 상처받지 않았다. 이미 다 겪었던 바이고 이미 포기했기 때문이다. 하지만 심장에는 회귀 전부터 곪아 있던 소녀가 있었다. 해소되지 않아 응어리진 억울함과 슬픔은 계속해서 이아나를 괴롭혀 댔다. 만일 응어리가 남아 있지 않았다면 어릴 적 이 사람들에게 싸늘하게 굴 이유가 없었다.

하지만 이제 이아나는 완전히 성장했다. 상처를 그대로 드러내 절대적으로 자신의 편이 되어 주는 누군가의 품에 안겨 울면서, 제 옆에 있어 줄 사람을 만나면서, 유년시절은 끝났다. 파묻어 놓았던 상처 입은 이아나를 끄집어내 수용했다. 완전히 극복했다.

비록 그 시절의 기억은 남아 있지만 응어리는 완전히 풀려 더 이상 이아나를 괴롭히지 않았다. 이번 생애의 어린 시절 또한 이들의 사과에 보상받았다. 그리고 눈앞의 사람들을 완전히 이해했다. 이아나는 더 이상 어린아이가 아니었다.

"이제라도 이렇게 말씀해 주셔서 감사합니다."

이아나는 맑은 빛이 흐르는 눈을 떴다.

"더 이상 응어리가 남지 않을 것 같습니다."

"이이는 네가 하고 싶은 대로 해 주라고 했어."

사라체가 망설이며 입을 열었다.

"혼자서 잘해 나갈 거라는 거, 이제 알아. 내 오지랖이었다는 것, 인정해. 너의 미래를 걱정해서 한 약속이었고, 이제 와서는 쓸모가 없어진 약속…… 너는 어떻게 하고 싶니."

"어째서 그런 말씀을 하시는 거지요? 이렇게 제게 따로 물으실 필요가 없습니다. 백작님께서 제가 원하는 대로 해 주라고 하셨다 하더라도 백작님은 백작님이고 부인은 부인이십니다. 부인께서 그 계약서를 찢어 약속을 없던 걸로 하시더라도, 저는 스스로 끝까지 지킬 생각이었습니다. 제 입으로 동의하고, 제 손으로 서명까지 한 약속이었으니까요."

이아나는 조용히 차를 들이켰다. 그녀의 마음은 고요에 잠긴 호수 면처럼 풍랑 없이 매끈했다.

"2년 후 3학년을 마치고 학술원을 졸업할 거고, 열아홉 살에 다른 나라로 떠날 겁니다. 학술원 졸업과 동시에 로베르슈타인의 이름도 제게서 떼어 내겠습니다."

"……그래."

"열일곱 살과 열여덟 살, 총 여섯 번의 파티, 잘 부탁드리겠습니다. 하지만 파티장에 도착하면 저를 귀족들에게 소개를 하시려는 노력을 하지 말아 주셨으면 합니다."

"알았어."

"데뷔는 며칠 전에 말씀드렸던 것처럼 다른 귀족 영애들과 함께 건국일에 하겠습니다."

보통 자신의 생일에 맞춰 가문의 저택에서 데뷔식을 하는 게 일반적이었지만 매년 1월 1일 건국일에 다른 귀족들과 함께 한꺼번에 데뷔식을 치를 수도 있었다. 이는 세가 약한 귀족 자녀들을 배려하는 전통이었다. 그들은 사교계에서 날고기는 고위 귀족들을 초대하는 게 불가능하기에 자녀의 데뷔식을 성대하게 열고 싶어도 열 수가 없다. 하지만 건국일에 다 같이 데뷔를 하면 주목은 많이 못 받더라도 많은 귀족들과 함께할 수 있었다.

소녀들은 데뷔식을 꿈꾼다. 샤프롱제도에 의해 데뷔 전에는 어머니나 지긋한 숙녀와 함께하지 않으면 남자와 개인적으로 만나는 게 불가능하지만 데뷔 이후에는 가능해지기 때문이다.

"그러렴. 아……. 그런데 이번에 안젤리나 왕녀께서 데뷔를 건국일에 하시겠다고 하셨는데…… 괜찮겠니?"

"알고 있습니다."

그래서 슬그머니 묻혀 가는 것이다. 이아나는 자신보다 한 살 어렸던 안젤리나 뮤지니엘 로안느를 떠올렸다. 반짝반짝 빛나는 은발을 허리까지 기른 그녀는 왕비를 닮아 여린 성품으로, 사람들 앞에 나서는 것을 꺼려했고 주목받는 것을 싫어했다. 하지만 그녀의 외모는 가히 천사라 불릴 정도로 사랑스러웠다. 아름다운 여인과의 열정적인 사랑을 꿈꾸는 귀족 청년들은 그녀의 아름다움을 찬양하며 그녀의 데뷔를 손꼽아 기다리고 있었다.

"그래서 전하께서 이번 건국일은 어느 때보다 화려하게 하겠다고 하시더구나."

그래서 학술제가 끝난 이후에도 돌아가지 않고 1월 1일까지 대기하는 지방 귀족들이 많았다. 심지어는 타국 귀족들까지 건국일 파티에 참가하기 위해 머무르고 있었다.

"드레스는 어찌할 거니?"

"대충 하얀색 드레스를 입으면 되지 않겠습니까. 맞추지 않고 값싼 기성품을 입겠습니다."

이아나는 옷가지에 신경 쓰고 싶지 않았다. 데뷔식의 드레스는 흰색으로 고정되어 있으니 대충 흰색 천으로 제작한 옷을 입을 생각이었다.

"그건 좀……."

"싫습니다."

"하지만 내 생각엔 학술제 때 네 옷을 만들어 주었던 그 아가씨가 어떨까 싶은데. 물론 비용은 지불하고. 다른 마담들도 많지만 그 아가씨가 너를 가장 잘 아는 것 같아서."

"안 됩니다."

이아나는 딱 잘라서 거절했다. 프리실라에게 맡겼다가는 한 땀한 땀 아주 혼을 불어넣어 제작해 올 게 뻔했다. 이아나는 따로 칭찬을 하지는 않았지만, 그녀의 섬세한 자수 실력을 높게 평가하고 있었다. 이아나는 데뷔식에서 드레스 따위로 눈에 띄고 싶지 않았다. 기성품으로도 충분했다.

드레스 생각은 밀어 두고, 이아나는 처음부터 묻고 싶었지만 묻지 못해 머뭇거리던 자신을 다잡고 물었다.

"……이스피와 카니츠는 어찌 지냅니까?"

"그 사람들에게 못 들었니? 네가 영지를 떠난 이후 이스피가 먼저 일을 그만두고 그 이후 얼마 지나지 않아 카니츠가 그만두었어."

'내게는 말도 없이 그만뒀구나.'

이아나는 고르게 숨을 쉬었다. 잘 살고 있는 거겠지. 챙겨 준 돈이 결코 적지 않으니 그걸로 잘 먹고 잘 살리라는 생각이 들었다.

"이아나."

그때, 뒤에서 누군가가 이아나를 불렀다. 오늘 이아나는 로베르슈타인 가문에서 고수했던 싸늘한 모습보다는 조금 풀려 있긴 했지만 그래도 딱딱함이 남아 있었다. 하지만 목소리가 들려오는 순간 얼음이 단번에 녹아내리듯 따뜻해졌다. 체르노와 사라체는 놀랐다.

이아나는 찻잔을 내려다보던 시선을 들어 그들의 뒤편을 보았다. 그러고는 입가에 작은 미소까지 지었다. 마치 작은 꽃봉오리를 보는 듯했다. 체르노와 사라체는 목소리만으로도 이아나를 이렇게 변화시킨 사람이 궁금해져 고개를 돌렸다.

그는 깔끔하게 차려입은 훤칠한 미청년이었다. 다부진 몸과 큰 키는 그를 만만하게 볼 수 없게 하였고 남성답게 각이 진 외양은 어떤 귀족보다 귀족적인 아름다움과 싸늘함을 풍겼다. 어떤 왕국의 왕자나 엄청난 부잣집의 독자라고 해도 손색없을 정도로 표정이나 몸가짐이 말끔하고 귀족적이었다.

하지만 이아나를 바라보는 그의 금안에는 따스함과 자상함, 심지어는 감출 수 없는 호감까지 듬뿍 실려 있었다. 딱 봐도 이아나를 무척 아낀다는 것을 알 수 있었다.

그는 이아나의 맞은편에 앉아 있는 체르노와 사라체를 보고 미소를 지운 채 멈칫하더니 이아나와 그들을 번갈아보았다.

"여기서 부인과의 약속 중 네 번째 조건을 충족시키겠습니다. 저는 졸업 후 이분을 따라가려고 합니다."

"결혼이니?"

사라체의 조심스러운 질문에 이아나의 얼굴이 굳었다.

"그런 뜻이 아닙니다. 검사로서 저분을 따르겠다는 소리입니다."

"으응…… 그렇구나."

사라체가 청년, 아르하드를 흘끔 올려다보았다. 이아나가 단호하게 연인 관계가 될 여지를 끊어 내는 말을 했는데도 청년에게서는 아무런 기색이 없었다. 정말 이 청년과 이아나가 주종관계로 엮이나 싶었다.

하지만 여자의 직감이라는 게 있었다. 아까의 눈빛, 그건 단순히 부하가 될 여인에게 보이는 눈빛이 아니었다.

'저 청년은, 이아나를 사랑하는 것 같은데.'

사라체의 직감은 꽤나 잘 들어맞는 편이었다. 이아나는 아르하드에게 관심을 보이는 사라체를 보며 미간을 좁혔다.

"이분에 대해서는 아무에게도 말씀하지 마십시오. 저에게 정말 미안하다고 생각하고 계신다면 이 부탁은 들어주셔야 합니다. 저는 이제 로베르슈타인 가문에 어떤 악감정도 없지만 백작님과 부인께서 말을 잘못하셔서 이분께 해가 되는 일이 생기는 순간……."

다소 풀어져 있던 이아나의 주변에서 뾰족한 가시가 샘솟았다. 마치 소중한 무언가를 지키려는 듯한 고슴도치, 혹은 다가설 수 없게 만드는 장미의 가시 같은 모습이었다,

"저는 로베르슈타인가를 그때부터 완전히 적으로 간주하고 제가 앞으로 하려는 일에 자비를 두지 않겠습니다."

적? 앞으로 하려는 일? 체르노와 사라체는 그 단어들이 자아내는 섬뜩함에 몸이 굳었다. 이아나는 테이블에 손을 짚으며 자리에서 일어났다.

"그럼, 할 말은 다 했으니 건국일에 뵙겠습니다."

이아나는 상황을 지켜보고 있던 아르하드의 손목을 잡고 찻집에서 끌고 나왔다. 아르하드는 질질 끌려 나가면서 앉아 있는 체르노와 사라체를 흘끗 돌아보았다. 그리고 비웃듯 피식 웃었다. 그리고 다시 고개를 돌리고 이아나의 뒷모습을 눈에 담았다.

밖으로 나와서 한참이나 걷다가 아르하드가 입을 열었다.

"이아나. 나는 왜 부른 거지?"

이아나는 걸음을 멈추고 아르하드를 뒤돌아보았다. 그를 물끄러미 쳐다보다가 시선을 내렸다.

"저 사람들에게 당신을 보여 주고 싶었습니다."

이아나는 말을 골랐다.

"저를 걱정할 필요도, 신경 쓸 필요도 없게요. 저에게는 더 이상 그들이 필요 없다는 걸 알려 주고 싶었습니다. 그래요."

이제 당신들의 보호는 거절하겠다고. 더 이상 당신들에게 애정을 갈구하지 않는다고. 당신들이 그러지 않아도 내게 모든 것을 줄 사람이 있다고.

"저에게도 이제 옆에서 함께해 줄 사람이 있다는 것을 보여 주고 싶었습니다."

이아나는 옅게 웃었다. 쓸모없는 과거는 이제 더 이상 괴롭힘이 되지 못했다. 당신이 있기 때문에.

민망해진 이아나는 아르하드의 손목을 놓고 앞으로 먼저 성큼

성큼 걸어 나갔다. 하지만 아르하드가 따라오지 않는다. 이아나는 뒤를 돌아보았다. 걸음을 멈춘 상태인 그는 뺨을 슬쩍 붉힌 채 기뻐서 어쩔 줄을 몰라 하고 있었다. 이아나가 그런 그를 보고 인상을 한 번 찡그려 웃더니 호주머니에서 뭔가를 꺼내 들었다.

찰랑—

그리고 아르하드를 향해 던졌다. 태양에 반사된 그것이 허공을 가르며 빛을 발했다. 갑작스러운 투척이었지만 아르하드는 무리 없이 한 손으로 잡아챘다. 금빛 줄이 손가락 사이로 흘러내렸다. 아르하드는 뭔가 싶어 손에 쥔 것을 조심스레 살폈다. 황금으로 제작된 달에 빛이 보석으로 장식된 펜던트였다.

아르하드는 이것에 무슨 장치가 되어 있나, 로베르슈타인 가문과 무슨 관련이 있나 싶어 조심스레 살피다 그냥 아무런 특징도 없는 펜던트라는 걸 알고 고개를 들어 이아나를 의문스레 보았다.

"이게 뭐지?"

"선물입니다."

"……."

아르하드의 몸이 경직되었다.

"선……물?"

"받기만 하는 건 원하지 않습니다. 제가 이때까지 모은 돈을 탈탈 털어 샀습니다. 꽃다발보다는 싸지만요."

아르하드는 손에 쥔 것을 펼쳐 보았다. 섬세한 달 모양의 황금 펜던트는 아름다운 보석들로 반짝이고 있었다. 그것을 물끄러미 내려다보는 그를 보며 이아나는 천천히 입을 열었다.

"저는 당신을 볼 때마다 밤이 생각납니다. 그리고 밤은…… 만물이 휴식을 취하는 시간이죠."

그리고 저는 당신을 제 휴식처로 여기고 있습니다. 이아나는 그 이상 말하지 않았다. 그저 웃다가, 민망해서 뒤로 돌았다. 성큼성큼 걸어갔다.

아르하드는 제 손에 쥐어진 선물을 꽉 쥐었다.

"……뭐, 제가 그만큼 당신을 마음에 들어 한다는 소립니다. 그거, 제가 누군가에게 주는 첫 선물이니까 아껴 주세요."

민망했다. 누군가에게 이렇게 제 돈을 들여 선물을 한 적은 처음이었으니까. 하지만 단순히 수건 따위에 기뻐하던 그를, 찾아온 것만으로도 기뻐하던 그를, 단순히 함께 돌아다녀 주는 것만으로도 기뻐하던 그를 떠올리며, 그리고 계속해서 불안해하는 그를 위해 선물을 샀다. 먼저 나서서 누군가를 위해 행동한 것은 처음이라 조마조마했다.

아르하드는 좋다 싫다 대답이 없었다. 따라오는 기척도 없었다. 의아해진 이아나는 걸음을 멈추고 슬쩍 뒤를 돌아보았다. 이아나는 걸음을 멈췄다. 두 동공이 점점 커졌다. 멍하니 그의 행동을 보았다. 시간이 멈춘 듯한 기분이 들었다.

아르하드는 제자리에 선 채 펜던트에 입을 맞추고 있었다. 아주아주, 조심스레, 소중하게…….

어쩐지 봐서는 안 될 것을 본 기분.

솨아아아—

바람이 불어왔다. 제 붉은 머리카락이 시야를 어지럽히는데도 이아나는 아르하드에게서 시선을 떼어 내지 못했다. 천천히 입술을 떼어 낸 아르하드가 눈을 내리뜬 채 펜던트를 목에 걸었다.

그리고 눈꺼풀을 들어 올려 환희로 일렁이는 금안을 드러냈다.

"……고마워."

시간이 흘렀다. 굳어 있던 이아나는 눈을 깜빡였다. 자신이 왜 이러나 싶어 고개를 휘저어 정신을 차렸다. 아르하드의 희열 어린 표정에서 그가 자신의 선물을 아주 마음에 들어 하고 있다는 걸 깨달은 이아나는 입을 부드럽게 다물고 표정을 느슨히 했다.

"네."

그리고 뿌듯한 기분에 고개를 끄덕였다. 누군가를 위해 처음으로 산 선물을 무척 마음에 들어 하는 아르하드의 모습에 기분이 아주 좋아졌다. 그래서 단호하기만 하던 눈썹을 부드럽게 누그러뜨리고, 단단하던 눈매를 반달로 접었다. 귓바퀴와 뺨 언저리는 희미하게 붉어져 있었다. 둥글게 말리는 붉은 입술 사이로 가지런하고 하얀 치아가 드러났다.

"후후……."

그 틈사이로 웃음소리가 새어 나왔다.

쏴아아아—

바람이 불어왔다. 아르하드는 눈을 찡그렸다가 눈앞을 가리는 검은 머리카락을 손가락으로 쓸어 넘겼다. 많은 사람들이 거리를 지나갔다. 그러나 그 속에서도 선명한 색은 단 하나였다. 무채색을 덮히는 단 하나의 소중한 빛.

푸른 하늘 속, 빛나는 태양 아래, 서늘한 바람 너머, 헝클어지는 붉은 머리카락, 그리고 그 속에서 그려진 이아나의 웃음. 아르하드의 마음이 헝클어졌다. 맹목적인 시선이 이아나의 모든 것을 하나하나 따랐다.

그의 심장 속에서 무언가가 깨져 내렸다. 검은 조각이 후드득, 후드득 흩어졌다. 그 안에서 무엇보다 순수하고 열정적이나 탐욕적이고 맹목적인, 그러나 한결같은, 그런 연약한 감정이 이아나를 향해 간절하게 손을 내밀었다. 감정은 목구멍까지 치밀어 올라 숨을 가쁘게 했다.

덥다. 아르하드는 이아나를 보며 목울대를 매만졌다.

갈증이 난다.

……미치도록.

－인연 편 終
－아도니스 1부 完

정의 각인 1, 2, 3권[완결]

선지 지음

화려한 르네상스(Renaissance) 시대, 당대 최고의 천재 조각가, 레이토.
그리고 그의 도제, 이다.

그의 조각이 그녀의 삶을 바꿔 놓았다. 첫눈에 반한다는 것이 이런 것일까.
그것이 단 한 번의 마주침으로 모든 것이 사로잡히는 걸 의미한다면,
그녀는 저 조각상에 첫눈에 반한 것일 터였다.
그래서, 그녀는 결심했다.

"나…… 조각가가 될래."

설령 그로 인해, 여자로서의 삶을 포기하고
남자의 삶을 살게 된다고 해도!

ZERO
Romantic Fantasy

요아전

누리 지음

오역죄(五逆罪)를 짓거나, 부모를 죽였거나,
아라한(阿羅漢)을 해친 자들이 오게 되는 지옥, 무간지옥(無間地獄).

"없던 일도 네 손에만 들어가면 큰일이 되니, 그것도 능력이라면 능력이다."
"누가 들으면 정말 사고만 치고 사는 줄 알겠습니다."

그곳엔 주인인 남자 바라가 있었고, 남자가 부리는 하녀 요아가 있었다.

"제대로 일을 수행하지 못하면 어떻게 하나요?"
"평생 이 집에서 청소만 할 줄 알아라. 시집일랑은 보내 주지 않을 테니."
"시집은 보내 주실 생각이셨고요?"

남자의 얼굴이 단번에 험악해졌다.

"헛소리."